傲世神医

③ 情之所起

芙子 作品

《上册》

青岛出版社
QINGDAO PUBLISHING HOUSE

图书在版编目（ＣＩＰ）数据

傲世神医. 3，情之所起 / 芙子著. 一 青岛 ：青岛
出版社，2019.8
  ISBN 978-7-5552-5776-9

  Ⅰ. ①傲… Ⅱ. ①芙… Ⅲ. ①长篇小说－中国－当代
Ⅳ. ①I247.5

  中国版本图书馆CIP数据核字（2017）第177135号

书　　名　傲世神医3情之所起
著　　者　芙　子
出版发行　青岛出版社
社　　址　青岛市海尔路182号（266061）
本社网址　http://www.qdpub.com
邮购电话　010-85787680-8015　13335059110
　　　　　　0532-85814750（传真）　0532-68068026
责任编辑　郭东明
责任校对　邓　旭
特约编辑　孙红彦
装帧设计　蒋　晴
照　　排　孙顾芳
印　　刷　三河市良远印务有限公司
出版日期　2019年8月第1版　　2019年8月第1次印刷
开　　本　16开（700mm×980mm）
印　　张　32
字　　数　349千
书　　号　ISBN 978-7-5552-5776-9
定　　价　65.00元（全二册）

编校印装质量、盗版监督服务电话　4006532017　0532-68068638
建议陈列类别：畅销·古代言情

傲世神医

③情之所起

《上册》

傲世神医

③ 情之所起

《下册》

第一章　冲冠一怒

从传送阵里走出来，叶凌月眼前出现了一片连绵不绝的古城墙。那城墙屹立在荒凉的戈壁之中，仿佛一条长龙俯卧在地，远远看去，竟像没有尽头似的。

"这一带叫古关口，在大陆的地图上没有任何文字记载，只有通过特殊的传送阵才能抵达这里。想要离开这里，也得靠特殊的法阵，整个青洲大陆，只有三宗的掌教才能绘制。"

按照花挽云所说，穿过古关口，就是古战场的属城。

"属城？难道古战场不只是一片战场？"叶凌月等人听罢，都有些摸不着头脑。

"你们想得倒是简单，虽说你们通过了孤月海的考核，但并非直接上战场。古战场只是一种俗称，真正意义上的古战场，绝非你们想的那样。"花挽云说着，走到了一座古城的城门旁。

在城墙的布告栏上，众人都看到了一幅名为"古九洲"的地图。原来，广义的古战场，指的乃是古九洲的俗称。它和叶凌月等人所在的青洲大陆不同，青洲大陆其实是新九洲之一，那里的居住条件比古九洲好了不知多少倍。

古九洲的原住民发现了新九洲后，陆续迁居到新大陆，原来的古大陆反倒日益荒凉。正是由于人族稀少，古九洲大陆上各种灵兽、妖兽乃至草木石精，甚至一些上古的妖魔大量衍生，这也让古九洲变得危机四伏。

为了防止古九洲的妖兽妖魔们进入新大陆，新九洲的各大宗门以及俗世中的大能们合力修建了这连绵不绝的古城墙，在上面设置了大量的禁制。他们约定，每个大陆的超级宗门，都必须派轮回境以上的弟子进入古九洲猎妖。猎妖一方面是为了防止妖魔入侵新九洲，另一方面，则是要借此提高各宗门弟子的修为。

"这就是古九洲的由来，至于古九洲的范围，地图上都有，大伙儿都过来看看吧。"花挽云指着地图，众人纷纷凑过去看了起来。

花挽云见叶凌月等人满脸的困惑，不由得想起了自己十几年前刚到古关口时，反应也和他们相差无几，只是当时她的身旁还有她最爱的人。十六年了，一切都已物是人非，她只希望，这群从十强赛中脱颖而出的孩子，会比她幸运。

叶凌月看着古九洲地图，只见上面注释着古冀洲、古徐洲、古兖洲、古青洲、古扬洲、古荆洲、古梁洲、古雍洲和古豫洲。

古九洲的地图上，还有大量的黑色圆点，标着不同的城名。每块古洲上，都有大量的城池，粗粗一看，整个古九洲上，至少也有数千座城池。

不远处，有几人正从新青洲大陆的传送阵里走出来，其中几人叶凌月竟然认得——瑶池仙榭的岳梅、堂姐叶流云和曾经的北青开疆王世子陈沐，还有几名不认识的都是瑶池仙榭的弟子。

青洲大陆上有资格进入古战场的，必须是超级大宗门的轮回境以上的弟子。除了孤月海，有资格的还有三宗之二的瑶池仙榭和南无山，只是南无山的弟子还没有赶来。

岳梅等人也没想到，会在古关口遇到叶凌月。

混元宗被灭之后，陈沐就销声匿迹了，可看他的衣着，竟也成了瑶池仙榭的弟子，也不知岳梅用了什么手段，让从不收男弟子的瑶池仙榭开了先河。

让叶凌月惊喜的是，堂姐叶流云也在其列。两年多前，在叶凌月进入孤月海前，叶流云利用"樱长老"的关系进入瑶池仙榭。听说她进入瑶池仙榭后表现不俗，如今已经是可以和岳梅相媲美的宗门核心弟子了。

"凌月妹妹。"叶流云一看到叶凌月，也很高兴。堂姐妹相见，免不得多说几句。

岳梅看了眼陈沐，她和陈沐已经成了双修伴侣。可陈沐一看到叶凌月，就显得有些失魂落魄。看到心上人那副模样，岳梅更加恼火。

"叶流云，你的眼中还有没有我这个师姐，谁允许你和那些不三不四的人搭话的。"

这一句"不三不四"才一出口，孤月海的众人不乐意了。

"这位姑娘，你是怎么说话的，谁允许你这般侮辱我们太上师叔的。"包括花挽云在内的几名弟子，立即怒目以视。

"太上师叔？"岳梅一听这话，再看看花挽云和那些孤月海的弟子，叶凌月加入孤月海最多两年，这帮人是傻了不成，居然喊她太上师叔？想来这几人的身份在孤月海一定很低微。

想到这里，岳梅更加有恃无恐："你们又是从哪里冒出来的，哪来的资格和我说话，还不滚到一旁去。"

花挽云一听，祭出灵器就要动手。

"慢着。"

"慢着。"

两声呵斥同时传来，月沐白和一名中年女子一前一后走了过来。

那中年女子是岳梅的师叔，她见了花挽云，微微一愕，忙拱了拱手："原来是花师姐。岳梅不得无礼，这位是孤月海花峰的第二号人物，花前辈。"

岳梅不认得花挽云，却认得月沐白。她见月沐白走到花挽云面前，拱了拱手，叫了声"花师姐"，才知这个马脸女人在孤月海中身份不低。

叶凌月咳了几声，瞟了月沐白一眼。月沐白脸色一僵，极不情愿地加了一句："太上师叔。"这一声"太上师叔"，是月沐白从牙缝里挤出来的。叶凌月的年纪比他还小一轮，修为更不如他，月沐白又对她有成见，自然不乐意以礼相待，一路上，月沐白都是能避就避。

本以为过了古关口就好了，哪知道还是被叶凌月找到了借题发挥的机会。月沐白那个恨啊。偏偏月沐白喊完之后，叶凌月还长辈范十足地点了点头，挥挥手道："我和挽云姐会处理，这儿没你什么事了，站一旁候着吧。"

月沐白的脸色顿时变得奇臭无比，就跟踩了屎似的，黑着脸退到了一旁。

瑶池仙榭的弟子们看得目瞪口呆，就连瑶池仙榭的长老都不由得纳闷，这叶凌月究竟是什么身份，居然让素来高傲无比的月沐白"言听计从"？

岳梅只得极其委屈地走到叶凌月面前，心不甘情不愿地说："叶前辈，晚辈有眼不识泰山，还请前辈海涵，大人不计小人过。"

"我这人大方得很，不会和一般无名小辈计较的。"叶凌月强忍着笑意，一本正经地点了点头。

岳梅气得都要吐血了，恨恨地退到了一边。

一场干戈总算和平化解了。

两派的长老带着各自的弟子，讨论起进入古战场的事情来。

"听着，你们进入古九洲后，都属于新手，按照九洲盟制定的通则，新手需要进入相应的新手城，在那里学习生存技巧并积累经验，时间少则一年，多则不定，通过考核后才能成为猎妖者。整个古九洲，除去古中原地区，共有九座新手城，它们位于古九洲的不同地域，你们可以根据各自的修为和五行属性进入不同的新手城。"花挽云语重心长地说。

听她这么一说，众弟子一阵哗然，他们本以为大伙是一起行动的。尤其是帝莘和叶凌月，他们在出发之前并不知道，抵达古战场之后他们还可能分开。帝莘和叶凌月心中一紧，两人互看了一眼。

"关于九座新手城的特性，由我来解释。凡是新手城，要求进入的新手年龄不能超过二十周岁，一旦年满，就会被逐出新手城，生死不论。"说罢，月沐白拿出一张详尽的古九洲地图，用朱砂笔标出几座新手城的图标。

众人一起看向古九洲的地图，只见宽阔无垠的地图上，九座城池就如夜幕里的晨星，分外显眼。

九座新手城，其中五座为金之城、木之城、水之城、火之城、土之城，对应了五种轮回之力，只要具备一种轮回之力就有资格进入。相应的，这五座城池的天地灵力，都偏向于某种轮回之力的修炼。余下的四座，则是五灵城、雁门城、赤水城、黄泉城，其中五灵城要求是涅槃体拥有者方可进入。

月沐白在说到五灵城时，看了眼帝莘。在所有弟子中，只有帝莘和舞悦可以进入五灵城，当初就连月沐白都没法子进入五灵城。据说在所有的新手城中，五灵城的条件是最好的，进入那里的都是真正的天之骄子。

"月师叔，那余下的三座城池呢？"一名花峰弟子好奇地问。

"余下的三座，除了黄泉城，雁门城和赤水城都没有严格限定进入者的轮回之力属性。当然，这也就意味着，这两座新手城的天地灵气是最混杂的。"月沐白说罢，瞥了眼叶凌月。

　　天地灵气混杂，意味着不好吸收，修炼起来自然事倍功半。

　　所有人都知道，在十强之中，叶凌月是唯一一个没有一丁点轮回之力的弟子。

　　"那为何黄泉城不能去？"秦小川追问道。

　　"黄泉城毗邻黄泉古运河，众所周知，那一带妖魔活动最频繁，新手的死伤率也是最高的。在那一带混迹的，都是一些经验丰富的猎妖者。听说那里的新手考核也是最难的，作为初出茅庐的新手，你们不适合去那里。"

　　哪怕是月沐白，提起黄泉城也不免动容，可见那黄泉城的确是个亡命之地。

　　"该说的我都说了，你们选择相应的新手城，进入不同的古关口即可前往。"月沐白说着，收起了地图。

　　大部分弟子都没有犹豫，根据轮回之力选择了相应的新手城。洪明月选择了位于古冀洲的水之城。黄俊的轮回之力比较复杂，他想加强攻击力方面的修炼，所以选择了古徐洲的金之城。至于舞悦，当仁不让地选择了五灵城。秦小川则和黄俊一样，也选择了金之城，两人也算有个照应。其他的弟子，前往木之城、火之城、土之城的都有，唯独帝莘迟迟没有决定，他家媳妇儿虽然很强，可若是孤身一人，他放心不下。

　　"看你们小两口这依依不舍的模样。帝莘，你放心去吧，太上师叔就交给我好了，我也要去雁门城一趟。"见叶凌月和帝莘依依不舍，花挽云走上前来。

　　"挽云姐，你要去新手城？"叶凌月还以为花挽云会和月沐白等人一起行动。

　　"不错，我打听过，天狼最后失踪前，曾经到过雁门城一带，我想去打听一下，看看有没有线索。"事实上，花挽云也不愿意和月沐白走在一起。

　　月沐白此人，外表看着彬彬有礼，可骨子里却透着一股阴毒。加之叶凌月曾经告诫花长老，赵天狼之死并不寻常，而当时和赵天狼一起行动的人中，就有月沐白以及另外一名孤月海的弟子，所以花挽云不得不怀疑他。

　　作为老牌猎妖者，花挽云拥有战斗功勋，只需抵扣一些功勋，就可以自由进出中原地区以外的任何城池，包括任意新手城。

　　"六弟，这下你可以放心了。你媳妇儿有挽云姐保护，你还是随五姐一起去五灵

城吧。"舞悦也劝着帝莘。

"就这么说定了，帝莘，我们之间还是可以联系的，你忘了我们有自己的联系方式。我们俩一起努力，早点通过考核期，成为猎妖者，就能在一起行动了。"叶凌月说罢，走到了花挽云的身旁。

众人的古九洲之行，正式开启。

缴纳了一定量的灵石后，叶凌月和花挽云穿过了古关口，来到了一座大型的古传送阵前。在等待传送阵启动之时，叶凌月和花挽云聊了起来。

"挽云姐，赵天狼的事可有眉目了？"叶凌月看了眼已经修复好的天狼棍问道。

"已经有些眉目了，但在没查清楚之前不好多说。说起天狼的事，我还有件事要拜托你。"说着花挽云将那根用兽皮包裹好的天狼棍解了下来，递给叶凌月。

"挽云姐，这是何意？"叶凌月不知花挽云的用意。

"要找到天狼的下落或者他早前去过的地方，需要用精神力引发里面的灵识烙印。我是武修，对精神力一窍不通，所以，到了雁门城后，我还需要你的帮忙。"这也是为什么花挽云要和叶凌月同行。

"举手之劳而已，到了雁门城后，还需要挽云姐多多关照。"叶凌月接过了天狼棍。

身后，古老的雁门城传送阵发出一片幽光，提醒两人可以传送了。

"古传送阵年久失修，一次只能传送一人，我先进去，你稍后跟上。"

花挽云见四下没什么人，就先进入了传送阵。进入之后没多久，传送阵上闪过一阵光，花挽云就消失了。

叶凌月掂着手中的天狼棍，沉甸甸的棍身依稀透着彪悍之气，她可以想象得出，使用这根天狼棍的赵天狼，实力必定十分了得。希望这次去雁门城能找到加害他的真凶，铲除门派内部的毒瘤。

叶凌月沉思着，由于注意力全都落在了天狼棍上，叶凌月没有意识到，就在花挽云踏入传送阵后不久，身后原本就灰蒙蒙的天空正在迅速发生着变化。大量铅红色的云从古九洲方向涌来，空气变得稀薄起来。

忽然，她听到身后有两名侍卫匆匆跑来。

"元力风暴就要来了，所有闲杂人等，立刻退回古关口外。"说着，那两名实力高深的侍卫，就拎起了叶凌月，不等她反抗，就如老鹰拎小鸡似的，将叶凌月往后拖去。

"什么……"叶凌月正欲询问什么是"元力风暴"，问题还未出口，她就瞪圆了眼睛，难以置信地看着前方。

广袤的古戈壁平原上，黄沙漫天，一股可怕的元力拔地而起。整个视野，刹那间模糊一片。那股元力，扭曲在一起，形成黄褐色的长龙般的龙卷风。熟悉古关口一带的城卫都知道，那是古关口最可怕的风暴。那是天地之间的罡气和煞气积淀到一定程度后，天罡和地煞对冲，才会产生的一种特殊天象，名为元力风暴。

元力风暴的规模有大有小。大型元力风暴，足以在个把时辰内将整个国家夷为平地；小型元力风暴，足以吞没一座山丘。而眼前这场元力风暴，规模介于大型和小型之间，所到之处飞沙走石，树木被连根拔起，砸落在城墙上。大段城墙塌陷，那些来不及躲避的车马卷入风暴中心，瞬间便被撕为碎片。

叶凌月被那两名侍卫夹着飞速往后撤，三人一起冲进了雁门古关口。

可就在古关口的大门即将关闭时，元力风暴骤然加强，摧毁了古老的城墙，足有数百斤重的城门砸下，其中一名侍卫来不及呼喊就被砸成了肉泥。

另一人见势不妙，冲着叶凌月喊了一声"快跑"，就朝着前方飞掠而去。叶凌月从未遇到过这种情况，下意识地就想躲进鸿蒙天。可让叶凌月惊诧的是，不知是不是元力风暴干扰所致，她一时之间竟无法进入鸿蒙天。她不由得想起了在星宿洞时，鸿蒙天也是没法子动用的。难道古关口和星宿洞一样，都被前辈大能设置了特殊的禁制，无法开启空间？

眼下叶凌月已经无暇多想了，她的脚力显然比不过元力飓风的速度，形势迫在眉睫，若是躲不开元力风暴，只有死路一条。她迅速朝四周看了几眼，目光落到了不远处的一处古关口上。来不及看清关口上的字，叶凌月就掠入了古关口中。可让叶凌月郁闷的是，那元力风暴如有灵识一般，也朝着古关口掠来。叶凌月发力狂奔，可身后的元力飓风却越追越紧。

不远处果然有一个传送阵，可是传送阵暗淡无光，也不知是不是被城卫关闭了，不过此时叶凌月已经不能回头了。叶凌月以最快的速度冲向那个传送阵，她能明显感觉到身后袭来凛冽的风力……

元力风暴来势汹汹，眼看就要把叶凌月卷走，一片幽光突然将她罩住，只是一瞬间，人就消失在传送阵内。在意识陷入模糊的前一刻，叶凌月隐约看到了"黄泉"二字。

在叶凌月的身影彻底被传送阵吞没时，后面的古关口处跑来了几名守卫。古关口由于地理位置特殊，所以这一带天罡和地煞之气的冲突尤为强烈，不时会引发小规模的元力风暴，这里的侍卫早就习以为常了。只是一般的元力风暴，规模都不大，破坏力也有限，像此次这种中等规模的元力风暴，百年间才会偶尔发生。

"报告队长，元力风暴已经结束，有十几名城卫重伤，两人殉职。此外，雁门和黄泉古关口被损毁。雁门传送阵被彻底摧毁，黄泉传送阵小部分损坏。"几名身穿战铠的侍卫，正向一名小队长汇报情况。

经过一番清点，几名侍卫在黄泉传送阵旁发现了一些不对头的地方。

"报告队长，这传送阵有些不对劲，元力风暴来临时，我们明明已经关闭了传送阵，可是看迹象，方才古传送阵好像开启过。"

古传送阵开启过？那就意味着有人前往黄泉城了。

"可是今日来古关口的都是新手，按理说应该不会有人闯入黄泉传送阵才对。难道是哪个倒霉鬼被元力风暴卷入了黄泉传送阵？传我的命令下去，联系其他几座新手城，查一查究竟是什么人进了黄泉传送阵。"小队长不禁同情起那个倒霉的新手来。

花挽云抵达雁门城之后，一直在等叶凌月到来，可她足足等了数个时辰，从晌午等到黄昏，也没见到叶凌月的身影。花挽云越等越不安，连忙去问雁门城的守卫。得知了事情的经过，花挽云面色一白，一把抓住那名侍卫的衣襟，难以置信地问："你说什么？再说一次！"

"古关口数个时辰前发生了元力风暴，有数人在风暴中失踪。你应该也是从雁门传送阵过来的吧，你的运气真不错，听说雁门古关口和传送阵全都毁于一旦，要修复至少也得数日……"

那守卫还在说什么，花挽云已经听不清了，她浑浑噩噩地走到一旁，手心里全是冷汗："太上师叔她……"

晌午过后没多久，前往五灵城的帝莘和舞悦等人，也从五灵传送阵里走了出来。

在办理新人手续时，帝莘听到身后传来一阵议论。

"听说了吗，今日古关口发生了一场元力风暴。有几名倒霉的新人刚好撞上，只怕是凶多吉少了。"

帝莘一听，眼神倏地变了。

"六弟，你要去哪里？"见帝莘掉头就走，舞悦忙喊住他。

"我要去接凌月。"帝莘有感觉，媳妇儿不会那么容易死。

"进入五灵城后，没有通过新手考核，不准擅自离开，否则你会被处死。"

就在这时，地面忽地一震，整座五灵城颠了一颠。

一个暮钟般的声音传来。那声音古老而又苍茫，仿佛是从地底冒出来的，又似乎是从天空飘落下来的。

帝莘的周身，忽然钻出了五道灵力光柱，那光柱拔地而起，没入天空，就如一个牢笼，将帝莘禁锢在了里面。

"小鬼，这是五灵城，由不得你放肆。"

牢笼之内，所有的天地灵气一下子消失了。帝莘只觉得自己体内的灵气似被什么东西禁锢住了，根本没法动用元力。

"城主！"听到那个声音，众人不由得变了脸色，齐刷刷跪了一地。

想不到这个刚来不久的新人，居然引出了五灵城主。

"老鬼，以大欺小算什么本事。"帝莘浑身灵气受禁，无法突破眼前的牢笼，不免有些恼火。

帝莘自小天赋过人，在孤月海时，无涯掌教对他也是百般疼爱，可算是一帆风顺，他从未遭遇过今日这样的困顿。

"小鬼，少拿话来激本城主，念你年幼无知，本城主就罚你关押在禁断天牢里一年。"那老者哼了一声。

整座五灵城，都在五灵城主的神识管控之中。帝莘初入五灵城时，五灵城主就留意到了帝莘。

关押一年，就意味着帝莘在这一年的时间里，根本没法修炼。对于一名新手而言，这样的惩罚，无疑就意味着他的新手考核至少要推迟一年。

"城主，还请城主大人开恩。我六弟年幼无知，他只是担心……"舞悦连忙跪下求情。

"五姐，不要求他！我们孤月海的人，一跪天，二跪地，三跪父母和师父，绝不跪以强欺弱的老匹夫。"帝莘喝止了舞悦的举动。

一年，一年时间都关押在这一步见方的鬼地方！一年时间，太长了，他等不起，他连分分秒秒都等不起。他的凌月，还在等他。他不管什么元力风暴，就算是凌月在地狱，他也会亲自将她找回来。

"六弟……"舞悦看着帝莘。

"小鬼，你要做什么？"五灵城主的声音高了几分。

被关在禁断天牢里的帝莘，忽然有了惊人之举。他竟用手抓住了两条灵力光柱。光柱一遇到刺激，噼噼啪啪，喷射出无数道小闪电一般的元力。那些元力，化成一道道利刃，刺入了帝莘的皮肤、血肉之中。

那光柱，乃是五灵城主的灵力凝聚而成，坚韧无比，就算是天阶的灵器都未必砍得断，更不用说，如今帝莘的元力被禁锢，体内已没有元力可动用。他竟是完全用着自己的血肉之躯，抗衡着光柱喷射出的灵力。鲜血滴滴答答地落了一地，血肉溃烂开，里面的白骨清晰可见，帝莘额头上的青筋剧烈地跳动着。剧痛一阵阵袭来，可是他却依旧没有放手。他的脑中只有一个念头——离开这里，离开这个鬼地方！古关口，他的凌月还在等着他去救。

"小鬼！你疯了不成？快点住手！"五灵城主的声音里也多了丝焦虑。他本以为帝莘和无数刚来五灵城的狂妄新人一样，只需要调教一番，即会遵守五灵城的规矩。哪知道这个少年，竟比他预料的还要倔。

"六弟，你不要做傻事。"舞悦被眼前这血淋淋的一幕吓到了，她冲上前去，却被章全给拦住了。

禁断天牢的灵力很强，旁人接近，必受重伤。帝莘的手早已不成形了，可是任凭他用尽了全身的气力，那两根灵力光柱依旧分毫不动。鲜血顺着灵力光柱落下。血滴溅落，就如一朵朵旖旎的妖花。

渐渐地，从血中钻出了一条条绿色的枝条，那些枝条攀爬上了灵力光柱。

"那是……"五灵城主和舞悦等人都难以置信地看着那些在血中盛开的花藤。

花藤在鲜血的滋润下，迅速抽芽生叶，长出了花苞，开出一朵朵色彩妖冶的花。不过须臾之间，禁断天牢竟被这些诡异的花藤和火焰一样红火的花遮得严严实实。

"给老子破开！"禁断天牢里响起如雷的咆哮。

轰的一声，五道灵力光柱同时破碎，花雨如血。妖娆的夕颜花中，少年一身染血，汗水早已打湿他的头发，湿漉漉的发下，那双眸子灿若星辰。

远在城主府的五灵城主陡然睁开双眼，眼底满是难以置信。他的禁断天牢居然被打破了，而且打破它的还是一个刚入五灵城的新手。

"居然破了。"章全等人目瞪口呆。他们从未见过有人打破城主的禁断天牢，而那人还是个初来乍到的新手。以前那些狂妄无比的新人，往往被禁断天牢关上一阵子就会痛哭求饶，从此变得服服帖帖。从未有人像帝莘这样，直接将禁断天牢给毁了。

那些侍卫和章全都没有上前阻拦帝莘。因为在五灵城有个不成文的规定，只要被关押的重犯能自行打破禁断天牢，那他所犯的罪行就既往不咎。

眼看着帝莘一步步走远，看着他身上滴下的血染红了他的脚印，舞悦急忙追了上去："六弟！"她不管了，哪怕是违背五灵城的城规，她也要和六弟一起去找凌月。

随着一声叹息落下，天空中忽然闪过一道白光，只见一名墨衫老者踩着一朵元力瑞云，自空中飘然落下。

"两位请留步。"老者正是五灵城城主。

"还有什么花招，尽管使出来，今日我非走不可。"帝莘面无表情，却心急如焚，他的双眼始终死死地盯着前方，城门是他唯一的目标。

"就算你离开了五灵城，也没法子立刻回到古关口。古关口遇险，如今所有的传送阵都会关闭三日。你还会因为触犯新手法则，连累你和你的朋友，永远被驱逐出古战场。但，若是你留下来，老夫可以想法子帮你打听到你那位朋友的安危。你是个聪明人，应该知道怎么做对自己更有利。"

五灵城主的言语中并无不悦。帝莘打破了他的禁断天牢，让五灵城主动了惜才之心。

帝莘目光闪动，他虽然因为叶凌月遇险而情绪失控，可终究是个聪明人。五灵城主一番动之以情、晓之以理的话，让他幡然醒悟。他打破了禁断天牢，可也损耗了一身的气力。就算他能回到古关口，只怕也是强弩之末了，无法对付古关口的守卫，更不用说寻找媳妇儿了。在古九洲，如今的他就如米粒之光，他甚至没办法找到叶凌月，一股强烈的挫败感充斥在帝莘的胸膛内。

"需要多久？"帝莘声音沙哑地问道。

五灵城主苍老的眼中闪过一丝欣慰，这少年，总算没让他失望。

"二十四个时辰之内，老夫一定想法子打听到你那位朋友的安危。"

"好，我就在五灵城多逗留二十四个时辰。"

帝莘也不多说，径直走到城门口，盘腿坐下，闭目调息。

五灵城主的问话很快就被送到了古关口，只是古关口方面一时无法答复，因为他们需要从各个关口确定抵达新手的名单。

古关口方面也在迅速统计在元力风暴中丧生和失踪者的数目和下落。

第二章　黄泉城主

由于阴天，灰蒙蒙的天空不见一丝阳光。

叶凌月觉得浑身疼痛，连抬一下手指都很困难。

"看样子已经死了好一会儿了。"

"值钱的东西都没了，只留了些破烂。"

"是个女人，身材挺不错，不知道脸蛋长得怎么样。"

"獐子，你不会连尸体都不放过吧？你可真重口，我先到一旁去。"

叶凌月费力地想要睁开眼睛，可是眼皮子如有千斤重，怎么也抬不起来。身体被粗鲁地翻了过来，身上的伤口被扯裂了，叶凌月有种骂人的冲动。她被元力风暴卷入传送阵中暂时昏迷不醒，才会被人当成死人。

那翻动她身子的男人欣喜地叫道："乖乖，居然是个大美人，可惜已经死了。爷先好好疼疼你，再找个地方把你埋了。"

接着，叶凌月就感觉有双手在撕扯她的衣服。下一刻，男人那两只乱摸叶凌月的手突然被冻成冰棍，随即如鞭炮一般爆炸了。男子这才知道自己招惹了不该惹的人，顾不得断了手，连滚带爬地跑了。

叶凌月出手逼退那人之后，再也没有多余的力气了。好在精神力还算充裕，叶凌月试着动了动神识，让她欣喜的是，这次鸿蒙天有了反应。她将小吱哟、小乌丫和小噩兔放了出来。小乌丫连忙扶叶凌月坐了起来，给她喂了些水和灵果，又让小吱哟在

附近巡逻。

叶凌月吃了些东西后，有了力气，缓慢运起鼎息疗伤。白色鼎息不愧是疗伤神器，一个多时辰之后，叶凌月感觉自己受损的经络和身上的伤口都在迅速愈合，疼痛也减轻了许多。

叶凌月安慰着小乌丫，可是很快她就发现，事情比她想的要糟很多。不仅她随身携带的乾坤紫金袋和凰令不翼而飞，就连挽云姐让她暂为保管的那根天狼棍都不见了，一定是那两个男人在她昏迷时偷走的。

乾坤袋里有她在孤月海积攒的几百颗灵石、大量丹药，还有一些灵器，但最重要的是她身上的凰令和天狼棍也被拿走了。前者是她和帝莘联系的唯一法子，后者关系到赵天狼的死因。

灰蒙的天和荒芜的平原景象，让叶凌月微微错愕，她稍微感应了一下，天地间的灵气很是稀薄。她记得在昏迷之前，她似乎掉进了古传送阵。她应该已经到了某座新手城附近。

"黄泉？"叶凌月看了半天，才勉强辨认出传送阵里刻着的那两个字。

黄泉城，那个众所周知的，古九洲新手城里环境最恶劣、考核最严格、天地灵气最稀薄的地方。这座城一直被称为新手冢，新手到了这里，十个里最多只能出来一两个。而且这里还盘踞着大批老手，以及一些流窜的黑暗势力。

"真背！"想到自己如今身无分文，还和其他人失去了联系，叶凌月忍不住啐了一口。

在黄泉城这种地方，贼匪肆虐，一名女新手若是容貌出众，必定会招惹很多不必要的麻烦。叶凌月想了想，从鸿蒙天里取出一些材料，照着以前自己当雇佣兵时的模样，将自己的脸庞、身体全染黑了，如此一来，容貌看上去就大打折扣了。

走了一个多时辰，沿途所见让叶凌月心底发毛。黄泉城果真名不虚传，一路走去，就如途经黄泉之路一般。随处可见不知是被人还是被妖兽撕碎的尸体，还有脏腑被啃光的灵兽。

叶凌月上了官道后，走了一个多时辰，前方终于出现了一座城池。城池的城墙严重风化，墙上布满了蚁窟，就连黄铜铸的厚重城门都缺了半扇，看上去就如豁了门牙的老太太，没有半分多余的生气。

进入黄泉城后，叶凌月发现，所谓的报到处，就是个和杂货铺没什么两样的小铺子。

"请问这里是新手报到处吗？我是来报到的。"叶凌月走上前去问了一句。

那名年轻女武者懒洋洋地看了她一眼："姓名、年龄、所属大陆和门派。"

"叶凌月、十六岁、青洲大陆孤月海。"

年轻女子看也不看叶凌月，撇了撇嘴，丢给她一本破册子。叶凌月只能硬着头皮，在一堆书卷中，找到了黄泉手册。

在城主都穷得要兼职的黄泉城，新手的待遇还不如街头的一条狗，食宿需要自理不说，培训还需要缴费。

黄泉城属性特殊，一来，新手的存活率太低，城主府是绝不会把钱投资在一个过不了几天就可能夭折的新手身上；二来，黄泉城没钱没钱没钱！

叶凌月看完之后，苦笑了一下，说道："多谢。还有一事，我想打听一下城中的酒楼或者茶馆在哪里？"叶凌月深知，酒楼、茶馆这种地方，往往是打听消息最方便的地方，也是人流最多的地方，那两个偷了她东西的毛贼必定会出没在这种地方。

"出门直走两千步就是了，别怪我没提醒你，黄泉城物价很高。我要是你，就会去酒楼茶馆走走，接一些新手任务。"女武者又撇了撇嘴。

"多谢。"叶凌月看得出来，这位女武者虽然很无礼，可面恶心善，况且以后自己还要和她打交道，所以言语上还是很恭敬的。

叶凌月离开之后，那名女武者自言自语道："倒是个懂礼数的，希望能在黄泉城里活久点儿。"

女武者说罢，看了看时辰："啧，又到了城务时间。"

女武者说罢，走出了窄门巷，东绕西绕，就到了黄泉城的城主府。一个只有十三四岁的少年侍者对她躬身行了个礼，连忙捧出一堆书卷："城主大人，这是这阵子黄泉城里发生的打架斗殴事件，还有奸淫掳掠事件，还有城门修缮申请书……"少年侍者一口气说了一堆的事。

女武者捏了捏太阳穴，这些乱七八糟的事，每个月都要发生几百起，可是没有城卫，怎么管啊？城门要修？没钱，拿什么去修？

女武者起身准备开溜。

"城主大人且慢，还真有一件事——古关口一带发生了元力风暴。"那少年侍者很了解城主的脾气，连忙开口说道。

"元力风暴？该不会又让各大城主捐款修建吧？黄泉城没钱，一个子儿都没有，无能为力。"女武者耸了耸肩。

"城主大人，这次不是募捐，而是古关口一带希望我们配合，确认一下失踪人员，说是风暴发生时，可能有人误闯了黄泉传送阵。"少年侍者急忙说道。

女武者挑了挑眉，想起了刚来报到的叶凌月，敢情那小黑炭不是自己来的，而是被元力风暴卷进来的。

"城主？"少年男侍询问了一声。

"报上去，说黄泉城刚来了个叫叶凌月的新人，她应该就是那个被卷入元力风暴的人。"女武者挥了挥手。

叶凌月报到之后，先在黄泉城中走了一圈。没想到打听消息也需要钱，叶凌月皱了皱眉，决定按照那名女武者说的那样，先找份工作，赚取一定的收入再说。

酒楼的任务大部分和打杀有关，酬劳较高，但是难度和耗时都更多。茶馆的任务相对简单，酬劳也低，但是大多数是闲差事，自由度较高。

叶凌月一打听，才知道整座黄泉城里只有一家茶馆，听说这家叫"风喃"的茶馆，还是上一任城主开的。叶凌月进去时，茶馆里果然没什么人，只有个黄牙老太婆正坐在那儿嗑瓜子。

"老人家，请问这里有没有新手任务可以接？"

老太婆确认了叶凌月的新手文书不是伪造的之后，才起身取出几个石牒。

"原本有六个新手任务，其中两个已经过期了，还有两个是男人才能接，最后两个，一个是城门守卫，一个是给城主府当园丁，报酬都一样——每个月一块中级灵石，包食宿。"

叶凌月好歹也是有鸿蒙天的人，对于花草树木什么的，她就算养不活，丢进鸿蒙天养一阵子也没问题。

"就它了，我一定会做下去的。"

叶凌月接下任务之后，老太婆将石牒给了她，让她立刻去城主府报到。按照茶馆老太婆的指引，叶凌月找到了城主府。宅子占地不小，和当初凤府在大夏的别院差不多大。

宅子虽大，看上去却很破旧。

一个十四五岁的俊秀少年跑了出来。少年手里拿着鸡毛掸子，身上系着大花围裙，看着有些滑稽，看样子正在打扫。

"我是来当园丁的，这是我的任务石牒。"

叶凌月说完，那少年接过了石牒。

"终于有人来帮我了。我是城主府的侍卫，兼职书童、厨师、仆从、马夫司小春。你可以喊我小春。"小春露出一口白牙，二话不说，带着叶凌月就往里走。

"城主对花园的要求不高，只要把里面的野草清理干净就行。"

说话间，小春和叶凌月已经站在了花园的入口处。

第二天，天边刚露出一抹鱼肚白，叶凌月就起了身。

清晨的城主府，还沐浴在一片晨雾中。那些棘手的天麻剑郁郁葱葱，长得很是挺拔。叶凌月倒也不嫌麻烦，慢条斯理地清理起来。

转眼间，叶凌月在城主府已经逗留了数日。这一日，她从城主府出来，走过一条街道，正好看到前方那家医馆的门口围了好几个人。

一名长得肥头大耳的医师正站在门口骂骂咧咧："穷鬼，没钱就不要来看病，你都在我的医馆里躺了两天了，一个子儿都交不出来。来人啊，给我把他丢出去。"

几名人高马大的医馆打手，抬起一个人就要往外丢。

就在叶凌月打算走开时，忽然听到一个耳熟的声音——

"医师大人，求你治治我的手吧，我的同伴一定会回来付钱的。"那名伤者苦苦哀求医师，叶凌月循声望去，发现此人竟是那日被她所伤的獐子。

"呸！什么你的同伴，他前日把你送过来时，一块灵石都没留下。"那医者满脸的愤怒。

他见送獐子过来的人修为不错，又带着个鼓鼓囊囊的储物袋，认定此人是个有钱的主，才把獐子收下。后来他才发现，獐子的断手不知是被什么武器或武学所伤，根本治不好。

獐子每天都在医馆里疼得叫个不停，吵得他不得安宁，而他的同伙当晚就溜走了。医者搜遍了獐子全身，都没找到灵石和值钱的东西，才知道自己被人坑了，一怒

之下就要把他赶走。

"那个浑蛋居然……"獐子气得不轻，说好了平分赃物，哪知那小子却拿着东西跑了。

他只能咬牙指了指自己的腰带："医师大人，你先别急，我的腰带里有一块成色上好的玉。那玩意一定值不少钱，你看能不能充当我的医药费，你一定要想法子治好我的手。"

"有钱还不早说。"医师一听有油水可捞，连忙将獐子的腰带抽了出来。

原来在腰带里有一个巴掌大的暗格，里面藏着一块玉。玉是凰鸟形状，玉身剔透无瑕，一看就名贵得很。这种精美的玩意，就算不是灵器，卖给那些喜欢精美饰品的贵族也能卖不少钱。

"小子，看在这块玉的分上，前两日的医药费就算你给了，只是你这手伤，连神仙都没法治。来人啊，把人给我丢出去。"医师说罢，收起美玉就要回医馆去。

就在这时，一只手忽然出现，一把就将他那只贪婪无比的手给抓住了。

医师动弹不得，回头一看，却见一个黑炭似的女子正站在身后。

"哪来的不长眼的丫头，敢抢本大爷的东西？你也不打听打听，本神医可是——"医师在黄泉城也算有些地位，自恃医术了得，认识些猎妖者，当即叫嚣起来。可哪知他还没说完，就痛得嗷嗷直叫。原来叶凌月一用劲，竟把他的手腕给弄脱臼了。

"把你的脏手从凰令上拿开！"叶凌月目光灼灼地盯着医师手中的凰令。

凰令，终于找到了！叶凌月不禁有些懊恼，她真是百密一疏，怎么就忘了，獐子被她用冰封天下和黑色鼎息所伤，伤势极其严重。这种伤根本没法子自愈，只能找人治疗，但是放眼整个黄泉城，有谁能够治疗她出手造成的伤害？她以前只是在酒楼和茶馆这些热闹处查找，怎么就忽略了医馆。

"想抢东西？找死！"医师强忍着痛意，冲着自己的手下喊了一声，"给我打！"

那几名医馆打手见此情形，丢下伤者就朝叶凌月扑去。这些打手居然都是武者，修为都在轮回三道左右。叶凌月也不惊慌，将那肥猪医师往前一挡。五指一拢，体内的天地之力迅速凝聚，指间瞬间爆开了无数的指力。那指力夹杂着鬼门十三针的阴寒之力，朝着几名武者的眼、鼻、口以及多处要害袭去，那几名武者只觉得眼、鼻、口骤疼。

须臾之间，那几处要命的部位，凡是凸在外面的，都凝起了寒冰，冻得硬邦邦的，里面有无数天地之力四处乱窜，浑身上下针扎般地疼痛，那些武者吓得连声惨叫。

医师哪见过这么诡异的手段，吓得扑通一声跪在地上："姑娘饶命啊，小的错了。这东西姑娘要是看得上，还请姑娘带走。那人的诊金小的也不要了，只求姑娘给小的留条狗命。"

方才叶凌月听到众人议论，说这胖医师极为可恶，以前有一名妇人临产，送到了他的医馆，他嫌对方没钱，不肯替对方接生，还让手下糟蹋了那名孕妇，害得孕妇最终一尸两命。

对于这种恶人，身为玉手毒尊的传人，她叶凌月既然见到了，岂能轻易放过。叶凌月用脚在胖子的左右手上用力一踩，胖子惨叫两声，昏死过去。叶凌月将凰令捡了起来。在其他人手中，凰令只是一块欣赏价值极高的美玉，可对叶凌月而言，这是她和帝莘联系的唯一法子。这两天一直没有她的音讯，帝莘肯定急坏了。

找回凰令，叶凌月目光一转，落到了獐子身上。

"你，你不要过来，我可是群英社的人，你若伤了我，群英社是不会放过你的。"獐子见叶凌月手段残忍地连伤数人，已经吓破胆了。

"伤了你又如何，反正已经打断了你的手，再多一项罪名，反倒是我赚了。"

叶凌月恨极了獐子，此人不仅意欲侮辱她，还害得她丢失了全部行李。

如果换成其他新人，遭此横祸，只怕早已死于黄泉城外了。

"你……是你！"獐子这才发现，眼前这黑乎乎的女子，居然就是那个濒死的大美人。

"看来断手还不够，得让你再长长教训。"叶凌月的话音刚落，两道凛冽的鼎息就钻入獐子的双腿之中。

那种熟悉而又恐怖的撕裂感再度传来，獐子连惨叫都来不及，双腿就诡异地爆炸了。

"你不是人，你杀了我吧！"獐子已经奄奄一息，偏又死不得。

"杀了你？那可不行。你要是死了，谁告诉我，我的东西在哪里？你那同伴如此待你，到这份上你还想袒护他吗？"

獐子也知自己今日活不成了，他想起同伴抛弃自己，一个人潇洒快活去了，心底生起一股漫天的恨意。

"是秦东拿走了你的东西，你要找他，就去城中的群英社。"獐子刚一说完，叶凌月一掌挥出，獐子身子一歪就断了气。

叶凌月到黄泉城的时间还短，对城中的情况还不了解，她打听了一下，才知群英社是城中势力最大的猎妖者社团，成员有五六百人。

这群英社要慢慢对付，叶凌月思忖了一番，回到城主府，这才摸出凰令。叶凌月的思绪，也随着凰令飞到了遥远的五灵城。

这几日，五灵城内进出的人都留意到，在城门旁盘腿坐着一名少年。少年一动不动，就如石雕一般。他的容貌和气度，更是引来了无数人的关注。

帝莘在等待古关口的消息，而舞悦则一直陪着帝莘。二十多个时辰，对于舞悦和帝莘而言，都是度日如年。

除了五灵城，其他八座新手城中，已经有六七座陆续送来了消息。

"有了，有了，黄泉城刚送来消息。黄泉城中来了个女新手，名叫叶凌月。不过那新手的外貌，和你们描述的似乎有些出入。"就在最后一个时辰，临近黄昏时，章全急匆匆跑来，带来了一个让人振奋的消息。

乍听到叶凌月的消息，舞悦大喜。

坐在一旁当了两天雕像的帝莘，也倏地张开眼睛。

"我要去黄泉城。"帝莘也不多问，长腿一跨就要走人。不管黄泉城的女人是不是媳妇儿，他都要去确定一番。

就在这时，帝莘突然脚步一顿，急忙往怀里摸去，急切地掏出一块玉牌。此时，玉牌上发出一片和煦的光芒，有个清柔中带着几分娇憨的声音从令牌中传了出来："帝莘，我是凌月，你到了五灵城没有？我中途出了点意外，这会儿才联系你，你没生气吧？"

"媳妇儿！"帝莘的眼神骤然一变，脸上露出一抹连冰山都能瞬间融化的宠溺笑容。

"媳妇儿,你在黄泉城等着,我立刻去找你。"听到叶凌月的声音,帝莘顿觉如释重负,至少媳妇儿没出事。

"你过来干什么?你不准来,乖乖留在五灵城修炼。我和你说啊,黄泉城的空气可差了,东西可难吃了,物价可贵了,最过分的是新手培训还得自费。不过你媳妇儿我已经找了一份包食宿的新手任务,你管好你自个儿就行了,我会顺利完成考核和你会师的。"叶凌月用命令的口吻说道,强烈反对帝莘到黄泉城来。

叶凌月和帝莘两日未见,当真是如隔六秋,大部分时间是叶凌月在说,帝莘在听。不知讲了多久,叶凌月的声音越来越轻,直到最后,变成了均匀的呼吸声。

帝莘不舍得将凤令拿开,而是小心翼翼地把它放在了枕边。听着媳妇儿的呼吸声,帝莘觉得,日子仿佛又回到了媳妇儿就在身边的那两年,心中那股空落落的感觉被填得满满的。

他对着凤令酷酷地说了一句:"媳妇儿,晚安。"说完后,帝莘才心满意足地闭上眼,嘴角多了一抹化不开的温柔。

在隔绝了大半的古九洲大陆的黄泉城里,睡梦中的叶凌月仿佛听到了这句话,她的嘴角翘起,露出了甜甜的笑容。

再度睁开眼时,已经是三更时分。

虽已经是三更了,可叶凌月因为调息,精神反倒很好。黄泉城遇到的事,让叶凌月的危机感加重,无时无刻不想着修炼。她索性就修炼起了《神蚕诀》。作为十强赛获胜的奖品,叶凌月从掌门那里得了《神蚕诀》这门功法,可一直没有修炼。

她只是稍作思考,《神蚕诀》的字诀就出现在她的脑海中,只有百余字的字诀,叶凌月却觉得,每个字中,仿佛都有奥秘。

记是一回事,参悟又是一回事。叶凌月这一参悟,又过去了两个时辰,很快就从三更到了黎明前后。

突然,从叶凌月的身体里分化出一个虚影。那虚影刚形成不久,所以还有些模糊。大概过了一刻钟,虚影才稳定下来,五官轮廓也逐渐清晰,却正是叶凌月的元神。

"哇,真是一模一样!"元神叶凌月目瞪口呆地看着端坐在床榻上的肉身叶凌月。

"主人，恭喜你修炼出了第一元神，这就是'元神出窍'。不过主人，你的元神刚形成不久，还很脆弱，不宜在白日外出，只适合夜游，而且不能像常人那样攻击、防御。等到你的元神更强一些，有肉身五成的实力了，就可以日夜兼出了。"

见叶凌月顺利完成元神出窍，鼎灵也不甘寂寞，直接化形，跟只小跳蚤似的，在叶凌月的第一元神身旁跳来跳去。

叶凌月第一次出窍成功，自然是跃跃欲试。她看看天色，离天亮还有一段时间。不如外出夜游一次，也不走远，就在城主府看看，体会一下这元神出窍的感觉。

元神叶凌月可以自由穿透墙壁和一些隔绝物，没过一会儿，叶凌月把能去的、不能去的地方都晃了个遍，就差城主和小春的卧室没去了。

这时天也渐渐亮了，鼎灵提醒叶凌月，该回去了。

元神叶凌月也玩够了，就准备回去。可就在这时，她忽然觉得地面一震，一阵如同野兽怒吼的叫声从某个角落传了过来。

"难道有刺客？声音好像是从那个方向传过来的。"叶凌月嘀咕着，心想，哪个不长眼的刺客会到城主府来？

叶凌月在接管这片花园时，就从司小春口中得知，老城主是个好风雅的人，院落里的假山就是他命人修建的，据说有助于修炼。元神叶凌月不由得警觉起来。如果没猜错的话，假山的内部应该是空的。她当即试图让元神穿入假山之中。可让她诧异的是，元神竟然无法渗入这座看似普普通通的假山。

"不成，这假山只怕被人设了禁制，假山应该有其他的入口。"

元神叶凌月沉思了一下，一番搜索下来，天已经快大亮了。

她第一次元神夜游，不可太过度。无奈之下，元神叶凌月只得退出花园。

过了几日，叶凌月对于假山的事一直耿耿于怀。她下意识地觉得，假山下必定隐藏了什么大秘密。像往常一样，叶凌月的元神出了窍，熟门熟路地朝着假山的方向掠去。临近三更，城主府依旧一片寂静，可以清楚地听到城中更夫打更的声音。

"依旧没有任何收获。"元神叶凌月摇了摇头。就在她准备离开假山时，脚下咔嗒一声，有什么东西陷了下去。叶凌月暗暗一惊，朝着黑漆漆的地上看去，才发现竟是脚下的一块长满了青苔的假山石被踩得陷了下去。

嘭嘭嘭……就在叶凌月通过元神分身观察四周时，一连串可怕的撞击声从假山深处传来。

"就是这个声音。"叶凌月皱了皱眉，元神分身脚下一快，朝着假山深处掠去。

就在那阵似兽又似人的吼声吸引叶凌月进入假山时，花园的外头闪过了一个人影。那人影风尘仆仆，几个起落，就已经进入了花园。

这时，那阵可怕的咆哮声传来，来人猛地一惊，不再迟疑，朝着假山飞奔而去。

叶凌月终于到了假山的底部，前方是一个四方形的牢笼，牢笼上的每一根铁条都是用涅槃铁浇铸而成的，足有叶凌月的手臂粗细。牢笼里匍匐着一头高大的野兽，它全身长满了灰白色的毛发，四肢被一根根绳索捆住，指甲已经很长时间没有修剪过了。那双眼睛尽管布满了血丝，眼底的所有情绪已被愤怒和疯狂取代，可那的的确确是一双人眼。

是人！这牢笼里关押的并非什么野兽，而是一个活人！危机感油然而生，叶凌月正准备离开假山，身后的空气骤然变得阴冷起来，她顿觉身子一僵。

就在这时，一股强横无比的元力从身后袭来，速度之快，力道之狠，让叶凌月预感到了自己的元神被击溃的情形。叶凌月闪身躲过，这股元力打到假山的山壁上，顿时打出一个半尺多深的大坑。

叶凌月躲得快，那人追得更快。来人料定叶凌月发现了假山里的秘密，又怎会让她轻易逃脱。两人一个追一个逃，不一会儿叶凌月的元神就逃出了院落，径直往她自己的住处躲去。

开什么玩笑，若是元神受损她就完蛋了，为今之计，只能尽快返回肉身，硬着头皮和来者一拼了。

一进入住处，元神就立刻融入了肉身。

"屋子里是何人，滚出来！"门外响起一声雷霆般的怒吼，原本就很简陋的房门被一脚踹开了。

床榻上，元神和肉身刚刚合一的叶凌月霍然睁开眼睛，她倒要看看，这个对自己穷追不舍的家伙究竟是什么人。

四道目光风驰电掣般地对上了，看清对方的模样，两人同时发出一声惊呼："怎么是你！"

叶凌月神情复杂，来人也是一脸的困惑。眼前这名夜闯城主府的夜行客不是别人，正是叶凌月在新手报到处遇到过的那个"抠门"女武者。

"出了什么事？"刚从睡梦中惊醒的司小春闻声赶了过来。

"她怎么会在这里？"叶凌月和女武者同时指着对方问道。

"城主，凌月，你们这是怎么了？城主，您回来了，只是大半夜的，您怎么跑到凌月的房里来了？"

司小春被两个女人夹在中间，一脸的莫名其妙。

"她就是黄泉城主？"

"她就是那个园丁？"

黄泉城主一改在新手报到处时的懒散模样，看向叶凌月的眼神中透着一股阴寒之气。

"好个貌不惊人却心思狡猾的小丫头，连小春都被你糊弄过去了。说，你究竟是什么人？何人派你潜入黄泉城的？"黄泉城主一见小春都被此女蛊惑了，气得不轻。

"小春，你别被她蒙蔽了。她在假山里囚禁了一个人。"叶凌月毫不示弱，将今晚的所见所闻全都说了出来。

"你……找死！"黄泉城主气得脸色发青，忽地化手为掌，凝起一股元力就朝叶凌月劈去。

叶凌月见了，手指一扬，朝着黄泉城主抓去。一股黑魆魆的鼎息夹杂着鬼门十三针之力，和黄泉城主的元力撞在了一起。只听得轰的一声，天地之力和轮回之力碰触时，叶凌月栖身的小房子，就如经历了一场突如其来的风暴，床榻四分五裂，房屋轰然炸开。

"天地之力？我问你，紫堂宿是你什么人？"

黄泉城主的功力比叶凌月强了数倍，可不知为何，在她和叶凌月过了一招之后，她忽然收力，身形一拔，飘然往后落去。

"你认识师父紫？"

叶凌月的天地之力，自获得之后，就鲜少被人看破过。

叶凌月一使出天地之力，黄泉城主就知道她和紫堂宿一定有关系，毕竟放眼整个古九洲，能懂得这种玄妙的天地之力的人屈指可数。更何况，叶凌月又恰好来自青洲大陆。据她所知，紫堂宿在俗世中的身份，就是孤月海的尊上。

"这究竟是怎么回事？城主、凌月，你们一定是误会了。"司小春见两人停了手，松了口气，担心两人再度交手，他拦住了两人。

"罢了，看在你是紫堂宿弟子的分上，今晚的事我可以不追究，但是你要记住，假山里的事，你要是向外泄露一分，我就唯你是问。城主府的工作也无须你做了，小春，把一个月的薪酬给她，让她离开。"

黄泉城主显然和紫堂宿是故交，她最终还是没有再对叶凌月出手。

"城主……唉，凌月，你跟我来。"司小春深知城主的脾气，只得带着叶凌月离开。

可就在这时，从花园方向传来了一阵怪响。黄泉城主再也顾不得叶凌月和司小春，转身就朝花园暴掠而去。

叶凌月和司小春刚赶到花园门口，就看到两道黑影缠斗在一起，其中一人赫然就是假山里的那名囚犯。他趁叶凌月和黄泉城主打斗之时逃了出来。

那黑影早前被缚妖索捆住了手脚，也不知他用了什么法子，竟挣脱了那几根缚妖索，只是琵琶骨上的那一根还捆绑着。叶凌月和司小春赶到时，黑影正和黄泉城主斗得不可开交。

叶凌月一看，不由得惊愕。以黄泉城主的身手，竟只能和那名囚犯勉强斗个平手。

司小春担心黄泉城主受伤，抽出佩刀就要上前相助。看清了那人的模样，司小春失声喊道："老城主！"

老城主表现得就像不认识小春一样，不仅不搭理他，还趁他失神之际抓住了他，朝着他的颈部张口就咬。叶凌月及时出手救下小春，诧异地问他："他是老城主？你不是说老城主已经去世了吗？为何黄泉城主要关押他，难道是为了谋夺城主之位？"

"不可能，老城主是城主的生父，城主怎会害他！"司小春也不知道老城主为何会这样，看他的样子，分明已经疯癫了多年。

"还愣着干什么，快把他控制住。"叶凌月大喝一声，司小春顿时回过神来。

三人一起合力，经过一番激烈的搏斗，终于用缚妖索将老城主捆绑起来。

"有病就要医治，你身为城主，难道连这点常识都没有？"叶凌月指责黄泉城主。

　　"父亲的病无人可医。再说了，你以为本城主这些年没有想法子治疗？"黄泉城主气得不轻。

　　她这些年不惜散尽家财，四处寻找各种丹方药方，但是没有一种丹药对父亲的病有用。

第三章　父母之爱

　　老城主在率领黄泉城的新手执行一次任务时遭遇伏击，带去的新手几乎全军覆没，老城主也身负重伤。回到黄泉城后，老城主虽然渐渐康复，可他却发现自己的脾气越来越古怪，甚至到了饮血食肉的可怕地步。

　　老城主遍寻各地的名医和方士未果，病情日益严重，最终决定自我了断。他哀求唯一知情的亲生女儿司韵动手，司韵不忍下手，只得将他关押起来，然后继承了城主之位。

　　"事情的真相就是这样。叶凌月，我很感谢你出手救了小春，父亲成了这样之后，小春是我唯一的亲人，你可以离开了。"

　　司韵像是一下子老了数岁，叹了口气，摆了摆手，作势就要将老城主送回去。

　　"老城主的病，我能治。"叶凌月劈手拦下了司韵。

　　叶凌月挥挥手，示意司韵和小春将老城主搬到房间里去。

　　"我记得紫堂宿只会炼丹炼器，不懂治疗，你的医术是跟谁学的？"司韵还是很谨慎的。

　　老城主的情况她早就心知肚明，那不是一般的外伤，更不是内伤，就因为什么伤都不是，所以才最棘手。

　　"我也没说自己只有一个师父啊，这医术是跟两位隐世的老前辈学来的，说了你也不认识。你将老城主发病时的反应，详细地写下来。"

等房中只有叶凌月和被捆绑着的老城主时，叶凌月拱了拱手，说道："老城主，我知道你能听懂我说的话，恕在下冒犯了。"

床榻上，一动不能动的老城主恶狠狠地瞪了叶凌月一眼。叶凌月也不客气，拿出一把锋利的剪子，把老城主身上的须发全都剪光了。

随即，她又运起白色鼎息，让它渗入老城主体内。叶凌月利用鼎息治病已是轻车熟路，她本以为这次很快就能找到病灶，只要用鼎息将病灶吞噬即可，所以刚才她才说得那么信心十足。可是这一次，老城主的病却让叶凌月吃了一惊。

白色鼎息在老城主的体内游走了一圈，什么都没发现。一般而言，在鼎息的透视作用下，疾病和内伤会呈现深浅不同的黑点。轻微的症状，灰色；稍重一些，黑色；若是再重些，则是墨色。可是老城主的体内，无论是脏腑还是血液、经脉里，没有任何黑点或者病变的迹象。

如此一来，鼎息根本没有用武之地。

"怎么会这样？难道老城主根本就没有病？"叶凌月的脸色难看了许多，她从未想过，这世上竟有鼎息都看不破的病。

"看来今晚是找不出病因了，还是想想法子，等城主明日的病情反馈吧。"叶凌月也有些乏了，利用鼎息诊断和治疗都是极其费力的，加之早前元神出窍，她前所未有地疲惫。

由于她的住处被黄泉城主给毁了，司小春又给她安排了住处，就在老城主的房间旁边。

叶凌月和衣而卧，身体虽然疲惫至极，可思绪却异常活跃。她先是想着天狼棍的下落，再是想着老城主的病，如此反反复复，直到天色渐亮才睡着了。

这一睡过去，却是梦入太虚，耳边有个若有似无的声音在唤她："凌月，醒醒……"那声音很是亲切，又有几分期盼。

叶凌月猛地一惊，认出那正是自己在夏都时见过的神医云笙的声音。她突然睁开眼睛，看到云笙正含笑站在距她半尺远的地方。

"云神医，怎么是你？"

叶凌月乍看到云笙，吓了一跳，再看四周，发现自己早已不在城主府了，周围雾蒙蒙的，如在云端，看上去倒像是在天罡殿那种地方。难道她睡迷糊了，进了天地阵？可这也说不通啊，为何云神医会出现在这里？这究竟是怎么回事？

"凌月，你不用吃惊。先要恭喜你，你能看到我，意味着你已经修炼出了元神。我一直在想法子和你联系，只可惜，由于人神界的禁制，一直不能实现。但是你如今有了元神，你我就可以同时脱离肉身，不受人神两界的限制。以后，你我的元神就可以相聚了。"

云笙看着叶凌月，眼中隐隐有泪光闪动。她怕叶凌月发现，垂眸将眼底的泪意隐去。

女儿修炼出了元神，这件事让云笙在欢喜的同时又很担忧。这就意味着，女儿的实力更进一步，可这同时也意味着，女儿离发现当年的真相越来越近了。

加之云笙这阵子偶有听闻，北境神尊奚九夜频频有动作，不禁更加担心。当然，她不会将这些事告诉叶凌月。她更不知道，尽管她多番阻挠，可是叶凌月已经和奚九夜暗中有了交集，只是彼时两人还不知道而已。

"云神医，见到你真好。我还以为自己此生都没法子遇到你了。"叶凌月再次遇到云笙，欢喜不已，说话间不知不觉带了一丝撒娇的意味。不知何故，她很喜欢云笙，感觉她们似乎已经认识了很久。

"傻孩子，你想见我，以后就可以来天府。不过，这样的机会只怕不多。来，和我说说，这些日子，你在青洲大陆上过得怎么样？"

云笙和夜北溟自青洲大陆和叶凌月一别后，为免被奚九夜的人发现蛛丝马迹，就忍痛断了和叶凌月的一切联系。她还不知道，叶凌月如今已经离开了青洲大陆，到了古九洲。

"你说神界有人要加害于你？"听叶凌月说到混元老祖的事，云笙不由得握紧叶凌月的手，那张精致的脸上透出一股森寒的煞气。

叶凌月看得一愣。云笙在她面前，一直和善得很，从未露出过这样的神情。以前叶凌月还偷偷想过，云笙这么和善的人，怎么找了夜北溟那个煞气腾腾的男人？此时看来，她和她的夫君还真是般配极了。

"那该死的贱人和渣男！"云笙这会儿可是动了真怒。叶凌月不知神界的人是谁，她还能不知道？她真恨不得将兰楚楚那个贱人抓过来抽筋剥皮，还有奚九夜那个渣男，他居然一而再、再而三地让他那不要脸的女人害她的月儿。

云笙的神情阴晴变幻，脸色很是可怕，叶凌月不由得看呆了。发现自己的异样后，云笙怕吓坏了宝贝女儿，忙唇角一扬，露出两个很漂亮的梨涡。

"凌月，你接着往下说，你和凤莘那小子，最后是怎么躲过神界的追杀的？"虽然对神界那对渣滓恨得紧，可同时云笙也很得意——自家女儿果然厉害，还未成神，就可以诛神。

哪知叶凌月听了却瞬间一暗，将凤莘和巫重被封印，自己无奈之下投身孤月海，再拜紫堂宿为师，为了帮助帝莘找回全部的灵魂碎片才来到古九洲，但却和众人分开的事全都说了一遍。饶是云笙这般阅历丰富、在人神魔三界都有所作为的人，听了叶凌月的这番经历，也不由得沉默了。一人双魂，对于云笙这种从现代穿越过来的人而言，倒不是完全不能接受。在现代医学上，那可以说是人格分裂的一种表现。但是凤莘和巫重的情况，又和普通的人格分裂不同，更何况，其中一重身份还是妖祖。妖祖这个名号，哪怕在神界，也是凶名显赫。在神界和妖界大战之时，妖祖曾单枪匹马斩杀了数名神尊。虽然夜北溟当时并未参战，但神妖两界向来水火不容。

云笙不由得想起，当初夜狐狸第一次看到凤莘时，就面露异色，有些微词。当时还以为夜狐狸嫌弃凤莘不够强大，无法保护宝贝女儿，如今想来，夜狐狸只怕早就有所察觉。

唉，自家女儿还真是情路坎坷。云笙心中千回百转，良久才轻叹了一声。

"对了，云神医，那奚九夜究竟是什么人？"

见叶凌月的反应如常，云笙暗暗松了口气，她也是想多了，女儿已经没了以前的记忆。

"那是个狼子野心的小人，但实力不错，而且还拥有很惊人的天赐神体，就连我和夜狐狸也得忌惮几分。"云笙呸了一口。

"嗯，我会留意的。你也提醒你家夫君小心些，那奚九夜好像在暗中招兵买马，准备对付什么人。"

叶凌月想起了天罡殿以及那险些被炼制成戮神箭的天罡竹，隐隐觉得奚九夜图谋不轨，而且此事很可能与云笙夫妻有关。

"对了，我在城主府里遇到了一件怪事。"叶凌月当即将老城主的病情说了一遍。

"你是说，他既没有外伤，也没有内伤，更没有中毒，但性情狂躁，还喜食人肉，体内有一些煞气，但没到妖化的程度。"

"不错，我可以肯定，他的身体根本就没有毛病。"叶凌月笃定地说，因为鼎息的判断从来就没有错过。

"你错了，没有外伤和内伤，并不意味着没病。"哪知云笙听后却摇了摇头。

"云神医，这话从何说起？"叶凌月一惊。

"老城主的病，你看不出并不奇怪。因为那是一种现代病，简单地说，就是一种精神病，应该就是所谓的'战后心理综合征'。你也说过，病人是在完成一次大荒训练项目，返回后病情发作的。这种病是有一段潜伏期的，遇到刺激之后才会发作。"

云笙也知道，自己这么说，叶凌月一定听不懂。谁让这种病症，只在现代医学上才有记载呢。

"这种病并不好治疗，我想，老城主必定是经历了什么，才会导致突然发病。你最好检查一下他的脑部。还有，可以的话，让他尽量多和人接触，尤其是他的至亲。"

云笙和叶凌月的团聚，时间还是很有限的。

"我们的时间也差不多到了，即便是元神沟通，最多也只能维持半个时辰，若是有很棘手的事，你可以再到这里来找我。记住我方才的那番话，没到万不得已的地步，不要和神界的人再起冲突。"

云笙依依不舍地看了眼叶凌月，两人这才告别。

八荒神界内，一座修葺得很雅致的茅草房里。

尽管已经身为神尊、神后多年，夫妻俩最怀念的，却是早年在人界时的日子。云笙收回了元神，床榻边还斜躺着一个人，却是八荒神尊夜北溟。他披着玄色镶金色长衫，几缕不听话的长发散开，落在了蜜色的胸膛上。那双狐狸眼微微眯起，看似在看手中的奏折，目光却一丝不落地停在了娇妻的身上。

"见到月儿了？"男人将奏章随手丢开，手臂一捞，将妻子搂在了怀中。尽管成婚已经数百年，但八荒神尊和神后的恩爱，在整个神界都是出了名的。

"我们的女儿差点又没了，该死的北境！"云笙将女儿险些丧命的事，简略地说了一遍。

夜北溟听后，顿时怒从心头起："好个奚九夜，我当年忍他一时，他还真要欺到我头上来了，我要带兵征讨北境！"

他当初还不是神尊之时，就能以一己之力，击杀奚族族长，屠戮半个奚族。如今他女儿一而再、再而三地受欺负，这口气他怎么咽得下去。

"慢着。夜狐狸，奚九夜可不是他那个鲁莽的爹爹。如今他又是神帝的乘龙快婿，你怎么讨伐？以什么名义讨伐？你别忘了，当初我们为了八荒境，可是被迫签下了停战协议，如今时效未过，你若是带兵征讨，岂不是要引来两境大战，届时理亏的还是八荒境。"

云笙虽然恨极了奚九夜和兰楚楚那对贱人，可她也清楚，战争是解决不了问题的。

"这口气，你咽不下去，我也咽不下去。你准备一下，我们要去参加火炎帝君的寿宴，我要替女儿报仇去！"云笙的眸子里凝起一层寒冰。

"你不是不想参加寿宴，说是不想遇到那对狗男女吗，怎么突然就改了主意？"

神界几大神帝，火炎帝君既是云笙的先祖，又对两人有知遇之恩。

火炎帝君的寿辰，势必会请神界诸神。

奚九夜和他的那个神妃，必定也在其列。

"我改主意了，凭什么我的女儿在人界受苦，我们在这里忍气吞声，那对狗男女却能在神界呼风唤雨？我就是见不得他们好。"

云笙说罢，就催着夜北溟准备寿礼，自己也收拾妥当，两人携手前往火焰天庙，参加火炎帝君的寿宴。

不出云笙和夜北溟所料，天庙前车水马龙，各式神辇纷纷赶到。

"八荒神尊，医佛大人，好久不见。"见两夫妻来了，一些认识的神尊纷纷过来打招呼。

在神界，眼前这对夫妻可是传奇人物。大部分神尊，能在百年间坐到神尊的位置，那必定是身后有大神族的支持，但医佛和八荒神尊则不同。两人都是毫无背景，从人界一步步成长为神尊的。夫妻俩，妻子云笙医术无双，手下活人无数，而丈夫夜北溟威名赫赫，在神界素有"战神"之称。

云笙对于这种客套的场面懒得答应，就把一切交给了夜北溟，自己则靠在了自家男人怀里，一双美目四处睃巡，寻找着她今日的目标。

就在这时，忽然响起一阵叮叮咚咚的声音，天空中落下了片片六角冰晶。一座冰雕般的冰雪女神神辇从天而降。

神辇一出，一里内外，雪落不止。两条冰雪蛟龙长鸣一声，落到了地上。

神辇刚落地，就下来一名男子。那男子，发如霜，用一根冰蓝的绸带系着，眉目如冰雕般深邃，鼻梁高挺，他只是站着，就如发光体般耀眼，攫取了在场无数神女的呼吸和目光。

"是北境神尊奚九夜。"

"好俊美，听说他还很痴情，这么多年只有一位神妃。"

那些神女都窃窃私语起来，用爱慕的眼光追逐着奚九夜。

在神界，大部分的主神容貌都是很不俗的，但是像是八荒神尊和北境神尊这种又俊美又痴情的真心不多。可惜八荒神尊已经有了神后，而且听说一往情深，眼里连一粒沙子都容不下。

一干神女、女神尊们就只得将注意力都集中在了只有神妃的北境神尊身上。对于那些爱慕的眼光，奚九夜视若无睹，他从下车那一刻就冷着脸。尤其是，看到了相携出现的云笙和夜北溟夫妇时，眉间又冷了几分。

直到身后的神辇上传来一声娇呼，他才转过身去，修长有力的手落到了神辇前。只见里面伸出了一双柔若无骨的手，随后北境神妃兰楚楚那张美艳动人的脸探了出来。

众目睽睽之下，兰楚楚带着几分撒娇的意味说道："九夜哥哥，我有些乏了。"

火炎帝君的寿辰，那可是整个神界的大事。神尊级别以上，几大神帝，只要是和火炎帝君关系不错的，都会齐聚天庙。更不用说，这次奚九夜和兰楚楚还是代表了其中一位神帝而来的。两人坐着冰雪女神的神辇而来，本就已经很吸引眼球了。偏兰楚楚见了那一众神女以及几名单身女神尊对奚九夜爱慕的眼神，她心里就吃味，就装出一副坐车久了，腿脚发软、四肢无力的虚弱模样。

奚九夜看了眼兰楚楚，又怎会不知道自己女人的心思。想到了兰楚楚怀有身孕，他也就不再多计较。

"我抱你进去。"奚九夜说罢，就要弯腰抱起兰楚楚。

这时，夜北溟只觉得腰间吃疼，低头一看，只见自家的小野猫，正用爪子死命地挠他的腰。再看看云笙的嘴里，叽叽咕咕地骂着："不作会死啊，都几百岁了，还叫哥哥，那个贱人，恶心得我隔夜饭都要吐出来了。"

"小野猫，你抓的是为夫的腰。"夜北溟有些无奈地说道。

"我才不让那小贱人嘚瑟。"云笙哼了一声，停止了自己的小动作。

她的目光，落到了那座神辇上。冰雪女神的神辇，很拉风是吧，一过境天就要下雪是吧。云笙冷笑一声，衣袖下忽然滑出了一根古怪的权杖，权杖上镶嵌着多颗色泽鲜艳的宝石。她樱唇轻启，念出一连串的咒语。那咒语有着神秘的力量，虽然人和神都听不到，但总有一些生灵是听得到的，譬如说拉着冰雪女神神辇的那几匹血翅天马。原本安安静静的四匹血翅天马，棕色的眼中蓦然闪过一道血光。忽然间，像是受了什么刺激似的，血翅天马狂性大发，猛地一振翅，神辇忽地拔高，飞了起来。

兰楚楚本还满脸甜蜜，准备由奚九夜抱下辇去，享受其他人羡慕嫉妒的眼神。可哪知乐极生悲，血翅天马竟会忽然发狂。

四匹天马，暴躁不安，凌空飞起时，竟朝着东南西北四个方向，发足狂奔。要知那畜生的气力，根本没有准头，一座神辇，在众目睽睽之下四分五裂。兰楚楚惊呼着，从神辇上跌落。

"兰儿！"亏了奚九夜反应神速，他飞身而起，身子化作一道流光，将兰楚楚及时救了下来。

"九夜哥哥，我我……"兰楚楚吓得不轻，一时情绪激动，哭得梨花带雨。

"兰儿莫怕，有我在这里。"

奚九夜神情有些古怪，他看看那几匹忽然躁动的天马，目光一厉，看向了不远处的云笙和夜北溟。

"北境神尊，你用那样的眼神看我干什么？我是刨了你家祖坟，还是杀了你亲生儿子？"云笙见了兰楚楚的模样，心里那叫一个乐啊。

不只是云笙一个人，在场那些神女也都露出了幸灾乐祸的笑容。说起来，北境神尊是大众情人，可这位神妃兰楚楚就没有什么好名声了。虽说名义上她是神帝的女儿，可是众所周知，她只是个私生女，她的娘亲只是个出身卑微的神奴。但神界，身份不高的神妃其实也没什么，像是八荒神后云笙，她甚至是人兽血统，但人家胜在医术高明啊。像是兰楚楚这种靠着一张脸上位的神妃，那就不同了。

"医佛大人，听闻你不仅医术无双，召唤之术也是神界一绝。"奚九夜一字一顿地说道。他目光何等犀利，血翅天马是什么品种，那可是神界星月大草原上的神兽，当年他费了多少手段才寻回了四匹，怎么可能说发狂就发狂。

"奚九夜，我看你是脑子有病，得了被害妄想症了。你有本事就拿出证据来，不然别在那里叽叽歪歪。"云笙嗤笑一声，做出了一副死猪不怕开水烫的神情来。

"北境神尊，你看着办吧。"夜北溟眼皮子抬了抬，却不看奚九夜，仿佛多瞥一眼奚九夜都觉得浪费。

兰楚楚恨极，瞪了云笙夫妇一眼。尤其是云笙，不说其他，兰楚楚一直觉得，云笙和那个阴魂不散的夜凌月有几分相似。不仅是那双眼，还有动怒时的模样。

兰楚楚眼珠子一转，忽然哎哟了一声，一脸惊吓过度的模样："九夜哥哥，我的肚子……我们的孩子只怕被惊到了。"

这么一说，所有人的目光都落到了兰楚楚的肚子上。

北境神妃怀孕了！那些一直觊觎北境神后位置的神女和神尊都微微变了脸色。

云笙则是目光微滞，兰楚楚有了？真是苍天没眼，这歹毒的女人，居然又有了身孕！记得当年，兰楚楚就是靠着身孕，才进入北境神宫的，害得月儿最终含恨而亡。

"神妃娘娘，做戏要做全套，撒谎也至少要带着脑子。你那肚子，最多不超过三个月，三个月，胎儿都没成形，还惊吓呢！"云笙极其讽刺地笑道。

她这么一说，兰楚楚扶着腹部的那只手明显一僵，道："医佛大人，就算没惊到我的孩儿，我也是动了胎气，你这般和一个孕妇说话，是不是太过分了？"

"过分不过分，神妃自己清楚。今日寿宴的主人是火炎帝君，有些人，还真把自己当盘菜呢。我也是当过娘的人，好心劝你一句，你要真怕自己动胎气，就好好躺在北境神宫，出来丢什么人、现什么眼。"

云笙的嘴巴可不饶人，兰楚楚气得粉脸发白，一时之间，呼吸也急促起来。

"够了！"奚九夜忽然冷声打断了两人的对话，眼底腾起一股残暴之色。

只听得血水声响起，那几匹名贵无比的血翅天马，竟在同一时刻，翅膀断裂，长鸣一声，砸向了云笙。

好小子，你还真当老娘是吃素的。云笙的目光凛冽了几分，手掌猛地收紧，那根权杖已然握在了手中。可不等云笙出手，夜北溟就挡在了她的身前，身形如磐石般坚定："小野猫，这种事，我来即可。"

话音未落，一股海啸般的力量，已经自地面冒了出来。那四匹血翅天马，在天空中嘭的一声炸开了。一颗硕大的马头，还带着腥热的血气，砸在了兰楚楚和奚九夜的身前。那铜铃大的马眼凸了出来，汩汩冒着血水。

兰楚楚这回受的惊吓，比刚才更大，她惊呼了一声，双脚发软，瘫在了奚九夜的怀里。

两大神尊身形未动，可眨眼间就击杀了四匹血翅天马，在场的众神无不面面相觑。

"夜北溟，那是我的坐骑，你这是何意？"奚九夜目光一冷，抱着兰楚楚的那只手，青筋隐隐可见，就连弄疼了兰楚楚都不知道。

"八荒神尊，你要出气，冲着本尊来。我出手，只是不想让这些污秽的东西脏了我女人的眼。"夜北溟说罢，搂过爱妻，丢给众神一个酷酷的背影。

众神见了，这才如梦初醒。

刚才还对奚九夜爱慕不已的神女和女神尊们看向花容惨淡的兰楚楚，纷纷摇头，感慨万千地进入天庙赴宴去了。

夜北溟的一句话，让奚九夜很不是滋味。他和夜北溟夫妇，一直是世仇，多年前，虽然签订了停战协议，可他心中对夜氏夫妇的仇恨却愈演愈烈。但如此针锋相对的对决，却是第一次。

"九夜哥哥，你的手……"兰楚楚本想继续装虚弱，可人都走光了，她也装不下去了。加上方才夜北溟那番血腥的举动的确让她很不舒服，现在肚子里一阵隐隐的难受。

听到痛呼声，奚九夜才回过神来。他低头一看，兰楚楚白皙的手臂上多了几个青紫的手印，面上的冰寒之色稍减。

"兰儿，抱歉，是我失态了。你若是不舒服，我们不参加这次寿宴也罢。神帝的寿礼，我命人送进去即可。"奚九夜说罢，抱起兰楚楚，身影一闪便消失了。

天庙内，夜北溟好笑地看了眼自己的小女人。从进来到现在，云笙的心情似乎好了不少。

　　"看你这模样，不过是小小地教训了一下那对渣滓，你就这么高兴了？比起我们女儿受的苦，这惩罚还嫌轻了。"

　　论起小气程度，夜北溟更甚于云笙。尤其是，他方才听兰楚楚说她怀了身孕。凭什么他的宝贝女儿在人界受苦，那女人却备受呵护？

　　"谁说我是为了这个高兴的，你难道没看出来，兰楚楚有点不对劲儿？"

　　云笙原本对兰楚楚怀孕之事也很生气，恨不得一脚踹没了兰楚楚的孩子。她虽号称医佛，却没什么慈悲心肠。事实上，叶凌月的某些阴狠劲，全都得自她的遗传。

　　云笙抓起一块糕点，很没形象地咬了几口。

　　"都是当娘的人了，还这般没样子。肚子长在其他女人身上，我留什么心啊。"夜北溟懒洋洋地擦去妻子唇边的点心渣，旁若无人地塞进自己嘴里，一点也不介意旁边一帮女神尊、神女看到这一幕后，芳心碎成渣的表情。

　　"方才兰楚楚不是说她的肚子不舒服嘛，我特意多看了她几眼，发现胎儿怎么看都不正常。真不知道堂堂北境神尊，得知自己的爱妃生下一个怪胎，会是什么反应。"云笙有些幸灾乐祸地说，她可是迫不及待地想看看，再过几个月北境神妃会生下什么玩意。

　　和夜北溟起了冲突，不欢而散，返回北境的途中，兰楚楚腹痛不止。两人赶回北境之后，奚九夜立刻命人传召了北境最有名的方尊前来诊断。

　　那方尊上前查看了一番，他没有云笙的神农瞳，自然看不出兰楚楚肚子里的猫腻。

　　那方尊正欲去禀告奚九夜，却被兰楚楚叫住了："方尊大人，我和我的孩儿，境况如何？"

　　兰楚楚对腹中的孩儿还是很看重的，毕竟这是她和奚九夜的第一个孩子，当初为了铲除夜凌月，她忍疼失去了一个孩子，这次绝不能再有任何闪失。

　　"启禀神妃，还请神妃放心，您只是动了胎气，只需卧床静养几日即可。小的回去之后，给神妃配一些丹药服用。"那神尊安抚道。

　　"只是动了胎气？方尊大人，你一定是看错了。本妃分明是气血不足，又受了惊吓，导致胎位不稳，需要神丹保胎，本妃说的话，你可听明白了？"兰楚楚意味深长地说道。

"兰儿胎位不稳，需要保胎？"奚九夜听罢，面色微微一变，他没想到兰楚楚会这么严重。

"是的，神尊大人，神妃眼下的境况很不妙。"那位老方尊不敢正眼去看奚九夜，他也不知道神妃为何会威胁他这么说。

但神妃的父亲是神帝，自己不过是一个方尊，他可不敢忤逆神妃的意思。

"有什么法子，可以让兰儿和孩子都平安无事？"奚九夜对于兰楚楚肚子里的孩子，并没有多少期待，可正如兰楚楚所说，那终究是他们的第一个孩子。

早前，因为"她"，他和兰儿已经没了一个孩子。这一次，若是再因为"她的爹娘"，没了这个孩子，奚九夜担心，兰楚楚原本就虚弱的身子，根本承受不了那么大的打击。这个孩子，必须保住。

"神妃的体质弱，早年又落有病根，属下听说神尊手上有几颗神丹，只要让神妃服用了那些神丹……"

"大胆，神丹岂是尔等可以觊觎的！"那方尊还未说完，奚九夜冷然喝道。

"神尊饶命，属下也是为了神妃和神嗣着想。"老方尊吓了一跳，慌忙跪下，心中叫苦连天。这番话可都是神妃让他说的，他连北境神尊手中有什么神丹都不知道呢。

"罢了，这事不怪你。除了动用神丹之外，还有没有其他法子，可以让神妃的身子有所好转？"奚九夜眉心微微蹙起，其实他也猜得出，神丹之事是兰楚楚的意思。

兰儿跟随了自己多年，对那几颗用"她"的血肉铸成的神丹一直耿耿于怀。

照理说，人已经去了那么久了，他派往人界的人，也都杳无音信，他应该死心才对，可他始终不愿意将那几颗神丹交出去。连奚九夜也说不出，自己究竟是什么心态。

"神尊大人，除了神丹，的确还有一个法子，就是找到金之种。金之种由金之灵凝聚而成，若是能吸收金之种，不仅能强身健体，还能拥有强悍程度不输于神体的体魄。"那神尊见一计不成，当即又出了一个主意。

第四章　前尘往事（上）

不用说，这主意，也是兰楚楚出的。兰楚楚心胸狭隘，她今日被云笙、夜北溟夫妇当众羞辱，尤其还被一干神女、女神尊鄙视，自然恨在心里。若是她也有云笙那般的召唤术或者医术，她倒是要看看，谁还能嘲笑她是个只会依附于男人的小白花。

她曾经听自己的生父说起过五行之灵的玄妙，其中的金之灵威力更是非同小可，她早就起了贪念，但一直苦于没有借口，这次借着怀孕的机会，刚好向奚九夜索要。

"金之种？茫茫神界，本尊又该去哪里找金之种。"奚九夜也听说过金之灵的强大，只是天然的金之灵，在天地间本就很少。

"神尊大人，方才属下在替神妃治病时，在神妃的房间里，看到了几株长得很是茂盛的天罡竹。有天罡竹的地方，必定金之灵充裕，神尊大人可以去天罡竹的产地看看。"那方尊游说道。

"去天罡殿也好，这件事本尊已经知道了，你去照看兰儿。记住，要小心照看着，若有闪失，唯你是问。"奚九夜当即决定前往天罡殿一趟。

他去天罡殿，一方面是为了金之种，另一方面，却是因为今日云笙夫妇的一番挑衅，让他肝火大动。

夜北溟是他的杀父仇人，这几百年间，他近乎苦行僧般的刻苦修炼，就是为了打败夜北溟。可今日一看，夜北溟的实力比他想的还要强。要铲除夜北溟，非千年天罡竹炼制而成的戮神箭不成。

且说奚九夜紧锣密鼓地往天罡殿赶，另一方面，叶凌月却丝毫不知道，她自己的亲生爹娘和奚九夜险些大打出手。

自从那日叶凌月和云笙利用元神之力，在天府里交流了一番之后，叶凌月对于老城主的病情有了新的认识。但是考虑到云笙所说的病症，于旁人而言太难接受，叶凌月索性不做解释，而是放手治疗起来。

她按照云笙所言，用鼎息重点检查了老城主的脑部，一检查才发现，老城主的脑部最深处，的确有一小片红色的斑点。这些斑点并非时时刻刻都存在，而是在老城主清醒时才会出现。而且每次他一旦发狂，或者嗅到血腥气，那些红色斑点就会出现。

发现了红色斑点之后，叶凌月就试着用鼎息去吞噬。经过一番努力，红色斑点虽然没有被完全吞噬，但是它们出现的频率低了很多。

叶凌月再接再厉，进行第二步治疗，让黄泉城主经常陪着老城主，做一些老城主生病前喜欢做的事。这样一来，老城主的情绪日趋平和。但是让叶凌月和黄泉城主失望的是，尽管老城主的病情有了一些好转，但是他始终没有开口说话，也没有认出黄泉城主和司小春来。

一晃又过去三四天，此时叶凌月在城主府已经待了近二十日了。

这一日，叶凌月像往常一样替老城主检查过身体，一时无事，忽觉得自己的神识一动。那股波动，来自天地阵中的天魁殿主。

降伏了地煞君王和天魁殿主后，叶凌月就在他们身上留下了相应的精神烙印。叶凌月也说过，若非十万火急的事，不要轻易联系她。

难道是天罡殿出了什么事？叶凌月无暇多想，匆匆忙忙离开房间，前往天地阵。叶凌月一进入天地阵，就立刻和天魁殿主联系上了。

"大君主，你总算是回复小的了，这次可真是十万火急。"天魁殿主焦虑不安地等候在地煞狱中。

"什么事？难道你的身份被其他天罡殿主给识破了？"叶凌月问道。

"比这还要严重，北境神尊奚九夜来了。"天魁殿主如今已经被叶凌月完全控制，可是当奚九夜亲临天罡殿时，他还是止不住生出了敬畏之心。

奚九夜？叶凌月一听到这个名字，心中油然生出一股莫名的感觉——既有些酸涩，又有些愤怒。

上次送过去的天罡竹，叶凌月的确动了手脚。里面渗入大量的地煞狱的煞气和黑色鼎息，这两者加在一起，连煞魂都承受不住，更不用说神界那些尊贵的神了。

叶凌月想起云笙对她的叮嘱——切不可和神界的人打交道。只是叶凌月没想到，北境神尊会亲临天罡殿。

"大君主，若是北境神尊一怒之下挥兵攻打地煞狱，那该如何是好？"天魁殿主可是听说过的，这位北境神尊赫赫有名，曾经替神帝征讨过无数妖族和神族叛将。

"他不会。一来金之种位于天罡雷海中，那雷海位于天罡殿和地煞狱之间，本就是两地共有之物，就是神帝亲临，也说不清金之种是谁的，谁有能耐，就可以取之。二来，一个处心积虑隐藏实力，却暗中招兵买马的人绝不会鲁莽行事。你回去就说金之种被地煞狱所得，想夺回金之种，除非北境神尊打败我。"

天魁殿主一听，顿时瞠目结舌：自己没听错吧，地煞大君主竟要挑战北境神尊？可他也不好干涉叶凌月的决定，只好战战兢兢地将消息带了回去。

不出天魁殿主所料，待他把"调查结果"告诉北境神尊和其他天罡殿主时，不等奚九夜表态，那三十五名天罡殿主就暴跳如雷，一个个摩拳擦掌，要去踏平地煞狱。

"明日午时，让对方带着金之种在天罡雷海等本尊。"奚九夜却一口答应下来。

"遵，遵命。"天魁殿主直到走出了天罡殿，才狠狠地捏了自己一把。

他没有听错吧？那地煞大君主不会是北境神尊肚子里的蛔虫吧，居然把神尊的反应和回答，全都猜得一清二楚。

天魁殿主不敢多想，匆匆就向叶凌月汇报去了。叶凌月得知消息后，颔首表示她已经知道了。可是天魁殿主一走开，叶凌月的脸色就难看了几分。

"主人，你是不是太鲁莽了，那位可是神尊级别的高手，他的修为，就算压制到神通境以下，也远胜于你。"鼎灵担忧地说。

"我知道，否则云神医也不会反复叮嘱我，不能开罪神界的人，不过如今我也没有其他法子了。"叶凌月深锁眉头，想着明日该如何应付奚九夜。

叶凌月满腹心事地离开了天地阵。一路上，她反复思考着怎么做才能保住地煞狱，同时又能打败对方。

当晚，叶凌月和帝莘像往常一样用凤凰令联系。

"媳妇儿，你的声音怎么听上去沉沉的，可是治疗上遇到了什么问题？"帝莘听

出叶凌月的声音有些不对劲。

"帝莘，你有没有试过，和一个实力明显比你高、作战经验也比你丰富的人对战？"叶凌月坐在床榻上，想起明日正午的比试，心里那个愁啊。

"媳妇儿，谁欺负你了？"帝莘一听，声音高了几度。

"不是欺负，而是一般的切磋，而这场切磋，我不能败。不过我想来想去，好像我也没有获胜的法子。"

叶凌月手中已经没有了金之种，如果她败了，就等于要交出鼎灵。

"原来如此。对战实力比自己强、经验也比自己足的对手的确有些难度，稳赢的概率可能不高，但保持不败的可能性还是有的。"帝莘略一思索，笃定地说道。

随后，帝莘说了一种叫作"乾坤手"的功夫："这是我取的名字，说白了就是左右手互搏，左手用一种武学，右手用另一种武学，作用在敌人身上，就好像有两个人在夹击，敌人很难招架。"

帝莘也是在等待叶凌月的消息时，偶然有了乾坤手的想法，自己琢磨了一阵子，竟然就摸索成功了。

叶凌月受到启发，腾地从床榻上跳了下来。

"帝莘，我想到一个法子，也许可以和那人一拼。我不与你多说了，明晚等我的好消息。"叶凌月说罢，就急匆匆地撤回神识。

凤令那边，帝莘还没回过神来，叶凌月就没声了。

咋觉得自己被媳妇儿冷落了，帝莘突然对那个即将和叶凌月对战的人有那么一丝嫉妒。

天罡殿中，奚九夜坐在神座上，手中有几颗铅红色的丹药。他凝视着那几颗丹药，陷入了深思中。

"神尊大人，午时已到。"天魁殿主走了进来，恰好看到奚九夜的脸上那抹难以抑制的哀伤。

可等天魁殿主再想仔细看时，奚九夜已经恢复了常态。他将那几颗丹药小心翼翼地收入怀中，就好像它们是稀世珍宝一般。

在连绵不绝的天罡云海之巅，翻涌着大量的天罡之力。尽管没有了金之种，但是这一带的天罡雷依旧威力不小。

叶凌月赶到时，奚九夜还没到。

"好大的架子，让女人等，半点风度都没有。"叶凌月冷嗤了一声。

她穿着上一任地煞大君主留下的妖武盔甲，正好掩住玲珑有致的身材。盔甲还配了个鬼面头盔，把容貌彻底遮住，只在眼睛部位留了两个窟窿眼。只要叶凌月不开口说话，没人能发现她是个女人。

"来了。"叶凌月目光一厉，示意小吱哟和小噩兔退到一旁。

天罡云海上云雾弥漫，奚九夜的身影在云海中渐渐清晰。

和叶凌月相比，奚九夜的装扮几乎和他平日在北境时没什么两样。在和奚九夜见面之前，叶凌月也曾想过，神界的神尊究竟是什么模样，是人高马大，还是面目狰狞？只是想不到，看到的那一刻，叶凌月才知道，自己的所有猜想都是多余的。那是个眉目冰冷到极点，但同时异常耀眼的男人。和帝莘的俊美、紫堂宿的出尘不同，奚九夜的五官称不上最俊美，但拼凑在一起，却让人一眼就印象至深。

那是个久经沙场，被岁月磨砺过的男人。他最吸引人的地方，只怕是他那双深邃的眼。他的眼中，渺茫无物，仿佛世间没有什么东西能入得了他的眼和心。

叶凌月看到了奚九夜，奚九夜同时也看到了叶凌月。只是他的目光，在叶凌月那身妖武铠甲上逗留了一会儿，就将目光移开了。在奚九夜看来，即便是他答应了地煞大君主的挑战，也不意味着对方足以当他的对手。在奚九夜心目中，只有夜北溟那样的存在，才有资格做他的对手。

看到他那轻蔑的姿态，叶凌月只觉得心中发闷，呼吸有些困难，忽然不想和眼前这个男人动手了。不是怯场，也不是因为他的强大，而是一动手，她担心自己会控制不住，拼尽一切也要杀了他。心底的那股窒息感，被一种难以控制的仇恨所代替，那种憎恨汹涌如狂潮，几乎吞没叶凌月的意志。

就在叶凌月恨不得上前撕碎奚九夜时，心口的位置微微一暖。那是凰令。今日一早，在她进入天地阵时，还特意和帝莘联系了。帝莘让她将凰令随身带着，那样就好比他就在他身旁。

一想到帝莘，叶凌月的心一下子冷静下来。对，她并非一个人，她还有帝莘。

那块凰令，紧紧贴在她的心窝。叶凌月深吸了一口气，目光恢复了平静。

"两位既已到齐，比试就可以开始了。神尊大人，地煞大君主，按照约定，你们俩这次的比试，以金之种为赌注。地煞大君主出示金之种，神尊也要拿出一样等值的东西做赌注。"

天魁殿主莫名其妙地成了这次比试的裁判，事实上，也就只有他敢当这个裁判，其他三十五名天罡殿主，可不敢对着奚九夜指手画脚。

"你跟本尊要赌注？"奚九夜倒是没想到还要准备赌注。

"堂堂神尊，不会连一件赌注都拿不出来吧？"叶凌月粗声说道，奚九夜一时也听不出男女来。

"放肆！"奚九夜眼里的利光一闪而过，他还真没准备什么宝贝，身上有的，只有那几颗神丹。那几颗丹药，是万万不可能拿出来的。

奚九夜哼了一声，忽地一挥手，衣袖当即断了一截。再看他以指做笔，如怒龙游走，不过是一会儿时间，就写下了一部武学。

"能不能拿到，就看你自己的能耐了。"

说罢，奚九夜一掷，那截断袖就落到了天魁殿主的手中。只是一方衣袖，可天魁殿主拿在手中却觉得沉甸甸的，差点没打哆嗦。只因为这门武学，可是神尊所写。不用说，它的价值绝非人界的普通武学可比。

叶凌月见对方已经拿出了赌注，也不再迟疑。她一扬手，一道金光落到了天魁殿主的手中。那金光，自然不可能是真正的金之种。但天魁殿主是她的人，她也不怕被识破，反正今日的比试，叶凌月就没想过会输。

"既然双方都已经拿出了赌注，比试开始。"天魁殿主高声宣布。

"慢着，先说好了，怎样才算分了胜负？"叶凌月问道。

"这……神尊大人，您看……"天魁殿主有些忐忑地望向奚九夜。

"只要你能和本尊战成平手，就算你赢。"奚九夜根本没有将叶凌月看在眼里。

他已经用了特殊的功法，将自身的修为控制在轮回五六道，可他一眼就看出来了，这位地煞大君主的修为并不高，看上去连轮回之力都没有。

奚九夜实在想不明白，地煞狱怎么会拥护这号人物当地煞大君主。

天魁殿主刚要宣布，叶凌月已然动手了，但见指影重重，小无量指挟着冰封之力。刹那间，就连天罡云海里的云，都一下子冻了起来。奚九夜却是全然不以为意，他甚至连移动一下都懒得动。他的周身，霸道无比的轮回之力，轰的一声，将叶凌月的指力悉数击碎。指力刚破，只听得哗啦啦一响，从地煞大君主身旁迸射出数十条锁链。

那些锁链凝聚在一起，形成一条黑蛇，将奚九夜紧紧缠住。黑蛇之力，足以绞烂一根千斤重的石柱，缠在人的身上，威力可想而知。

眼看那条黑蛇死死将他的身躯缠住，奚九夜才有了些许凝重之色，他亦暗自心惊。这是什么功法？他不得不承认这地煞大君主有些能耐，但是仅仅凭这些花里胡哨的东西，真以为可以困得住他？连神界的神兵神将他都不看在眼中，何况是区区一条煞蛇。

奚九夜闷哼了一声，衣袍忽然鼓了起来。但见他右手握成拳，一股元力传入黑色大蛇体内，大蛇发出一声痛苦的长嘶。奚九夜的元力，竟透过了黑蛇厚重的皮肤，直刺入它的脏腑之中。

好强！叶凌月看得暗暗心悸，也知大蛇坚持不了多久了。压制了实力都有如此修为，难怪那些天罡殿主对奚九夜如此敬畏。她凝神聚元，天罡云海之上，顿时剑影重重。无数的飞剑如白练般浮在了叶凌月的身旁。但见她神识一动，飞剑如梭，朝着奚九夜袭去。

奚九夜正试图摆脱黑色大蛇，哪知叶凌月竟然还有后招。看到那漫天的飞剑，奚九夜微微一怔，猛然意识到自己上了地煞大君主的当。

用黑色大蛇困住他，只是前招，地煞大君主真正的意图，是趁他手脚不便时，用那些飞剑将他斩杀。对方不仅仅是一名武者，更是一名极其擅长控制精神力的方士。所谓的比试，真正的意图竟是杀他！奚九夜不由得大怒。他也知今日自己受了地煞大君主的算计，顾不得压制修为，一怒之下，全身的元力暴涌。黑色大蛇体内，爆射出万千神光，一下子被炸得粉碎。

"你找死！"奚九夜怒吼一声，身形瞬间消失，猛然出现在叶凌月的身前，手掌拍向叶凌月的胸前。

这一掌落下，叶凌月的铠甲应声裂开。就在奚九夜准备狠下杀手时，他的掌下摸到了一方柔软。那种触觉，犹如触电般，奚九夜手一顿。

奚九夜不是没有经历过风月情事的，相反，他虽只有一个神妃，但是这几百年间，也有侍妾，外出征战时，也有军妓陪侍。所以，他很清楚，手下的那个感觉究竟是什么。

"女人？"地煞狱的地煞大君主是个女人？

奚九夜一直以为，这个穿着狰狞铠甲的大君主是个男人。他有些难以置信，手下不由得又重了几分，那一团丰盈竟让他心中微微一动——

手感，还颇好……

"无耻！"

叶凌月被摸了个正着，已经很恼火了，哪知道这北境神尊还要摸第二次。啪！一耳光又急又快，甩在了奚九夜的俊脸上。他顿觉脸颊发麻，手下骤然松开。在旁充当裁判的天魁殿主吓得不轻。大君主打了北境神尊，乖乖，那可是北境神尊啊！

奚九夜顿时火冒三丈，目光一寒，嗡的一声，一道金光自他身上出现。金光所到之处，那漫天飞剑骤然一滞，竟无法向前突破半分。怒浪般的神力，在奚九夜身旁翻涌，他抬起手来，以雷霆之势抓向叶凌月的咽喉，竟让她避无可避。

可就在这时，奚九夜瞥见了铠甲内的一双眸子。那是一双女人的美眸，秋水盈盈，此时还闪着几分羞恼的怒色。看到那双眼眸，奚九夜的心中一震：为何那般相似？那双眸子……刻骨铭心的眸子！

记忆最深处，那根已经沾满了尘埃的弦，一下子被触动了。他忽觉喉头发干："你……"

身后一阵闷响，奚九夜身子一晃，有些难以置信地回过头去。却见身后还站着一个"地煞大君主"，此时那"地煞大君主"正手持一把飞剑抵在他的后肩，剑尖刺入他的衣袍中，隐隐有些疼。

"你输了。"叶凌月急忙退到自己的元神之后，有些羞恼地瞪了奚九夜一眼。

却不知，她嗔中带怒的眼神，让奚九夜又是一愣。他的确输了，对方的手段，也委实让奚九夜吃惊。刚才的故布疑阵、魂链化蛇以及飞剑，恐怕都是虚晃一招，她真正的目的，应该就是最后的元神分身。能同时控制魂链、飞剑，在这种情况下，还能有条不紊地使用元神分身，如此看来，这位地煞大君主的确有过人之处。

"不错。"奚九夜薄唇轻启，吐出两个字来。

"金之种和你的赌注都归我了，此外，你也不能再以任何名目袭击地煞狱。我的赌注该给我了吧？"叶凌月看了天魁殿主一眼，已经被吓傻了的天魁殿主这才回过神来。

再看看神尊大人，神尊大人看上去，并没有因为输了而太过恼怒。相反，他自被地煞大君主扇了一耳光后，就很是怪异，一直直勾勾地盯着对方，那眼神让天魁殿主看了都觉得骇然。难道，看似高高在上的神尊大人，有什么特殊的癖好？

见奚九夜没有制止，天魁殿主将金之种和奚九夜的那部武学送到了叶凌月手中。叶凌月直到拿到了那部武学，才松了口气，她转身就要走。她无心在此逗留，奚九夜自"摸"了她后，看她的眼神就变得很怪异。那眼神，让她有种浑身不自在的感觉。

可她还未走几步，一只手拦住了她。

"你叫什么名字？"奚九夜拦在了她的面前。

本姑奶奶叫什么，关你屁事。叶凌月有种想爆粗口的冲动，可是看到奚九夜那副她不回答就不放她走的架势，叶凌月想了想，没好气地说出了前任地煞大君主的名字。

如果不是她夺了大君主的位置，这会儿和奚九夜对战的，也就只有卦牛了。

卦牛？可惜了这双眼……这名字，很容易让人联想起一个人高马大、面貌丑陋的粗野女子。

奚九夜蹙了蹙眉头，不禁有些失望。奚九夜心中苦笑，放下了手。他也真是魔怔了，竟会指望一个最下等的地煞魂会是她。她那样骄傲的人，就算是轮回重生，也绝不可能会是一个煞魂。

"有毛病。"叶凌月连忙开溜。

"神尊……你没事吧？"天魁殿主今日可真是长见识了，地煞大君主不仅打了北境神尊一巴掌，还刺了他一剑。

他后背的伤口并不深，事实上，奚九夜乃是天赐神体，即便是天麻剑，也只是入肉几寸，根本不足为患。

最诡异的是，北境神尊没有发火。天魁殿主犹记得，方才神尊明明有机会打败大君主。可就在那一瞬间，神尊却没有下手，这才输了这场比试。

天魁殿主的话，奚九夜恍若未闻。他站了很久，直到他身上的那处伤口，血都凝

固了。他身影一逝，就要离开，忽地步伐一顿。

"告诉其他天罡殿主，没有我的命令，不得袭击地煞狱。"说罢，奚九夜就消失了。

"遵……遵命。"天魁殿主再抬头时，已经不见了奚九夜的踪影，他只得带着满腹疑惑回到天罡殿。

奚九夜回到北境神宫，近身侍从看到他受了伤，道："神尊大人，你怎么受伤了，要不要告诉神妃？"

奚九夜生性冷清，平日身旁也没有贴身的侍女伺候，往常在战场上受了伤，大小伤势都是神妃处理的。听说小时候，神妃就那样照顾过神尊大人。

哪知这一次，奚九夜却沉声回了一句："不用，她有了身子，不宜见血。"

那侍从忙替他除去衣袍，心想着，神尊大人可真疼爱神妃啊，这一走神，不小心打落了奚九夜衣袍里的那瓶药。瓶子砸了个粉碎，几颗丹药从里面滚了出来。那侍从慌忙就要去捡那丹药。

"谁准你碰它们！"奚九夜眼中闪过一丝愠怒，一挥掌，那侍从被强行扫开了，滚落在地。

"神尊大人饶命。"那侍从吓得不轻，忙磕头求饶。

"滚出去。"奚九夜怒喝一声，那侍从连滚带爬地逃了出去。

浑圆的暗红色丹药，落在一尘不染的地面上，分外刺目。奚九夜俯身去拾，扯动了身后的伤口，他竟似不觉得疼一样，将丹药一颗一颗地捡了起来，握在手中。没有温度的丹药，搁在掌心，像是冰块似的。

奚九夜颓然坐下，却不知是因为心累还是身累，忽然觉得有些乏了。事实上，他都不知道自己已经有多久没有好好睡一觉了。他沉沉地闭上眼睛，那双似曾相识的眼眸，鬼影般掠过他的脑海，如梦又似回忆，奚九夜的思绪，渐渐飘回很久很久以前，那个让他一闭眼就会想起的夜晚。

神界的北境，曾经是整个神界最苦寒的地域。但自北境神尊奚九夜崛起后，北境渐渐崛起，终于成了不容小觑的一方神域。但在北境最高的万丈崖上，有一座防守森严的陨神牢。陨神牢修建在悬崖之巅，足有万丈高，两边悬崖陡峭，山石林立。有北境冰雪女神的风雪诅咒终年笼罩，没有人能够靠近那里。陨神牢悬空而建，往下看，就是万丈深崖。来自崖底的罡风，终年呼呼作响。

"北境军师夜凌月，谋害神嗣，天理难容。神尊念其早年为北境复辟立下汗马功劳，赦其死罪，然活罪难免，处以千刀万剐之刑，以血肉精髓，炼制神丹，抵其死罪。"宣告神旨的声音，伴随着风声，在陨神牢里盘旋。

牢里的女人架在了刑台上。

"九夜哥哥，你真要用夜凌月的血肉来替我腹中的胎儿炼制丹药？她可是北境建国的大功臣，这样做不大好吧。"娇滴滴的女声犹如一柄利剑刺痛了女人的心。

连千刀万剐都没吭过一声的女人，在听到这个声音时，蓦然抬起头来。那是个容貌艳绝神域的女子，即便只着一身囚服，依旧难掩脱俗的气质。

缓步走来的男人，如瀑般的长发高高绾起，额间一抹神尊金印，剑眉凤目，气质尊贵，哪怕是在神界诸神中，亦是屈指可数的存在。他的身旁，依偎着一名倾国倾城的美人。美人肤如凝脂，身子如杨柳般娇弱。她挺着六个月大的肚子，靠在男子的怀中。

"她犯了死罪，留她一命已是法外开恩。兰儿，你已是北境的神妃，没人可以危害你和你腹中孩儿。"男人宠溺地望着身边的佳人。

若非这贱人的血肉可炼制出神丹，保住兰楚楚腹中的孩子，他甚至不会来看她一眼。

"九夜，为什么？"那是夜凌月数日以来，开口问的第一句话。

自那一晚，她在宫宴上得知兰楚楚怀孕，一怒之下打翻了兰楚楚递过来的那盏茶，已经怀有身孕的兰楚楚突然倒地后，她就被打入陨神牢了。直到被宣旨凌迟，夜凌月都不知道她究竟做错了什么。

她没有害兰楚楚的意思，即便得知奚九夜瞒着她和兰楚楚有了私情，她也只是想要离开。她夜凌月并非死缠烂打之人，既然北境和奚九夜容不得她，她自会离开。

"贱人，你心胸狭窄，毒害兰楚楚，证据确凿，还问我为什么？"九夜神尊看夜凌月时，目光中只有憎恨。

"九夜，我陪你出生入死十二年，与你一手创立北境，我的为人，你最清楚。还是说，你明知是阴谋，依旧纵容她陷害我？"夜凌月那双宛若新月的眸里一片清明。

九夜神尊的面色沉了几分。夜凌月不愧是北境的女军神，擅察人心，早已看破一切。

"夜凌月，既然你问我为什么，我就告诉你。你我相伴十余年，驰骋沙场多年，你可知当年害我奚族族毁人亡的是谁？"九夜神尊顿了顿。

"我的灭族仇人，正是你的父亲八荒神尊。你以为你隐瞒了自己的身份，假惺惺帮我建国，就可以让你我之间的血海深仇一笔勾销？"九夜神尊俊美的脸上涌动着仇恨和愤怒。

她是仇人之女，她隐瞒身份，瞒了他足足十二年，若非兰儿告诉他，他还一直被蒙在鼓里。

"如果不是兰楚楚救了我，我奚九夜早已不在人世。你这贱人，竟然还想谋害兰儿。"九夜神尊说罢，一脸怜惜地望着兰楚楚。

二十年前，奚族被攻陷，他险些被杀害，在身受重伤弥留之际，有一名女童救了他，那人就是兰楚楚——他这辈子，唯一爱的女人。

"她救了你？你说兰楚楚救你了？我告诉你，当年救你的分明就是……"夜凌月听了奚九夜的话，如遭雷击。

兰楚楚的脸上闪过一丝惊慌，故意痛呼一声，抱住自己的肚子："九夜哥哥，我肚子好痛，毒又发作了，我们的孩子要保不住了。"

"兰儿，你放心，我一定会保住你和孩子的性命。来人，有请古夫人。"奚九夜紧张地抱起兰楚楚。

一名老妇走上前来，五指一翻，一口黑魆魆的小鼎出现在手上。那口小鼎越变越大，最终变成一个足要两个人才能抬起的大鼎，落在了地上。

鼎旁烈火熊熊，火光映红了整座陨神牢。

第五章 前尘往事（下）

"九夜神尊，神妃身中奇毒，需神脉血肉精髓九百九十九块，炼制续命神丹方可救治。罪妇夜凌月乃神尊之女，自幼体弱，食用了大量神草仙丹，她的血肉，用来炼丹再合适不过。"

夜凌月心魂俱是一震，看向那口鼎："你早就准备好了，为了救她，所以对我用刑……奚九夜，你不容我，我可以走，你却连条活路都不留给我，这就是你我十余年的情分？！"

走？她竟要走！奚九夜脸上的神情闪过一丝波动，抱着兰楚楚的手，不由得收紧了几分。他得知她是仇人之女后，对她恨之入骨，可是一听说她要走，要离开北境，他的心就乱了。

他认识的夜凌月，生性洒脱，她若是爱了，爱之入骨，她若是恨了，弃之如敝屣。她此时已经恨透了他。她若是走了，只怕此生，再不会出现在他的面前。一想到此生再也看不到她，奚九夜的心骤然揪紧。

不能让她走，无论如何，无论用什么法子，都不让她离开。哪怕折去她的翅膀，让她成为一个废人，夜凌月，也只能是北境的夜凌月，只能是他奚九夜一人的夜凌月。

"九夜哥哥，我的肚子好疼。"兰楚楚见奚九夜失了魂般看着夜凌月，又痛呼了一声。

"神尊大人，不能再拖了，拿血肉炼丹，越新鲜越好。"古夫人收了兰楚楚的好处，在旁边拼命游说。

奚九夜盯着夜凌月，她面色惨白，却始终不愿意开口多说一句话。他终于下定决心，吐出一句话："取肉炼丹。"

一日一夜过去了，先是女人双臂上的肉，再是身上的肉，一片片被剐下，只剩了个白森森的骨架子。可即便是这样，她没有求饶，也没有哭泣，那双宛若北境上空最亮星辰的眸子，渐渐暗了下去……

一块块血肉被送入那口神秘的黑鼎内，化为了丹液。当第九百九十九块血肉送入丹鼎后，一片金光钻了出来，陨神牢里丹香四溢。古夫人将那几颗丹药取出来，递给了奚九夜："神丹已成，恭喜神尊大人、神妃娘娘得此神丹。"

"九夜哥哥，你对我和孩子太好了。"兰楚楚看着那几颗神丹，眼中露出渴望之色。夜凌月，就算你是八荒神尊的嫡长女，受尽万千宠爱又如何？还不是输给了我这么个没有身份地位的神帝私生女。你的一切，都是我的了！

奚九夜接过那几颗神丹。刚炼制出来的丹药，还有些烫手，落到掌心里，他的心尖微微一疼，抬眸看了夜凌月一眼。夜凌月的心中，如有什么东西轰然碎开，心痛到了极致，眼中却流不出一滴泪来。

"哈哈哈……"她轻声笑了起来，笑声越来越大，在陨神牢里不停地回荡。

奚九夜身旁的神兵神将们，个个严阵以待，尽管他们知道，这位曾经的神后，北境的女军神，因为自幼体弱，未曾修炼过武道。可军神之威，岂容他人亵渎。一股磅礴的力量，瞬间围住整座陨神牢。

"奚九夜，你个有眼无珠的东西。你恩将仇报，我夜凌月的身体发肤，受之父母，岂容亵渎！"哗的一声，夜凌月手上的锁链寸寸断开，如同山洪暴发般的可怕神力冲出她的身体，直冲天际。

陨神牢摇晃不止，栋梁倒塌，墙壁裂开。九夜神尊心头一紧，抱起兰楚楚迅速撤离。

这不是武力，而是精神力。

"老天啊，那是方仙级别的精神力，北境的这位神后竟是……"神界出名的炼丹名人古夫人吓得肝胆欲裂，她不过是方尊小圆满，自然难抵如此神力。她想逃跑，但那股足以击碎一切的可怕精神力，瞬间将她碾成粉末。

那些困在陨神牢里的兵士，筋脉尽碎，口喷鲜血，早已没了应战之力。

好可怕的精神力！夜凌月，她竟是一名精神力方面的绝世强者，这个秘密，就连九夜神尊也毫不知情。他们的神后，他们的女军神，竟是一名超越古夫人的超级强者，而他们的神尊，仅仅是为了一名妃子，竟要击杀这样的绝世强者。

天空中，凌空而立的九夜神尊目露惊色。

废墟内，夜凌月喷出一口鲜血，她已经是强弩之末。夜凌月自幼体弱，身体内却先天就有一股强大的精神力，其母怕她的肉身无法承受这股神力，所以将她的神力封印了。她今日被奚九夜的绝情所伤，又受了千刀万剐之刑，强行冲破封印，筋脉俱碎，已经不久于世。

"爹、娘，月儿不孝，养育之恩，来世再还。"夜凌月茫然看向遥远的彼方——八荒境。在那里，有疼爱她的爹娘，敬爱她的两个弟弟，她多想回到八荒。可是，她回不去了。

血已经流干，她走近那口古鼎，她的身子，猛地往前倾入了鼎内。熊熊燃烧的烈焰一下子吞噬了女人的身子。

奚九夜身子一震，眼睁睁看着夜凌月投入古鼎之内，痛苦地闭上了双眼。在吞噬夜凌月的那一瞬间，古鼎化成一个火球，径直飞进万丈悬崖之下。

"奚九夜，兰楚楚，你们不得好死！上穷碧落，我夜凌月誓要你们血债血偿！"女人冷厉的声音经久不散。

奚九夜骤然坐了起来，额头冷汗如瀑。梦是如此的真实，心如锥刺般疼痛。奚九夜下意识地看了看自己的手掌，那几颗神丹，还好好地在他手中。

"神尊大人，你还好吧？"得知奚九夜受伤，一名方尊早已等候在那里。

"兰儿的身子怎么样了？"

奚九夜翻身下了床榻，他的后背，伤势早已愈合。他是天赐神体，再严重的伤，过些时日就会愈合。身体受的伤，可以愈合，但是心中的那一处伤口，却该如何愈合？连他自己都分不清，为何事情已经过去了那么多年，却依旧不愿意去想起。有时候，他甚至在想，若夜凌月不是夜北溟和云笙的女儿，也许他会爱她。又或者，没有先遇到兰儿，他也会爱上夜凌月。

恨在前，爱难成，正是这种爱恨交杂的感觉，才让他今日对那位地煞大君主失态。奚九夜不禁苦笑，他找了个干净的玉瓶，将那几颗丹药收了起来。

"启禀神尊大人，兰妃的身子还是很虚弱，不知神尊大人，是否找到了金之种？"那方尊可不敢再开口求神丹了，他看出来了，神尊大人对那几颗丹药宝贝得很，连睡觉都要带着。这事若是让神妃娘娘知道，怕又要恼火了。

"金之种的事，就此作罢。我问你，是不是只要用神之血肉炼制成丹，就可以改变兰儿和她腹中胎儿体弱的症状？"奚九夜问道。

"是的，但一般的主神级别的血肉只怕不行，必须血统高贵。"

那方尊正说着，却见奚九夜撩起了衣袖，露出刚健的手臂来。他吓了一跳，心中有了一个大胆的猜测：神尊大人该不会是要用……

"既是如此，就用我的血肉炼制兰儿服用的神丹。"他乃是上古神族后裔，身具神界少有的神体，血肉自然也能炼制神丹。

"神尊大人，这万万不可，神尊大人，你明明有……"方尊的话卡在了咽喉里。

神的血肉，可不是一般的东西。对于纯正血统的真神而言，一身血肉就好比自己的修为，舍去一块，就要元气大伤。北境神尊如今可是神界的战神级神将，正是建功立业的时候，这时候自舍血肉，修为必定会受损。

可那方尊劝告的话，不敢说出口。奚九夜的眼神，让他有种自己若是再多说一句，就会被诛杀的感觉。

"动手吧。"奚九夜示意方尊动手。

"神尊大人，要不要服用一些麻药？"方尊胆战心惊地问了一句。他医治过不少主神，那些看着硬气的，真遇上了割肉治伤时，轻则疼得哭爹喊娘，重则直接昏死过去。他可不愿意事后被责罚。

可那方尊说完，奚九夜依旧没有回答。不知何故，他觉得，这次神尊大人回来后，心情似乎很不好。

方尊只得硬着头皮取出一把匕首，从奚九夜的手臂上割下了一块肉。那一刀刺入皮肤，活生生将肉剜下时，饶是奚九夜这般在战场上经历过无数生死的人，也不禁全身一紧。他能感觉到，冰冷的刀子割下他的肉时的痛楚。

"千刀万剐就是这种滋味……"奚九夜忽然说道。

"神尊大人饶命，小的也是为了救神妃和她的胎儿。"那方尊吓得扑通一声跪倒在地，磕头不止。他出刀已经尽量又快又准了，神尊大人果然还是动怒了。

"你又没做错什么，怕什么。我只是问问而已，原来千刀万剐是这种滋味，九百九十九刀……"奚九夜闭上眼，掩去了眼底的杂乱思绪。

原来，"她"当年那么痛。只是为何，那时候的她，连一声求饶都没有？若是"她"能像兰儿一般，叫他一声"九夜哥哥"，他也许就不会那么对"她"了。只是，夜凌月永远是夜凌月，她不是兰楚楚。

奚九夜足足受了十三刀，那方尊才停了手。

"把这些血肉炼成丹药，不要告诉兰儿这是我的血肉，多嘴乱说，后果你自己有数。"

奚九夜挥了挥手，方尊急忙揣着那一小碟血肉，逃命似的离开了神殿。

神殿里，一片死寂。

那些侍从也知道奚九夜心情不好，没人敢进来打扰。奚九夜坐在那里，看着自己缺了一块肌肉的胳膊上，血液渐渐干涸，结疤。不过是双眸子罢了，夜凌月这个名字和这个人，他终有一日，会将关于她的一切记忆，如同伤口上的腐肉那样，彻底剜去。那时候，也是他一雪前耻、斩杀杀父仇人的时候……

北境神宫内，装了几日病的兰楚楚终于等到了前来复命的方尊。

"怎么样？"兰楚楚也知道奚九夜这几日去找金之种了，她虽然有些不高兴，可一想到自己可以拥有金之种，获得新的神力，心中也很期待。

"神妃，金之种没有找到，但是神尊大人赐了几颗神丹。"方尊将一瓶刚炼成的神丹递给了兰楚楚。

乍听到金之种没找到，兰楚楚还有几分不高兴，当她看到那几颗丹香四溢的神丹，顿时转忧为喜。

"真的是神丹！九夜为了我和孩子，将神丹赐给我了。在他的心目中，我始终比夜凌月那个贱人更重要。"兰楚楚的脸上弥漫着狂喜，那方尊站在一旁，连一句话也不敢多说。

兰楚楚吞下丹药，顿觉有股温热的神力温养着她的全身。

"不愧是用那贱人的血肉所炼，哈哈，医佛云笙、八荒神尊夜北溟，你们不都想让我出丑，给我难堪吗？若是知道你们宝贝女儿的血肉被我吃了，必定痛不欲生。"

兰楚楚大笑起来，笑声很是刺耳，在宫殿里回荡着，震得角落里那几盆长势大好的天罡竹的竹叶扑簌簌发抖，一丝丝肉眼看不见的黑气，在宫殿里弥漫开来。

与此同时，叶凌月回到了城主府，急忙卸下笨重的盔甲。胸前还有些异样，那该死的男人，居然敢摸她，摸了第一次，还摸第二次！那该死的北境神尊，真该一剑剁下他的咸猪手！下次她绝不手软！

叶凌月恼火地脱了外衣，看看胸前，皮肤上有几处暧昧的红痕。叶凌月取出一块湿布，狠狠地擦拭起来，恨不得搓掉几层皮才肯罢休。

"虽然很可恶，但是好在金之种保住了，还赢了一部武学，就是不知道这部武学是什么品级。"

叶凌月方才被怒火冲昏了头脑，也没细看，想那奚九夜好歹也是北境神尊，拿得出手的，应该不至于太寒碜。

叶凌月想了想，读起那截袖子上的武学来："虚空步，一流武学。"

叶凌月这一看，因奚九夜的轻薄而起的怒火顿时烟消云散，眸子里精光闪动，就像在看一座金山。

竟是一流武学！这北境神尊可真土豪，居然随随便便就拿出了一部一流武学。虽然只是一套步法，可好歹也是一流武学，就算自己不学，卖出去也值一大笔钱啊。当然，叶凌月是舍不得卖这套步法的。叶凌月身上最高的武学，也不过是那部品级不明的《神蚕诀》。

叶凌月继续往下读，很快就发现，这套虚空步颇有些玄妙。那时奚九夜险些将她击杀，他一步踏出，瞬间就出现在叶凌月的面前。叶凌月原本以为，那是一种神通，如今看来，就是这种虚空步。回想起来，其实巫重似乎也有类似的武学路数，只是叶凌月一直没机会学习。

"若是将这虚空步学好了，对敌时绝对是一大杀招。"

叶凌月当即学起虚空步来。

听天魁殿主说，北境神尊已经回了神界。这小子，长了张很爱记恨的脸，想不到还挺守信用。

事情的进展顺利得有些莫名其妙，但是叶凌月无暇多想，毕竟神界的人与事离她还很远，眼下还有更重要的事去做。

老城主虽然对灵纹有了一定的反应，但是让叶凌月和司韵失望的是，之后，他的病情就一如既往，没有半点进展。叶凌月让司韵想法子找到和老城主一起参加新手项目的那名幸存者，可是至今没有消息。

就这样，眨眼间，叶凌月到城主府当园丁已经二十多天了。

这一日，叶凌月刚起来，就被一脸神秘的司小春逮了个正着。司小春拿出一张布告："怎么样，是不是很有吸引力？"

叶凌月凑过去一看，布告上写着一行大字："地下擂台赛，实现你的梦想，让你一战成名！"

"这种擂台赛，每胜一场，都能得到高额的奖赏，我决定参加了。"

老城主病得这么重，每天光是给他买药就得花不少钱。如今城主府已经家徒四壁，司小春想赚些钱贴补家用。

"城主和老城主上辈子一定是拯救了全大陆，才收养了你这么好的仆从。放心，我会帮你保密的。不过那地下擂台赛危险不危险？你有多大把握？"叶凌月听罢，不由得为司小春的决定动容。

"我的实力，应该能坚持七八轮，如果运气好的话，也许还能进入城赛。只要坚持几轮的城赛，就能拿到一大笔奖金。"

"精神上支持你，至于一起参加，抱歉我没兴趣。"叶凌月耸耸肩。司小春这家伙也太单纯了，光看那煽动人的宣传语，叶凌月就能闻到一股浓浓的血腥味。

"那就可惜了，难得群英社这次肯出如此高额的奖金和奖品。我听说在男女组合赛的奖品里，还有天阶的灵器呢。"

司小春刚说完，叶凌月面色一变，抓住司小春问道："你说什么？这地下擂台赛是群英社举办的？"

群英社这个名字，司小春若是没提起，叶凌月差点就给忘了。

凰令是找回来了，可是天狼棍和乾坤紫金袋还在群英社的秦东手里。

"我和你一起参加男女混合赛，奖金五五分，不过我先说明，奖品中若有天狼棍

或乾坤紫金袋，都得归我，作为补偿，多分你两成奖金。"

她有种预感，地下擂台赛的奖品中，真有她丢失的东西。

"这事就这么定了，我们这就去报名。"

叶凌月拿出一身女子的衣服和一身盔甲："乔装改扮之后，就不会被人认出来了。"

过了半刻钟，叶凌月和司小春以全新的面貌，走在了城主府外头的街道上。叶凌月的身上，穿着地煞大君主的铠甲，看上去就像一个彪悍的大汉。她也不知道秦东在群英社到底是什么地位，不过有了这身铠甲，就算遇上秦东也不用担心被他认出来。

她身旁的司小春别扭地扯了扯身上的衣服，有些不满地问道："凌月，干吗让我打扮成这样？"

司小春如今这副模样，别说是黄泉城的普通人了，就是城主也认不出他来。他穿着修身的女装，绾着女子的发髻，加上他长得清秀，又是个未长大的少年，嗓音也不浑厚，稍作打扮就成了美少女。

"这样才不会被人认出来嘛。你看这一路走来，一个人都不认识你，我俩刚好参加男女组合赛。"叶凌月这么做也是无奈之举，谁让她杀了群英社的人呢。在没有找到天狼棍和乾坤紫金袋之前，她不能暴露自己的身份。

在叶凌月的劝说下，为了复兴城主府，司小春只得接受这个无奈的事实。

在群英社的地下钱庄里，正进行着一场骨干级会议。和寻常的会议不同，这是一场蛊会。所谓"蛊会"，并非面对面的真人会议，而是通过特殊的阵法，让位于不同城市的人同时参与的会议。

刚因为立了功而得到参加蛊会资格的秦东局促地和几名群英会的成员站在一起。

前方出现了数十个虚影，那些虚影渐渐清晰，每个人都穿着黑袍，遮住了真容。

"这次的地下擂台赛准备得怎么样了？"

说话的是站在中间的一名男子。面具遮住了他的脸，只露出双眼。那是一双极为出众的桃花眼，眼梢微微上挑，带了几分魔性，让他在众人中脱颖而出。

"东子，社长问你话呢。这次比试由秦东负责。"一名妖娆的年轻女子出声提醒秦东。

这女子虽然也穿着黑袍，但和其他人不同，她的袍子剪裁得特别贴身，勾勒出火辣辣的身材。

秦东连忙禀道："启禀社长、副社长，地下擂台赛已经准备就绪，奖品也都定好了，还请诸位大人评断。"秦东说着，命人拿出几件奖品，然后把这次地下擂台赛的规则说了一遍。

"男女组合战？这倒是有些新鲜。"那桃花眼男子听罢，露出一丝兴致。

"几件奖品都不错，秦东，那玩意是什么？"那火辣身材的女子对比赛没什么兴趣，她那双火红色的眸子在奖品上一扫，发现了一个小小的袋子。

那袋子看起来像储物袋，花色和样式，让那火辣身材的女子很是喜欢。

"副社长，那是一个储物袋，是小的无意中得来的。"

秦东一看到那乾坤袋，就想起叶凌月来。他只差找人把整个黄泉城都翻过来了，但是依旧没有叶凌月的消息。这只有两个可能，一个是叶凌月已经不在黄泉城了，另外一个可能，叶凌月还有同伙，将她藏了起来。

一想到獐子的死状，叶凌月一日不除，秦东就一日难安。他希望借这次擂台赛之机，通过男女混合战的法子，把叶凌月给引出来，来个一网打尽。

"那储物袋我挺喜欢，把它从奖品里剔除，我要了。"

火辣身材的女子很是刁蛮，她想要那个乾坤袋。

"这……副社长，不是小的不答应，而是这储物袋上有种古怪的精神力烙印，就是拿去了也用不了啊。"

秦东暗叫不好。这袋子，可是他用来骗叶凌月上钩的。

"哼，东子，你这是什么意思？凭我的修为，还破不了区区的精神力烙印？"那女子美眸一瞪，就见她的身旁浮现出一朵朵美丽的花朵。

那花朵似莲花又似昙花，最特别的是，那并非真正的花朵，而是一簇簇火焰。

秦东一见那些火焰，吓得不轻，只得求助地看向那名桃花眼男子。

"昙素，群英社的规矩你也是懂的，不要胡搅蛮缠。那是奖品，你若想要，就去参加擂台赛。"男子懒洋洋地说道。

只是一句话，昙素就哑了声。她有些不甘心地看了眼乾坤紫金袋，在心中暗暗想着，这世上就没有我昙素要不到的东西，等着瞧，早晚这袋子得归我所有。

"事情就照着你说的办好了。"

说罢，那黑影一逝，其余的几十人也同时消失了。

那些人一消失，会议室里的压力顿消。秦东松了口气："吓得老子差点尿裤子。这新社长还真如传闻中的那样，让人看着就怕。"

秦东身后，几名群英社的社员都嘘了一口气。

"连老社长都能刺杀，这新社长必定大有来头，否则昙素那骚狐狸也不会整日巴结新社长，恨不得爬上他的床。"

秦东也抹了抹额头的冷汗。原来群英社这阵子发生了一件大事，已经控制群英社二十余载的老社长被意外击杀。

自那以后，这名桃花眼男子，接手了群英社。尽管是新官上任，可没人敢忤逆这位新社长的意思。只因听说这位新社长，在大荒天狩时，率领群英社挤进了前一百名。也是因为在荒狩榜上的优秀成绩，群英社才会声势大涨，成了猎妖者社团中的后起之秀。所以包括秦东在内的众人，对这位新社长都很是敬畏。

"东少，这次擂台赛肯定会引来很多人。布告发出去也有几日了，来报名的人络绎不绝，至少有三四百人报名参赛，这次的比试一定会办得有声有色。"秦东的手下说着恭维的话。

秦东等人走了出来，恰好这时候，叶凌月和司小春走进了地下钱庄。

"这里就是黄泉城群英社的大本营——地下钱庄，地下擂台赛的举办地点就在这里。看我说得没错吧，报名的人可多了。"

司小春正说着，叶凌月就看到了秦东。他果然在这里！叶凌月不由自主地握紧了拳头。但很快，叶凌月就松开了拳头，她也知道，还不是下手的时候。

秦东也注意到了叶凌月和司小春，尤其是叶凌月那身铠甲，在一干报名者中很是扎眼。

"那小子，看上去阴阳怪气的。"秦东眯起眼来，试图看清楚那身着铠甲的大块头的实力和身份。不过秦东很快就发现，他看不清对方的修为。卦牛大君主的战铠，是带有掩饰实力和抵制精神力窥探作用的。不仅如此，那件沾染了无数地煞狱煞魂的战铠，散发着一股森冷的寒气，人若是一靠近，就会觉得浑身发冷，很不自在。

秦东有些意外，但同时又很满意。来报名的选手越强越好，这样选拔出来的选手，才会更让上头满意。秦东毫不怀疑地将目光移开了，他万万不会想到，这副笨重的铠甲里头，会是他找了许久的叶凌月。

"报名的，排好队。本次地下擂台赛，不限年龄，不限修为，但要求男女搭配比赛。报名者每人缴纳一块中级灵石的报名费后，即可登记。"地下钱庄的人命令选手们排好队。

叶凌月留意到，这些报名的人中，有不少都是夫妻或者恋人，像她和司小春这样的新手搭配，还真是不多。

"你们俩，叫什么名字？组合名？"报名的人大概看了眼叶凌月和司小春，认定了他们的性别无误后，就开始登记。

"凌，小春，组合名就叫五五小队。"

组合名可是司小春在路上想到的，他和叶凌月说好了奖金和奖品五五分成，干脆组合名就叫这个了。

报名后不一会儿，两人就得了两块徽章，上面刻着"五五"二字，以及各自的姓名，两人算是正式组合成军了。

报名之后，叶凌月和司小春走出了地下钱庄。

"小春，城中有没有地方可以送信？我想寄一封信给我在雁门城的朋友。"

司小春告诉叶凌月，在城中有专门的驿站，只需要几块低级灵石，就能送信。

叶凌月到了驿站，将早就写好的几封信，送到了各大新手城。

叶凌月在古关口遇到元力风暴的事，古关口方面已经告知了孤月海的其他几人，并送了一封信给师父紫。

自她送出去了几封信后，最快回信的，却是雁门城的挽云师姐。

"太上师叔，展信佳。听闻太上师叔在黄泉城一切安好，挽云深感宽慰。天狼棍的事，已知悉，天灾人祸，在所难免，太上师叔切勿因此自责。关于天狼之死，挽云近日已经有所突破，已经找到了一名和天狼有接触的猎妖者。据他所说，当时天狼并非一人，与他一起的一人，查明是月沐白。但事情真相如何，挽云还需一些时日。待到事情查清楚之后，会前往黄泉城和太上师叔会合。"

挽云师姐的信，很是简短，应该是匆忙间写下的。

叶凌月有些出神。赵天狼的死，果然和月沐白有关，甚至与雪峰和月峰都有关

系。可惜她当时击杀雪长老时，太仓促了，没能问清楚真相，白白浪费了雪长老这条线索。

　　"不知道除了挽云师姐，其他人有没有收到信，黄俊等人一直没回信，也不知道师父紫有没有收到信？"

　　叶凌月放下信，心思千回百转。

第六章 新任城主

独孤天的山崖上。

"尊上，这是令徒叶凌月的信。"

紫堂宿打开信，入眼的第一句话便是："师父在上，徒儿在古九洲甚好，师父有没有想徒儿？"

"嗯，想了。"紫堂宿默默地在心中回了一句。

"师父，古九洲可真是个破地方，比起来，孤月海就好比天堂。"

紫堂宿又默默地回了一句："你在哪儿，哪里就是为师的天堂。"

叶凌月在信上，还讲了一些她在古九洲遇到的人、发生的事。

以紫堂宿的理解，所谓的"近况"，就是将他和叶凌月分开后这一个月里，自己的饮食起居外带琐碎小事全都写一遍。

这样做的后果，就是当身在黄泉城的叶凌月，收到了来自孤月海的师父紫的回信时，直接就傻了眼。

师父紫的回信，居然有厚厚的几十页纸。

"加上师父紫的信，大致已经清楚了到古九洲的其他人的音讯了。就是不知道月沐白和洪明月怎样？"

离开古关口后，月沐白和洪明月就悄无声息了。但事实上，叶凌月并不知道，月沐白和洪明月并非没有行动，月沐白早就安排了人手，在雁门城的新手登记处等着叶

凌月。原本月沐白以为，叶凌月一个弱女子，到了黄泉城那种地方，不需要他出手，也很难存活下去。可是一个月过去了，叶凌月的死讯非但没有传来，相反，他还得到消息，叶凌月给紫堂宿写了一封信。

此时，月沐白正位于古冀洲的水之城。

由于洪明月适合去水之城，月沐白最终选择了与她一同前往水之城。

"叶凌月怎么还没死？要不我专门去黄泉城一趟，杀了她？"洪明月一听叶凌月没死，而且还写信回去给紫堂宿，心中的妒火烧得炽热。

"与其担心叶凌月的死活，你还不如操心一下你自己的事，我让你办的事怎么样了？"月沐白冷嗤了一声。

"你的意思是让我去陪那些男人？"洪明月俏脸一变。

她既已离开了孤月海，到了古九洲，就不用再怕沐三生的追杀，更无须隐瞒身份。所以一到古九洲，她就在月沐白的帮助下，消去玉蟾丹的作用，容貌恢复如初了。

"洪明月，你真以为自己是什么贞洁烈女不成。那些人，我用得着，我不论你用什么法子，必须一一给我收服。我有法子治好你，就有法子让你变回原来不人不鬼的模样，让全天下都知道你是个什么样的女人，包括紫堂宿。"月沐白轻描淡写地说道。

一听到紫堂宿的名字，洪明月倏然瞪圆了眼。

"遵命。"洪明月强忍着心中的不满，躬了躬身，退了出去。

"真是个惹人厌烦的女人，沐白，你干吗要和这样的女人合作？"洪明月退出去后没多久，一个刁蛮的声音传了过来。

房间里忽然出现一团紫色的火焰，火焰中现出一个十六七岁的紫衣女子。女子的周身环绕着一片火光，她出现时，整个房间的温度都高了几分。

天地之间，存在着少量的五行之灵。而这些五行之灵中，又有极少一部分在机缘巧合下能够修炼成灵体。

月沐白当初也是运气惊人，才意外获得了火之灵紫嫣，这可是月沐白最大的秘密，就连他的姐姐月长老也不知情。

"合作罢了，早晚我要除掉她，不过眼下，我们要先去一趟黄泉城。"月沐白面色一凝。

就在刚才，他得知叶凌月在黄泉城的消息后，还知道了另外一个消息——赵天狼的天狼棍，也在黄泉城出现了。同时，他还听说，花挽云这阵子一直在雁门城一带打听赵天狼的死因。既然如此，他就让那些阻他的计划的人，都永远留在古战场好了。

洪明月走出了客栈，尽管不情愿，但她还是得想法子把月沐白要的人招揽过来。

洪明月找到了其中一人，那人走进了一家妓寮。洪明月踟蹰着，也不知该不该进去。就在这时，一名打扮得花枝招展的女子从妓寮里走了出来，一不小心，撞在了洪明月的身上。

"哪来的死丫头，不长眼啊，敢撞老娘。"那女子破口大骂。

"下贱！"洪明月吐出这两个字，转身就要走，哪知眼前忽然一黑，失去了意识。

洪明月醒来时，已经是天亮时分了。热闹的妓寮已经恢复了平静。洪明月倒吸了一口冷气，她觉得身下黏糊糊的，下意识地用手一摸，手上全都是鲜血。

铜镜里，自己的双唇上沾着血迹，咽喉里似乎有什么怪异的感觉，洪明月的脑海中闪过了一幕……

"哕——"洪明月的胃里涌起一阵翻江倒海般的恶心感。

一道突如其来的笑声让洪明月一惊，她甚至忘了自己衣衫不整，疾声喝道："谁？"

"姑娘的记性可真差，昨天我们不是才刚见过嘛。"那声音在房中回荡，正是昨日遇到的那名妓女。

"你究竟是何方妖物？胆敢在水之城出没，难道就不怕猎妖者？"

古九洲和新九洲大陆不同，由于存在着混沌一片的中原区域，那里肆虐着不少妖族。据说一些大妖可以幻化为人形，隐匿自身的妖气，混迹在古九洲的各大城池之中。这种妖族，被称为妖人。这种妖人，大部分都有妖丹，对于猎妖者而言，妖人是最好的猎物。

"妖物？我若是妖物，你又算什么？你如今连妖人都比不上。"那妓女咯咯笑了起来。

她是一名大妖，名叫影姬，隐匿在这家妓寮里数年，负责打探猎妖者的消息。昨

日偶然经过洪明月的身旁，她就嗅到了洪明月身上那股若隐若现的妖气，凭直觉断定洪明月必定是她的同类。

"我不是妖。"洪明月恼羞成怒。

"我有法子帮你，只要你愿意归顺妖王，完成妖王的命令，立下大功，妖王就会赐给你真正的妖胎，届时你就能成为真正的大妖，你体内的妖物也就难以容身了。"

影姬所效忠的妖王，正图谋一件大事。妖王需要大量人手，像影姬这样，能混入人族城池而不被发现的妖终究是少数。

"好，我愿意加入。"洪明月当机立断。对于孤月海和青洲大陆，甚至是人族，她都没有半点感情可言，有的只是仇恨。

她之所以沦落到今日这个地步，全都是被那些名门正派害的。

"咯咯，别答应得太早，你要以灵魂起誓，永远效忠于南幽帝后，若是有违此誓，永世不得轮回。"影姬极其狡猾，她怎么会轻易相信洪明月的话。

洪明月只得按照影姬所说，起了誓。起誓之后，她又追问了一句："你不是效忠于妖王麾下吗，那南幽帝后又是谁？"洪明月对妖族一无所知。

"真是愚昧的人族，你既然加入了妖王麾下，就应该知道妖界的基本情况。妖界的妖和你们人族一样，也有修为高低，从妖、大妖再到天妖，再往上就是妖王，但是在妖界，最高的两位统领，就是妖帝。妖界共有八大妖王，分为两派，归属于不同的妖帝。我们的妖王效忠的就是南幽帝。至于南幽后，则是南幽帝的皇后，也是整个妖界最美丽、最高贵的女人。"

提起南幽帝和南幽后时，影姬眼带崇敬。

在所有妖族的女人眼中，只怕普天之下，没有比南幽后更幸福的女人了。

这不仅是因为南幽后的容貌艳绝天下，更因为南幽后是妖界数万年来实力和天赋最高的女妖，她也是妖史上唯一一个可以和妖帝平起平坐的女人。

听说她未成婚前，更是得到了当时妖界最强的两个男子的青睐。

她是多么向往，也想成为那样的女人。

"等你立下大功，被赐妖胎，就有机会见到南幽帝后了。听着，妖王已经派人混入了包括水之城在内的五大五行之城，不日将有大行动。你是人族新手，负责混入水之城的城主府，打听城中的布防。"影姬将计划告诉洪明月。

妖族的势力已经渗透到五行之城了？洪明月得知这个消息，当即大吃一惊。

交代完任务，影姬的声音就消失了。

洪明月等了一会儿，再也没有听到影姬说话，只得穿上衣服离开妓寮。

妖族的势力正在大规模入侵五行之城，可是，身在黄泉城的叶凌月和各大新手城的城主对此却浑然未觉。

这一日，黄泉城主心急火燎地来找叶凌月。她一见到叶凌月，二话不说，一把将她拎了起来："城门口有两个人要死了，你快去看看，能治就治，不能治就丢出去喂狼。"

叶凌月翻了个白眼，原来黄泉城主又把她当免费的蒙古大夫使了。

自打知道叶凌月会医术后，黄泉城主就起了歪心思，每次只要城里有人受点小伤，黄泉城主就把叶凌月拉过去治疗。

叶凌月也不笨啊，她是来当园丁的，治病不在工作范围之内，所以她和黄泉城主讨价还价之后，商定每治疗一次收取半颗中级灵石。

当时黄泉城主答应得那叫一个痛快，等到叶凌月和她要工钱时，黄泉城主却说先欠着，等以后再还。

叶凌月差点儿气个半死。

叶凌月哪里知道，黄泉城主早就和司小春嘀咕过了："最好多欠点儿，等到欠够了，我就把城主之位和城主府都抵给她。你放心，你们家城主的眼力可好了，这叶凌月既会医术又会炼器，最难得的是此女会算计还狡猾，跟着她，你我主仆二人一定能吃香的喝辣的。"

可怜的叶凌月哪里知道，自己早就被黄泉城主惦记上了，巴不得拖家带口赖上她呢。

这不，一大早，黄泉城主像老鹰拎小鸡似的拎着叶凌月，嗒嗒嗒一路往城门口飞奔而去。

叶凌月看到那两个人，吓了一跳："四哥，黄俊，你们怎么来了？"

叶凌月赶紧为两人治疗，先醒来的却是秦小川。

"这事说来话长，我们是被罗衣所伤。你还记得罗衣不？黄俊说你们是一起入门

的，她当时分到了外门，后来成了赵天狼的侍女。"

秦小川挠了挠头。

叶凌月一边替黄俊治疗，一边听秦小川说着事情的经过，罗衣突然袭击外出做任务的两人，两人莫名其妙就到了黄泉城。

"罗衣的事，只能稍后再去调查，我现在一时半会儿没法子离开黄泉城。"

叶凌月也没料到，事情会接踵而来。罗衣是她的朋友，如今罗衣出了事，叶凌月绝不会坐视不管，但她必须先夺回天狼棍。

叶凌月带着两人前往城主府。

几人离开后不久，城门口有一对男女行了过来。

那女子十几岁年纪，一身异域打扮，艳丽的露肚脐纱裙，手足都戴着镶满宝石的镯子，浑身上下洋溢着火辣辣的气息。

不仅如此，女子还没有穿鞋子，一双白嫩嫩的天足引人无限遐想。

这对男女，正是乔装改扮过的月沐白和火灵紫嫣，他们也是为了天狼棍而来。

月沐白已经打听清楚了，群英社正在举办擂台赛。

火灵紫嫣虽是灵体，却能短时间保持人形，看上去和真正的人类女子没什么两样。月沐白为人谨慎，他担心遇上叶凌月，特意改变了容貌。

月沐白和紫嫣去了地下钱庄，报名参加地下擂台赛。

地下擂台赛开始的那天，叶凌月和司小春提前赶到地下钱庄。

两人一到地下钱庄，就被眼前的盛况给吓到了。只能容纳百人的大厅里，至少挤进了五六百人。两三百对男女选手，容貌各异，修为各异，但大致都是轮回四五道的修为，年龄有老有少，全都等着地下擂台赛的开始。

选手这么多，规模这么大，自然不可能一天就比完，看来要分组进行了，比赛恐怕会持续四五日了。好在叶凌月和司小春已经找借口向黄泉城主告了假。

"比试就在这里进行？"叶凌月很诧异，这附近也没看到擂台啊。

"非也，地下擂台赛的比赛场地一直很神秘，会有人带我们前往。"司小春的手心有点冒汗，他还是第一次参加这种活动。

果不其然，司小春说完没多久，一名地下钱庄的爪牙走了过来。

"若要参加地下擂台赛，先签下这份生死状。"

还要签生死状？叶凌月和司小春面面相觑。

"哎哟，一看就是第一次参加地下擂台赛，贪生怕死的，还参加什么比赛！"身边传来阴阳怪气的嘲讽。

叶凌月蹙眉看去，不远处站着两人。那两人，容貌长得一模一样，可一个皮肤白得如纸，另外一个黑得像炭。一个身形高瘦，一个壮硕矮小，看上去不男不女，阴阳怪气。嘲讽叶凌月和司小春的是那个肤白个高的，说话就像在捏着嗓子。

两人没有签生死状，看上去应该是老手。生死状是永久有效的，只有第一次参加擂台赛的新人才需要签。

"你们俩是怎么说话的？"司小春年轻气盛，上前就要和他们理论，却被叶凌月拦住了。

"是雌雄双煞，他们是上次地下擂台赛的冠军吧。"

"岂止是上次，上上次也是冠军。听说他们是双修伴侣，练的也不知是什么邪功，变成了今日这副样子，两个人都不男不女的。"

"他们不是去中原地区了吗，怎么又回来了？"

"听说这次擂台赛的奖金高达五万灵石，两人是特意赶回来参赛的。"

"这两人最喜欢欺负新人，那两个新手可别傻子似的撞上去。"

参赛选手中有认识那两人的，纷纷议论起来。

看来对方是老手，叶凌月还没弄清楚地下擂台赛的规则，不愿意和人起冲突，就冲着司小春摇了摇头。

"都吵什么，签了生死状才可以参加擂台赛，否则全都滚出去。"秦东带着几个人走了出来，恶狠狠地说道。

看到秦东，叶凌月拉着司小春往后退了一步。

那雌雄双煞见了秦东，这才敛起傲慢的神情，叫了一声："东少。"

这雌雄双煞，在去中原地区之前，已是地下擂台赛的常客，和秦东也算认识。

叶凌月留意到，秦东身后的几人，每人手中捧着一个匣子，其中一个条形匣子里散发出一股熟悉的灵力波动。

难道是天狼棍？叶凌月暗中给司小春使了个眼色，两人上前签了生死状。其他人也陆续签了生死状。

"五五组合，抽取你们的签文。记住，一旦抽了签，比赛就开始了，不分出胜负不能离开。"

那人说罢，取出一个黑色的箱子，让叶凌月两人抽签。

和叶凌月等人一样，其他的男女组合也分别抽取了签文。

叶凌月随手抓了一支签，只见上面写着"金三十六天"，也不知是什么意思。就在叶凌月想要询问时，签文里闪烁出一片光芒，地下钱庄一下子消失在两人的面前。早前的拥堵一下子消失了，数百名选手已经置身于一个豪华的圆形竞技场内。竞技场的上方就是天空，此时还是正午，天空上，一轮绚烂的太阳。

竞技场足有两个校场大小，选手们一出现，整个竞技场内就欢声雷动，无数的口哨声和尖叫声震耳欲聋。足有近万名戴着面具的观众坐在竞技场两旁的看台上。这些看客来自古九洲不同的地区，他们的真实身份不得而知，但是光凭整场地下擂台赛高达五百中级灵石一张的门票就可知道，这些人的身份非富即贵。

"凌，快看。"司小春发出一声惊呼，抬头看向天空。

天空中约莫百米的位置，有五个用圆形晶石打磨而成的透明擂台。五个擂台紧紧靠在一起，分别标着"金、木、水、火、土"五个大字。

地下擂台赛分了五个不同的赛区，分别用金、木、水、火、土来命名，为了增加精彩程度，五个擂台的比试是同时进行的。而且擂台设计成透明的，选手们在擂台上的一举一动，都会被清楚地看到。不得不说，群英社筹备的这地下擂台赛，比叶凌月在阆城看到的还要精彩一些。叶凌月总觉得这地下擂台赛的模式和阆城有些相似，只不过现在她已无暇多想。

叶凌月和司小春的"五五组合"，恰好分在了金赛区第三十六个出场，对手就是金三十六地的选手。若是按照正常的比赛流程，至少也要等到第三天乃至第四天才能轮到他们上场。

"诸位，请抽取了金、木、水、火、土天地签的选手出列，首轮比试即将开始。余下的选手，请进入候赛区。选手有专门的候赛区，你们可以在候赛区休息，也可以观看比赛。在比试结束之前，你们都不能离开。"

首轮地下擂台赛没有严格意义上的时长，直到第一名决出，否则比试将会一直进行下去。对于选手和观众而言，这都是一场拉锯战。

叶凌月和司小春只能随大流进入了所谓的候赛区。和赛区不同，候赛区是一个巨大的房间，房间里有简易的隔间，每组选手，可以根据手中的签文进入相应的隔间。

在候赛区正南和正北两面的墙上，有两个巨大的影像法阵。法阵里清晰地映射出竞技场内的情形，甚至连场内热烈的吼叫声也听得一清二楚。

此时那些选手无心休息，全都聚在两个影像法阵前。

第一组选手已经登上了天空擂台，比赛还没开始，场内忽然一片哗然。原来，竞技场内，忽然驶来五六十辆蒙着黑布的马车。黑布一拉开，第一辆马车的车门打开了，一条条足有手腕粗细、颜色各异的毒蛇从马车上游了下来；第二辆马车的车门也已打开，只见一道黄影闪动，从里面跳下一头火焰怒狮；第三辆马车、第四辆马车……从这数十辆马车上下来的，全是异常凶猛的灵兽。每一头灵兽都已经饿了半个月，这时早就饥肠辘辘、眼放绿光了。它们昂起头来，冲着那五座天空擂台发出渴望的吼声。

候赛区的所有选手，在看到这一幕时全都吃了一惊，就连雌雄双煞在内的老选手也不由得动容。

以前的擂台赛可没有灵兽。那些灵兽一看品级就不低，若是擂台上的选手稍有不慎，跌落擂台，就算不摔成重伤，也会被灵兽撕成碎片。如此一来，选手的死亡率必定大增，但是相应的，对于观众席上的看客们而言，比赛的精彩程度也大大增加了。

就在这时，忽然从一辆马车上蹿出一只魔女鹰。那魔女鹰长得跟叶凌月养在鸿蒙天里的三足鸟人很像，因外形酷似长发女人而得名。但是比起三足鸟人来，魔女鹰性情更凶悍，体形更庞大，全身披着棕褐色的羽毛。

"嗷——"魔女鹰显然饿极了，翅膀一张开，就朝着水擂台上的一名女选手掠去。那女选手猝不及防，瞬间便被捅破脑袋，连哼都没哼一声就断了气。她的同伴怒吼一声，挥拳朝那行凶的恶兽砸去。魔女鹰眼中迸出两道幽光，猛地抓向那名选手，利爪刺入他的胸膛，直接将他的心脏挖了出来。那两名倒霉的选手，尸体从高空坠落地面。那些饥肠辘辘的凶兽不顾一切地扑了上去，不过是几个眨眼的工夫，就啃得连骨头都不剩了，地上只留下两摊鲜血。

许是受了鲜血的刺激，竞技场里的灵兽变得更加暴躁，它们朝着天空吼叫着。那些观众更加疯狂，激动地叫喊着。

"杀!"

"杀!"

比赛还未正式开始，整个竞技场就陷入狂热之中。无论是擂台上的选手，还是候赛区里的选手，都看得目瞪口呆。

这哪里是竞技场，简直就是屠杀场。这种新的竞技模式，据说是群英社的那位新社长想出来的。

那只魔女鹰连杀二人后迟迟不肯离去，绕着擂台飞行，寻找着下一个猎物。越是如此，那些看客越兴奋。

就在这时，天空擂台上，忽然响起一个冷静的声音，让原本因为血腥和暴力而变得沸腾不止的竞技场安静下来。

"大伙听着，我们必须联合起来。"

就在众选手不知所措时，土之擂台上的一名男子站了出来。此人年约三旬，高约七尺，理了个平头，一身结实的腱子肉，脸上和胸膛上有不少疤痕，眼里蓄满了精光，一看就是个竞技老手。

很显然，群英社是不可能中途叫停的，他们若想顺利比赛，就必须先除掉那只虎视眈眈的魔女鹰。

男子话音一落，其余几名选手立刻会意。九对选手立刻做好了分工。几名擅长远程射击的，当即取出灵器朝着天空攻击，分散魔女鹰的注意力。

从剩下的人中，冲出几名男选手，自不同的方向攻向魔女鹰。

魔女鹰在空中虽有优势，但终究难敌众人的攻击。它有些恼恨地看了眼平头男子，忽然朝他冲去，两只利爪朝着平头男子的胸腹袭去。那男子毫不惊慌，一双铁掌死死地抓住了魔女鹰的爪子。魔女鹰恼羞成怒，陡然升空，显然是想摔死那男子。

就在这时，那男子的周身凝聚起一股波动，大量的风力在他身旁盘旋。只听得噗噗两声，空中出现了一道罡风镰，直接斩断魔女鹰那双金石般坚硬的爪子。接着，又是数道罡风镰，不可一世的魔女鹰，不一会儿就被斩成数段。

魔女鹰一死，被它强行带到高空的男子，身子没了依托，猛地往下砸去。那可是数百米的高空，就算是拥有轮回之力，但砸落在饥饿的兽群中，那男子的下场可想而知。

就在所有人都以为男子凶多吉少时，他那疾速下坠的身子忽然一滞，下一秒便被一股风力卷了起来，稳稳地落回擂台上。他的手中，还握着那对鹰爪。

"好！"叶凌月忍不住喊了一声好。

想不到此人竟有变异的轮回之力，能在操控风镰攻击的同时控制身形，可想而知，这人在风之力的掌控方面非常了得。

魔女鹰被斩杀，比赛正常进行。

由于魔女鹰的开场方式太惊心动魄，以至于接下来的比赛反倒显得索然无味。

很快比试的结果就出来了，可是站在叶凌月身旁的司小春却皱起了眉头。他直愣愣地看着那名关键时刻挺身而出的男人，脸上一脸的震惊。

而此时的叶凌月，还没发现司小春的异样，她正关注着擂台上的情形。叶凌月对那名平头选手的印象很不错，方才如果不是此人站出来，只怕今日第一轮比试，选手们的死伤会特别严重。

就凭此人刚才在危急时候的反应，就已经很让人惊艳了。但是欣赏归欣赏，叶凌月一想到以后的比赛中可能遇到此人，就觉得很是棘手。

"哎，那个人有点问题。"司小春忽然在旁边说道。

"怎么，你认识？"叶凌月问司小春。

"我如果没认错的话，那人是袁星。他就是老城主当年完成最后一次任务时，那个唯一幸存的新手。"

司小春的话，让叶凌月有些意外。那男子，就是黄泉城主这阵子一直在寻找的人？城主几乎把黄泉城都翻过来了，却没有找到袁星。没想到他居然在地下擂台赛出现了，而且，他应该是一个身经百战的选手，也许这些年来，他一直是靠着打地下擂台赛维持生计的。

听到了"老城主"这几个字，袁星猛地抬起头来。

"小心！"叶凌月抢到了司小春身前。

一道风刃袭来，在叶凌月的铠甲上留下了一道深痕。

"你怎么动手伤人？"司小春嘴上还在嘟囔着。

"走。"叶凌月硬拉着司小春走开，离袁星远远的。

"怎么会这样？袁星怎么跟变了个人似的。"司小春很郁闷，好不容易找到了袁

星，却是这样的结果，这让他没法子接受。

"这并不奇怪，袁星和老城主一样，都得了病。"

当初老城主他们究竟遇到了什么，怎么会让两人变成这样？

"浑蛋，居然敢摸我！"离叶凌月和司小春不远处，一名女子怒视着一名男子。

"紫嫣，怎么回事？"

"沐，这色狼刚才偷摸我的腰。"

发话的正是乔装改扮之后，来参加地下擂台赛的月沐白和火灵紫嫣。

恰好叶凌月穿了卦牛的铠甲，所以双方都没有认出对方来。

火灵紫嫣这身火辣辣的打扮，是个男人都会垂涎三尺，不过大多数人都不敢下手。

火灵紫嫣美目圆瞪，叉着腰，一副恼羞成怒的模样。

"臭女人，摸你又怎么了？你穿成这样，不就是想让人勾搭吗？！"那色狼非但不道歉，还挑衅起来。

火灵紫嫣目光一厉，那男选手忽然惨叫起来，身上蹿起一团火焰。那火焰来势汹汹，不过须臾之间，那武者就化作一个火球，就如被人泼了油似的。

众人只能眼睁睁看着男武者被火球吞没，化成一团焦炭，空气中还弥漫着烧焦的气味。

见一个娇滴滴的女子，眨眼间就杀了一个大男人，而且还用了如此诡异的手段，候赛区的众选手面面相觑，不知如何是好。

这场闹剧之后，候赛区暂时安静下来。

众选手没有留意的是，他们的一举一动，包括司小春和袁星起冲突，以及紫嫣杀人的画面，已经落入了远处的多双眼中。

候赛区的选手们只知道，通过法阵能看到擂台上的情景，却不知道他们的言行都能被法阵传送出去。

和观众席不同，竞技场的最顶端有几间贵宾室，里面都是黄泉城所在的古幽洲大陆的几大商会的老板。

"我选沐火组合。"其中一名大腹便便的商会会长抢先说道。

这几名豪客都不是普通人，他们都是古九洲某些商会的会长，腰缠万贯。于他们而言，只赌灵石不够刺激，所以他们更喜欢在地下擂台赛上，用比灵石更贵重的东西来赌。那些赌注，小到最受宠的一名小妾，大到一年的利润，无所不用。而这次，他们在赌谁能获得地下擂台赛的第一名。

"我倒是觉得，袁星方才的表现可圈可点。"柳姓商会会长开口说道。

其他两名商会会长都选定之后，只剩下最中间的一位商会会长。

所有人的目光都集中到月沐白、袁星以及阴阳双煞的身上，没有人选择叶凌月和司小春。原因很简单，方才在候赛区，叶凌月和司小春被阴阳双煞侮辱，又在袁星面前示弱，在这几名商会会长的眼中，都已经理所当然地认定，这是一对毫无投资价值的新手组合。

隔壁的一间包房里，只有一男一女。女子长得很是妖娆，一头波浪大卷的红色长发，身着战铠，正是群英社的副社长昙素。男子相貌普通，唯独一双出挑的桃花眼微微上扬。此人，正是群英社的那位新社长。

"真是三只老狐狸，把这次地下擂台赛上最强的三组选手都给选了。社长，只怕这次地下擂台赛，又只能赚得入场费和外围的赌注了，想要让那些老狐狸大出血还真是不容易。"昙素撇撇嘴。

"我倒不这么认为。"社长的目光落在了竞技场上的五五组合身上。

"难得社长有此雅兴，不如我和社长也来赌一场，看看谁会是最后的冠军。"昙素爱慕地望着社长。

"我出五万中级灵石，赌五五组合胜。"社长笑了笑，很是爽快地丢出了一个储物袋。

擂台上，叶凌月和司小春浑然不知，两人在不知不觉中，已经成了旁人手中的筹码。

很快两人就拿下了这一轮。

叶凌月和司小春之后，雌雄双煞与沐火组合也都顺利过关。

首轮的地下擂台赛，一共就进行了三四天，选手的人数，也从最初的几百对锐减了三分之二，只剩下一百多对。

群英社也算赚了个盆满钵满，秦东乐得合不拢嘴。

一走出地下钱庄，叶凌月就和司小春分开了。

　　“袁星，记得我们的计划，如果事情成功了，最后的好处绝少不了你的。”地下钱庄的门口，秦东和他的几名爪牙，以及袁星，都走了出来。

　　袁星没有说话，只是面无表情地从秦东手中接过一小袋灵石，就转身离开了地下钱庄。

　　叶凌月在暗中听着，再看了看袁星消失的方向，一闪身，紧跟着袁星去了。

　　袁星离开地下钱庄后，在城中穿行着。他并没有留意到，跟随在自己身后的叶凌月。

　　袁星走到了黄泉城最破旧的一条街道上，那里有一排破旧的房屋。

　　“袁叔叔。”袁星刚一走过去，那些在房屋前玩耍的孩子就迎上前来。

　　从破旧的房屋里走出一些妇人和老人，袁星看到他们后，一直没什么表情的脸上，才多了一分笑容。袁星就像换了个人似的，他先把食物和衣服分给那些小孩，又把灵石给了那些妇人，然后陪着老人们聊天，看上去和在竞技场中的表现截然不同。

第七章　痴情男子

等到袁星一离开，叶凌月就走上前去。

"老人家，我是过路的，今晚没地方落脚，能不能在这里借宿一晚？"叶凌月叫住一名八旬开外的老者问道。

那老人见一个黑漆漆的少女正冲着自己笑，点点头，将叶凌月带进院子里。

叶凌月这才发现，这座窄小的屋子里住了五六口人，除去几个孩子和老人，平日就只有一个照顾三餐的女帮佣。

晚上，叶凌月趁着吃饭的空隙，和老人聊起了家常来。

"老人家，我白天里看到了一个男人，他是你儿子吧？怎么没和你们住在一起？"

"你说的是袁星吧，他不是我儿子，而是我儿子的好朋友。我儿子早几年不幸死了，留下了两个孩子，我儿媳妇也跟人跑了。袁星是他的好兄弟，一直替我儿子照顾我们，他还把我们接到了黄泉城就近照顾。那孩子是个好人。"老人家提起自己早亡的儿子，很是心酸。

袁星也不知道用了什么法子，将她们接到了古九洲黄泉城。

袁星从外头走了进来，他一眼就看到了叶凌月。袁星看了眼老人家，再看了看叶凌月，没再发话。

待到老人和孩子都睡下后，叶凌月起身走到屋后，凄冷的月光下，袁星站在那儿。

"过去的事情我都已经忘了，我不想再去追究，你走吧。"袁星不想多说，让叶凌月立刻离开。

"你就不想治好你的病？你应该也发现这几年的你和以前不同了，你和老城主一样，都得了病。"

叶凌月的话，让袁星的脚步一顿，看得出他也在迟疑。

"有没有病我自己很清楚，无须旁人操心，你以后不要再来骚扰，否则别怪我不客气。"说罢，袁星就欲离开。

"如果我在擂台上打赢你，你就跟我们一起去见老城主。"叶凌月高声说道。

这句话让袁星的脚步一顿，他近乎讥讽地说："等你打赢了你的对手再说吧，尤其是雌雄双煞。"说罢，他头也不回地走远了。

叶凌月回到城主府，将她找到袁星的事告诉了城主。

首轮比试结束后，叶凌月和司小春就被告知，次轮比试将在十日后进行。

十日时间转眼就过，再次来到竞技场时，选手的数量锐减，但是观众却不减反增。只因灵兽助阵这种特殊的方式已经传遍古幽洲各城，一些喜欢刺激和暴力的人，甚至不嫌路途遥远，从其他城池赶了过来。

过了片刻，参加次轮比赛的全部选手的对阵名单都已经确认了。

五五组合和沐火组合分别迎战各自的对手。沐火组合成功晋级，可让人意外的是，五五组合也击败了另一夺冠热门——丹娘子。

而此时，雌雄双煞却提前和袁星对上了。

"袁星，真不知你是倒霉还是走运，竟然遇上了我俩。"雌雄双煞发出一声难听的怪笑，身形一掠而起，就如两只鹰隼，破空而来。

袁星的女搭档刚一接招，脸色骤然一变——刀身没有半分灵气，招数更是威力大减。女武者意识到不对头时，已经太迟了。她的刀被雌煞一把夺下，折成两段。雌煞眼中凶光迭起，犹如鸡爪般的手指刺入女武者的咽喉，顿时涌出一股鲜血。

"卑鄙，竟在灵器上动手脚！"袁星看了一眼断成两截的灵刀，大抵明白是怎么回事了。

只听得一声惨叫，那名女武者被活活撕成两半。浓重的血腥味和满目的红色深深刺激着袁星，他心底最深处仿佛有什么东西一下子被释放出来，眼中红光闪动。突然，袁星就像变了个人似的，如狂狮一般朝着对手扑去："死，统统都死去吧！"

灵器上的灵纹灵光迭起，可怕的灵力扭曲了空间。那风刃生生击爆了雌雄双煞的脑袋，两人的尸体笔直地坠地。

在击杀了雌雄双煞后，袁星并没有立刻罢手，他红着眼猛地冲向观众席。

"不好，袁星疯了！"叶凌月一看袁星的表现，立刻联想到了老城主，袁星此时的神情和举止，和发病时的老城主一模一样。

原本因为袁星获胜而很高兴的秦东，在看到袁星杀向观众席时，脸色骤变。

"快拦住袁星！"

叶凌月目光一凝，扬起手指袭向袁星，一股鬼门十三针的针力，透过指尖钻入袁星体内。袁星浑身一僵，双眼瞬间呆滞。司小春和候赛区的多名选手一拥而上，制住了袁星的手脚，将他按倒在地。

"他发病了，我得把他带回去。"叶凌月斩钉截铁地说。

"袁星伤了不少人，必须给竞技场一个交代，我不能把他交给你。"

秦东示意左右拦下叶凌月和司小春。

"你必须把他交给我，而且保证以后绝不再利用袁星。否则你控制袁星打假赛，这几年利用地下擂台赛牟取暴利的事就会被公之于众。"叶凌月压低声音警告秦东。

秦东气得面色铁青，却只能让叶凌月带着袁星扬长而去。

袁星突然发狂，地下擂台赛被迫中止，由于有不少观众和选手受伤，群英社这一次损失不小。

袁星因此遭到群英社的惩罚，永久禁止参加地下擂台赛。

叶凌月将袁星带回城主府，并让城主立刻将老人和那几名孩童接到了城主府。

袁星刚刚苏醒，手脚被黄泉城主用缚妖索捆住，正不停地挣扎。

像上次和云笙约定的那样，叶凌月进入元神出窍的状态，她的神魂幽幽地进入世外天府。

征得叶凌月的同意后，云笙将一缕神识寄于叶凌月身上。

"记住，我的本源魂魄在神界，所以不能长时间留在古九洲。我只能帮你救治一次，成功与否都是未知数。你以后能否用相同的法子救治老城主，也只能靠你自己

领悟。"

尽管早就知道云笙医术了得，但是对于催眠之术，叶凌月实在是陌生得很。

神识一动，叶凌月看到自己抬起手来，脑海中出现了一双眸子，那是云笙的眸子。

一个柔和的女声落到袁星的耳中："袁星，你尽量放轻松。我是来帮助你的，告诉我，当年到底发生了什么事？你和老城主，还有那些新手，到底遇到了什么？"

这声音仿佛有无穷无尽的魔力，就在袁星情绪松弛的那一霎，云笙和叶凌月的元神，立即侵入袁星的识海。

前方一片黑暗，伸手不见五指。

"这是藏在袁星识海深处的一段记忆，也是他最不愿意让人发现的秘密。我们进去看看，也许能发现什么。"云笙说罢，带着叶凌月进入那段记忆之中。

两人穿越层层迷雾，前方出现了几个光点。

渐渐地，那几个光点越来越清晰，化为几个满面风尘的身影。在队伍的正中走着两个熟悉的人，一个是年约十六的袁星，另一个是中年模样的老城主。

"老城主，我们已经被困在秋林遗迹十几天了，那妖物依旧阴魂不散。如今粮食和水都耗光了，若是再找不到出路，我们会被困死在这里。"

在秋林遗迹里，他们被不知名的妖物缠上，新手队员相继死去，最后只剩下袁星、苏牧和老城主三人。三人相互扶持，在秋林遗迹中探寻生路。在此期间，袁星生了重病，一直都是苏牧照顾他，三人的饮食也都由苏牧负责。等到袁星好不容易高烧退去，养好了身体，苏牧却病倒了。

老城主和袁星给苏牧检查身体，掀开他的衣服才发现，他的身上少了很多血肉，有多处甚至露出了白骨。袁星这才知道，自己和老城主这些日子吃的根本不是什么兽血、兽肉，而是同伴从自己身上取下来的血肉。

苏牧没有熬到离开秋林遗迹，就死在了那里。

记忆戛然而止，无尽的黑暗席卷而来……叶凌月和云笙这才从袁星的记忆中抽身离开。叶凌月怎么也没想到，袁星和老城主当年，竟是靠着食用同伴的血肉活下来的。

藏在记忆深处的东西被挖掘出来之后，袁星反倒平静下来，道："是我害死了他。我一直不敢把真相告诉苏奶奶和他的两个孩子。他一直都很照顾我，把我当亲弟弟对待，可我都做了什么？我居然吃了他的肉、喝了他的血……我不是人啊！"袁星痛哭流涕。

和老城主一起返回黄泉城后，袁星无法承受重荷，离开了城主府，放弃了成为一名猎妖者的夙愿。每次一想起自己的命是拿好友的生命换来的，袁星就痛不欲生。所以这些年来，在某些特定的时候，他都会情绪失控。这一次，雌雄双煞在他面前残忍地虐杀了他的同伴，刺激了他，这才激发出他内心的黑暗面。

在苏奶奶面前，袁星忍不住跪了下来。

"傻孩子，难怪这些年你一直郁郁寡欢。牧儿在没到古九洲时，受过一次重伤，替他治疗的方士说过，他活不过三十岁。牧儿怕我们祖孙三人以后没有依靠，就瞒着我们偷偷去了古九洲，想趁他身子还撑得住时多赚点儿灵石。他到古九洲之后就遇到了你……"苏奶奶说得老泪纵横。这些年来，出于私心，她一直没和袁星说过事情的真相，就是怕袁星知道真相后撇下他们祖孙三人。她怎么也想不到，袁星因为苏牧的死，这些年一直活在愧疚之中，还落下了这样的病根。

袁星和苏奶奶抱头痛哭。

袁星和苏奶奶都沉浸在伤感的情绪中，叶凌月和云笙不忍心打扰两人，悄悄退出了房间。

方才，在查看袁星的记忆时，叶凌月忽觉心弦一动，有种怪异的感觉油然而生。仿佛在开启袁星记忆的同时，她自己心底的某个角落也受到了触碰……

"云神医，你的催眠术，是不是也可以治疗其他失忆的病人？"

叶凌月想起了帝莘。帝莘因为灵魂破损丧失了一部分记忆，若是催眠术能够治疗袁星，那是不是意味着，也能让帝莘恢复凤莘和巫重的记忆？

云笙却误解了叶凌月的意思，她还以为叶凌月记起了什么。

"月儿，有时候失忆也是一件好事情，过去的事儿就让它过去吧！"

这一声"月儿"让叶凌月一愣，仿佛很久很久以前有人也这般叫过她，脑海中浮现出一个模糊的影子。

"云神医，我们以前是不是认识？"叶凌月脱口而出。

这个疑问一直困扰着叶凌月。和其他人不同，她第一次见到云笙就感到特别亲

切。那种感觉很难用词语形容，就好像两人已经认识了许久许久，两人相处起来就如同母女一样。这样说，也许对叶凰玉很不公平，可是云笙给她的亲切感，却是无人能及的。

"我们从来没见过。袁星的病我已经治好了，老城主的病用类似的法子应该也能治好。还有，关于那个秋林遗迹，我觉得有些古怪。有机会的话，你最好和他们再去一次。我也该回神界去了，我们以后有机会再见吧！"

素来冷静的云笙，在这一刻显得有些慌乱，匆匆忙忙道别离开，留下叶凌月独自站在原地，沉浸在某种怪异的情绪中……

云笙回到神界之后，有些魂不守舍。

"怎么今日见了女儿，你反倒不高兴了？"夜北溟有些担心地问。

"我说漏嘴了，险些让女儿看出破绽。我现在最担心的就是女儿想起以前的事，包括她和奚九夜的事。"云笙心事重重地说。

今日见了袁星和老城主发病时的症状，云笙更加担心了。云笙身为医佛，又是来自二十一世纪的人，精通东西方医术。她来到异世后，结合自身所学的医术，经过多年探索，终于将催眠术和神农氏后人的医术结合在一起，创造出了一种能够封印记忆的特殊医术。这种医术，可以封印一部分记忆，让被封印的人忘记往事。

当初，夜凌月错爱奚九夜，落得个魂飞魄散的下场。她死时，身受千刀万剐之刑，又坠入黑鼎中，落下陨神崖。云笙和夜北溟闻讯赶到陨神崖下，却连女儿的尸首都没找到。夫妻俩费尽千辛万苦，找遍多个位面，才在青洲大陆叶凰玉刚出生的女儿身上，找到了和夜凌月的灵魂完全契合的身体。恰好那时真正的叶凌月被她狼心狗肺的父亲洪放摔死了，叶凰玉失魂落魄地抱着死婴昏倒在街头，云笙便乘机将夜凌月的魂魄封入婴孩体内，让魂魄和肉身合二为一。

为免夜凌月想起前世那段痛苦的回忆，云笙使用了记忆封印术，封印了夜凌月天生的强大精神力和一部分魂魄。可也是因为封印术，夜凌月当了十三年的傻子。直到十三岁那年，机缘巧合下，叶凌月服用了当年残留于鼎内的一颗神丹，魂魄之力部分恢复，才成为正常人，这才有了现在的叶凌月。

这件事，包括神界在内，知道的人少之又少。这次若非叶凌月恰好遇到了难症，云笙也不会用记忆封印术帮助叶凌月。只是她也没料到，叶凌月会因此受到触动。

"小野猫，我觉得有些事情不应该瞒着月儿。月儿的修炼天赋甚至超过了你我。只要突破了神格，她早晚都会成神，纸里终究是包不住火的。"

夜北溟虽然也不想让女儿回忆起以前的事儿，但是他更不希望等到女儿发现真相时责怪他们。云笙自诩是个很冷静的人，唯独在面对女儿的事时会变得不理智。

"儿孙自有儿孙福，就让一切随缘而去吧。若是命中注定，你我即便逆天而行也没用。更何况，你忘了，月儿并不是一个人，她和你一样，命中桃花朵朵开，守护她的人可不少。"夜北溟搂过爱妻，半是吃味半是温柔地安慰着她。

听出自家男人语气里的不对劲儿，云笙扑哧一声笑了。

"都那么多年了，你还记得我以前的桃花债。除了奚九夜那个瞎了狗眼的，爱我们家宝贝女儿的人可多了。说起来，我不是让你盯着我们的准女婿嘛，他最近怎么样了？我可指望他们小两口早点成其好事，抱孙子呢。"云笙担心自家男人想起以前的事，连忙转移话题，打听起亲亲女婿帝莘的消息来。

"那小子，你还是自己看吧，说起来，这小子的桃花运好像不逊于我们女儿。"夜北溟说着，手一拂，一股神力凝聚，两人眼前出现了一面镜子。镜中，映射出遥远的彼方……

第八章　生死擂台（上）

在一片广袤的森林边缘，各种妖兽的声音不绝于耳。

凌厉的剑风，扑哧一声刺破了厚重的皮毛，一只身形不下于黑熊的妖兽轰然倒地。浓重的血腥味让人有些犯恶心，这时，一张俊逸得让人移不开视线的脸出现了。

"第五百三十六只。"帝莘熟练地剖开妖兽的肚子，从里面挖出一颗妖丹，装进自己的储物袋里。

"谢谢大人救了我们整个村庄。"年迈的村长对帝莘千恩万谢。

他们的村庄就位于雪鹰大森林旁，附近雪兽众多，但由于村子很穷，正牌猎妖者都不愿意来这里猎妖，所以村民们只得恳请五灵城主派人来猎妖。这次派来的人就是帝莘。五灵城主曾经答应过他，只要他猎杀了一千只妖兽，正式成为一名猎妖者，就同意他去五灵城。

帝莘走进一家酒馆，酒馆里坐满了猎妖者。和那些猎妖者不同，穿着新手服的帝莘显得特别扎眼。

帝莘在仅有的一个空位上坐下，他那张俊脸就吸引了许多女猎妖者爱慕的目光，这让在场的不少男猎妖者很是吃味。

恰好这时有一名猎妖者从外面走了进来，见酒馆里没有多余的位置，那人环顾四周，看到了穿着新手服的帝莘。他走到帝莘面前，瞥了他一眼，跟施舍乞丐似的丢出一块灵石："小子，我给你一块灵石，把你的位子让出来。"

帝莘连正眼都没看他一眼，随手摸出一个袋子，丢到那名猎妖者面前："我给你二十块灵石，滚！"

那名猎妖者顿时恼羞成怒，一脚踹飞了桌子，手上的大刀迎着帝莘的天灵盖砍去。哪知他眼前一花，本还坐在眼前的人已经消失了。忽地背后一凉，双臂如拧麻花般被人拧住，那人发出了杀猪般的叫声。脸被猛地用力一按，狠狠摔在了地上，全身的骨头如同爆豆子般咔吧作响。

帝莘来到这里还没一个月，小煞星的名号就已经传得沸沸扬扬了。传闻他所到之处，所有的妖兽都统统杀光。甚至有一些妖兽，只要闻到帝莘的味道，就会逃得远远的。

"六弟，教训过了，也就算了。"一名貌美的女子走了过来。

舞悦摇了摇头，对于帝莘君子动手不动口的脾气很是无奈。尤其是这阵子，六弟妹因为要参加擂台赛，没法子和六弟联系，六弟显得有些"欲求不满"，一个不高兴就揍得人缺胳膊断腿的，这让舞悦很是头大。

"我给五姐面子。"帝莘说罢，用力一卸，那名男猎妖者的一只手断了，被丢出了酒馆。

古九洲大陆和青洲大陆不同，因为中原地区的存在，各个古大洲都游离着不少的妖兽，其中一些实力强横、作恶多端的妖兽被汇编成册，称之为"通缉妖兽"。

一旦猎杀了这种妖兽，不仅可以获得高额悬赏，还可以计入个人的猎妖手册。

帝莘得知四师兄和黄俊都到了黄泉城，也想早点和媳妇儿会合。

这段时间，帝莘疯狂地完成五灵城主下发的各种任务，他捕猎妖兽的速度，快得让人叹为观止。

帝莘正在翻阅舞悦拿来的妖兽资料，忽然感到有人在窥探他，顿时目光一厉，射向某个方向。

"好小子，居然被他察觉了。"镜子的另一端，云笙和夜北溟夫妇见到帝莘那犀利的眼神，都是一阵错愕。

既然被发现了，两人也不好再看下去，夜北溟尴尬地咳了几声，镜子消失了。

"哈哈，夜狐狸，看来真是长江后浪推前浪，你这个前浪，只怕要死在沙滩上了。"云笙还是第一次看到夜北溟吃瘪，免不得要取笑一番。

从叶凌月口中得知凤莘和巫重是双重人格后，云笙还担心过，融合了两人性格的帝莘，是不是依旧会有人格分裂的可能。

毕竟她只有叶凌月这一个宝贝女儿，可不想让女儿找个"精神病"。

不过这会儿看来，帝莘已经完美融合了凤莘和巫重的人格，最重要的是，他对叶凌月一往情深。

颜值高，实力强，而且是个潜力股，这样的女婿，可是打着灯笼都找不到。

"一个黄口小儿而已，哪里比得上我？他想娶我们的女儿，实力至少也得达到神尊级别，否则别想得到我的认可。"

相较于云笙对帝莘的好感，夜北溟也不知是吃自家娘子的醋，还是吃自己女儿的醋，总之，他对帝莘那是丈人看女婿，咋看咋不顺眼。

"你可不准吓跑了我的女婿，我就认定他了。不过话又说回来，我让你去打听准女婿的身份，你到底打听清楚了没有？我可不希望女儿嫁给不明不白的妖族。"

云笙已经从叶凌月口中得知，帝莘就是上一任妖祖的转世。云笙倒是不反对异族结合，她本是个开明的人，况且她和夜北溟也曾是异族。但神妖不两立，她也不希望女儿重生后，再经历上一世的情殇。

得知了帝莘可能的真实身份后，云笙和夜北溟都是满脸的担忧。只是，命运的齿轮却总是以一种旁人难以预测的轨迹，骨碌碌前行着。

夫妻俩收回神识之后，远在古九洲的帝莘立刻意识到，那种被监视的感觉消失了。帝莘皱了皱眉，他能感觉到，那是一股很强大的力量，不过对方并没有敌意，也不知是何方强者在暗中窥探。

黄泉城城主府内，叶凌月正在治疗老城主。

袁星的恢复和云笙的治疗手法，给了叶凌月不小的启发。

而苏牧留下的一封信，彻底解开了老城主的心结。

叶凌月用鼎息替老城主疏导了一遍身体，第二天醒来，老城主便恢复了意识，已经能够认出黄泉城主和司小春了。

如此又治疗了一段时间，见老城主日益康复，叶凌月问起当年之事，尤其是和秋林遗迹有关的事情。

提起秋林遗迹，老城主和袁星同时露出心有余悸的神情。

听完老城主的回忆，叶凌月才知道老城主选中那里做新手的试炼之地，绝非偶然。

当初，老城主从一名猎妖者口中偶然得知，秋林遗迹的地下藏着大宝藏，恰好那里又有大量的妖兽出现，于是老城主就带着新手们前去探险。

哪知道大宝藏没找到，诡异的事儿却一件接一件地发生。

"我们进入秋林遗迹的第一天，队伍里的一名新手就神秘失踪了。第二天和第三天，又有人陆续失踪，到最后只剩下我、苏牧和袁星三人。最诡异的是，无论我们怎么小心谨慎，人还是每天都失踪。而且现场没有任何打斗的痕迹或者血迹，就连他们的骸骨都没能找到。"

那些随行的新手，就像人间蒸发了似的，饶是老城主这样的老江湖，遇到这样的怪事，也是束手无策。

"秋林遗迹的事，对我而言是个莫大的遗憾。我浑浑噩噩过了这些年，今日清醒过来，总算想开了。就算你不开口，我也打算去秋林遗迹一趟，找出当年那些新手失踪的真相。"老城主沉声说道。

"父亲，你身体还没痊愈，秋林遗迹太过危险，不如由女儿替你前去。"黄泉城主一听，急忙阻止。她好不容易才等到父亲清醒的一天，绝不能让他再以身犯险。

"都别争了，我倒是有个主意。不如就由城主带队，带领我们几个新手进入秋林遗迹，完成当年老城主和袁星大哥没有完成的新手项目。"叶凌月提议道。

她也想看看，究竟是什么东西，让老城主和袁星身心受创那么多年。

"秋林遗迹会不会太危险了？毕竟当初十几名新手都没能闯过去。况且，秋林遗迹里是不是真有宝藏还不清楚。"黄泉城主不禁为叶凌月这个大胆的提议感到震惊。

"我倒是觉得这丫头的计划可行。到时候由你和袁星带队，加上几个新手，若能破解秋林遗迹之谜，兴许还能改变黄泉城的困境。"

比起秋林遗迹的谜团，即将到来的地下擂台赛的最终回合，才是最让叶凌月担心的。

她回忆着白天的事，想到那对"沐火组合"的实力，眉头不由得锁紧了几分。

袁星、丹娘子和雌雄双煞都已出局，在地下擂台赛的终轮比赛中，他们的对手只

会是那对男女，出于直觉，叶凌月可以断定，对方的实力在她和司小春之上。

五日之后，叶凌月和司小春如期来到了竞技场。

"最终轮的比试规则，名为'胜者为王'，采用的是混赛制，三十六组选手同场竞技。除此之外，选手和妖兽之间，也需要进行竞赛，只有战斗到最后一刻没有倒下的选手，才能获得地下擂台赛的第一名。"

最终轮的比试规则一宣布，整个候赛区顿时炸开了锅。

尽管早就猜测到，最终回合的比试不会简单，但所有选手都没想到，群英社为了吸睛，会不顾选手们的性命，而采取人兽混战的模式。

一想到竞技场内那些被饿了许久的凶残妖兽，那些底气不足的选手就要离开，连比赛都不参加了。

"想走？没那么容易！你们可都是签了生死状的。想要离开竞技场，生死不论。"秦东带着群英社的爪牙走了进来。

叶凌月和司小春看在眼里，叶凌月心中暗道，很可能是上次出了袁星的事后，惊动了群英社的高层，又鉴于最终轮比试的重要性，群英社的那位新社长特意抽调了人手过来。

"秦东，你不要欺人太甚，你这是把人往死路上逼。"选手们愤愤不平地抗议。

"诸位，何必说得那么难听，当时也没人逼你们签生死状啊。我秦某人，也不是什么赶尽杀绝之人，只要你们能打败我身后这几位高手，我就让你们离开竞技场。不过在挑战之前，你们不妨先看看获胜者的奖品是什么。"秦东说罢，命人呈上奖品。

只见几口大箱子被送了上来。箱子一打开，里面堆放着大量灵气充裕的中级灵石。

"这是第一名的奖金——五万块成色上等的中级灵石。除了灵石，这里还有一根天阶的灵器和一个储物袋，这三样东西都将作为奖品。"

秦东软硬兼施，先用群英社的几大高手震慑住众人，再拿奖品引诱他们，这一硬一软的手段，让那些选手都不由得动摇起来。不说那两件一看就价值连城的灵器和储物袋，光是那五万块中级灵石就足够诱人了。只是稍作权衡，那些选手就纷纷放弃了离开的打算，个个默不作声了。

当天狼棍和乾坤紫金袋出现时，候赛区内的月沐白顿时眼睛一亮。无论如何也要拿下天狼棍！至于叶凌月，她恨不得将秦东直接丢出去喂妖兽，这厮真是够不要脸的，居然拿她的东西当奖品。

"既然无人离开，那比赛就如期进行。"秦东一看目的已经达到，顿时松了口气。

比赛一开始，三十六队选手鱼贯进入竞技场。

一直悬在空中的那五座擂台，也徐徐从天空降落，落到了竞技场的正中间，形成一个足以容纳百人混战的大型擂台。

在最高处的两间贵宾室里，三大会长以及群英社的两大社长，也都分庭而立。

这一场比试，因为关系到三大商会以及群英社内部两大社长的比试，所以显得尤为隆重。

第九章 生死擂台（下）

偌大的竞技场内，那些饥肠辘辘的妖兽风驰电掣般扑了过来，选手们不得不硬着头皮和妖兽们对战。

面对越来越近的妖兽和对手，叶凌月的眼底闪着戏谑之光。只见她不慌不忙地屈指一弹，大量细微的粉末从她的指尖弹出，准确无误地飘向袭过来的那些选手。选手们面色大变。

凶兽蜂拥而上，瞬间将他们冲得七零八落，而叶凌月和司小春则在妖兽们的掩护下，避到了相对安全的位置。

看到这一幕，司小春目瞪口呆。叶凌月笑了笑。

那些选手的身上一沾上药粉，就成了妖兽们眼中的香饽饽，一时间场内血肉横飞，很多选手丧生在凶兽的口下。

另一边，月沐白和火灵紫嫣合作，两人已经剿杀了十余名选手。

竞技场内，参加最终轮比赛的三十六组选手，如今只剩下十二三组，而且大部分都受了伤。

"好一手用毒的本事，阁下究竟是谁？"月沐白薄唇一动，那锐利的目光落在了叶凌月的身上。

"想知道我是谁，先打赢我再说。"叶凌月说罢，喉间一动，发出了一阵轻啸声。

大量的灵兽，飞的走的爬的，一时间无一例外，全都如飞蝗般扑杀而至。

饶是月沐白和火灵紫嫣实力不俗，面对如此情景，也是一个头两个大。

两人齐齐在心底咒骂了一声。

一股元力注入广陵箜篌之中，只见箜篌的弦上华光闪烁。月沐白指间一拨，箜篌之音犹如雷霆怒响。

弦音如剑刃般刺入那些妖兽的要害，血雨洒了一地。

火灵紫嫣娇叱一声，她的身后，一只火烈鸟凌空飞过，妖兽们在火灵的作用下化为焦炭。

两人不愧是这次地下擂台赛上最强的组合，即便是面对数量数十倍于己方的凶兽，也是游刃有余。

"见过不要脸的，没见过这么不要脸的。"火灵紫嫣好不容易才杀了最后一只妖兽，此时早已香汗淋漓。

"彼此彼此，我也没想到，堂堂孤月海的第一炼丹师月沐白，会纡尊降贵来参加地下擂台赛。"叶凌月龇了龇牙，目光落到了月沐白的那把箜篌上。

她早就觉得这灵器分外眼熟，方才脑中灵光一闪，忽然想起来了——这不正是月沐白的灵器吗？！

再想想地下擂台赛的奖品，叶凌月顿时心领神会，月沐白显然也是为了天狼棍而来的。

叶凌月此话一出，月沐白脸色骤变："你究竟是何人？"

"我的好曾曾曾徒孙，你家太上师叔不过是穿了一副盔甲，你就不认识了？"叶凌月却是咯咯一笑。

"是你！"月沐白的脸色，那叫一个精彩，脸上的肌肉忍不住狠狠抽了一下。

没想到这该死的"五五组合"中的盔甲人就是叶凌月。一想起那个耻辱的称谓，月沐白就有种吐血的冲动。

"叶凌月，真是'天堂有路你不走，地狱无门你偏要往里闯'，既然你我在竞技场上碰到了，你就别想活着离开。"

"沐，你不用动手，我来收拾这个贱人。"

火灵紫嫣早就从月沐白口中听说过叶凌月的名号了。这女人仗着自己是紫堂宿的

弟子，欺压沐也就算了，这一次竟然还敢阻挠沐。火灵紫嫣怒从心头起，眸子好似火焰般燃烧起来。

叶凌月已然看出来了，火灵紫嫣的火不简单，那颜色和月沐白的紫火很像。

能够随意幻化为鸟形，还有那么大的威力……叶凌月眉头一皱，难道她根本不是人，而是和乾鼎一样，都是灵体？若那女人也是灵体，实力必定非同小可，司小春根本没法子对付她。

"小春，退后，那女人很可能是火灵体，你不是她的对手。"

司小春闻言，不退反进，单手一扬，那根缚妖索腾地飞了起来，索上荡漾着水属性的灵纹。紫嫣是火灵，天生怕水。闪动着水之灵纹的缚妖索，将紫嫣的灵体层层缠住，她一时之间竟无法挣脱。

"凌月，我顶多能困住她一刻钟时间。"

"沐，快来救我。"火灵紫嫣大惊失色。

见火灵紫嫣竟被叶凌月的同伴给制住了，月沐白眼中寒芒迭起。

"好徒孙，我们俩的恩怨，还是我们俩自己清算的好。"叶凌月咧嘴一笑。

早在孤月海时，月沐白就见识过叶凌月的狡猾。

就连洪明月那般阴狠的人，都被叶凌月耍得团团转，月沐白自然不敢对她掉以轻心。

叶凌月出手极快，剑光一闪，天麻剑已经刺向了月沐白的广陵箜篌。铿的一声，广陵箜篌被天麻剑砍出一道深痕，几根琴弦齐根而断。

这广陵箜篌乃是一把天阶灵器，琴弦由多种兽筋炼制而成，不料今日却被叶凌月一剑斩断。

月沐白身子一晃，狼狈地退了几步，震惊地看向自己的右掌，只见掌上浮着一片暗灰色。

"卑鄙，你居然用毒！"

"谁规定不能用毒了？"叶凌月咧嘴一笑。

"你找死！"

月沐白神情一变，未中毒的左手上，凝起一股凛冽的冰寒之气。他的身旁，凝出许多锋利的雪镖，雪镖闪着寒光，携着猛烈的轮回水之力，呼啸着朝叶凌月袭去。那股冰寒之气，瞬间便将叶凌月周身的空气冻住。受到轮回水之力的影响，她的身体，从腰部以下一时动弹不得。

嗖嗖嗖——一把沾了冰凝毒的牛毛针从叶凌月的衣袖中飞出，朝着月沐白射去，全都刺在了他的脸上。冰凝毒腐蚀性极强，月沐白惨叫着捂住了脸。

"沐——"火灵紫嫣尖叫一声，拼尽全力绷断缚妖索，冲过去扶住了月沐白。

"小贱人，你竟敢伤他，我定要让你死无全尸！"

无数道紫焰，如同火山爆发般从火灵紫嫣身上喷射而出。霎时间，整个竞技场化为一片紫色的火海。场内一片混乱，火苗四处乱窜，那些离竞技场很近的观众受到波及，全被烧成了黑炭。火势越来越猛，若非叶凌月受过凰息，又吞噬过五行火之灵，只怕早就被活活烧死了。烈火烤得她浑身是汗，叶凌月不得不脱下盔甲。

"紫嫣，给我烧死她！我要让她比我凄惨百倍！"月沐白捂着脸恨声说道。

此时他已半身发麻，在冰凝毒的腐蚀下，脸上的肌肤不断溃烂，看上去人不人鬼不鬼的，早已没了在孤月海时那副天之骄子的模样。

脸上的痛楚让他明白，他中了奇毒，这种毒他没有把握解除，而这一切，都是拜叶凌月所赐。

"沐，你放心，我一定让这小贱人不得好死。"火灵紫嫣眼眸一闪，倏然从眉心飞出一簇紫色的火焰。这应该就是她的本命灵体，月沐白的精神紫火了。

这簇紫火速度极快，如闪电一般冲入叶凌月的印堂之中。

不好！一股庞大的精神力涌入体内，叶凌月浑身一僵，体内热得好像要爆炸了，体表腾起一层紫色的火焰。

不过是两个呼吸之间，叶凌月的身子就燃烧起来，整个人都被包裹在紫焰之中。

月沐白的脸上浮起一丝狞笑："烧死她，烧死她……紫堂宿，你不是号称'孤月海第一人'吗？如今你的宝贝徒弟，还不是要被活活烧死在我的眼前！"

可是就在这时，月沐白的瞳孔猛地一缩，笑声戛然而止。只见已经烧成火球的叶凌月，身上除了紫色的火焰，忽然又出现了一层火焰。这层火焰是从叶凌月的体内钻出来的，颜色苍白，在紫色火焰的映衬下，显得很不起眼，若不细看，根本就看不出来。

白火浮在叶凌月的体表，起初火势极弱，仿佛随时都会被紫火吞噬。可是随着时

间的推移，白火的势头慢慢增强，而紫火则越来越弱。

"沐，救我……快救我，这女人在吞噬我的灵体！"火灵紫嫣莫名惊恐，它的灵体正在被不起眼的白火吞噬。

"这怎么可能？我是火灵紫嫣，怎么可能被低级的白火……"她的声音渐渐消失，连最后一点灵识，也被霸道无比的苍白火焰彻底吞没。

"紫嫣，紫嫣，你怎么样了？"月沐白大惊失色，心口痛得像是被人剜了一刀。

于月沐白而言，火灵紫嫣非同寻常，既是他的精神火种，又是他的恋人。他顾不得叶凌月身上那股白火的可怕，跟跄地扑到叶凌月面前。

沐浴在灰火中的叶凌月冷眼瞪着月沐白，双眸之中似是蕴涵着无穷的力量："蝼蚁小辈，也敢犯我，死不足惜。"

叶凌月的话音还未落地，月沐白顿觉身子一僵，再也动弹不得，只能眼睁睁看着叶凌月抬起一根纤纤玉指，落在他的身上，随即，月沐白的身子嘭的一声燃烧起来……

司小春命大，随着幸存的观众逃出了已成人间炼狱的竞技场。可他刚脱离险境，就被秦东和群英社的多名精锐挡住了去路。

"你就是'五五组合'的那小子吧？你运气不错，这次地下擂台赛的优胜者是你，奖品都归你一人了。小子，我看得起你和袁星，不如你们一起加入群英社，与我合作如何？日后绝对少不了你们的好处。"

尽管竞技场已经烧成一片火海，可秦东却心情大好。沐火组合落败，五五组合脱颖而出，虽然五五组合的盔甲怪得罪过他，但是盔甲怪已死在了火海中。有袁星和司小春在手，以后黄泉城的地下擂台赛，就会尽在他的掌控之中。

就在这时，群英社的两位社长将三大商会的会长护送出来。

金会长等人这才知道，群英社的新会长也在竞技场内。

"秦东，你在干什么？都给我住手！"昙素娇叱一声。

秦东看到昙素和社长一起走了出来，大吃一惊。

"社长，副社长，你们怎么会在这里？"

秦东只知贵宾室被几名客人包下了，却没想到，其中一批人就是两大社长。群英社的社长，看了司小春一眼，认出他来。对于那名盔甲人，社长也是有心招揽的。只可惜，火灵紫嫣的本源之火太过厉害，如今的竞技场早已化为人间炼狱。

"不行，我不能把凌月丢在里面。"司小春自责不已。

司小春话音才落，忽然一股大力袭来，已被群英社的社长拎住了脖子。

"你说谁在里面？再说一次！"社长的耳边还回荡着方才那个名字。

"我的同伴叶凌月，她还在竞技场内。"

听到这句话，社长一把丢开司小春，转身就往火光冲天的竞技场跑去。

真的是她！没有半点迟疑，社长就确定了，竞技场内的那个人就是叶凌月。他真是蠢到家了，难怪他会特别关注那个盔甲怪人，难怪在方才的火海中，他会感到焦虑不安。原来她也在这里，还该死地被困在了火海里！

"社长，里面很危险。"昙素不由得花容失色，当即拦住了社长。

"让开，我要去救她。谁拦我，谁死。"社长的眼中布满了血丝。

在群英社的社员面前，历来泰山崩于前而色不变的社长，第一次失了态。

说话间，社长一拳袭出，逼退昙素，飞身冲入火海。昙素粉脸发白，美眸落到了司小春等人身上。

昙素咬了咬唇，想到社长刚才的神情，心里有些发酸，一种前所未有的危机感涌上心头，她不禁握紧了拳头。

火势越来越猛，整个竞技场化为一个熊熊燃烧的熔炉。

热，好热，整个人像是要爆开似的。

当火灵紫嫣的紫火钻入叶凌月的体内之时，叶凌月本能地祭出了自己的灰火。她也不知道灰火能不能抵得过紫火，可是灰火的实力却超乎她的想象，她能感受到，灰火正在源源不断地吞噬紫火，灰火的力量也在不断增强。叶凌月甚至感到，灰火好像要胀开她的身体，破体而出。这种感觉，竟是那么熟悉。在灰火的作用下，她的脑海中闪过一段段破碎的记忆。不知什么时候，她似乎也遭受过这种苦难。

"奚九夜、兰楚楚，我绝不会放过你们，上穷碧落，我一定要你们血债血偿！"

无尽的仇恨，伴随着痛楚，仿佛要将她淹没……

浑浑噩噩中，叶凌月像是见到有个人朝着自己奔来。

"凌月，凌月，是我，你没事吧？"焦急的声音，随着人影到了面前，一只大手

伸来，将她狠狠地搂在了怀里。模模糊糊间，叶凌月看到了一张焦灼不安的脸，那张脸在烟火的映照下很是模糊。

"奚九夜，你不要碰我！我要杀了你！"叶凌月不顾一切地挣扎着，强大的精神力突然爆发，把来人撞了出去。

"凌月，是我，我是薄情啊！别怕，我会救你出去……"

在陷入彻底的黑暗之前，叶凌月听到了一个似曾相识的名字。最终，她的意识被彻底淹没，身子软软地倒在了一个滚烫的怀抱里……

火光冲天，整个竞技场都一片火红。

秦小川和昙素等人，守候在竞技场的出口。

看着愈烧愈烈的火势，昙素的脸色越来越差。

"出来了！"不知是谁喊了一声。

从火海中，冲出来一人。

"社长——"

社员们群情激动，昙素更是冲在了前头。当她看清了眼前的情形，脚步猛地一顿。那个比女子还要美艳的男子，怀抱着一个蜷成一团的女子，从漫天火光中一步步走了出来。

此刻的薄情，一切都置若罔闻，所有的注意力，都集中在怀中的人儿身上。哪怕刚才那一霎，从叶凌月身上爆发出来的神秘力量险些伤了薄情，他依旧不顾一切地冲上前去。

是她，真的是她！只是，为何她会孤身出现在地下擂台赛这种地方？该死的巫重，怎么能让一个女孩子，来到这种虎狼之地！还有，方才凌月怎么了？她好像魔怔了，嘴里还不停地念着一个男人的名字。奚九夜又是什么人？

薄情满腹疑惑，恨不得找到巫重狠狠质问一番。可是，所有的不满，在看到怀里那张微微皱着眉的睡颜时，迅速消散。他试着揉开她的眉心，却怎么也拂不去她眉间的愁色。既然天意让他们再度相遇，这一次，他绝不轻易放手。

"社长，你没事就好，把她交给我吧。"昙素看到薄情那张俊脸，也有一瞬间的呆滞，她假装关心地伸出了手。

"不用了，她不是外人。立刻命人去找黄泉城最好的医者过来。"薄情断然拒绝了昙素。怀中之人，对他而言，比生命还重要，他又怎么会把自己的生命交付于他人。

五五组合的两个人竟然都没死，而且其中一人还是群英社社长的老相识，看来想对那两人下手是不可能了。

一名护卫在他耳边极快地说了句话，几大会长中的那位金会长微微颔首，然后上了马车。马车内躺着个人，那人浑身是伤，奄奄一息，面目全非，却是孤月海的月沐白。原来，方才在火场之中，被叶凌月吞噬了火灵的月沐白，被金会长埋伏在暗处的人救了下来。

"把人送回去，这小子还有点儿利用价值。"金会长满脸的算计，带着月沐白匆匆离去。

得知叶凌月在地下擂台赛上身受重伤后，黄泉城主和老城主闻讯赶了过来。只是他们都没法子见到叶凌月，除了请来的医者，就只有群英社的社长一人，可以照顾叶凌月。

就连昙素等人想见她，都被薄情一句"谁敢进来，我就杀了谁"给拦住了。

房间内，叶凌月脸上的泥污和易容膏药都已经被擦干净了，她的面色通红，身上的温度热得吓人，嘴里犹如梦呓般念叨着什么。

薄情守在她的身旁，一次次替她擦拭着汗水："凌月，你到底怎么了？我该拿你怎么办？"薄情的神色很是担忧。连医者都看不出叶凌月究竟是怎么了，她既没有受伤，也没有中毒，亦没有内伤。

看着烧得厉害的叶凌月，再看看她早已被汗水浸湿的衣服，薄情咬了咬牙，伸手去脱她的衣服。姣好的曲线和柔软的触感，让薄情的长指微微颤了颤。他的呼吸有些急促，俊脸发红。他想别开头去，可眼睛却如被磁石吸引般，舍不得移开。

"凌月，我会娶你的。"薄情下定决心，在她的耳边轻声说道。

就在薄情解开叶凌月的外衣时，从她的衣襟里滑出一块令牌。令牌滑落时，一股璀璨的光芒从令牌的表面闪出，陡然响起一个略带焦虑的声音："凌月，你怎

么了？"

似是察觉到不对劲了，薄情和令牌中人同时沉默。男人！几乎在同一时刻，一股敌意充斥在两人之间。

那块从叶凌月的怀中跌落的令牌，正是凰令。

"你是巫重。"

尽管没能见到令牌另一端的男子的真面目，可是出于男人的直觉，以及对方声音里透出来的天生的威仪，薄情第一时间就判定了对方的身份。

"巫重，你这混账，我把凌月好好地交到你手上，你怎么能让她孤身一人来黄泉城这种鬼地方犯险。她这次若是有个三长两短，我就算踏破整个地下阎殿，也要把你揪出来。"

薄情到了古九洲后，就一心修炼，连这两三年间青洲大陆发生的事都毫不知情。

"闭嘴，要打架我给你机会。我只问你，我家媳妇儿怎么了？"帝莘也不知对方究竟是哪里冒出来的野男人，但听对方的口气，敢情以前和他还有媳妇儿都是认识的，而且咋听都是媳妇儿的爱慕者。

帝莘的心里酸溜溜的，同时又很担心，听那野男人的意思，媳妇儿现在有危险。一想到这里，帝莘连吃醋的心思都没了，恨不得插翅飞到媳妇儿身边。

"谁是你媳妇儿？凌月受伤了，昏迷不醒，我正想法子救她。"薄情看了眼床榻上的叶凌月，一脸的焦虑。

"告诉我她受伤的前因后果，还有她此时此刻的身体症状。"

薄情将叶凌月在地下擂台赛上遇上沐火组合，被神秘火灵所伤，如今高烧不退的情况说了一遍。

说话间，薄情发现，叶凌月的脖颈上多了一个若隐若现的印记。

"什么印记？说仔细点儿。"帝莘和叶凌月朝夕相处，从没发现她身上有过印记。

"看着像个图腾，嗯，是两只动物，一左一右。右边的好像是狐狸，长着很多条尾巴，左面的像是鹿又像是马。"

薄情用手去摸那个印记。可是，他的手指刚一碰到那个印记，印记忽然发出一片炫目的光芒。一股浩瀚如海的可怕力量从印记上传了出来，薄情和帝莘同时感受到了那股力量。

"若是我没猜错的话，那封印是媳妇儿身上本来就有的，只是因为某些原因，一直没被触发。这次很可能是因为吸收了火灵，所以封印才显露出来。"

帝莘沉吟片刻，忽然说道："我和你联手。"

第十章　妖帝妖祖

"联手？开什么玩笑，难道你能立刻赶到黄泉城？"薄情撇撇嘴。

"有凤令在手，我可以做到。你将凰令握在左手，右手输力，我们一起将元力注入凌月体内。"

说话间，凰令飞入薄情手中。温润的凰令上，果然散发出一股雄浑的元力。薄情一愣，他没有想到，手中这块令牌，还有传递元力的作用。

无论是薄情还是新生后的帝莘，都没想到，两人会有联手的一天。所有的芥蒂，在叶凌月的安危面前，都显得微不足道。薄情没有迟疑，当即左手握着凰令，右手就要落在叶凌月身上。

"慢着——不该看的别看，不该碰的不准碰，不然我绝不饶你。"帝莘霸道地说道。

"谁用你饶啊，本少像是那种乘人之危的人吗？"薄情一想到自己刚才的举动，舌头就有些打结，尴尬地咳了一声。

为免自己心猿意马，他只得撇开头，手落到了叶凌月的肩上。紧接着，凰令上光芒四溢，那股元力和薄情的元力融合在一起。封印上，烙在右侧的狐形封印忽地一亮，一只庞大的狐影，突然出现在房间里。

那是一只九尾天狐，浑身雪白，有一双美得不可思议的眸子。那双眸子，似能勾魂摄魄、蛊惑人心，让人神魂颠倒，甘愿受其控制。饶是如薄情这般容貌出众之人，乍一看到这九尾天狐，眼底也闪过一抹惊艳之色。

那是个女子的声音，听起来似有无尽的蛊惑，可同时又带着不容亵渎的圣洁。

"大胆！何方狂徒，胆敢犯我九尾天狐和麒麟两族的神印？"

帝莘和薄情都没料到，封印中竟另有玄机。天狐和麒麟两族？那又是什么？无论是青洲还是古九洲大陆，似乎都没有这种妖兽，还是说，那是神兽？

很快，帝莘和薄情的猜测就得到了验证，那九尾狐的身影一出现，其神力就笼罩了整个房间。两人的元力同时一滞，犹如深陷在沼泽中，难以运行。

"您可是那位在凌月身上留下封印的前辈？我们并非有意冒犯，而是封印因为凌月吸收了火灵而受损，我俩想合力修复封印，还请前辈成全。"帝莘沉声解释道。

虽不知这位九尾狐前辈是何方高人，可她的声音里没有敌意，所以帝莘大胆地断定，这人是友非敌。

"封印终究还是……唉，罢了，一切都是命，即便合我夫妻二人之力，终究无法逆天而行。"九尾狐长叹一声，阻滞帝莘和薄情元力的那股神秘力量倏然消失了。

"前辈，这封印究竟是怎么回事？还有，前辈为何要在凌月身上留下封印？她和您到底有什么关系？"帝莘追问道。

那九尾狐像是在思考，又像是在迟疑，足足半刻钟之后，那九尾狐才开了腔。

"我和她的关系，你们不必在意，你们只须知道，我是你们的朋友。还有，就算你们修复了封印，这个封印也持续不了多久了，该发生的还是会发生。小子们，我问你们，你们可是都喜欢凌月？"

九尾狐一问，帝莘和薄情毫不迟疑地嗯了一声。

九尾狐一阵苦笑。

"我再问你们，若是有一日你们发现，你们深爱之人，曾经所爱非人，你们可会原谅她的过去？"

世间男人，多为负心薄幸之人。

当初的奚九夜，不也是一心迎娶夜凌月为神后。十载生死相随，浴血誓言，可最终却让夜凌月遍体鳞伤。

薄情听得一头雾水，而凰令的那一端，帝莘却斩钉截铁地答道："自我与她相遇的那一刻，过去的一切都已成往事，我要的，是她的现在和将来。我要的，只有叶凌

月一人，哪怕她心中还有别人，我也有绝对的自信，让她忘记过往的一切。"

薄情听得一怔，旋即明白过来："不错，无论凌月经历过什么，我都始终如一，今生非凌月不娶。"

帝莘一听，冷哼了一声。

一个是霸道十足，一个是痴心不改，看着风格迥异、却同样对叶凌月情比金坚的两人，九尾天狐不禁莞尔。

见两人如此坚定，九尾天狐轻轻一笑，想起很久以前，曾经也有那么几个愣头青，这般坚定不移地守护过她。

"她自小就是个死心眼的孩子，但求一心人，白首不相离。记住，我叫云笙，也许将来有一天，我们会再次相遇，希望那时你们还记得今日的承诺。"

九尾天狐说完，影像消失不见，房间内的光芒也随之消散。帝莘和薄情两人的元力，流淌在那个神力封印上。

随着封印的修复，叶凌月身上那些暴戾的火灵也被吸收殆尽。

叶凌月的呼吸开始变得平稳，高烧退了下去，脖颈上的那个神秘封印也消失了，就好像这一切都从未发生过一样。

"喂，你还在吧？你有没有发现，那只天狐的眼眸和凌月很像。"薄情想了想，忍不住还是开了口。

叶凌月的眼眸，让人过目难忘，可让薄情诧异的是，那位天狐前辈的眼眸和凌月颇为神似。

"不仅仅是眼神，她的语气还有言语之间，都透露着对凌月的关心之意。她应该和凌月关系匪浅。"

帝莘虽然看不到云笙，却敏锐地捕捉到了这一切。

"一个月。"帝莘忽然说道。

"什么一个月？"薄情不解地问道。

"我允许你照顾她一个月，一个月之后，我会亲自去接她。记住，这一个月里，她就是少了一根汗毛，我也会唯你是问。"帝莘说罢，凰令落到了地上，再无音讯。

"别说一个月，就算是一辈子，我也会照顾凌月的。等等，浑小子，你什么意思？什么叫只允许我照顾凌月一个月？你以为你是谁啊，有本事出来，我们真刀实枪地干一场。"

薄情气得直跳脚，可任凭他怎么谩骂、挑衅，凰令也再无动静。薄情叹了一声，踱到叶凌月的身旁，用手背贴了贴她的额头。额头一片温润，终于退烧了。

薄情神情复杂地望着酣睡的叶凌月，嘴角扯开一个温柔的弧度，指尖轻轻擦过她的脸颊，用只有他自己才能听到的声音说道："凌月，这一次，让我来守护你，可好？"

身上冰一阵、热一阵，不知过了多久，叶凌月忽然觉得脸上有些发痒。她睁开眼睛，映入眼帘的是一张美得不可思议的男人的脸，那双桃花眼，正直勾勾地盯着她，好像眨一下眼她就会消失似的。

这张脸，看着那么熟悉。叶凌月怔了怔，下意识地一抬手，在薄情的脸上用力一掐。

"哎哎……轻点儿，疼……"被叶凌月这么一掐，薄情疼得嗷嗷直叫。

"看来不是在做梦啊。薄情，你怎么会在这里？"

叶凌月和薄情，说起来，那也是出生入死过的。

叶凌月记得她和火灵紫嫣正斗得难解难分，体内的灰火突然爆发，再后来，她就听到有个声音焦急地呼唤着她。

叶凌月慌忙用手摸了摸衣襟里面，那块凰令还好好地躺在那里。她松了口气，可总觉得自己忘了什么重要的事，正欲细想，脑壳忽地一阵钝痛，记忆一片模糊，什么都记不清了。

叶凌月晃了晃脑袋，再瞅瞅正揉着脸颊的薄情，不满地问道："等等，看你这身打扮……薄情，你不会也加入那个十恶不赦、专干坏事的群英社了吧？"

薄情苦着脸，一副忍气吞声的小媳妇模样，憋了半天才说出一句："我好像就是你说的那个十恶不赦的社团的老大。"

"什么？你就是群英社的社长？好啊，说来说去，原来抢了我的东西，害得我流落街头，不得不卖身给城主府的就是你！"叶凌月只觉得晴天一个霹雳，眼睛瞪得老大老大的。

"社长，发生了什么事？"一直守候在外的昙素等人，听到屋子里的动静这么大，还以为出了什么事，连忙冲了进来。

这不闯还好，一闯进来，就看到他们家社长正被一个美丽的少女指着鼻子骂。

平日在人前威风十足的社长，边揉着腮帮子边赔着笑脸，那双桃花眼里荡漾着满满的宠溺和无奈。

群英社的众骨干登时哑然，个个内心直呼，苍天啊，他们威风八面的社长哪儿去了？看那少女的架势，活脱脱就是老大的老大啊！

薄情边讨好着，边赔礼道歉着，心里却将那个让叶凌月大发雷霆的混账社员的祖宗十八代都问候了一遍。

他一回头，看到了身后那帮看热闹的社员。

"谁让你们进来的？全都滚出去！还有，把那个不长眼的劫匪给我抓来，居然敢抢我们家凌月的东西。还不快把东西都送回来，一样都不能少！"

很快，社员们就来回话，秦东已经跑了，不过叶凌月的储物袋和那根天狼棍还在。

"传令下去，全城通缉秦东。"薄情二话不说，就将储物袋和天狼棍还给了叶凌月。

叶凌月检查了一遍，见物品都还在，这才松了口气。

"对了，和我比试的月沐白哪儿去了？"

叶凌月记得，她在最后关头重创了月沐白，他的火灵被她吞噬了，应该已经成了废人。

月沐白给叶凌月的感觉一直很阴沉，此人若是不彻底铲除，日后必成隐患。

"你说的是沐火组合的人？最后的那名男选手身陷火场，火熄灭后，找到了一具面目全非的尸体。"薄情解释道。

叶凌月还欲多问，这时黄泉城主和司小春等人走了进来。

他们已经在外面等候了一日，见叶凌月终于醒来，几人这才放心。

"六弟妹，你没事吧？这不男不女的死人妖，有没有做出什么逾矩的事来？你放心，有四哥在，绝不会让这死人妖占你的便宜！"

秦小川一口一个"不男不女的死人妖"，叶凌月听得胆战心惊，拼命对他使眼色，她若没记错的话，薄情最忌讳的就是别人说他"不男不女"了。

果不其然，薄情那张好看得掉渣的脸已经忍不住抽搐起来，拳头也捏得嘎嘣嘎嘣响。

"薄情，有件事需要你帮忙，你手头可有老社长留下来的关于秋林遗迹的记载？"

叶凌月生怕薄情一个情绪失控，就对秦小川下死手，情急之下一把抓住了他的手。手间暖暖的，叶凌月手指特有的柔软触感，仿佛一股电流，直击薄情的心脏。

薄情被她这么一抓，哪还顾得上生气，他瞅瞅一脸恳求的叶凌月，心顿时就酥了一半，下意识地点了点头："你的忙，我一定帮。我的东西就是你的东西，要什么资料，你只管开口。"薄情说得那叫一个顺溜。

在一旁看着的昙素和一干群英社的骨干，听到秋林遗迹时，全都变了脸色。尤其是昙素，双眼直勾勾地瞪着叶凌月抓住薄情的那双手。

"社长，你加入群英社比较晚，有些事并不清楚。秋林遗迹一事非同小可，老社长曾说过，那是群英社的隐秘，怎能随随便便泄露给他人。"昙素极力反对，其他骨干也纷纷点头。

秋林遗迹的事发生在薄情加入群英社之前，因为秋林遗迹，群英社在半月之内，损失了大半的精锐。

在场的几人，虽没亲身经历，但也都听说过这件事。

"什么他人不他人，昙素，我早就说过，凌月是自己人。更何况，我早就有意吸收这次地下擂台赛的获胜者成为群英社的骨干，参加下一次荒狩，这件事，身为副社长的你也是知晓的。"薄情目光一冷，语气很是冷淡，和他面对叶凌月时那宠溺的模样，简直判若两人。

昙素见了，心中隐隐抽疼，对叶凌月更加嫉恨。

"社长，按照群英社的规矩，新社员加入，尤其是骨干的加入，必须由全体骨干投票。我认为，五五组合两人隐瞒身份在前，不能加入群英社。"一名老骨干见了，忙站出来当和事佬。

原来在十余年前，当时正值盛年的老社长在一次"买卖"中得了一份藏宝图。那图上标明，在距黄泉城七八十公里的秋林遗迹里，藏有一件堪比神器的宝物，只要得到那件宝物，就会实力大增。当时的群英社，势力虽然不比现在，但老社长的实力也不差，已经是半步神通境的强者，其他的多名骨干，也都是轮回五六道的修为。可就

是这样一支精锐队伍，在进入秋林遗迹后，几乎全军覆灭。

自秋林遗迹回来之后，老社长日益苍老，修为不进反退。他很不甘心，便暗中将消息泄露给老城主，怂恿老城主前往秋林遗迹一探。后来的事，大家都知道，老城主那一行人，同样也没有好下场。老社长将有关秋林遗迹的所有资料都封存起来，严禁社团之人提起。

秋林遗迹竟然如此古怪？叶凌月听罢，微微皱了皱眉。越是如此，她对秋林遗迹就越发好奇。

神界，一只毛发雪亮的天狐矫健一跃，钻进了御书房里。案桌旁，埋首政务的男人，紧蹙的眉头微微舒展开，任由那只漂亮的天狐跳到他的膝上，舒舒服服地蜷成一团。修长的手指抚过天狐的身体，八荒神尊夜北溟一边给它顺着狐狸毛，一边眯起了眼睛。

妻子云笙的本体是九尾天狐，只是她极少幻化为狐形。但身为混血神兽，无论是云笙还是八荒神尊，化为本体时神力会更强。上次两人同时化出兽形，还是在替女儿夜凌月绘制神力封印时。那时，女儿夜凌月的身上，刚被发现了天生具有强大的精神力。

夫妻俩前世承受了上古诅咒，后来转嫁到女儿夜凌月的身上，所以女儿自小体质就偏弱。为了不让那股强大的精神力危害她羸弱的身子，两人合力在女儿的魂魄上绘制了一个神力封印。这个封印一直很牢固，直到五百多年前，夜凌月遭受北境神尊奚九夜的背叛，悲痛欲绝之下，强行突破了封印。

那次之后，云笙和夜北溟曾经修复过封印。但尽管封印完整了，可实际上，封印却已经遭受了破坏，夫妻俩都很明白，早晚有一天，封印还会被破坏，甚至彻底崩溃。

"女儿身上的封印被冲破了？"夜北溟也感应到了封印的波动，只是他的性子比云笙沉稳，索性就让云笙去处理了。

"月儿吞噬了一个火灵，精神力大涨，若是运气好，她很可能发现古九洲的秘密，成为古九洲大陆的第一个实鼎方尊，到时候封印必会被冲破。"天狐美丽的眼里带着无尽的感慨。

"该来的总会来，咱们的女儿，未必就不如奚九夜，加上她的那些爱慕者，没准还能新仇旧恨一笔了呢，到时候谁死谁活还不一定。这几日，每每忆起当年之事，我甚至会想，也许月儿当年丧生于丹鼎之中并非偶然，而是命中注定。"天狐伸了个懒腰，其实就算帝莘和薄情不出手，她也会想法子帮女儿修复封印。

不过这样一来，很可能会引来神界某些有心人的窥探。

"哦？你倒是信心十足。只是小野猫，你这信心到底是对咱们宝贝女儿的，还是对你那个准女婿的？"夜北溟笑道。

"自然是两者都有，你这是不相信我的眼光？"天狐很是不满地用爪子挠了夜北溟一下。

"区区凡人，真的能和拥有天赐神体的奚九夜相提并论？更何况，你中意的那位宝贝女婿，这会儿只怕是自身难保了。"夜北溟无视妻子的小脾气，言语间带着几分奚落。

"夜狐狸，你这话是什么意思？准女婿要是出了什么事，你到哪里再赔我一个女婿啊！"

天狐一听，一改慵懒的模样，心里紧张起来。

这死狐狸，一直莫名对准女婿怀有敌意，可别又要使什么坏。

"明明没有恢复，却勉力而行，以他的修为，强行输送元力修补封印，自身的元力必定消耗极大，真有个三长两短，也是他自找的。"夜北溟冷哼一声。

用元力修复神力封印，本就是冒险至极的事，何况帝莘还用了凰令做媒介，这无疑大大加剧了他的元力消耗。

夜北溟的猜测并没有错，此时，在浓得犹如泼墨的夜幕下，帝莘奔行在荒野中，大批妖兽追在他的身后。他的剑上滴着鲜血，俊美如玉的脸上，浮着凝重之色。修复神力封印之后，帝莘丹田里一点儿元力都没有了。所幸他是五灵涅槃体，吸收天地间灵力的速度比常人快了数倍。可即便如此，一个时辰之后，帝莘只恢复了两成元力。

忽然，两只牛犊子大的獒豹一左一右扑杀而至，凌厉的爪子狠狠地朝着帝莘的咽喉抓去。一道剑光闪过，雄剑九龙吟上的黑色的怒龙翻腾着，剑身生出一片片龙鳞般的纹路。帝莘手起剑落，两颗头颅滚落在地——第二百三十只了。帝莘甚至来不及取走那妖兽身上的妖丹，脚下一蹴，飞身撞开了那两只獒豹的尸身。

　　一路奔行加上一路的击杀，他的元力又消耗了一些，现在已经不足一成了。此时，茫茫旷野上只有他一人。帝莘察觉到一些不对劲的地方。妖兽太多了，而且情绪都很暴躁，似是受了什么人的命令，在一路围剿他。

　　前方有棵参天大树，足有百米高，树身遒劲弯曲，犹如一条逆行飞天的黑龙。帝莘稍作思索，飞身掠到树上，那些妖兽渐渐没了动静。他倚在树枝上，缓缓调息，尽快恢复体内的元力。

　　就在这时，树枝上忽然冒出一根根倒刺，这些倒刺倏地收紧，将树上的身影困在其中。

　　"桀桀，妖祖的血肉，真是可口啊。"一道森冷的笑声在暗夜里回荡。

　　"咦？"一道惊奇声传来，树茧中那被倒刺扎得血肉模糊的尸身，一下子变成一只獒豹。

　　一道剑气从天而降，以迅猛之势斩向古树，把古树的枝叶狠狠削去一截。一个身影翩然落于剑上，此人不是别人，正是刚才被偷袭的帝莘。

　　"你是何时发现破绽的？"那古树眼看到嘴的鸭子飞了，索性不再伪装，摇身一变显出本体，却是一条烟青色的妖蛟。

　　那妖蛟修为不浅，浑身披着黑色鳞片，一双幽绿的眼睛如两盏灯笼那么大，张牙舞爪地和帝莘对峙。但古怪的是，它的半截身子深扎在泥土里，却是一个半蛟半树的树妖。

　　帝莘冷嗤了一声。他因为隔空传送元力之故，功力大减，所以在修复了封印之后，就做了两手准备：一方面，他迅速分化出自己的元神，借着元神吸引沿途的妖兽追踪；另一方面，他的本体则藏在暗处，努力恢复元力。

　　"通缉妖兽榜单上，排行第四百九十三位的青柏妖，本体乃是三百年青柏。在开县一带作恶多端，常以树形姿态蛊惑过路行人和猎妖者，乘其不备吞噬血肉。我此次正是为你而来。"帝莘不紧不慢地报出那树妖的来历。

　　"桀桀，不愧是身怀妖祖血肉的家伙。不过就算被你发现了又如何，你今晚非死不可，妖祖血肉是我的了！"那青柏妖被识破了身份，不怒反笑，越发猖狂。

　　帝莘的眼神倏然凌厉起来。这妖怪，竟知道他身上有妖祖血肉，难道说……

　　不等帝莘细想，那青柏妖已经出招，毒叶镖见血封喉，犹如骤雨射向帝莘。

"帝御九天，御剑式。"

帝莘手中的九剑铿的一声脆鸣，散发出一股凛冽无比的剑气。那剑气凝聚成后，一分为十，熠熠生辉，犹如十名忠心不贰的战士，守护在帝莘身旁。只听得金石作响，剑气氤氲，那些毒镖还未近身，就被层层剑气挡住，打落在地。人剑合一，在寂夜中撕开了浓重的夜色，狠狠刺向了青柏妖的树根。

见帝莘剑术了得，那青柏妖又生一计。地面颤动起来，原本扎根在泥下的青柏妖竟然拔根而起。

树妖一族，大多扎根于土中，行动不便，只有修炼满了五百年，才能化为半人半树的妖形，脱土而生。可这青柏妖不过修炼了三百多年，就已经能化形，而且它所化之形，如同一条蛟龙。再看它的树皮上，布满了各色的鳞片，树身上隐隐可见三爪，当真和真的蛟龙一般。

青柏妖见一己之力，无法和帝莘作对，就发出了号令。大批妖兽从四面八方奔来，试图围剿帝莘。

"想以多欺少？"帝莘咧嘴一笑，那俊逸的脸上多了抹妖冶之色。

忽然间，帝莘一剑割破了自己的手腕，鲜血溅落在地上。

"小子，你该不会是自知不敌，想要自裁吧？"青柏妖见状，大笑起来。

可旋即，青柏妖就发现了不对劲的地方。鲜血的香气，迅速扩散开，钻入了每一头妖兽的鼻子。帝莘的血，那可是妖祖的血，对于所有的妖兽而言，都犹如最可口的唐僧肉，只要沾染上一点，就犹如吸食了罂粟般上瘾，难以自拔。

原本听命于青柏妖的那些妖兽，在嗅到帝莘的血味后，就如感染了致命的瘟疫般，眼底染上一片血红色，彼此之间的敌意更加强烈。每一只妖兽的心底，都回荡着一个极其诱人的声音："来吧，这是妖祖的血，只要沾上一点，就能够更进一步，成为大妖。"这犹如天籁般的诱惑声，让每只妖兽都蠢蠢欲动。它们争先恐后地扑向那些鲜血。

"混账，你们在干什么？妖祖之血是我的！"眼看妖祖之血就要被那些下等的妖兽吞食，青柏妖发出一声低吼，蛟身疾速下落，扫开了那些妖兽，想要独吞妖祖之血。

帝莘的眸子微微眯起，嘴角浮着一抹动人的微笑，指尖迅速掐了一个诀，地面上的妖祖之血突生异变。那些鲜血忽然活了过来，化为一把把血刃，狠狠斩向那些贪婪的妖兽。血刃锋利无比，撕开妖兽们粗糙的皮肉，妖兽们根本无力招架。

妖丹滚落，帝莘一个鲸吞，以海纳百川之势，将无数的妖丹吸入腹中。妖丹入腹，大量的妖力迅速化为元力，原本已经消耗得七七八八的元力顿时水涨船高。

青柏妖心知不妙，腾空就想逃走。帝莘眼底谑色闪动，薄唇抿了抿，笑道："哪里逃？"话音才落，那些由妖祖之血幻化而成的血刃迅速变成一条足有手臂粗细的血索，那血索嗖的一声射向青柏妖，眨眼间就将青柏妖捆得严严实实，砸落在地。

青柏妖被捆得动弹不得，还未开口就吃了帝莘几拳，打得青柏妖连连求饶："大人饶命，小的真是被猪油蒙了心，才会打您身上的妖祖血肉的主意。"

"你竟知道我身上有妖祖血肉，是谁告诉你的？说！"帝莘早就怀疑，以青柏妖原本在妖兽通缉榜垫底的实力，怎么可能击杀那么多猎妖者，而且还有能力号召妖兽发动群攻，如今看来，却是因为青柏妖身上有一部分妖祖血肉。

这青柏妖原来并不是通缉妖兽榜上的妖兽，后来靠着大机缘才上了通缉榜。数年前，它还只是个小小的树妖，修为不尽如人意，一直被大妖们欺负。可是它运气不错，竟和那得了妖祖三分之一血肉魂魄的蛟松（妖临渊三妖的老大）有些血缘关系。

得知蛟松到了妖界，还成了南幽帝座下的红人之后，青柏妖就前去投奔蛟松。蛟松看在血亲的关系上，给了青柏妖一点儿血肉。那血肉，除了蕴涵蛟松本身的蛟血外，还有一部分妖祖血肉。青柏妖得了那血肉后，竟然咸鱼翻身，一下子突破到大妖级别。这次突破，让青柏妖尝到了甜头。它又听蛟松说，妖祖还有三分之二的血肉沦落在外，当即起了贪念。它心想自己只得了一点点妖祖血肉就能突破，若是得了剩下的三分之二，哪怕只有三分之一，自己不就有机会成为妖族大能了吗？抱着这个念头，青柏妖开始四处寻找妖祖血肉，但是妖祖血肉太难找了，于是青柏妖就退而求其次，将主意打到了古九洲大陆的人族猎妖者身上，毕竟吞噬猎妖者的魂魄也是提高妖力的一个捷径。就这样，青柏妖在开县一带占地为王。

就在数日前，它忽然感受到一股妖祖血肉的气息。青柏妖喜出望外，暗中命令手下的妖兽把帝莘引入它的埋伏圈。本以为妖祖血肉一定会手到擒来，哪知却被帝莘反将了一军。

"你能察觉到妖祖血肉的气息？"青柏妖的话让帝莘长了心眼。

"大人，大人饶命。"青柏妖吓得浑身发抖，"小的有妖瞳之技，可以识破妖祖之血。"

"当真？"帝莘还有几分不信。

"小的在妖界时，发现在妖界的东南区域，有浓郁的妖祖血肉气息存在。小的可以断定，那里存在的妖祖血肉，不下于三分之一。应该和大人身上的妖祖血肉的分量差不多。若是能够得到那三分之一的血肉，大人恢复真身指日可待。"青柏妖为了保命，将自己知道的信息和盘托出。

除了蛟松之外，妖界的某处还藏着另外三分之一的妖祖血肉。关于妖祖血肉的事，帝莘记忆不全，但叶凌月曾将事情的经过告诉了他。

当时，混元老祖奉神界之命抓了叶凌月，凤莘和巫重为救叶凌月，不惜屠戮混元宗上下数千人，甚至引出了凤莘体内封印已久的末日妖阳。紫堂宿合四方城主之力，封印了妖祖和末世妖阳。有一部分妖祖血肉和魂魄碎片封印在夕颜花王中，保留在叶凌月的手中；妖临渊的蛟松独得三分之一的妖祖血肉和魂魄碎片之后，逃入妖醒之门；余下的妖祖血肉和魂魄碎片被其他妖兽吞食，其中就包括那只鬼谷蛾。

帝莘夺回了鬼谷蛾体内的那部分妖祖血肉和魂魄碎片，再融合了自己体内残留的那部分，如今帝莘体内大致有着三分之一的妖祖血肉和魂魄碎片。但这对于帝莘而言，还远远不够。他做梦都想找回其他的妖祖血肉和魂魄碎片，只有这样，他才能保护好自己的媳妇儿。

"你既然早就知道妖祖血肉和魂魄碎片的下落，为何没有据为己有？难道其他妖族都不知情？"帝莘虽然很是激动，但也觉得有些不对劲。

"大人，我倒是想去啊，可那块区域已被南幽帝圈为禁地，普通妖族别说是进去了，就是稍微靠近都会被击杀，而且还会株连全族，小的可没这个胆量。"青柏妖可怜兮兮地说。

"南幽帝又是何人？"帝莘对妖界的认知有限，但是他一听到"南幽帝"这个名讳，就觉得浑身不舒坦。

"南幽帝是妖界的两大妖帝之一，他妖力通天，当年可是妖神卫中的得力猛将，就连神界的神尊都奈何不了他。听说那片禁地是妖帝数年前才圈定的，传说在那里镇压了妖帝的一个死对头，想来那人也吞噬了妖祖血肉……"

听到这里，帝莘不禁想起一个人来——阎九！

数年前，妖醒之门事件后，阎九就丢下了自己身怀六甲的妻子，独自前往妖界。他离开时，只留下了一封信，说他一定会带回妖祖的血肉和魂魄。

关于阎九的记忆，帝莘记得的并不多，但是他记得很清楚，阎九是他的生死之交。阎九说过的话，一定会做到。可是阎九一去数年，杳无音信。蓝彩儿的孩子都已经会写家书问候叶凌月和帝莘了，可阎九一直没回来。

今日青柏妖一提起被南幽帝镇压在禁地的人，帝莘的心就一下子揪了起来，直觉告诉他，那个人就是阎九！他要救阎九出来，无论用什么法子，一定要毫发无伤地救出阎九，让蓝彩儿一家三口团聚。这是帝莘对阎九的承诺，也是他对蓝彩儿一家的补偿。

青柏妖能从妖界来古九洲，那就是说，它一定也知道怎么从古九洲去妖界。

"大人，要去禁地，必须先进入妖界。从古九洲去妖界只有一个法子，那就是进入中原地区，那里有一条古妖道。不过那条古妖道一直控制在一些妖兽大统领的手中，小的也是给了不少好处，才偷偷进入古九洲的。"青柏妖不敢隐瞒，把它知道的全都说了出来。

所谓"人有人路，妖有妖道"，群英社在内的一些古九洲大陆社团，能够将青洲大陆的一些人偷偷运到古九洲来，妖界自然也有妖族大能，将一些妖送入古九洲。

但是这种妖道，想要进入，也是艰难得很。毕竟守护妖道的都是在通缉榜上排名前一百的大妖，有一些甚至是天妖。论实力，这些天妖，也就只有那些世外天的大能可以相媲美。况且帝莘身上的妖祖之血已经暴露，相信妖兽们会闻风而动，若是这种时候帝莘只身进入古妖道，必定会成为众妖眼中的香饽饽。

"就算前方是刀山火海，为了救阎九，我也一定要闯。"帝莘说罢，目光一狠，五指为爪，刺入青柏妖的体内。几滴血珠子从青柏妖身上飞出，渗入帝莘的体内。帝莘的身躯一震，这一次，他的身形没有太大的变化，但是在他的脸颊上却多了几道淡金色的妖纹。那妖纹只是闪烁了几下，就慢慢消了下去。

妖血一除，青柏妖的身躯迅速缩小，最终变成一棵只有半人多高的妖柏。但让青柏妖惊喜的是，帝莘没有杀它，就连妖丹都还给了它。

"青柏妖，我姑且饶你一命，带我进入中原地区，你要告诉我如何找到妖道。"

帝莘一把将青柏妖收入生命乾坤袋内，眼神分外坚定。妖界，他非去不可，阎九，他也一定要救回来！

　　神界，趴在夜北溟膝上的天狐伸了个懒腰，优雅地跳到地上，恢复了人形。上次她和夜北溟暗中监视帝莘，却被那小子发现了，于是夜北溟就换了个法子，用神力凝成一只妖兽，命它跟在帝莘身旁，如此一来，就能将帝莘的一举一动汇报给两人知道。

　　这小子为了自家女儿奋不顾身不说，还很有脑子，云笙觉得帝莘和他们都是一路人，看似无害，实际上却是一只披着羊皮的狼。

　　"现在说，还是太早了些。他若真有脑子，当初就不会被自己的伙伴出卖，落了个轮回重生的下场。"夜北溟不屑道，若是他的话，绝不会犯这么低级的错误。

　　"哼，说的比唱的好听，也不知当初是谁为了所谓的诅咒抛妻弃女，差点让我的孩子成了遗腹子。"云笙翻了个白眼。

　　"小野猫，你怎么胳膊肘往外拐啊。我看你是最近太闲了，也许你该考虑考虑再为我生个孩子，给凌月他们添个弟弟妹妹了。"夜北溟长臂一伸，将爱妻圈在了怀里。

　　"生个头，生孩子疼死了，要生你自己生去。我告诉你，我的那个时代，科技可发达了，男人生孩子就跟母鸡下蛋似的……哎，夜北溟，我警告你，不准扒我的衣服。浑蛋，光天化日的，你这是白日宣淫——"云笙不及说完，嘴就被夜北溟堵了个严严实实。

　　几名内侍都捂着嘴轻笑，自觉地避开了。

　　屋外，夕阳正好。

　　屋内，只剩了一室让人脸红耳热的呻吟声……

第十一章　她的秘密

黄泉城内，叶凌月已经从薄情的手中，拿到了老社长留下的关于秋林遗迹的所有资料。

"这玩意算是老社长的遗书，当时我们都不明白他的意思，如今看来却和秋林遗迹有关。我成为群英社的骨干时，老社长已经一日不如一日，就算没被杀死，他也活不长了。那日我办事回来，刚到老社长的屋里，就见昙素杀了老社长。昙素吓坏了，说老社长要侮辱她，我见昙素可怜，就帮她处理了尸体，伪造成老社长遇刺身亡的假象。后来，在其他骨干和昙素的支持下，我就成了新社长。"薄情将当日之事说了一遍。

昙素的父亲是追随老社长的群英社骨干之一，他从秋林遗迹回来后不久就失踪了，于是老社长就收养了昙素。老社长对她一直如亲生女儿，若是老社长精神正常的话，绝不会侮辱昙素。出了那种事，只能说，老社长当时已经精神错乱了。

叶凌月正想着，忽然想到一事，赶紧问道："老社长的尸体如今在什么地方？"

"尸体，你该不会是想开棺验尸吧？"薄情被叶凌月的话吓了一跳。

"开棺验尸？这绝对不行！社长，你怎么能由着这女人胡作非为？再说了，她有什么资格开棺，她不过是一个刚来黄泉城的新手。"

群英社上下一致反对，昙素的反应尤为激烈。

"她可不是什么新手，从今日起，叶凌月就是黄泉城的代城主，代表我们父女全权调查秋林遗迹之事。在黄泉城内，她享有和城主一样的权力。"

就在昙素等人和叶凌月相持不下时，黄泉城主和老城主走了进来。

自己怎么就成了黄泉城的代城主了？这么一顶大帽子扣下来，叶凌月当即愣住了。

看到死去多年的老城主忽然出现，而且精神抖擞，群英社的人全都愣住了。这下众人再也不敢反对，只能由着薄情带叶凌月去挖老社长的坟墓，开棺验尸。

叶凌月用鼎息检查了一遍老社长的尸骨，发现老社长的脑部没有任何病变的斑点。

"没有任何线索，时间过去太久了，看来只能进入秋林遗迹了。"叶凌月有些惋惜地说。她留意到，当她说出这句话时，昙素很明显地松了一口气。

将老社长的棺木重新下葬之后，三人回到黄泉城。这阵子，一直如死水般的黄泉城忽然掀起波澜来。这些波澜，全因黄泉城的代城主而起。

话说这位代城主，一上任就做了几件惊天动地的事。这第一件，是发布了所谓的"人头税"，一下子让城主府多了数百万的收入。第二件就是抄家，黄泉城内，包括金万年商会在内的多家商会的店铺，都被收归城主府所有。第三件，就是修补城门，招兵买马。

这三大政策一公布，在城中引起了轩然大波。最初还有一些刺头不肯听命行事，可是在看到群英社乖乖缴纳了税款后，那些刺头就不敢闹事了。至于抄家，金万年商会的金会长早已不知所终。

这一日正午，薄情忽然接到通知，群英社的分部遭到不明人士的袭击，他和副社长昙素马不停蹄地赶了过去。

午时过后不久，多道可疑的人影从城内各地掠出，同时朝着城中的某家店铺聚去。

金会长等人已经得到可靠的消息，今日叶凌月会到此地查抄店铺。一刻钟之前，金会长的眼线亲眼看见叶凌月和司小春进了店铺。

前方，位于闹市中的店铺里人来人往，谁都没想到这里即将发生一场屠杀。

金会长带着数百名凶神恶煞的猎妖者冲向店铺，他目光森冷，嘴角浮动着淫邪之气："女的先奸后杀，男的统统斩首，一个不留。"

一干猎妖者气势汹汹地冲上前去。

"金会长，带了这么多人，这架势，是要打群架啊。"叶凌月笑着说道。

"叶凌月，你的死期到了，这次我就不信有人救得了你。"金会长见叶凌月只身一人，越发得意，群英社的大部队如今也不在城内。

身后，看似不起眼的店铺里一下子蹿出了上百人。不仅如此，就在叶凌月发号施令之时，从金会长身后的诸多店铺里，忽然蹿出上千名弓箭手，他们全都手持天罡竹炼制而成的戮神弓箭。

叶凌月目光一厉，祭出羿神破虚弓，一箭射出，正中金会长的脑袋。金会长吓得两腿一软，坐在了地上，直接被吓得大小便失禁了。

不过半个时辰，所有的猎妖者都被击杀了，叶凌月一个活口也没留。至于金会长，则是被关入了一间女牢房里，听说里面关押了十余个丑陋的女囚犯。

金会长进去后，第二天就被人发现扒光了衣服，咬舌自尽，死在了囚牢里。代城主还对外宣称，人可不是她杀的。

消息一传出，关于新城主铁血无情的形象一下子树立了起来。这新任的城主，连金家的人都敢杀，黄泉城内那些反对叶凌月的猎妖者一下子就老实了。

在短短三日时间里，黄泉城内就发生了不小的变化。

城中稳定下来后，叶凌月计划进入秋林遗迹探秘。秋林遗迹之行势在必行，可在人员安排上却出了问题。秋林遗迹凶名昭著，此行的人数宜少不宜多。去遗迹是叶凌月最先提出来的，她自是非去不可。袁星曾经去过遗迹，这次自然也是要去的。薄情一听说叶凌月要去，一定要跟着去，如此一来昙素自然也要跟上。

叶凌月提议，把司小春和秦小川也一并带上："他们俩反正闲着也是闲着，既然都想成为猎妖者，那就一并去秋林遗迹看看。"

老城主听罢，沉思了一番，还是答应了。众人当即约定，不日就启程前往秋林遗迹。

前往秋林遗迹的事，因为怕帝莘担心，叶凌月也就没有多说，只是随意说了一声，自己最近要出新手项目。

"媳妇儿，你注意安全。对了，我有个消息要告诉你。"凰令那一端，帝莘叮嘱之后，想了想，将遇到青柏妖以及重新获取了一部分妖血、打听到阎九的消息之事，告诉了叶凌月。

这两个惊人的消息，让叶凌月不由得紧张起来。前者关系到帝莘的记忆和魂魄彻底恢复，后者则关系到蓝彩儿母子俩。这几年来，叶凌月最愧对的人，就是自己的好姐妹蓝彩儿了。阎九已经离开三年了，小九念也已经两岁多了。可他自出生到现在，从未见过自己的父亲。

"我们一定要救出阎大哥，找回你的妖血和魂魄碎片。"别说是妖界，就算前头是十八层地狱，她和帝莘也一定要闯一闯。

两人又互相叮嘱了一番，这才话毕。

和叶凌月话别后，帝莘收好凤令，眼中闪过一丝复杂之色。为了不让媳妇儿担心，帝莘隐瞒了一部分的事情。包括他体内的妖血，发生了异变，能够自由破体而出，化形甚至是化为血刃血兽。而且，在青柏妖告诉了他一些妖界的事，尤其是关于南幽帝的事后，他的脑海中，隐隐约约出现了一些片段，其中，有一张女人的脸日渐清晰……

妖界到底有什么？南幽帝还有记忆中的那个女人，又是怎么回事？帝莘晃了晃脑袋，将脑子里那些乱七八糟的事强行驱散，沉声说道："一千颗妖丹已经上缴，我现在应该算是正式的猎妖者了。"

帝莘赶到黄泉城，却被告知，叶凌月早在一天前就离开黄泉城，前往秋林遗迹了。

帝莘进城后不久，就遇到了花挽云。从花挽云口中，帝莘得知，她调查赵天狼的死因已经有了结果，赵天狼很可能是被月沐白所杀。至于原因，花挽云只打听到，可能和一个叫"太虚墓境"的地方有关。

花挽云倒是听说过秋林遗迹，两人一商量，决定去找叶凌月。

再说叶凌月等人，在经过了一天的行程之后，已经抵达秋林遗迹。秋林遗迹的杂草长得老高，足以淹没一个魁梧的成年男子。

"你们看，这里有被人踩踏的痕迹。"

一行人定住脚步，从痕迹看，前方不仅有人经过，还有一些车马辘轳经过。

"难道有人进入秋林遗迹了？"

叶凌月等人纳闷地往前走去，前方出现了一些帐篷。看到帐篷上的标记后，薄情

面色微变："是九洲盟的标记。"

原来，在秋林遗迹的外围，已经布满了九洲盟的人。

"站住，这里已经被九洲盟控制了，闲杂人等不准入内。"一名壮汉说罢，用手一推，就要将薄情推开。

哪知这一推之下，薄情纹丝不动，一股罡气从他身上散出。那壮汉哎哟叫唤了一声，手臂发出咔嚓一声，竟被生生撞断。

"你敢行凶？来人啊，有盗匪！"那壮汉大呼小叫着。

从一旁的营帐里，顿时钻出了多人，个个气势汹汹，持着灵器就要来抓薄情。

"怎么回事？"从营帐里走出一人，竟还是个脸熟的，正是九洲盟的那位穆大人。穆大人显然也没想到，会在这种地方遇到薄情等人。

"都吵什么，原来是城主和薄情社长，真是巧啊，你们怎么也到了秋林遗迹？"穆大人这次到黄泉城，正是为了秋林遗迹而来。

九洲盟是一个横跨古九洲的超级大组织，等级分明，成员众多，在它面前，群英社这种规模的组织根本不能相提并论。九洲盟级别最低的成员，也是神通境级别的武者，他们的成员，从低到高分为原巡查使、堂主、长老会、盟主。像眼前这位穆大人，就是最基础的巡查使，只负责一些零碎的琐事，巡查古九洲各个城池的治安。

"只怕代城主从未到过秋林遗迹这种地方吧，你们要进遗迹，需不需要我找人带路，免得到时候在里面迷了路。"穆大人不咸不淡地说道。

他这么一说，一旁的人全都哈哈大笑起来，笑声很是刺耳。

"那就麻烦穆大人了，我看天色也不早了，不如明日一早，由穆大人的人领路，我们一起进秋林遗迹？"叶凌月也不生气，一口允诺下来，这倒让穆大人有些吃惊。

夜间，薄情等人准备好了帐篷，叶凌月和黄泉城主、昙素住一顶，其余几人住另外一顶。

两边各出一人，每隔两个时辰巡逻一次。叶凌月和司小春分到了一组，她借着巡逻的机会，"尿遁"离开了。

到了僻静处，叶凌月从鸿蒙天里放出了几只小兽。

"老大，你可要憋死我们几个了。"小乌丫、小吱哟都憋坏了。

"在秋林遗迹的这段时间里，你们可以自由在遗迹附近玩耍，顺便帮我刺探军情。但是记住，不要太深入，一发现不对劲的地方，三十六计走为上计。"

叶凌月的话，正中一干小兽的心意，个个都乐得屁颠颠的，朝着秋林遗迹深处跑去。

秋林遗迹，对于猎妖者而言，是个禁地。可对于妖兽和小吱哟那样的灵兽而言，却是一块乐土。几只小家伙一进入遗迹，就发现，这里植物茂密，溪水清澈，到了夜晚，还可以看到大量的夜光蝶和萤火虫四处飞舞。四周一片静谧，就如仙境般美丽，半点危险的气息都没有。

当然，比起鸿蒙天来，秋林遗迹的景色还是稍逊一筹的。但是即便是金窝，住久了也是会腻味的。小吱哟一看到这幅美景，立刻撒起欢来。小乌丫也化为凰形，一兽一鸟玩得很是开心。

小吱哟迈着小短腿跑到灌木丛后头，发现那里有一团幽幽的白光。它走近一看，那里长着一个亮晶晶的果子。果子约莫拳头大小，上面竟有人的五官轮廓，栩栩如生，犹如一个粉嫩的小娃娃。

小吱哟看看那颗果子，抬起前爪戳了戳。哪知才一戳，果子就骨碌碌滚了下来。小吱哟吓得手脚并用，连忙接住了那个果子。

闻着果子散发出来的香气，小吱哟忍不住咬了一口，顿觉满口生津。于是它一口接着一口，很快就把整个果子吃光了。小吱哟打了个饱嗝，小肚子吃得圆鼓鼓的。忽然，它的腹部传来一阵刀绞般的疼痛，这种疼痛前所未有，小吱哟顿时蒙了。小吱哟疼得两眼泪汪汪，四只小短腿抖啊抖，努力往营地走去。可是肚子越来越疼，小吱哟终于忍不住……

当小乌丫找到小吱哟时，发现它已经晕倒在地上，它的身旁有一堆臭气熏天的排泄物。小乌丫吓了一跳，走上前去又喊又摇，小吱哟却毫无反应。

小乌丫忙将小吱哟带到叶凌月面前。经过一番诊断，叶凌月发现小吱哟的身体发生了奇怪的变化，不仅经络和骨骼出现异变，体内还焕发出一股蓬勃的力量。那股力量说不出地古怪，似乎不是灵兽的灵力，也不是妖兽的妖力。

小吱哟醒了过来，叶凌月问了事情的经过，给小吱哟吃了些补元气的丹药，让它在鸿蒙天里休息。小吱哟躺在床榻上，想起昨晚发生的事情，还觉得匪夷所思。话说昨晚，它吃了那个怪异的果子后，就狂拉肚子。到了最后，它直接就虚脱昏厥了。昏厥后，它蒙蒙昽昽，竟做起了一个漫长而又真实的梦。梦中，它看到了一头庞大的怪兽匍匐在地上。怪兽的身躯极其庞大，就如一片雾霾，大得无边无际。怪兽的头顶长着三个犄角，两只眼睛如月亮那么大，正恶狠狠地看着它！

这梦境实在是太逼真了，小吱哟吓得浑身的毛都竖起来了，嘴里不断地自我催眠。

"哼，吃干净、拉干净了就想逃？你以为你吃了森罗鬼果，就可以耍赖？"怪兽哼了一声，一团雾影袭来，包住了小吱哟。

小吱哟想要反抗，但那团雾影像有不可思议的力量，将它的四肢死死困住，没有半点动弹之力。

小吱哟身上那雪白的毛发上，出现了一个影子。那影子，和那怪兽的形象一模一样，雾蒙蒙的一团，外带两只灯笼似的眼珠子，额头还有三个犄角。

"每一个吃了森罗鬼果的，无论是人还是兽，身上都会有这个印记。吃了鬼果者，人者名为鬼子，兽者，名为鬼畜。这个烙印，将会跟随你一辈子，直到下一个森罗鬼果的继承者出现。"怪兽不紧不慢地说道。

"本吱哟才不当什么鬼畜，大不了本吱哟把果子还给你，一颗烂果子，谁稀罕啊。"小吱哟一听，把那该死的怪兽的祖宗十八代都问候了一遍。

似是猜出了小吱哟的心思，怪兽桀桀笑了两声："来不及了。我当年乃是妖界鬼畜族的至尊大帝，因无知闯入秋林遗迹，最终落了个肉身尽毁的下场。我将所有的修为，凝聚成那颗森罗鬼果。如今我也等到了你。我寿元已尽，已经回天乏术。小不点儿，你苏醒之后，会发现身体产生一些变化，你不必害怕，待到你有了我的修为之后，即可振兴我鬼畜一族。"怪兽说罢，小吱哟忽觉得有一股大力将它猛地一推，它一下子就醒了过来。

小吱哟一睁开蓝汪汪的眼睛，就腾地跳了起来，像是身上生了虱子似的摸来摸去，摸个不停。身上没有那个狰狞的鬼畜头像，小吱哟这才放心，继续倒头大睡。

秋林遗迹内，九洲盟有多名猎妖者中了毒。穆大人不得不付给叶凌月一大笔灵石，才把毒给解了。

"继续前行。这一次，每个人都把狗眼给我睁大了，避开一切陷阱。"穆大人又气又恨，可是从大局出发，只能是命令侍卫们继续前行。

黄昏前后，金色的余晖洒了一地。

"就是这里，本吱哟记得很清楚，咦，怎么树木都枯萎了？"小吱哟指着前方光秃秃的一片灌木丛，受到了不小的惊吓。

昨晚还长得郁郁葱葱的树木，一夜之间，就如被天火焚烧过似的，一片死意，别说是果子了，连一片树叶都没有了。这样一来，就算是叶凌月想要移植，重新培育森罗鬼果研究，都没机会了。

一人两兽回到秋林遗迹的中心区域时，已经是点灯前后。叶凌月正准备将小乌丫和小吱哟收回鸿蒙天，忽然觉得有些不对劲。

这一带，是昔日秋林县的居民区，有不少民房遗迹。

由于伤者众多，她就将九洲盟的那些侍卫，安置在了二十多间空民房里，并且在每一间民房的外面都燃上了雪见草。

"老大，你快看！"才走到了一家民舍的外头，小乌丫提醒了一声。

只见那间很寻常的民舍上，密密麻麻攒动着什么。走近些再看，竟然是一群黑压压的嗜血蛇蜂。它们已经包围了那座民舍，不仅仅如此，在民舍的门窗上，凡是有缝隙的地方，全都攀爬着不计其数的小蛇。那些小蛇大约拇指粗细，通体发出幽绿色的光芒，吐着鲜红的芯子。

"老大、小吱哟，快上来。"小乌丫眼看形势不妙，立刻化为凰形。

一人一兽当即跳到小乌丫的背上，小乌丫身如电闪，嗖的一声射向天空。

"小乌丫，我们还得去找薄情他们。"叶凌月不愿意丢下城主他们。

整个秋林遗迹，此刻都散发着一股诡异的气息。

忽然，小乌丫身子一晃，发出一声悲鸣。

"小乌丫，你怎么了？"叶凌月和小吱哟大惊失色。

小吱哟一眼就看到了，在小乌丫的右翅上有一条幽绿色的蛇。蛇身足有手臂那么粗，比刚才看到的那些小蛇粗了数十倍，毒性也更厉害。

怪蛇有一口锐利的牙齿，死死咬住了小乌丫的右翅。

这条蛇是怎么上到如此高的空中来的？难道它还会飞不成？

就在这时，耳边忽然传来一阵破空之声，叶凌月往下一看，顿时明白蛇是怎么

来的了。只见地面上，大量的小蛇一条条倒挂在沿途的树木上，它们弯起身子猛地一弹，就飞上了高空。

叶凌月带着两小兽暂时离开了居民区，找了个隐蔽之所，小乌丫恢复了人形。她的右臂中了毒，叶凌月连忙给她服用了解毒丹。但是让叶凌月震惊的是，即便是用乾鼎炼制出来的解毒丹，一时也解不了小乌丫的毒，毒素还在迅速蔓延。

就在这时，叶凌月忽然觉得脚下有些不对劲，她低头看去，只见坚硬的地面缓缓起伏着，犹如被风吹皱了的湖面。随着时间的推移，地面的起伏越来越大，房屋开始崩塌，树木纷纷倾倒。

整个秋林遗迹发生着翻天覆地的变化，叶凌月的额头汗如雨下。她勉强稳住身形，从乾坤紫金袋里摸出一份资料，迅速查找起来。

这是群英社的老社长留下来的关于秋林遗迹的冒险日记。叶凌月已经看过，但里面从未有过关于今天这种现象的记录。

叶凌月几乎翻遍了所有资料，忽然发现某本资料的最末一页竟然被撕掉了。

"少了一页。"叶凌月目光一凝，赶紧翻到了上一页。

只见在上一页的最末尾，记载了一小段话："经过了一天的逃亡，到了深夜时分，我们几人住在了秋林遗迹的房屋里。可就在半夜的时候，整个地面忽然抖动起来。房屋全部倒塌，众人从睡梦中惊醒，拼命逃出，可脚下的地面却如洪水般可怕，将多名弟兄吞没……"

资料到了这里，再无下文，也不知老社长在最后一页里，究竟记载了什么。但是有一点是可以肯定的，老社长说，深夜地面发生变化，房屋全部倒塌，也就是说，那时候的秋林遗迹里，就已经没有任何房屋了。

那他们白天里看到的和住过的那些房屋又是怎么回事？难道，还有其他人进入过秋林遗迹，修建了新的房屋？那个人，到底是人还是妖？叶凌月的手心里，已然汗津津一片。

那一边，小吱哟吞噬了大量妖魂，只是嗜血蛇蜂和那些合体妖蛇的数量实在是太多了。

叶凌月再看看小乌丫的面色，眉头拧紧。她轻啸一声，把小吱哟叫了回来。小吱哟敛起身上的戾气，头顶的三根犄角也收了起来。

"小吱哟，你和小乌丫立刻进入鸿蒙天。"

"不，老大，要进一起进，这里太危险了。"

"我不能丢下四哥他们，我有预感，四哥和薄情他们还活着。"是她提出进入秋林遗迹的，哪知在第一天深夜，就发生了这种事。

叶凌月总算明白老城主和袁星等人为何会那么狼狈，最终几乎全军覆没了。

叶凌月不知道的是，就算是老城主和袁星，当年也没遇到过这么变态的模式。

看了老社长留下来的资料后，叶凌月意识到一点，自己和九洲盟在内的所有人，恐怕在一进入秋林遗迹，或者在进入秋林遗迹之前，就已经被盯上了。而那个暗处的存在，很可能就是当年造成老城主和袁星疯狂的罪魁祸首。

这一次，她无论如何也要将那躲在暗处的幕后黑手给揪出来。

"老大……"小吱哟还想坚持。

"立刻带着小乌丫回去，照顾好她。"叶凌月强行将小吱哟和小乌丫送回了鸿蒙天。

子时前后，整个秋林遗迹就如一片汪洋，房屋树木全都不见了踪影。

两道人影悄然出现在秋林遗迹的外围……

秋林遗迹中，叶凌月一边躲避着嗜血蛇蜂和怪蛇的追击，一边寻找着薄情等人的下落。

就在这时，鼎灵忽然有了动静。

"鼎灵，难道你有什么发现？"叶凌月这才想起来，进入秋林遗迹后，乾鼎异常安静。

"主人，我不敢肯定，我好像感觉到了同伴的气息。"鼎灵有些迟疑地说。

"同伴？难道秋林遗迹里也有鼎灵，像是式神炼妖鼎那样的？"鼎灵的话让叶凌月深受启发。

"嗯，对方应该也是个很厉害的灵体，至于是不是鼎灵，暂时不得而知。从刚才的情况来看，我们可能已经进入了它的空间，就像你能完全控制鸿蒙天一样，这里面的一切东西，都受那个神秘生灵的控制。"乾鼎小心翼翼地说道。

叶凌月不由得一怔：秋林遗迹，难道就是第二个鸿蒙天？

若鼎灵说的是真的，这一昼夜发生的事情，以及老社长资料上说的房倒屋塌之

事，就全都说得通了。

鸿蒙天里的一草一木，都是受叶凌月的控制的。她能按照自己的意愿，将任何东西移入和移出鸿蒙天。

那早前她看到的一切，都是假的，还有以前那些在秋林遗迹里莫名失踪的人，也是因为受了那生灵的控制？

"主人，小心！"

鼎灵正和叶凌月说着，浪潮迭起的地面上，忽然涌起近百米高的怒浪，狠狠地朝着叶凌月拍去。从怒浪中幻化出无数的人脸和手。那些人脸，个个哀号着，面色痛苦，五官扭曲。那一双双手抓向叶凌月，用力撕扯着她的衣服。

"放开！"就在这千钧一发之际，一双大手将叶凌月拉出怒浪。

叶凌月只觉得自己如腾云驾雾般，落到了一个温暖的臂弯，一股熟悉得不能再熟悉的男人气息扑面而来。

"帝莘？"叶凌月难以置信地抬起头，恰好看到了男人那已经冒出些许胡楂的下巴。

抱住她的那双手不由得一紧，帝莘俯下身来。两个多月，近七十天，他疯狂地想念怀里的这个人儿。此刻，她就在他的臂弯里。她显得有些狼狈，头发乱糟糟的，涂得漆黑的脸上，大大的眼睛里带着几丝慌乱，看得他的心都乱了。

她的手牢牢地抱住他的脖子，就好像下一秒他就会消失似的。

"媳妇儿，抱歉，我来迟了。"他的女人，被人欺负了。帝莘说罢，在她的唇上狠狠地亲了一口，感觉到她的香甜，帝莘不禁加深了这个吻。

整个秋林遗迹，像是经历了八级地震似的，天空雷霆大作，整个地面，犹如暴风雨来临的海洋，变得更加躁动不安。

"叶凌月，你真是个不知羞耻的贱人。除了薄情外，你还勾搭了多少男人？"一个满是怨恨的女声从天而降。

听到这个声音，叶凌月眼神一沉："昙素，是你！"

帝莘意犹未尽地松开了叶凌月，暗恨着谁那么不知好歹，打扰了他的好事。

只见原本化为一片汪洋的地面上，出现了层层叠叠的枯骨，竟然有数十万具之多。枯骨堆叠成高塔，而昙素就站在塔顶，一身血色衣裙，美目里噙满恨意。

“薄情和城主他们在什么地方？”见昙素身边没有同伴的踪迹，叶凌月不免担心他们的安危。

不知他们到底是生是死，但是昙素对薄情用情至深，应该不会杀了薄情才对。

“你个贱人，既然已有男人，还要勾引薄情。他真是瞎了眼，才会看上你，我要让他亲眼瞧瞧你这人尽可夫的丑样。”

昙素一抬手，只见原本起伏不止的地面忽然破开了一条缝隙，一个足有一人多高的骨牢升出地面，浮在半空中，里面关着的正是薄情。

薄情看上去有些疲惫，但是身上并无伤口。

“凌月，你没事就好！”薄情一见到叶凌月，顿时露出笑容，只是他的目光一触到叶凌月身后的帝莘，笑容就僵住了。

让薄情看不顺眼的是——帝莘那双手是怎么回事？谁许他搂着凌月的腰的！凌月的腰……他也想搂好不好！

“昙素，秋林遗迹里这些年发生的事，全都是你在搞鬼吧？”叶凌月对老社长之死早就有所怀疑，只是没有线索，才一直毫无头绪。

“没错，老社长是我杀的，他根本就没强暴我，他只是发现了我的秘密，打算追查当年之事，所以我才杀了他。不仅仅是老社长，就连我的父亲，也是我杀的。我就是杀人凶手，你们都觉得我是个忘恩负义、猪狗不如的东西，对吧？”昙素咯咯笑了起来。

她拂了拂自己火红色的长发，笑得眼泪都要出来了，她的目光，从身旁的每一个人脸上掠过，最后定在了薄情的身上：“那我就告诉你们一个故事，一个追溯到数年前，让我的人生和群英社都彻底被颠覆的故事。”

昙素，自小就生活在黄泉城外的一个小村落里。她家世代务农，家境虽不富裕，但一家人过得很是和美。一直到了她父亲这一代，她的父亲因为厌倦了世代为农的平淡日子，弃农从武，去了毗邻的黄泉城，成了一名武者。她父亲的天赋很是了得，很快就成了一名猎妖者，且加入了当时刚成立不久的群英社，成了群英社的骨干之一。她父亲加入群英社后，出了不少任务，生活条件很快就得到了改善。父亲就将她和家人一起接到了黄泉城，还送昙素去学武。

那是昙素这辈子过得最无忧无虑的一段日子。可是好景不长，昙素的父亲得到命

令，和老社长一起进入了恶名昭著的秋林遗迹。

大概一个多月后，父亲回来了。

小昙素还听说，群英社损失惨重，和父亲一起去秋林遗迹的几个叔叔，再也回不来了。

父亲回来后，整个人都变了。他不再像以前那样陪她玩耍，而是把自己关在了房中，嘴里念着谁都听不懂的话。家人稍有劝说，他就恼羞成怒，轻则发火，重则动手。终于，昙素的娘亲忍不住偷偷逃走了。昙素的爷爷和奶奶也因为儿子的反常，整日以泪洗面，昙家的家境也是一日不如一日。就是从那时开始，昙素恨上了群英社和老社长。

没过多久，昙素的爷爷奶奶去世了。小昙素用群英社给的那笔抚恤金买了两口棺木，装殓了两位老人。

可就在老人出殡的前一天，昙素忽然听到灵堂里传来一阵异响。她壮着胆子前去查看，哪知却看到了她这辈子都难以忘怀的一幕——

她看到了自己的父亲，已经很久没有走出房间，连爷爷奶奶死去的那一晚，都不肯出现的父亲，打开了棺木，就如一头野兽似的，啃食着自己亲生爹娘的尸体。昙素吓得惊呼一声，发了疯地往外逃。可是父亲追了上来，掐住了她的脖子。昙素感到自己的呼吸越来越困难。她拼命地挣扎着，在挣扎之时，她从父亲的怀里扯落了什么东西，随即失去了意识。

不知是幸运还是不幸，昙素没有死。她醒来时，爷爷奶奶的棺木已经不见了，父亲也不见了，留给她的只有手中的一方手帕。那手帕她认得，是父亲进入秋林遗迹之前，自己的娘亲给父亲缝制的。原本雪白干净的手帕上，多了一些字。小昙素看着那些字，发现正是父亲嘴里念叨个不停的内容。

"那是一种玄妙的口诀，靠着它，我发现秋林遗迹中隐藏着大秘密。后来我加入了群英社，取得了老社长的信任，获得了进入秋林遗迹的资格。我一个人偷偷进入秋林遗迹，通过了考验，破解了秋林遗迹的秘密。我还杀了我的父亲，成了秋林遗迹唯一的主人。以后的事情，你们就都知道了。"昙素说到这里，摊了摊手，表示这就是她和秋林遗迹的故事。

第十二章　废墟之秘

　　"我承认，我杀了老社长，是我不对。可这又能怪谁？我也不想杀他，可谁让他怀疑起我父亲的死因来。为了自保，我不得不杀了他。还有，薄情，谁都可以说我，唯独你不能，因为我做的一切，都是为了你！"昙素深情地望着薄情。

　　自从她为了做秋林遗迹的继承人而手刃自己的父亲之后，就已经泯灭了人性。一直到她遇到了薄情。她一心以为，只要她肯屈居于副社长之位辅佐薄情，薄情总有一天能够明白她的心意，和她长相厮守。可是这一切，都因为叶凌月的出现，彻底破灭了。所以昙素恨透了叶凌月，打算借这次秋林遗迹之行，神不知鬼不觉地灭了叶凌月。谁知事与愿违，她算计了所有人，唯独算漏了一个叶凌月。

　　叶凌月一愣，薄情对她有男女之情？在某种程度上，叶凌月是个极其死心眼的，心里只装得下个把人，更不用说多加一个薄情了。

　　看自家小女人一副被雷劈了的表情，帝莘咧嘴大笑，敢情自家媳妇儿压根就没意识到薄情喜欢她。

　　"我倒要看看，你们能坚持到什么时候。夫妻本是同林鸟，大难临头各自飞，既然来了秋林遗迹，我这做主人的，自然要好好招待你们。"昙素一扬手，她脚下的骨塔扑簌簌动了起来，囚禁薄情的那座骨牢嗖地沉入地下。

　　"昙素，不准你伤害凌月，否则，我与你不死不休。"薄情的怒吼声消失了。

　　帝莘也知道，这秋林遗迹如今就是昙素一人的天下，在这里，没有人可以斗得过昙素。

"叶凌月，秋林遗迹是我的地盘，你就和你的男人，永远留在里面吧。我给你们留了一天一夜的食物和水，我给你们十天十夜的时间。你们不是很相爱吗，我倒要看看，你们能为彼此做到哪种程度。"昙素偏执的笑声回荡在叶凌月和帝莘的耳边。

叶凌月立刻检查身上的东西：储物袋没了，九龙吟也没了，还有鸿蒙天……

叶凌月一检查，发现自己身上所有的东西都没了，就连鸿蒙天也打不开了。和叶凌月一样，帝莘身上的东西，都似凭空蒸发了。不仅如此，叶凌月和帝莘还感觉到，自己身上的元力也一下子消失了。叶凌月低头一看右手掌心，让她心惊肉跳的是，掌心的鼎印也不见了。

元力、鼎灵，这些都是最不可能被夺走的，难道说……叶凌月和帝莘神色一紧，同时想到了昙素所说的一天一夜的食物和水。若是有元力在，他们的身体还能支撑十天半个月，可是如今，他们的身体和普通人无异，没有足够的食物和水，十天十夜，他们怎么支撑？那些东西，两个人分，的确只能支撑一天一夜。

"她不仅是个疯子，也是个天才。若是我没猜错的话，我们应该是进入了她构架的一个虚拟空间里。这里，一切都受她的掌控。就连我们，也是她砧板上的鱼肉。而这一切，都是秋林遗迹里的那件神秘宝贝赋予她的。"叶凌月沉吟着。

若是没猜错的话，当初老城主和袁星等人，乃至群英社的那些人，全都经历过如今她面临的这些事。想到了老城主他们，叶凌月脑中忽然灵光一现："秋林遗迹已有数百年历史，昙素只不过是其中一任主人。那么，在昙素之前，秋林遗迹的主人是谁？"

这就好比，在叶凌月之前，鸿蒙天的第一任主人是鸿蒙方仙。鸿蒙方仙之后，也曾有过一些主人，但是那些人，都没能开发出真正的鸿蒙天。若是秋林遗迹的性质和鸿蒙天类似，那就意味着，昙素是从九年前或者是九年中的某一年接手了秋林遗迹的，拥有了控制这里的一切的能力。

"昙素的父亲！"几乎是异口同声，叶凌月和帝莘都想到了昙素说过的话，她说过，她杀了自己的父亲，就是为了获得秋林遗迹的控制权。

每个进入秋林遗迹的人，很可能都有资格获得这里的控制权，昙素的父亲，当年也因为某个原因，获得了这里的控制权。只是可能因为掌控力不够，或者是其他原因，没法子利用好那件秘宝，被反噬后落了个疯疯癫癫的下场。

"昙素的父亲当年记载在手帕上的文字，应该就是关键。若是我们中的任何一人，能找到那件秘宝，证明我们比昙素更强，让那件秘宝选择我们，我们就能反客为主，打败昙素。"

叶凌月和帝莘的眼睛，同时亮了起来。

"我想昙素应该还没有彻底控制那件秘宝，否则她不会对这次的秋林遗迹之行那么紧张。在我提出来秋林遗迹时，她极力反对。想来，她也担心，有人像她夺取她父亲的继承资格那样，打败她，获得秋林遗迹的认可。也就是说，那件秘宝，很可能是活物，昙素没法子携带在身旁。"叶凌月分析起来。

事不宜迟，叶凌月和帝莘立刻在秋林遗迹的中心，展开了地毯式的搜索。一个上午过去了，他们没有任何发现。

这一片废墟里，还游走着大量凶猛的猛兽。两人如今没有元力，只能靠最原始的武学招式对敌，帝莘不让她出手，替她挡下了袭击。只可惜，就连这里的妖兽的肉都是有毒的，根本没法食用。

第一天，安然过去了。到了夜晚，为了避免夜袭，帝莘找了一处树洞，铺了些干草，让叶凌月休息。高度紧张了一天，叶凌月很快就睡着了。没了元力后，她的体力终归是比不得帝莘那样的大男人的。

见叶凌月睡着了，帝莘深深地看了她一眼，将树洞遮挡住，然后快步走了出去。

叶凌月醒来时，帝莘已经回来了："媳妇儿，看看我带了什么回来，我找到了吃的和喝的。"帝莘见了叶凌月，绷紧了一夜的神经，松了下来。他将兽血和野果送了上去。

看到那囊兽血时，叶凌月的小脸，一下子惨白了。刚睡醒的脑子，瞬间脑补到了苏牧割取自己的血肉，救袁星和老城主的场景。她有些慌乱地拉过帝莘，拉开他的衣袖，看到他的手臂上并无伤痕。叶凌月还不放心，再去查看帝莘身体的其他部位。

"媳妇儿，虽然这里只有我们两人，但是不保证没有其他人在监视，你这么热情，我是很受用的，只不过，我们要不要等到离开秋林遗迹后再亲近亲近。这些是我找来的兽血，毒性较弱，可以短期内食用。"帝莘的俊脸飞起了一抹薄红。

叶凌月又将帝莘的身子检查了一遍，帝莘的体内，有轻微的余毒，但不致命，没

有了鼎息，她也没法子救治。好在帝莘的体质很强，叶凌月这才放了心。

两人储下了那些野果和兽血，因为有了相对充足的食物和兽血，两人的压迫感稍减。

第二天，他们搜寻的范围又扩大了一倍。

第三日、第四日过去了。

直到第五日，他们依旧没有任何收获。

"今夜，你休息，我去外头寻找食物和兽血。我是方士，在鉴别毒性方面，比你强一些。"在帝莘像往常一样，打算出去巡逻时，叶凌月叫住了他。

帝莘勉强答应了，叶凌月这才离开了两人栖身的树洞。

一路前行，她听到了身后有轻微的声响。她以为有妖兽靠近，猛地回头，却发现帝莘跟在了后头。

"不是让你休息嘛。"叶凌月嗔怪道。

帝莘挠了挠头："我不放心你。"

帝莘没有告诉叶凌月，在她遭遇元力风暴下落不明的那几天里，他几乎没合过眼，生怕自己一睡过去，醒来听到的就是媳妇儿的噩耗。

"既然睡不着，那就一起等待妖兽上套。闲着也是闲着，你和我说说你在五灵城的事，一路上有没有给我惹麻烦？还有，五姐怎么样了？"

舞悦还不是猎妖者，只能暂时留在五灵城里。

"咯咯，你们不要再苦苦挣扎了。这里的一切东西，都受我的精神力控制。这里的树木和妖兽的血肉，都包含了致命的毒素，你们不可能再食用。我要取你们的性命，就如捏死两只小蚂蚁那么简单。别怪我没给你们机会，只要你们其中有一人出手杀了对方，我就可以放那人离开。这是你们最后的希望了，以前，从没有一个人，在冒犯了我之后，还能享受如此的优待。"昙素的声音忽然出现，打断了叶凌月和帝莘的话。

"你越是想让我和媳妇儿自相残杀，我们就越不如你意。不过五天而已，我们一定能走出去，我们还要恩恩爱爱，生一堆孩子，白头到老，羡慕嫉妒死你。"帝莘冷笑着说道。

叶凌月哭笑不得。帝莘这厮，嗜杀起来像极了巫重，温柔起来像凤莘，可有时候，却又似一个没长大的孩子，只知道胡搅蛮缠。

"不，她不能随意摆布我们。相反，只有我们，她不能摆布。否则，以她对我的恨意，早就杀了我了，又何必用那么多手段。"

叶凌月突然意识到一点：秋林遗迹就是鸿蒙天的翻版，只是面积和资源上，比起鸿蒙天略逊一筹。既然都是虚拟的空间，那它们之间就一定有共性。

"媳妇儿，你这话是什么意思？"帝莘不明白了。

"秋林遗迹里，所有从外界被移入的东西，包括人，只能被移入或者被移出，但是无法被处置。除非自相残杀，否则作为继承人的昙素，没法子危害到我们。另外，秋林遗迹形成之初，必定有某片区域是特定的，无论秋林遗迹怎么被昙素的精神力改造，那片特定的区域都是无法改变的。"叶凌月很是肯定地说道。

这一点，也是她根据自己的鸿蒙天推断出来的。当初，叶凌月刚得到鸿蒙天时，鸿蒙天里白雾弥漫，只有一点田地，在它和小吱哟认主成功后，鸿蒙天扩展到了两间茅草屋和一亩地大小。那就是鸿蒙天的特定区域，也就是原始空间。

在那之后，叶凌月陆续获得了五行之灵，空间不断升级。但作为原始空间的那一亩地和两间茅屋却一直没有改变。后来，鼎灵告诉叶凌月，那就是原始空间，是鸿蒙天的灵力之源，不会做任何改变。

"媳妇儿，你的意思是说，在这秋林遗迹里，也有那么一片区域？"帝莘听得云里雾里，毕竟他没有空间，但是见叶凌月如此笃定，他也半信半疑起来。

"一定有，但是具体在什么位置，就很难说了。所以，我们得想个法子，用最短的时间找出那片原始区域。那片区域，很可能就是秘宝的所在之地。"叶凌月想明白了这一点后，连日来的颓废和沮丧一扫而空。同为空间的拥有者，叶凌月深信，自己比昙素更了解怎么运用空间的力量。

"在最短的时间内，找出原始区域……媳妇儿，我已经想到法子了。"帝莘沉思着，忽然笑了。

叶凌月也笑了起来："我也想到了，那就是——"

两人异口同声道："火攻！"

秋林遗迹里，没有食物，没有水源，这无疑是极好的纵火之地啊。

两人没费多少工夫，就找到了几块取火用的燧石。火一片连着一片，到响午时已

经连绵不绝。等昙素发现时，火势已经到了很难扑灭的地步。

大半的秋林遗迹，都在火海之中。没有水，就算昙素能用精神力控制，也无法扑灭那么多的火。

那两人到底在搞什么鬼？昙素的脸色越来越阴沉。这场大火如果蔓延下去，势必要烧毁整个秋林遗迹，到时候要恢复里面的万物，至少需要消耗她三分之一的精神力。扑灭火势，至少也要消耗她三分之一的精神力。会不会，那两人推测出了秋林遗迹的秘密？昙素心里一凛，随即安慰自己：不可能，父亲已经死了，秋林遗迹的历任继承人也都死了，没有人知道那个宝贝的存在。

昙素犹豫了足足数个时辰，最终没有出手用精神力扑灭那场火。她坐视秋林遗迹烧了一天一夜，原本生机盎然的秋林遗迹，愣是烧成了一片荒原，满目疮痍。昙素的心中那叫一个恨啊，她恨不得将叶凌月大卸八块。

"烧吧，烧得越干净，你们越没有活路。我倒要看看，烧光了所有的东西。你们要靠什么支撑最后的四天四夜。"昙素从牙缝里挤出一句话来。

第七天的清晨，火终于熄灭了。

叶凌月和帝莘已经两天多没有进一滴水一点食物了。两人的状态都很虚弱，但精神都很不错。只因为他们知道，最后的时刻，终于要到来了。

"帝莘，你往南走，我往北走，无论有没有发现，每隔半天，都要返回原地集合。"叶凌月叮嘱着帝莘。为了节省体力，叶凌月决定和帝莘一北一南分头行事。

烧过的秋林遗迹，比原先更加空旷，四处都是烟尘的味道。这一次，昙素没有用精神力恢复遗迹里的一草一木。

叶凌月咧开嘴，冲着前方的虚无嘲讽地笑了笑。果然，就算是昙素，也没法子毫无节制地恢复空间里的草木万物。

叶凌月一点也不怀疑，昙素必定在某个地方监视着她的一举一动。为了不让昙素过早地起疑心，叶凌月就如闲庭信步般朝着北边行走。

她穿过了早前民舍密集的区域，朝着秋林县后方的小土坡走去。一直走了半个上午，她走到了一条河边，河水已经干涸。叶凌月看了眼四周，这一带荒凉极了，没有任何生命的迹象，原始区域不在这里。

叶凌月又往前走了一个时辰，前方是刚才那条干涸溪流的尽头，那里曾经有一条瀑布，现在是一座山崖，崖下弥漫着雾气，看不出深浅。眼见已无路可走，而且离她和帝莘约定的时间已经很近了，叶凌月转身折返。

就在这时，从溪涧里突然蹿出一只金背螳螂，气势汹汹地挡住了叶凌月的去路。这只金背螳螂长着三角形的头颅，头顶有一块类似铜钱的花纹，两把大刀似的前爪横在胸前，那双凸出来的眼中闪着慑人的光芒。

妖兽！而且看级别，应该是一只逼近大妖级别的妖兽。啧，不用说，这肯定又是昙素送给她的一份大礼。若是以前，这种级别的妖兽，叶凌月根本不放在眼里，可是如今饥肠辘辘，再加上元力和精神力全无……

前路已被金背螳螂阻死，背后则是深不见底的悬崖。很显然，这只金背螳螂狡猾得很，一路上都潜伏在叶凌月的身后，在叶凌月抵达绝路后，才蹿了出来。

金背螳螂挥舞着两把"大刀"，步步逼近叶凌月。哪知叶凌月忽地一转身，就朝那处悬崖跳去。金背螳螂怔了怔，显然没料到叶凌月会毫不反抗地选择"自杀"。它晃了晃脑袋，不甘心地走到悬崖边，探头向下看去，想看看自己的猎物是不是死了。可就在它的脑袋探出去的那一霎，叶凌月的身影倏然一跃而起，一个漂亮的倒挂金钩，躲开了它的两把利刃，头朝下，双手犹如钢条般扼住了它的脖子。只听得咔嚓一声，叶凌月一把折断了金背螳螂的脖子。生怕对方没死透，叶凌月脚下一用力，便把金背螳螂蹭下悬崖，而她自己则借这一蹬之力落回崖顶。

做完这一连串动作，叶凌月已经气喘吁吁："总算捡回了一条命。"

叶凌月惊魂未定，正欲喘口气，忽觉肩头一痛，飙出鲜血。叶凌月猛一回身，却见一只体形不下于金背螳螂的银背螳螂对她连下杀招。叶凌月的身子下意识地往后一倾，险险地躲过了一击，不料身后就是悬崖。她止不住身形，滚落悬崖，耳边是呼啸的风声……

秋林遗迹内，朝南走去的帝莘，已经按照约定返回了原处。苦等之后，始终不见叶凌月的身影，帝莘的神情紧张起来。他深知媳妇儿的脾气，若非遇到了什么万不得已的事，她绝不会失信。

帝莘强忍着心底越来越强烈的不安，向着叶凌月离开的方向奔去。

帝莘疯了似的奔跑，沿途却没有半点媳妇儿的踪影。

媳妇儿，你一定不要有事！帝莘的心越来越沉，思绪也越来越疯狂，直到他闻到

了空气中有一股人类血液特有的腥甜味。

"咕咕……"一阵妖兽的低沉叫声传来。

帝莘一眼望去,在一处凌乱的河谷溪涧里,有一只银背螳螂。原来,丧失了伴侣的银背螳螂,徘徊在悬崖边不肯离去。银背螳螂的前臂上那处刺目的鲜红,如同火焰般灼疼了帝莘的眼。

"你杀了她!"望着空空如也、只有寒风呼啸的悬崖,帝莘眸中一片赤红……

叶凌月落在崖底,不知昏迷了多久,才渐渐恢复意识。微凉的风吹着脸颊,有股漉漉的湿气,肩部一阵阵疼痛……

叶凌月睁开了眼睛,入目的是一片瓦蓝色的天。电闪雷鸣般,她想起了之前发生的事——她被银背螳螂袭击,跌落悬崖。

视线缓缓上移,直到落在悬崖的下方,叶凌月这才看清楚,悬崖足有两三百米高。以她这般没有元力的身体而言,正常情况下,从那么高的地方摔下来,早该摔死了。

自己没死?叶凌月僵硬地挪了挪身子,发现那只金背螳螂恰好被自己压在了身下。叶凌月的运气显然不错,用金背螳螂当了垫背的,这才幸免于难。

没想到,崖底倒是别有洞天。这里是一个小山谷,阳光明媚。谷内长满了野果,一些小兽旁若无人地啃食着果子,对叶凌月这个外来者理都不理。

前面有一个宽阔的山洞,旁边有一口咕嘟咕嘟冒着泉水的泉眼。叶凌月不顾伤势,快步走了上去。她捧起水尝了一口,甘甜可口,是无毒的泉水。

"原始区域找到了,就是这里。"叶凌月无比激动,真是踏破铁鞋无觅处,想不到她和帝莘找了许久的原始区域,就在这片悬崖之下。若非银背螳螂袭击,只怕她无论如何也找不到这里。

叶凌月迅速观察着四周的地形,和鸿蒙天相比,秋林遗迹的这片原始区域看上去更小,也更加简单。一眼看过去,四周的景色一目了然。

一小片长满了各种毒草和药草的丛林和草坪,还有一汪泉水。

没有茅草屋,只有一个山洞。那山洞也不大,大概只能容纳两个人。山洞里,只有一面光秃秃的石壁。除此之外,再无其他。

叶凌月费了一刻钟，将四周都找了一遍，但是没发现任何秘宝的踪迹。叶凌月皱着眉。若是如此，她和帝莘就没法子突破秋林遗迹了。

叶凌月沉思着，目光徐徐在附近仔细地搜索着。忽然，她的眼神定了定，看向了山洞。山洞很小，最多只能容两人弓身进入，就连外面的日光都不能照进山洞。刚才叶凌月也看过了，山洞里什么都没有，只有一面朝着东面的石壁，石壁上没有任何字迹。叶凌月不禁用手摸了摸那面石壁。

"不准碰它！"背后，一道暴烈的爪风伴随着猛烈的轮回火之力袭来。

叶凌月来不及回头，近乎本能地往旁边闪去。一道爪风从她的脸颊旁擦过，击在一侧的山石上，足有数寸深，乱石炸开。

昙素站在叶凌月的身后，神情慌乱，已经呈现出疯狂之态："叶凌月，你已经抢走了薄情，休想再抢走秋林遗迹。这里的一切都是我的，我的！"

见了昙素如此反应，叶凌月已然明白，秘宝就藏在这里。

"昙素，你在怕什么？"

昙素眼中有恨也有憎，还有一抹不及掩饰的慌乱。昙素咬了咬牙，眼中凶光一闪，一只手上，突然钻出了一团火焰。那火焰化为五六条火蛇，呈四面八方之势，袭向叶凌月。叶凌月眼看退无可退，昙素左手狠狠掐住了叶凌月的脖颈。

"去死吧！"昙素右手抬起，疯狂地大笑起来，一拳就要袭向叶凌月。

可就在这时，昙素的动作一滞，目光落到了自己的右腕上，那里多了一团红色的东西。随着一声惨叫，昙素的右手，就如被刀削般，齐腕而断。

鲜血如箭般喷洒了一地，断手落到了地上，微微颤动着。

"放开她。"随着一个冷酷的声音响起，帝莘的身影忽然出现，神情冷若冰霜，微微上扬的凤眼里噙着杀意。

他的目光落到叶凌月的脸上，眸中泛开一抹柔情，薄唇微动，无声地说了句："媳妇儿，抱歉，我来晚了。"

"我的手，竟敢砍断我的手，我要杀了你们，你们谁都别想活着离开这里。"昙素目眦欲裂，她的右手，竟然被帝莘用妖祖之血砍断了。

"我就先杀了这个女人，再收拾你。"昙素的左手一紧，就要拧断叶凌月的脖子。

铿！又是一道重击，昙素的左肩上多了道深可见骨的伤痕。

在帝莘出手之前，又有一个人影赶到了。

"昙素，放开凌月！"刚刚突破了神通境大圆满的薄情，浑身元力激荡，就如战神附体，锐不可当。他的目光，冷冷地从昙素的脸上掠过，看到叶凌月时，他的嘴角微微动了动，露出了担忧之色。

"居然突破了？你倒是比我想的要强点儿。"帝莘冷冷地瞥了眼薄情，言语间难得有了些欣赏之意。

"你也不错，好在没有丢我们男人的脸。英雄救美这种事，也不能次次都让你占了先。"薄情也酷酷地回了一句，看向帝莘的眼神里，多了几分惺惺相惜的意味。

昙素右腕已断，左肩血流不止，可这一切，都比不上她心中的伤痕。为什么，这些人，一个个都为了其他人，伤害她？为什么，唯独她不能得到幸福？

在看到了薄情之后，昙素的最后一丝理智也崩溃了。

亲情，是骗人的。父亲为了秘宝，不惜泯灭人性，连亲生父母的尸体都要啃噬。

友情，是虚伪的。她将秋林遗迹的秘密告诉自己最好的朋友，可对方却在秋林遗迹里，为了生存，想要杀她。

爱情，也是假的。薄情根本不爱她，无论她多么努力，多么委曲求全，他的眼中，只有一个叶凌月。

这些人，所有的人，都是来抢夺她的东西的。她什么都没有了，这些人，谁也不许再把秘宝从她手中抢走。

昙素就如发了狂的野兽，完全丧失了理智。她的嘴里，念出一个个古怪的字符。随着那些字符的出现，昙素的身体也发生了变化，原本和常人无异的皮肤上，出现了一道道暗红色的纹路，美艳的脸上也出现了一道道怪异的裂缝，就如干涸的土地，龟裂开来，她的身上，浮现出一个个字符。

伴随着那些怪异的字符出现，昙素的身体不断膨胀，周身喷出了一团团的火焰，就如一个从火山口里钻出来的火焰巨人。她咆哮了一声，冲向帝莘和薄情。

"不好，这女人又要搞什么鬼？"

见昙素忽然变身，爆发出来的战斗力，竟比刚突破了神通境大圆满的薄情还要可怕，帝莘和薄情都是一惊。两人的神情都严肃起来，左右开弓，连连攻向昙素。可是这些攻击落在昙素的身上，只见那神奇的字符微微一闪，攻击之力就被吸收了，就连帝莘的妖血化刃也是如此。

昙素的身躯坚不可摧，任凭两人如何暴击，都无法伤她半分。

"这究竟是什么鬼体质，竟强悍如此？"薄情和帝莘面面相觑。

"哈哈哈……你们两个不是很厉害吗，一个个都要杀我？只要我一天拥有这宝贝，在古九洲就没有人可以打败我。我要先杀了里面那个贱人，让你们俩都痛不欲生。"

昙素双臂一振，她身上的那些古怪铭文化成一道狂暴的火焰，呼啸着冲向了帝莘和薄情。那火焰猛烈无比，一沾上地面，就猛地蹿高了，形成一道火墙。帝莘和薄情被迫往后暴退几步。逼退两人之后，昙素眼中凶光闪动，直往山洞冲去。

"媳妇儿！"

"凌月！"

帝莘和薄情同时大喝一声，两人心急如焚。

眼看昙素就要向叶凌月下毒手，帝莘仰天长啸，身上骤然生出繁复的妖纹，一股足以毁天灭地的可怕妖力从体内爆出，径直撞向那道火墙。

昙素抢先一步掠进山洞，左手掐住叶凌月的脖子，将她狠狠地摔在了石壁上。昙素满心欢喜地看着叶凌月痛苦到扭曲的脸色，掌中腾起熊熊烈焰，竟要将她活活烧死。

"你这疯子……"叶凌月用力去拽昙素的手，却无法撼动半分，双手无力地垂在石壁上，皮肤在火焰的烧灼下起了一层层水泡……

昙素肆意狂笑着，可是忽然间，她的左臂上多了一双手，原本已经奄奄一息的叶凌月骤然睁开双眼，两团银灰色的火焰出现在她的瞳中。她的右手，一拳砸在了昙素的脸上。这一拳，根本没被昙素放在眼里。连帝莘和薄情的攻击她都不怕，何况是区区一个叶凌月。

可是那一拳落下，昙素的身子猛地飞了起来，滚落在地。昙素难以置信地趴在了地上，看向叶凌月。叶凌月的周身，钻出了一簇簇银白色的火焰。同是火焰，叶凌月的火焰虽不刺眼，却像有一种神秘的力量。一个黑色的小鼎，出现在她的右掌之上。就在那个黑色小鼎出现时，狭窄的山洞忽然摇晃起来。没有半点痕迹的石壁上，一个

个字迹，接连显露出来。

"不，不可能！"昙素看到那些字迹，就如见了鬼似的尖叫起来，仿佛看到了极其恐怖的东西。

更奇怪的是，在石壁上出现字迹时，昙素身上的那些符文，光芒开始暗淡，一个接着一个消失了。

"不，不要消失，秘宝……秘宝是我的！"昙素惊慌失措地扑向那面石壁，像是在乞求，又像是在垂死挣扎。

石壁上，那一个个比星辰还要光亮的字，让昙素不由得睁大了眼。怎么会有这么多铭文？她记得，自己上次获得秋林遗迹的认可时，石壁上只是出现了两百余字，而让自己的父亲陷入疯狂的那方手帕上的字迹，不过只有一百多字。可是今日，这块神秘的石壁上出现的字迹，却足足有五百零一个字。这些字，形成一篇完整的鼎铭。

一个个字，都只有蝇头大小。在黑色小鼎出现时，石壁上的字犹如活了一般，一个个破壁而出，飞向黑色的小鼎。鼎身上多了一个个铭文。

"原来这就是秋林遗迹的秘宝。昙素，我只当你也拥有鼎灵，原来你拥有的只是鼎铭。而这鼎铭，原本就是属于我的。"帝莘和薄情冲进来时，叶凌月目光冰冷，灰火缭绕在她的周身。

"凌月？"薄情刚要往前走一步，哪知灰火骤然一盛，将薄情逼退了几步。

"不要靠近，媳妇儿有些不对劲。"帝莘凝视着灰火中的叶凌月。

此时的叶凌月，犹如天神加身，眼底没有半分温度，通身散发着神圣不可侵犯之感。她的身体，似乎受到了那种神秘符文的影响。

"铭文，你把那些铭文都还给我。"昙素犹不死心，还想夺取叶凌月手中的乾鼎。哪知忽然从鼎里钻出黑白两道鼎息，那鼎息一沾上昙素，她的身子嘭的一声炸开了。

"不自量力，区区凡夫俗子，也想亵渎九洲鼎之威。"叶凌月冰冷地吐出了一句话。

"你们也是来抢神鼎的？不自量力，本尊就将你们一起杀了！"她抬了抬眸，看到帝莘和薄情，手中的乾鼎黑光一闪，眼看就要出手击向帝莘和薄情。

就在这时，帝莘凤眼一抬，长臂一张，将叶凌月扯进了怀中。

"混账……"叶凌月面露愠色，正欲破口大骂。

可下一刻，那张磨人的小嘴一下子被堵了个严严实实。她的骂声越来越小，男人身上那熟悉的气息，让叶凌月一句话也骂不出来，手中的乾鼎倏地化为一道黑光，钻回了她的掌心。

当时她的血沾上了黑鼎，再之后，黑鼎就认主了。想到这里，叶凌月将自己的伤口撞在了石壁上，想不到鲜血一沾上那石壁，还真让石壁上的秘密显了形。只是，她万万没想到，老城主、老社长他们苦心寻找的秘宝，居然就是……

叶凌月不由得看向石壁，石壁上已经空无一物。叶凌月再低头一看掌心的乾鼎，也不知是不是她的幻觉，一直只有指甲大小的乾鼎，看上去似乎多了些什么。

昙素一死，叶凌月和帝莘的精神力、元力都恢复如初。

脚下传来一阵阵的震动。

"我们快离开吧，这山洞就要塌了。"薄情急声提醒着。

发生在山洞里的这些事，薄情看在眼里，心中也满是疑惑。他方才看得分明，凌月手上明明有一个黑色小鼎。可就在刚才，那鼎一下子消失得无影无踪。

只是，此刻，薄情也好，帝莘也罢，都没有心思去揣测那么多。

昙素死后，石壁上的铭文又被叶凌月吸收了，整个秋林遗迹随时都有塌陷的可能。三人迅速掠出山洞，他们前脚刚踏出山洞，后脚山洞就轰然坍塌了。

第十三章　鼎的碎片

此番秋林遗迹变故，昙素身死，对于黄泉城而言，却是个天大的好消息。

除了叶凌月外，秦小川等人也因祸得福，通过了新手考核。三人一道，成了黄泉城这些年来，第一批通过考核的新手，正式成为猎妖者。

黄泉城主也当众宣布，她将正式把城主之位传给叶凌月。这个消息公布之后，在黄泉城中倒是没有引起太大的轰动，毕竟这位年轻的代城主，已经以雷霆之势树立了威信。

但是，这位不足二十岁的黄泉城的新城主的出现，却在另一个地方引起了轩然大波。那就是九大新手城。作为新九洲通往古九洲的培训场的九大新手城，在古九洲享有极高的声誉。

九大新手城的城主，都是德高望重、实力高强之辈，当他们得知新任黄泉城城主说威望没威望，说实力没实力，顿时一片哗然。有几位迂腐的老城主，一气之下，联名上书九洲盟，要求罢免这个不合格的新城主。

当然这些都是后话，叶凌月对此一无所知。

返回黄泉城后，叶凌月就开始闭关，就连黄泉城主擅作主张，把城主之位交接给她之事都不知道。等到出关之后，叶凌月才知道，黄泉城主带着老父，逃之夭夭了。

当黄泉城主宣布正式禅让城主之位时，叶凌月刚进入鸿蒙天，正在检查小乌丫的情况。几日下来，小乌丫的毒已经扩散到左半身，秀美的脸上青灰一片，让人看着很是心疼。

昙素死后，包括秦小川等人的毒都成了难症。叶凌月试着用鼎息治疗，却发现没有法子解除。这是她第一次，遇到用鼎息都没法子根治的病情。想来是因为昙素拥有了鼎铭，在炼丹技艺上，也有所变化。

叶凌月要想治好众人和小乌丫，不得不从鼎铭上下手。叶凌月凝起神来，掌心的鼎印嗖的一声钻了出来。在吸收了那些铭文之后，小黑鼎发生了一些变化。个头大了一些，原本看上去很是破旧的鼎身，多了一行行排列整齐的符文。

叶凌月的指尖摸过鼎身，在接触到上面的文字时，有一股热力渗入指间，刹那间，叶凌月的脑海中，钻入了一个略显沧桑的女声："终于等到你了，九洲鼎的继承人。当你听到这段话时，吾已经离开了。吾乃玉手毒尊，乃是九洲鼎的第一任主人鸿蒙方仙的伴侣。"那女声徐徐道来，叶凌月听着，又惊又疑。

这段铭文，竟是玉手毒尊留下来的。难道说，这片秋林遗迹，也是玉手毒尊和鸿蒙方仙的隐居之地？

狡兔三窟，当年玉手毒尊和鸿蒙方仙这对爱侣，尤其是玉手毒尊，她曾因为一手毒术，引来神魔共愤，为躲避追杀，曾四处躲藏，最后安居于鸿蒙天。

叶凌月以为，这秋林遗迹，也曾是他们的避难所之一。可随着玉手毒尊继续往下说，叶凌月才发现，事情并非如她所想的那样。

原来，多年前，玉手毒尊为了和鸿蒙方仙长相厮守，铅华洗尽，隐居在了鸿蒙天。两人也曾度过一段只羡鸳鸯不羡仙的美好日子。只是后来，鸿蒙方仙的九洲鸿蒙鼎中，形成了鼎灵（也就是小鼎灵的娘亲）。

鸿蒙方仙在方士一道上，又有所突破。恰好那时，鸿蒙方仙的老友五岳方仙邀他进行丹比，只要获胜，就可被封为神界公认的扛鼎方仙。为了在丹比上获胜，鸿蒙方仙隔三岔五地闭关炼丹，因此而冷落了玉手毒尊，两人时不时地发生争吵。玉手毒尊生性蛮横跋扈，她认为鸿蒙方仙是因为九洲鼎里的鼎灵才冷落她的。

某日，两人又爆发了一场冲突，玉手毒尊一怒之下，乘鸿蒙方仙不备，给他下了毒，在他昏迷之时带着九洲鼎离开了鸿蒙天。等到鸿蒙方仙醒来，发现爱侣和鼎都不见了，忙一路追了出来。玉手毒尊东躲西藏，在昔日两人相聚的几个地方走走停停，留下线索，就是为了让鸿蒙方仙追上来，哪知却被她的仇敌发现了。她那仇敌神通了

得，乃是一域神尊。此人带着上万神兵剿杀玉手毒尊。

玉手毒尊携九洲鼎和仇敌大战了一场，却不幸不敌，九洲鼎灵在关键时刻突显神威，助玉手毒尊击退了仇敌。九洲鼎灵告诉玉手毒尊，鸿蒙方仙对她，一直是一心一意，他之所以苦心炼丹，是想得了扛鼎方仙之名后，能够求几大神帝赦免玉手毒尊的罪名，免去两人被人追杀的命运。

他也知玉手毒尊性格活泼，喜欢游山玩水，他只想等着事成之后，能带着玉手毒尊像寻常世俗夫妻那样，安宁度日，而非让玉手毒尊藏匿在小小的鸿蒙天内。玉手毒尊知道后，追悔莫及。

那一战虽然获胜，九洲鼎却毁了，玉手毒尊手中只剩下鼎铭。玉手毒尊心知，没了九洲鼎，鸿蒙方仙再无可能成为扛鼎方仙，她自觉对不起鸿蒙方仙，无颜再见爱侣，决心找齐九洲鼎的碎片，重新炼成九洲鼎后，再和爱侣相见。自此，玉手毒尊忍痛带着鼎铭离开，隐姓埋名，有生之年，再不愿见鸿蒙方仙。

鸿蒙方仙离开鸿蒙天后，才知玉手毒尊和神界神尊大战一场。他心急如焚，赶到时，却没有找到玉手毒尊。

鸿蒙方仙遍寻不着玉手毒尊，一怒之下，上神界大闹了一番，杀了那名神尊。鸿蒙方仙这一闹，将神界搅得天翻地覆，最终他被囚禁在神界，永世不得释放。

"吾得知此事，已是百年之后。百年间，吾却无法找到九洲鼎的任何线索。吾自知此生恢复九洲鼎无望，决心前去神界救鸿蒙，生不能同衾，死亦要同穴。吾临行前将鼎铭刻于此壁，他日若是有缘人得九洲鼎之其一，滴血即可认主得鼎铭。九洲鼎崩裂，化为九片，分别为鼎魂、鼎足、鼎胎、鼎基、鼎耳、鼎膛、鼎铭、鼎廓、鼎息。每一片都蕴涵了强大的神力，望后人慎用，勿行恶事。"玉手毒尊的回忆，渐渐消散。

这鼎铭上留有玉手毒尊的精神力，只有拥有九洲鼎碎片的人，才能听到这段话。但若是像昙素那样，只是成了秋林遗迹的继承人，就只能看到一部分鼎铭，而无法得到全部的鼎铭以及听到玉手毒尊的这段话。

叶凌月看罢，心中沉甸甸的。想不到，玉手毒尊和鸿蒙方仙这两位前辈的下场，竟是如此。当初，她刚得到鸿蒙天时，还曾羡慕过这两位前辈能超脱俗世，长相厮守。却不知两人竟然天各一方，也不知如今是生是死。

叶凌月叹了一声，这时，手中的乾鼎滴溜溜地转动起来。

"嘤嘤……原来娘亲死得这么惨。"听完玉手毒尊的回忆，小鼎灵很是难过。

"小鼎，不要难过了。相信我，我一定会努力找齐其他几块鼎片，替玉手毒尊、九洲鼎灵、鸿蒙方仙前辈完成未了的心愿。"叶凌月安抚着小鼎灵。

凡事有因果，若是没有鸿蒙方仙和玉手毒尊，就没有如今的叶凌月。此生，若是有余力，她必定想法子找出迫害两位前辈的黑手，替小鼎灵报那杀母之仇。

每一代鼎灵的孕育，都无比艰难，必须结合天地阴阳罡煞之气，经千百年，甚至是上万年，才能形成灵识。九洲鼎灵是小鼎灵的娘亲，想来它当时就孕育出了小鼎灵，只可惜没能等到小鼎灵形成灵识，就魂飞魄散了。

听完玉手毒尊的话，叶凌月可以肯定的是，叶家祠堂的那口黑鼎，是用九洲鼎九块碎片中的两片炼制而成的。其一是鼎魂，也就是九洲鼎最本源和最根本的一片。其二就是鼎息，那黑白鼎息，乃是天地造化之物，兼具救死扶伤和毁灭万物之力。正是这两片极其重要的鼎片融合在一起，才让叶凌月重新开启了鸿蒙天，拥有了小乾鼎。

没想到小乾鼎并不完整，这就意味着，小乾鼎的真正实力根本就没被激发出来。按照玉手毒尊所说，九洲鼎若是炼成，甚至可以炼出天地间难得一见的奇丹。

"加上鼎铭，我已经有了三块鼎片，还差六片，才能让乾鼎成为真正的九洲鼎。"叶凌月沉吟着。

方士级别最低，从一鼎到九鼎。之后就是方尊，但即便是方尊，也不是谁都能炼出鼎来的，更不用说拥有鼎灵了。方尊级别的鼎，只是寻常的虚鼎，只有突破到方仙，才能拥有实鼎。要从方尊晋级到方仙，要经过无数次的炼丹、炼器，再就是让虚鼎吞噬各种灵石，吸收灵力，才能凝聚成威力无比的实鼎。诸如陈鸿儒和月沐白，虽都是方尊，月沐白甚至还拥有火灵紫嫣，但他们只有虚鼎。

叶凌月这阵子也发现了，就算小鼎灵吞噬了大量的灵石，乾鼎也没有凝聚成实鼎。如今看来，想让乾鼎凝聚成实鼎，靠吞噬灵石是不够的，必须找到余下的六块鼎片。一想到这里，叶凌月就哭笑不得。玉手毒尊用了一百年时间，也没找到一块鼎片，她别是用了五六百年的时间，也收集不齐全部的鼎片吧，前提还得是她能活那么久。

据叶凌月所知，武者和方士的寿命，是可以根据修炼者修为的提升而改变的。一

般而言，轮回境的武者，大致可以活一百二十岁，神通境的武者能活两百岁。

九鼎方士，最高寿元是一百岁，方尊则是一百八十岁。听上去，方士因为疏于身体修炼，一般都比武者短命，可事实上，方士总比武者活得久，具体原因，不外乎方士可以炼制一些延年益寿的丹药。

但实际上，哪怕嗑再多的丹药，方尊也活不过两百五十岁。但若是突破到更高一阶，无论是方士还是武者，都可以达到五百年的寿元。当年的鸿蒙方仙和玉手毒尊，大抵都已经是五百岁寿元这一层次的人了。

"看来要找齐九洲鼎碎片，光靠运气还不够，还得活得长啊。"叶凌月说罢，自嘲地摇了摇头。

"主人，你怎么看上去一副想吐血的样子？"小鼎灵纳闷道。

"呵呵，小鼎啊，你家主人只是有点郁闷。也罢，兵来将挡，水来土掩，总会想到法子的。"叶凌月苦笑道。

不过好在，按照玉手毒尊所说，鼎片越多，彼此的感应越强，她眼下就只求着，九洲鼎的碎片，都在古九洲大陆上。

看完鼎铭后，叶凌月还按照玉手毒尊的回忆，得到了一些玉手毒尊在离开鸿蒙天的百年间在毒术上的新发现。叶凌月细细领悟了那些记忆后，眼睛瞬间亮了。这就不难解释，为何昙素的毒，鼎息无法根治了。玉手毒尊的五毒宝录，乃是她早年所写，避居到秋林遗迹后，她大彻大悟，反倒在毒术上更进一步。她甚至还涉猎了一些医术上的东西。她和鸿蒙方仙一起生活多年，两人医毒上的共同成就不可估量，其中就有解开小乌丫等人所中之毒的解药。不得不说，玉手毒尊真是一个当世少有的奇女子。

"事不宜迟，鼎灵，我们这就开始收集药材，炼制新丹药。"

这一日清晨，鸿蒙天里，清晨的露水调皮地在叶间滚动着，小乌丫的毒总算是解了。九洲鼎不愧是屈指可数的宝鼎，每一块九洲鼎的碎片，都有未知的神秘力量。

叶凌月不禁暗想，若是将九洲鼎修复了，也许真有更强大的力量在等着她，没准到时候还有机会见到玉手毒尊和鸿蒙方仙两位老前辈。

叶凌月离开了鸿蒙天，她刚睁开眼，就听到门被拍得砰砰作响。打开门一看，司小春满头大汗地冲了进来："城主，你可醒了！大事不好了，你被弹劾了。"

司韵父女俩离开前，把司小春留给了叶凌月。这就意味着，以后叶凌月就是他的主人了。留意到司小春的称呼，叶凌月一脸的莫名其妙："你刚才说什么？"

"你被几大新手城的城主联名弹劾了，说你没资格当黄泉城的城主。"司小春手里拿着一只传信方鹤，方鹤上印着九洲盟的印记。

"不是这个。你怎么还称我为城主？我和司城主有言在先，完成秋林遗迹的事后，我就不管黄泉城的事了。她在哪里？我和她说说。"叶凌月记得清楚，当时司韵可是满口答应的。

"老城主和老老城主都已经走了。这是留给你的城玺，还有城主府的钥匙。"司小春忐忑地取出一个小包裹。

走了？叶凌月一听，差点跳起来："小春，你怎么不早点儿告诉我。"

早知如此，叶凌月也不会在这种时候闭关。她到古九洲大陆，可不是来接黄泉城这个烂摊子的，她是为了替帝莘找回妖祖之血和灵魂碎片。

按照原计划，她完成新手计划，成为猎妖者后，就可以离开黄泉城，自由前往其他城池了。更何况她还答应了挽云师姐，要尽快调查赵天狼的事，弄清楚太虚墓境究竟在何处。

"凌月，我觉得你会是个好城主，黄泉城在你的手里，一定会蒸蒸日上。就算不为了老城主和老老城主，为了黄泉城的百姓，你也一定要留下来啊！"司小春说罢，竟跪下冲着叶凌月磕起头来。

司小春自小就在黄泉城长大，对黄泉城有着极其深厚的感情。

"小春，有话好好说，你先起来。"叶凌月的眉头都拧成一个"川"字了。

司小春哪里肯听，趁机将城主的城玺和城主府的钥匙，还有那封弹劾信，一并塞到了叶凌月的手中。

叶凌月无力拒绝，只得扫了眼那封弹劾信。信上的内容很简单，阐明了叶凌月继承黄泉城城主之位为非法行径，要求叶凌月在一个月的时间内，赶往水之城参加城主会晤，接受其他八大新手城主的考核。

叶凌月回忆着，水之城，不就是洪明月去的那个新手城吗？

"媳妇儿不用担心，凡事还有我和挽云师姐。"帝莘见了，趁机凑上来，替叶凌月捏着眉心，一副体贴加关怀的口吻。

其实帝莘并不赞成叶凌月当城主，担心媳妇儿太操劳。可是一看那封信，帝莘的

牛脾气就上来了。

　　"看来有必要去水之城一趟，小春，你去把挽云师姐找来，我想和她商讨一下天狼棍的事。"

　　叶凌月的话让司小春喜出望外，听叶凌月的口气，她算是默许了接任黄泉城主之事。

　　不一会儿，挽云师姐就带着秦小川、黄俊一起来了。

　　"挽云师姐，这是天狼棍，很抱歉差点将它丢了。我接任城主的事，想来你们也都知道了，但是事情又生了变故，我可能要去水之城一趟。"叶凌月将天狼棍交给挽云师姐，并将自己被弹劾的事，大致说了一遍。

　　"凌月，天狼的事，我也有些新发现。我大哥刚送来一个消息，天狼在出事之前，还去过黄泉城之外的其他八大新手城，最后才抵达的雁门城。我怀疑找寻太虚墓境的线索就在那八大新手城里。既然你要去水之城，我就陪你去一趟，中途我们刚好途经几大新手城，也许能利用天狼棍找到线索。"挽云师姐提出了新的线索。

　　"媳妇儿去哪里，我自然也要去哪里。"帝莘悠然说道。

　　"哎，你们都去了，我们也得去。凌月，人多力量大，我们去给你助威，免得你被那群老家伙欺负了。"秦小川和黄俊同时说道。

　　众人一商量，决定一起陪叶凌月去水之城，中途再中转其他几座城池，希望能够找到更多关于太虚墓境的线索。

　　几位新手城城主的联名弹劾信上，要求叶凌月必须在一月之内赶到水之城。

　　在启程之前，叶凌月先找到了薄情。

　　"凌月，照你所说，你是想把青洲大陆的一些人，接到古九洲来？"薄情问道。

　　"我听袁大哥说过，群英社有特殊渠道，可以接送我的老部下和朋友到古九洲来。"叶凌月说罢，取出一份名单。

　　叶凌月到古九洲大陆后，发现古九洲虽然生存条件比青洲大陆恶劣，但是这里的天地灵气和妖兽都比青洲大陆多。在这种地方，可以得到更大的提升空间。

　　叶凌月想把蓝彩儿接过来，带着她一起去找阁九。她相信蓝彩儿一定很想念阁九，恨不得能早日见到他。

　　至于娘亲叶凰玉，叶凌月倒是没想接她过来，毕竟叶凰玉夫妻身居高位，如今又有了子嗣，青洲大陆已经成了他们的根基所在，不能轻易离开。

“群英社的确有途径，但那并非合法的途径，说得难听点儿，就是偷渡，不仅有风险，而且每次运送的人不能超过十个。若是确定了真要来古九洲，你还需要提供那些人的详细资料，我会想法子联络上他们。”薄情坦言道。

群英社除了地下钱庄和擂台赛等营生，也靠偷渡赚取高额的偷渡费。因为是叶凌月的事，薄情只是象征性地收了些灵石。

不得不说，群英社还是有些门路的，两三日之后，叶凌月的信就被送到了大夏国。

叶凌月离开大夏快三年了。

洪府没落之后，武侯也不再理政，如今大夏的军权一分为三，最受新帝宠信的分别是安国侯蓝府、兵马大将军刀戈和聂风行夫妇。

此时的大夏，正值盛夏，烈日炎炎，就连繁茂的树叶也被晒得蔫巴巴的。

蓝府的校场上，安国侯蓝应武正在操练将士。

“出拳要快，眼神要准，下手要狠，腰杆子都给我挺起来。就你们这副德行，下个月还想和虎狼军进行比武？”

将士们被训得垂头丧气。

就在这时，忽然响起一阵稚嫩的童音：“吼吼——哈嘿——”

蓝应武虎目一扫，看到校场的角落里蹲着一个两三岁的小男孩。他长得虎头虎脑，正像模像样地打着一套基础拳。

“我的小祖宗啊，你又跑来瞎掺和什么！”蓝应武的脸上浮现慈爱之色，快步上前，一把将小家伙举了起来。

小九念顿时噘起了嘴：“外公，你快放我下来，我已经是小男子汉了。古语有云，百无一用是书生，我不要去太学上课。”

“乖孙啊，你听外公的话，学武又累又苦，还没前途。你看看这些蠢驴，除了上沙场打仗，还会干什么？你再看看你凤姨父，虽然不会武，还不是把凤府经营得名满天下。”蓝应武瞪了眼身后那群满头臭汗的武夫，作势就要把小九念抱走。

那些蓝家军心中那个不满啊：大人，有这么埋汰自己下属的吗？再说了，夫人不也是天天骂你“除了打仗啥也不会”吗？

不过说来也奇怪，侯爷从不让小小少爷学武，这件事整个蓝府的人都知道。

任凭蓝应武怎样动之以情、晓之以理，小九念就是不肯离开校场，吵着闹着非要学武，甚至装模作样地哭起来。

流血流汗都不皱一下眉头的蓝应武，这回真是遇上克星了。他又哄又劝，甚至不惜放下身段给小九念当马骑，可小家伙就是不买账。

正当蓝侯爷急得皱纹都要长出来时，一个身形魁梧、面膛黑红的男子走了进来："九念，不要再难为你外公了，看看我给你带什么好东西来了。"

此人身着轻铠，五官深邃，不怒自威，正是大夏近年来异军突起的异姓王——刀戈。

数年前，蓝彩儿身怀六甲，只身一人回到蓝府。

由于未婚先孕，她引来不少白眼。就在她饱受非议之时，刀戈认了刚出生的九念为干儿子，声称会待九念如亲生儿子。

自那之后，刀戈经常出入蓝府，蓝家夫妇对他的成见渐消，小九念也很喜欢这个干爹，唯独蓝彩儿对他一直不冷不热。刀戈对此并不介意，反倒越发疼爱九念。

听到刀戈的声音，小九念偷眼一看，只见刀戈的手中抓着一只猫咪大小的灵兽。这小兽一身火红的皮毛，额头上有个"王"字，背上有条龙纹，竟是一只高阶灵兽——龙脊虎。

"兽宠！"小九念一看到那只可爱的小老虎，顿时忘了装哭，连蹦带跳地冲上前去，抱着小老虎不放手。

"刀戈，好在你来了，否则我真要被这小家伙给折磨死了。"蓝应武这才松了口气。

小九念长得像阎九，性子像蓝彩儿，看似随和，可一旦较起真来，却固执得很。

"老侯爷，你为何不让九念学武？他不止一次缠着我，要跟我学武了。"刀戈让小九念到一旁逗弄小兽去了，自己则和老侯爷走到一侧，闲谈起来。

"你又不是不知道，大夏和北青因为边疆和税赋的问题，积怨越来越深，以后必定会爆发大战。九念是我蓝府唯一的血脉，我不想让他上战场，毕竟彩儿只剩他一个人可以倚靠了。"蓝应武提起蓝彩儿，不禁眼眶湿润起来。

这几年，蓝彩儿虽然什么都不说，可他这个当爹的明白，女儿的心里苦啊。

那该死的阎九已经离开三年了，连一封信都没有。照他看来，刀戈比阎九好了千百倍，就是自家女儿死心眼，一心等着阎九那个负心汉。

夏都里那么多未婚少女，都眼巴巴地盼着嫁给刀戈呢，而刀戈却隔三岔五地往蓝府跑，是个人都知道这是怎么回事。

提起蓝彩儿，刀戈眼底微微一暗，他和蓝彩儿，终究还是错过了。

他知道蓝彩儿的心中只有阎九一人，但他并不在意，只要蓝彩儿和小九念幸福就好，即便一辈子只能这样，他也心甘情愿。

"蓝老侯爷，其实学武有助于强身健体。我看小九念的资质很好，不如传授他一些基础武学，等他再大一点，自己能做主了，再让他决定到底是学武还是学文，岂不是更好？"刀戈看了眼小九念，劝道。

"等过阵子再说吧。学武不分前后，勤奋和天赋才是关键。想当年，凌月也是十三岁才开始学武的，不也达到了常人达不到的境地。说起来也不知凌月怎么样了，我得找叶孤那老头子问问去。"蓝应武兴冲冲地说。

"我看老侯爷是酒瘾犯了，要找叶老爷子喝酒去吧？"刀戈打趣道。

两人正说着，忽然听到了侍女的惊呼声："不好了！老爷，小小少爷，小姐她……"

蓝应武和刀戈一听，不由得变了脸色。小九念一听娘亲有事，忙抱起手中的小兽，朝着蓝彩儿的房间奔去。

房中，蓝彩儿面色惨白，手中捏着一张纸，微微发抖。

那是一页薄薄的信纸，信是叶凌月写来的。

由于时间紧急，叶凌月只是寥寥写了几句，大意是她已经有阎九的消息了，过几日会有人在指定地点，接应她去古九洲大陆。

"娘——"

"彩儿，你怎么了？"

两大一小三个人影急急闯了进来。看到蓝彩儿的模样，三人都吓下了一跳。

"我……我没事。"蓝彩儿强忍着内心的激动：阎九，你让我等了三年，如今总算是有消息了！

蓝应武一瞥桌上的信封，见署名是叶凌月，他和刀戈互视一眼，心里都很清楚，

能让蓝彩儿如此失态，肯定是有了阎九的消息。

"来人，把小小少爷抱出去，交给夫人。"蓝应武沉吟了一下，示意侍女将小九念抱走。

蓝府的人鲜少在九念面前提起阎九，就连小九念的姓名，也在蓝应武的强势要求下，改成了蓝九念。

小九念虽不情愿，却拗不过大人，被强行抱了出去。小九念噘着嘴，满脸不高兴地走了几步，忽然惊呼起来："哎呀，这小崽子逃了，快抓住它！"

小赤虎蹿入草丛里，侍女连忙让小九念原地等着，自己找侍卫去抓小虎。

侍女前脚刚离开，小九念就冲着草丛吹了一声口哨，小赤虎跑了出来。小九念抱起小赤虎，小家伙很友好地舔了舔小九念的脸颊，一人一虎又折了回去。

"凌月那丫头让你去古九洲？彩儿，你绝对不能去，阎九那混账留下你和九念，一去就是三年，心里压根就没你们母子。"蓝应武看过那封信，眉头紧锁，一脸的不满。

"爹，这次我听你的。我回信给凌月，暂时不能去。若是阎九有心，让他来找我们母子。"

听蓝彩儿这么一说，蓝应武顿时松了口气："女儿啊，你总算开窍了。我早就和你说过，这世上三条腿的蛤蟆不好找，两条腿的男人多的是！"

"爹，我是答应了不去找阎九，但是从今往后，你也不许再干涉我的婚事。我要等他回来！"蓝彩儿的话，让蓝应武和刀戈都沉默了。

刀戈淡然一笑，眉宇间可见怅然之色。蓝彩儿一愣，刀戈已阔步走了出去。

过了良久，蓝彩儿才叹了一声，心里有些放心不下九念，前去寻他。

房中空无一人，窗户突然被推开了，小九念和小虎跳了进去。

"赤赤，你去把风。"

小九念犹豫了一下，走到桌子旁。大人们方才说的话，他听得似懂非懂。

凌月是他的干娘，也是他的姨娘。这个姨可厉害了，在他很小的时候，姨曾经抱过他，后来，姨为了姨父，加入了青洲大陆最大的超级宗门——孤月海。但是每隔一阵子，她都会和娘亲通信。姨还会送一些好吃的和好玩的回来，甚至还有一些很名贵

150

的丹药。

至于阁九，虽然蓝府的人从不在他面前提起，但是小九念知道阁九就是他的爹爹。娘亲讲过，他原本不叫蓝九念，而叫阁九念，意思就是思念阁九。

但是外公和外婆都很不喜欢他爹爹，因为娘亲身怀六甲时，爹爹就很不负责地离开了。至于具体的原因，小九念也不知道，但他猜测，那个负心的爹爹，肯定是因为某个人才离开他们母子俩的。

一想到这里，小九念的腮帮子就气得鼓鼓的。哼！娘亲真是太善良了，这样还要等那个负心爹。不成，他一定要把欺负娘亲的人狠狠教训一顿！

他将那封信看了一遍。作为一个三岁就能进太学的小神童，小九念已经认得很多字了，自然看得懂信上的内容，知道那个接送地点，就在夏都城外不远的一个驿站。

"古九洲是什么地方？"小九念纳闷地嘀咕着。赤赤探过头来，看到"古九洲"这三个字，眼里闪过一丝喜色，嗓咙里发出一阵吼声。

"小赤赤，你说你认识那个地方？这就好办了，我们去古九洲把负心爹给抓回来。"小九念理所当然地以为，所谓的"古九洲"，就跟外婆经常去上香的慈云寺差不多远。

小九念打定主意之后，回到自己的房间翻箱倒柜找了一番，拿出几身干净的衣服，还有几个金元宝，再加上外公送的一把小匕首。

小九念把这些东西塞进一个小储物袋里，然后若无其事地走出房间，抱着假装刚找到的小赤赤出现在众人面前。

余下的两三日，蓝彩儿给叶凌月写了一封回信，告诉叶凌月，因为小九念年幼，她暂时不能前往古九洲。

她将信送到叶家。叶凌月也给叶家写了封信，请叶孤准备了一批物资，装了满满的几车，准备运往黄泉城。

城外八里坡驿站，几名乔装成商人的群英社社员，正等着蓝彩儿和叶府物资的到来。这时，一辆马车停在了众人面前。他们还以为是蓝彩儿来了，哪知却从马车上跳下来一个粉嫩的小孩。

"几位大叔，你们是不是去古九洲的？"小九念很有礼貌地问道。

"小鬼，你打哪来，怎么到这里来了？"群英社的几位社员满头雾水。

他们记得很清楚，社长让他们来夏都接一位名叫蓝彩儿的女子，二十多岁，可不是眼前这个毛都没长齐的小鬼。

"我叫蓝九念，我娘就是蓝彩儿。我娘身体不适，让我替她去古九洲找我姨。我姨你们不会不认识吧，她可厉害了，她叫叶凌月。她最疼爱的就是我。"小九念生怕他们怀疑，拿出了叶凌月的亲笔信的信封，上面有叶凌月的署名。

小家伙可机灵了，他怕娘亲起疑，只把信封偷了出来。

几名社员原本还有些怀疑，听小九念这么一说，反倒信了。

叶凌月虽然不是群英社的人，可是她的大名，早已传遍了群英社。听说已故副社长昙素就是因为得罪了她，才会落个死无全尸的下场，而且社长很爱慕这位叶城主。

"原来是蓝小少爷，失敬失敬。小少爷，你年纪这么小，家人怎么舍得让你一个人上路？咱们还得再等等，我们还要等叶府的人送物资过来。"

几名社员见小九念长得可爱，又很懂事，就和他闲聊起来。这时，一阵车轱辘声传来，叶府的物资也送到了。

小九念见状，跟只小耗子似的躲到一旁。待叶府的人离开后，群英社的人清点完物资，就带着小九念离开了驿站。

到了傍晚，蓝府的车夫像往常一样，前去太学接小小少爷。直到最后一个孩子都走了，车夫也没看到小小少爷，一打听才知道，蓝九念早上就没了人影。车夫慌了神，急忙回蓝府报信。

蓝夫人一听乖孙没了，差点昏过去。蓝应武心急如焚，赶紧派人分头搜寻。

"父亲，不要再找了，我在九念的房中发现了这封信。"蓝彩儿哽咽地念道，"外公、外婆、娘、干爹，孩儿带着赤赤找负心爹爹去了，孩儿一定会将负心爹爹带回来的，九念留。"

蓝府众人全都愣住了——小九念竟然去了古九洲！

第十四章　千里寻父

蓝应武连忙命人去追，可群英社行踪诡异，走的又不是寻常路，怎么可能追上。

蓝彩儿不敢耽搁，通知了叶家之后，动身去孤月海求助。

而此时，小九念已经通过群英社的帮助，离开了青洲大陆。小九念从出生就没离开过夏都，对他来说，这一路都很新鲜，他东问西问，一点都没意识到自己闯了大祸。

"乖乖，这小娃是谁？"几名群英社的骨干看到小九念，都一脸不解，得知他的身份，又见他生得可爱，都来逗他玩。

"你这只小猫是什么品种？长得和你一样可爱。"其中一人伸手去摸小老虎。

小赤赤也就对小九念好脾气，被别人这么一摸，对准那人啊呜一口咬了过去。几名社员不敢再逗弄它了，带着几人坐上马车，前去古九洲的关口。

群英社进入古九洲的道路，说白了就是一些偏离官道的小道，人迹罕至，车马难行。不过难走归难走，这段路很安全，鲜有妖兽出没，所以群英社才会选中这条路。只要过了这段路，就会有人来接应。

车马停在了一条狭窄的山涧中，两旁是高约两百多米的山壁，乱石嶙峋。在两条山道之间，只有一条羊肠小道。

山路难行，众人走得很是谨慎。走到中途，小九念有些体力不支，可他又不好意思开口，只得硬着头皮往前走。

就在这时，一直窝在小九念怀里闭目养神的赤赤猛地昂起头来，冲着高处发出一阵大吼。

"停，有些不对劲。"小九念立刻喊停。

众人只当是小九念累了，不愿意走了，谁都不相信他的话。

忽然从两侧的山壁上滚落大量的山石。那些山石足有上千斤重，滚下来时，扬起了滚滚烟尘。眨眼间，前路就被巨石堵住了。

群英社的社员们心里一凛，忽然听到一声怒斥："大胆群英社，竟敢忤逆九洲盟的命令，行偷渡之事，我等奉九洲盟之命，前来缉拿尔等。"说话间，几十道人影几个起落，已经包围了附近的山头。

几十把弓箭亮了出来，对准了小九念、金乌老怪等人。群英社的人暗呼不妙。九洲盟对偷渡控制极严，一旦抓到偷渡客，都会杀无赦。

这条密道兴修已久，从未被发现过，这次偷渡的规模这么小，怎么就被发现了？他们哪里知道，这件事的始作俑者，正是在秋林遗迹被叶凌月和帝莘狠狠修理了一通的穆大人。他是个锱铢必较的小人，表面上说他不会追究叶凌月等人，可背地里，一回到九洲盟，就将叶凌月以及群英社告了一状。

叶凌月如今已是黄泉城的新城主，以穆大人的身份，没能力报复叶凌月，但群英社就不同了。群英社毕竟是黑道起家，做的投机取巧违法的事，总是会落下把柄。恰好这时穆大人查到了群英社的偷渡路线，就命人埋伏在这里，存心要让群英社好看。

"几位，前路被封，九洲盟的人人多势众，此地不宜久留，我们迅速往回撤。"

那几名社员见对方分明是有备而来，一边示意众人回撤，一边放出了求救讯号。

"不知死活，竟还敢求救，弟兄们杀，一个不留。"

刹那间，整个山谷里杀声漫天。九洲盟的人如飞蝗般扑杀而来。金乌老怪和阿骨朵掩护着小九念，一路往回退。

"那小崽子不会武，先抓住他。"九洲盟的人也是老手，他们一眼就看出来了，小九念是个拖油瓶。

话音才落，一名巡逻使手中长剑一劈，长剑上挟着淡蓝色的元力，一看就是个修炼轮回水之力的武者。群英社的人一见情形不对，抱起九念后撤，一气奔出了三四里路。身后，追赶的脚步声越来越近。

跑到一处三岔口，他咬了咬牙，放下了小九念："小九念，追兵就要赶上来了。你沿着西边的这条路走，找个地方躲起来。明日之前，绝不可以出来。"说着那人将小九念往前一推，催他快点逃跑。

"我不走，我娘说了，不能丢下自己的同伴。"

那社员叹了一声，把他往前用力一推："傻孩子，你没有丢下我们，你留在这里，只会拖累我们。"

小九念的脸一下子憋红了。他何尝不知道，因为自己不会武，方才，其他人就是为了保护他才被打伤的。

小九念抽了抽鼻子，抱着赤赤跑了。他越跑越快，到了最后，终于忍不住落了泪，他咬着牙，不让自己哭出声。他好恨，恨自己为什么不会武功，若是会武，他就能帮上忙了。

小九念悲伤欲绝，一路狂奔。这一跑，也不知跑出了多远，直到脚下一个趔趄，摔倒在了地上。他身上那个小小的储物口袋，也飞了出去。他爬了起来，想去捡那个储物袋。哪知就在这时，一双靴子突然凭空出现，一脚踩在了他的储物袋上。

"小鬼，你倒是挺能跑的。"一个阴恻恻的声音在头顶响起。

小九念打了个激灵，偷偷一看，只见一个面色蜡黄、长了双鹰眼的男人，正冷冰冰地盯着他。

"不要碰我的东西。"小九念一看那人要用他的脏手碰储物袋，恼了起来，铆足了劲儿冲上去，一头撞在了那人的胸口。

小九念虽然没学过武，可他经常偷看自家外公操练手下的兵士。外公的一些招式，历历在目，他这一撞，却是撞在了那头目的气门上。那头目胸口一阵剧痛，登时怒火中烧，一巴掌就把小九念打了出去。小九念的身子狠狠地砸在了地上，他抱在怀里的赤赤也被丢在了地上。

"头儿，人找到了没？"几名九洲盟的巡逻使赶了上来。

"死小鬼，胆敢冒犯本使。"那头目阴沉着脸，若不是小九念值钱，他真恨不得手刃了这小鬼，他一口郁气难平，看了眼赤赤。

"来人，把这只小畜生射死，我要让那小鬼知道，得罪我九洲盟的下场。"说罢，九洲盟的几名巡逻使都不怀好意地笑了起来。

有一人取出弓箭，对准了赤赤。赤赤也恼了，冲着那几名巡逻使怒吼了几声。

"小畜生，还敢逞凶，啧，居然是一只小老虎，这身皮毛还值几个钱，杀了它，把它的皮剥下来，还可以给本使做一件暖和的背心。"那头目眼神一厉，一挥手，弓箭就射了出去。

"赤赤！"小九念惊呼了一声，下意识地飞身扑去。

一股血腥味扑面而来。原本龇着牙的赤赤只觉得一阵热意溅到了身上，它的眼神一窒，那双漂亮的大眼睛里，闪过了难以置信和惊慌。

小九念那张精致的小脸上，还带着笑容。他胖乎乎的小手，摸过了赤赤光滑的毛："赤赤，抱歉，我保护不了你了，你快逃！"说罢，小九念的身子重重地砸在了地上，他的背上扎着一支利箭。

"那小鬼为了只畜生居然连命都不要了。死了没？要是死了，可真是浪费了一大笔灵石。"九洲盟的人哈哈大笑，仿佛小九念的所作所为，是他们见过的最可笑的事。真是愚不可及，养兽宠是为了保命的，哪有人为了保护兽宠，把自己的命都搭上的。

那头目走上前来，一脚踹向小九念的身子，想看看他还有没有气。可就在这时，一阵怪异的声响，从赤赤的咽喉里发了出来。

"哟，小畜生还动怒了！"那头目嚣张地大笑起来。

原本只有猫咪大小的小家伙，忽然弓起了背。它额头上那个鲜红的"王"字熠熠生辉，放出刺眼的光芒。在那片光芒的作用下，那身长得很是怪异的虎纹动了起来，形状竟是一条龙。赤赤的吼声也发生了变化，原本稚嫩无比的嗓音，犹如春雷落地，一下子炸开了。

四周，荒凉的草丛、灌木里，多了一个个愤怒的声响。

"妖兽，好多妖兽！"刚才还不可一世的那些九洲盟的巡逻使，个个都吓得两腿发软。

就在赤赤发出了怒吼时，大量的妖兽，竟一头接着一头钻了出来。这些妖兽，个个凶神恶煞，全都是高阶的妖兽，数量没有一千也有五六百。

这种规模的妖兽聚集，在古九洲，被称为小型兽乱。小型的兽乱，别说是几名九洲盟的巡逻使，就算是再多来几十名，也会被瞬间撕成碎片。

可是这一带怎么会有这么多的妖兽？那头目和几名巡逻使都吓得不轻，他们四下一看，顿时惊出了一身冷汗。原来，他们只顾着追赶小九念，没有发现，他们经由那条岔道，偏离了主道，进入了一片荒芜的区域。

群英社选择的偷渡道路，偏离古九洲的几大洲，选择了靠近中原地区的边缘地带。这一带，离中原地区本就很近。加之岔道一拐，竟是抄了近道，进入了中原地区。

可这终究是在中原地区的外围，怎么可能一下子聚集那么多妖兽，而且是不同种类的妖兽？

这些妖兽，一反常态，对于受伤流着血的小九念全然不顾，全都虎视眈眈，朝着九洲盟的人逼近。

那头目忽地一震，看向了赤赤身上那诡异的龙形纹路。难道说那根本不是什么虎纹，而是妖纹？

赤赤的体形，依旧娇小如初。只是它身上的气势，大不相同，早前小猫咪般的温驯样，荡然无存。一股浓重的、足以让人窒息的妖气，如涨潮的潮水，在四周扩散开。

"妖……妖王级妖兽！"那头目的脑海中，闪过一个让他胆战心惊的念头，听说在妖兽中，只有凌驾于大妖级别之上的妖王级存在，才能利用自身的妖力，引发兽乱。

只是那头目发现得太迟了。漫天的兽吼声中，妖兽们暴动了，无数的兽影暴掠而来。很快，地面上流淌下的鲜血，汇聚在一起，形成了一条条刺目的溪流，染红了这片荒芜的土地。

当最后一名九洲盟的巡逻使也被撕成碎片后，赤赤又发出了一阵吼声。妖兽中，走出了一头长满了长毛的黑猿，它听着赤赤的命令，将小九念背在了背上，嘴里发出了欢呼声，一干妖兽簇拥着赤赤，一起朝着浩瀚无垠的中原腹地走去。

"就在前头。"

在妖兽们离开了半个时辰后，响起了嘈杂的脚步声。薄情带人赶了过来。这次偷渡，因为涉及蓝彩儿，薄情很是重视，他亲自带人到了这一带接应。本以为一切都会很顺利，哪知道突然接到了求救信号。他一怒之下，将九洲盟的人杀了个精光。

"这里已经是中原地区了，他们很可能是遭遇了兽乱。不过看情形，这里没有小孩的尸首。"

薄情在看到一地的狼藉时，心也揪了起来。他知道叶凌月和蓝彩儿的交情，叶凌月对小九念犹如亲儿子般宠爱，若是小九念真的是因为自己的疏忽惨遭不测，凌月必定不会原谅他。

好在，没有小九念的尸首。

"这不是普通意义上的兽乱，而是一场有组织的兽乱。换句话说，这一带，刚才定有一位妖王级别的大能经过。只有妖王级别，才能引发兽乱。"

薄情皱起眉来。妖王级别的存在，加上几百头高阶妖兽，以如今他们的人数和实力看，就算是追上去，也只有死路一条。只是，让薄情纳闷的是，什么时候，中原地区的外围，也出现了妖王那种变态级别的存在了？

早前，妖界的几大妖王不就和古九洲的几大世家签订了协议，妖王、神通境以上的古九洲至高存在，不可参与普通级别的战斗吗？

"薄社长，那我们该怎么办？"阿骨朵和金乌老怪都担心着小九念的安危。

"我们如今也别无他法，只能是先返回黄泉城，把消息告诉凌月。"薄情叹了一声，他看了眼天空和荒原近乎融为一体的中原腹地，目光深沉。

薄情等人，赶回了黄泉城。当薄情告诉叶凌月，因为失误，小九念来到了古九洲，而且在偷渡过程中，被九洲盟拦截，遭遇兽乱，如今下落不明时，她的心猛地跌入了谷底。叶凌月自责不已。一直以来，她都很愧对蓝彩儿和阎九，如今却连他们唯一的骨肉都没有保护好。

"凌月，你先不要冲动，这些都只是我们的猜测。"薄情见叶凌月惊慌失措的模样，心里也很是自责。

叶凌月急怒攻心，同时又很自责，都怪她，她根本就不应该写那封信。

"媳妇儿，你先冷静下，事情还没到那么糟的地步。小九念是阎九的儿子，身上流有高贵的天妖血统。历任天妖中，出过多名比妖王还要显赫的存在。九念身上有天妖之血，也许，他沦落到中原地区，并非是偶然，而是天意。"帝莘见了媳妇儿自责的模样，忙安抚道。

小九念是天妖之子这个事实，让在场的众人都很吃惊。天妖，在妖界可是很特殊的存在。那曾经是最古老的妖族才能享有的荣耀，传闻，曾经一统妖界的妖祖，乃至如今妖界叱咤风云、堪比神尊存在的妖帝，都出身于古老的天妖家族。

大部分妖王，也出自天妖世家。但是并非每一名妖王都能被称呼为天妖。难道说，那场兽乱和小九念有关？

"我以为，小九念未必遭遇了不测。相反，这件事，对他而言也许是个大机缘。中原地区很大，就连普通的猎妖者都没资格进入，我们去找小九念，无疑是海底捞针。与其如此，我们不如先去水之城，完成城主会晤后，再想法子进入古九洲。"帝莘分析道。他曾经是妖族，深知妖的习性。一般的妖兽，要杀人，不会选择掠走人后再杀。既然小九念被带走了，很可能是对方不想杀他，相反，对方应该是想救小九念。

"不错。"尽管很不情愿，但是薄情不得不承认，帝莘分析得很对，"九洲盟死了几十名巡逻使，这次的事，他们不会善罢甘休。城主会晤时，只怕会再生事端，这时候，你势必不能再捅任何娄子。小九念的事，是我的错，我会亲自去中原地区，用一切法子，找寻他的下落。"

"这次，你倒是多了几分脑子。"帝莘用眼角的余光瞥了眼薄情。

"彼此彼此。"薄情很是不快地瞪着帝莘。

这两人，就如两只刺猬，在任何时候都不忘较劲。

叶凌月权衡了一下，她本也是机敏之人，只因为涉及小九念，一时混乱了。

"也罢，如今只剩这一个法子了，我要先写封信给彩儿姐。薄情，还有没有法子，再把人接到古九洲来？"

叶凌月可以断定，蓝彩儿此刻必定心急如焚，恨不得插翅飞到古九洲来。

"只怕不行了。九洲盟在那里伤亡惨重，已经派人封锁了那条密道，短时间内，群英社也没法子开辟新的密道。"薄情遗憾地说。

"又是九洲盟！这九洲盟，三番两次与我作对，这回还害得小九念下落不明，我叶凌月不报此仇，誓不为人。"叶凌月恨恨地说道。

"九洲盟根基深厚，而且和几大世家关系良好。凌月，你此去水之城，还是小心为好。"

薄情本想和叶凌月一起去水之城，可发生了小九念的事，他责无旁贷，必须尽快找到小家伙的下落，只能放弃了和叶凌月同行的计划。

"这点不劳你操心，有我在，媳妇儿安全得很。"帝莘不满意薄情一直觊觎自家媳妇儿，长臂一捞，将叶凌月圈进了怀里。

见两个男人又开始针锋相对，叶凌月不禁揉了揉眉心。

遥远的中原区域，不远处，时不时有兽吼声传来。小九念只觉得自己的嘴唇上，有什么东西，痒痒的，湿湿的，一股苦涩的滋味从他的咽喉里流淌过。他觉得身上很疼，整个人像是被车轮碾轧过似的。眼皮抖了抖，小九念艰难地睁开眼，他看到了一双满是担忧的眸子。

担忧？小九念愣了愣，发现那双瞅着自己的眼眸正是赤赤的时，他觉得有些好笑，就算赤赤再聪明，也不可能拥有人类的情绪。可随即小九念就想了起来，那些坏人要射杀赤赤，他为了救赤赤，扑了上去，后来他受了伤，再后来……

"赤赤，不要怕，我会保护你的，我不会让那些坏人伤害你。"小九念一个激灵，猛地坐了起来。他动作太剧烈，一下子就把他背部的伤口给扯裂了，顿时鲜血直流。

"笨蛋，你想死啊，我好不容易才把你给救活了。"就在小九念痛得厉害时，一个焦急无比、同时又如银铃般悦耳的女童音，飘到了小九念的耳边。

那声音钻进耳里，小九念原本还疼得眯起来的眼，一下子瞪大了。他狐疑地瞅瞅四周，发现自己正身处于一个山洞里，洞里生着温暖的篝火。旁边也没有人啊，是谁在和他说话？

这时，那声音又传过来了："你还动，伤口再裂开，神仙也救不了你。"

这下子，小九念可是听清楚了，声音的来源，正是蹲在他对面的小老虎赤赤。

"你，你，赤赤，你怎么会说话？"小九念顾不上疼，盯着赤赤，就像见了鬼似的。

"我一定是死了，才会听到乱七八糟的声音。娘亲，九念对不起你，没有找到负心爹就死了。外公，外婆，干爹，姨，九念也对不起你们……"

"烦不烦，你还没死呢，干号啥？"小赤赤很不耐烦地翻了个白眼，那表情，说有多人类，就有多人类，反正这么高难度的翻白眼，一只小老虎那是绝对做不出来的。

小九念一看，傻眼了。

"我一直会说话，只是我一般不在人前说话。"小赤赤说罢，高傲地昂起了小脑袋。它见小九念醒了，踱着步走到一旁，篝火旁插着几块烤熟的兽肉，赤赤叼起一块，递给了小九念。

小九念也注意到了，赤赤说话时，嘴巴根本没有动。它的动作举止，和在蓝府时也大相径庭。他身上的伤口处敷了些药，也不知是什么药，但是效果很好，昏迷的几个时辰里，已经止血结疤了。

因为箭伤，流了很多血，加之又奔波了一天，小九念早就饿了，接过赤赤递来的肉，大口咬了起来。说实话，这肉的滋味还真不赖。

"告诉你一个不好的消息，去古九洲的路被九洲盟的人给封锁了，而且九洲盟的人正在四处通缉我们。短时间内，你恐怕没法子去黄泉城和你的亲人会合了。"

照着赤赤的计划，只要治好了小九念，就把他送回古九洲。毕竟中原一带妖兽横行，它暂时能保护小九念，但是不能保证，在路上不会遇上死对头，除非它能回到自己的地盘，那时就算是横着走也没关系。

"我问你，小笨蛋，你之前为什么要救我？"小赤赤话锋忽然一转。

妖和人，一直是势不两立的。它因为某些原因，受了敌族埋伏，沦落到青洲大陆，差点被当成普通兽宠给卖了。被九洲盟追杀，正是天大的好机会。小赤赤还打算，那会儿实行计划。哪知道这个小呆瓜，居然不知死活地保护它。看到小九念因为自己身受重伤，小赤赤只觉得脑子轰的一响，忘记了逃跑的初衷，一时之间，显露出身上的妖纹来。

小九念被问住了，他挠了挠脑袋，有些羞涩地说："我也不知道为什么，可能是因为，你是我的第一个好朋友。"

人和妖也能当朋友？小赤赤愣了愣。

"小赤赤，你不会不愿意和我做朋友吧？"小九念紧张兮兮地望着赤赤。

赤赤瞅了瞅小九念，眼里倒映出小九念那双稚嫩但又真挚的眼，心像是被什么蜇了一下似的，鬼使神差地点了点头，算是默认了。

"跟我走，可是你知道我要去哪里吗？我的家，在妖界的北狱司，从中原区域，即便是走最近的妖路，抵达那里也需要半个月的时间，这一路上，还可能会遇到很危险的妖兽，你会被撕成碎片的。"赤赤乍听到小九念愿意和它回家，心里还是很高兴的，可是很快，它又发起愁来。

"可除了你家，我也没地方去了。青洲大陆，我是回不去了。我得罪了那些九洲盟的坏人，他们看上去很有势力，好像比我们大夏的皇帝还要厉害。我也不能这时候去找我干娘，她会被我连累的。"小九念冷静地说道。

想来想去，小九念还是觉得，跟着赤赤最安全。虽然赤赤说了它是妖，可是小九念非但没有因此而讨厌它，反而有种很亲近的感觉。

"这话可是你说的，不过，在出发之前，你得先和黑金刚学一些武功，你那么笨，一路上要是连基本的功夫都不会，一定会拖累死我的。我这次救你，是为了报答你的救命之恩，可没有下一次了。"赤赤一脸的嫌弃。况且赤赤让小九念学武，也是抱有私心的。它知道，在妖的世界里，尤其是到了北狱司那种地方，弱小不仅会受歧视，有时候甚至要付出生命的代价。

小九念不假思索，满口答应下来。

"丑话说在前头，学武是很苦的，聪明优秀如我，当初都没学会多少招式，你中途可不许喊苦喊累。"赤赤其实也就是说说，在它看来，像小九念这样的小少爷，一定坚持不了几天，就会放弃啦。

哪知道，接下来几日，小九念却是大出赤赤的意料。由于武学底子差，加上传授小九念武学的是金刚星猿，第一天里，小九念几乎只有挨打的份儿。赤赤最初还会在旁边讥讽嘲笑几句，可是看到小九念被打得鼻青脸肿，顿时怒了，冲着黑金刚大吼了几声。黑金刚吓得膝盖发软，很是胆怯地望着赤赤。

可到了第二天，这种情况就开始改观了，至少，小九念挨打的次数大大减少。当然，很大一部分原因是黑金刚不敢真下重手。

到了第三天，小九念几乎就没挨打了，有时甚至可以趁着黑金刚不备，偷袭几下。

到了第四天，老实巴交的黑金刚就告诉赤赤，可以带着小九念启程前往北狱司了。黑金刚告诉赤赤，小九念的天赋很高，只是金刚星猿一族的武学不适合小九念，它没法子传授他更高的武学。赤赤这才知道，小九念是个深藏不露的。

小九念抱着赤赤，走出了黑金刚的老巢。这是他第一次正眼看中原地区。

天高风冷，一眼望过去，苍茫大地，辽阔得无边无际。在遥远的彼方，怒雷般的兽吼不绝于耳。

"赤赤，妖界是个怎样的地方？"小九念心中一动，忽然开口问道。

赤赤歪着脑袋想了想，很是得意地说道："妖界嘛，那是一个满是强者和挑战的地方，不过你放心，只要到了北狱司，谁也不敢欺负你。"

小九念的眼神亮了亮，对于即将到来的妖界之行充满了期盼。

黄泉城内，叶凌月在得知了小九念失踪的消息后，考虑再三，还是决定写信将这个消息告诉蓝彩儿。只是让叶凌月没想到的是，恰好那时候，蓝彩儿启程前往孤月海。蓝彩儿记得叶凌月曾经说过，若是真遇到十万火急的事，就去孤月海。

见到无涯掌教，蓝彩儿忙说明来意。无涯掌教思忖了一番，还是带她到了独孤天，面见紫堂宿。

"紫堂尊上，在下的孩子不慎去了古九洲，如今生死不明，在下恳请紫堂尊上能够帮助在下进入古九洲。只要紫堂尊上能够帮助在下，在下愿意做牛做马，报答紫堂尊上的大恩。"说罢，蓝彩儿跪了下来，冲着独孤天的方向磕了几个响头。

蓝彩儿来孤月海前，心中也没有底，紫堂宿会不会出手相助。只因为蓝彩儿知道，紫堂宿就是当年封印妖祖的人。他同时也是青洲大陆上，正道的领军人物。那样的紫堂宿，应该是疾恶如仇，像其他正道首脑那样，对妖恨之入骨，恨不得除之而后快。

虽然紫堂宿没有对阎九下手，但是蓝彩儿并不清楚，紫堂宿知不知道，阎九也是妖。更进一步说，紫堂宿会不会知道，小九念身上有妖的血统，他又愿不愿意纡尊降贵，出手助她去救小九念？可除了求紫堂宿，蓝彩儿想不到还有其他人可求。

方才在来的路上，伶师姐说起过，前往古九洲的法子，只有三大宗门的掌教和紫堂宿才知道。可就算是掌教们，也只能在各自的门派大比后才能开启相应的传送阵，平时若想进入古九洲，只有紫堂尊上一个人有法子。但是不知什么缘故，紫堂尊上自己是不进入古九洲的。

直到额头上都磕出血来，独孤天里除了有刚猛的罡风吹过，没有任何回应。

"唉，蓝姑娘，你还是放弃吧。紫堂尊上不理世事已经多年了。"无涯掌教摇了摇头。

可蓝彩儿却铁了心，怎么也不肯起身。她咬了咬牙，犹不死心，再说道："紫堂尊上，上苍有好生之德，孩子是无辜的……"

枝叶繁茂的紫叶梧桐下，紫堂宿盘腿坐着，他身旁矗着三界鹰，不远处，还有那口式神炼妖鼎。

蓝彩儿的哀求，连三界鹰和式神炼妖鼎灵都听不下去了。三界鹰瞅瞅自家主人，忍不住咕咕叫了两声，言下之意，是可怜蓝彩儿的意思。

"与我何干。"哪知道紫堂宿听罢，只吐出了四个字，继续打坐。

三界鹰无奈地翻了个白眼，在心底暗骂自家主人冷血无情。

可就在这时，紫堂宿的神情微微一变，三界鹰也竖起了耳朵，一人一兽同时听到了一个名字。

"紫堂尊上，九念是凌月的干儿子，请您看在凌月的面子上……"

独孤天上，蓝彩儿已经说得声嘶力竭，就在她绝望之时，身前忽有一阵清风吹过，眼前多了个人。那是个男人，一个女人见了都要为之惊艳的男人。雪般的长发，淡淡的紫眸，气质孤绝冷傲，却有颠倒众生的容颜。

那冷傲的脸上有了一丝丝的异样，他睨了眼蓝彩儿："凌月……儿子？"

"是干……干儿子。"蓝彩儿还没回过神来，又是摇头，又是点头。

紫堂尊上又看了蓝彩儿一眼，薄唇抿了抿，憋出了一句话："福泽深厚，有子送终。"

"恭喜蓝姑娘，尊上的意思是，你儿子不会有事。"见蓝彩儿一脸蒙，无涯掌教忙解释道。

"多谢尊上，只是尊上为何忽然又肯出手帮助在下？您明明知道，我的夫君是……"蓝彩儿咬了咬唇，不明白刚才自己求了那么久，紫堂宿都无动于衷，为何方才会一下子变卦。

"自己人。"紫堂宿说罢，身影一逝，已然消失了。只因蓝九念是叶凌月的干儿子。紫堂宿的逻辑很简单，叶凌月的干儿子，嗯，等于是他的干儿子。嗯，那就是自己人。

紫堂宿就破例替蓝彩儿看了面相，占了个生死前程。修为到了他这般境地的人，只要他乐意，就能窥破天机。只是这样做，对于他的修炼，却是大大的不好。

"主人又不高兴了。"三界鹰在一旁用鸟喙梳理着自己帅气的羽毛，暗戳戳地嘀咕着。

自打那疯丫头去了古九洲，自家主人就隔三岔五地不高兴一下。主人一旦不高兴，就会散发出这种"我很烦，别靠近，谁靠近谁倒霉"的气场来。最初这种类似于更年期的发病频率还好，据三界鹰计算，大概是七天一次。

一个月后，就变成五天一次。

两个月后，成了三天一次。

到了最近，直接变成一天一次。

三界鹰怀疑，再这样下去，主人会不会一日三餐，每顿饭都要不高兴一次。最近也不给他写信了。某徒弟表示，你家徒儿很忙，哪来的空天天给你写信。

"咕咕……"三界鹰忍不住叫了几声，大意是，主人啊，你要是真想疯丫头，可以去古九洲看她啊。以您的身份，就算是在古九洲横着走，也没人敢说话啊。

"多嘴。"

紫堂宿也是有不得已的苦衷的，当年，古九洲和妖界大乱，按照两边的约定，人族中超越神境，妖族中妖王以上存在，不可擅自参战。他作为协议的拟定者，更是必须遵守协议，否则，一旦违背协议，届时妖王们参战，后果不堪设想。

几日之后，叶凌月启程前往水之城，在启程的途中，叶凌月收到了紫堂宿的回信。师父紫告诉她，不用担心蓝九念的事，那孩子命带吉星，自有他的际遇。叶凌月看完了信，眉头舒展开。

因为小九念的事，叶凌月留在黄泉城的时间又延长了些。距离城主会晤给予的一个月的时间，只剩下大概二十天了。加之还要处理赵天狼的事，叶凌月不得不即刻出发。

寻找小九念的事，暂且就交给薄情了，黄泉城里的城务则是交给了袁星和司小春。叶凌月和帝莘、秦小川、黄俊、挽云师姐等人，启程前往水之城。

由于水之城和黄泉城之间，没有直达的传送阵，叶凌月不得不途经金之城，中转

之后，才能抵达水之城。

经过半日奔波，叶凌月等人到了金之城。

"四哥，这里就是你们来过的金之城啊，还真是座气势恢宏的城池。"帝莘头一次来金之城，看到城中所有的建筑都用金属建成，连连称奇。

秦小川干笑了两声，没有多说。

这让叶凌月不由得有些诧异，以秦小川的性格，换成以前，早就夸夸其谈，充当起金之城的向导来了，今天他看上去很是低调，似乎有些不寻常啊。

叶凌月正欲细问，挽云师姐说道："凌月，别忘了天狼的事。"

得知赵天狼的死和太虚墓境有关，而且赵天狼死之前，曾经到过这几大新手城后，挽云师姐就决定，用天狼棍在途经的新手城寻找一番。

天狼棍作为赵天狼生前用过的灵器，应该能够提供一些线索。

"师姐，我们先找个地方落脚，看看能不能找到线索。"

叶凌月见四周人来人往，不好行事，就提议先在金之城住下。

她打算在金之城多待几天，打听太虚墓境的事。

此外，关于罗衣和赵天狼的事，叶凌月一直也很牵挂。

五人一起进了客栈。

叶凌月和帝莘、挽云师姐先是在城中的闹市和酒楼、茶馆等地打听了一遍，让他们失望的是，没有人听说过太虚墓境。

"这样找下去不是法子，金之城那么大，无疑是海底捞针。"挽云师姐沮丧道。

"看来只能用天狼棍试试了。"

叶凌月听说过，高阶灵器能够留下主人陨落前一定时间内的影像，而且品级越高，留下的记忆越多。只要没超过时限，用精神力，有一定的概率可以激发出灵器里留存的记忆。

但这些都是道听途说，叶凌月也没有试过。

挽云师姐取出了天狼棍，叶凌月将自己的精神力注入天狼棍之中。

自从获得鼎铭后，叶凌月的精神力有所增长，只是心神微微一动，精神力就如潮水般淹没了整根天狼棍。

初时天狼棍毫无动静，随着精神力的不断注入，天狼棍上发出光芒，光芒中出现了一段影像……

直到影像消失，天狼棍恢复如初，叶凌月撤回了自己的精神力。

"在方才那段影像中，我看到了月沐白和赵师兄，还有一人就不知道是谁了。我怀疑，他很可能就是在雁门城伏击挽云师姐的第三个人。只是，天狼棍所显示的场景，又是什么地方？看上去，赵师兄和月沐白等人似乎去过那里。"帝莘沉吟道。

"我们果然没有找错，金之城的确有线索。方才那个地方，就是金之城的金刚阵。只是，为何天狼这样的老手，会去挑战金刚阵？"挽云师姐百思不得其解。

赵天狼修炼的是土之力，当年他前往的新手城也是土之城，和金之城没有半点关系。

几人回了客栈，一直等到傍晚，黄俊才急匆匆赶了回来，身上还带着伤。

"怎么回事？谁打伤了你？四哥哪去了？"叶凌月急忙问道。

"凌月，小川被抓走了！上次为了救我，小川打伤了城主府的管事。刚才城主府的管事带着一群人，把他给抓走了，还说要是不凑足五万灵石，就要了小川的命。"

原来黄俊、秦小川和叶凌月他们分开后，就在城中转悠着，想看看有没有机会遇到罗衣。

两人刚走到客栈门口，就冲进来一群人，不由分说就要抓秦小川。秦小川和黄俊跟那群人打了起来，可是寡不敌众，黄俊被打趴下后，秦小川就被强行带走了。

黄俊一时找不到叶凌月等人，就托了相识的人去打听。这一打听，黄俊才知道，秦小川闯了大祸。原来上一次，秦小川虽然通过了金刚阵，但在猎妖者资格的获取上出了些问题。按照金之城的规定，新手通过金刚阵后，需要等待三天，才能拿到正式的猎妖者证明。可秦小川那会儿哪里等得了这么久，他为了带病危的黄俊去找叶凌月，就想收买城主府的管事，早点拿到猎妖者证。哪知城主府的管事，趁机狮子大开口敲诈他。秦小川一怒之下将对方打了一顿，逼迫对方给了文书。

这件事，秦小川一直瞒着众人，他原本还存了侥幸心理，哪知一入住客栈，客栈老板就向城主府通风报信了。

"岂有此理，这简直就是勒索，五万灵石，金之城还有王法吗？"叶凌月气得不轻。

"这件事，怕是有些猫腻。我记得金之城的城主是个刚正不阿的人，口碑一直很好，怎么可能纵容手下的人，做出这种无法无天的事来？黄俊，这件事你可问清楚了？会不会中间还有什么误会？"挽云师姐听了，愤怒之余，还有些怀疑。

"挽云师姐，这件事和城主没关系。据我所知，城主大约在半年前染了重疾，后来被一名方士给治好了。城主很信任那名方士，城中的不少事务，都交由那名方士打理。我们来时，金之城就是如此。"

黄俊和秦小川也是来到金之城后，才得知这个消息的。

听说那名方士不仅善于炼丹，还很会炼器，就是他将城中的金刚阵改良了一番，形成了现在的新金刚阵。这金刚阵的威力，可比以前的金刚阵厉害多了。

"这么一说，我也想起来了。好像这次联名弹劾我的城主中，就有金之城的城主。若是事情真如黄俊说的那样，这次弹劾我的，很可能并非城主本人，而是这位方士。"叶凌月皱起了眉头。

又能炼器，又能炼丹，而且恰好是半年前来的。算算时间，半年前，恰好也是赵天狼来到金之城的时候。这么多巧合都发生在一起，金之城的这位方士，只怕没那么简单。

"大伙身上还有多少灵石？"叶凌月沉声问道。

"媳妇儿，你这是打算……"帝莘挑挑眉。

"先凑钱把四哥给救出来，顺便看看那位方士到底是何方神圣。"

几人一凑，凑足了五万灵石。

第十五章　妖界入侵

秦小川被城主府的人抓去后，被关入了牢房。

"有本事就把我给放出去，以多欺少，孬种！"秦小川在牢房里骂骂咧咧。

"死小子，打了本大爷，居然还敢回金之城？来人啊，给我狠狠地打！留一口气，别打死了，还要用他的命换灵石。"

牢房里，十几名凶神恶煞的侍卫簇拥着一名矮瘦的男子。那人就是城主府的管事。他被秦小川打得在床上躺了大半个月，一直处心积虑想要报仇。

十几名侍卫一拥而上，一阵暴打。可他们打得拳头发软，秦小川依旧生龙活虎，骂个不停。那管事哪里知道，秦小川体质特殊，越是挨打，他体内的金之力越强，而且打得越惨，恢复的速度也就越快。

后来那些侍卫累得气喘吁吁，实在打不动了："管事，实在打不动，这小子就是怪胎。"

见秦小川还在骂个不停，那管事怒了："打不死是吧，来人啊，把这小子的舌头给我割下来，看他还怎么骂人！"

那管事阴恻恻一笑，命人架住秦小川，就要动刑。秦小川这下可吓得不轻，想他秦小川话痨一世，以后成了哑巴，可怎么活啊。

就在这时，一名女子走了进来，高声阻止："慢着！"这女子身穿铠甲，身形高挑，看上去英姿勃勃。

一看到这女子，侍卫赶紧住手，秦小川也眼巴巴地望着她。

女子是城主府的侍卫队长，也是司徒大人的左右手，在城主府颇有威信。

"罗衣队长，您怎么来了？"

秦小川听到这个名字，吃惊地抬头。眼前这名女子就是罗衣？罗衣不是孤月海的外门弟子吗，怎么突然成了城主府的侍卫队长？

秦小川和罗衣，一个是内门无涯峰的掌教弟子，一个是外门的弟子，以前秦小川也没见过罗衣，若非叶凌月，只怕他也不会留意到一个普通的外门弟子。

秦小川虽然不认识罗衣，但是听黄俊他们说过，罗衣和黄俊、六弟妹是一起加入孤月海的。

罗衣是很罕见的轮回雷之力武者。这种轮回之力，别说在青洲大陆了，就是在古九洲大陆，也很罕见。正因为拥有这种变异的轮回之力，罗衣才被破例招收进孤月海的外门。只是，听黄俊说过，罗衣的轮回之力，至多就是轮回两道，可是眼前这位城主府侍卫队长的修为，就算不是神通境小圆满，也是个神通境。从轮回两道到神通境，这种修炼速度，恐怕整个孤月海，也就只有帝莘那种大变态才能比得上。

眼前的罗衣，要么不是黄俊他们认识的罗衣，要么就是她遇到了什么逆天的际遇。无论是哪一种，秦小川反正是没能力弄清楚了。但他庆幸的是，罗衣的出现，让他逃过了被割掉舌头的噩运。

罗衣看了眼秦小川，脸上没有半点表情。

"司徒大师听说，你抓到了一个通过了金刚阵的武者。"

司徒大师就是城主府的那名方士，他如今几乎掌管了整个城主府的事务。

"对，就是他。"管事指了指秦小川。

金之城的这个金刚阵，是被司徒大师重新设计过的，自设计成功后，通过的人屈指可数。按照惯例，司徒大师都会接见这些人。

"把他带出去，司徒大师要见他。"

罗衣说罢，走到了秦小川的面前，居高临下地望着秦小川。秦小川只觉得一股淡淡的、犹如茉莉花般的香气飘来，眼前多了张清秀的女人面孔。他长这么大，除了和舞悦、六弟妹等女子相处过，还没和哪个女人这么亲近过。

正看得眼花，哪知罗衣二话不说，一把抓起了秦小川。

"你个女人，快把本大爷放下。"这下秦小川可急了，又是郁闷又是害臊。

"闭嘴。"罗衣不满地挑了挑眉，掌中释放出一股电流。

强大的雷之力蹿过全身，秦小川只来得及惨叫一声，就两眼一翻，很没出息地晕了过去。在陷入昏迷的前一刻，秦小川心想，他总算尝到了黄俊曾经尝过的滋味。

罗衣拎着秦小川走出了牢房。

就在罗衣带走秦小川的半个时辰后，匆忙凑足了灵石的叶凌月和帝莘等人，到城主府来赎秦小川。

"什么秦小川、秦大川，城主府的牢房里没有这个人。"城主府的侍卫一脸不耐烦地将几人轰了出去。

"是你们管事把人抓进来的，说好了用五万灵石来赎，怎么变卦了？"黄俊追问道。

"嚷嚷什么？"这时，从城主府里走出一名男子。

"就是他派人抓走了秦师兄。"黄俊一看到管事，冲上前去，抓住他不放。

"放肆！小子，敢在城主府闹事，可是活得不耐烦了。本管事根本不认得你；来人啊，把这群闹事的疯子乱棍打出去。"

那管事骂骂咧咧，那贪婪的眼神，在叶凌月等人拿着的储物袋上打了个来回，眼底闪过一抹惋惜之色，让叶凌月捉了个正着。

看那管事的神情，明明就是抓了秦小川，现在却不承认，难道四哥在里面出了什么事？叶凌月心中困惑，可她也知道，留在这里死缠烂打不是法子，只得向众人使了个眼色，先行离开了。

待到叶凌月他们一离开，那管事立刻走进了城主府的议事厅里。

"怎么样，那群闹事的人可都赶走了？"一个年轻男子坐在城主的座位上。他约莫三旬上下，脸呈赤金色，整个人看上去有些病态，他的身旁站着罗衣。

秦小川昏迷不醒，被捆绑在一旁的柱子上。

"启禀司徒大人，已经按您的吩咐把那群人打发走了。只是，大人，您为何要留下这家伙？这小子，留着必定是个祸害啊。"

管事有些不甘心地看了眼秦小川。眼瞅着五万灵石不见了，他的心里那叫一个难受。

"这人可是个宝贝，他的体质，是极其罕见的阳罡金体。我要给他吞服丹药，待到七天七夜之后，就能用他来炼制丹傀，他会成为古九洲大陆的第一个高级丹傀。到时候我就可以按照妖帝的命令，里应外合，攻下九大新手城了。"

年轻男子脸上露出了狂喜之色，看着秦小川的眼神，就好像他是一个巨大的宝藏。

"恭喜司徒大人，终于能够得偿所愿。大人可一定要记得，等到统一了九大新手城，完成了妖帝大人的命令后，一定要给小的炼制不老丹啊。"

那管事听罢，一脸的恭维，连声奉承司徒大人。

站在司徒大人身后的罗衣，依旧是一脸的木然。

"罗衣，说起来，此人和你还是同门。就由你把这颗丹药，给他服下去。服用之后，这小子体内的脏腑就会一点点被毒化，直到最后彻底为我所用，成为我的丹傀。"

司徒大人看了眼罗衣，后者接过丹药，走到秦小川身前，强迫他吃了一颗丹药。

从城主府离开后，叶凌月和帝莘等人都是若有所思。

"气死我了，方才就是那人抓走了小川师兄，不过半天工夫，他怎么就翻脸不认人了？你们说，小川师兄不会被他们给害了吧？"黄俊绷着脸。

"五万灵石可不是一个小数目，人又的的确确是城主府抓进去的，他们眼下矢口否认，只有两种可能……"挽云师姐分析起来。

"不错，那管事一看就是个贪婪的人。能让他舍弃这么大的利益，意味着有更大的利益，或者背后有人命令，他才不得不放弃灵石。如今的金之城，还有什么人，能让管事不得不低头？"帝莘反问黄俊。

"你们别一个个跟我打哑谜啊，知道我脑子不好使，还一个个都忽悠我。"黄俊急了。

"只可能有两个人，一个是金之城的城主，但城主现在基本不理事，所以更可能是另外一人，就是城主府的那位方士。"叶凌月见黄俊急了，这才解释起来。

"那怎么办？要不，我们今晚潜进城主府，再拖下去，小川师兄的性命可真要保不住了。他是为了我，才摊上这破事儿，我可不能见死不救。"黄俊急道。

"哪能这么简单，城主府的四周，戒备森严。"帝莘方才在城主府门外时，就小心观察了一圈，发现城主府的里里外外，都埋伏了重兵。

帝莘可以肯定，方才若是他们不及时离开，真要和城主府的人动起手来，怕是要坏事。毕竟这是在金之城的地盘上，强龙难斗地头蛇。

而让帝莘最纳闷的是，不知何故，那些埋伏者周身虽有很强烈的能量波动，个个身手不凡，但是却没有呼吸。也不知是那些人隐匿了气息，还是他们根本就不是人。类似的情形，精神力大增的叶凌月也察觉到了。

"这也不行，那也不行，难道我们就坐以待毙？"黄俊懊恼地说。

四人都沉默不语，一起回到了客栈。客栈的老板见了四人，还一脸的惶恐，生怕叶凌月等人因为秦小川的事迁怒于他。

"老板！"叶凌月喝了一声。

那老板吓得骨碌一下躲到了柜台下。帝莘长臂一探，将他拎了起来："我媳妇儿问你话呢。"

"几位大人饶命啊，小的下有小、上有老，也是逼不得已啊，若是不上报，城主府的人会杀了小的一家老小。"老板吓得浑身直打哆嗦。

"我不是追究这件事，我是有些话想问你，是关于金之城的。我问你，这半年，金之城里有没有发生什么怪事？"叶凌月扫了老板一眼。

"没，没什么事啊。"老板想了想，实在想不出个所以然来。

"你最好再仔细想想，否则就和这玩意一个下场。"挽云师姐手中提着那根天狼棍，棍尾在柜台上敲了敲，啪的一声，坚硬的柜台被击了个粉碎。

老板吓得连话都说不出来了，他瞅瞅挽云师姐的那根棍子，忽然想起了什么。

"客官，城里有什么不同寻常的事，小的不知道，不过小的方才想起了一件事。您手中的那根棍子，小的见过。"听老板这么一说，帝莘把手一松，让他能缓口气好好说话。

"你见过这根棍子？在什么地方，什么人手上？可别是看错了。"

众人这才想起来，他们这阵子在城中寻找赵天狼半年前来过这里的线索，哪里都问了，就是忘了问这家客栈的老板。

"小的确实见过，大概是六个多月前，那时已经是掌灯前后，有几个人来投宿，其中一名男客，背上就背着这根棍子，那大小还有上面的花纹，小的一定不会记错。"老板为了保命，恨不得把知道的都说出来。

"和那男子在一起的人，你可认得？"挽云师姐追问道。

"当时有三个人，其中一人背着棍子，还有一人似乎是个文士，身后背着一把琴还是什么的，但那两人，都不是金之城的人。不过最后一个人，小的认得。那人就是城主府的司徒南。只不过，当时司徒大师还不是城主府的幕僚。"老板想了想，有些为难，可终究还是震慑于帝莘那足以杀死人的眼神，吞吞吐吐说了出来。

司徒南，就是城主府里那位丹器双绝的方士。

四人一听，脸色一沉，赵天狼的死和城主府果然有干系。想不到，和赵天狼联络的第三人，就是他。

那掌柜见四人都不再说话，偷偷摸摸地溜走了。

"这间客栈不能住了，我们先离开。明日一早，我们分头打听一下那位司徒南的消息。"

挽云师姐是四人中年龄最大的，四人商定，暂时听从挽云师姐的指挥。

第二日，四人分别在城中打听起消息来。

到了晌午前后，叶凌月、帝莘、挽云师姐先后回来了。但是让他们失望的是，关于这位司徒南，消息很少，身世来历不明，修为不明，除了姓名，见过他的人也很少。唯一能知道的，就是他大概三旬上下，半年多以前来到金之城，以替城主治病的名义，进了城主府。

又过了半个时辰，黄俊回来了。

"今早我在城中打听消息时，恰好路过训练场，也就是金刚阵的地方，听到一些新手在抱怨，自打司徒南重新设计了金刚阵后，就很少有新手能通过考核了。这半年来，通过新手考核的，加上小川师兄，只有十三个人。"

"慢着，黄俊，你能不能打听到，除了小川师兄，其余十二个通过考核的新手的名单？"

说者无心，听者有意，叶凌月听到这个消息后，有个念头在脑中一闪而过，她感觉自己应该是发现了什么重要的线索。

黄俊用了两天时间，还真打听到了在秦小川之前通过了新手考核的那十二个人的名单。

名单到手时，叶凌月当即一愣。因为在名单中，居然有个熟悉的名字——罗衣。

怎么会有罗衣的名字？

而更震惊的消息还在后头，黄俊在打听名单时又知道了一个消息，罗衣不仅通过了金刚阵，如今还是金之城的侍卫队长。

"凌月，你说这会不会就是罗衣翻脸不认人的真正原因？她自己当了侍卫队长，又通过了金刚阵，所以就看不起我了，也不愿意和我相认。"黄俊嘀咕着，心里有些不是滋味。

他和罗衣、叶凌月是一起加入孤月海的，三人的交情比一般人深厚。罗衣能有今时今日的修为，黄俊也为她高兴，只是她不仅不认人，还把以前的好兄弟给打伤了，黄俊想着就觉得难过。

"罗衣不是那样的人，我倒更愿意相信，她因为某些原因，不能与我们相认，或者说，她没法子和我们相认。如果我没猜错的话，这名单上的人，除了罗衣之外，其他十一个人，要么也成了城主府的走狗，要么就是和四哥一样，下落不明了。"

叶凌月心中，大概已经有了答案，只是为了稳妥起见，她又让其他三人拿着名单，在金之城里打听了一圈。果不其然，那十一人都下落不明了，没有人知道他们究竟去了哪里。

"我想，我已经找到小川师兄失踪的真正原因了，不过，为了最后确认，今晚恐怕得去一趟城主府了。"

叶凌月的建议，立刻得到了其他几人的赞同。

"好啊，凌月，我就知道，你不是那种窝囊废，由着城主府的人拿捏。我也去，我们一起去把小川师兄给救出来。"黄俊恨不得立刻闯入城主府，把秦小川和罗衣都救出来。

"黄俊，我说闯入城主府，可不是为了救四哥和罗衣，而是想找到金之城的城主。我们手头的证据，都是只字片语，不能证明城主府的司徒南犯了罪。这种时候，我们如果进去劫人，一旦被发现，司徒南必定会反咬一口，我们四人都可能成为通缉犯。"叶凌月谨慎得很。

黄俊一听，觉得叶凌月说得也对，自己的确是太鲁莽了。凌月和九洲盟刚结下梁子，的确不适合在这种时候再添事端。

"今晚，我和帝莘要进入城主府，至于挽云师姐和你，还有其他任务。黄俊，你本该在金之城参加新手考核。反正我们还要留在金之城，这几日就由挽云师姐监督，你再去闯那金刚阵，至于四哥，我和帝莘会想法子。"

叶凌月的话，让黄俊的脸瞬间垮了下来。他宁可去闯城主府，也不愿意去闯金刚阵。那金刚阵，简直就不是人闯的地方。可黄俊也知道，叶凌月是为了他好，毕竟众人之中，别人都是靠着自己的本事完成新手任务成为猎妖者的，唯有他是沾了叶凌月的光，经历了秋林遗迹的事，才成为猎妖者的。为了不拖累大伙，他也得真刀真枪地闯过新手考核才行。

挽云师姐没什么异议，对叶凌月和帝莘这对小恋人，挽云师姐还是很信任的。

当夜，叶凌月和帝莘悄然潜入城主府，在入府之前，两人都服用了隐形丹。

"隐形丹能保持三个时辰，足够我们今夜出入城主府了。不过城主府很大，找一个人只怕不容易。"叶凌月沉吟道。

"看我的。"帝莘做了个噤声的动作，一溜烟没了影，等到他再回来时，手中已经多了一个小厮。

"说，城主住在哪里？"帝莘掐住了那小厮的咽喉。

"小的也不知道，城主一直是由司徒大人贴身照顾的。"那名小厮吓得面无血色。

"那城主的贴身衣物或者用过的东西，你可有？"帝莘又问。

那小厮想了想，点了点头。

"你不是有几只小兽吗，妖兽的嗅觉比人灵敏，我看那只臭屁狗就很不错。我带着这小厮去找东西，你把那只臭屁狗给放出来。"帝莘知道叶凌月有几只小兽，只是不知她把它们养在哪儿了。

"你是说小吱哟？它不是狗，不过鼻子确实挺灵。"

叶凌月把小吱哟放了出来。帝莘一回来，看到了小吱哟，扯了扯它的尾巴。

"臭屁狗，你总算能派上点用场了。"帝莘说着，就把一样东西丢到它面前。

"你才是臭屁狗，老大，他欺负本吱哟。"

小吱哟没好气地在那样东西上闻了闻，差点儿被熏死。因为帝莘找来的这件老城主之物，不是别的，而是一双破袜子。

"老大，本吱哟能不能不闻袜子？"小吱哟眼泪汪汪，抓住叶凌月的裤腿不放。

"再不利索点儿，就把你塞进袜子里去。"帝莘狠狠地说了一声，作势就要把小吱哟往袜子里塞。

小吱哟立马就服软了，忍着臭气，记住了城主的气味。

爪子朝着城主府的某个方向指了指："是那个方向。"

小吱哟一指明方向，帝莘一掌拍晕了那名小厮。

小吱哟将二人带到一座院子里，叶凌月控制着精神力，在院子里搜寻着金之城城主的下落。也不知是不是那司徒大师对自己的人形战兵太有信心了，院子里再无其他戒备。

在一个房间里，叶凌月发现床榻上躺着个人。从服饰上看，此人应该就是金之城的城主。

他本该是个健壮的男人，如今却瘦得不成人形，四肢因为长期卧床，已经开始萎缩，浑身严重脱水，皮肤干瘪地贴在高大的骨架上。如果不是还有呼吸，叶凌月真以为他是个死人。

他面如金纸，嘴唇呈赤金色，已经有口难言，看上去不像病了，倒像是中了毒。

"杨城主，我是黄泉城的新任城主叶凌月。我们途经金之城，一名伙伴被城主府的人掠走，如今下落不明。我不得已才夜探城主府。若是城主真的中了毒，受制于人，还请您眨一下眼睛。"

杨城主闻言，忙眨了一下眼睛。

"下毒之人，可是司徒南？"

杨城主又用力地眨了一下眼睛。

经过一番交流，叶凌月知道大概是怎么回事了。

她和帝莘当即离开城主府，返回了住处。挽云师姐和黄俊一见叶凌月回来，就迫不及待地询问起来。

"事情的来龙去脉，我已经弄清楚了。司徒南果然是狼子野心，他潜伏在城主府半年之久，借着辅佐城主的名义，暗中在城主服用的丹药中下毒。城主发现时，已经四肢不遂，到了后来，连话都说不了。司徒南就假借城主之名，控制了金之城。"

"好大胆的司徒南，连城主都敢谋害。凌月，既然弄清楚了，我们不如禀告九洲盟，救出城主。"

挽云师姐已知城主府内埋伏着司徒南炼制出来的人形战兵，以他们几人之力，恐难救出城主。

"不，恰恰相反，我觉得此事不能告诉九洲盟，否则稍有不慎，反倒会害了城主的性命。那司徒南炼制的人形战兵，很是诡异，我怀疑，他潜伏在金之城，有更大的阴谋。我已经从城主的身上，取了一些血，相信不久之后，就能解开城主身上的毒。"

穆大人和偷渡的事，已经让叶凌月对九洲盟彻底没了好感。

帝莘和黄俊也赞成叶凌月的观点，唯有挽云师姐还有些迟疑，但在三人的劝说下，她最终还是妥协了。

"城主府如今危机四伏，他多留一刻，就多一分危险。"帝莘担忧着。

"我也在担心这件事，我已经让小吱哟混进城主府，伺机寻找四哥的下落，希望能够尽快找到四哥。"

叶凌月有样学样，找了一只秦小川的靴子，让小吱哟记住气味，暗中去找秦小川。

这时，小吱哟正满城主府寻找着落难的秦小川。

"一个一个的，还真把本吱哟当成狗了！"小吱哟一边找人一边骂骂咧咧。

"嗯？有动静。"小吱哟一个急刹车，前方走来几个人，其中一人身上，隐隐有秦小川的气味。

小吱哟偷偷溜进牢房，满牢房都是秦小川的大嗓门。

"啧，主人还担心姓秦的被打死了呢，看样子他活得好好的。"

但见秦小川被吊在刑架上，除了有些鼻青脸肿，气色看上去还挺好。

城主府的那名管事，正站在秦小川的对面，一脸的气急败坏。

"老杂种，怎么又是你？吃小爷的口水还嫌不够？来来来，让小爷再呸你几口。"秦小川一直在叫嚣。

他这体质，天生不怕打，越打元力恢复得越快，城主府的侍卫们早就打累了。

"秦小川，你少得意，别以为禁挨，本大爷就奈何不了你。哼，你已经吃了大人的毒丹，今日我就给你放血灌金。再过三天，等你成了傻偶，看你还怎么横！"

那管事命人制住了秦小川的手脚，他桀桀笑着，抽出一把匕首，走向秦小川。

秦小川一听，觉得有点不对劲了。

再看看那管事手上寒光闪闪的匕首，浑身的鸡皮疙瘩都起来了。

"不好，姓秦的有危险！这可怎么办？主人让我看好他，不能让他有危险，可我也不能暴露了。"小吱哟急得团团转。

"连放血灌金都不知道是什么意思？告诉你吧，司徒大人炼制的人形战兵，都是金刚不坏的金身。这些人形战兵，是用活人炼制而成的。要炼制人形战兵，第一步要喂食一种金丹，这种金丹会将人的五脏六腑，慢慢变成金石。第二步就是放血灌金，在你的身上开个口子，把血都放干净了，再往里面浇灌用各种珍稀矿石熔化而成的金水。金水一灌进去，人的血肉就会噢的一声喷出来。等到金水凝固了，那攻无不克、战无不胜的人形战兵就炼成了。"

好恶毒的炼制之法，这种手法，比邪恶方士还要残忍百倍。

原来，杨城主居住的那座院落里的那些人形怪物，就是这样炼制而成的。

秦小川听得浑身直起鸡皮疙瘩。

"怎么样？小子，怕了吧。光是想想你的血肉喷溅出来，金水一寸寸渗入你的皮囊，我就高兴。"

那管事和那些侍卫都已经不是第一次干这种放血灌金的事了，一提起这惨无人道的事，他们就放声大笑起来。

"笑个屁，你们这群没人性的杂种，就不怕有一天也落得和我一样的下场？"秦小川硬着头皮啐了一口。

"小子，也不是人人都有你这样的福气的。你以为人人都能享受放血灌金的待遇？既然你要死了，就让你死个明白。只有通过了金刚阵的人，才能制成人形战兵。要怪就只能怪你闯过了金刚阵。废话少说，我这就给你放血。"

那管事拿刀子比画着，在秦小川的身上挑选着下刀的地方。

"狗杂种，你要杀就杀，不要在小爷身上摸来摸去。小爷对男人没兴趣！"秦小

川心里哀号，想不到他秦小川英明一世，居然会死在小人的手里，真不甘心！

"就这里吧，心脏位置血最丰富，一戳进去就跟泉眼似的。"那管事狞笑着，匕首在秦小川的心口比画了一下，作势就要刺下去。

秦小川一咬牙，闭上了眼。哪知一刀下去，秦小川的皮肤上，闪过了一丝鎏金色，刀刃一下子卷了起来。原来是秦小川体内的护体罡气被激发出来，救了他一命。秦小川松了口气。

那管事一怒之下，抛下手中的匕首："别以为这样就能逃过一劫，轮回金之力再强又如何，我就不信你的天灵盖也练就了护体罡气。"管事犹不死心，又命人送上一把匕首。

秦小川冷汗迭起，他的护体罡气修炼有限，天灵盖那里可挡不住这一刀。头顶上，匕首就要狠狠刺下，说时迟，那时快，一只小兽蹿了出来，一口就咬断了那名管事的脖子。

"喂，姓秦的，你干吗用那种眼神看着本吱哟？本吱哟对公的没兴趣！"

小吱哟说明了身份，秦小川却不肯离开："不，我还不能离开。这城主府阴气森森的，那放血灌金的法子，一听就是旁门左道，我甚至怀疑，那个司徒大人非我人族。我先留下来，你回去告诉凌月他们今日的所见所闻。到时候来个里应外合，将城主府的妖邪一网打尽。"

秦小川冷静下来，想起了罗衣。那女人，难道也是中了司徒大师的妖法，才听命于城主府的？看她的神情和举止，的确和傀儡没什么两样。

虽说罗衣让秦小川很不爽，可出于同门之义，他又是个男人，不能坐视罗衣身陷敌窟而不管。

"你说得好像有点道理。不过，姓秦的，你要是留下来，只怕会很危险。"小吱哟倒是没想到，看着很没用的秦小川还有点义气，它决定先将消息送回去。

当夜，一道鬼魅般的身影，进入了城主府的小院。

房子里，和活死人没什么两样的杨城主，这几日彻夜不能眠。叶凌月喂杨城主服了药后，忽听到身后房门被推开，她飞身一跃，就如一只大蝙蝠似的，匍匐在了房梁上。

走进来的，却是司徒南和罗衣。

"老家伙，考虑了这么多天，你想清楚了没有？我劝你还是乖乖地把城玺交给我的好。"

司徒南用毒控制了杨城主，但是杨城主一直不肯把象征城主权力的城玺交出来，这样一来，司徒南就没法子调动金之城的精锐。

杨城主不愿意去看司徒南那丑恶的嘴脸，索性闭上眼不答话。

"老家伙，到这时候还冥顽不灵，罗衣，好好招呼他。"司徒南气得不轻。

罗衣走上前去，抬起了手掌，强大的雷之力击在杨城主的身上，饶是杨城主这般曾是神通小圆满的高手也吃不消，直接昏厥过去。

"罗衣，看来你最近的实力又强了，不愧是我最得意的傀儡。"

司徒南走到罗衣的身前，捏着她的下巴，一脸的欢喜。手下是女人柔软光滑的皮肤，触感颇好，司徒南心头一荡，忍不住吻上了罗衣的唇。

司徒南到了金之城后，炼制了多具人形战兵，这些战兵之中，只有罗衣是他最满意的作品。

罗衣任由司徒南在她的身上为所欲为，直到司徒南意犹未尽地松开了手，罗衣也没有半点反应。

"老家伙，这样的刑罚，我以后每天都会来实施一次，我倒要看看，是你的骨头硬，还是罗衣的轮回雷之力更厉害。"司徒南说罢，大笑着走出房去。

罗衣站在原地，直到司徒南招呼了一声，她才抬脚走了出去。在走出去的那一刻，罗衣骤然抬头，她那没有半分温度的眼神，和匍匐在房梁上的叶凌月恰好撞在了一起。罗衣盯着她，缓缓地收回了视线，在她收回视线的那一霎，叶凌月仿佛在她那双波澜不惊的眼中，看到了一抹异色。但是罗衣的动作太快，叶凌月也无法断定，她有没有看错。

房中，又恢复了平静。

在叶凌月的搀扶下，杨城主缓缓地坐了起来。

"杨城主，你的毒虽然已经去了七七八八，但是要彻底恢复功力，还需要半个月左右的时间。"叶凌月对于杨城主的惊讶之色，并没有感到太意外。

叶凌月将自己因为遭到几位老城主的弹劾，途经金之城，前往水之城，以及中途秦小川被抓的事，大致说了一遍。

她同时还出示了自己的城玺，确认了身份。

"叶城主，说起来，我和司老城主还有些交情。第一次见面，就让你看到如此落魄的模样，在下真是羞愧不已。关于几大城主弹劾的事，在下一直不知道，想来也是司徒南瞒着我参与了此事。你放心，若是在下能夺回实权，一定会撤去弹劾，改为支持叶城主。"

虽然只是和叶凌月短短地说了几句话，但是杨城主不得不钦佩黄泉城主的眼光，眼前这位小姑娘年龄虽轻，可无论是谈吐还是胆量，都非比寻常。

叶凌月留意到，杨城主在说起司徒南时，愤恨的同时，还有些无奈。

"唉，叶城主果然敏锐。实不相瞒，就算在下恢复了实力，再加上你的帮忙，只怕也没法子打败司徒南和他手上的人形战兵。"杨城主叹了一声。

院落里，那两个人形战兵，还在日夜不停地巡逻。

"城主，这件事我刚好要问你，我的一位朋友，早前也被司徒南看中，抓走了。还有，贵府的侍卫队长罗衣，也是我的同门。我们早就和她失去了联系，再见到她时，她就不认得我们了。我想知道，人形战兵究竟是怎么回事？还有，为何有些人能炼制成人形战兵，有些人却不行？"

叶凌月也是炼器师，人形战兵这种既像傀儡、又像灵器的特殊存在，是她从未遇到过的。

"你的那位朋友，可是闯过了金刚阵？早前那位罗衣姑娘也是这样。原来她也是你的同门。她体质异常，所以才会被选中炼成人形战兵。这件事，说来都是我的错，不该引狼入室，让司徒南那小人有机可乘，窃取了《傀之书》。"

提起罗衣时，杨城主还一脸的惋惜。

一个年纪轻轻、年轻貌美的女子，被活生生炼制成战兵，受人摆布，罗衣的遭遇，实在是可怜。

"《傀之书》？"叶凌月隐约猜到，这就是司徒南炼制人形战兵的关键所在。

"《傀之书》是金之城的镇城之宝，分为两部，上部为公开卷，一直藏在金刚阵内，只要通过了金刚阵就能阅读。下部为秘卷，只保存在城主府内，非城主本人不得查阅。"

杨城主也是在被毒害之后，才知道司徒南在混进城主府之前，就得到了《傀之书》的公开卷，他混入城主府的目的，就是为了夺取《傀之书》的秘卷。

他那时因为修炼新武学之故，不慎走火入魔，恰好司徒南医术了得，替他治疗的同时，司徒南勾结城主府的管事，窃取了秘卷。

《傀之书》的秘卷一直掌握在金之城历任城主的手中。虽然每一位城主都知道，人形战兵威力非比寻常，可由于炼制手段太过残忍，所以从未有人炼制过。

就连杨城主都没想到，司徒南会真的炼制人形战兵，而且还成功了。

眼下的情况是，只要有《傀之书》在手，司徒南就可以不断地炼制人形战兵。有了人形战兵，他就好比有千军万马在手，任何人都奈何不了他。

"我想，为了避免事态恶化下去，我还是修书一封给我的好友，水之城的城主，让他将此事告诉九洲盟。恐怕只有九洲盟的人，才能救金之城了。还请叶城主帮我寄出去。"杨城主忧心忡忡地说。

"城主，难道就没有法子破解《傀之书》？"叶凌月还有些不死心。

"解铃还须系铃人，破解《傀之书》的法子，就在《傀之书》上。可是《傀之书》在司徒南手里，有罗衣在他身边，没有人可以拿到《傀之书》。据我观察，罗衣应该是司徒南炼制出来的最强的人形战兵了。她拥有变异的轮回之力，又经过了《傀之书》的改造，实力恐怕比我还要强一些。"杨城主摇了摇头。

"对了，城主，被炼制成人形战兵后，还有没有可能拥有自己的意识？"叶凌月不禁想起了刚才罗衣看到她时的表情，虽然只是一霎，但是叶凌月怀疑，罗衣和其他人形战兵是不同的，不然她为什么不告诉司徒南有人藏在房间里？

直到天边隐隐有了鱼白之色，叶凌月才离开了城主府。

回去之后，她将此事告诉了帝莘，帝莘一阵沉默。

"司徒南能偷《傀之书》，我们为何不可以？再说了，我家媳妇儿的炼器技艺可比司徒南高多了，你等着，我这就去破了那个金刚阵，先把公开卷弄到手。"

帝莘说罢，叶凌月就扑哧一声笑了出来。

两人的眼底，满满的都是默契，很显然，两人又想到一块儿去了。叶凌月和帝莘的这种特殊的默契感，自从来了古九洲大陆后，就日益明显。尤其是从两人分开又再度相聚后，这种感觉就加深了许多，就像是老夫老妻那样。有时候，叶凌月甚至不需要说话，帝莘就能心领神会，同样的，帝莘也是如此。

这种感觉，以前无论是在凤莘还是巫重身上，都没有过。但是有时候，叶凌月又会觉得，这种感觉有些熟悉，仿佛不知什么时候，有一个人也曾和她这般默契过。究竟是谁呢？

第十六章　前尘旧梦

叶凌月皱了皱了皱眉，想得脑壳都疼了，却怎么也想不起来，只是脑海中隐隐有个高大的身影，明明想不出来，却依旧挥之不去。

一只略显粗糙的手，抚上了她的眉心，轻轻揉捏起来。叶凌月抬眸一看，却是帝莘。

"媳妇儿，别想了，凡事有我。"帝莘笑着抚平了她紧皱的眉头。

"我和你一起去闯金刚阵，我也想看看它到底有多厉害。"

叶凌月感受着眉心的温暖，脑海中的那个影子越来越淡……

冰雪覆盖的北境，神殿的御书房内。

奚九夜眉心紧锁，他的桌案前堆积着大量的奏章。

今年北境尤其寒冷，大量作物被冰雪覆盖，神民们生活艰难，边境荒兽肆虐，袭击村落，他请求增派医者来治疗伤员，结果却被浮屠天的人给拒绝了。

奚九夜又怎会不知，浮屠天为何拒绝他的请求。还不是因为浮屠天如今的掌控者，正是夜凌月的弟弟夜凌光。八荒界，终于忍不住要报当年的仇了吗？

"哼！一个小小的浮屠天，还真以为，我北境没了他的帮助，就会束手无策？"

奚九夜丢下了手中的那份奏折，在御书房内踱着步。

"九夜哥哥——"

兰楚楚在一名侍女的陪同下走了进来，她的肚子已经有四个多月大了，腰部微微有些臃肿。她着了件华贵的极地雪熊皮制成的斗篷，眉眼描绘得很是精致。

母凭子贵的兰楚楚，自打服用了奚九夜给的神丹后，心情大好，连带着面色也红润得很。

"兰儿，你怎么来了？"奚九夜见了兰楚楚，强压下心头的不悦。

"我看到梅园里的梅花开得正好，想让你陪我去看看。"

兰楚楚已经好些日子没见到奚九夜了。她总觉得奚九夜从天罡殿回来后，就有些不对劲。不过一想到用夜凌月的血肉炼成的神丹已经被自己吃了，她就没有多想。

赏梅？这种时候，他哪来的心情。奚九夜心底不快，兰楚楚什么都好，对他照顾得无微不至，唯独不懂得审时度势。北境的灾民正处于水深火热之中，这个时候，他需要的不是附庸风雅的赏梅，而是有人替他出谋划策。若是以前，夜凌月还在的时候……

奚九夜心底一紧，想起了多年之前，他刚获得北境的统治权时，北境的环境比眼下还要恶劣百倍，有那么一个人，裹着单薄的衣服，嘴唇冻得发青，与他头抵着头，商讨着怎样让北境的神民度过严冬。

那时候的他还不是神尊，连一件像样的大裘都没有，他只能把她搂在怀里，用自身的神力，替她暖着手脚。那时候，他还不知道她是个女子，甚至还埋怨她怎么那么瘦、那么小，身为一个男儿，跟个女人似的。他甚至还记得抱着她的时候，心中想着，怎么会有人身上这么香。

他犹记得，那时候他只要一个眼神，不用多说什么，那个聪明的人儿就会明白他的意思。

多少年过去了，那人去了之后，冬日里，他就再也没有替任何人暖过手脚了。

"九夜哥哥，你究竟有没有听我说话？咦，九夜哥哥，你的手怎么这么冷？"这时，一只温暖的柔荑拽住了奚九夜的手，打断了他的回忆。

兰楚楚的手很暖，可是却怎么都没法子温暖奚九夜的手，他的心中忽地泛起一阵苦涩，又有一股莫名的烦躁："兰儿，我这几日政务繁忙，若是没什么事，你不要来找我。你若是想赏梅，就让手下的人陪你去。"说罢，他挥挥手，命兰楚楚退下。

"九夜哥哥，你会后悔的。"兰楚楚噙着眼泪，跺了跺脚，使性子地夺门而去。

见兰楚楚小步跑了出去，奚九夜张了张口，可一看到桌案上的奏章，他冷下了脸，最终还是没有去追她。

兰楚楚跑了几步，本以为奚九夜会追上来，哪知走走停停，始终不见奚九夜，一气之下，她发力跑了几步。身后的侍女惊呼道："娘娘，小心您的身子。"

兰楚楚哪里肯听，她头也不回，也不顾侍女的呼喊，一路跑到了梅园。

北境天气寒冷，尤其适合梅花生长，梅园的梅花开得正好，红色的梅花花瓣落了一地，看上去就如点点鲜血。兰楚楚走了几步，哪知地上积了些冰，滑得很，加之她又穿了件厚重的熊裘，脚踩在了衣摆上，脚下一个打滑，重重地摔在了地上。这一摔下去，兰楚楚就觉得腹部一阵绞疼，下身一阵黏糊糊的热意。

"我的孩子，快，快来人，找人救我的孩子。"

兰楚楚想起了多年前，自己因为夜凌月临死前爆发出的可怕力量，不慎动了胎气，小产的那一次。

她心中明白，自己一定是不小心动了胎气。难道这一次，她又要丢了自己的孩子？

兰楚楚眼看血水从自己的双脚间流出来，越来越多，心底又惊又恐。她不能没有这个孩子，她和奚九夜好不容易走到了今天这一步，奚九夜肯拿出神丹，证明他对这个孩子很是重视。

他终究可以丢开夜凌月那贱人了。

她也好不容易，要成为神后了。

她终于不用再顶着私生女的头衔，成为北境最尊贵的女主人了。

这种时候，她怎能功亏一篑。这个孩子，一定要保住。

兰楚楚呼喊了几声，可侍女也不知死哪里去了。这时，她感觉到自己的腹部，一阵强烈的搐动，有什么东西，正要从她体内滑落。

"不，孩子，你一定要挺住，娘需要你。"

兰楚楚捂住了肚子，想要勉力站起来。她的肚子还只有四个多月，若是这时候孩子生下来，一定活不了。她必须去找人，无论用什么法子，都要保住孩子。

可是腹下的声响，越来越大。兰楚楚感觉，有什么东西，像是要从肚子里爬出来那样。她甚至感觉到了一阵阵的心跳声。

兰楚楚惊恐地望着自己的腹下，血水流了一地，染红了白雪，有什么东西正从那里往外爬。兰楚楚好像看到了一个类似婴孩头颅的东西，可紧接着她的呼吸一窒，惊恐地瞪大了眼睛。从她的腹下钻出来的并非婴孩，而是一个怪物。它有着和人一样的四肢，但是不是人。它浑身上下都披着鳞甲，看上去就像一只穿山甲。它的身子，也比一般的婴孩大很多。

自己生了一个怪物！这个念头一闪而过，兰楚楚眼前一黑，昏死过去。

足足一刻钟后，兰楚楚才醒了过来。她幽幽地睁开眼睛，回想起昏迷前的那一幕，不由得倒抽了一口冷气。她挣扎着想要起身，却觉得身上有些沉重，胸口又胀又疼。她低头看去，那只怪物正趴在她的胸前吸着奶水。

兰楚楚使出了全身的气力，将怪物一把甩开了。

"神妃，神妃，您怎么了？"侍女巧玉听到动静跑了过来，刚好看到了刚才那一幕。

"怪……怪物！"巧玉吓得不轻，转身就要跑出去呼救。

就在这时，巧玉忽觉头皮一痛，已被兰楚楚扯住了头发。巧玉回头一看，却见兰楚楚面目狰狞，手上握着一根发簪。

"神妃——"巧玉还未来得及呼救，兰楚楚已经将发簪狠狠地扎进了她的后脑勺："去死吧，谁让你看到了不该看的。"

兰楚楚心知，若是让巧玉跑出去，将看到的事情告诉别人，她就完了。整个神宫的人都会知道她生了个怪物，到时候人们会怎么看她？绝不能让这件事传出去。

兰楚楚发狠似的一阵猛刺，鲜血如雨点般喷溅在她的脸上。直刺到累得脱力，她才跌坐在地上。被她丢出去的怪物爬了过来，张开爪子就要抱住她。

"滚开！"兰楚楚已经杀红了眼，一簪子刺入了小怪物的心口。她恨极了眼前这个丑陋的东西，她和奚九夜都是天人之姿，怎么会生出这么个怪物？

兰楚楚哪里知道，她之所以会生下这个怪物，完全是咎由自取。她和奚九夜成婚多年，一直没有子嗣，她心中焦急，吃了不少丹药，想早日怀上神子。那些丹药，吃多了本就伤身，她偏又移植了几棵天罡竹种在自己的卧室里。那些天罡竹在地煞狱里种过一阵子，吸收了不少地煞之气。不仅如此，叶凌月还在天罡竹里融入了黑色的鼎息。如此一来，兰楚楚房中的那些天罡竹就成了至阴之物。这种至阴之物，最受神族忌讳。

叶凌月的本意是报兰楚楚派混元老祖追杀她的一箭之仇，哪知兰楚楚会将那些天罡竹当成宝贝种在房中。

兰楚楚有了身孕，还日夜对着那些天罡竹，不知不觉中煞气入体，腹中的胎儿渐渐成了神魔之胎。这种神魔之胎，生命力极其惊人，所以不过四个月就成了形。兰楚楚不慎早产，于是这神魔之胎就提前出世了。

兰楚楚肚子里的这玩意，在神界除了医佛云笙能用神农瞳一眼看出来，其他方士可是一个都看不出来。

小怪物被兰楚楚一簪子刺中心脏，哀号了一声，那双兽眼盯着兰楚楚，泪水不停地滚落。它年纪尚幼，不明白自己的娘亲，为何一心要自己的命，它用爪子抓住了那根发簪，一点点拔了出来。

兰楚楚盯着那双眼睛，心中又恨又悲。可当她看到小怪物被刺中心脏不仅没死，伤口还很快就自动愈合之后，大吃一惊。

小怪物发出刺耳的哭声，嘴里还模模糊糊地喊着："娘……"它跌跌撞撞地走到兰楚楚的面前，想要抱住兰楚楚。

兰楚楚厌恶地望了它一眼，它仍然哭着，那双兽眼里带着乞求和亲近之意。

"你怎么没死？！"

兰楚楚见它的伤口已经彻底愈合，再看看倒在血泊里的侍女，忽然心中一动：这怪物虽然丑陋，却天赋异禀，也许它还有些用处……

一直忙到傍晚，奚九夜的事才告一段落，他想起兰楚楚来，虽然有些头疼，还是决定去看看她。

到了兰楚楚的宫殿，侍女忙把他迎了进去。兰楚楚一见奚九夜，擦了擦发红的眼角，假装生气地转过头去。

"兰儿别生气了，你要赏梅，我陪你去就是。"奚九夜揉了揉眉心，走上前去，安抚兰楚楚。

这些日子，他的心绪是有些不定，不知何故，时不时就会想起一些以前的事。听奚九夜一提起梅园，兰楚楚的脸上掠过一丝惊慌："九夜哥哥，我不要去什么梅园，

那地方阴森森的，我已经命人把它关了。"

"你不是很喜欢梅花吗？也罢，你不喜欢，关了就是。"奚九夜暗想，女人的心思，还真是难猜得很。

"九夜哥哥，你今晚要不要留下来？兰儿已经好些日子没伺候你了。"兰楚楚咬了咬牙，将身子依偎在奚九夜的身上。

"你身子不便，我还是不留下来过夜了。"奚九夜拍了拍兰楚楚的手。

"方士看过了，我已经有四个月的身孕了，胎儿已经稳定了，可以伺候你了。"兰楚楚急切地说道。

"不用了，你身子弱，多调养一阵子。我还有些奏章要看，今晚就宿在御书房了。"奚九夜说罢，陪着兰楚楚用了晚膳，这才起身离开。

奚九夜一走，兰楚楚就睡下了。这一夜，她睡得很不踏实。梦中，时不时会出现夜凌月死时的场景，以及巧玉惨死的模样。再接着，兰楚楚又回到了小时候。她记起了自己第一次看到奚九夜时的场景，她又梦到了夜凌月临死前咬牙切齿的诅咒。

天亮后，兰楚楚一脸的憔悴，起身就往外走。

"娘娘，天寒地冻的，您这是要去哪里？陛下吩咐了，这几日雪天路滑，娘娘还是少出门的好。"侍女见了，连忙跟了上来。

"多事！不要跟上来，否则，我就把你像巧玉一样，下放到战俘营去。"兰楚楚瞪了那侍女一眼。

侍女吓得连忙退到了一旁。昨晚奚九夜进门时也没发现，兰楚楚的贴身侍女换了。神妃嫌巧玉伺候不周，把她赏给战俘们蹂躏去了。说白了，被送到那里的女人，下场都无比凄惨。

兰楚楚走出寝宫，直奔梅园而去，思绪一片混乱。她摸了摸自己的肚子，肚子是她伪装的，孩子的事，兰楚楚思索之后，决定瞒着奚九夜。她看得出，奚九夜这阵子有些不对劲，他对自己的态度，有些不冷不热，这时候，若是再遇上孩子的事，她和奚九夜的关系，一定会再添变数。

她回想起了方才在梅园的那一幕。她发现神魔之胎自愈力惊人，不仅如此，那怪物对她言听计从，它虽奇丑无比，可毕竟是她和奚九夜的孩子。因为兰楚楚服用了神丹，所以小怪物天生拥有神力。兰楚楚决定悉心培养小怪物，日后好为她所用，所以把它关在了梅园的一口枯井里。

兰楚楚走到枯井旁，嫌恶地往井下看了一眼。井下传来一阵咔嚓咔嚓的响声，浓重的血腥味让兰楚楚捂住了口鼻。借着白雪的反光，兰楚楚看清了井下的那只怪物。小怪物饿了一天，饥肠辘辘，又没有别的食物，只能啃食巧玉的尸体。

兰楚楚生了怪物，又杀了巧玉，心慌意乱之下，将巧玉的尸体和小怪物一起丢到了井里。可能正是生食血肉的缘故，小怪物长得比一般的婴儿快得多，只是一天时间，就有一岁孩童大小了。它看到了兰楚楚，咧开了丑陋的嘴，冲着兰楚楚笑了起来，笑声很是难听。

兰楚楚一看，顿时觉得恶心，道："丑东西，不准对我笑！你听着，乖乖给我待在这里，我每隔一天，会给你抓个战俘过来供你食用。你若是听话，我可以留下你。"兰楚楚狠狠地剜了怪物一眼。

怪物竟听懂了兰楚楚的话，忙点头不止。对兰楚楚这个娘亲，怪物还是很依恋的。

兰楚楚这才盖上井盖，目光一闪，孩子没了，为今之计，是尽快想法子怀上神胎。只是，因为她怀孕，奚九夜不肯碰她，这样下去，她怎样才能怀上神胎？

兰楚楚想了想，就找了宫中的方士。

"神妃娘娘，您要虎狼丹，可娘娘的身子……"方士一听兰楚楚的话，大吃了一惊。

虎狼丹就是春药，这种下三烂的丹药，神界的方士一般是不炼制的。

"让你给我丹药，就给我丹药，哪来那么多废话。"兰楚楚面露不悦之色，只有她自己知道，孩子已经没了，哪来的那么多忌讳。奚九夜不肯碰她，她只能自己想法子。

其实使用春药这种事，她已不是第一次做。当年，奚九夜和她第一次发生关系，也是她在奚九夜参加父神的宴席时，在他的酒中放了微量的虎狼丹。奚九夜将她当成了夜凌月，才和她有了夫妻之实，也是借着这件事，她才顺利成了神妃。这件事，奚九夜直到今日还不知道，他一直以为是他自己酒后乱性。

那方士不敢多问，只好给了兰楚楚一瓶丹药。兰楚楚得了丹药后，立刻命人准备了一壶茶水，然后连夜去御书房找奚九夜。奚九夜并不在御书房里。兰楚楚将茶水放

下，取出一些催情的熏香燃上。

就在这时，她听到御书房的门被推开了，隐约还有说话声，忙闪身躲在了屏风后。外头响起倒茶水的声音，已经被熏香弄得意乱情迷的兰楚楚，心中暗暗说道，她一定要再次怀上神嗣。

屋内很安静，听着倒茶水的声响，兰楚楚觉得有些口干舌燥。她舔了舔唇，脑子已经被香气熏得晕晕乎乎，眼眸里染上一层迷离之色。熏香里的催情成分，让兰楚楚的胸口涨涨的，腹部蹿上一股火热感。兰楚楚解开了自己的衣裳，悄然走了出去。

前方背对着她站着一个高大的男人，考究的衣袍，慑人的气魄。她一口吹灭了御书房的灯，急不可耐地扑了上去，抱住了男人宽厚的背，一双小手钻入了男人的衣服里："九夜哥哥，我要你……"

身前的人，身子犹如烙铁般灼热。他身子一僵，骤然转过身来，将兰楚楚抱了起来，两人滚落在地。漆黑的御书房内，男女白晃晃的身子交缠在一起，传出了难以压抑的声响。

这一夜，很是疯狂。兰楚楚中途昏死了几次，一直到了天亮，她才悠悠醒来。

醒来时，她躺在了地上，屋内一股暧昧的气息，奚九夜已经不见了。

九夜哥哥也真是的，怎能让她一人留在书房里？若是让人看见了，她可真要丢脸死了。

兰楚楚瞥了眼自己身上的痕迹，轻吟了一声，慵懒地支起身来。回想起昨晚恩爱的场景，面上浮起羞红，她有种预感，昨晚一定有了他的孩子。摸了摸自己平坦的腹部，兰楚楚轻声说道："宝贝儿，你一定要快快长大，你可是我和九夜哥哥的心头宝，有了你，我才能成为北境的神后。"

她起了身，稍作梳理之后，就心情愉悦地回到了自己的寝宫。才刚踏进自己的寝宫，侍女就迎上前来："神妃娘娘，您昨晚去了哪里？神尊命人带了话给您，您恰好不在，奴婢们找了一夜都找不到您，都急死了。"

"九夜哥哥带话给我？这九夜哥哥，卖什么关子，昨夜整夜都缠着我，这会儿反倒要带话给我。"兰楚楚漫不经心地嘀咕着。

她已经很久没有和奚九夜这么疯狂了，两人虽有夫妻之实，可是奚九夜在床第之间，一直很节制，有时候，一个月只会临幸她一次。奚九夜就和他的人一样，冷冰冰的，理智得过了头。像是昨晚那样，兰楚楚还真是食髓知味，第一次遇到，一想起来，她就觉得自己的腿根子一阵发软。

"娘娘，您在胡说什么，九夜神尊昨日离开寝宫后，就接到了八百里急件，说是北境边疆发生了雪灾。神尊亲自前往那里查看灾情，昨夜根本就不在寝宫里。"侍女听了，一脸的诧异。

"九夜哥哥昨日下午就出了宫？这怎么可能，不，他昨晚明明……"兰楚楚面色刷白。若是奚九夜不在，那昨晚……昨晚的人又是谁？

侍女再看兰楚楚，只见她的脖子上有几道刺目的红痕，分明就是男女欢爱后的痕迹。侍女吓了一跳，再一想到兰楚楚彻夜未归，难道神妃娘娘她……

"九夜哥哥怎么会不在？那昨晚御书房里的人是谁？贱婢，你连本宫都敢骗，说，是谁让你骗本宫的！"兰楚楚一看到侍女落在自己身上的眼神，顿时勃然大怒。

"娘娘饶命，奴婢没有骗你，神尊真的不在神宫，他离开时宫里的人都看到了……"那侍女被兰楚楚掐住了脖子，费力挣扎着。

兰楚楚脑中一片混乱，她收紧了手指，一直掐得侍女两眼翻白、双脚一蹬，没了气息。

"啧啧，神妃好歹毒的手段！"

这突如其来的声音，吓得兰楚楚尖叫了一声，松开了手。直到这时，她这才意识到自己做了什么。

身后的柱子旁，不知何时倚了个男子。男子一身墨色长衫，身形高大魁梧，容貌算不上好看，但五官轮廓间透着一股张狂危险的气质。

看清了来人之后，兰楚楚犹如吃了苍蝇般恶心，露出嫌恶至极的表情。

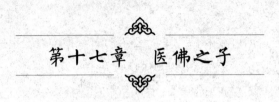

第十七章　医佛之子

"主神兰苍，你来干什么？"

来人正是兰楚楚同父异母的兄长，兰苍。

说起兰苍，就不得不说兰楚楚的父神。兰楚楚的父神，虽是四大神帝之一，却是个天生的风流种。他这辈子，女人无数，除了神界的神女，他的女人遍布数界，其中不乏身份卑微之人。兰楚楚的娘亲就是一名很普通的神界平民，因为一次偶然被神帝看中，才有了兰楚楚。但是兰楚楚母女俩都很有手腕，她在认祖归宗后，就刻意讨好父神，得了神帝的宠信，加之后来又嫁给了奚九夜，兰楚楚可算是翻了身。

至于这兰苍，他的娘亲却是个战俘营中卑贱的流莺，听说她手段了得，勾引了神帝，后来在战俘营中生下了兰苍。直到兰苍十七岁时，神帝才认了他这个儿子。但是因为母亲的出身低贱，兰苍一直不被神界所认可。

兰苍因为和兰楚楚年龄相仿，又没有娘亲，曾经被兰楚楚的娘亲养过一阵子，那会儿兰苍就时常对兰楚楚不怀好意，甚至几次想要轻薄她。兰楚楚为此，对他很是厌恶，但一直无法摆脱，直到她和奚九夜成婚，才避免了兰苍的骚扰。

兰楚楚没想到，兰苍居然胆子这么大，敢到北境来。

"我的好妹妹，你这语气，太让为兄伤心了。昨晚你在为兄身下时，可不是这种态度。"兰苍看着兰楚楚那张姣好的脸，露出了淫邪之色，眼神肆无忌惮地在兰楚楚的身上转来转去，最后落在了她饱满的胸前。

兰楚楚只觉得晴天一个霹雳，脚下一软，跌倒在地。怎么会是他？昨晚和她成其好事的，竟是兰苍！

原来，昨日奚九夜事出紧急，赶往边境。恰好兰苍奉了父神的命令，来探望奚九夜夫妻俩。侍从见奚九夜不在，就请兰苍到御书房等候，命人去请兰楚楚。哪知兰楚楚也恰好"不在"，兰苍见无人招待，就端起了茶水，准备自己招呼自己。可是一拿起杯盏，兰苍就嗅到了一股不寻常的气味。

兰苍的娘亲，就是个放荡成性的女子，兰苍在没有认祖归宗前，可算是看着无数男人成了娘亲的入幕之宾。所以兰苍的性子，也是放浪得很。年幼时，他就侮辱过不少女子，成年后，因为神帝之子的身份，被他霸占的女子更是不计其数。其中不乏被他下药强占了身子的，所以对于兰楚楚下在茶中的虎狼之药，兰苍比任何人都要熟悉，更何况他还察觉到了身后有女子的呼吸声。

这送上门的便宜，兰苍岂能不占？所以他假装喝了茶水，看到兰楚楚主动送上门来，兰苍自然是笑纳了。只是他也没想到，这个下药的女子，会是自己垂涎已久的兰楚楚。

兰楚楚还是少女时，兰苍就对她动了心思，在他的伦常中，本就没有什么至亲兄妹的观念，他只知道，兰楚楚是他看上的。

和兰楚楚成了好事后，兰苍趁着她昏睡之际，偷偷溜了出去。原本兰苍打算将计就计，将这件事瞒过去，哪知道侍女却意外戳破了他的算计。

"兰苍，你个畜生，我要杀了你！"兰楚楚气得浑身发抖，她怎么也想不到，自己的清白会毁在兰苍手中。她哪来的颜面，再见九夜哥哥。

兰楚楚发了疯似的扑上前去，对兰苍又捶又打，恨不得将他撕成碎片。可哪知，她一碰上兰苍的身子就浑身发软，根本使不上劲，身子一阵阵燥热。

"我的美人儿，你可杀不了我，杀了我，谁来满足你？"兰苍大笑着抱起兰楚楚，朝着床榻走去。

宫内，先是一阵兰楚楚的怒骂声，可到了后来，却只剩了一阵让人耳热心跳的声响。

一番云雨之后，兰楚楚失声痛哭。她恨不得杀了兰苍，可是方才，他一碰她，她就觉得心跳加速，身子忍不住靠向他，由着他摆布，做出一个个羞人的动作。

她怎么会变成这样？

"你究竟对我的身子做了什么？"兰楚楚声泪俱下。

"我只是在你身上下了一种毒，叫作相思欲。这种毒，一旦沾上了，你的身子就离不开我。"兰苍大笑着，作势在兰楚楚胸前狠狠抓了一把。

兰楚楚眼底满是愤恨，嘴上却忍不住呻吟起来，她的身子，更是止不住靠近了兰苍。

"你卑鄙！我要告诉父神，让他杀了你这淫贼。"

素来只有兰楚楚算计别人的份，不料这次却被自己的兄长给坑了。

"我若是你，我就不会告诉父神，若是他知道你我行了苟且之事，而且你还丢了奚九夜的孩子，你以为父神和奚九夜会怎么看？"

兰苍丝毫不以为惧，他懒洋洋地瞥了眼兰楚楚的肚子。和兰楚楚激烈运动了两次，兰苍早已看出来了，兰楚楚的孩子没了。

她不惜下药迷惑奚九夜，想来也是为了尽快怀上奚九夜的孩子。只可惜，奚九夜那个不懂怜香惜玉的家伙，偏偏那时离开了神宫，倒是便宜他得偿心愿。

兰楚楚听罢，果然气息一滞。

"好妹妹，别怪我没提醒你，你若不早点生下神嗣，你垂涎已久的神后之位，可就没有着落了。前几次的神界宴席上，有几位神尊都纷纷暗示，要将自己的女儿送给妹夫当神妃呢。甚至几名女神尊，都对妹夫暗送秋波，属意北境神后之位。那些可是有封地的女神尊，哪一个不比你这个没身份、没血统的神帝私生女强。"

和兰楚楚一起长大的兰苍最清楚兰楚楚的弱点，这女人，虽然有小白花一样的外表，让男人心动垂怜，可她实则是个阴险歹毒的女人，小时候，她为了诬陷父神宠信的六皇女，不惜杀了自己最喜欢的一只兽宠。

从那时候开始，兰苍就知道，兰楚楚不像她外表显示的那样简单。

"这种事，不用你说我也知道。九夜是神尊中最年轻有为的一个，但是他不会对那些女人动心的，我相信他。"兰楚楚的声音，已经开始犹豫了。

她在心中呐喊着，她和九夜哥哥是有孩子的。可是那个怪物，那个不该出生的怪物，她又怎能让它出现在父神和其他神界众人的眼前。

"他终究是一界神尊，成亲数百年，没有子嗣，众口铄金，加之如今北境遇上了百年难得一见的灾情，这时若是有人提议联姻……而且我听说，九夜神尊这次离开，至少也要半年才能回来。可怜的妹妹，半年之后，若是你什么都没生下来，你猜，九夜神尊会怎么想？"兰苍的声音很有磁性，他边说边朝着兰楚楚的身下摸去。

兰楚楚的心中，强烈地想要抵制这种感觉，可她的身子却背叛了她。

"美人儿，你知道，我自小就喜欢你，为了你，我什么事都愿意做。我这次来，也是来帮你的，只要帮你怀上身孕，到时候你就有了子嗣，再也不用避讳其他人的议论。"兰苍一句句诱惑着兰楚楚。

这时，他的腰上忽然多了一双手。兰楚楚紧紧将他搂住，她的眼中，带着偏执之色，道："帮我，我需要一个孩子。只要你肯帮我，这身子，我随你处置。"

兰苍放声大笑起来，将兰楚楚压在了身下："如你所愿，你放心，只要有我一天，我就会帮你和我们的儿子，一起登上北境神尊的宝座。"

雪很大，扑簌簌地下着。

十三匹神骑，在暴风雪中如箭矢般疾驰。

北境神尊奚九夜一脸的肃杀之气。

前方出现了一座草庐，寒风刺骨，草庐中却有清朗的歌声传出。那声音，穿过了呼啸的北风，落到了奚九夜的耳中。

只听得吁了一声，奚九夜翻身下马，快步往前方走去。接到边境受灾的消息后，奚九夜连知会兰楚楚一声都来不及，便朝着边境赶来，哪知他一赶到村落，却发现，整个村落都人去村空。

接连几个村落，都是如此。

北境边境上，近三十个村落，五六万神民全都不见了踪影。若非村落中一切正常，没有半点受到袭击的迹象，奚九夜真要以为村落受到了袭击。

他一脚踢开了草庐的门。

草庐虽小，布置得却很雅致。

燃起一个小小的篝火堆，上面煮着壶酒，咕嘟咕嘟作响，篝火堆旁摆着张小木几，上面放着一碟酱牛肉和一碟炸花生米。

那人看上去不过二十出头，一袭翠色长衫。男子面如冠玉，目若朗星，身形颀

长，盘腿坐在了小木几旁，很是悠然自得。如此的人物，光是看他那身气度和风华，就可知此人自小就是个天之骄子。当然，医佛云笙和八荒神尊的次子，自小就医武双修的夜凌光，也当得起"天之骄子"这个称号。

他自斟自饮，见了一身寒气冲进来的奚九夜，连眼皮都不抬一下，仿佛奚九夜是空气。

"夜凌光，你胆敢擅闯我北境，掠我神民。"奚九夜满脸的煞气。

若不是在村落里发现了蛛丝马迹，奚九夜也不会知道，早前不肯答应出手救助灾民的医者圣地浮屠天，这一次竟然出手了。身为浮屠天的话事人的夜凌光，还亲自出马。

数万神民对地广人稀的北境而言，是一笔不小的人力财富。

"天寒地冻的，喝酒喝酒。"夜凌光展颜一笑，倒了一杯酒，递了过来。

和奚九夜的冷酷不同，浮屠天的夜凌光对外有个绰号，叫"笑弥勒"。此人看上去甚是和气，和他的兄长夜凌日相比，那更是一个天上，一个地下。

可熟悉夜凌光的人都知道，夜凌光的笑可不是什么好事，往往他的笑的后面，都隐藏着致命的危险。旁人学医，那是因为学医能救死扶伤，可对于夜凌光而言，他学医，只为了能掌生控死。

奚九夜却没料到，夜凌光会这般好说话。他和夜家本就是死敌，尤其是数百年前，还发生了夜凌月的事。他和夜家兄弟俩虽然素未谋面，但也绝谈不上可以坐下来喝酒的地步。

只是巴掌不打笑脸人，夜凌光这样做，奚九夜也不好冷落了，加之北境数万神民都不知被夜凌光转移到什么地方去了，他此时还不宜和夜凌光翻脸。

他冷哼了一声，正要坐下。哪知夜凌光手一顿，将酒水往地上一倾。一只豺狗不知从哪里钻了出来，舔起了地上的酒来。

"发财啊发财，我不嫌弃你是条半狗半豺的畜生，收养你，供你吃供你喝，你以后要是成了气候，可记得要好好报答我，可别学某些狼心狗肺的家伙，不知恩图报也就罢了，还反咬一口，来吃我的肉、喝我的血。"

这头叫"发财"的豺狗是夜凌光经过北境时，随手救回来的。

他边说着，边不冷不热地瞥了眼奚九夜。奚九夜的脸色果然变了，双拳握紧，眼中的怒火喷薄而出。

是个人都听得出来，夜凌光是在指桑骂槐。当年夜凌月身为神尊之女，却纡尊降贵，陪着奚九夜一起建立了北境，可最终却被奚九夜害得魂飞魄散。数百年过去了，如今北境知道这件事的人已经所剩无几。

"夜凌光，你当真是找死。"奚九夜的周身涌起一股浑厚的神力，他眉心的那个神尊金印，发出了炫目的光芒，神力刹那间破体而出。

小草庐嗤的一声四分五裂。周遭，漫天的雪，也在神力之下，静止不动。天地间，仿佛只剩了奚九夜和夜凌光两个人。

"哟，这是要动手了。我夜凌光是斯文人，一般是动口不动手的。"夜凌光目睹了奚九夜的神威，不紧不慢地打了个哈欠。他的目光微微一扫，张了张嘴，"都出来吧。"

只见数十道黑影，无声地出现在夜凌光的身旁，就如众星拱月般，将夜凌光围在了当中。这些人，个个神息绵长，都是主神级的高手，其中个别的，更是神尊级别的存在。

这些人，竟都成了夜凌光的帮手。奚九夜眼中，诧色一闪而逝。

想起了神界素有流传，这神界，最不能招惹的就是浮屠天的人，浮屠天的医者，武力修为虽然很一般，却都是救死扶伤的圣手。数不尽的主神、神尊受过他们的恩惠，身为浮屠天的掌控，夜凌光虽然修为只是主神阶，可他只要一招呼，哪一次没有几十个神界大能保护着？这些人，一个两个，也许不是奚九夜的对手，可是十个几十个，就是奚九夜也会觉得棘手。

奚九夜身后的北境十三骑，也都目瞪口呆了，这夜凌光还真是不要脸，说了动口不动手，还真是只"动口"啊。

"夜凌光，若是你不交出我的数万神民，闹到神帝那里，别说是你和浮屠天，就连八荒神尊夫妇俩，也要吃不了兜着走。"

奚九夜虽然心中怒极，可一时之间，也奈何不了夜凌光。

"哟，你们都听听，北境神尊这是要用神帝之名欺压我了。也是，不是人人都有个神帝丈人可以撑腰的。这年头，拼实力和拼智商那是不够的，关键时刻，还得拼爹啊。"

夜凌光嘴里蹦出来的这些字眼，譬如"智商"啦，譬如"拼爹"啦，可都是他身为"穿二代"的福利，奚九夜是听不懂的，但是光是看夜凌光的神态，奚九夜就猜得出来，这绝对不是什么好词。

什么浮屠天的掌控，活生生就是一个地痞无赖，奚九夜看得出来，夜凌光此行，绝对是来者不善。

"夜凌光，把我的子民交出来，否则，就与我到四大神帝面前讨说法去。"奚九夜身上的戾气越来越重。

强悍的神力，让夜凌光身旁的诸位都为之动容，他们的气势顿时矮了一截，诸神心中暗道，不愧是战神级别的人物。

忽然间，只听得嗖的一声，奚九夜暴掠而来，就如天外陨星，速度快得让人猝不及防，眨眼之间就到了夜凌光的身前，手爪一拢，就往夜凌光的面门抓去。

"奚九夜，你看这是什么？"

夜凌光却是从容得很，他手一扬，手中已经多了一物。奚九夜何等眼力，只是一眼望去，就看清了夜凌光手中的东西。他的身形僵住了，原本准备袭出的手掌，也悬在了半空。那是一纸请愿书。请愿书上写着密密麻麻的字，全都是用鲜血写成，署名却是几十个古村落的村长以及村民的名字。

"奚九夜，这是北境几十个村落的联名血书，上面写得清清楚楚。这些神民可不是我掠走的，而是他们不愿意生活在条件艰苦的北境，自愿投奔浮屠天，只为求得一条生路。"

血书上的确写明了，北境几万神民无法忍受天寒地冻，他们的家人在雪灾中死亡，生活早已困苦不堪。按照神界的规定，神民是自由民，可以根据自己的意愿搬迁。夜凌光手上，只要有这份请愿的血书，就算闹到四大神帝面前，奚九夜也奈何不了他。

"夜凌光，你乘人之危，蛊惑我的子民，到底居心何在？"奚九夜气得额头青筋毕露。

"呵呵，九夜神尊，看你这话说的。你恐怕忘记了，是谁让北境成了今日的模样。我只是将我姐姐夜凌月当年给予你的一切，全都拿回来。"夜凌光那张笑弥勒般的脸上，笑意一点点干涸，眼中第一次有了恨意。

夜凌光忽地使了个眼色，他身旁的诸神呼啦啦围住了奚九夜。夜凌光一拳袭出，挟雷霆之力，嘭地落在了奚九夜胸前的要穴上。奚九夜猝不及防，浑身气血翻涌，不由得退了一步，嘴角竟沁出一丝血来。

夜凌光和夜凌日是双胞胎兄弟，兄弟俩刚出生没多久，云笙就外出行医，一直是比他们年长七岁的姐姐夜凌月照看他们，这种情况，一直持续到兄弟俩三岁左右。

夜凌光学会的第一句话，不是娘亲，而是阿姐。虽然夜凌月不能学武，连神力都没有，可她从小就是兄弟俩的大姐头，她说一，兄弟俩绝不敢说二，尤其是夜凌光，他最喜欢的就是跟在夜凌月身后，一直嚷嚷着长大了要娶阿姐。可是，他的阿姐，夜家的男人不惜用性命呵护的女人，却被奚九夜这个人渣给害死了。

一想到这里，夜凌光俊美的脸上，就露出了狠色。

"大胆！夜凌光，你区区一介主神，竟敢偷袭神尊大人。"眼看自家神尊大人受袭，奚九夜的护卫们怒不可遏地冲上前去，欲和夜凌光对峙。

"偷袭，你们哪只眼睛看到本神偷袭他了？"夜凌光揉了揉打得发疼的拳头，不忘露出一口白牙。他在心中唾弃着，瞎了你们的狗眼，本大爷是明揍，关偷袭什么事。这是我家火暴帝夜凌日不在场，不然我们兄弟俩一起上，打完前胸打后背，打得奚九夜神宫里的那朵小白花都认不出他的正反面。

北境十三骑顿时无语。见过无赖的，没见过这么不要脸的。

方才夜凌光的人，把九夜神尊团团围住了，还真没人看清夜凌光什么时候出的手。但是九夜神尊的确是受了伤的，只是，身为神界战神的九夜大人，怎么会被这么一个弱鸡似的男人给打了？

"这一拳，是我还她的。"

奚九夜擦了擦嘴角的血，夜凌光这一拳打得真疼。只是，身体上的疼却比不得心头的疼，那种针扎似的突突的疼，已经很久很久没有人在他面前提起那个名字了。

奚九夜甚至也忘记了，这一片村落，当初也是北境最偏僻苦寒的地方。是她，找到了镇压冰雪女神诅咒之法，让这里一度成为北境的鱼米之乡。可是夜凌月死后，八荒神尊夫妇一怒之下，让冰雪女神诅咒重临北境，如今的北境，全境都在冰雪覆盖之下。对于奚九夜那般修为和北境的兵马而言，这种苦寒的天气根本不算什么，可是对于北境的普通神民而言，这种日子简直苦不堪言。

但是，在过去的数百年间，从来没有神民逃离北境，唯独今年例外，要说夜凌光没有从中搞鬼，奚九夜是万万不信的。

"一拳就能抵得上我阿姐的一条命？"夜凌光呸了一口，虽然据他所知阿姐很可能没死。

"你一介主神，没有封地，无权收容那些神民，就算你有血书，亦是如此。"

奚九夜面色沉凝。他可以忍受夜凌光一拳，但是他无法忍受夜凌光提起那个人。光是听到那个人的名字，他就觉得心中极其难受，那种感觉，就像是已经结疤的伤口，一次次被撕裂，每撕裂一次，都让他痛彻心扉。

"你错了，这些神民如今三餐不继，他们已经是难民。按照神界的规定，浮屠天有权收容难民，除非他们的生活条件能够改善，否则，那些神民将会一直保留难民的身份，得到浮屠天的庇护，就连你也不能干涉。"夜凌光胸有成竹地说。

只要有人的地方就会有战乱和纷争，神界也不例外。事实上，诸神的神力无边，在神界发生的战乱，甚至比其他位面还要多得多。一些不起眼的神族，会被强大的神族吞并。还有一些神族，因为生存环境恶劣，也会悄然消失在历史的长河中。那些难民政策，是为了保护那些流离失所的神民，由上古时期的天帝们所制定，就连如今的四大神帝也无权更改。

"奚九夜，话我已经说得很明白了，除非你能让北境重新成为一方沃土，不然北境还会有越来越多的神民沦为难民，被浮屠天以及其他神域收留。"夜凌光睨着奚九夜，心情前所未有地好。

爹娘因为几大神帝的干涉，不能替阿姐报仇。他憋屈了数百年，好不容易找到这个机会。从今往后，阿姐的仇，由他来报。像奚九夜这样的渣男，一刀杀了他，反倒便宜他了。他要让奚九夜一无所有，阿姐能成就奚九夜，他就能让奚九夜一文不名。神尊很了不起是吧？嘲笑他只是一个主神，没有神域是吧？那他就让奚九夜尝尝当个光杆司令，一个神民都没有的滋味。

"夜凌光，一年，只要一年，我就会亲自上浮屠天带回我的子民。我要让你知道，即便是只有我奚九夜一个人，也能让北境成为神界的乐土。"

奚九夜其实早就发现了，这一年来，冰雪女神的诅咒愈演愈烈。北境越来越多的地方被冰雪覆盖，终年千里冰封。如果持续下去，北境早晚会变得荒无人烟。

所以奚九夜才会暗中招兵买马，为的就是等到合适的时候，夺取新的神域。但不待他准备好，夜凌光就行动了。而且因为天罡竹的事，天罡殿的兵力暂时没法使用。如今他只能另想对策，先缓解北境的危机。

夜凌月当年，曾用特殊之法缓解了冰雪女神的诅咒，既然她能找到方法，他想来也能找到。

"那我就拭目以待。"夜凌光耸了耸肩，一招手，带着自己的人消失在风雪之中。

奚九夜沐浴在冰雪之下，整个人一身的寒气。

"神尊大人，我们是否先回北境？"奚九夜的身后，十三骑的头目小心地问道。

"不，我们去风谷，求见风谷神帝。"奚九夜当即作出决定。

一想到回到神宫，兰楚楚又要使小性子，奚九夜就心烦意乱。这阵子，他总觉得，兰儿的性子发生了不小的变化。以前的兰儿，温柔体贴，可如今的她，却时不时就耍脾气。她的侍女经常莫名失踪，这些事奚九夜全都知道，可他顾念着当年两人的恩爱，以及风谷神帝的面子，才一直没有计较。夜凌光的出现，虽然有趁火打劫之意，但也让奚九夜意识到，北境的统治出现了前所未有的大危机，他必须想法子化解危机，不然就算他神力再高，他的神民也会人心涣散，投靠其他神域。

风谷神帝，就是兰楚楚的父神。他虽然年逾数千岁，看上去却是个保养得宜的中年男子，面容英挺。难怪有无数神女和异族女子，前赴后继地拜倒在他的足下。

得知女婿奚九夜前来，风谷神帝颇为开心，特地设宴款待奚九夜。他生性风流，也有无数的子嗣，但是个个都不成器，最让他喜欢的还是奚九夜。

一来，奚九夜的父亲——奚族的前族长，曾经是风谷神帝的得力部下。

当年奚族族长因为贪图人界界神的宝座而加害云笙的兽宠啵啵，意图称霸人界，最终被叶凌月的爹娘和冥神联手斩杀。为了这件事，风谷神帝一度震怒。奈何四大神帝中，有两人都偏祖云笙和夜北溟夫妇，奚族族长又有错在先，风谷神帝只能强忍下这口气。

二来，奚九夜是风谷神帝的女婿，他在所有的神尊中战功卓绝，若是将来他有能力在域外战场开辟一番新天地，没准有机会成为继风、火、水、土四大神帝之后的第五大神帝。

如今兰楚楚有了身孕，这意味着，他风谷神帝的血脉将来很有可能继承新的神帝之位，到了那时，对其他三位神帝，他就无须再忍了。

一想到这些，风谷神帝更加欢喜，对奚九夜嘘寒问暖，还不时问起兰楚楚的身子。

奚九夜避重就轻，只字不提自己和兰楚楚闹僵的事。

第十八章　人界之行

翁婿俩相谈甚欢。酒过三巡，风谷神帝见奚九夜眉宇间浮动着惆怅之色，不免有些好奇，一问才知道，奚九夜遇到了大难题。

"关于冰雪女神的诅咒之事，我也略有耳闻。北境的土地的确贫乏，想要根治，费时费力。不过贤婿，我倒是知道一个法子，也许能够帮你。"

风谷神帝已经喝得面红耳赤。

"在神界，要想得到土地，不外乎两个法子：一个是征伐，另外一个，就是炼制。"

"炼制？父神，此话怎讲？"

对于第一个法子，奚九夜自然是知道的。但是征讨神族，往往要大动干戈，动辄几十年甚至上百年，一时半会儿也化解不了北境眼前的危机。第二种法子，他还真是闻所未闻。

"你不知道也不奇怪，在整个神界，能炼制神域的最多不过八个人。你应该听说过神界的八大扛鼎方仙吧？"风谷神帝贵为神帝，身份乃是万人之上，但即便是他，提起八大扛鼎方仙时，脸上不免露出几分忌惮之色。

"八大扛鼎方仙？小婿孤陋寡闻，还请父神赐教。"奚九夜心中一动，他知道，风谷神帝接下来要说的事，很可能关系到北境的生死存亡。

关于方士，奚九夜座下也有炼丹炼器的方士，但是他能接触到的最高级别，也就

是实鼎方尊，就如早前的方尊古夫人。奚九夜这才想起，当初介绍古夫人给自己的，就是风谷神帝和兰楚楚父女。若非古夫人，他也不会……奚九夜心底一沉，强迫自己不再去想数百年前的旧事。他眼下应该关心的是北境的事。

夜凌光实在是欺人太甚，他的出现，让奚九夜难得兴起的对夜凌月的一丝愧疚，也给抹得一干二净。八荒神境的人口口声声说没有夜凌月，就没有如今的北境，那他奚九夜就要证明，没有任何人可以取代他，他才是北境真正的至尊。

趁着酒兴，风谷神帝娓娓道来。

上古有个传说，说三界乃是造物主炼化而成。但也有人说，造物主并不是一个人，而是一个古神族。这个古神族的人，炼出了天与地，炼出了生灵万物。但不知什么缘故，古神族最后分裂了，成了人神妖魔的先祖。这些先祖在离世时，将前人造物的心得记录了下来。那些心得，最后被人雕刻在古铭之上，那些古铭被各族的后人保存，随着战乱和历史的推进，那些历史记载渐渐遗失。

但是关于鼎能炼制天地万物的传说，却一直在三界流传。

"有一些天赋了得的方士，因机缘巧合得到了那些记载，模仿先人炼制成了造物鼎。拥有那些造物鼎的人，在神界享有很高的地位，被尊称为'八大扛鼎方仙'。这些扛鼎方仙，拥有补天修地的能耐。他们的造物鼎，就能炼制出肥沃的神域。"风谷神帝说罢，抚了抚光洁无须的下巴。

他虽是一方神帝，统领着百万主神、上千神尊，但是真要和那八大扛鼎方仙斗起来，也未必占得了多少好处。好在这八大扛鼎方仙，大部分人不参与神界的事务，他们远离三界事务，自成一番天地。

"这么说来，若是小婿想要拥有一方肥沃的神域，只须找到一名扛鼎方仙即可？"奚九夜不禁听得心神摇曳。

炼制天地这般的能耐，任何人听了，都要心动一番。

北境虽然广阔，但是太过寒冷，这种环境，注定无法成为神界的至强。

"理论上是如此，但是贤婿，你将事情想得太简单了。那八大扛鼎方仙，可都是心性冷傲之人，就算是四大神帝出面，人家都未必买这个面子。更何况，你还只是个神尊。不过，我近日倒是听说，在人界和神界接壤之地，一个叫作'古九洲'的地方，差点出过一名扛鼎方仙。但可惜的是，那方仙在最后关头，因爱人之故，鼎毁人被囚，至今还是神界的一大憾事。"

风谷神帝也是听说而已。

八大扛鼎方仙是由神界的一众方仙评选出来的。但是，当初最有机会成为八大方仙之一的鸿蒙方仙，在最后关头，却突然退出，这才有了后来的八大扛鼎方仙。方仙评选，终究不是神帝能干涉的，所以对于鸿蒙方仙退出的真正原因，至今无人知晓。

"父神，那鸿蒙方仙既然没成为八大方仙之一，你又为何提起他？"奚九夜从未听说过鸿蒙方仙此人。

"那你就有所不知了。鸿蒙方仙的实力，即便是放在八大方仙中，也绝对排得上前三。当年若是不出意外，他绝对会跻身八大方仙之列。他手中有一口宝鼎，传说乃是造物奇特之鼎。他那宝鼎虽已损毁，但是宝鼎有灵，就算是碎了，依旧有能被修复的一天。"

鸿蒙方仙的宝鼎之事，只有八大扛鼎方仙和极少数神界至尊才知道，否则，这消息要是传出去，只怕整个神界都要乱了。不说那百万千万没有封地的主神，就是神尊级别的存在，也没几个可以抵挡得住能够炼制神域的宝鼎的诱惑。

奚九夜听罢，已然明白了风谷神帝的意思："多谢父神指点，小婿这就前往古九洲。"

风谷神帝的这个消息，对奚九夜而言，真可谓是及时雨。若能找到鸿蒙方仙的那口宝鼎，北境的问题就迎刃而解了。

"别那么着急，你就算找到了鸿蒙方仙留下来的鼎也不够，你还需要找到继承了宝鼎传承的人，只有在那人的帮助下，你才能炼制出无尽的神域。况且神界素有规矩，诸神不得干涉人界事务，你这次偷下人界，必须隐藏自身的神力，而且不能泄露半点关于鸿蒙方仙的事。"风谷神帝叮嘱道。

"小婿明白，多谢父神指点。"奚九夜颔首。

"至于兰儿那边，你也不用担心，她也是个识大体的人。她如今身怀六甲，自然不便与你同行，我已派了主神兰苍去照顾她。他和兰儿自小一起长大，兄妹情深，有他照顾，兰儿必不会有事，你尽管放心地去吧。"

听到了主神兰苍的名讳，奚九夜微微皱了皱眉。他对兰苍此人，没什么好印象，兰楚楚也鲜少提起自己的这位兄长。记得此人在神界的风评可不怎么样，以前因为欺

辱神女的事，没少让风谷神帝生气。但他好歹是兰楚楚的兄长，想来不会有异，奚九夜也就不再多想，谢过了风谷神帝，就匆匆带着手下的十三骑，直奔古九洲而去。

奚九夜却不知道，正是因为他的一次无心之失，导致北境和他本人，此后被卷入了无止境的痛苦之中。他亦没有想到，在古九洲，会有他想见又怕见的那个人。

虚无缥缈的天空上，庞大的神界封印阻隔在众人面前。

奚九夜和北境十三骑抵达神界封印前，刚一踏到封印的范围内，就出现了一片嗡嗡的响声，一座雕刻着神纹的大门矗立在前方。

北境十三骑凝聚起浑身的元力，朝着神界大门掠去。只是十三人才一靠近，神界大门上，发出了一片璀璨的金光。众人只觉得前方犹如多了一堵无形的墙壁，十三人的神力猛然溃散，身子一重，极其狼狈地跌落在地上。

"神尊，那神界封印很是难缠，属下无用。"十三骑的队长一脸懊恼地说。

他们在神界，也算是精锐之师，但是在神界封印前，却犹如蚍蜉撼树。

"无妨，本尊前去一试。"

奚九夜星眸微闪，身子骤然绷紧，一股磅礴的星辰之力暴涌而出。

奚九夜一掠而起，双拳击出："星陨风暴——"

十三骑的眼神骤然狂热起来，他们都知道，神尊要使出他的神通境武学——星陨风暴了。

天空骤然出现了不计其数的陨石，它们划破长空，以惊人之势，朝着神界之门袭去。狂暴的陨星之力，撞在了神界封印上，坚不可摧的神界之门出现了一个豁口。在豁口出现的那一霎，奚九夜骤然加速，随着陨星一起穿过了神界大门，北境十三骑紧随其后。

当众人逐一穿过神界大门之后，那漫天的星陨风暴渐渐消散，神界大门上的豁口，也渐渐收拢，一切恢复了平静。

犹如流星划破长空，奚九夜和北境十三骑转瞬之间，已经凌空立在了古九洲的天上。浩瀚的云海下，九块古老的大地拼接在一起，那就是人族至强者的地盘——古九洲大陆。

"神尊，下方就是古九洲大陆，只是不知神尊此行要去何处？"北境十三骑恭敬地问道。

奚九夜的目光，定定地落在了广袤无垠的大地上。

古九洲看上去很大，规模堪比神界的几个神域。

风谷神帝只知道，鸿蒙方仙的宝鼎遗落在古九洲，但是并没有说具体在何处。在古九洲，他不能擅自动用神力，看来只能走一步看一步了。

"先下去打听一番再做定论。记住，此行十分机密，没有本座的命令，谁也不许动用神力。下去之后，称我为'少爷'即可。"说罢，奚九夜掩去神力，化为一名器宇轩昂的冷峻青年。

北境十三骑的人也纷纷改容换貌。众人随意选了一座城池，就混入古九洲中。

而此刻，叶凌月等人并不知道奚九夜已经到了古九洲，而且正是为了她的乾鼎而来。他们从杨城主那里得知，要打败司徒南，就必须找到《傀之书》。

为了得到《傀之书》的上卷，叶凌月和帝莘决定闯一闯金之城那赫赫有名的金刚阵。关于金刚阵，叶凌月和帝莘知道得并不多，只知道它是用来守护金之城的法阵。

两人前脚刚到训练场，还未进入金刚阵，就听到哎哟一声，一个人被丢了出来，砸到了他们脚边。叶凌月定睛一看，那人正是黄俊。只见黄俊鼻青脸肿的，差点就认不出来了。

这几日，叶凌月和帝莘忙着救杨城主，黄俊则被挽云师姐押着来闯金刚阵。

"真晦气，差一点就闯过第十个金刚了。"黄俊被打得很惨，却没有气馁。

只要过了金刚阵，就有机会混入戒备森严的城主府。黄俊为了早日救出秦小川，一次次不遗余力地来闯金刚阵，每次都被揍得鼻青脸肿。

"黄俊，先停停，我们也要闯金刚阵。你是我们几人中唯一有闯阵经验的，你告诉我们，金刚阵到底是什么样的？"

叶凌月见黄俊一副不要命的样子，赶紧把他拦住，一边询问，一边用鼎息给他疗伤。黄俊的伤很快就好得差不多了，又是生龙活虎一般。

"凌月，你们也要闯金刚阵？帝莘倒是好说，你一个大姑娘家的，还是算了吧。"黄俊瞅了瞅叶凌月那张姣好的脸，心中暗道，这么漂亮的脸蛋，碰上那些冷血金刚可就遭殃了。

"眼睛往哪瞄呢？有我在，媳妇儿能有什么事！"帝莘不满地横了黄俊一眼。

黄俊打了个哆嗦，帝莘这醋坛子可不好惹。

"帝莘，平时你是可以保护凌月周全，可是这金刚阵不同寻常啊。这金刚阵是要单打独斗的，里面那十八金刚个个实力不俗。要想通过金刚阵，只有两个法子——第一个法子，是必须打倒十八个金刚，才算通过；第二个法子，则是在六个时辰内不被金刚击败，这也算通过了金刚阵。"

所以说，秦小川上次能过金刚阵，还是靠了第二个法子。就算是十八金刚，也打不倒秦小川，最终不得不让他通过了考核。所以严格地说，他只算通过了十八金刚阵，而非打败了十八金刚。

据黄俊所说，金刚阵内的金刚似人非人，防御力惊人，无论用刀枪还是用武学，都很难伤其分毫。而且越是到了后面，那些金刚就越难对付，最后甚至会出现十八金刚群攻的场面。

自从来了古九洲，黄俊在金之城吸收了不少金之力，如今已是轮回四道的高手，却只能勉强打倒第十个金刚。也就是说，金刚阵里的第十个金刚，大致就是轮回四道的实力。

"若是我非要和媳妇儿一起进入呢？"帝莘的眉头挑了挑。雁门城的事让帝莘至今还心有余悸，他无论如何也不愿意再留下媳妇儿一个人。

帝莘的这种做法，让叶凌月很是矛盾：一方面，她不希望自己像小女人那样，时时刻刻被帝莘护着；但另一方面，她对于帝莘的在意，很是窝心。

几年前，帝莘还是个小不点的时候，还是她一直护着帝莘的，可如今情况完全反了过来，帝莘倒是越来越鸡婆了，看他的表情，是恨不得将她拴在身边，随时随地都带着了。

"要是两人一起进入，金刚阵的难度也会加大。不瞒你们说，当初我和秦师兄也曾联手闯过一次金刚阵。啧啧，那一次的结果，我至今都记忆犹新。我被打得不省人事，秦师兄也被打断三根肋骨。那次是我们闯金刚阵以来，最惨烈的一次，比单人闯时惨多了。"

黄俊断定，如果两个人联手闯金刚阵，金刚阵提高的难度至少在两倍以上，甚至达到三倍。如此一来，就算两人联手也是得不偿失，除非联手的两人默契十足，联手之后的实力能有数倍的加成。

"事在人为，一次不行，那就两次，两次不成就三次。媳妇儿，凡事我在前，你在后。"帝莘说罢，伸出了手来，将叶凌月的手紧紧攥在手中。

叶凌月知道，帝莘的脾气，那是说一不二的，哪怕难度加大一倍，两人也非得一起进入不可。

"既然如此，那我们就一起去金刚阵看看，我倒是想知道，能让四师兄和黄俊都如此头疼的金刚阵，到底强在什么地方。"叶凌月和帝莘说罢，一起往金刚阵走去。

不远处，还有一些金之城的新手在围观。他们看到叶凌月和帝莘手拉手进入金刚阵时，全都不以为然。

"看看，又有两个傻子想联手闯金刚阵。你猜他们能在里面待多久？"那些人全都是吃过金刚阵的苦头的，自然知道，人越多，通关的难度越大。

"我猜一刻钟，最多两个金刚。"

"那男的看上去实力不错，应该能撑一会儿，我猜半个时辰。"

"男的强有什么用，那女的一看就弱爆了，连轮回之力的波动都没有，我猜最多半刻钟。"

那些看热闹的新手议论纷纷，后来索性拿出灵石下注。

"我赌他们能通过金刚阵。"一袋灵石落到众人的眼前，挽云师姐一脸凛然地扫了下四周的众人。

众人先是一愣，随即哄堂大笑。

"这女人，你是新来的吧，我告诉你吧，一个人闯过金刚阵的，迄今为止，一共有十三个人。但是两个人联手闯过金刚阵的，迄今为止，可是一个都没有。"

"师姐，你怎么也跟着他们瞎起哄。"黄俊见挽云师姐要和那些人打赌，急了，扯了扯挽云师姐。

"我信凌月和帝莘。"挽云师姐不再多说，押下了灵石。

金之城的人见有灵石白白送上门，自然是乐意的，干脆就设起了赌局，赌叶凌月和帝莘多久后会出来。

只是，让众人意外的是，一刻钟过去了，叶凌月和帝莘却没有半点出来的征兆。

半个时辰过去了，帝莘和叶凌月依旧不见踪影。

两个时辰过去了，两人仍旧没有出现。

"不会吧，那对男女不会真有能耐打败十八金刚吧？"众人议论纷纷。

就在众人议论之时，人群中有人悄然前往城主府，将叶凌月和帝莘进入金刚阵，已经待了两个时辰的事告诉了司徒南。

"继续监视，一旦那两人通过了金刚阵，立刻向我汇报。"司徒南摩挲着下巴，一脸的兴趣盎然。

司徒南用通过金刚阵的人来炼制人形战兵，所以他在训练场布有眼线，一有风吹草动就能知道。

而此刻，进入金刚阵已经两个多时辰的叶凌月和帝莘，正面临着一场苦战。

在帝莘和叶凌月刚踏入金刚阵时，两人只觉得四周情形一变。他们才发现，金刚阵就是一个庞大的金属性阵法。

"媳妇儿，这是个阵法，你随着我走。"帝莘稍一思索，就露出心领神会的笑容。

叶凌月看到帝莘脸上自信的表情，不由得想起了凤莘。凤莘精通阵法，难道说，帝莘也有凤莘关于阵法的记忆？

叶凌月的猜测，很快就得到了证实。

只是将金刚阵稍稍打量了一番，帝莘的脸上，就多了几分从容："媳妇儿，你看清楚了，这阵法也是有些名堂的。"帝莘眼神火热。

帝莘融合了巫重和凤莘的魂魄，但是在和叶凌月相处时，他更多时候展示的都是巫重的性格。唯独今日，在进入金刚阵时，他展现出了属于凤莘的性子。他眼带睿智之光，向叶凌月娓娓分析起了金刚阵的要害和攻守道理来。在帝莘的分析下，叶凌月明白了，这个看似复杂无比的金刚阵分为东、西、南、北、中五个方位。这五个方位，又分别代表了不同的五行属性：东金，西木，南水，北火，中土。不同的方位，代表的属性不同，金刚阵，金之属性最强。

"我们要想克敌制胜，必须小心谨慎，尤其是不能站在属性相克的方向，譬如站在西边的木属性最强的方位，金克木，西边属木的方位最容易受攻击。反之，我们若是站在了最北面的位置，北面属火，恰好克金，乃是克敌制胜的绝佳方位。"

帝莘将叶凌月护在身后，身形一移，两人退到了金刚阵的北面.位置。前方出现了两个身着青铜战铠的金刚。他们各自举着一根百余斤重的狼牙棒，朝着叶凌月和帝莘狠狠袭去。

帝莘目光一闪，手中多了把雄剑九龙吟。噗噗几声，帝莘手中的剑犹如惊龙般，闪过了无数道剑纹，那剑纹就如水纹般荡开。

空气中，元力夹着剑纹，挥出了漫天的剑光，呈四面八方包抄之势，直袭向那两个青铜金刚。剑尖一撞上青铜金刚，那两个金刚同时往后退了数步。

许是知道了来者很难对付，从东、南、西、北方向，又钻出了四个青铜金刚。

"媳妇儿，看我的。"帝莘压根就没想让叶凌月动手。

面对六个凶神恶煞般的金刚，帝莘脸上依旧很是轻松。雄剑九龙吟长吟一声，帝莘的身旁出现了八把天阙。八把天阙轰然出击，瞬间撕裂了六名青铜金刚的包围之势。青铜金刚被撞得东倒西歪，有几个青铜金刚被撞得四分五裂。八把天阙之力合在一起，威力惊人。那些青铜金刚身首异处，看上去很是狼狈。

"不过如此。"帝莘冷冷地掷下了一句话。

"帝莘，话不要说太满了，你看看——"叶凌月扬了扬眉，只见地上的那几个青铜金刚竟颤颤巍巍地站了起来。它们身上的零部件也嗖嗖几声飞了起来，重新组合成一个个完整的青铜金刚，看上去和刚才没有任何差别。

它们再度向帝莘和叶凌月发起了攻击。随着一阵脚步声响起，又走出来六个金刚。这六个金刚，不同于刚才的青铜金刚，它们的身上穿着白银战铠，手上握着裂地战斧。白银金刚步步逼近，手中的战斧轰的一声朝着帝莘的面门劈去。

帝莘正和几名青铜金刚斗得不可开交，手中的九龙吟挡在了胸前，那战斧劈来，他左臂一振，手臂上现出一片片龙鳞，却是体内的一部分上古龙血发挥了作用。

"帝莘，小心！"叶凌月见状，蚀元魂链尽出，卷起几名白银金刚，狠狠地砸向一旁。

一声低喝，帝莘飞身撞飞了两名白银金刚。那些青铜金刚被逼得退开了数步，与两人保持着一定的距离。

"帝莘，你有没有发现，它们的攻势比刚才更加猛烈了。"这些金刚不知疲惫，攻击一波接着一波。就算是帝莘和她轮番上阵，也禁不起这样的车轮战。而且无论如何攻击，金刚们伤成什么样，都会迅速恢复原状。

"阵法属性变了，奇怪，原本只是金属性的金刚阵，就在方才，变成了水属性的阵法，我们必须改变站位。"

帝莘沉吟了一下，眼底满是困惑。一般而言，阵法的属性是不会轻易变化的，可这个金刚阵，方才却从金属性为主导变成了水属性为主导。

帝莘和叶凌月迅速改变了站位，如此一来，金刚的攻势稍缓了些，但是依旧死缠着叶凌月和帝莘。

六名白银金刚的加入，让金刚的数量一下子增加到十二个，即便是帝莘剑术了得，一时之间，也没找到击溃金刚的契机。

时间一晃就过去了两个多时辰，叶凌月和帝莘依旧是久攻不下。帝莘始终护在叶凌月的身前，他虽没有受伤，也没有法子破阵，叶凌月担心地看了眼帝莘，再这样下去，帝莘会体力不支。

帝莘一剑"帝御九天"，十二名金刚被轰得飞了出去，他的额头上也沁出了一丝汗水。

就在这时，叶凌月忽然留意到，十二名金刚中，少了一个，那个青铜金刚被击成碎片，再也没有恢复原状。

第十九章　痴男怨女

难道这些金刚并非坚不可摧，它们也是有弱点的？

意识到这一点，叶凌月脑中灵光一闪："帝莘，我怀疑这些金刚并非完美无瑕，它们也是有命门的，只要我们能找到命门，就能克敌。你有没有把握，拖住九名金刚，留一名青铜金刚和一名白银金刚给我？"

叶凌月也是一名炼器师，她很清楚，即便是她炼制的鬼娃娃那样的中级丹傀，也不是完美无瑕的。譬如鬼娃娃，它需要叶凌月的精神力做支撑，一旦没有了精神力，鬼娃娃就和死物无异。

论起品级，这些青铜金刚只是低级丹傀，白银金刚稍好些，但是最多也就是中级战傀，所以，它们一定有命门。

"媳妇儿，其实我还可以支撑，六个时辰，应该能扛过去。"帝莘有些歉然地望了眼叶凌月。他说过要护着媳妇儿的，现在却让媳妇儿担心了。

只要支撑六个时辰，照样也能通过金刚阵，但是这样一来，就得不到《傀之书》了。这样的局面，显然不是叶凌月和帝莘乐意见到的。

"这才十二个金刚，我怀疑后面还有实力更强的金刚，我们必须找到金刚的命门所在。再说了，我不是怀疑你的能力，我只是心疼你。"叶凌月说罢，眨了眨眼。这么肉麻的话，叶凌月还是第一次说，说完之后，自己也不免有几分不好意思。

可最后这句"心疼你"却说到了帝莘的心坎里，他立马眼睛一亮，傻呵呵地笑

了。帝莘的脑子里反反复复只有那句话，媳妇儿心疼他，自家媳妇儿总算是知道心疼他了。

"媳妇儿，你说啥就是啥，我去拖住那九个金刚，你小心点儿。"帝莘说罢，脚下的步法已然发生了变化。他一手使剑，一手出拳，剑法如蛟龙出海，拳法如猛虎下山。只听得一阵震耳欲聋的轰鸣声，帝莘一拳震退了五名白银金刚，剑风以排山倒海之势，将四名青铜金刚逼得举步不前。

余下的一名白银金刚和青铜金刚，对上了叶凌月。青铜金刚暴喝一声，手中的狼牙棒砸向了叶凌月。

"眨眼盾。"叶凌月心神一凝，用精神力挡住了青铜金刚的攻势。

白银金刚紧随而上。数根蚀元魂链飞出，将白银金刚死死缠住。

"好机会。"叶凌月看得清楚，运起黑色鼎息，只见一道黑烟钻入了白银金刚体内。

叶凌月吸收了鼎铭后，黑白两道鼎息比以前浑厚了不少，黑色鼎息的破坏力也更加惊人。叶凌月本以为，黑色鼎息很快就能毁了白银金刚，哪知道一进入白银金刚的体内，黑色鼎息就如无头苍蝇一般，乱窜了一番，却没能摧毁白银金刚。

"怎么会这样？命门到底在哪里？"

叶凌月用精神力死死控制住白银金刚，可是那具青铜金刚却频频偷袭叶凌月。叶凌月焦头烂额之际，脑中忽然灵光一现："有了，眼部！"

那道融入白银金刚体内的黑色鼎息集中袭向了白银金刚的眼部。嘭！白银金刚一下子炸开，化为碎片。

"帝莘，找到了，白银金刚的命门是眼睛，袭击它们的眼睛。"叶凌月说罢，迅速控制着黑色鼎息钻入了青铜金刚的体内。

不过是须臾之间，又响起一阵沉闷的爆炸声。

"青铜金刚的命门在肚脐上。"

帝莘心领神会，当即低喝一声，下一刻，剑光如电，刺向那几名白银金刚的眼睛，砰砰数拳，砸向那些青铜金刚的肚脐。

那些久战不倒的金刚接二连三地爆炸，须臾之间，十二名金刚全都化为碎片。叶凌月的脸上，浮动着欢喜之色。就在她准备走上前时，金刚阵内一阵光芒闪动，原本已经空无一人的金刚阵里，倏地出现了六个黄金金刚。比起刚才那些金刚，这些黄金金刚的气势更加惊人。他们手持蛇形金矛，其中一名黄金金刚身上的灵纹熠熠生辉，周身弥漫的元力也比其他金刚都强，甚至超过了青铜金刚和白银金刚的实力之和。很显然，这名黄金金刚，是十八金刚的首领。

目睹了一地的狼藉后，那名金刚的双眼金光一闪，高举手中的黄金长矛，嘴里吟唱着古老的咒语。地上那些金刚的碎片纷纷动弹起来，重新凝聚成十八金刚。十八金刚一出，叶凌月和帝莘的心中顿时咯噔一响，两人同时意识到，这金刚和其他那些金刚截然不同。只要有他在，其他的金刚，就如同被赋予了无穷无尽的生命，永远无法击败。

"帝莘，这金刚有些怪异。"因为紧张，叶凌月的嘴唇有些发干，她不由得舔了舔自己的唇，看了眼那黄金金刚首领。

"嗯，这家伙不好对付。媳妇儿，这次只怕你我都要使出全力了。"帝莘也不由得握紧了手中的剑。

"使出全力？你的意思是说，你刚才没使出全力？"叶凌月一听，猛地反应过来。她咋觉得，帝莘的声音里，带着难以压抑的兴奋之色。

"那是必须的啊，媳妇儿，你家男人要是就那么点本事，怎么保护你。"帝莘咧了咧嘴，眼中冷冽之光迭起，他的周身翻涌起暴戾之气。

"媳妇儿，把你的剑借我一下。"

叶凌月迟疑了一下，下意识地要将手中的剑递给帝莘。可这时，她手中一空，剑落到了另外一只手上。自己的身旁，却是多了一人。

元神分身？叶凌月瞅瞅身旁的另一个"帝莘"——一样的脸，一样的身形，就连那气势都差不多。

只见帝莘本尊心神一动，叶凌月身旁的那个帝莘瞬间化为一道旋风，迎面对上了那十几名刚刚复活的金刚，实力竟和帝莘本尊相差无几。

"好小子，什么时候把元神分身修炼到如此厉害的地步了？居然还一直瞒着我。"

叶凌月却不曾想过，她这是典型的"只许州官放火，不许百姓点灯"，她修炼出元神分身的事，帝莘还一直被蒙在鼓里呢。

此前叶凌月还想在金刚阵的最后关头用上元神分身，给帝莘一个惊喜呢，不料却让帝莘捷足先登了。这事若是让金刚阵外一直苦苦等待的黄俊和挽云师姐，还有那些押叶凌月和帝莘撑不了多久的新手知道了，必定会吐血三升。

只听得嘭嘭几声爆炸声，那些青铜和白银金刚的命门被帝莘的元神一一击中。

十二具金刚一毁，帝莘的元神只须对付另外五具黄金金刚，压力顿时减轻了不少。那黄金金刚首领一见，作势又要吟唱咒语，复活那些金刚。

"你的对手是我。"帝莘的话音刚落，周身卷起了一道飓风，电光石火之间，狠狠撞向了那名黄金金刚首领。原来帝莘早就谋划好了，以元神分身拖住那些金刚，自己则拖住那黄金金刚首领，如此一来，就算那黄金金刚首领有复活金刚的能耐，也根本没有时间去实行。

"凌月，金刚阵的阵眼就在刚才黄金金刚首领出现的地方，我拖住他，你立刻进入阵眼，寻找《傀之书》。"

帝莘一边和黄金金刚首领交手，一边让叶凌月去找《傀之书》。身为阵法师，帝莘已经发现，这个金刚阵中还蕴涵着另外一个阵法，那个阵法，应该就是《傀之书》的所在地。

叶凌月不再迟疑，身影一快，掠到了金刚阵的某个角落，金刚阵内一阵灵力波动，叶凌月的脚下出现了一个传送阵，她的身子一下子消失了。

眼看叶凌月消失了，那黄金金刚首领的脸上闪过一抹异色，攻势一下子猛烈起来，就如暴风骤雨般，疯狂地攻向帝莘。

"呵呵，我猜得果然没错，你和其他黄金金刚不同。是不是司徒南让你守护这金刚阵，防止有人窃取《傀之书》？"帝莘的话，没有得到任何回应。

黄金金刚舞动手中的长矛，闪电般刺向帝莘的胸口。尽管帝莘躲闪得极快，还是被那黄金长矛划伤，渗出一丝血痕。

帝莘低头一看，眼中怒浪滔天："你居然把媳妇儿给我炼制的战衣给挑破了，混账，这是我最喜欢的一件衣服！"

帝莘就如怒红了眼的雄狮，浑身战意凛然。他的脸上，一道道妖冶的妖纹就如藤蔓般，迅速滋生出来，体内的元力也发生了激烈的变化，一股股黑色的妖力，从他的体内钻了出来。他长啸一声，一把抓住了黄金金刚手中的那根黄金长矛。只听得咔嚓一声，长矛竟生生被帝莘给折成了两段。

那黄金金刚首领万万没想到帝莘会突然发生异变，面对妖气凛然、濒临妖化的帝莘，他的攻势忽然弱了下来。

而此刻，闯入阵眼寻找《傀之书》的叶凌月，已经进入一间密室之中。密室不大，只有五步见方，里面有一个书架，在书架的旁边，还有很多没有炼好的金刚。换成平时，叶凌月看到这些金刚，一定会高兴个半死。这些金刚可都是好东西啊，比起丹傀毫不逊色，只要修补一下，重新炼制之后，就是克敌制胜的利器。

看来，这密室一定是司徒南或金之城的前辈先人炼制金刚的地方。只是此时，叶凌月的心思全在《傀之书》上，无心去想那么多。

书架上陈列着一些古籍，叶凌月找了一番，发现都是关于金之城的资料，《傀之书》却不在其中。

难道《傀之书》被司徒南给带走了？叶凌月不免有些焦急，又找了一遍，不小心把书架上的一件东西碰到了地上。叶凌月捡起来一看，那是一个迷你版的黄金金刚，看起来很像那位金刚首领。叶凌月仔细端详了一番迷你金刚，将自己的一缕精神力注入其中。精神力才一注入，叶凌月就感到自己的精神力被吞噬一空，而迷你金刚的身上，却浮现出一些文字。

"《傀之书》上卷？"叶凌月急忙又输入了一些精神力，迷你金刚上的字更加清晰，字数也渐渐增多。

叶凌月这才知道，原来《傀之书》上卷，就藏在这个迷你金刚内。叶凌月迅速翻阅《傀之书》。

时间一分一秒过去了。

金刚阵内，开始妖化的帝莘，确实已经完全压制住了黄金金刚首领。帝莘一把扼住了黄金金刚首领的咽喉："我不管你是什么怪物，落到我帝莘的手中，只能怪你倒霉。"帝莘的手指一拢，伴着一股可怕的妖力，另一只手刺穿了黄金金刚首领的胸膛。

"帝莘，不要——"伴着一声疾呼，叶凌月从阵眼掠出。

帝莘微微一怔，手中已经多了一颗血淋淋的心脏。这黄金金刚首领竟然是个活人！帝莘难以置信地看向黄金金刚首领。砰的一声，黄金金刚首领的头盔砸落在地，

露出一张苍白年轻的脸来。

"媳妇儿，我……"帝莘身上的妖气散去，脸上还有几分难以置信。

"帝莘，我找到《傀之书》了。这些金刚和那些人形战兵一样，都是可以用活人来炼制的。而且，这黄金金刚首领，他，他是……"叶凌月眼底有着无尽的惋惜，她怎么也没想到，金刚阵里的这位黄金金刚首领，竟会是……

"喀喀……你们也是孤月海的弟子吗，我是雪峰的内门弟子，薛仲，喀喀……也是你们的师兄。"那黄金金刚首领说道。

"花峰的薛师兄？你怎么成了黄金金刚？你等着，我立刻送你出去。"帝莘心知大错已经铸成，忙要送薛仲出去。他怎么也没想到，自己击杀的会是孤月海的同门。

叶凌月制止了帝莘，摇了摇头。帝莘恍然大悟，自家媳妇儿医术高明，她方才没出手，看来薛师兄怕是没救了。

"不用了。这位师妹，你应该是得到《傀之书》了，你应该也知道了，我在成为金刚的那一天，就活不了了。这位师弟，你也不用自责，我不怪你，相反，我还要谢谢你。"薛仲惨然一笑，言语间没有责备，只有解脱之意，"我死了不要紧，我只求你们救救罗衣。"

"罗衣？薛师兄，你难道就是那名带罗衣进入古战场的内门弟子？"

叶凌月大惊，她是看到《傀之书》上的记载，知道薛仲是孤月海的弟子，但是却不知道，薛仲和罗衣有关系。

"是我连累了她。若非是当初我起了贪念，想要窥探《傀之书》，罗衣就不会落入司徒南之手。她是个好女人，是我没有福分，答应我，一定要救救她。"薛仲骤然握住了叶凌月的手，他的身子抽搐了一下，双眼圆瞪，断了气。

薛仲死了。他即便是死，眼也没有合拢。

尽管没有亲口听薛仲说明他和罗衣的事，但是从他至死都念念不忘罗衣的事来看，他和罗衣，必定是一对爱侣。

罗衣成为薛仲的侍女后，和他一起进入古九洲。两人在古九洲相互扶持，一起冒险，彼此成了对方无法替代的人。这件事，只怕连师门的人都不知道。

只可惜，两人没能一起走到最后。

帝莘和叶凌月沉默了良久，帝莘才叹息着替薛仲合上了眼。

"媳妇儿，我并不知道……"帝莘望着薛仲渐渐凉去的尸体，再看了看自己手上还未干涸的血迹。

帝莘在孤月海的时间很短，所谓的同门，于他而言，不过是无涯峰的几位师兄师姐，但薛仲终究是他杀的，而且还是在他妖化的情况下杀的，他怕媳妇儿怪罪自己。

"是我发现得太迟了，如果不是《傀之书》上记载了每一个被傀化的人的姓名和来历，我也不知道薛仲是我们的师兄。而且，据《傀之书》所说，被制成灵傀的人，除非被杀，否则没法恢复意识。我想，薛仲师兄应该是感谢你的，否则，他终此一生，都会被司徒南控制，浑浑噩噩，做一具傀儡。"

叶凌月已经看过了《傀之书》，《傀之书》是传授方士炼制傀儡的秘籍。

利用《傀之书》炼制而成的金刚，被称为灵傀，和丹傀有异曲同工之效，但是比丹傀更加高明。

因为只要方士的修为足够，可以将任何修为的俘虏炼制成灵傀，而且灵傀一旦炼成，只效忠于炼制之人，直到被剥夺生命。

"那我们还等什么，薛仲师兄临死前也说过了，一定要想法子救出罗衣。"帝莘深知自家媳妇儿的脾气，罗衣是她的同门，又是她的朋友，就算薛仲不托付，知道了真相的叶凌月，也一定不会放弃罗衣。

"我也想救出她，可你也看到了薛仲师兄的下场。我不想杀了罗衣的法子来救她。况且我只找到了半部《傀之书》，而司徒南却拥有整部《傀之书》，他也许还有比薛师兄更厉害的金刚，贸然行动，只会造成不必要的损失。我不希望，再有下一个薛仲师兄的出现。"

叶凌月的心里沉甸甸的，对于罗衣，她很是自责。当初，她曾和罗衣、黄俊说过，加入孤月海后，要彼此照顾。在罗衣随薛师兄离开孤月海之前，她经常私下送一些灵石和吃的给叶凌月和黄俊。可那时候的叶凌月，却因为帝莘的事，没有过多关注罗衣这个朋友，直到她成了灵傀，受控于司徒南之手。

"先把薛师兄的尸体收殓了吧，等我们回到孤月海后，再送回他师父的手中。"

尽管知道救罗衣会很困难，但叶凌月还是决定救回罗衣。

叶凌月想起那晚，在杨城主房中看到罗衣的情形，心中萌生一线希望，总觉得罗衣并非不可救药。

和帝莘商量了一番之后，叶凌月和帝莘决定，暂时不把薛仲的事告诉其他人。

掌握了半部《傀之书》的叶凌月，根据《傀之书》的记载，修复了十八金刚阵，薛仲的位置放了一个黄金金刚。

只要司徒南不来闯金刚阵，就不会发现黄金金刚首领已经被换掉了。

六个时辰之后，叶凌月和帝莘走出了金刚阵。

"凌月，帝莘，你们真的出来了，太好了！我早就说了，你们俩一定没问题。"黄俊一见两人出来了，又是兴奋，又是感慨。

"你们有没有找到……"挽云师姐走上前来，她比黄俊敏锐很多，尽管叶凌月尽量掩饰，可她还是捕捉到，叶凌月的情绪，比进入金刚阵时低落了许多。

"师姐，稍后再说。"叶凌月目光一凛，看到了不远处有一队人马走了过来。

为首的正是司徒南，早前在城主府时，叶凌月透过鬼娃娃，曾经见过司徒南一面，他的身后还跟着罗衣，叶凌月的心不由得提了起来，悬在了半空中。

她和帝莘刚出了金刚阵，司徒南就赶来了，他的消息可真灵通，可想而知，这附近一定有不少他的耳目。

"恭喜恭喜，在下司徒南，乃是城主府的幕僚，不知两位可有兴趣加入城主府，成为城主护卫队的一员？城主府必定不会亏待二位。"司徒南不怀好意地看着叶凌月和帝莘。

两个人联手通过了金刚阵，这在金之城的历史上还是头一回。司徒南迫不及待地想知道，这两人到底有什么过人之处。瞥到叶凌月时，发现叶凌月身上连一丝轮回之力都没有，司徒南的眼中划过一丝欢喜。

帝莘不免皱了皱眉，正要呵斥司徒南，却被叶凌月暗中制止了。他不得不强压下心中的不满，哼了一声，站到叶凌月的身前，把司徒南那些火热的眼神挡了回去。面对自家男人占有欲十足的举动，叶凌月欲哭无泪。她自然不会以为，司徒南是看上她了。为了行事方便，叶凌月不仅涂黑了面孔，五官上也稍加修饰，如今的她看上去不仅是个黑炭头，相貌也绝对属于那种"在大街上一抓一大把"的类型，比罗衣逊色了许多。

"多谢城主府的美意，在下帝莘，这位是内子叶凌月。我夫妻二人刚到金之城，正准备投奔城主府。能得到司徒大人的赏识，再好不过，若是不嫌弃的话，内子和在下即日就可加入城主府。"帝莘回道。

叶凌月一听，这才松了口气，帝莘这厮，吃醋归吃醋，脑子还是清醒的，如此一来，他们就能名正言顺地混入城主府了。

"两位原来是双修伴侣，真是让人羡慕。城主府很欢迎你们，择日不如撞日，不如两位今日就随我回城主府吧，我也很想听听，两位是怎么闯过金刚阵的。"

司徒南一脸的热情，邀请叶凌月和帝莘与他一同回城主府。叶凌月和帝莘匆匆和挽云师姐等人说了几句，这才和司徒南一起去了城主府。

自始至终，跟随在司徒南身后的罗衣都没有说过一句话。

司徒南设宴招待帝莘和叶凌月，席间反复打听两人对阵金刚阵的情形。帝莘早有应对之策，先说明了自己是五灵涅槃体，又讲起两人联手找到了金刚的破绽，多次击退金刚，不过可惜的是，有一名金刚特别厉害，任凭帝莘怎么试探都没找到破绽，最后两方僵持不下。

"所以，我们只是侥幸拖过了六个时辰，保持不败，却没法子获胜，真是可惜啊。待到将来，我的实力更胜一筹，还想再试试一人独闯金刚阵。"

帝莘说得滴水不漏，司徒南听了，心中暗暗得意。

笑话，那可是他炼制的仅次于罗衣的灵傀。

司徒南有了《傀之书》后，学会了炼制人形战兵和灵傀，但在他炼制的所有傀儡中，能称得上灵傀的，只有薛仲和罗衣，其他的都是会行走的死人，只能称之为战兵。他可不认为，有人可以打败他的得意之作。

"对了，方才帝莘说了，他是五灵涅槃体，不知道帝夫人修炼的是什么轮回之力？看上去，并不是普通的轮回之力。"司徒南眼神灼热地盯着叶凌月。

叶凌月半晌才反应过来，这"帝夫人"说的就是她。她埋怨地瞪了帝莘一眼，后者却咧开了嘴，笑得那叫一个开心。

"司徒大人好眼力，在下修炼的乃是天地之力。"

叶凌月怎会不明白司徒南的用意。《傀之书》中说过，越是体质异常的人，炼制出灵傀的概率越高。罗衣被看中，就是因为她修炼的是变异的轮回雷之力。

"天地之力？"司徒南困惑了，他活了这么久，从未听说过天地之力，不过听起来似乎是一种很高明的元力。

叶凌月正要解释什么，可是这时，她忽地扶住额头，身子往后一靠，手中握着的杯子掉落在地，脸上满是酡红色。

"司徒大人，内子不胜酒力，看来是有些醉了。劳烦司徒大人安排下，不如就让您身旁的这位姑娘，陪内子先退下去休息，在下再陪着大人多喝几杯尽兴。"帝莘见了，满脸歉意地扶住了叶凌月。

"不碍事，既是帝夫人不擅长喝酒，那就早些休息吧，关于天地之力的事，我们改日再讨论。"

横竖人已经到了城主府，他就不信，这两人还能插翅飞了不成。

"罗衣，你陪着帝夫人先去休息，就住在南侧第三间院子。"司徒南让罗衣陪着叶凌月退下了。

罗衣诺了一声，扶着叶凌月离开了。一出了宴客厅，叶凌月一运掌内的鼎息，体内的酒气立刻散了。她压根没喝多少酒，假装醉酒，就是为了有机会私下和罗衣见面。

"罗衣，你还认得我，是不是？"叶凌月反手握住了罗衣的手。

罗衣一抬头，目光冰冷，看叶凌月的眼神，和陌生人无异："帝夫人，我自是认得你的。司徒大人让我送你回院子休息。"

"我是凌月，当初和你一起加入孤月海的叶凌月，当时你、我、黄俊三人一起参加了考核，难道你一点儿都不记得了？"叶凌月小心翼翼地观察着罗衣的表情，让叶凌月失望的是，罗衣依旧是一脸的漠然。

见罗衣无动于衷，叶凌月咬了咬牙，问道："那你记不记得薛仲？"

听到薛仲的名字时，罗衣的眼底终于有了变化，花容惨淡了几分。见罗衣总算有了反应，叶凌月正准备再"刺激"她时，突闻有人问道："罗衣队长，你这是在干什么？"

叶凌月一惊，但见不远处，城主府的那名管事一瘸一拐地走了过来。见了那管事，叶凌月暗骂了一声，她和那管事有过一面之缘，生怕对方起疑，连忙低下了头。

这管事因为小噩兔的"诅咒"，在病床上躺了好些天，所以今日帝莘和叶凌月进府的事，他还不知道。

"我的事什么时候轮到你来过问了，滚！"罗衣面色发白，狠狠地瞪了管事一眼。

"罗衣你这个贱人，别以为司徒大人看上了你，你就可以在城主府放肆，谁不知道，你不过是司徒大人的玩物。等司徒大人玩腻了，看本管事怎么弄死你！"那管事自讨没趣，骂骂咧咧地走了。

"帝夫人，天色不早了，你的屋子就在前方，我就不送你进去了。"许是被叶凌月的话影响到了，罗衣花容惨淡，说完这句话，就匆匆离开了。

叶凌月望着罗衣离开的背影，叹了一声，进了院落，只等帝莘回来，再细细商量。

直到深夜，帝莘才回来。

"媳妇儿，罗衣呢？怎么样了？"帝莘一进屋，就迫不及待地问道。

"没有用，罗衣不记得我们了，也不记得薛仲了。不过我观察过了，她和那些人形兵器以及薛仲师兄都不同，她的身体并非金刚结构。司徒南手中《傀之书》下卷里，必定有其他制作灵傀的法子。除非知道那个法子，否则，罗衣无法恢复正常。"

叶凌月回来后，就一直在考虑这个问题。

"那司徒南的修为很是诡异，我方才在酒宴上多番试探，也确认不了他的身份、来历。"帝莘也是个谨慎的性子，否则方才在酒宴上就动手了。

"方才我还去找了一趟杨城主，他也说不清司徒南到底是什么来历，这人背后，必定还有其他势力支持。帝莘，我想来想去，能解救罗衣的法子只有一个，让司徒南重新炼制一次灵傀。"叶凌月的话才一出口，帝莘就明白了。

"媳妇儿，你想亲自试探司徒南，被他制成灵傀？不行，这太危险了。你若是一定要试，大可以让我去试。你不要再说了，这种事，我绝不会同意。"帝莘一口否定了叶凌月的想法。

帝莘显然很不高兴，索性背过身去，生起了闷气。

"帝莘，炼制特殊的灵傀，必须是变异的轮回之力，你虽是五灵涅槃体，但修炼的终究是轮回之力，不符合制作特殊灵傀的要求，司徒南不会选你。刚才他在宴席上多番试探我的轮回之力，想来我是符合他的炼制要求的。再说了，我是方士，只有我才知道炼器的各种方法，换成是你，就算司徒南在你面前演示一遍，你也未必能学会。"

　　见帝莘跟只耷毛的狮子似的，叶凌月不禁莞尔一笑。这男人打小就冷静机智，但是一沾上和她有关的事就沉不住气了。好在，她已经熟知了他的脾气。

　　起身走上前去，叶凌月伸手环住了男人的腰，轻轻靠在男人宽厚的背上。在叶凌月暖暖的身子依偎上来的一刹那，帝莘的身子为之一僵。

　　那双柔软的手，落到了他的身前。他咬咬牙，在心中默念："狡猾的丫头，想用美人计？不成，这次我绝不能妥协。这么危险的事，死也不能妥协。"

　　"帝莘，我答应你，我绝不会有事。你还没彻底恢复记忆，我又怎敢有事？我们绝不会像罗衣和薛仲师兄那样，我们会一辈子都在一起的。"

　　当那句"一辈子都在一起"落到帝莘的耳里时，刚才还要坚守立场的某人，刹那间，一身的铁骨化为了绕指柔。他叹了一声，转过身来，凝视着叶凌月。灯光下，他的女人巧笑倩兮，那双清澈的眼中闪烁着的自信，让他不忍拒绝。

　　灼热的气息喷在叶凌月的脸上，她面上一红，想躲闪时，已经迟了，男人的唇抵在了她的唇上，无尽地缠绵。

　　"不是一辈子，是这辈子、下辈子、下下辈子……"帝莘极其流氓地要求道，"重说一遍。"

　　"好，好，是生生世世。"叶凌月想推开帝莘，却哪里抵得过他的力气，只得敷衍地说了一句。

　　"叶凌月，记住了，你生生世世，都只能是我帝莘一人的女人。"

　　"凭什么我是你一人的？帝莘，那你也得生生世世是我叶凌月一个人的男人。"

　　两人你一句、我一句地拌着嘴，虽没有甜言蜜语，却在不知不觉间温暖了冰冷的夜色。

第二十章　发现奸细

城主府的另一侧，送了叶凌月后，罗衣没有回酒宴，而是近乎逃避地返回了自己的住处。作为城主府的侍卫队长，又是唯一的一名女侍卫，罗衣的住处在一座小院内。

夜已经深了，罗衣却无法入睡。她的太阳穴突突地疼得厉害，这种感觉，在她初遇到那位帝夫人时就有，方才听帝夫人说起"薛仲"，这种感觉更加明显了。她以为，这种感觉，只要离开那位帝夫人就会消失，然而，并非如此。

门被粗鲁地推开了，一身酒气的司徒南走了进来："罗衣，谁许你丢下我，一个人先回来的？"

司徒南有些不满地瞥了眼呆坐在床榻上的罗衣，跌跌撞撞地走了过去："自打遇到那帝氏夫妇后，你看上去有些不对劲，难道那两人有什么问题？"司徒南说罢，满脸嫉妒地观察着罗衣那张在灯光下因为面色惨白而变得越发动人的俏脸。

对于罗衣，司徒南有一种变态般的特殊情感。罗衣是他炼制出来的第一个特殊的灵傀，也是他最得意的作品。加上罗衣和其他金刚、人形战兵不同，她虽说没了以前的记忆，但是还有一定的自控性，这经常会让司徒南有一种"她随时可能脱离掌控"的危机感。所以，对于罗衣，司徒南既信任又怀疑。

司徒南也知道，罗衣在成为灵傀之前，和薛仲是双修伴侣，他因为嫉恨薛仲，才会残忍地将其炼制成黄金金刚，又不让薛仲像其他人形战兵那样痛快地死去，而是将其放在金刚阵内行尸走肉般活着，又让其一辈子都见不到罗衣。他本以为，这样罗衣就完全属于他一个人了，可自从帝莘夫妇出现后，罗衣整晚都显得有些不对劲。尤其是帝莘长了张俊脸，这让司徒南不得不怀疑，罗衣是不是被帝莘给迷住了？

面对司徒南的质问，罗衣一时无语。潜意识里，罗衣觉得那位帝夫人是个危险人物，可她又不愿意将自己的怀疑告诉司徒南。

她的迟疑，加重了司徒南的猜疑："哼，你个贱人，果然是被帝莘那张好皮囊给迷住了。别忘了，你是我的灵傀，你的身心都是属于我的。"司徒南恼羞成怒，一把抓住了罗衣，撕扯起她的衣服来。

"别碰我！"罗衣不愿让司徒南碰她，手上骤然迸发出一股强大的雷之力。

司徒南一碰到她，就惨叫了一声。

"竟敢伤我，你想造反不成？你别忘了，我是你的主人。"司徒南气急败坏地说。

他一直觊觎罗衣的美貌，也一直试图染指她。可罗衣对他的其他命令都言听计从，唯独在这件事上，怎么也不顺从。每次他意图不轨时，罗衣都会拒绝。司徒南以前还有耐心，心想只要再过一阵子，罗衣软化了，自己不信得不到她。可哪知道，今日的罗衣，竟直接反抗他。

"主人，罗衣不敢。"罗衣眼神一黯，跪在了地上。

"来人，把这贱女人关起来，没有我的命令，谁也不许放她出来。"司徒南又气又怒，心中更加肯定，罗衣一定是为了其他男人而忤逆自己。

那个叫帝莘的小子，即使有了夫人，也是个祸害。好在帝莘已经成了城主府的幕僚，自己有的是机会将他炼制成人形战兵。到时候，自己一定要先划花了他的脸，再把他炼制成人形战兵。长得再好又如何？五灵涅槃体又如何？还不是照样要成为他的傀儡。

还有，他的那个拥有变异轮回之力的丑老婆，也要早些炼制成灵傀才成，城主会晤即将开始，一定要借此机会将那些新手城的城主一网打尽。对上那些实力不俗的老家伙，一个灵傀绝对是不够的。

一想到几日之后，自己将拥有更加厉害的傀儡，司徒南就病态地大笑起来，整个院落都回荡着他猖狂的笑声。

天还没大亮，叶凌月就被帝莘的喷嚏声给惊醒了。叶凌月睁开眼，发现自己身上裹着两床厚被子，而睡在地上的帝莘却冷得缩成一团。

看看自己床上多出来的那床被子，叶凌月心底微热，走下床去。她走到帝莘的身旁，借着微曦的晨光，凝视着睡着的帝莘。熟睡时的帝莘，少了白日里的冷酷，多了几分平日看不到的俊美。

只是这般静静地看着帝莘，想着昨晚他强势而又带了几分撒娇的意味，一定要她起誓"生生世世都不离开他"，叶凌月就觉得有些面红耳赤。俯身将被子盖在帝莘的身上，叶凌月神情复杂地抚过男人雕塑般的轮廓。

"帝莘，我们真的能有生生世世吗？"

哪怕叶凌月一直不肯承认，有一点却日益明显，那就是帝莘越来越强了。他一手穿过薛仲的身体时，身上散发出来的妖气，甚至比叶凌月见过的任何妖都要强烈。

叶凌月有种预感，若是真的找齐了帝莘的灵魂碎片和精血，他的实力会比当年的巫重还强。尽管阎九从未说起过妖祖的前世为何会陨落，可从阎九偶尔谈起妖界时的仇恨神情，以及阎九被镇压之事，叶凌月已经猜到，妖祖的身后，必定也有深仇大恨。

"我只希望，有朝一日你成了妖祖，还能记得你我今日的承诺。"叶凌月叹了一声。

她的手，忽然被抓住了。帝莘已然睁开眼睛。他凝视着叶凌月，双眸如同初升的旭日，嘴角微扬，那一刻的温柔，让叶凌月不由得怔然。

叩叩叩……一阵敲门声打断了两人间若有似无的暧昧。

叶凌月和帝莘一大早就见到了司徒南。司徒南的脸色不大好，看到帝莘时，很明显地剜了他一眼，让帝莘和叶凌月有些莫名其妙。

"两位，昨晚我已经考虑过了，两位都是栋梁之材，可以委以重任。帝莘，你的修为高深，金之城城外发生了几起妖兽伤人的事件，在下想请帝兄弟帮忙搜寻一番。至于帝夫人，昨夜罗衣身体抱恙，你可否暂时代替罗衣，担任城主府的侍卫队长？"

罗衣病了？叶凌月瞟了眼司徒南的身后，发现一直跟在司徒南身后的罗衣果然不在。昨晚还好好的，怎么才一个晚上就出事了？难道罗衣遭遇了不测？叶凌月的心骤然悬了起来。

　　帝莘微微皱眉，司徒南的用意太明显了，分明是想遣开他，好对凌月下手。尽管早就和叶凌月说定了，可帝莘还是有几分担忧。

　　见帝莘迟迟不肯答应，叶凌月抢先说道："承蒙司徒大人赏识，我和帝莘很乐意效劳。帝莘，你就按司徒大人说的去做吧，我在府里帮助司徒大人。你早去早回，一路小心。"

　　话都说到这份上了，帝莘若是再不同意，必定会引来司徒南的怀疑，帝莘只得勉强同意。

　　帝莘离开不久，叶凌月就随着司徒南在城主府里巡视。

　　"司徒大人，请问罗衣队长生了什么病？在下略懂医术，也许帮得上忙。"叶凌月主动问道。

　　"是旧伤，我已经找人看过了，帝夫人不必担心。原来帝夫人还懂医术，难道你是方士？"司徒南警惕地打量叶凌月。

　　"司徒大人，我哪是什么方士，我的医术是跟一位医术高明的医者学的。既然罗衣队长没事，那我就不多管闲事了。对了，罗衣队长不在，她的日常事务都有哪些？我怕自己难以胜任。"

　　"城主府很是安全，城主大人病后，将所有的事务都交给了我。作为队长，罗衣的日常任务主要是每天巡逻一次，平常就是跟随在我身旁。我是个方尊，日常除了炼制一些给城主调理身体的丹药，就是炼炼器，批阅一些城中事务。"司徒南答道。

　　若不是知道了他的丑陋面目，叶凌月真要以为他是个鞠躬尽瘁的好幕僚了。

　　叶凌月心中暗暗唾弃，双眼不时偷偷打量司徒南：《傀之书》的下卷肯定在司徒南手里，只是不知道司徒南把它藏在了哪里。

　　罗衣也不知道究竟怎么样了，看来必须想法子混进司徒南的住处搜查一番。

　　"前面就是我的丹房了，帝夫人，不如来参观一下。"

　　司徒南带着叶凌月走了一路，到了一座气派的大院前。大院的入口处，松柏遍植，树木的中间有条金石铺砌的大路。路面上雕刻着一头金狮、一只木犀、一条水蟒、一只火云鹏和一只土赤蝎，全都栩栩如生。

　　看这大院的摆设，想来以前就是杨城主的住处。

　　叶凌月才一踏上那条大路，那五只灵兽竟然动了起来，全都是一副恨不得吞了叶凌月的凶样。再看看一旁的司徒南，正阴险地偷偷打量着她。显然，司徒南带她来此的目的，是在试探她的实力。叶凌月心中了然。

她初来乍到，并不知道金之城城主府中有一块宝地，就是眼前的这条五兽路。这条五兽路中，封存了五头灵兽的魂魄。这五头灵兽，分别拥有不同的五灵属性，恰好可以用来测试五行轮回之力。平日若是有刺客误闯了五兽路，还未见到城主，就会被五灵兽吞噬。司徒南引叶凌月前来，正是为了试探叶凌月身上那神秘的天地之力到底有多厉害。

叶凌月平静下来，若无其事地走上前去。司徒南想要看她的天地之力，那就让他看。只见她走上一步，身上散发出一股淡淡的气息，乃是天地劫第一重的力量。那气息弱不可闻，五兽咆哮着，想要吞噬这个弱小的对手。

感受到叶凌月身上那微弱的气息，司徒南有些失望。罗衣也曾走过这条五兽路，那时的她，气势可比现在的叶凌月强多了。若是比罗衣还弱，那这帝夫人，也就没有必要大费周章地炼成灵傀了。

就在这时，叶凌月跨出了第二步——天地劫第二重。天地之力如潺潺溪流，由慢到快，渐渐增多，原本还跃跃欲试的五兽似是有所避忌，停止了挑衅行为。

司徒南也察觉到了，脸色转忧为喜，看这样子，帝夫人的修为应该和罗衣差不多。

司徒南刚要喊停，可叶凌月已经坚定地踏出了第三步——天地劫第三重。天地之力由潺潺溪流，瞬间化为暴涨的河水，江河直下，一泻千里。

轰！整条五兽路犹如经历了地震一般，猛地一震。伴随着那股强大的天地之力，叶凌月的口中发出了一声低吼。五兽心神为之一颤，险些吓得魂飞魄散。

五兽路顿时恢复如常，那五兽再也没了动静。司徒南愣在了当场，随即大喜，这帝夫人的天地之力，比罗衣的变异雷之力还要高明，这灵傀，他要定了！如此强大的变异之力，难怪那帝莘不计此女的丑陋，和她结为夫妻。

不过司徒南见识了叶凌月的天地之力后，心中还有几分顾虑：只有家学渊源的超级大宗门和世外天，才会培养出变异之力如此高明的武者，难道眼前这位其貌不扬的帝夫人，会是哪个世外天的直系子弟？

司徒南高兴之余，又狐疑地打量了叶凌月几眼，陷入了沉思。可看看叶凌月一身

平平无奇的装扮，他又释然了。就算对方是什么世外天的直系子弟又能如何，只要控制了几大新手城，届时，妖界入侵，世外天也不可能是南幽帝后的对手。

"司徒大人——"叶凌月的呼喊声，打断了司徒南的沉思。

"帝夫人好本事，这条五兽路可是难住了不少进入城主府的人，想不到五兽在你面前，也要黯然失色啊。"

司徒南回过神来，带着叶凌月进入院内。

叶凌月进了大院，只见这大院北面是司徒南的起居室，东西分别是书房和丹器室，也不知司徒南到底把《傀之书》的下卷藏在了哪里。

"帝夫人，丹器室就在前方，是我平日炼丹炼器的地方，罗衣平日就在这里协助我炼丹炼器。"司徒南走了进去，叶凌月紧随其后，也跟了进去。

才一入丹器室，叶凌月手中的乾鼎就颤了颤。鼎灵提醒道："主人，这屋子内的熏香有毒。"

叶凌月一听，果然觉得体内的天地之力有些异常。没想到这司徒南如此心急，现在就下手了。她警觉地闭气，迅速控制着白色鼎息游走于全身。

那熏香的毒，无声无息地被叶凌月用白色鼎息裹住，防止毒性扩散。叶凌月却假装体力不支，身子微微一晃，人已经昏倒在地。

见叶凌月不省人事，司徒南上前探了探她的鼻息，再查看了她的体征，确信她已经中毒。

"再厉害的武者又如何？不懂得毒，还不是栽在了我的手上，薛仲、罗衣是如此，帝夫人也是如此。"司徒南放声大笑。

假装昏迷的叶凌月只觉得脸上一凉，人"醒"了过来。

"司徒大人，你为什么绑着我？"叶凌月一看到司徒南，就露出吃惊的表情。

"帝夫人，你是代替罗衣来当我的帮手的。我忘了告诉你，罗衣是我炼制的灵傀，只有成为灵傀，你才能真正帮助我。"司徒南大声笑着，手中忽然多了几根数寸长的铁针。

司徒南举起一根铁针，对准叶凌月的天灵盖猛刺下去……

帝莘冲向大院，一靠近那条五兽路，五头灵兽的魂魄毕现。

"滚！"帝莘心急如焚，哪有空理会它们。

一股黑气从他的体内涌出，妖力一现，五兽立刻被吓得销声匿迹。帝莘直接冲进了院子里，前方是一个球形禁制，上面闪动着大量的符文。在禁制的作用下，整个大院都散发出一股死气，四周一切生灵的灵力，都在被禁制缓缓吸收。

帝莘才一靠近，那禁制就发出一股强大的力量，逼得他倒退了几步。

"这禁制有些古怪。"帝莘抬手朝着禁制挥出一拳，凛冽无比的拳风一碰上禁制就消失了。禁制非但没被削弱，反而还强了一些。

就在这时，秦小川、黄俊等人赶了上来。他们一进入院子，就觉得浑身难受、呼吸困难。不仅如此，他们还发现自己体内的元力骤减，很难运起元力。

"这究竟是什么鬼禁制？"秦小川懊恼地瞪着禁制。

"这是一种生长禁制，它能不断蚕食周围的灵力。"帝莘迅速做出部署，"四哥、挽云师姐，这里交我即可，你们留在这里也帮不上忙。你们立刻兵分两路，一路去救罗衣和杨城主，另一路负责把城主府的人全部疏散出去。"

众人分头行事，大院里很快就剩下了帝莘一人。帝莘剑眉紧锁，一双朗目凝视着不断膨胀的球形禁制。不能袭击，也不能强行突破，这司徒南到底是何方的妖物，自己该怎么救出媳妇儿？

而此时，处于禁制之内的叶凌月，又是怎样一种情形？

司徒南一针刺向叶凌月的天灵盖，铁针嗤的一声没入叶凌月的天灵盖。叶凌月原本清朗的眸子，目光逐渐涣散。

"第一针，桀桀，还有五针。"司徒南说罢，手法快了许多，接连四针，分别刺入了叶凌月的太阳、太渊、太白、太溪四穴。

每落下一针，叶凌月的眼神就迷茫几分，还剩最后一针时，她看上去已经痴痴呆呆，和傀儡没什么两样了。

"只剩最后一针了，不知道这个新灵傀比起罗衣来会怎样？"司徒南强压着内心的兴奋，举起最后一根针扎向叶凌月。

再忍下去，就真要变成灵傀了！叶凌月骤然睁开眼睛："司徒南，想把我炼成傀儡？下辈子吧！"身上的绳索全部断开，叶凌月狠狠地撞向司徒南，后者没有防备，

被叶凌月撞得飞了出去。

"喀喀……你，你怎么没事？"司徒南见叶凌月好端端地站在那里，大吃一惊。

"你以为凭那区区几针，就能控制我的魂魄？如果不是为了找到救治罗衣的法子，姑奶奶岂会硬生生忍下你那么多针！"叶凌月说罢，运起天地之力，把刺入她体内的丧魂针全部逼出体外。

不可否认，司徒南的丧魂针的确很厉害。可叶凌月早有防备，在司徒南下针时，她已经运起鼎息，将体内的要穴移开了几分。幸好叶凌月学过鬼门十三针，精通人体的穴道，若是错了半分，她的魂魄就会受损。

"司徒南，你害死了薛仲师兄，又害得罗衣成了傀儡。今日我就要为我的两位同门报仇。"叶凌月的身形蓦然一动，手中的九龙吟径直刺向司徒南。

在司徒南回来之前，叶凌月已经找过所有的房间，《傀之书》并不在房间里，那就只能在司徒南的身上了。

"你知道薛仲和罗衣？看来你已经知道了很多不该知道的事。能阻挡我的丧魂针，你也算有些能耐，只可惜啊，你落到了我的禁制里面，哪怕你有逆天的本事，也绝无逃命的机会。"

司徒南的嘴角噙着一抹冷笑，从他手中那最后一根丧魂针上冒出一股绿气。随着绿气的扩散，司徒南的周身浮动着一簇簇惨绿色的鬼火。那鬼火，足有上百之多，散发出幽冷的气息。

"老大，那是妖祖的琉璃鬼火，这家伙是妖。"鼎灵示警。

"琉璃鬼火？司徒南，你竟然是妖！"

尽管早就觉得司徒南身份可疑，但叶凌月却没想到，城主府会混入妖族。

"既然被你识破了，那本妖就没有必要掩饰了。不错，我正是南幽帝座下，枯骨族少族长，玉骨妖。"司徒南唰地撕去外衣，露出真容来。

看清了司徒南的真容，叶凌月不免一惊。司徒南的妖体，是一具人形的翠玉骷髅，身形和成年男子无异，身上流动着诡异的妖纹。

"就让你试试我这妖火的威力。"司徒南桀桀冷笑着，周身的琉璃鬼火纷纷扑向叶凌月。

"老大，琉璃鬼火是玉骨妖的本命妖火。这种妖火，不仅可以炼丹炼器，还有很强的腐蚀毒性，决不能沾上半点，不然你的血肉就会被腐蚀，无法恢复。"鼎灵提醒叶凌月。

那漫天的琉璃鬼火，数量之多，简直是避无可避。叶凌月眼眸一沉，数十条蚀元魂链破空而出，迅速在叶凌月周围结成一个茧形的护盾。轰！琉璃鬼火一沾上蚀元魂链，就发出噼噼啪啪的响声。

"桀桀，以为这样就能拦住我的鬼火？做梦！"司徒南对自己的鬼火显然很有自信。

蚀元魂链护盾炸开了，可就在蚀元魂链炸开的瞬间，数十把天麻剑爆射而出，将鬼火死死定住。

"飞剑？你还是个方士？"司徒南大惊失色，看实力，叶凌月至少也是个方尊，这次真是阴沟里翻了船。

"司徒南，你这会儿才发现，是不是太迟了。拿命来吧，我要替薛仲师兄以及无数死在你手下的无辜生灵讨回公道。"叶凌月咧嘴一笑，皓腕微微一抖，手中的九龙吟直刺司徒南的咽喉。

哪知一剑刺中了玉骨妖的咽喉，九龙吟竟是一点也没有刺进去。

"桀桀，你的修为是不错，只可惜，遇到的是我。你那灵剑，对我没有半分伤害。玉骨一族的战士，天生玉骨，一身的骨头，刀枪难入。该受死的是你。"

玉骨妖的眼窟窿中，迸射出两道血光。它的下颌骤然张开，一道鬼火喷吐而出，迎着叶凌月的面门扑去。说时迟，那时快，叶凌月的嘴角浮起了一抹得逞的笑容，一个古怪的小鼎，滴溜溜旋转着，出现在玉骨妖的眼前。那小鼎的鼎盖一打开，从里面钻出两道古怪的气息，一下缠住了那簇琉璃鬼火。

"不好，我的本命妖火……"

玉骨妖大惊失色，虽不知乾鼎的来历，可乾鼎出现时，它就觉得浑身直起鸡皮疙瘩，有一种说不出来的恐惧感。琉璃鬼火本想挣扎，可哪里抵得过黑白鼎息的强势，竟被拽进了乾鼎。

"玉骨妖，你的妖火不错，我要了。"叶凌月得意地一笑。

乾鼎一吞没了鬼火，叶凌月就感到自己体内的元力又涨了一截。当玉骨妖祭出琉璃鬼火时，叶凌月就动了歪心思。她从龙包包那里学会了龙家太祖龙望的吞噬百火，

只可惜，在青洲大陆时，好的火种太少，她至今也不过吞噬了三四种。

"可恶，你这可恶的女人，还我本命妖火！"玉骨妖简直要气炸了。它能成为枯骨族的少族长，得到这次做内奸的机会，正是因为它修炼出了罕见的琉璃鬼火，没想到如今却被这臭女人给夺走了。

"《傀之书》，赐我无上力量，将这贱人斩杀。"玉骨妖盛怒之下，周遭的禁制剧烈地波动起来，玉骨妖的身上浮现出一片符文。

城主府内，大量的人形战兵和金刚闻声而动，全都朝着禁制的方向赶去。

看到了玉骨妖身上的那些符文，叶凌月恍然大悟，难怪她一直找不到《傀之书》，原来狡猾的玉骨妖把书中的内容刻在了它自己的身上。

随着玉骨妖不断催动《傀之书》的力量，妖力禁制里陆续出现了一个个人形战兵。

"有这禁制在，能进来的，只有我的人。我劝你，还是少作困兽之斗，乖乖成为我的灵傀。只要把你炼制成灵傀，我玉骨妖就拥有和妖王抗衡的实力了。"玉骨妖放肆地大声笑着。

叶凌月环顾四周。眼前这些人形战兵和金刚若是一拥而上，她的确应付不了，但是这司徒南，今日她非杀不可。看来必须动用鸿蒙天里的那些三足鸟人战士了……

就在叶凌月犹豫之际，妖力禁制忽然猛地一抖，力量明显弱了许多。玉骨妖脸上的笑容骤然僵住。紧接着，妖力禁制又是一抖，妖力显然又弱了一大截。

"啧，这破禁制还真是难缠，赶紧给本小爷破开！"帝莘凌空而立，以海纳百川之势，全力吞噬着禁制上的妖力，很快就把大部分妖力吸入了腹中。

如此重复了几轮，只听得帝莘暴喝一声，那禁制突然崩溃，四处流窜的妖力被帝莘吞噬一空。

在妖力禁制崩溃的那一刻，司徒南露出了比死还难看的神情："不可能，你，你也是妖？"只有妖，才能强行吞噬妖族的妖力，而且妖与妖之间，除非对方的修为和妖力远远凌驾于自己之上，否则不能吞噬妖力。

玉骨妖早就试探过帝莘了，那时他的身上没有半点妖力。可是如今，他浑身弥漫着的妖力又是怎么回事？先是琉璃妖火被吞噬，现在自己的妖力禁制也被吞噬殆尽。玉骨妖这会儿，脑子里一片空白。

"无知的小妖，我不知道你是何人座下，但是下次算计小爷时，记得瞪大眼睛看清楚了，有些人是你永远也招惹不起的。"帝莘咧嘴一笑，露出白森森的牙齿。

帝莘一拳砸在那些人形战兵身上，把那些人形战兵打得东倒西歪。

帝莘朝着玉骨妖走去，玉骨妖一步步地往后退，直到退无可退。砰！一股雷暴之力从天而降，朝着帝莘劈去。帝莘和叶凌月俱是一惊，帝莘闪得及时，地面上一阵石屑飞扬。一道人影，以惊人的速度掠来，抓起玉骨妖，飞身而去。

"把人留下。"

帝莘话音才落，那人回过头来，正是罗衣。只见她周身雷光闪动，几道惊雷忽然朝帝莘砸去。

看到罗衣，玉骨妖满脸的欢喜："罗衣，我命令你，立刻带我离开。"

罗衣颔首，趁着帝莘被惊雷逼退之时，鬼魅般地遁向天空。帝莘目光一厉，他的脸上，妖纹隐隐浮动，一双铁臂上，一片片龙鳞浮现，却是盛怒之下，引发了体内的上古龙血。

"帝莘，不要伤害罗衣。"叶凌月喝住了帝莘。

帝莘一怔，强压下心中的躁动。

天空中，哪里还有罗衣和玉骨妖的影子。

叶凌月也是满脸的复杂。

"凌月，帝莘，发生了什么事？"

听到了大院的动静，已经疏散了大部分人群的秦小川等人赶了过来。

"罗衣带着玉骨妖逃了。"叶凌月叹了一声，望了眼地上那最后一根丧魂针。

"这事不能怪罗衣。她中了六根丧魂针，意识不全，在她心目中，玉骨妖是她唯一的主人。可惜我不知道最后一根丧魂针该刺在哪个穴道，不然只要找回罗衣，还有机会救她。"

叶凌月总觉得罗衣有些古怪。她和完全受玉骨妖控制的那些灵傀不同，她明明还有思考能力，刚才为何要救玉骨妖？难道说，罗衣真的无药可救了？

"媳妇儿，你已经尽力了。那玉骨妖是妖族，它混入金之城，必定图谋不轨，它背后应该还有其他妖族，只怕这还涉及一个惊天阴谋。当务之急，我们必须联合杨城主，尽快追捕罗衣和玉骨妖，只有找到他们，才能避免阴谋的发生。"帝莘见叶凌月

还在自责，忙劝说起她来。

就在这时，杨城主在挽云师姐的搀扶下走了过来："说得不错，几位，这次金之城的事，还真是要多谢你们。若不是你们，金之城和老夫只怕都凶多吉少了。我立刻命令城中的侍卫追捕司徒南和罗衣。"

尽管金之城的侍卫倾巢而出，可是一直没有找到司徒南和罗衣。

转眼过去了三日，司徒南和罗衣依然杳无音信。

金之城的城门口，侍卫云集，每一个过往的路人，都会被严格搜身，报上身份来历，以及出城后的目的地，稍有不慎，就会有人被逮捕，打入牢房。

一对看似普通的夫妇走到了城门口，见盘查如此严格，那面有病容的男子皱了皱眉。

"搜查太严了，我们先躲一阵子。"

病容男子和那妇人掉头朝着一座普通民宅走去。

两人正是乔装改扮过的司徒南和罗衣。

"岂有此理，杨宣那老家伙，早知如此，我当初就应该把他杀了。还有那些侍卫，当初我给了他们多少好处，如今形势一变，就个个反咬我一口，简直就是喂不熟的白眼狼。"司徒南一进屋，就气急败坏地怒骂着。

那一日，司徒南虽然侥幸被罗衣从帝莘的手下救了出来，可也是元气大伤。

叶凌月吞噬了他的妖火，加上帝莘又将凝聚了他一身妖力的妖力禁制吸取一空。

司徒南这一次，还真是赔了夫人又折兵，他原本已经有了大妖巅峰的实力，可是这么一折腾，如今已经跌成普通的小妖。

如今的司徒南，若是没有罗衣的保护，压根就没法离开金之城。他搂过罗衣，一脸的暧昧："幸好还有你。罗衣，只有你对我忠心耿耿。你不用担心，这种境况只是暂时的，等我联络到其他城里的妖族，就能想法子混出去。这次我虽然没有拿下金之城，但是也并非全无建树。我发现了一件事——那个叫帝莘的，竟是妖界失踪已久的妖祖。"司徒南冷笑了两声。

他直到逃走之后，回想起帝莘周身的妖力，才想到了帝莘的身份。他在妖界时就曾听过，早已陨落多年的妖祖重新脱胎为人。只是那妖祖的血肉，不知什么缘故，竟被分食一空，如今的妖祖早已不具备当年之威。妖界如今可是两大妖帝的天下。更何况，他还听说过一个谣言，当年的妖祖和如今的南幽后曾经两小无猜，两人有过婚约，只是后来，因为妖祖陨落，南幽后才嫁给了南幽帝。听说帝后夫妻，琴瑟和鸣，很是恩爱，若是这时候，南幽后的老情人出现了，不知道南幽帝会作何感想。只要将这个消息告诉南幽帝战痕，玉骨妖深信，它这次的落败之罪，必定会一笔勾销。

听说帝莘是妖时，原本面无表情的罗衣，眼底有了一丝微乎其微的波动："主人，我们得先逃出金之城。以我一人之力，恐怕无法护送主人顺利出城，我们只能求助你的同伴。也许我们可以用传信的方式联系上对方。"

"你不说，我倒是忘记了。我写一封信，你帮我送到水之城，至于具体的收件人，你只管送出去即可，信上有我的烙印，对方自会来取信。"

玉骨妖也觉得，自己这样一直等下去，无异于坐以待毙，必须尽快摆脱困境。只有离开金之城，它才有活路。

玉骨妖当即写了一封信，让罗衣送了出去。这样又过了几日，玉骨妖的那封信就如石沉大海，始终没有回信。时间一长，玉骨妖就坐不住了。

这一日，罗衣像往常一样，外出归来。她面色有些紧张，道："主人，事情不大妙。听说城主府的人，正在挨家挨户寻人。他们似乎携带了什么厉害的灵兽，可以识别出妖气，只怕再过两日就要找到我们这里来了。"

"岂有此理，那老家伙，居然还不派人来。难道真要看着我落在金之城那帮人的手里？也对，那老家伙生性贪婪，没有好处的事，又怎么会去搭理。"玉骨妖听罢，焦躁不安起来。他和水之城的那位，虽然都是妖，但终究不是同族。妖与妖之间，可没有什么团结互助的相处规则，只有利益之间的交互。

"可是主人，我们逃得匆忙，没有携带任何灵器或者贵重之物。"玉骨妖如今可算是穷途末路了。

"不，要真说起来，还有一样东西，水之城的那老家伙，也许会感兴趣。"玉骨妖情急之下，忽地灵光一现，想到了什么。

"我身上还有半部《傀之书》。这玩意可是金之城的镇城之宝，很是珍贵。早前水之城的那老家伙也曾觊觎过，只是我一直不肯松口。为今之计，只有将那《傀之书》誊抄下来，作为报酬。"玉骨妖说罢，命罗衣找来了笔墨纸砚。

"《傀之书》，被我烙在了骨上，寻常的法子，无法显现，我运起妖力，你小心誊抄下来。"说罢，玉骨妖显出了妖形，背对着罗衣。

只见它一身的玉骨骷髅，骨身上一片符光闪动，现出一个个蝇头大小的文字，正是那《傀之书》的下卷。

罗衣在一旁看着，眼神闪动，将一个个文字记录下来。当罗衣写下最后一个字时，玉骨妖问道："罗衣，你抄好了没有？记住，这《傀之书》很是宝贵，你小心保管，等到水之城的人来——"玉骨妖的声音戛然而止，它难以置信地低下了头，只见它的腹下，一把匕首破膛而出。

"司徒南，你害死了薛仲，我要你血债血偿！"罗衣红着双眼，满脸都是恨意，她的手中，不知何时多了一把匕首。

玉骨妖万万没有料到，罗衣竟会对它下毒手。

"你怎么会……你不是已经中了我的丧魂针，你是何时恢复过来的？"玉骨妖怎么也想不到，已经成了灵傀的罗衣，还会有清醒的一天。

"我是中了你的丧魂针，被你炼成了灵傀。以至于我六亲不认，甚至伤害了我的同门。可是我一直没有彻底丧失理智，只因我的穴道天生与常人不同，你刺入神门穴的最后一根丧魂针，偏了分毫。"

神门穴，正是司徒南炼制灵傀时，叶凌月不知道的最后一个穴道。

罗衣的目光中满是憎恨。

罗衣一共中了六根丧魂针，前五根丧魂针都起了作用，唯独她的神门穴长偏了几分，所以第六根丧魂针只扎准了一半。丧魂针后，仍旧保持着一点点的意识，只是因为其他五根丧魂针的影响，她时而清醒，时而完全受控。

早前，遇到黄俊时，其实罗衣已经意识到不对了。此后，在杨城主房中看到鬼娃娃时，她就是半清醒状态。可真正让她醒过来的，却是那一日遇到了叶凌月。当叶凌月说出薛仲时，罗衣只觉得整个人都很难受。她回到了房中，言行失常，最终和司徒南起了冲突，被关在了牢房里。

在牢房的那天，帝莘等人前去营救秦小川，黄俊见了罗衣浑浑噩噩的模样，怒其不争，忍不住说出薛仲之死，罗衣只觉得心中有什么东西突然崩塌了。那几根死死压制着她的理智的丧魂针，竟一下子碎裂了。

薛仲死了！罗衣在那一刻，一下子失去了说话和行动的能力，悲伤淹没了一切。可悲痛并不能解决任何问题，当她再度清醒过来时，脑中只有一个念头——报仇！她要替薛仲报仇，她要替自己报仇。

司徒南，那个毁了她和薛仲的罪魁祸首，她一定要让它付出代价。仅仅是杀了它，还远远不够。一个计划，在罗衣的脑中迅速酝酿。

"罗衣，你难道就不曾对我动过一分心？我待你是不同的，我爱你，我比薛仲更爱你。"司徒南犹不甘心，它不信，自己费了那么多心血和精力炼制而成的灵傀会背叛它。

"你个妖物，你有什么资格说爱。我对你，只有恨。我爱的只有薛仲一人。我不杀你，是为了从你口中套出更多有用的消息，《傀之书》，还有其他的妖族奸细。我对不起孤月海，对不起真心待我的同门伙伴，只有这样，我才能谢罪。"

罗衣手中的匕首，又刺入了几分。玉骨妖的骨上，翠绿色的骨身，渐渐变成了墨绿色，最终变成了黑色，它的骨头，发出了咔嚓咔嚓的响声，一点点碎裂开。那匕首上涂了剧毒的毒液，那是罗衣从玉骨妖的丹房里偷出来的。

"你以为这样就可以杀了我吗？小贱人，要死也是你先死！"

玉骨妖大笑起来，嘭的一声，它那满身的玉骨炸开，竟是自爆了。一股庞大的力量将罗衣掀翻在地，大量的断骨扎入了罗衣的咽喉、身体、丹田……她跌落在地，绝望地看向玉骨妖。

"不知死活的贱人，你真以为，我们妖族会拘泥于一具肉身？"从玉骨妖的体内飞出了一点犹如萤火大小的妖魂。

就在此时，门砰的一声被踢开了，叶凌月、帝莘等人冲了进来。看到躺在地上的罗衣，叶凌月惊呼了一声。

玉骨妖见势不妙，妖魂飞快地冲向门口，想要乘机逃跑。叶凌月哪会让它再有逃跑的机会，只见她手一扬，就将玉骨妖的魂魄吸入了鼎内。

众人连忙上前搀起了罗衣。

"凌月、黄俊，能在死之前，再见你们一面，我死也无憾了。"罗衣见到了伙伴们，嘴角挤出了一抹笑意。

"罗衣，你不要多说，我先替你治疗。"叶凌月就要用鼎息给罗衣治疗，只是鼎

息一入体，叶凌月的眉心一紧。

"我被玉骨妖所伤，身体被炼成灵傀，脏腑早已渐渐金属化。况且，薛仲已经死了，我一个人独活又有什么意思。"

罗衣苦笑一声，她是灵傀，体内的生机，原本就是靠那几根丧魂针撑着的。丧魂针一碎，她虽有了灵识，但也等于自杀。这几日，她都是靠着体内的轮回之力苦苦支撑着，为的就是能够手刃玉骨妖。只可惜，她千算万算，终究敌不过狡诈多端的玉骨妖。

叶凌月没有答话，罗衣说的都是事实。鼎息虽然能治愈几乎所有的内伤外伤，但是也仅仅如此，金属化的脏腑，却是无法恢复如初的。

罗衣从身上摸出了两样东西："这是《傀之书》的下卷，是我从玉骨妖身上誊抄下来的。还有一封信，是玉骨妖写给同伙的，我一直没送出去，交给你们，应该还有些用处。"

"凌月，真的没法子帮助罗衣？"黄俊抹着眼泪，泣不成声。

"也许还有一个法子，若是重新炼制丧魂针，罗衣成为真正的灵傀，她反倒能存活下来。"

叶凌月凝视着手中那半部《傀之书》。

"凌月，我知道你本领滔天，我不要当灵傀，我求求你，能不能把我和薛仲，炼化成一体。哪怕是金刚或者人形战兵，只要能和薛仲永远在一起，我都愿意。"

原本已经绝望的罗衣，在听到叶凌月的提议后强打起精神，她握住叶凌月的手，就如看到了救命的稻草。

"你这又是何苦。"叶凌月的眼眶有些湿润。成为灵傀，罗衣至少还能活，但若是和薛仲炼化为一体，那她就死定了。

"他死了，我亦心死。与其行尸走肉般活着，不如和他永远在一起。"罗衣说罢，剧烈地咳了几声，她的嘴角流出了金色的血液。

罗衣的脑海中，断断续续地出现了一些画面……

那时，她刚通过考核，进了内门。与伙伴们的分离，让她的心中满是彷徨，她只知道每日刻苦修炼。她犹记得，那一日，花峰峰脚，金色的夕阳余晖中，她练着剑，也不知怎么回事，她练来练去，总是不对。只听到一阵清朗的笑声，一个带着戏谑的声音，不知从哪里钻进了她的耳里。

"见过笨的，没见过这么笨的。"

那时的她，顿时炸毛了："你说谁笨？出来，藏头露尾，算什么好汉。"

"哟，不但笨，脾气还挺大。连着五天，都学不会一招，还不笨？"一个俊逸的男子，从一旁的树后走了出来。

男子的嘴角带着笑，身上却穿着核心弟子的服饰。罗衣只记得，当时她的脸唰地就红了，弱弱地喊了声师兄。那一日，她才知道，他叫薛仲。

她笨手笨脚地练剑，他在一旁看戏似的看剑，她练了多久，他就看了多久。

薛仲是个毒舌的人，自打那一日见面后，他次次都骂她笨。可也是他，边骂边手把手地教她。也是他，劝她不要疏忽了轮回雷之力的修炼。

一年之后，得知他要去古战场时，罗衣莫名地心慌。依旧是在那山脚下，他笑着问她，愿不愿意陪着他一起去古战场。她清晰地记着薛仲那时伸出了手，他的脸色前所未有地凝重："小笨蛋，陪我一起去古战场。你那么笨，把你留在这里，我可不放心。"

薛仲，你那么毒舌，除了我，还有谁能忍受你。下面一定很冷吧，把你一个人留在那里，我也不放心。

记忆一点点地模糊，唯一清晰的，却是两人之间的承诺。罗衣的脸上洋溢着幸福的笑容。她紧紧地握着叶凌月的手，直到眼底的最后一丝光芒也涣散了。

"罗衣，你放心，我会让你得偿所愿的。"叶凌月轻轻合上了罗衣的眼，她决定，一旦领悟了两卷《傀之书》上的奥秘，她就将薛仲和罗衣的肉身炼制成一具灵傀。这恐怕，是她唯一能为他们俩做的事了。

屋内一片缄默，良久，秦小川才叹道："她真是傻透了。"

"不，那是因为你没有真正爱过。若是真的爱过，你也会么做。"挽云师姐哽咽着说道。她和罗衣一样，都有过刻骨铭心的爱恋，只是当初的她，没有罗衣那样的决心。若是时光倒流，她宁可陪着爱人死在古战场，也不愿意一个人苟活。

帝莘和黄俊都没有说话，两人眼底若有所思，却不知到底在想些什么。

罗衣死了，但是她在死之前，却得到了《傀之书》，还有一个极其有用但又极其不利的消息，那就是除了金之城，在水之城也有妖族存在。而且听罗衣的意思，那人

的身份和实力很可能还在玉骨妖之上。

只可惜，叶凌月查看了那封信后，并没有发现那人的身份，显然玉骨妖还留有几分警惕。叶凌月和帝莘决定审讯玉骨妖。将玉骨妖的魂魄释放出来后，那犹如萤火般的魂魄发出了愤怒的咒骂声："落到了你们手上，算我倒霉，要杀就杀，休想从我的嘴里获得半点消息。"

司徒南知道，自己再挣扎也没有任何意义了。

"杀了你，未免太便宜你了，你害死了罗衣和薛仲，这笔账，我自会和你清算。"叶凌月怒视着玉骨妖。

"罗衣死了？"玉骨妖的声音低了下来。对于罗衣，玉骨妖可谓是恨之入骨，可得知她已经死了后，玉骨妖的声音里，又多了一丝黯然。它对她，是真的动了心的，只是为何她至死都念念不忘薛仲？难道仅仅因为它是妖？

"不用再假慈悲了，你将她害惨了。"一想起罗衣的死，叶凌月对玉骨妖就憎恨万分。

"死得好，那是她活该，是她背叛我在先。人族都是背信弃义之徒，我大错特错，就不该爱上一个异族女人。妖祖，你当真以为，眼前的这个女人会死心塌地地对你？你别忘了，你是妖之本源，总有一日，她会与你背道而驰、兵戎相见，那时候，你会比我痛苦百倍！"玉骨妖放声大笑，可那笑声，却比哭还难听。

"冥顽不灵，媳妇儿，不用和这家伙多说。"帝莘听得眉头一皱，玉骨妖的话，他自是不会相信。可不知为何，他的心中，却因为这句话，隐隐有些不安。妖祖之力日益觉醒，他也不知道，若是真的有一日，他彻底成了妖，那媳妇儿……

叶凌月抬起了右手，掌心中的乾鼎旋动，悬在半空中，将玉骨妖的魂魄吸入其中。那妖魂刚一入鼎，灰火骤然出现，玉骨妖感受到那个神秘小鼎和灰色火焰的厉害，声音从放肆变为惊恐："你要炼化我？不可能！区区一介人族方士，怎么可能炼化我？不不……"玉骨妖的声音渐渐小了下去，直到被彻底炼化。

叶凌月回想着式神炼药鼎传授的妖元丹的炼制之法。

约莫一个时辰之后，乾鼎中散发出一股奇异的丹香。伴随着一片幽绿色的光芒，一颗闪动着珍珠般光泽的妖元丹破鼎而出。第一颗妖元丹，成！

妖元丹，可以在魂魄未全时增进帝莘的修为，但是炼制妖元丹的条件极其苛刻。

首先，必须有至少方尊级别的修为；其次，必须拥有五灵齐全的宝鼎；最后一个条件，就是拥有至少大妖级别的妖魂。

当初叶凌月从式神炼药鼎口中得知这种丹药时，就想替帝莘炼制。只是当时身处青洲大陆，妖兽太过稀少，大妖级别的妖魂更是罕见，加之妖醒之门又被封印，叶凌月一直没条件炼制。如今到了古九洲后，才有了这个条件。玉骨妖虽然修为倒退，可它却是大妖的血统，所以用它的魂魄炼制的妖元丹，散发着一股强烈的妖力。

"用来炼制妖元丹的妖魂越强大越好，可惜玉骨妖的修为一般，用他的魂魄炼制的妖元丹，最多也就是初级妖元丹。"叶凌月对那颗妖元丹还有些小小的不满。

帝莘接过妖元丹，小心地收了起来，并没有立刻服用。方才玉骨妖说的那番话，让他忽然意识到，也许，找齐魂魄、恢复妖力并非那么迫切。妖终究是妖，妖性未泯。若是他的妖力彻底恢复，他是否也会变得像玉骨妖那样，残忍嗜血？

"我过阵子再服用，媳妇儿，你真打算将薛仲和罗衣炼化为灵傀？"帝莘随口问道。

"等我钻研透了《傀之书》后，就着手炼制。他们的肉身虽然不会立刻腐化，但是早日将他们炼化成一体，才能实现罗衣的心愿。"叶凌月心情沉重地收殓了罗衣的尸体。

玉骨妖虽然已经被消灭了，但是更大的考验还在后头——

隐匿在水之城的妖，究竟是谁？还有，妖界的人，潜伏在古九洲，到底有什么阴谋？

杨城主得知叶凌月获得了全部《傀之书》的事，倒是没有为难叶凌月，而是郑重其事地将《傀之书》托付给了叶凌月："《傀之书》在金之城里已经封存了数百年。如今妖族图谋不轨，很可能大肆入侵古九洲。《傀之书》作为金之城的重宝，也是时候重现人世了。叶城主丹器双绝，又通过了五兽路和金刚阵的双重考验，我想，《傀之书》交到你的手中，也许是最好的归宿。"

杨城主看着满目疮痍的金刚阵以及城主府，一阵唏嘘。他不禁再次羡慕起黄泉城主，可以将黄泉城交付到叶凌月这样的新人手中。长江后浪推前浪，恐怕也是时候，让他们这帮老家伙退出古九洲的战场了。

除了《傀之书》，杨城主还将金刚阵内的一部分破损的金刚送给了叶凌月。

十日之后，叶凌月和帝莘等人，正式启程前往水之城。

"诸位，此次多亏了诸位出手相救，大恩大德，杨宣没齿难忘。叶城主，老夫原本打算和你一同前往水之城，但城中事务较多，老夫打算过几日再启程。你放心，这次的城主会晤，老夫绝对会支持叶城主。"

杨城主亲自将叶凌月等人送到了金之城的传送阵前。

"杨城主客气了，既然如此，我们在水之城再见。"叶凌月抱拳行了个礼。

众人走入传送阵中，前往水之城。

才一踏入传送阵，叶凌月忽然想起，她该问问杨城主关于水之城城主的事。她记得杨城主说过，那水之城的城主是他的好友，不知水之城中混有妖族奸细的事，水之城的城主知道多少。可惜传送阵已经启动，想要回头已经来不及了。

就在叶凌月等人前往水之城时，水之城内，洪明月刚刚拆开了一封信。信是月沐白写来的，洪明月只看了几眼，就沉下脸来。她随手将信捏成一团，丢到了一旁。信的一角露了出来，上面隐约可见"太虚墓境"这四个字。

"呸！该死的月沐白，还真以为我是他的仆从，可以供他随意驱使了，竟然让我在水之城招徕三四个好手，然后去中原地区与他会合。他还真以为自己还是月峰那个说一不二的月沐白不成，想让我干什么就干什么？"

洪明月在水之城已经待了数月。她妥协于月沐白，也是为了能在孤月海活下去，哪知道月沐白却视她为妓女，让她去勾搭各种男人。洪明月心中一直有紫堂宿，虽说早就污了身子，但让她彻底沦为妓女，她是极不情愿的。

到了古九洲，洪明月很快就意识到，在青洲大陆煊赫无比的超级宗门孤月海，在古九洲连三流势力都算不上。在如此形势下，洪明月自然不愿意再听命于月沐白，何况她还和影姬勾结上了。影姬的身份，洪明月并不清楚，洪明月只知道她是妖，而且在妖族的地位不低，似乎还和妖族的妖帝有关。

影姬行踪隐秘，她虽说和洪明月合作了，却始终没说妖族混入水之城的目的。随着她吃的人越来越多，她所剩无几的人性也彻底泯灭了，性子变得和妖越来越像。

洪明月正想着，忽然发现房中多了一个诡异的影子。

"影姬？"

"明月姑娘好生了得，在这水之城里，能立刻发现我的人，十个手指头都数得过来。我看你正在发火，是谁惹你不高兴了？"影姬咯咯笑了两声。

"除了月沐白，还能有谁。他让我尽快招徕一支队伍，然后去中原地区和他会合，说是要前往一个叫太虚墓境的地方。影姬，你可听说过太虚墓境？"

洪明月将月沐白的信丢给了影姬。月沐白的事，她也是告诉过影姬的。

"太虚墓境？中原地区还有这种地方？"影姬看罢，有些困惑。

月沐白在古九洲也算小有名气，但无论是洪明月还是影姬都不知道，月沐白早已今非昔比，因为他的火灵被叶凌月给吞噬了。

失去火灵之后，月沐白就如丧家之犬，修为也大打折扣。所以他不得不改变初衷，从自己招徕人手，到命令洪明月招徕人手，赶到中原地区与他会合。

"中原地区很大，你不知道也不奇怪。"洪明月觉得月沐白费尽心思想去的地方，必定不简单，所以她心中有些摇摆，到底要不要去太虚墓境。

"那你就错了。中原地区有一半都掌握在南幽帝后的手中，我可以肯定，这片区域里没有太虚墓境。至于另一半区域，虽说被北狱司控制，但那一带也没有叫作太虚墓境的地方。"影姬对中原地区的信息了如指掌。

"这就怪了，月沐白这次要的又是什么把戏？他信上可是写明了，让我在三月之内，必须带着人，赶到中原地区的边界。"洪明月更加疑惑了。

"能让紫火拥有者这么感兴趣的地方，我也有些兴趣。太虚墓境的事，我会先派人去打听打听，如果那太虚墓境确实有价值，我可以派人和你一起前去，帮你找到解药，甚至是铲除月沐白。"影姬轻描淡写地说道。

洪明月一听，眼睛亮了亮，可她也明白，与影姬这样的妖合作，是需要付出代价的。

"什么条件？"

"与聪明人合作，就是愉快。你要帮我做一件事。我要你混进城主府。再过五日，水之城会召开一场城主会晤，我要你在城主会晤前，把这东西，放在城主居室中。"影姬说罢，取出了一张纸，那张纸上写着一些扭曲的文字，那是妖族的文字。

薄薄的一张纸，落到了洪明月的手中，洪明月却觉得，有一股寒气，透过纸逼入了她的体内，让她不由自主地打了个寒战。城主会晤的事，洪明月也是听说过的。若是在这次城主会晤时出了什么事……洪明月迟疑起来，心底有两个声音在不断地相互质问——

"洪明月，你还迟疑什么？"

"那张妖符，一定有问题，它可能会导致整个水之城，沦为妖族所有。"

"那又关你什么事？你连人都吃，还以为自己是那个高高在上的洪府千金吗？别忘了，你连尘芥都不如，紫堂宿甚至都不屑看你一眼。"

"不错，我已经什么都不是了，人族的死活，又和我有什么关系。我要活下来，哪怕受万人唾弃，以妖的身份，也要活下去。"

不得不说，影姬的条件很有诱惑力。只要摆脱了鬼谷蛾，再杀了月沐白，那她就彻底恢复自由了。洪明月心中那个反对的声音越来越弱，她最终伸出了手，收下了那张妖符。

"这里有一封推荐信，你将以侍女的身份混入城主府。三天之内，一定要将事情办妥，我静候你的佳音。事成之后，我会带着城中的其他妖进入城主府，你要做的，就是和我们里应外合。"

在水之城，妖人的数目虽然不少，但是城主府外设有灵兽，那灵兽能够辨别出妖族的气息，就连影姬也很难混入城主府。但洪明月不同，她虽然怀了妖胎，但依旧是人，加上她年轻貌美、出身于名门正派，完全符合城主府侍女的录用标准，所以影姬才会看上她。

影姬说罢，身影消失了，就好像从未出现在房中。

洪明月收起了妖符，第二日就带着推荐信混入了城主府。按照影姬的命令，洪明月顺利地将那个妖符放在了城主的居室内，然后又按照影姬的指示，秘密接应从金之城来的那位妖族同伴，想法子让他也混入城主府。

次日，叶凌月一行人顺利抵达水之城。众人前脚才踏出传送阵，就听到了一阵震耳欲聋的水声。

"哇，这就是水之城？简直太壮观了！"除了曾经来过水之城的挽云师姐，所有人都露出了惊艳之色。

水之城乃是一座水上城池，全城位于一套庞大的瀑布水系之中，城墙就是一道高大的水上堤坝。整座城池，除了冬季结冰之时，流水之声常年不绝于耳。按照瀑布的落差，从里到外分别是主城、城区、卫城。城里的基本交通工具就是船了，就连离开传送阵后，从郊区进入卫城都要乘船。

进入卫城时，所有人都须检查后才能进城，叶凌月等人也按照规矩下了船，排队等着接受检查。

"水之城的防守，可比我以前来时严多了，不知这次到水之城，有没有可能发现关于太虚墓境的新消息。"挽云师姐看着前方缓慢移动的队伍，摆弄了一下手中的天狼棍。自上次叶凌月在金之城用精神力控制天狼棍，找到一些蛛丝马迹后，天狼棍再无异动。

若是在水之城再没有什么发现，那想要找到太虚墓境，就只有一个法子了——找到月沐白。叶凌月也是在抓到了金会长后才知道，月沐白没有死，而是被金会长家的人接走了。至于到底去了什么地方，金会长也不知道。

叶凌月的神情有些凝重。尽管黄泉城城主这个位置，她是硬着头皮接下来的，但是一旦成了城主，黄泉城的命运就背负在她身上了，所以她必须得到其他城主的认可。

叶凌月的身旁，帝莘若有所思地抬头看了眼水天一色的晴空，那双墨玉似的眼眸里闪过了一丝阴霾——妖气，水之城的上空，弥漫着肉眼看不见的浓郁的妖气。

五行之中，水属阴，于妖而言，水灵充沛的地域，本就是极好的修炼之地，所以混入水之城的各种妖，数量也很是惊人。

"帝莘，该进城了。"叶凌月回过头来，恰好对上了帝莘若有所思的眼神。

帝莘慵懒地扯了扯嘴角，大步走了过去，与叶凌月并肩而立。

"挽云师姐，你看那两人，太不像话了，这还没成亲呢，就腻腻歪歪的。依我看，要不干脆让他们俩成亲算了。"秦小川一副媒婆的嘴脸。

"我也是这么想的。其实结成双修伴侣，对两人的修为都有好处，只是不知道凌月和帝莘是怎么想的，待到城主会晤的事告一段落，我自会操办此事。"挽云师姐额首，她是过来人，孤月海以前也有不少年轻弟子在进入古九洲后，就结了双修伴侣，阴阳并济，对于弟子们的修为很有好处。

像是薛仲和罗衣，两人虽然最终没有好结果，但是两人结为伴侣后，修为都大

增，这一点也是有目共睹的。

如今妖族肆虐，潜伏在古九洲，提升修为，迫在眉睫。

"不过，比起凌月和帝莘，你和黄俊是不是也该关心一下个人大事了？"挽云师姐皱皱眉，看着秦小川和黄俊。

黄俊一听，闷声说道："挽云师姐，我……我不急，我才十八岁，想过些年，修为提升一些后再做打算。"

挽云师姐叹了一声。黄俊和木爽的事，她也略有耳闻，只怕黄俊这辈子都很难走出木爽那件事的阴影了。

"那小川呢？我记得你入门二十余年了，现在都三十好几了吧，也该找个属性相合、至少也得是属性不相克的女子，结为双修伴侣，彼此也好有个依靠。"

挽云师姐一说，秦小川干咳了几声。

武者修炼到轮回境后，就会延缓衰老。挽云师姐已经四十多岁了，但是她进入轮回境时，大概二十多岁，所以如今还是二十多岁的模样。

秦小川自小就在孤月海，进入轮回境时只有十几岁，所以这会儿看上去，也就二十出头的样子，但实际年龄还真不小了。

"对啊，师兄，我说你在孤月海那么多年，别是连女人的手都没摸过吧。还是说，你喜欢的是男人？"

黄俊打了个哆嗦，想着今晚坚决不能和秦小川睡同一个房间。

"我呸！本少英俊潇洒、身心健康，直得不能再直了，谁喜欢男人了，你们一个个瞪大眼睛看着，本少这次在水之城，一定会找到一个！"

秦小川也是欲哭无泪啊，你说这年头，暗恋的、寡居的、秀恩爱的，个个都在往他这"单身汪"的心口捅刀子。无涯峰人少，前面几个师姐师兄年龄都比他大一截，他好不容易才等到了个五师妹，可五师妹自小体弱，他精心呵护着，一不留神，就发展成了兄妹感情。这等了好几年，又好不容易盼来了个小的，偏是个师弟！就连来古九洲的路上也不走运，别说是女人了，就连女人的汗毛也没见到一根。

秦小川的话，引来了挽云师姐一记同情加好笑的眼神，至于黄俊，直接爆笑捶地，一副打死他也不信的表情。

秦小川暗暗下定决心，这次一定要成功"脱单"。他刚才观察过了，水之城不愧是水之城，这一路上的美女还真不少。譬如排在他后头不远处，就有一名貌美的女子。秦小川情不自禁地往后多看了几眼，只见几名舞姬打扮的女子和一个戏班子也要入城，其中有一名女子，秋水明眸，樱桃小嘴。

这时，女子也正看向他们所站的方向。

③情之所起

芙子

作品

《下册》

青岛出版社
QINGDAO PUBLISHING HOUSE

第二十一章　水城之行

　　前方那女子的视线若有似无地落到秦小川身上，怎么看怎么有几分含情脉脉。秦小川顿时心跳加速、热血沸腾，心中有种预感：他的春天来了！

　　前方，叶凌月和帝莘被拦住了，侍卫们轻蔑地扫了叶凌月几眼，就要驱赶他们。

　　"吵什么吵？"一名身着水蓝色战甲的妙龄女子从城门口走了出来，一头瀑布般的金发，棕色的眼，身形高挑，是个冷艳的美人。

　　"少城主，有人冒充黄泉城城主，小的们正准备把人赶走。"那些士兵一看到来人，忙躬身行礼，原来此女正是水之城城主的独生女罗千澈，一名修为达到小神通境界的女武者。

　　罗千澈扫了叶凌月他们一眼，目光定在帝莘身上，不由得面红心跳：好俊美的男子！

　　罗千澈也曾听过，黄泉城的新城主非常年轻，若说这位出众的男子是那位新城主，罗千澈还是相信的，可偏偏男子身旁的那名丑女自称城主。

　　罗千澈注意到帝莘和叶凌月那亲密的姿态，心里有些不是滋味。她活了二十多年，头一次看上一个男人，可这男人却有了双修伴侣。不过有了双修伴侣又如何，她的条件比那黑脸女子强了不知道多少倍，又是少城主，只要她主动示好，那英俊

男子必定会投入她的怀抱。

"姑娘，你说你是黄泉城主，可有凭证？"罗千澈虽然在问叶凌月，双眼却直勾勾地盯着帝莘。

叶凌月取出了信，正准备拿出城玺，哪知罗千澈一看那封信，俏脸一变，娇叱一声："来人，把这冒牌货给我抓起来！"

十几名侍卫立即抽出灵器，城门口霎时剑拔弩张，形势紧张起来。

"姑娘，你这是什么意思？"叶凌月敏锐地察觉到罗千澈那强烈的敌意。

"杨城主卧病多日，别说是写信了，连提笔都难，你竟说这信是城主亲笔写的。"

罗千澈说罢，催动体内的水之力凝成一条水鞭。那水鞭在空中啪啪数声，只见罗千澈的身旁，一股股水之力化作无数鞭影，如潮水般向叶凌月袭去。帝莘闪身护在叶凌月身前，一把扯住罗千澈的鞭子。众目睽睽之下，帝莘手腕一抖，罗千澈的灵鞭骤然断裂，人也往后退了几步。

少城主的无影鞭被破了！在场的侍卫都倒吸了一口冷气。要知道，少城主的无影鞭可是打遍水之城无敌手的，当初少城主可是亲口说过，谁能在十招之内破了她的鞭子，若是男子，她就嫁给对方为妻；若是女子，她就俯首称臣。

对上帝莘那双漂亮的眸子，罗千澈不由得面色一红："你破了我的无影鞭，有资格进入水之城。只要你不和那冒牌货在一起，我可以让你单独进城。"

叶凌月撇撇嘴，瞪了帝莘一眼。帝莘瞅瞅自家媳妇儿，耸了耸肩："谁稀罕进这破城，媳妇儿在哪儿，我就在哪儿。"

罗千澈被公然拒绝，脸上有些挂不住，嫉恨地瞪着叶凌月，恨不得把她瞪出个窟窿来。

"敬酒不吃吃罚酒，那我就把你们全都关进大牢，听候发落。"罗千澈口中念念有词，手中出现一根权杖，身下浮现一个阵法，阵中波动着一股强大的元力，而且这力量还在不断增强。

"少城主，且慢！"就在这时，从城里匆匆走来几人，为首之人正是五灵城城主。

听到这声喝阻，罗千澈气息一顿。

"少城主，误会一场，这位姑娘的确是黄泉城的新城主。方才冒犯了少城主的，乃是我的忘年之交帝莘，也是我们五灵城这五十年来最快成为猎妖者的新人王。"五灵城城主三言两语就化解了误会。

原来五灵城城主在接到城主会晤的消息后，就收到了帝莘的信，帝莘告知五灵城城主叶凌月成为黄泉城城主的经过，还说了他们会途经金之城。

"他是五灵城的新人王，难怪如此了得。既有老城主做证，我姑且相信这个女人就是黄泉城的城主。"罗千澈尽管心中不愿意，可五灵城城主德高望重，就连九洲盟都要给他几分面子，她一个晚辈，自然不敢太过放肆。

她早就听说五灵城出了个厉害的新人，乃是五灵涅槃体，资质过人，一直想见上一面，如今一看，帝莘不愧是她相中的男人，这个男人，她要定了。

五灵城城主的目光落在叶凌月身上，他很好奇，叶凌月到底是怎样一个倾国倾城的佳人，能令帝莘为之疯狂？如今一看，不免大失所望。

"两位城主请随千澈进城，家父已经在城中等候多时。"罗千澈做了个"请"的动作，前方旋即让开一条道路，叶凌月和帝莘等人随着罗千澈一起进入城中。

见危机已除，秦小川不由得往身后看了几眼，刚才那个让他怦然心动的女子已经不见了，心里不免有些遗憾，只得跟着队伍往里走。

人一走光，城门口的秩序恢复如常。

叶凌月和帝莘等人过了卫城，前方出现了一条宽敞的运河。众人登船，行在河上，迎着徐徐清风，众人绷了几日的神经终于放松。

"方才凌月和那少城主起冲突时，我也捏了一把冷汗。凌月，听我一句劝，在水之城的这段日子最好不要和城主府的人起冲突。"挽云师姐忧心忡忡地叮嘱道。

"挽云师姐，你可不是那种欺善怕恶的人，再说了，方才明明是那个姓罗的先找凌月的麻烦。"黄俊有些好奇地说。

"水之城的城主府和其他城不同。水之城的罗家人可是被称为'拥有水神血脉'的人。"

拥有水神血脉？叶凌月和众人面有愕色。

"挽云师姐，此话怎讲？难道古九洲真有神的存在？"叶凌月记得云神医说过，她乃神界之人，但神有神规，神界之人不可擅入人界。即便进了人界，也不能妄用神力，若是干扰了人界的事务，就算是神，也要受罚。

挽云师姐见众人都有兴趣，于是娓娓道来。

在太古时期，人界和神界还未像今日这般戒律森严，神是可以莅临人界的。据说五灵神中唯一的女神——水神偶然经过水之城，发现此城地处荒漠、民不聊生，心生怜悯，在此停留了三年，用自己的神技改造水之城。也是那时候，她和城中一名罗姓男子相爱，并孕育了一个孩子。

三年期满，水神得神帝召唤必须离开，她被迫和罗姓男子分别，此后她和罗姓男子的孩子就成了水之城的城主继承人，由于具备水神血脉，他的后人都拥有超常的修炼轮回水之力的能力。

"不就是水之力强了点儿嘛，我看也没多大能耐，比六弟妹可是差远了。"秦小川满脸的护犊子样，说罢还一脸避讳地看了看叶凌月身旁的小疆兔。

"倘若只是修炼方面强一点儿也就罢了，罗家最厉害的并非水之力，而是召唤水系灵兽的能力。"挽云师姐的神情很是凝重，"罗家的人，尤其是直系血脉，每一代都会出现一个能够控制水系灵兽的天才。我若没看错的话，那罗千澈就是罗家这一代的控制水兽之人。如果方才五灵城城主再迟来一步，她恐怕已经召唤出水兽了。"

正是因为这得天独厚的能力，尽管修炼的是看似攻击力不惊人的水之力，但是水之城城主在九大新手城中的地位不容小觑。

叶凌月听罢，盯着河水若有所思，看来，此行并不简单……

河水波光粼粼，倒映出一人的身影，此人不是旁人，正是让秦小川一见倾心的那名女舞者。

"看来是我多虑了，她足以在水之城自保，只是不知能不能顺利化解这次危机……"女舞者看向前方那座主城。

在运河的三分之二河段处，罗千澈下完命令后，就等着那些鲸人战士前来复命。想到帝莘对自己不冷不热，罗千澈心里冷笑，没有人可以藐视水神的后人。

这时，水下一阵波动，几名强壮的鲸人战士悄无声息地靠近船只，罗千澈心中一喜，看来这些鲸人没有辜负她的期望，那个废物城主一定已经尸沉水底了。

鲸人战士浮出水面，正当罗千澈俯身盘问他们时，其中一名鲸人战士猛地挥动手中的三叉戟刺向她的眼睛。罗千澈毫无防备，只来得及惨叫一声，就被血色遮住了视线。紧接着，她被鲸人战士扯住头发狠狠一拽，如米袋子似的摔入水中，水上涌起一片血色。

罗千澈的惨叫惊动了五灵城城主等人："少城主落水了，快救她上来！"

那些鲸人发出暴戾的怪叫，围攻五灵城城主等人，阻止他们下水救人。

谁也没想到，一直对罗千澈敬若神明的鲸人会突然暴动。水中是鲸人的天下，它们速度极快，犹如飞鱼，一下子就将罗千澈扯入水底，不见了踪影，也不知罗千澈是死是活。章全和老城主不敢贸然下水，无奈之下，只得立刻靠岸，派人通知水之城的城主。

"老城主，发生了什么事？"没过多久，叶凌月和挽云师姐她们的船也靠岸了。

"少城主被鲸人袭击落水了，现在下落不明，我们正在全力搜救。"五灵城城主见叶凌月等人没事，这才松了口气。

那个少城主落水了，还被鲸人给袭击了？秦小川暗暗诧异，这是什么神转折，那些鲸人不是罗千澈的手下吗？再一想到叶凌月击退那些鲸人时手上拿了面太鼓，难道……鲸人的反常和那面鼓有关系？

"千澈怎么样了？"一名面相阴柔的中年男子带着一群侍卫走了过来。他年约四旬，相貌和罗千澈有些相似，那双浅灰色的眼中时时闪动着狡猾的光芒。

此人就是水之城的城主罗谦，惊闻爱女落水，他立刻丢下城务赶了过来。听说罗千澈是被鲸人袭击落水的，顿时反驳道："不可能，千澈自小在水之城长大，水性很好，何况那些鲸人从小就听命于她，怎么会袭击她？其中必定有异。"

知女莫若父，更何况，罗谦还知道，这些鲸人平日都是居住在运河一带的，除非有敌袭或者得了他们父女俩的命令，才会出现在人前。光天化日之下，哪来的敌

袭，而且他本人也没有下令，那唯一的可能就是——女儿召唤了那些鲸人。至于为何会由召唤变为被袭，这一切只能等找到罗千澈才知道了。

罗谦命令全城的侍卫沿着运河搜寻，直至一刻钟后，罗千澈才被打捞上来，人倒是没死，可是她的一只眼睛被三叉戟刺瞎了，脸也被河底的乱石擦得面目全非。就算脸能够治好，那只眼也肯定废了。

看到爱女成了这副样子，罗谦阴沉着脸，周身盘旋起一股可怕的轮回水之力，一个水蓝色的阵法出现在他的脚下。一朵浪花破阵而出，浪花的顶端站着一名高大俊朗的男子。男子有着湛蓝的双眼，蓝色的短发，光洁的额头上有个水蓝色印记，修长的脖颈上戴着一串贝壳项链，下半身则是鱼形。

"是罗城主的半神兽，鲛人王。"看到那鱼人，挽云师姐轻声在叶凌月耳边说道。

鲛人？叶凌月听说过这个兽族，据说鲛人一族，是水系灵兽中仅次于龙族的强大存在。它们大多居住在远离人群的偏远海域，鲜少和人打交道。没想到水之城的城主竟能召唤出鲛人王。

"鲛人王，我的女儿被鲸人攻击了，它们是你的部下，我命令你，立刻查清事情的来龙去脉。"罗谦吩咐鲛人王。

对罗谦的强硬口气，高傲的鲛人王没有表露出不满，它行了个礼，掐了个法诀，河面上泛起波澜，一名鲸人战士出现在它的身前。鲸人战士的眼中已经没有了血红色，惑心鼓的功效已经消失了。可怜的鲸人战士跪在地上，对于罗千澈的事，它也没法子解释。它只知道，等它们清醒过来时，罗千澈已经受了重伤。

"下贱的鲸人，我要让你们付出生命的代价。来人，把这条运河里的鲸人全部毒死，逃跑者全都斩杀，一个不留。"罗谦一挥手，身旁的侍卫一刀斩下了那名鲸人战士的脑袋。

叶凌月一听，下意识地就要制止。

"媳妇儿，不要冲动。"帝莘抓住叶凌月的手，将她困在怀中。

在罗千澈被打捞上来时，帝莘就已经知道，罗千澈的事，一定是叶凌月暗中动的手脚。若是叶凌月站出来，罗谦必定会知道，罗千澈是叶凌月所害。

帝莘紧紧地抓着叶凌月，叶凌月恼恨地瞪了他一眼，却见帝莘避开她的视线，漠然看向鲛人王，这时候该站出来的，并非他们，应该是鲛人王才对。

"鲛人王，难道你就眼睁睁看着你的子民被肆意屠杀？"

鲛人王的脸上，有了一瞬间的迟疑。

"子民？它们不过是些下贱的生灵，水神的子民不计其数，死一些鲸人又如何，没有保护好千澈，它们死有余辜。"

听到罗谦冷酷的话，鲛人王眼底一黯，却没有发话。大量的毒药被倾入运河，数百名鲸人战士的首级被砍下，整条运河都翻涌着鲸人的血。

五灵城城主摇了摇头，带着章全等人进城去了。挽云师姐他们瞄了眼帝莘和叶凌月，见叶凌月和帝莘之间的气氛很微妙，几人使了个眼色，便悄然走开了。

"为什么阻止我救它们？帝莘，你什么时候变得这么冷酷无情！"叶凌月望着血浪滚滚的河面，心情沉重得透不过气来。是她害死了那些鲸人，她只是想报复罗千澈，没想到鲸人们会为此付出生命的代价。

因为金之城中混入了妖族间谍，必须尽快将此事告知罗谦，叶凌月只得暂时压下怒气，与帝莘一起进了主城。

因为罗千澈的事，罗谦无心招待众人，只是命令下人给叶凌月等人安排了住处。就在叶凌月一行人被安排到相应的院落里时，恰好走过几名侍女，其中一人不由得停下了脚步。

"她怎么会在这里？"洪明月难以置信地看着叶凌月的背影。虽然叶凌月经过了乔装改扮，可身形未变，尤其是她身旁还站着帝莘。

洪明月分明记得叶凌月去了灵气全无的黄泉城，月沐白还曾扬言，在黄泉城，叶凌月就算用上五年，都未必能成为猎妖者。

"那几个是从黄泉城来的客人，为首的那个丑八怪听说就是黄泉城的新城主。啧啧，那女人长得那么丑，她身旁的侍卫倒是都很英俊。"和洪明月在一起的几名侍女议论起来。

黄泉城的城主？叶凌月怎么成了新手城的城主？从新手到猎妖者，再到城主，这速度未免太逆天了，这贱人，怎么回回都那么好运！

叶凌月成了城主，又有心爱之人呵护，最过分的是，她还是紫堂宿唯一的弟子，而她洪明月呢，再怎么努力，处境却一天比一天糟。洪明月咬着唇，双眸里满是嫉妒和恨意。于她而言，叶凌月就像天生的灾星，自打叶凌月出现之后，她就没一天好受过。

"不过啊，依我看，她这黄泉城城主只怕也当不长了。"

"我听说，这次城主会晤，其实就是为了弹劾她而召开的。"

"城主和少城主都不待见她，据说方才接待时，压根没人理她。"

"可不是嘛，听说她的城主之位是白捡来的。"

众侍女七嘴八舌地说着闲话。身处古九洲这种地方，就算是普通的侍女，也都崇强欺弱，在她们眼中，那么年轻又丑陋的女子，哪来的资格当城主。

众侍女正在议论，一名中年女管事快步走来："谁让你们在这里嚼舌根子的，一个个都不用干活了吗？少城主房里缺个伺候的侍女，谁愿意过去？"

罗千澈被鲸人袭击，受了重伤，这事被罗谦压了下去，只说少城主身体抱恙，需要照料。

侍女们安静下来，全都缩着脖子，谁也不敢冒头。她们很了解罗千澈的脾气，都不想去找罪受。

那女管事在众侍女中看了几眼，目光落到了生面孔的洪明月身上。

"奴婢愿意服侍少城主。"洪明月正欲接近城主父女，自然不会放弃这个机会。

洪明月虽然顺利把影姬的东西留在了罗谦的起居室里，但是她后来才知道，罗谦有十九名姬妾，平日他几乎从不宿在起居室里。如此一来，那东西就没了用武之地。影姬暗中指使她，想法子把那玩意放在城主身上。

"你是新来的，看着还算机灵，走吧，记住，嘴巴严实点儿。"女管事打量了洪明月几眼，见她长得颇美，又很主动，就带着她朝罗千澈居住的水香苑走去。

一走到水香苑门外，就听到里面传来一阵打骂声。

披头散发的罗千澈正在责罚一名侍女，地上全是碎裂的镜片。

"少城主，万万使不得！"女管事一见，慌忙走上前去，拦住了罗千澈。

罗千澈身上缠着绷带，右眼蒙着纱布，和城门口那个不可一世的少城主相比，简直判若两人。这也难怪，不过半天时间，就从意气风发的美女少城主变成一个残废，这打击任谁都受不了，更何况是罗千澈这么骄傲的女人。

"滚开！这贱婢说我的右眼没了，她在说谎，她一定在说谎。"

罗千澈被救上来后，城主府的医者喂了她丹药和一些补血的汤药，她是武者，身体底子好，很快就醒了过来。可一醒来，右眼一片漆黑，浑身疼痛无比，她这才想起自己被鲸人袭击的事。

"少城主，你一定要保重，你的伤，城主会想法子治好的。那些伤了少城主的鲸人，城主已经将它们全都杀了，你先消消气。"女管事安慰罗千澈。

"治好？眼瞎了岂能治好？那些卑贱的畜生，竟敢背叛我……只是几百条贱命，怎么比得上我的眼睛！"罗千澈听了，非但没有消气，反倒大发雷霆。

"少城主切勿生气，奴婢有个法子，也许可以帮到少城主。听说有一种法子叫换眼，只要找到合适的眼睛，再让高明的方士炼制，就能炼出和真眼一样的假眼。如此一来，少城主就能重获右眼了。"在罗千澈恼怒之时，一旁的洪明月跪下来说道。

"哦？世上真有这样的法子？我在府中没见过你，你是新来的吧？你怎么会知道换眼之法？"罗千澈一听自己的眼睛还有救，惊讶地瞄了洪明月一眼，这才发现此女颇美，不像是一般的侍女，不禁有些怀疑。

"小女是青洲人氏，在来古九洲之前，曾是青洲最大的方士组织北青丹宫的人。换眼之法奴婢就是从那里听来的，也懂得一二，少城主若是想换眼，奴婢可以效力。"

洪明月继承了陈鸿儒的修为和一些记忆，陈鸿儒活了数百年，在他的丹宫秘典中，的确有相关的记载。

"恭喜少城主，那手下这就为你去物色合适的人选。"女管事连忙说道。

"不，我已经有合适的人选了。"罗千澈摸向已经成了一个窟窿的右眼，脑海中闪过叶凌月的双眼。她决定了，若是真能换眼，她就要那个废物城主的眼睛！

罗千澈心生毒计，她瞥了洪明月一眼，问道："你叫什么名字，可愿意在我手

下办事？"

"奴婢名叫洪明月，能为少城主效劳，是明月的荣幸。"洪明月恭敬地说道。

只是一眼，罗千澈就断定，洪明月和她是一类人。罗千澈虽有些怀疑洪明月，但谅她也折腾不出什么幺蛾子来。

"千澈，你总算醒了。"就在这时，罗谦走了进来。

"爹，你一定要为女儿报仇。"罗千澈见了父亲，满脸的委屈，走上前去一阵撒娇。

罗谦一看到爱女的模样，心疼不已。罗谦虽有子嗣数人，但是继承了水神血脉、拥有召唤水兽能力的却只有罗千澈一人，所以对罗千澈一直宠爱有加。没想到自己的掌上明珠受了这么重的伤，盛怒之下，罗谦这才杀了那些鲸人。

"千澈，这究竟是怎么回事？你为何会被鲸人袭击？还有，好好的，鲸人怎么突然出现在水面上？"水族虽是水之城的护卫，但白天是不会出现的。

"父亲，这事都怪那个该死的黄泉城城主，如果不是她，女儿就不会被鲸人袭击。女儿本来是让鲸人去袭击她的，不知怎么搞的，鲸人会突然叛变。"罗千澈咬牙切齿地说。

"黄泉城的那个新城主？"

"对，就是那个丑女人，实力不济也就算了，还不自量力地勾搭帝莘。"罗千澈提到帝莘，那只完好的左眼里多了抹异色，脸上也难得多了丝少女才有的羞赧。

"帝莘又是何人？女儿，难不成你有心上人了？"罗谦狐疑地问道。

罗千澈自小高傲，虽然有很多青年才俊爱慕、追求她，可她一概不理，到了二十几岁亲事还没着落，罗谦为此头疼不已。因为水神血脉只有在成婚后才能被完全唤醒，而罗千澈一直不肯成婚，她身上的水神血脉只唤醒了一部分，召唤水族的能力比罗谦逊色不少。

难得女儿说了个男人的名字，罗谦免不得多加关注。罗谦皱起眉头，女儿动了男女之情本是好事，可对方如果已有双修伴侣，那就不同了——他罗谦的女儿，堂堂水之城的少城主，总不能去当别人的妾吧？

"爹，我不管，我就要帝莘，女儿只嫁他一人。再说了，那个叶凌月那么丑，又是个废物，而帝莘是五灵涅槃体，年纪轻轻、前途无量，那个废物根本就配不上他。"

"城主，少城主，奴婢也是青洲大陆人氏。关于那个叶凌月，奴婢有话要说。"洪明月听了片刻，已经了然，原来罗千澈看上了帝莘。为了利用罗千澈对付叶凌月，洪明月颠倒黑白，将叶凌月说成一个人尽可夫的下贱女子。

"真是岂有此理！这叶凌月真不要脸，有了帝莘还勾三搭四。不过，她长得那副德行，你说的那些男子怎么会看上她？"罗千澈义愤填膺，可又觉得有些难以理解。

"少城主有所不知，那叶凌月虽然貌不惊人，可她学了合欢教的一种勾搭男人的伎俩，所以那些男人才会被她迷得团团转。"洪明月继续抹黑叶凌月。

"那就难怪了。爹爹，你都听见了，这样的女人，帝莘一定是被她蒙蔽了，才喜欢上她的。这次城主会晤，你无论如何也要揭穿她的真面目。"

罗千澈已经相信了洪明月的话，罗谦却没有说话。洪明月担心地望了罗谦一眼，却见罗谦正用一种火热的目光打量着她，眼神有些暧昧。

洪明月心中一惊，却见罗谦说道："千澈你放心，这件事交给爹爹就是了。爹绝不会让任何人阻碍你的幸福，再过两日，那废物城主就会一无所有。"

第二十二章　双胞弟弟

"说正经事，那个妖族的奸细可有下落？"正说话间，叶凌月忽然打了个喷嚏，"阿嚏！"

方才进城主府时，叶凌月暗中让帝莘将玉骨妖的信发了出去。

"还需等待，我在城中发了信，也不知玉骨妖的同伙会不会出现。"

城主府里没发现妖族的踪迹，这让叶凌月和帝莘觉得不可思议。

在接下来的两天里，八大新手城的城主终于全部抵达水之城。洪明月发现杨城主并非她要等的人，便悄悄溜进城主府的花园里。

这里有条小溪通往府外，洪明月刚要放出暗号，身后突然响起一道威严的声音："你在这里干什么？"

洪明月心里一慌，回头看到罗谦站在身后，紧张得手心里都是汗。

"城主，奴婢在祈福，希望少城主能早日康复。"洪明月取出几只精美的纸鹤。这些方鹤是影姬交给她的，看上去和寻常的纸鹤没什么两样。

"拿来给我看看。"罗谦依旧盯着洪明月不放，洪明月只得硬着头皮将方鹤递过去，哪知她却被罗谦强拉进怀里。

"倒是个美人儿。你跟着千澈太委屈了，不如做我的第二十房小妾。"罗谦轻佻地捏着洪明月的下巴，目光从她那艳若桃李的脸上移到丰满的胸口，说话间手就摸进了她的衣襟。

洪明月又惊又怒，本欲挣脱，推搡了几下突然想到，这不正是接近罗谦的好机会吗，反正这身子已经脏了，再多一人又如何？于是，拒绝变成迎合，花园里顿时满园春色……

半个时辰之后，罗谦满意地离开了花园，却不知他的身上已然多了一样东西。

洪明月整理好衣物，确定四下无人之后，又从怀中取出一只方鹤投入水中。那方鹤一入水，就化为水鸟飞走了，洪明月这才离开花园。

待她的身影完全消失，从花园的假山后踱出一人。那人看了眼洪明月离开的方向，再看看飞远的方鹤，嘴角露出玩味的笑容。

"看来，明日必定会有一场好戏上演，不枉我煞费苦心地来城主府助威。"那人说罢，摸了摸下巴，悠闲地离开了花园。

夜间，挽云师姐来找叶凌月，几人决定在水之城逛逛，看能不能用天狼棍找到一些线索。帝莘本打算作陪，可是刚出城主府就被一名侍卫拦下了，说是五灵城城主有请。

"帝莘，你就放心地去吧，凌月他们交给我来保护。"秦小川拍着胸脯保证。

秦小川也迫不及待地想进城打听一下，白天碰到的那名女舞者住在什么地方。

叶凌月和帝莘说了几句话，就在帝莘的目送下离开了城主府。帝莘随着侍卫到了迎客厅，才发现找他的并非五灵城城主，而是罗谦。

招自己为婿？帝莘蹙起眉头，对这份突如其来的青睐没有半点欢喜可言。

"罗城主也许不知，在下已有双修伴侣，正是与在下同房的叶城主。"帝莘刻意强调了"同房"二字，想让罗谦知难而退。

"那又如何？不过是双修伴侣而已。我想，以千澈的修为和天赋，她比叶城主更适合当你的双修伴侣。我若是你，会选择最合适的人做自己的双修伴侣。要知道，一名好的双修伴侣，对你将来的成就，有着不容小觑的帮助，我本人就是最好的例子。"

罗谦不以为然，不过是女人而已，在大部分男人的眼中，女人不过有两种用

途：第一种，发泄欲望；第二种，繁衍后代。

"年轻人，所谓的爱情，不过是镜花水月，只有地位和实力才是真正的永恒。你看看我，如今功成名就，坐拥无数美眷，你现在知道该怎么选择了吧？"罗谦言语之间满是骄傲之色。

"很显然，你的女儿并非我的永恒。于我而言，地位、实力也不过是一瞬，唯有我心爱之人才是永恒。所以，这桩婚事，我拒绝。"

帝莘的话在寂静的夜里分外清晰，罗谦面上的笑意凝住了。

"帝莘，你居然拿那个丑女和千澈相提并论，真是敬酒不吃吃罚酒。"盛怒之下，罗谦啪的一声捏碎了手中的酒杯。

"罗城主，你这话说错了，我可没把你的女儿和凌月相提并论，在我心中，她连凌月的一根汗毛都比不上。"帝莘说罢，倏地站起身。

罗谦长眉一挑，冷喝一声，数道轮回水之力化为一道道爪风，向帝莘的后脑抓去，正是水之城的城主府武学——水鬼百爪。

帝莘径直往前走去，后脑勺上就如生了眼睛似的，但见他手臂一挥，五指微拢，一股无形的元力弥漫开来。罗谦身形一震，面色一白，没想到自己的鬼爪会被一名猎妖者新手一招破解。

帝莘离开院落回到住处，叶凌月和挽云师姐还没回来。今晚之事，帝莘并不打算告诉叶凌月。但是他拒绝了罗谦，罗谦父女必定不会善罢甘休，帝莘担心对方会用什么卑劣的手段。

和帝莘分开后，叶凌月等人乘船前往水之城的城区。两边的河岸上有一些恋人正在往河中放花灯，叶凌月等人这才知道，今日是水之城的特殊日子——水神节。

水神节的由来，和水神传说有关。据说当年水神就是在水神节那天，在河岸边偶遇了罗家的先祖，两人互生情愫，这才有了水神血脉。

叶凌月等人下船时，恰好有一名小商贩上前兜售花灯。

"姑娘，买一盏水神花灯吧，点上可保家人身体安康，有情人终成眷属。我们城主大人，当年就是因为这花灯，才和城主夫人喜结良缘的。"小商贩卖力地游说。

"小哥，既然你这花灯很灵验，我买一盏。"

两岸都是男女恋人，秦小川看着眼热，就买了一盏花灯。

"我说秦师兄，人家都是情侣放花灯，你一个人，还要学人家放花灯不成，要不我勉为其难，陪你放一放好了。"黄俊冲着秦小川挤眉弄眼，得了秦小川一记白眼。

"谁说我是放姻缘灯，我是求家人平安、大伙平安。"秦小川嘀嘀咕咕地朝河边走去，把手中的花灯放入了水中。

花灯顺水而下，晃悠悠地漂了出去。精致的花灯漂出几十米远，撞在了一艘画舫上。画舫上轻歌曼舞，原来是个戏班子正在弹唱。

一阵哗然的水声，一只手将那盏花灯捞了起来……

恰逢水神节，整条街道上都是人，叶凌月和挽云师姐没走几步就被人流冲散了。

"怎么是他？"叶凌月无意中发现前方有个熟悉的人影，那人站在一名商贩的身旁，正说着什么。

城区的热闹，很快就被抛在了身后，叶凌月尾随着那人，来到一处寂静的河边。两岸种着一排排窄叶芦苇，在暗夜的风中，芦苇摇曳生姿，发出簌簌的响声。

到了河边，那人取出一盏花灯。

"出来吧。"那人凝视着花灯，忽然开了口。

"想不到鲛人王竟有兴致来放花灯。不过看样子，你约的人今晚爽约了。"叶凌月不再躲避，从暗处踱了出来。

寂寥的夜色中，蓝发蓝瞳的鲛人王站在河边，就如一幅画卷，颇为赏心悦目。

叶凌月也没想到，鲛人王身为罗谦的召唤兽，也会喜好放花灯这种节日活动，而且还独自出现在这种地方。

方才她给了那商贩一些灵石，那商贩告诉她，鲛人王买了一盏花灯，要他在上面写上"罗绮雪"这个名字。听名字，罗绮雪应该是个人族女子。而且听那小贩说，鲛人王不是第一次买他的花灯了。在过去的二十年间，鲛人王每年的今夜都会

来买花灯，而且花灯上只有同一个名字。

眼前的鲛人王已经化为人形，身姿颀长，蓝发蓝眸。撇开异族身份不说，从女人的角度来看，鲛人王还是一个很有吸引力的美男子的。

"她没有爽约，她只是来不了了。"鲛人王说着，将那盏灯随手一拂，莲形的花灯在水中荡漾，就如一朵盛开的莲花，虽然美丽，却形单影只，和远处那片成双成对的花灯相比，尤为寂寥。

鲛人王放完了花灯，转身就要离开。

"鲛人王，我有一事不明，为何你要帮助罗谦那样的人？你明知道他不是什么好人，他从未将水族看成自己的手下，在他眼中，水族只是杀人的工具而已。难道仅仅为了一个虚无缥缈的传说，你就要将水族的前程交给罗谦那种人？"

叶凌月还是挺欣赏鲛人王的，但是不知为何，她总觉得鲛人王的身上，流露着一股说不出的忧伤。

"受人之托。我不管你是什么人，但鲸人之事，只此一次。"鲛人王经过叶凌月的身旁，淡淡地说了一句。

鲛人王看出她在鲸人身上动了手脚？叶凌月惊出一身冷汗。待她回过神来，鲛人王已经不见了。难道鲛人王并非真心忠于罗谦，而是……受人之托？是什么人托他帮助罗谦，帮助城主府的？那人对鲛人王而言，必定极其重要，重要到他宁愿违背本心的地步。

叶凌月疑惑地走到河边，随着一股元力波动，那朵已经漂远的花灯落到了她的手上。见灯上写着"罗绮雪"这三个字，叶凌月想起挽云师姐说过，在水之城，只有继承了水神血脉的人，才姓罗……

和鲛人王的意外邂逅，让叶凌月耽搁了不少时间，想起和挽云师姐的约定，她快步朝城区走去。

远远地看到秦小川和黄俊挤在人群中，她正欲过去打招呼，忽然听到一阵曼妙的乐声。她循声望去，却见街道的正中，不知何时搭起了一座高高的花台，一名女子正在台上独舞。

女子穿着水之女神的水霓祈福裙，流水般的纱裙上点缀着一朵朵盛开的莲花。

女舞者有着漆黑的长发，比雪还白的肌肤，一双美眸流光婉转，四肢修长，腰肢如蛇般灵活，一举手，一投足，都带着一股说不出的韵味。

"好一个魔性的女子！"叶凌月在心底暗暗赞叹。

台上的这名女子，就如一块磁石，吸引了所有人的视线。再看看四周，无论男女，都看得目瞪口呆，秦小川和黄俊也全都如此。

这姑娘不就是在城门口遇到的那名女舞者吗？秦小川放花灯时，就一直祈祷着能够遇到她，没想到还真在街上遇到了。

这时音乐停了下来，女舞者跳完水神舞，一名戏班子的成员走了出来，当众宣布："诸位，今日是水神节，水神的扮演者光子小姐，代表我们戏班子给诸位献上了一支水神舞。除此之外，她还会选出在场的一位看客，送上水神的祝福。"

想来"光子"就是那名女舞者的名字了，看样子这个戏班子在当地的人气很高啊。叶凌月正思忖着怎么打听到戏班子的住处，突然一股清新的水汽扑面而来，叶凌月下意识地抬头望去，正对上了一双水盈盈的美眸。

光子站在花台上，居高临下，视线恰好和叶凌月的撞在了一起。

"你就是我选中的人。"光子笑了起来，那张艳光四射的脸上，笑容就如灼热的阳光，让叶凌月不禁眯起了眼。

不等叶凌月弄清楚到底是怎么回事，光子蓦然俯身，吧唧一声，在叶凌月的脸上响亮地亲了一口。

对方只是一个陌生人，却对她做出如此亲近的举动，而叶凌月不仅不排斥，反而有种说不出的亲近感，就好像很久很久以前，也有人对她做过类似的举动。

"我叫光子，我们还会再见面的哦，我的女神。"光子调皮地眨了眨眼，这才在众人的注目下翩然起身，转身之际，还不忘对台下的众人送出无数个飞吻。

场面更加热烈，所有人都为光子所倾倒。

"哎呀呀，真是亏大了，早知可以得到女神的吻，我就该挤到前面去。这不白白便宜六弟妹了。"秦小川一副后悔莫及的模样，他也想一亲女神的芳泽。

一名路过的行人听到了，张口就说："这位小兄弟，你也是'月光'戏班子的拥护者吗？你的眼光真不错，我和你一样，都喜欢看他们的演出。'月光'可是古九洲很有名的戏班子，他们的首席女舞者光子可是千金难得一见。不过算你运气好，'月光'这次收到了城主的邀请，来参加城主会晤。你要是有门道进入城主府，就能再睹芳容了。"

那行人说得唾沫直飞，叶凌月和秦小川一听，都来了兴致。

秦小川立马就往城主府跑去，叶凌月和黄俊只得紧随其后。

过了一刻钟，他们终于找到了挽云师姐。

挽云师姐在附近转悠了一圈，天狼棍没有反应，四人这才结伴回到了城主府。

一到了城主府，秦小川就迫不及待地找人打听"月光"戏班子的住处。

一打听才知道，"月光"戏班子真的住在城主府，而且住的还是贵宾楼。听说罗谦是"月光"戏班子的老戏迷，每年都会邀请戏班子前来演出。就在方才，罗谦请了光子姑娘去喝茶。

"侍卫大哥，我想问一下，城主府的女眷里，可有一个叫罗绮雪的女人？"叶凌月问了城主府的侍卫一句。

"大胆！家母的名字，岂是你这样的人可以问的。"罗千澈走了过来。她的伤还没有好全，这会儿右眼包着，身上也缠着纱布，看上去有些滑稽。

罗千澈一看到叶凌月那张平平无奇的脸，一想到帝莘竟然被这张脸迷得神魂颠倒，就觉得一口恶气梗在胸口，上不来下不去。

这么说来，罗千澈的娘亲才是具有水神血脉之人。

罗千澈口口声声说，罗谦是为了爱妻才改姓罗的，叶凌月听着却觉得很不对劲：一个挚爱妻子的人，会娶十九房姿室？算起来平均一年娶一个！这种男人，和那二十余载每年都到河边放花灯纪念故人的鲛人王相比，简直一个是地下，一个是天上。

叶凌月不屑地撇了撇嘴，旋即想到了另一件事——既然罗谦只是入赘到城主府的，那他是怎么获得水神血脉的？难道除了遗传，还有获得水神血脉和天赋本领的其他法子？

叶凌月回房时，帝莘已经铺好了地铺，正等着叶凌月回来。

"媳妇儿，你怎么脸色不大好？"帝莘伸手摸了摸叶凌月的额头，再看看她有些发红的脸颊，凑过去在她的身上嗅了嗅。

"你怎么跟小吱哟似的。"叶凌月被帝莘逗笑了，推了他一把。帝莘却蹙紧了眉头，狐疑地问道："媳妇儿，我闻到了其他男人的味道。"

"男人个大头鬼，我现在这副模样，哪个瞎眼的男人会看上我？"叶凌月嗔怒地捶了帝莘一下。

两人笑闹了几句，帝莘躺在地铺上，叶凌月和衣躺在床上，闭上双眼，睡意渐浓。

"阿姐，阿姐——"一道稚嫩的童声在睡梦中响起，一个很漂亮的小男孩开心地扑到叶凌月身上，双臂搂紧了她的脖子。

"哎，小家伙，你是谁啊？"叶凌月苦笑着问道。

"阿姐，光……光……"小男孩刚学会说话没多久，一发现自己会叫"阿姐"了，就兴奋地来找阿姐。

"笨蛋凌光，都这么大了还不会说话，整天只知道缠着阿姐。"一个同样一岁多的小男孩站在叶凌月的身前，得意地冲那个叫"凌光"的小男孩做了个鬼脸。

两个小男孩，容貌几乎一模一样，只是眼眸的颜色有些不同。先出现的那个小男孩，眼珠子是漂亮的浅金色，后出现的小男孩，眼眸是漆黑的。

"阿姐……日……好坏！"浅金色眼眸的小男孩怒视着漆黑眼眸的小男孩。

他刚说完，那漆黑眼眸的小男孩就挥了挥拳头，抬脚就要往他的屁股上来一脚。哪知他脚下忽然一空，人已经被拎了起来。

"夜凌日！我说过多少次了，不准欺负凌光，不准不准不准！"叶凌月吃惊地发现，自己的手脚如同失控了一般，等她找回控制权时，她已经将那个小酷哥拎在了手中。

"阿姐最讨厌了！"小酷哥的小脸一垮，黑色的眸子里蒙上一层雾气。他挣脱了叶凌月的手，负气走到一旁，蹲在角落里，小肩膀一抖一抖的。

"日，日……阿姐……"见夜凌日那副模样，小凌光也忘了哭，晃悠悠地走到叶凌月身旁，踮着脚抓住她的手摇晃起来，"阿姐……日……抱……"他知道，日只是讨厌他一直黏着阿姐，才会踢他的。日，也和他一样，最喜欢阿姐了。阿姐，

是他们俩一起的阿姐。

"唉，真是两个捣蛋鬼。凌日，不准哭，男子汉大丈夫，流血不流泪，你忘了父亲是怎么教你的吗？"叶凌月无奈地抱起小肉球，走到了夜凌日的身旁。

小酷哥哼了一声，嘟囔了一句，似乎是不承认自己哭了。

"死要面子的小屁孩！好啦好啦，阿姐也喜欢凌日。阿姐最喜欢你们俩了，咱们仨，无论什么时候都要在一起哦。"叶凌月把夜凌日和夜凌光搂在怀里，三颗脑袋凑在了一起。

"阿姐，说好了，你以后都要和我们在一起。"

"阿姐——当——老——婆。"

"笨蛋凌光，阿姐是我们的姐姐，你不能娶她当老婆。"

"日，笨——蛋……"

两个小男孩就如斗鸡似的，你一句，我一句，谁都不肯相让。

夜凌日，夜凌光？他们是谁，为什么要叫自己阿姐？头疼得厉害，心更是疼得厉害，像要炸开似的。

"媳妇儿，媳妇儿，你怎么了？"叶凌月倏地从梦中惊醒，睁开了眼，看到帝莘焦虑的神情。半夜他忽然听见叶凌月反复说着奇怪的话，浑身都在冒汗，抓着他的手怎么也不肯放开，便试图叫醒她。

"帝莘，我没事，只是做了个梦。"梦虽然醒了，心却莫名地受了惊。帝莘将她紧紧地搂在怀里，轻声安慰，就如她是个易碎的瓷器那样。在他的柔声细语中，叶凌月闭上了眼睛。

阿姐啊，你可知道，我们很想你……

月光戏班子的台柱子——光子正凝视着手中的美酒，琥珀色的酒，在夜明珠的照耀下，光影斑驳，就如女子脸上的笑，绰绰约约，如梦似幻。

"光子姑娘，你可有听到罗某的话？"一只手突兀地出现在光子面前，打断了她的思绪。她很不耐烦地瞟了眼罗谦那张垂涎的脸，心中如有一万头草泥马疯狂跑过。

"光子姑娘办事，罗某放心得很。说起来，罗某和光子姑娘已经三年没见了，光子姑娘依旧美丽如初啊。"罗谦贪婪地盯着光子。这女人真是太美了，每见一次，都恨不得将她收入府中，让她成为自己的小妾。

罗谦那明目张胆的眼神，让光子浑身不自在。

"多谢城主夸奖，城主也一样的英（色）俊（心）潇（不）洒（改），若是没什么其他事的话，光子先告辞了。"说罢，她就要起身。

罗谦作势去揽光子的腰，就在这时，光子忽地往外一看："哎呀，城主夫人！"

罗谦听得头皮一紧，慌慌张张地往身后看去。

他虽有很多妾室，但是正牌的夫人却只有一个，那就是已经死了多年的罗绮雪。

身后空空如也，罗谦这才知道上当了，回头一看，哪里还有光子的踪影。

"哼，这女人真狡猾。等到会晤结束，本城主再慢慢收拾你。我就不信，凭我罗谦的能耐，连一个小小的舞女也拿不下。"罗谦郁闷地说道。

"来人，去把洪明月叫过来。"罗谦想起了那日在后花园里的情事，立刻来了兴致。

光子骗过罗谦后，离开了院落。

"呸！恶心的老色鬼，该死的咸猪手，害我起了一身鸡皮疙瘩。要不是为了阿姐，我才懒得出卖色相。"光子边走边恼火地擦着自己的手背，举止哪里还有跳舞时的婀娜，活脱脱就是一个男子。

原来，这位"月光戏班子的台柱子，万千男人心目中的女神"，正是夜凌光伪装的。

作为医佛云笙和八荒神尊夜北溟的双生子，夜凌日和夜凌光继承了爹娘出类拔萃的容貌，相貌宜男宜女，尤其是夜凌光，身形纤细，稍作打扮就比女人还美。

五百多年前，夜凌月因奚九夜的背叛而陨落，云笙和夜北溟担心夜家兄弟去找奚九夜算账，就将未满二十岁的兄弟俩分别送到了神魔刹和浮屠天，一人学武，一

人学医。

两兄弟一去百余年，等他们学成归来，才知道长姐已经陨落。兄弟俩痛不欲生，誓要杀了奚九夜夫妇。

云笙无奈之下，只得告诉两兄弟，夜凌月已经重生，只是时机未到，不能与他们相见，嘱咐兄弟俩潜心修炼，只有那样才能姐弟团聚。

夜凌日牢记云笙的话，一心尚武，数百年间成功突破武学巅峰，成了神界声名鹊起的猛将，威名不下其父，如今镇守在神魔刹一带。

夜凌光虽然战斗力一般，心思却比夜凌日活络，行医之余，一直在暗中寻找夜凌月的重生之地，经过几百年的努力，终于有了线索。

他一直想替家姐报仇，不能明着对付奚九夜，那就暗中行动，终于借此次北境雪灾之机，狠狠地报复了奚九夜一次。

夜凌光心中暗爽，事后却得知奚九夜一行人秘密离开神界，赶往人界的古九洲了。

夜凌光本打算将此事禀告神帝，参奚九夜一本，要知道，神可是不能擅入人界的。就在那时，他却得到一个惊人的消息——他思念已久的姐姐，很可能也在古九洲。

这消息不啻于晴天霹雳，夜凌光的第一反应就是：奚九夜追杀阿姐去了！

他火速赶到水之城，正好在城门口看到叶凌月的背影。尽管只是一个背影，夜凌光已经确信，那就是他的阿姐！

当时的夜凌光那叫一个激动啊，恨不得飞扑上去，抱住阿姐大哭一场。可他想起了娘亲告诉他的话："光儿，凌月虽然重生了，但娘为了让她忘记痛苦的过去，将她的记忆封印了，如今她已经不记得过往的一切了。若你真的心疼你阿姐，就不要让她想起过去。"

想到这些，夜凌光强压下和家姐相认的冲动，默默注视着阿姐离开。可他终究还是按捺不住心底的冲动，以光子的身份混入了城主府。

至于什么月光戏班子，什么闻名遐迩，这都是夜凌光用了一点点手段，改变他人的记忆捏造的。

不过让夜凌光苦恼的是，阿姐和他就住在同一座府里，他却没法子名正言顺地去见阿姐，所以今晚他才乘机当众"啃"了阿姐一下。

看到阿姐眼底的惊讶，夜凌光心中那叫一个得意：很快就能和阿姐相认了……

清晨，当晨曦从窗户的缝隙里钻进来时，叶凌月醒了过来。

半夜，叶凌月反反复复做的还是那个梦，梦里都是那两个小男孩的身影。可当她去想那两个小男孩的身份时，却总是想不起来。她只记得他们的名字，一个叫"日"，一个叫"光"。他们俩，就像两缕阳光，让她的梦境变得异常温暖。

见叶凌月和帝莘走了出来，一名侍卫长拦住了两人的去路："两位请留步。城主有令，城主会晤期间，为了保障城主们的人身安全，城主府须严格防御。没有城主的手令，谁也不许擅自进出城主府。"

此言一出，叶凌月和帝莘都变了脸色。听这侍卫长的意思，城主会晤已经开始了，可根本就没有人来邀请叶凌月。

"这位兄弟，你眼前的这位便是黄泉城的叶城主，还请告知城主会晤的具体地点。"帝莘耐着性子说道。

"城主有令，此次城主会晤，所有有资格参加的城主都已经得到了邀请。至于其他人，只须等待最后的结果，会晤过程，谢绝不相干的人参加。"言下之意，叶凌月根本就没资格参加城主会晤。

侍卫长一副公事公办的口吻，眼里却满满的都是轻蔑。整个城主府的人都知道，其他七位城主都住在贵宾房里，唯独这位黄泉城的新城主住在普通客房。

"两位，还请回去。"侍卫队长傲慢地睨了叶凌月等人一眼，心中暗道：想在水之城放肆，你们还是太嫩了些，城主计谋了得，早就留了一手。

第二十三章　我是城主

城主府的正厅里，此时却是一片欢声笑语。

参与会晤的城主们大多已经入座，水之城城主坐在主位，五灵城城主坐在次席。

金之城城主杨宣来得迟，刚欲入座，却发现叶凌月并没有来，而黄泉城城主的座位上坐着一个陌生人，便开口问道："罗城主，为何黄泉城的叶城主没有来？"

"杨城主，叶凌月根本就没资格当黄泉城的城主。这位是九洲盟派来的使者，出身于黄泉城，实力高强，我打算举荐他当黄泉城的新城主。"罗谦把身旁那名九洲盟的使者介绍给在场的诸位城主认识。

"这未免太过儿戏了！罗城主，叶城主是黄泉城老城主推选的城主。况且，她医术高明，为人正直，在黄泉城颇有建树，我以为，她很适合当黄泉城的新城主。"杨城主很不满罗谦的霸道行径。他虽然早就知道罗谦和九洲盟关系很好，可是九大新手城主选举，历来都是由老城主推荐产生的。

"呵呵，杨城主，听说在来水之城前，你得了场重病，我看现在你的病还没好呢吧？一个黄毛丫头，连轮回之力都没有，哪来的资格当黄泉城的城主？再说了，这决定也不是我一个人下的，在场的诸位城主，你们觉得谁更适合当新城主？"

罗谦一发话，除了五灵城城主，其他几位城主都纷纷附和罗谦的决定。

"罗谦，有没有资格，也得看过才知道。连会晤都不让叶城主出席，这次会晤还有什么意义？若是你们执意如此，这会晤老夫不参加也罢！"

杨城主性格刚烈，看到眼前这些城主的丑恶嘴脸，就知道他们肯定早就串通好了，一怒之下就要拂袖而去。

"杨城主，且慢。"五灵城城主见了，忙起身劝阻。

杨城主怒气冲冲地走到门口，恰好与进门的叶凌月撞了个正着。

侍卫们自然拦不住叶凌月和帝莘，叶凌月和帝莘摆脱他们之后便赶到了正厅。

"叶城主，你来了就好。九大新手城同气连枝，城主会晤也要九大城主一起参加，才算是会晤。"五灵城城主是个善于变通的，他看到了叶凌月身后的帝莘，当即将杨城主和叶凌月都引了进来。

见叶凌月和帝莘竟然安然无恙地赶了过来，罗谦的脸色不大好了。他布置了那么多人手想拦住叶凌月，想不到她竟还能脱身。

城主会晤也从最初九人参加，变为了十人。

"方才因为一些误会，罗某与杨城主有些不愉快，在此先敬水酒一杯，还请杨城主不要放在心上。今日的会晤，除了商谈正事，罗某主要还是想请诸位来水之城团聚一番，毕竟我们九大城主，常年城务繁忙，鲜少有机会齐聚一堂。"罗谦也是个工于心计之人，他从方才的情形看，也知叶凌月并非他想的那么简单。

九大城主中，支持叶凌月的至少有两人。就连一向中立的五灵城城主，似乎也有站在叶凌月那一边的趋势。此女虽是貌不惊人，但上任不过短短一月，就笼络了两位城主，罗谦不由得对叶凌月有几分刮目相看。

一番推杯换盏之后，场面上依旧是不冷不热，罗谦于是打了个哈哈，说道："罗某今日还请了月光戏班子来府中献艺，希望诸位能够喜欢。"

说罢，罗谦啪啪击掌两声，一名女子走了进来。只见她长发垂地，脸上遮着一条面纱，身着一袭露肚脐的开衩长裙，裙摆上珠光闪闪，犹如星幕一般。少女肌肤赛雪，一双笔直的长腿，不盈一握的纤腰，是个天生的尤物。

叶凌月瞪圆了眼，凝视着那个翩然起舞的女子。

曲音停住了，有几声杯盏落地的响声，却是罗谦手中的酒杯一下被捏碎了。

"大人……贱妾的脚扭到了，还请大人抱贱妾起来。"光子红着脸朝帝莘抛了个杀伤力十足的媚眼，顺便偷偷瞅了下叶凌月，看到阿姐的脸色显然不大好看。光子的内心，小人版夜凌光正叉腰大笑：渣男，受死吧，世上还没哪个男人能挡得住本光子的魅力！

帝莘的鼻子微微一动，从光子出场的那一刻起，他就觉得这个女舞者身上的气息那么熟悉。他仔细嗅了嗅，没错，这气味真讨厌，就和那天晚上在媳妇儿身上闻到的气味一样。

只听得扑通一声，原本媚态十足的光子，以极其不雅的姿势摔了个狗吃屎。

"疼，好疼……"光子没想到自己的投怀送抱竟然被拒绝了，心里骂了帝莘一千次一万次。

"光子姑娘，你没事吧？"罗谦快步上前，要扶起光子。一看到罗谦那只咸猪手又来了，光子嗖地抱住了叶凌月。

"叶城主，奴家的脚好像折了。"光子边说边往叶凌月的怀里蹭。一嗅到阿姐身上熟悉的香气，光子的眼睛都亮了，两只手把叶凌月箍得紧紧的，头也埋在了叶凌月的颈间，掩饰自己那双笑弯了的狐狸眼。

罗谦的手就这么悬在了半空中，一脸的尴尬，其他城主也被这一幕惊呆了。一脸冷酷的帝莘，看到光子如狗皮膏药般黏在自家媳妇儿身上，而且还可疑地贴在媳妇儿的胸口上，醋意瞬间爆发，健步上前，一把将光子拎了起来。

"帝莘，你这是做什么？不准欺负光子，她的腿受伤了。"叶凌月瞪着帝莘，让他立刻把人放下。

"腿受伤了是吧，我来好好看看。"帝莘咬牙切齿地看向光子，光子当即打了个激灵。

看来这小子不好惹，好汉不吃眼前亏，光子立马破涕为笑："这位大哥，我的脚现在又不疼了，你快放我下来。"

"帝莘，快把光子姑娘放下，如此唐突佳人，你未免太粗鲁了。"罗谦见光子小脸发白，一副楚楚动人的模样，心都疼了，忙从帝莘手中救出"小白兔"状的光子。

"光子姑娘，都怪罗某招呼不周，害你受惊了。罗某准备了酒水，还请光子姑娘好好休息。"

罗谦示意左右重新准备了席位，光子一副西子捧心状，含笑坐了下来，暗中瞪了眼和叶凌月形影不离的帝莘。两人的视线在空中一个对接，光子立马蓄足电力，冲着帝莘眨了眨眼，却被帝莘的一记冷眼直接秒杀。

"帝莘，你这是怎么回事，这么对一个女子，未免太没气量了，方才差点把她吓哭了。"叶凌月不满地瞟了眼帝莘：这厮不会又鬼帝上身了吧，简直和当年的巫重一模一样。

"媳妇儿，我不喜欢她。"帝莘撇撇嘴，他敢以人头担保，方才光子抱着叶凌月时还笑眯眯的，被自己抱着时却含着一股强烈的怨气，就像自己抢了她的什么宝贝似的。

光子那一舞，因为崴了脚而被迫中断，罗谦只得提早开始了今日的议程。

"诸位，这次城主会晤的主要目的，是商讨黄泉城新城主人选的事。叶城主，你可知成为九大新手城的城主需要具备哪些条件？"罗谦不屑地望了叶凌月一眼。

是福不是祸，是祸躲不过。叶凌月就知道，罗谦不会善罢甘休。

"罗城主，叶某刚成为城主不久，很多事都不清楚，还请罗城主和其他几位城主提点，如何才能成为一名合格的城主？"

"条件有三：其一，必须有上一任城主的推荐；其二，必须有过人的实力；其三，必须得到九洲盟的认可。任何一名新城主，只要缺了其中一个条件，就算是获得了城玺，也不能成为城主。据我所知，叶城主只是得到了上一任黄泉城城主的推荐，至于后两个条件，压根没有达到要求。"罗谦义正词严地说。

其他几位城主异口同声地附和道："不错，所以叶凌月根本没有资格成为黄泉城的新城主。"

叶凌月缓缓起身，踱到罗谦的面前："原来几位城主是在质疑这两点。在回答你们的质疑之前，在下想确认一件事——敢问五灵城城主，你是这里年龄最长、资历最深的老城主，叶某想问，罗城主方才说的三个条件，是否属实？"

叶凌月目光灼灼，凝视着五灵城城主，因为叶凌月知道，在场之人，也就只有

五灵城城主才有资格替自己说话。

五灵城城主本打算中立，被叶凌月这么一问，下意识地看向叶凌月身后的帝莘。以帝莘的修为，将来的成就绝不会局限于新手城，冲着帝莘的面子也得帮叶凌月一把。

于是五灵城城主笑了笑，说道："罗城主所说的的确是事实，但除了第一个条件必须满足外，按照惯例，其他两个条件只要符合其一即可。罗城主，叶城主终归年轻，老夫以为，对她还是宽容些才好。"

"不错，诸位城主，想当初，你们也未必符合三个条件。在下和五灵城城主的观点一致，认为应该给叶城主这个机会。"杨城主也支持叶凌月。

罗谦和其他几位城主闻言，顿时面色不愉。罗谦早就打算罢免叶凌月，推举那位九洲盟的巡逻使为新城主，因为这位巡逻使是他很宠爱的一名小妾的亲弟。

"两位城主此言差矣，罗某并非有意刁难。三个条件满足其二，的确可以胜任城主一职，但是，你们觉得叶城主真有这个实力吗？敢问叶城主，你如今的修为可是达到了神通境？再退一步，达到了轮回几道？只要你达到了轮回五道，罗某就承认你这个城主。"罗谦嗤之以鼻。

在场的各位城主，哪一个不是神通境，让一个连轮回之力都没有的废物担任新城主，九大新手城可丢不起这个脸。那位巡逻使好歹也是轮回五道的修为，在年青一辈里也算是出类拔萃。

叶凌月瞥了眼那名巡逻使，对方是轮回五道的修为。

叶凌月如今已经是天地劫第三重，算起来至少相当于轮回四道的修为，但她同时又是方尊，加之有鼎灵鼎息相助，对付一个巡逻使绰绰有余。只是真要比试起来，她到底是用天地之力还是精神力？会不会被看出破绽？

叶凌月的迟疑落到其他人的眼中，却被认为是胆怯了。

"不错，有本事就真刀实枪比试一番。"那巡逻使傲然说道，他可不信自己斗不过一个连轮回之力都没有的小丫头。

罗谦见那巡逻使胸有成竹，正准备开口促成两人比试，就在这时光子开了口："诸位大人，不知可否听我一言？"

"光子姑娘，有话请说。"

"小女子随戏班子到过不少地方，见过不少城主，小女子以为，身为城主，仅仅有实力是不够的，最重要的在于民心。"光子捏起一颗葡萄塞进嘴里，心中小人版的夜凌光正蹦跶得起劲。

他看出叶凌月的身上没有轮回之力的波动，以为她即便转世了也依旧不能修炼，便很"机智"地提出了"民心"一说。

"民心？"几位城主听了，都是面面相觑。

"可不就是民心嘛，一城之主，必须受万民拥护，否则实力再强，没有百姓的支持，依旧是光杆司令。照我说，你们说的三个条件狗屁不通。既然是黄泉城的城主，自然要让黄泉城的百姓来选。要知水能载舟，亦能覆舟，群众的力量才是一切的根源。"

光子的话再次语惊四座，可他的话也让不少人心生震撼。在古九洲和青洲大陆，历来都是强者为上，从未听说过这般尊重平民的观点，但听上去光子的话又很在理。

"光子姑娘说得很对，听姑娘一席话，胜行万里路，老夫受教了。"五灵城城主赞道。

"哪里哪里，这不过是光子个人的浅见。"光子一脸的谦虚，小人版夜凌光叉腰大笑。

医佛云笙来自二十一世纪，经常给三个子女灌输一些现代观念。叶凌月重生后，虽不记得过往，但听了光子的话心弦一动，不知为何一股熟悉感油然而生，她凝视着光子，一时间竟失了神。

帝莘在旁看着，浓眉紧蹙：祸害！这个叫光子的是个祸害，决不能让她接近凌月三尺之内。

光子还想再吹嘘一下，忽觉得有凛冽的杀气扑面而来，顿时警惕起来，仔细一看，帝莘正瞪着他。

"那照姑娘所言，难不成要让黄泉城的城民来选？这并不实际，一来黄泉城路途遥远，二来巡逻使大人从未治理过黄泉城，全民选举对他不公平。"罗谦对光子

的观点不置可否，但为了讨好美人，只得勉强赞同。

"何必那么麻烦，哪里的百姓都一样，城主合格还是不合格，他们心如明镜，我们大可以在水之城做一次民心向背的考核。"光子摆摆手。

"水之城？光子姑娘，你要用我的城民，选他城的城主？"罗谦更加不解。

"确切地说，不是水之城，而是水之城外的一个城镇。我在来水之城的途中，经过一个叫渔寮镇的地方，那里虽是水之城的势力范围，但近来并不太平。我觉得，让叶城主和这位巡逻使大人一起前去渔寮镇治理，谁能在一个月的时间里找到症结所在，谁就有资格成为黄泉城的新城主。"说起渔寮镇，光子那张美丽的脸上多了一丝悸动。

渔寮镇，水之城的辖区还有这个地方？罗谦在茫然的同时也有些尴尬，身为水之城的城主，辖区内有问题，却由其他人来提醒，他这城主当得也是够失职的。

于是，叶凌月和九洲盟那位名叫蒋策的巡逻使便以一月为限，一起前往距水之城百里之外的渔寮镇平息动乱。

在前往渔寮镇的那一天，水之城的城门口，叶凌月和帝莘一行人刚走出来，就看到了一些意想不到的人，不仅有那名傲慢的九洲盟巡逻使，还有满脸雀跃的光子和默然不语的鲛人王，更让叶凌月意外的是，她还看到了罗千澈。

"为什么你们也在这里？"帝莘很是不快，瞪着光子。

"帝大哥，你吓到光子了。我这不是来带路的嘛，那渔寮镇我经常去，再熟悉不过，有我在，你们会更加方便。"光子满脸委屈地冲着叶凌月求救。

"帝莘，别吓到光子。她一个弱女子，跟着我们，舟车劳顿颇不容易，一路上要多照顾她。"叶凌月不满道。帝莘这家伙最近越来越离谱了，之前是薄情在内的男人，现在连女人的醋都要吃。

"我打算让四哥照顾光子。光子，这位是我四哥，他和你坐一辆车，你有什么需要都可以找他。"叶凌月说罢，如变戏法似的，从身后拽出了秦小川。

光子那双笑得眯起来的狐狸眼顿时一怔，脑中姐弟相处的美好画面一下子幻灭了。

"光子姑娘，我是秦小川，很高兴认识你。"秦小川见了光子，就如做梦似的，红着脸不敢看光子，一双眼不知道该往哪里瞅。

叶凌月一行人启程之后，行了一天半，终于在晌午时赶到了渔寮镇。

渔寮镇是一座中等规模的古镇，白墙青瓦，很是整洁，除了没有水神瀑布那样壮观的景色，看上去和水之城没什么两样。

"光子姑娘，你不会是讹传吧？"罗千澈看着眼前这座城镇，有些不满地质问光子。

身为女人，她最讨厌的就是比她漂亮的女人。光子长得妖里妖气的，而且洪明月说过，罗谦有意娶这个叫光子的舞女为城主夫人。

一想到这个和自己年龄差不多的女人会成为自己的后娘，罗千澈就没好气。一个舞女，哪来的资格当城主夫人？这事要是传出去，她的脸就丢尽了。她盘算着，也许可以在渔寮镇乘机把光子除掉。

"少城主，我可没骗人，等你进了镇里就明白了。"光子撇撇嘴，这对姓罗的父女还真是一个德行，同样讨人厌。

"确实有些不对头。"下马之后就一直没说话的叶凌月说道。

"看吧，叶城主就比你有眼力多了。"光子笑眯眯地给了叶凌月一个赞许的眼神。不愧是他的阿姐，就算不通武学，依旧五感敏锐。

"哦？哪来的问题，你倒是说说。"九洲盟的那位巡逻使一脸的不信，他也没看出个所以然来。

"人太少了。"一行人站在街口，被叶凌月这么一提醒，众人才留意到，过往的行人的确很少。作为一个港口城镇，应该一年四季都人来人往的才对，但是渔寮镇的大街上却很冷清。

"这个季节，是港口的淡季，人少点也不足为奇，我们进镇看看。"罗千澈不以为然，说罢就命令侍卫们一起进镇。

"鲛人王，你怎么还不走？"罗千澈一回头，看到鲛人王正若有所思地望着镇口的大河——汉水，不满地催了一句。鲛人王这才收回视线，随着罗千澈进了镇。

见罗千澈等人离开，叶凌月并没有立刻进镇，而是走到汉水旁，望着波涛汹涌的河水。

河面看上去没有什么异样，只是鲛人王的神情为何看上去有些不对？他的眼神如此惆怅，就好像那日他在运河旁放花灯时的神情一样。

"汉水外是墨离海，那里是鲛人一族的故乡。听说这一任的鲛人王，以前就是在这里遇到已故的城主夫人罗绮雪的。"光子走到叶凌月的身旁，随口说起了往事。

罗绮雪当时十一岁，在随前任城主外出视察时救了鲛人王，并将他藏在水之城。鲛人王伤愈后返回鲛人部落夺回了王权。

为了报答罗绮雪的救命之恩，鲛人王返回水之城，但那时罗绮雪已经难产身亡。鲛人王追悔莫及，答应了罗谦提出的"守护水之城、守护罗绮雪后人"的要求。

难怪鲛人王如此反常，叶凌月这才恍然大悟，从鲛人王在河边放花灯的情形来看，鲛人王只怕是喜欢罗绮雪的，但是罗绮雪又选择了罗谦，鲛人王最后成了炮灰般的角色，说起来也是个可怜人。

记忆终归是记忆，再美好的回忆如今都已随着悠悠汉水流逝了，红颜薄命，两人如今已是生死永隔。

众人进了镇，准备找一家客栈投宿。

就在叶凌月等人安顿时，罗千澈和薛策已经早一步找到了渔寮镇的镇长。一听说众人是从水之城来的，镇长扑通一声跪了下来："少城主，求求你救救渔寮镇吧，镇里最近一直在闹水鬼。"

罗千澈和薛策一听，都大吃一惊。再看看镇长的模样，不过四旬开外，却神情萎靡、面黄肌瘦，就如害了大病似的。

"胡说八道，什么闹水鬼，水之城乃是水神庇护之地，哪来的水鬼！"罗千澈气得俏脸发红。

"少城主，属下所言句句属实，你若是不信，明日一早可到镇中打听一番，再这样下去，渔寮镇都要成为死镇了。"镇长老泪纵横，他早就将闹水鬼的事上报给城主府了，可城主府的官吏说，水之城有水神保佑，群邪不侵，根本不可能闹水鬼。

镇长见上报无用，慢慢也就死了心，本以为少城主来了事情会有所好转，可是如今看来……

而此时，叶凌月等人已到了一家客栈门口。大白天的，客栈却大门紧闭，一个人影都不见。

秦小川走上前去，拍了拍门。过了半晌，店小二才打开门，一脸惶恐地打量着众人。

"小二，我们要住店。"秦小川刚说完，店小二就跟见了鬼似的，砰的一声把门关上："打烊了，不留客。"

众人一脸的莫名其妙，只好又找了一家客栈，可是刚开口就被人赶了出来。

他们走了大半条街，几乎每家客栈都是如此，一直找到天黑，连个落脚的地方都没找到。

"看样子，镇上的客栈是不留外客了。我在镇上有一家相熟的民家，不如我们今晚先去投宿一晚，明日再看看有没有其他落脚的地方。"光子见状，提议道。

光子认识的那户人家就住在码头旁，家里有船，光子的戏班子途经渔寮镇时租过他家的船渡河。

"光子姐姐，真的是你！"从屋子里跑出来三个孩童，他们看到了光子，都围了上来，七嘴八舌地围着光子说个不停。

"怎么就你们几个，你们的爹娘呢？"光子说着，让随行的几名戏班子的人把马车上的行李都卸了下来。

"爹爹很久没回家了，娘睡着了，她睡着前让我们把门关好，谁都别放进来，我们也是看到了光子姐姐，才敢让你们进门的。"

三个孩子已经好些日子没吃饱了，一看到吃的就狼吞虎咽起来。

"这对做爹娘的怎么这么不负责任，把孩子关在里头不管，要是出了事怎么办？"挽云师姐不由得发起牢骚。

"我进去看看。"光子的脸色不大好看。

这户人家的男女主人他都认识。男主人平日送客渡船，可自从汉水一带不太平后，男主人就只能靠打鱼为生。他曾和光子抱怨过，渔寮镇的生计越来越难了，他

想攒些钱，带着一家人搬到外地去。女主人为人和善，一直在家带孩子，绝不会丢下孩子不管。

光子有种不祥的预感，快步进了里屋，一入屋就闻到一股怪味。只见女主人僵硬地躺在床上，身上已经有了尸斑，一看就是死了多日。

年幼的孩子根本不知道发生了什么事，还以为娘亲睡着了。

叶凌月刚要上前查看，却见光子熟练地翻开女主人的眼皮查验，没了平日嬉皮笑脸的模样，而是满脸的凝重。

"死了大概三天，死因需要进一步检查。"

光子说罢，忽觉得屋内一片死寂，抬头一看，众人都用怪异的眼神看着他。

"嗯……我只是推测，叶城主，还是你来吧。"光子吐了吐舌头，刚才犯了职业病，不过女主人身上没有明显的病症。

叶凌月只是诧异了一下，一检查起来就把疑惑抛在了脑后。她用鼎息检查了一番尸身，很快就有了结果。

"死亡的时间，和光子猜测的一样，大概有三四天了。女主人身上没有任何病症，她的胃里有些食物的残骸，应该不是饿死的，也不是病死的，死因很古怪。"

"我询问过附近的邻居，这家的男主人，十几天前曾外出捕鱼，听说捕鱼回来后就莫名其妙地死了。镇上的人都说这家中了邪。女主人因此受尽歧视，镇里的人都不肯卖米面给她。她就把孩子和自己都关在了房里，这阵子都没有外出。"帝莘从外面走了进来，带回了一个不大好的消息。

"这么巧，又是捕鱼回来后死的？"光子错愕不已。

"光子，你是不是知道些什么？快说说。"

光子途经渔寮镇时，曾听这家男主人抱怨过，镇上有不少渔民在汉水遇到了水鬼，那些渔夫受了惊吓，回到镇上就无缘无故地死了。镇上的医师都没找到病因，时间一久，整个渔寮镇人心惶惶，外地来的船只和客人也不敢再在汉水航行了。

渐渐地，这一带就冷清下来，整个渔寮镇的人也越来越少。居民们没有了收入，又不敢贸然在汉水上捕鱼，到了最后，连吃饭都成问题。

这家男主人显然是因为家里没食物了，才不得不去捕鱼，结果却遭遇了不测。

镇上的人都说那个水鬼很厉害，遇到水鬼的人都会被水鬼附体，到镇上害人。

叶凌月见三个孩子懵懂无知，再看看死去数日的女主人，唏嘘不已。

这一晚，几人就在民舍住了下来。由于民舍只有三间，众人只能男女分开来住，叶凌月、挽云师姐、光子住一间，帝莘、黄俊、秦小川和几名戏班的人挤一间。

真是天助我也！一听到这个结果，光子笑得眼睛都眯了起来，终于有机会和阿姐好好相处了，他有好多心里话想和阿姐说。哪知他刚进房，帝莘就把三个小萝卜头丢了进来："他们仨今晚跟你们睡，那间房里有尸体，不宜住人。"

三个孩子欢呼着抱住光子，这下光子别说和叶凌月谈心了，就连说话的工夫都没有。一直折腾到后半夜，他再也撑不住了，和三个小萝卜头倒在床上呼呼大睡。

叶凌月和挽云师姐回房时，恰好看到了这一幕。三个小萝卜头枕在光子的肚皮上，光子很不雅观地睡成个"大"字，还打起呼噜来。

"这位光子小姐还真是个怪人。"挽云师姐见了，不由得抿嘴偷笑。

"是个讨人喜欢的姑娘。"叶凌月笑了笑，替光子盖好被子。

"光子姑娘和你很像。"挽云师姐突然说道。

"很像吗？"叶凌月的心跳突然加快了几分，不由自主地看了光子一眼。

被挽云师姐这么一说，叶凌月还真发现自己和光子有些相似。她对光子的感觉也很亲近，这种感觉，连她自己都觉得不可思议。

"我说的不仅仅是容貌，而是为人处世、给人的感觉。凌月，你也是个很讨人喜欢的姑娘，你的朋友都会不自觉地和你亲近，光子姑娘也是如此。"挽云师姐笑道。

光子这一睡，就睡到了后半夜。他醒来时，三个小萝卜头睡得口水直流，把他的衣襟都弄湿了。他有洁癖，实在忍不住，就爬了起来，一看旁边，叶凌月趴在床沿上睡着了。

挽云师姐外出巡逻去了，床太小了，被他和三个孩子占着，叶凌月只能伏在一旁。

光子见了，蹑手蹑脚地走到叶凌月身旁，将她抱了起来，轻轻地放在床上。

"阿姐，凌光真的很想你。"光子温柔地凝视着叶凌月的睡颜，伸出手来，刚要碰到叶凌月的脸颊，忽觉头皮一麻，回头一看，帝莘正用冻死人的眼神盯着他，拎住他的衣领就往外拖。

"我忍你很久了！"帝莘和光子刚到了屋外，就不约而同地说道。

"帝莘，别以为我怕了你，要不是看在她的分上，我一指头就能弄死你。"光子撸着袖子，一副要干架的凶样。

"这话我原封不动地还给你，不管你是什么身份和来历，身边潜伏着多少高手，爱男人还是爱女人，她都不是你该碰的。"面对光子张牙舞爪的凶样，帝莘无动于衷。

"谁说我爱……哎，你怎么知道我身旁潜伏了人？"光子像被踩了尾巴的猫似的跳了起来，一脸的不可思议。他带来的那些神界高手，个个都是善于隐匿身形的高人，连水之城的城主都难以察觉，却被帝莘给发现了。看来这渣男除了那张脸长得不错，还是有一些可取之处的。不对！他是来和自己抢阿姐的，是敌人！

"我说过，我不在乎你的身份和目的，唯有一点，不准让凌月伤心。既然她对你有好感，我就让你留在她身旁，但若是你让她不开心了，我会不惜一切手段杀了你。"帝莘说罢，留给光子一个背影。

"哼，这话该我说才对，你要敢让阿姐难过，我第一个不饶你。"光子嘀嘀咕咕。

见四下无人，他蹿了出去，到了不显眼处才沉声问道："消息打探得怎么样了？"

"据负责盯梢北境神尊的探子回禀，北境那行人正在九大洲间行走，似乎在寻找什么。"暗处传来声音。

"找东西？只怕是在找阿姐的下落。你们几个听着，密切监视着北境的那帮人，一有风吹草动，立刻禀告我。另外，注意行踪，绝不可让神界发现我私自到人界的事。"光子说罢，这才返回小屋。

光子刚到门口，就见挽云师姐面色凝重地疾行而来："有一大帮人往这边来了，立刻把大伙叫起来。"

第二十四章　渔寮小镇

很快，小屋就被五六十名镇民包围了，为首的一名彪形大汉嚷嚷道："这群人肯定是水鬼的同伙，烧死他们！"

"住手！谁敢轻举妄动，下场就和他一样。"帝莘出手制服了大汉。

"你们竟敢伤我，我是镇长的亲外甥……"大汉还未说完，下巴就被叶凌月卸了下来。

"去找镇长，问清楚到底是怎么回事。"叶凌月一开口，混乱的场面立时安静下来。

叶凌月等人带着三个孩子到了镇长府，让他们意外的是，罗千澈和蒋策也在府中。

叶凌月将事情的经过说了一遍，罗千澈厌恶地看了三个孩子一眼，问道："镇长，真有此事？"

"少城主有所不知，这也是情非得已。水鬼的事愈演愈烈，我早就下令禁止打鱼，可这家人不听禁令，私自去打鱼，回来后就出了事，和他接触过的人也莫名其妙地死了。他们全家都被水鬼上了身，不烧死他们，镇里的人会遭殃的。"镇长一脸恐惧地看着三个孩子。

"我们没被水鬼附身。我们家没吃的了，阿爹不打鱼，弟弟妹妹都没东西吃，

阿爹是为了我们才去打鱼的。"最大的那个孩子辩解道。

"无稽之谈，镇上不是一直挨家挨户地发放口粮吗，怎么会没粮食？"镇长训斥道。

"那就得问问你的好外甥了。我们已经问过附近的乡邻，此人仗着是你的外甥，囤积粮食高价出售，借闹水鬼的事发横财。挨饿的镇民不止一户，他们既没有粮食又没有钱，只能外出打鱼。"叶凌月抓起那名大汉摔在地上。大汉吓得脸色发白，一个劲地磕头求饶。

"解铃还须系铃人，只有把水鬼找出来，才能化解渔寮镇的危机。"

得知叶凌月要去抓水鬼，镇长大惊失色："几位大人，万万不可。那水鬼很是凶猛，而且毫无踪迹可循。以前我们也组织过民兵卫队去抓捕，甚至还花高价请过一些猎妖者，但是都没用。而且冒犯了水鬼之后，伤亡会更严重。"

镇长一提起这件事就直冒冷汗。当初他也想抓住水鬼，可民兵卫队一到了经常闹水鬼的区域，明明无风无浪，却突然翻了船。

曾有猎妖者飞到那片水域上空一探究竟，但是一靠近那里灵器就会失灵，那些猎妖者连人带灵器全都掉进了水里，最后连尸首都捞不上来。时间一长，渔寮镇闹水鬼的事尽人皆知，连经验最丰富的猎妖者也不敢来了，渔寮镇日渐冷清。

可罗千澈等人岂会答应，当日中午，罗千澈和蒋策等人就强迫镇长派船前往汉水而去。

叶凌月望着宽阔的河面，总觉得河面上有股看不清的冰冷煞气在不断扩散，就好像有什么东西要从水底钻出来似的。

叶凌月和帝莘等人当天就在渔寮镇四处探访起来，可是一天下来，什么有用的消息都没有。到了黄昏，叶凌月等人精疲力竭地回到住处，刚进门就发现孩子们不见了。

白天，他们从镇长家回来后，担心民兵再来找孩子们的麻烦，就留下黄俊在家陪孩子们。

"大伙都回来了，方才隔壁的妇人让我帮忙，我暂时走开了。"这时黄俊从外头走了进来，一看孩子们不见了，顿时变了脸色，"不好，孩子们有危险。"

众人往外一看，恰好看到隔壁的妇人朝这里张望，挽云师姐一把抓住了她。

"不关我的事，几位大人，我也是被迫的。那几个孩子是鬼子，谁遇到他们就要倒霉，镇长说要把他们送到祠堂去，否则邻里都要跟着遭殃。"那妇人吓得不轻，又是磕头又是赔礼。

叶凌月等人听罢，立刻赶到了祠堂。只见祠堂的窗户和门都被封死了，门板和窗纸上涂满了狗血，里面传来老人和孩子的哭声。

镇长带着一干人拦住叶凌月等人，不许他们靠近祠堂。

"大伙捂住口鼻。"光子忽然摸出一包东西，朝着镇长他们丢了过去。那群人闻了气味，身子软绵绵的，全都昏了过去。

"光子姑娘，那是什么东西？"秦小川纳闷地问。

"这都不知道，土包子，就是人见人怕、神仙见了也要头疼的蒙汗药。"光子撇嘴。

秦小川一听，一把抓住了光子的手："光子姑娘，原来你一直过着担惊受怕的日子。你放心，从今往后，我秦小川就是你最忠心的护卫，有我在，谁都别想伤害你。"

光子一听，浑身鸡皮疙瘩狂起，他抬起拳头，一拳砸在了秦小川的眼睛上，秦小川捂住眼睛嗷嗷直叫。

"谁要你保护了，你哪只眼睛看到我需要保护了？"光子差点吐血。

"凌月，你快进来看看。方才我们一进门，就看到这几个人发了狂似的抓着几个孩童，地上还躺着受伤的镇民。这几个人如野兽一样，见人就咬，这里太危险了。"已经冲入祠堂的黄俊等人惊呼出声。

一进祠堂，就闻到了一股难闻的屎尿味，黄俊和挽云师姐正和几名镇民交手。

三个孩子缩在角落里瑟瑟发抖，他们一看到叶凌月和光子，就哭了起来。

帝莘和秦小川见状，立刻冲上前去，和黄俊他们合力将几名镇民按倒在地。

祠堂里，一群面黄肌瘦的镇民不由分说，捡起地上的石头就往叶凌月几人身上砸。

"光子，你先把孩子带出去，那几个发病的人交给我。"叶凌月看了眼地上不

断挣扎的镇民们，眼神凝重起来。

光子却没有离开："我留下来帮你，秦小川，你去照顾老人和小孩。"

光子说话时雷厉风行，显然已经忘了自己还在隐藏身份。

身为浮屠天的掌控，他曾面对过比这还严峻的情况，娘亲对他自小的教育，让他做不到对病患袖手旁观。

秦小川还要劝说，一接触到光子的眼神，不由得一怔。光子的眼中满是毋庸置疑，闪烁着一种秦小川读不懂的光芒。

只见光子利索地绾起长发、卷起衣袖，不顾病患满身污垢，解开他的衣服诊断起来。这时候的光子，身上有种说不出的美感，秦小川看在眼里，只觉得自己的心漏跳了几拍。

秦小川不再多说，按光子的话一一照办。

叶凌月看了眼光子，见他绷着脸，一丝不苟，嘴角多了抹笑意。

叶凌月用特殊的手法让镇民不能动弹，在光子的配合下，旋即检查起病患的身体来。

"咦，这人的模样……"叶凌月和光子看清一名镇民的模样时，都是一惊。

那镇民浑身冰冷，皮肤呈青白色，嘴唇和指甲泛青，看上去像是溺水而亡。

难怪包括镇长在内的那些人都一口咬定，镇民们是被水鬼附身了。

"他的额头有团青气。"光子指了指那病患的额头。

叶凌月仔细一看，镇民的眉心部位果然有一团青气，那团青气很是活跃，如蝌蚪般在病患的眉心跳来跳去。

叶凌月伸出指尖去探，还未碰到镇民的额心，一股冰寒之感扑来。

"那是冤煞之气。"光子紧张地握住了叶凌月的手。

光子是浮屠天的神主，他在神域战场上遇到过类似的被冤煞之气缠身的人。

这种冤煞之气不是毒，但是比毒还可怕，正常人若是沾上，会性情大变，犹如疯兽。

以前光子对付这种冤煞之气，都是用家传的医魄神针来祛除，可眼下他若贸然施针怕引来怀疑，所以打算先支开阿姐再暗中施救。

"我不怕冤煞之气。"叶凌月淡然一笑，抬手将一股鼎息逼入那人的眉心。

鼎息一进入那人的体内，那人的四肢便抽搐起来，额头的那团煞气渐渐消失了。

一旁的光子目睹这一幕，吃惊之余，不由得暗暗惊诧。

用鼎息除去第一位镇民身上的冤煞之气后，叶凌月又陆续给祠堂里的镇民们清除了煞气。

在此期间，光子让挽云师姐等人帮忙煎药、清洁。

一直忙到夜幕降临，镇民们才被安顿好，叶凌月和光子还在探讨冤煞之气的来源。

帝莘目睹了这一幕，走到祠堂外，双手抱臂，若有所思。

"是不是觉得有些失落？她们俩之间，有种让人插不进去的感觉。"秦小川抱着一大捆劈好的柴走了过来。

帝莘哼了一声，这时恰好叶凌月和光子走了出来，看到自家媳妇儿，帝莘目光一柔，快步迎了过去。

"里面的镇民都安顿好了，但是药材和食物不够，帝莘，你和我去找镇长商量一下。"

祠堂里的镇民数量达数百之多，叶凌月的鸿蒙天里虽然有药材，但是那些都是灵药，一般的镇民难以消受，她还是需要镇长的帮忙。

叶凌月和帝莘用水泼醒了镇长等人，镇长又惊又恐。

"外乡人，你们别以为和少城主相识，就可以在镇上为非作歹。那些镇民全是鬼子，放了他们，你们也会跟着遭殃的。"镇长亲眼见过镇民水鬼附身时的情景，那些镇民见人就咬，举止和野兽无异。

"镇民们的病情已经被我控制住了，但是我需要一些药材和食物。"

听说叶凌月治好了镇民，镇长满脸的不信："怎么可能，以前请来的医师和方士都说他们没救了。我身为镇长，决不能让水鬼害了全镇的人。我也不会提供药材和食物，那些可都是救命的物资。"

叶凌月见镇长不信，索性带镇长亲眼看了那几名被治好的镇民。

"我可以提供食物和药材，但是你必须帮我救治薛策。"就在镇长犹豫之际，罗千澈和鲛人王走了进来。

看到鲛人王和罗千澈忽然出现在祠堂门口，叶凌月等人俱是一愣。不过一日时间，罗千澈早已没了之前的意气风发，她的模样已经不能用简单的"狼狈"二字来形容了，就连鲛人王都略显疲态。

罗千澈的船在水鬼区域遭到水草怪攻击，船体受损严重，大批船员受伤，薛策昏迷不醒，不得不返航。可在返航的途中，船舱又进了水。

就在罗千澈下令修船时，被水鬼所伤的蒋策忽然发狂，见人就咬。那些被咬伤的船员很快也出现了和蒋策一样的症状，鲛人王和罗千澈只能将蒋策和那些船员关押起来。

"先去看看。"叶凌月是看罗千澈和薛策不顺眼，但水鬼一事关联颇多，她只能暂时抛开成见，先救治薛策。

把祠堂里的事托付给挽云师姐和黄俊等人，叶凌月一行人往码头赶去。

渔寮镇的码头上，明亮的月色下，停着一艘遭到重创的大船。

"你们在汉水到底遇到了什么？若是真想救他，必须把事情的经过如实告诉我。"叶凌月皱紧眉。

罗千澈咬紧唇，不肯多说。

"还是我来说吧，我们今日白天里……"鲛人王娓娓说了起来。

就在叶凌月和帝莘等人前往码头的时候，留在祠堂里的光子已经从秦小川的口中得知了叶凌月的一些事。

"其实我也就知道这么多，毕竟我和六弟妹、六弟才认识两三年。不过光子，你好像不大喜欢六弟，其实他是个嘴硬心软的人。他和六弟妹经历过很多生死磨难，两人的感情也经过几多考验。六弟把六弟妹看得比自己的生命还重要。我平生很少敬佩谁，可六弟是我为数不多真心实意钦佩的人。"秦小川挠了挠头，他虽然是个心眼粗的，但也看得出来，光子和六弟一直在暗中较劲。

"哼，反正我不会承认他是我姐夫。"光子哼了一声。

"姐夫？"秦小川纳闷了。

"说了你也不懂。"光子郁闷地嘀咕了一句，走到挽云师姐身后，拍了拍她的肩膀，问道，"镇民们怎么样了？"

挽云师姐倏然转过身来，眉心盘踞着一团青气，脸色发青，双眼发红，一口咬向光子的手掌。

光子吃了一惊，手上骤然一疼，已经多了两个牙印。

"小心！"秦小川大惊，将光子护在身后，一拳轰向挽云师姐。就在这时，黄俊突然从秦小川身后蹿出，眉心也盘踞着一团青气，狞笑着朝秦小川袭去。

秦小川无心恋战，挟着受伤的光子逃出祠堂。脱身之后，秦小川急忙查看光子的情况："光子，你怎么样了？"

只见光子的脸上布满汗水，脸色苍白，整个手掌都成了青灰色。

"秦小川，我没事，你快去找凌月。"光子看了看自己的手掌，暗暗骂了一声。于他这样的神体而言，这冤煞之气的危害比一般人还严重，必须尽快祛除。他想尽快支开秦小川，好用医魄神针祛毒。

秦小川二话不说，猛地低头，吸出了光子伤口里的毒血。

光子浑身一颤，原本没有血色的脸，一下子涨红了：这这这……这个四肢发达、头脑简单的蠢货在干什么！

"光子，你不用怕，有我在，没事的。"秦小川吸干净毒血，露出憨厚的笑容。

"你个蠢货，你会中毒，会变成水鬼的！"光子气得一掌拍死秦小川的心都有了。他能治冤煞之气，这样一弄，换成秦小川中毒了。

"我是孤儿，没爹没娘的，真有什么事也没人心疼。你放心，我身子壮，这点冤煞之气不碍事，只要你没事就好。哎，我怎么觉得浑身发冷？"秦小川浑身冒冷汗，眼前光子那张美丽的脸也越来越模糊。

"你个笨蛋，气死我了！"光子翻了个白眼，可一想到秦小川方才义无反顾地替自己吸出冤煞之气，心就软了下来。

秦小川摇摇晃晃地站了起来，转身就要离开。

"回来，你干什么？"光子摸了摸身上，好在他的神针带在身上。

"我得离你远点儿，待会儿我一定会变得和黄俊他们一样，不能伤到你。"秦小川觉得意识逐渐模糊，此刻心里唯一的念头就是离光子远远的，不能伤到光子。

秦小川还未说完，忽觉得后背一麻，回头一看，月光之下，光子手中拿着一根金针。

"光子怎么会有针呢？绣花针？……不愧是光子，连用绣花针都那么好看。"秦小川在陷入昏迷前，脑海里只有这么一句话，随后就昏死过去。

"蠢货，我要是你爹娘，也不要你，这么笨，谁让你替我吸冤煞之气了！"光子踢了昏迷不醒的秦小川一脚，连他自己都没发现，他虽然嘴上在骂，眼里却闪着感动。

原来这傻大个心底藏了这么多事，平日看上去倒是乐呵呵的。没有爹娘嘛……也怪可怜的，就当同情同情他，姑且帮他一次吧。光子想了想，扒光秦小川的衣服为他祛毒。

光子治好秦小川之后，看了看天色，已是黎明时分，心里有些担忧：不知阿姐他们在码头那边怎么样了，会不会遭遇不测……

一提起水鬼，罗千澈就心有余悸，一刻都不愿在渔寮镇多待，决定天亮之后就回水之城，任凭鲛人王怎么劝说都没用。

对于罗千澈的任性，叶凌月已见怪不怪，专心地用鼎息给蒋策治疗。

蒋策身上的冤煞之气，祛除起来比镇民身上的要麻烦许多，叶凌月一直忙到天亮，才让他平静下来。

就在这时，帝莘面色沉重地走进船舱："凌月，事情有些不妙，昨晚有大批镇民被从祠堂里逃出来的镇民袭击了，越来越多的镇民染上冤煞之气。据侥幸逃脱的镇民说，带头袭击他们的正是挽云师姐和黄俊。"

"叶凌月，你不是说你已经治好那些人了吗，怎么又发作了？"听到这惊人的消息，罗千澈的反应极大。如今镇上都是被冤煞之气附体的鬼子，她想离开渔寮镇都不可能了。

"不可能，我和光子已经确认过了，冤煞之气已被清除。光子和小川师兄呢？

昨晚他们也在祠堂里。"叶凌月暗暗后悔将自己人留在了祠堂里，挽云师姐和黄俊出事，她也有责任。

"暂时没有光子和小川师兄的消息，你也不必自责，据目击者说，在鬼子中没看到他俩。小川师兄一向机警，很可能带着光子逃脱了。凌月，这样下去可不是办法，我怀疑冤煞之气会反复发作。"

帝莘方才去祠堂时被几名镇民拦截。那些普通的镇民，在冤煞之气入体后变得力大无穷，连刀枪都不惧。

帝莘和叶凌月正说着话，船舱里突然传来罗千澈的尖叫声。二人赶紧冲进船舱，只见罗千澈脸色惨白地瘫在地上，鲛人王已经及时制住了蒋策。

清晨，蒋策再度发作，身上的冤煞之气比以前更浓，甚至连身体都发生了变化——皮肤乌青，双眼凸出，舌头如吊死鬼般吐了出来，指甲锋利无比，整个人早就没了人形。

"怎么会这样？你对他做了什么？"叶凌月问罗千澈。船上人手不足，罗千澈和蒋策又是亲戚，所以叶凌月才让她照顾蒋策的。

"我什么都没做，方才蒋策喊渴，我就倒了杯水给他喝，他刚喝完就变成这样了。"罗千澈吓得不轻，这几日的遭遇，于娇生惯养的她而言，简直就是一场噩梦。

"水？"叶凌月打开壶盖一看，壶里的水也含有浓郁的冤煞之气，"不好，水源被污染了。帝莘，立刻通知镇长，禁止用水。"

难怪蒋策的冤煞之气又重了，难道真有水鬼作祟？

坏消息相继传来，受到污染的水源和食物，又让一批船员感染了冤煞之气，帝莘和鲛人王只得将他们和蒋策都关在船舱里。

一股前所未有的沉重气氛笼罩着整个渔寮镇，久久不散……

在渔寮镇的某条巷子深处，秦小川从昏迷中醒来，觉得身上凉飕飕的，这才发现自己的衣服全被脱了，左肩靠着一人，正是熟睡的光子。

光子睡得正熟，长发垂在他光裸的胸膛上，惹得他阵阵发痒。他贪婪地看着光子，这时光子嘟囔了一句，两只手往他的脖子上一搂——标准的小时候和阿姐撒娇时的熊抱姿势。他的呼吸一下子喷到了秦小川的脸上，秦小川激动得差点儿晕倒。

"咦？光子的胸怎么这么硬？"秦小川感觉女神的胸有点硬，下意识地瞟了过去。

浑蛋，你怎么能亵渎光子姑娘，她长得貌若天仙，胸平点又怎么了！秦小川恨不得给自己一个耳光，他强行移开视线，突然想起自己昨晚中了冤煞之气，现在却安然无恙，不禁心中生疑。他努力回忆昨晚的情形，在昏迷之前，好像看到光子的手里拿着针，然后……

秦小川低头一看，恰好对上光子惺忪的睡眼。

"傻大个，你趁我不备，竟敢占我便宜！"光子一把推开秦小川。

"光子姑娘，你误会了，明明是你靠在了我身上。你力气真大，跟男人似的，我的骨头都要被你撞散了。对了，光子，我昨晚看到你好像拿着针，你的针哪里去了？"秦小川无辜地说。

"我本来就是……"光子突然神情一变，喝了一声，"住手！"

秦小川莫名其妙地看着光子，忽然脖子一麻，又昏迷过去。

"神主，这小子看到了你施展神针，可能会暴露神主的身份，神主为何阻止属下出手？"暗处，夜凌光的护卫问道。

"他是我的朋友，我会想法子抹去他的记忆。"光子神情复杂地看了秦小川一眼，手间一抖，一根神针刺入了他的太阳穴。他也不想这么做，可若是秦小川追问起来，知道了他的身份，只会让他的处境更危险。

"情况不大好，从昨晚开始，这里的水源和食物都在煞化，再恶化下去，连空气和土壤都会煞化。"侍卫提醒道。

渔寮镇，已经成了一片煞土。

"原来水源和食物也出了问题，难怪祠堂里的那些镇民都成了鬼子。怎么才一个晚上就变得这么严重了，能不能查出煞气的来源？"光子沉声问道。

"属下们已经尽力了，可是每每用神识搜索都会被莫名干扰，暂时无法确定具体的位置。"那几名侍卫禀道。

"神主，此地不宜久留，还是让属下们送你离开此处，早日返回浮屠天吧。"侍卫们央求道。

"情况这么危急，我岂能丢下阿姐不管！"光子说罢，用力掐了一下秦小川的人中，"喂，傻大个，还不醒醒！"

秦小川很快就醒了，他一脸茫然地看着光子，觉得脑子昏昏沉沉的，昨晚的事都想不起来了。

光子带着秦小川找到叶凌月，叶凌月替秦小川仔细检查了一遍，发现秦小川身上的冤煞之气消失得干干净净，与她用鼎息祛除的效果如出一辙。

叶凌月和帝莘几人正在商量怎么处理冤煞之气，罗千澈嚷嚷着一定要离开。

"少城主，那些镇民只是中了冤煞之气，他们是无辜的，若是召唤水军，一定会伤及平民。"鲛人王解释道。

更何况，渔寮镇的冤煞之气太重，就算是他的水军，过多接触这里的水源和空气，也可能被传染，届时场面将变得越发不可收拾。

"我不管！你的责任是保护我，那些镇民有什么资格和我相提并论，死上百儿八十个又如何？"罗千澈目睹身旁的人一个个成为鬼子，惊恐之余，时刻都在担心自己也会变成那样。

她的话音才落，那些聚集在码头的镇民，包括镇长在内，都对她怒目而视。

"少城主，如今渔寮镇大难当头，每个人的性命都是同等的。你若是不愿意待在这里，就立马滚蛋。"叶凌月说罢，不再理睬罗千澈，开始分发粮食和清水。她的鸿蒙天里有大量的粮食和水，为免造成不必要的骚动，叶凌月每次只取出一小部分分发。

那些镇民接过粮食和水，个个都对叶凌月感激不尽，而对罗千澈却是怒目而视。

鲛人王看到这一幕，叹了一声，也走开了。

"到底谁才是少城主？为什么每个人都不愿意理我，就连鲛人王也……那女人到底有什么好的，明明那么丑！"罗千澈气得咬牙切齿。

"人的美丑和相貌无关，我想，在所有人心中，她比你美上百倍。少城主，我

真替你不值，明明年轻貌美，却什么都比不过叶城主。"光子走到罗千澈旁边，不冷不热地说道。

"你胡说什么，我怎么可能会输，我……我该怎么办？"罗千澈嘴上不承认，可她偷眼看去，帝莘和叶凌月并肩而立，正和镇长讨论着什么。

连镇长都不认她这个少城主了，光子的话没错，再这样下去，不仅此次城主之争会输，而且她再也没有机会得到帝莘的心了，她不甘心，很不甘心！

"我可以教你个法子。"光子在罗千澈的耳边一阵耳语。罗千澈虽然将信将疑，可是一想到事成之后帝莘就是她的男人了，最终还是接受了光子的提议。

第二十五章　他的身世

经过叶凌月和帝莘的统计，已经有三分之二的镇民被冤煞气附体。

"这样下去也不是法子，我们必须展开反击。帝莘，明日开始必须每日抓一些镇民回来，我负责祛除他们体内的冤煞之气。"

叶凌月以为，在没有找到冤煞之气的来源之前，也不能坐以待毙。她的鼎息可以祛除冤煞之气，但是不能过度使用，一天最多能用鼎息治疗二十个人。

帝莘决定夜间行动，刚要出发，罗千澈就来了。她死缠烂打，非要跟帝莘同去。无奈之下，帝莘只得与她一同前往祠堂。

见帝莘没有反对，罗千澈眸间闪过喜色。她和帝莘几个起落，已经穿越了大半渔寮镇。

"不好，有人跟踪我们。"在掠过一间民宅时，罗千澈忽然惊呼一声，抓住了帝莘的手，两人一同落到院落里。

这时，有个人影从前方闪过。帝莘快步向前，一掌袭向那个黑影。

一阵冷风吹过，前方哪来的人影，却只有一条纱幔。帝莘撩起纱幔，突然从纱幔中喷出一股粉色的迷烟……

身后的院落里，粉色的迷烟缭绕，罗千澈吸入不少迷烟，脸上荡漾着红光，浑身燥热。

她撕开衣物，直到身上只剩下一件内衣，然后走向前方那个高大的背影。

帝莘也觉得浑身发热，腹下像是有什么东西要炸开似的。就在这时，一双手如蛇般缠上他的腰，女人柔软的身体贴了过来："帝莘，我要你。"

帝莘回过身，眼中布满了血丝……

看到两个人越靠越近，墙头上的光子眉开眼笑："哈哈，帝莘，看你这次还不中招。"

原来这是光子和罗千澈设下的陷阱。光子趴在墙头幸灾乐祸，他的计划实在是太完美了。

"阿姐若是知道了，一定会对这渣男失望，到时候阿姐就只属于我一个人了……不过好像有点儿不对，阿姐会失望……会难过……"光子越想越觉得不安，阿姐已经受过一次伤害了，若是这次帝莘再背叛她，阿姐会不会悲恸欲绝？他可不想让阿姐难过。

"唉，我怎么这么糊涂！陷害渣男事小，让阿姐伤心事大。"光子猛地拍了一下脑门，跳下墙头就往院子里冲，嘴里嚷嚷着，"住手！帝莘，你若敢对不起阿姐，我便废了你！"

可院里哪有帝莘的身影，地上倒是躺着个人，正是被捆起来的罗千澈。光子吃了一惊，忽觉背后发寒，回头一看，帝莘正站在身后。

"难怪罗千澈如此古怪，原来是与你合伙给我下套。"帝莘脸色阴沉，他早就怀疑罗千澈有异，却不戳破，就是想看看她要搞什么鬼。进入院落时，他第一时间就闭了气，根本没有吸入那些粉色的桃花瘴。

"哎哎，你干什么！"光子的手被帝莘毫不怜香惜玉地扭在背后。

"干什么？以彼之道，还施彼身。你就好好留在这里享受吧。"帝莘把光子丢在地上，闪身就要离开。

"等等！帝莘，难道你不想知道我为什么一直针对你？还有，你知道我和凌月是什么关系吗？她要是知道你这么对待我，日后绝不会放过你。"光子情急之下大喊起来。

听光子这么一说，帝莘想起方才光子冲进来时好像叫了一声"阿姐"，便向光子走去。

帝莘一靠近光子，光子脸上闪过一丝窃喜，忽地张嘴吐出一根神针，正中帝莘的印堂。

帝莘只觉得一股神秘的力量袭来，瞬间将他的意识淹没。帝莘身子一僵滑倒在地，陷入昏睡之中。

"敢对本大爷下手，真是活得不耐烦了。这可是你自找的，非要逼我出手。"光子挣脱身上的元力束缚，口中念念有词，分出一缕神识钻入帝莘的印堂之内。

光子为了破坏掉帝莘和叶凌月，可是准备了多个计划，只可惜，计划一——以美色勾引帝莘，失败；计划二——与罗千澈联手用桃花瘴暗算帝莘，失败；万般无奈之下，光子只好使用了计划三，也是他的撒手锏。

夜凌光跟随云笙学贯东西方医学，融合浮屠天和云笙医术，配合家传的医魄神针和神农瞳，创造出一种特殊的医学，催眠入梦术。在受控者昏迷之时，夜凌光的神识能够进入受控者的脑海搜索他的记忆或梦境，从而发掘出对方的软肋乃至不为人知的阴暗面。

帝莘已经对他的身份产生了怀疑，只有抓住帝莘的弱点，才能让这家伙乖乖地离开阿姐。

抱着如此想法，光子的神识进入帝莘的脑海。

眼前灰蒙蒙一片，就如夜空一般。在帝莘的脑海中，悬浮着一片一片如星星般闪闪发光的碎片，这些就是记忆碎片。于成年人而言，每个人的脑海中都有这种碎片，承载着他们人生里的记忆。

"这家伙的记忆，怎么只有关于阿姐的？"光子在帝莘的记忆中走了足足一刻钟，看到的全是帝莘从小到大和叶凌月在一起的画面。关于孤月海其他人的记忆，虽然也有，但并不多，和秦小川告诉光子的差不多，没什么新鲜感。

一番转悠下来，光子没发现任何关于帝莘弱点的记忆，不免有些失望。看看时辰，神针封穴的时间即将到了，他必须离开了。就在光子准备撤回元神时，忽然留意到，在帝莘的脑海中，有一片灰色的区域。

"这里还有一些灰色的记忆碎片……这种记忆碎片，用医学术语讲叫作'遗失

的记忆'，这部分记忆，只怕连帝莘本人都不记得吧？"光子有些好奇那片灰色的记忆，决定用神力将其修复。

光子神识一动，一抹神力融入那片灰色的记忆碎片中。那些静止的记忆碎片如同小鱼般游动起来，渐渐拼凑完整，一段不知是属于帝莘还是凤莘或巫重的记忆，慢慢展现在光子面前……

"小杂种，没爹没娘的小杂种！"一群妖族的孩子追打着一个男童。

帝莘的记忆里怎么会有妖族，难道他也是妖？光子纳闷地看着那个被追打的孩子。

面对孩子们的围堵，他没有逃跑，而是桀骜地抬起头，那双眼睛漂亮得让人心动。

这不是缩小版的帝莘吗？在看到那孩子的容貌时，光子大吃一惊。

"你们说谁是小杂种？"小帝莘昂着头，忽地扬起拳头，一拳砸在为首那个孩子的脑门上。

那个孩子比小帝莘大了许多，身强力壮，而且会基本的妖法。而小帝莘却是个饱受冷落的小野种，在爹爹过世后，甚至连温饱都成了问题。可就是这样一个杂种，却得到了族长之女夕颜小公主的青睐，成为她的书童，这让这群出身不俗的贵族孩子岂能甘心呢。

那个被打的孩子一声喝令，和其他几个孩子一起扑上去，对着小帝莘拳打脚踢。

"小杂种，就是你，只有爹、没有娘的杂种。"无数的拳头如冰雹般落下。

为首的孩子忽然惨叫了一声，手上的肉被小帝莘一口咬住了。

"打死他！"那孩子大叫着，一拳又一拳砸在了小帝莘的胸膛上。

眼看小帝莘就要被打死了，可他却无论如何也不肯松口。

"不准欺负他！阿痕、阿九，你们快上去帮忙。"这时跑来了几个孩子，为首的是个明眸皓齿的小姑娘，额前一朵火艳艳的夕颜花，一身红色长裙，虽然年纪不大，却是个十足十的美人坯子，可想而知，长大后必定是个倾世佳人。

小姑娘身旁的两名男童，年龄都和小帝莘差不多。左边那个叫阿九的男童见小帝莘被打，顿时火冒三丈，二话不说，一脚踹向那个贵族男童。右边那个男童略一迟疑，看了眼满面焦急的小夕颜，这才上前帮忙。

"你们谁敢再打小帝莘，我就让阿爹罚你们下沙牢。"小夕颜气得直咬牙。

一听要受惩罚，那些孩子吓得一窝蜂散了，唯独那名最先动手的男童还留在原地。

"小公主，不是我不放手，是他不松口啊。"那男童鼻涕眼泪流了一大把，他的手还被小帝莘死死咬着，伤口已经见了骨。

"阿莘，松口啊。"阿九好说歹说，小帝莘才松了口，却活生生撕下了一块肉。

小帝莘恶狠狠地看着那名男童，当着几人的面将那块肉吞了下去，淡樱色的唇上还沾着鲜血。

"怪物，怪物……"那男童吓得拔腿就跑，自此以后再也不敢招惹小帝莘了。

"阿莘，你没事吧？"小夕颜关切地上前查看小帝莘的伤势，小帝莘却不领情，转身就走。

"帝莘，你这是什么态度？小公主可怜你，才让你当她的书童，你不领情也就罢了，还这样对待她。"阿痕面色一变，拦住了小帝莘的去路。

"滚开。"小帝莘睨着阿痕，眼神中没有半点温度，阿痕握紧拳头瞪着小帝莘。

"好啦好啦，大家都是好兄弟，别伤了和气。阿莘啊，你别老是板着脸，这么帅的一张脸，天天弄得跟棺材板似的，多累啊，来，笑一个。"小阿九揪着小帝莘的脸颊死命地揉捏，硬是把他的俊脸捏出一个比哭还难看的笑容。

小帝莘僵着身子，却没有推开小阿九。他瞥见了小阿九嘴角的瘀青，那是方才替他挡拳头时留下的。

"干了一架，都快饿死了，大伙都到我家吃晚饭吧，我阿娘今晚做了好吃的。"小阿九揽着小帝莘的肩膀，边说边把他给拖走了。

小夕颜见了，拔腿追向二人，小阿痕目光沉了沉，可还是跟了上去。

夕颜，不就是妖界两大帝国之一——南幽都的妖后吗？南幽都的妖帝好像就叫战痕，还有那个叫阿九的，好像也是个天妖。

这时记忆一变，眼前出现了四个少年男女，正是已经长大的帝莘、阎九、战痕和夕颜。四人站在荒凉的域外战场上，众多神兵神将倒毙在地。

"哈哈，我们可立下大功了，尤其是帝莘，斩杀了十几名主神级神将！"阎九一脸钦佩地望着帝莘。

"这不过是个开始，组成妖神卫后，我们必定能斩杀更多神族。"帝莘的眼中满是杀戮和血腥，他凝起妖力化作一把血刃，挥刀便把一名神将的头颅给砍掉了。

神族杀了他的阿爹，就是他的仇人。

"不错，从今天开始，妖神卫正式成立！"四只沾满神族鲜血的手紧紧握在了一起……

记忆碎片拼凑完整，帝莘那段被遗忘的记忆，清晰地还原在光子的眼前。

妖神卫？天哪，帝莘居然是妖神卫的创始人！

妖神卫可是一个让神界和妖界都闻之变色的可怕存在，据说由十大天妖组成。

妖神卫在域外战场所向披靡，众神束手无策。在妖神卫横行的五十余年，神界损失惨重。这段时间被神界称为"群妖乱舞"时期，也是神界最黯淡的时期。

"群妖乱舞"时期，对于每一个神族而言，都是一段灰暗的历史，谁都不愿多提。若妖神卫一直存在，神界和妖界如今的格局恐怕会大为不同。

大约在五百多年前，也就是八荒神尊夜北溟成名前后，让众神闻风丧胆的妖神卫忽然销声匿迹了。有人说妖神卫是被剿杀了，也有人说妖神卫毁于内部的自相残杀，但这些传言从未被证实过。

后来妖界分裂为两大帝国，包括夜北溟在内的一干神尊崛起，反攻域外战场，这才让神界再度占据优势，夺回了域外战场。

而这些年，随着奚九夜、夜凌日在内的一干年轻神将声名鹊起，域外战场已经有近三百年没有大的战争了。

夜凌光万万没想到，他的一次恶作剧，会让他发现这个妖界和神界都鲜为人知的惊天大秘密。

"死了死了，这次可真是闯了大祸了。帝莘居然是妖神卫的创始人，这件事太可怕了。我该怎么办？是将这件事告诉神界，还是先告诉父亲和娘亲？可是，若暴露了帝莘的真正身份，他一定会被神界追杀，到时候阿姐不就成寡妇了？呸，阿姐还没嫁给他呢，帝莘死了关阿姐什么事！"光子心神不宁地想着。

可就算光子再不愿意承认，在看过帝莘和阿姐相处的那些记忆后，他深信阿姐和帝莘之间是两情相悦的，而且对阿姐来说，帝莘也是与常人不同的。

记忆中的那个帝莘——妖神卫的创始人，自小就冷血无情，哪怕对自己的好友也不会展露过多的表情。可他在对着阿姐的时候，那笑容、那呵护，和为妖时完全不同，光子越想越觉得纠结。

"对了，当年妖神卫风头正劲，怎么突然就销声匿迹了？也许可以从帝莘的记忆碎片里发现什么，没准对神界遏制妖界大有帮助。"光子冷静了一些，锁定帝莘脑海中最后那部分记忆碎片，打算从中发现妖神卫解散的真相。

可就在光子再度运用神力时，一股强大的念力忽然如潮水般扑来。光子只觉得元神一阵刺疼，帝莘的脑海里忽然出现了一团如太阳般耀眼的能量，一下将光子的神识赶了出去。

神识被强行驱赶出来的光子，刚回过神来，就被帝莘拎了起来："你对我做了什么？"

"你怎么醒了？"光子目瞪口呆，他分明用神针封了帝莘的穴道，估摸着帝莘怎么也得天亮之后才能醒来。

"我再问你一次，你究竟是谁，对我做了什么？"帝莘中了光子的催眠入梦术，原本已经失去了意识，可就在方才，一股危机感油然而生，体内的元力突然冲破了神针的禁制。

在恢复清醒的那一霎，他忽然发现脑中多了一段记忆，记忆中不仅有阎九，还有两个陌生人——夕颜和战痕，还有什么妖神卫……

"我什么都没做，帝莘，你再不松手，我就喊'非礼'了。我出来前可是通知过傻大个，我若一个时辰不回去，他一定会来找我。"见帝莘不松手，光子威胁道。

算算时间，秦小川就要找来了。帝莘目光一冷，抓住光子的衣服往下一扯，露出平坦的胸膛："你要装到什么时候？"

"你早就知道我是男的了，怎么一直不揭穿我？"光子差点吐出一口老血。他还以为自己伪装得很好，毕竟他小时候在神界时，每回偷溜出宫都是打扮成女子，除了夜凌日，谁都认不出他来。

"从第一眼看到你时，就认出来了。"帝莘皱了皱鼻子。女人的气味和男人的气味是不同的，就算光子再怎么伪装，也掩饰不了这一点。至于他为什么不拆穿光子，一是因为他发现，光子虽然对叶凌月很亲近，但眼神中并没有暧昧之情；二来，四哥那么迷恋光子，若是拆穿了光子的男儿身，帝莘担心一根筋的四哥受不了。所以帝莘才一直没有拆穿光子的身份，但今日光子的行径却把帝莘彻底惹毛了。

"知道了又怎样，我可没说过我是女儿身，一直都是你们误以为我是女人。"光子打定了主意，任凭帝莘怎么逼问，都不能暴露身份。

"还嘴硬，你不说我自然有法子让你说。"帝莘看了一眼身中桃花瘴的罗千澈，光子顺着他的眼神看去，忽然想到了什么，顿觉不妙："喂，你要做什么？"

帝莘脱下光子的外衣，将光子的嘴堵了起来，然后解开罗千澈身上的元力禁制。被桃花瘴所惑的罗千澈，早已难以忍受，一恢复自由，就情不自禁地往光子的身上凑。

"非礼啊……该死的帝莘，你居然敢这么对我，你快把这女人丢开，我还是处男啊，我的清白……罗千澈你个丑八怪，你的手别乱摸，我不是帝莘。"光子惨叫连连，罗千澈这么个大美人，在他眼中就如蛇蝎似的。

手脚被制，光子无力反抗，只能任由罗千澈在他身上为所欲为。再看看那可恶的帝莘，竟然抱臂在一旁冷眼旁观。他这会儿只希望傻大个快点过来，可是再一想，若傻大个过来看到这场景，那他真是什么脸都丢光了。

眼看罗千澈已经扒光了衣服，白花花的身子压到了自己的身上，光子最后的心理防线也崩溃了。恰好罗千澈碰掉了光子嘴里的破布。

"帝莘，你不能这么对我，我是凌月的亲弟弟，你是我未来的姐夫！"光子哀嚎一声，终于把自己的身份说了出来。

光子这声"姐夫"喊得字正腔圆，登时就让帝莘愣住了。

媳妇儿的弟弟？自家媳妇儿什么时候多了这么大一个厚脸皮、没节操的弟弟？

帝莘记得媳妇儿说过，她的娘亲叶凰玉有了身孕，后来生了个儿子，但再怎么长，他也不可能长成光子这样吧？

帝莘很是挑剔地瞟了光子几眼，别说，仔细看看，这狐狸男的模样和媳妇儿还真有点相似。

"你快啊，啊啊啊，这女人脱我裤子了，小爷的清白……"再被罗千澈轻薄下去，光子就要咬舌自尽了。光子发誓，以后无论发生什么事，都不能遣开自己的神侍。

光子脚下一空，被帝莘拎了起来，几个起落就离开了院落。

帝莘找了处隐蔽的地方，甩手将光子丢在地上，冷冷地看着他："把话说清楚，若是有一处不合理的，我不介意把你再送回去，我想罗谦还是很乐意看到你从他的心上人变成他的乘龙快婿的。"

一想到罗谦那老色狼，光子就起了一身鸡皮疙瘩："我说，我叫夜凌光，是神界的一名主神，光子只是我的化名，目的是为了接近我失散多年的阿姐夜凌月。五百年多年，她因为一个负心汉魂飞魄散，我的双亲为了救她，历经千辛万苦，才找到一具适合她的肉身，就是你媳妇儿叶凌月。"

光子见瞒不住了，索性将真相说了出来："阿姐虽然重生了，但是前世的记忆却被封印了，她不记得我们了。"

"既是不记得了，你又何必来找她？你应该知道，想起过去，对凌月而言未必是好事，我不愿让她难过。"帝莘听到媳妇儿为了其他男人魂飞魄散，心里有些不舒服。

不管媳妇儿以前是谁，是神还是人，现在只是他的媳妇儿，这一点不会因任何人的出现而改变。就像现在他脑中虽然多了段记忆，但是他对媳妇儿的感情不会有半分变化。

"说得好听，你是担心阿姐记起来后，重新喜欢上那个负心汉，抛弃你吧……"光子刚毒舌了几句，就见帝莘脸色一黑，连忙闭嘴，他可没忘记，这个男

人是个特大号的醋坛子。

"念在你是凌月弟弟的分上，我这次先放过你。"帝莘不愿听光子再提那些陈年往事。

"哎，你先回来，我的话还没说完呢。难道你不想知道，我这次为什么来找阿姐？我告诉你，那个负心汉也到古九洲了，他很可能是冲着阿姐来的。"光子刚说完，又被帝莘拎了起来。

"他是谁？"帝莘的身上散发着狂暴之气，眼里闪着危险的光芒，这情形就和光子在帝莘的记忆中看到的那个创立了妖神卫的妖族少年一模一样。

"还能有谁，就是北境神尊奚九夜，那人差点儿就成了我的姐……哎，当我什么都没说，总归那男人很厉害，和我父亲并称为'战神'，神力非同小可。"光子越说，脖子上的那只手收得越紧。

"奚九夜？这个名字我记住了。"帝莘说完，将光子丢到一旁，懒得再看他一眼。

"你到底有没有听到我说的话？奚九夜是神界的战神，实力非同小可，这才是重点。"光子大呼小叫，可哪里还有帝莘的身影。

南幽都，妖宫之内，南幽后夕颜猛地收回手。临窗的这片夕颜花开得如火如荼，在晨光下就如血一般。带刺的花藤刺破了她的手，白净的手上沁出血珠。

一双铁臂从夕颜的背后伸出，将她搂在怀里，南幽帝战痕披着一件寝衣，看到夕颜的手皱了皱眉："这已经不是你第一次被这片花刺伤手了，我找人把它铲了。"

"不，我喜欢这片花，不过是一点伤而已。"夕颜凝聚妖力，那道伤口很快就消失了。

夕颜轻轻一挣，从战痕的怀里挣脱出来。怀里少了个人，有些空荡荡的，战痕扫了一眼那片夕颜花，目光一暗。昨夜，夕颜看了一整夜……别以为他不知道这片花丛的来历，这片花丛，是夕颜十一岁那年，软磨硬泡着那人种的。那人虽是个男子，可他乃是妖祖临世，是得到妖花——夕颜花王承认之人，经他的手种下的夕颜花，开得比任何地方的都好。那人已经死了那么多年，可这片夕颜花却是花开不败。夕颜……你到底是在赏花，还是在睹物思人？战痕的心被妒火烧得犹如穿了个洞，无比难受。

夕颜换了一身衣服走了出来，晨曦之下，女子肌肤娇嫩，姿色冠绝天下。战痕看得心神一驰，一种骄傲感油然而生：帝莘，即便你是妖祖又如何？即便你妖力通天又如何？原本属于你的一切，如今都是我的——女人、妖界，全都是我的！

"战痕，古九洲的事怎么样了，影姬可有消息传来？"夕颜没看出战痕心中所想，拂了拂发，走上前来。

"一切皆在照计划进行，相信很快就会传来好消息。夕颜，你放心，当初我答应过，我会让你成为人神妖三界最尊贵的妖后，这一天已经不远了。"战痕满怀信心地说。

扑通一声，罗千澈只觉得浑身一冷，清醒过来。她睁开眼睛，面上还带着娇羞之色，本以为会看到帝莘那张俊脸，可映入眼帘的却是鲛人王的面孔。

"怎么是你？帝莘呢？"罗千澈尖叫一声，站起身来，这才发现自己被丢进了汉水里，身上的衣服少得可怜。罗千澈明明记得，昨晚一切水到渠成，眼看就能和帝莘生米煮成熟饭了，现在怎么到了这里？帝莘去哪儿了？

啪！一个耳光，打得罗千澈眼冒金星，她的脸颊立时肿了起来。

"鲛人王，你有什么资格打我？我爹都没打过我！"罗千澈气得两眼冒火。

"这一耳光，是我代你娘打的，教训你不知好歹。你明知道帝莘和叶城主是伴侣，还执意去勾引他，这才险些酿成大错。"昨夜，鲛人王发现罗千澈不见了，担心她一个人溜出渔寮镇，彻夜寻找，这才在一座院落里发现了衣衫不整的罗千澈，她的嘴里还一直喊着帝莘的名字。鲛人王当即明白了是怎么回事，立刻带着罗千澈离开，把她丢进汉水里，这才让她清醒过来。

"我勾引人怎么了？你不过是我们水之城的一条狗，有什么资格提我娘？别以为我不知道，你一直暗恋我娘，可惜我娘眼里根本就没有你，她只爱我爹爹一人！"罗千澈恨恨地骂道。

鲛人王气得浑身发颤，眼中怒意滔天，可是看着罗千澈那张和罗绮雪有些相似的脸，鲛人王眼里的愤怒最终还是平息下去。

"少城主，你说得没错，我是没资格教训你，但是为了你的安全，我劝你最好不要再去招惹叶凌月或帝莘了，他们无论哪一个，都不是你惹得起的。"鲛人王说罢，步履沉重地离开了。

"狗奴才，我的事，什么时候轮到你来管了！一个个都觉得那叶凌月很厉害，我就不信她能厉害过我。"罗千澈从水里爬了起来，气愤不已。

为什么她身边的每一个人，都认可那个叫叶凌月的丑八怪？不仅镇民们尊敬地称叶凌月为"叶城主"，就连镇长那一行人也是如此。她偏要证明她比叶凌月能干，她一定要做出一番作为，让所有人刮目相看。

罗千澈心有不甘，眼珠子转了转，想到一个法子，便折回船舱里。

船舱内，一干被冤煞之气传染的人还关押在里面。蒋策已经是第二次中毒了，而且他的状况比一般镇民要严重得多。

在这非常时期，叶凌月懒得将鼎息浪费在他身上，索性就将他关押着，打算等这件事平息之后再处置。

看到有人进来，已经泯灭人性的蒋策扯着铁链就朝罗千澈扑去。罗千澈见了，周身荡起轮回水之力，脚下浮现出一个召唤法阵。

"万能的水神，请赐我水神之力。"罗千澈的手中多了一把权杖，她将权杖指向蒋策，一股水神之力钻入蒋策的眉心，蒋策的眉心现出一个淡蓝色的契约印记。

这个印记，和鲛人王额头上的那个有些相似，只不过鲛人王虽然答应保护水之城，成了守护半神兽，但他的契约是平等的，而蒋策额头上的这个印记却是奴仆契约的标记。这就意味着，即使以后祛除了体内的冤煞之气，蒋策也无法恢复自由身了，必须听命于罗千澈。

但是，这种奴仆契约并非对每个人都有效，不然罗千澈早就用在叶凌月或帝莘身上了。

奴仆契约要求对方的神志处于极度混乱的前提下，否则一旦被契约奴仆反抗，契约人很可能遭到反噬，造成无法估量的损伤。

被奴仆契约后的蒋策停止了挣扎，匍匐在罗千澈的面前，如一条哈巴狗似的。

"蒋策，你听着，带我找到那冤煞之气的来源。等我灭了那作祟的水鬼，所有人都会对我刮目相看，到时候我倒要看看，谁还敢小瞧我。"罗千澈肆无忌惮地大笑道。

天明前后，帝莘带回了黄俊。被冤煞之气控制的黄俊，早已不认得叶凌月和帝莘了，经过叶凌月的治疗，他才清醒过来。

"我到底怎么了？好像做了一场噩梦。对了，挽云师姐和小川呢？"黄俊看到叶凌月和帝莘，又是感慨，又是尴尬。

"挽云师姐我们会想法子找到，你怎么会染上冤煞之气？我给你留了水和食物，照理说你不该被冤煞之气传染才对啊。"叶凌月好奇地问。

"这事说来蹊跷。那会儿我正在祠堂里巡逻，忽然听到祠堂外有女人的歌声，我循声走了过去，一团黑影扑来，然后我就神志不清了。"黄俊努力回想道。

"黄俊，你努力想想，那女人的声音有什么特征，唱的是什么歌？我怀疑那女人和墨离海的水鬼有关，正是冤煞之气的来源。"叶凌月和帝莘在镇里搜寻过，可是一直没找到冤煞之气的来源。他们不是没怀疑过，冤煞之气的源头可能在墨离海和汉水相交之处，可那片海域广阔无边，搜寻一个月也没有结果，恐怕到时候整个渔寮镇都变成死城了。

"说起来那歌声还挺好听的，好像是什么'悠悠墨离，东流入海……'"黄俊正欲细说，肩膀一下被鲛人王抓住了："你说什么，那女人在唱《鲛人之歌》？"

"鲛人王，你先松手，我的骨头都要被你捏碎了。《鲛人之歌》我虽然不知道，但那女人唱的就是这几句。"黄俊疼得龇牙咧嘴。

"鲛人王，你是不是知道些什么？"叶凌月留意到鲛人王的神情有些古怪。

从到渔寮镇那天开始，叶凌月就觉得鲛人王的言行很是怪异。

"叶城主，在下什么都不知道。只是恰好听到这位小兄弟说起《鲛人之歌》，一时失态，还请几位见谅。"鲛人王松开了黄俊，摇了摇头。

"不，你一定知道什么。鲛人王，汉水和墨离海是你的势力范围。你对这一带很熟悉，那冤煞之气到底是什么，你不可能不知道。到了渔寮镇之后，你就神情恍惚，罗千澈没发现，我却注意到了。如今渔寮镇正处于水深火热之中，你如果知道，请务必告诉我。"叶凌月直视着鲛人王，鲛人王的蓝眸里掠过一抹痛苦之色。

"抱歉，我什么都不知道。我已经离开墨离海很久了，对那里的一切已经很陌生了。"鲛人王说罢，紧闭着嘴，显然不愿多说。

这时，光子从外面走了进来。他一看到帝莘，下意识地倒退了几步，有种拔腿就跑的冲动。

"不好了，出事了。"秦小川风风火火地冲了进来，"罗千澈抓了镇长和三四十名镇民，乘船出海去了。"

秦小川赶到时，船已驶出了码头，秦小川眼看追不上了，只得回来告诉大家。

鲛人王一听，不由得变了脸色。他很清楚，罗千澈心高气傲，此番被叶凌月比了下去，自然心有不甘，她在这时候出海，只有一个可能，那就是想抢在叶凌月之前，找到冤煞之气的源头，找到水鬼的行踪。只是，凭她一人之力，怎么可能捉到水鬼？更不用说，她还把无辜的镇长和其他镇民也牵扯进去了。

鲛人王转身跳进汉水里，不一会儿就消失在波澜迭起的汉水中。

"真是个死脑筋，凭他一人，怎么对付得了水鬼。"叶凌月气得直咬牙。

"那罗千澈也太没分寸了，争强好胜也该有个度，白白连累了几十条人命。"光子满脸的同情。

"准备船只，我们追上去。"叶凌月沉吟片刻，立刻做出决定。

第二十六章　水鬼真相

叶凌月在镇民中找到几名愿意出海的渔夫，和帝莘、光子、囚天乘着一条小船朝汉水的入海口——墨离海驶去。由于船小，航行的速度慢了许多，渔夫们只能奋力追赶。

"少城主，就快到外海了，你答应过我们，只要靠近那片区域，就会放了我们。"船头的甲板上，镇长哭丧着脸，小心翼翼地说。昨夜罗千澈忽然将他们抓到船上，逼着他们出海，不然就要将他们的家人丢进祠堂变成鬼子。

罗千澈正欲回答，忽然扑哧一响，一根海草藤条如箭般射穿了小船。

"水鬼，终于把你引出来了！"罗千澈非但没有害怕，反倒露出狂喜之色。

"蒋策，上！"罗千澈说罢，和蒋策同时一掠而起。

蒋策运起轮回之力，激起一道凛冽无比的劲风，瞬间斩断了藤条。藤条被斩断，喷出一股黑绿色的脓液，恶臭难闻。

那海底的生灵剧烈地抖了几下，发出一声怒吼，藤条一挥，将几具镇民的尸体丢了出去。已经没了气息的镇民们在半空中发生煞变，一个个青面獠牙。

他们在半空中一跃而起，纷纷扑向罗千澈。罗千澈冷笑一声，手中凝聚起一根权杖，脚下的法阵已然形成，一条足有水桶粗的水蟒从法阵中飞腾而起，舞动尾巴用力一甩，将那些镇民击溃。

罗千澈傲然立于水蟒的头部，俏脸上布满杀意："不知死活的畜生，上次放过了你，你竟然还敢作恶。今日我要把你变成我的奴仆，永生永世受我控制。"

罗千澈说罢，吟唱起咒语，墨水般的海面上出现了一个召唤契约阵，将水鬼禁锢其中。

水鬼被困，发出一阵怒雷般的咆哮，奋力还击，击碎了海面上的召唤契约阵。

"怎么可能？"召唤契约阵被破，轮回之力在体内翻涌，罗千澈险些连水蟒都控制不住。

看来只有使出最后一招了。罗千澈定了定心神，猛地咬破舌尖，口中吐出一抹殷红："灵魂契约——以水神之名，永远成为我的灵魂奴仆吧！"

为了捕获这只水鬼，罗千澈竟用上了她突破小神通境后领悟的神通技——灵魂契约术。

罗千澈的血一落到海面上，黑漆漆的海面突然发出一片红光，一个数倍于刚才那个契约阵的血色召唤契约阵出现了。

那血色契约阵就如一张庞大的蜘蛛网，迅速蔓延开，将水鬼层层缠住。水鬼发出一声声尖锐的嘶鸣，听起来毛骨悚然。

眼看着水鬼身上的烙印越来越清晰，罗千澈心中狂喜。就在她准备收服这只强大的契约兽时，一道黑影忽然从水底蹿出，滔天的冤煞之气顿时四处弥漫。

罗千澈终于看清了水鬼的真面目，那是一株体形惊人的海草，海草的身上足有几百根藤条，最长的竟有几十尺长。藤条的深处有一双血色的眼睛，一对上那双眼睛，罗千澈就生出了一种奇特的感觉。

冤煞之气迅速扩散，不一会儿海面就完全被黑雾所笼罩。罗千澈感到呼吸一窒，知道再不把这水鬼收服，自己也会染上冤煞之气。

"怪物，受死吧！"罗千澈厉喝一声，身下的水蟒张开血盆大口咬向水鬼。

水鬼发出痛苦的尖叫，体表的契约烙印瞬间消退。罗千澈只觉得脑中一阵剧烈的疼痛，额头上那个即将形成的契约烙印骤然消失。她喷出一口鲜血，身下的水蟒不见了，身子如落叶般从半空中坠下。

"失败了？这怎么可能！水神，你为何抛弃我？"罗千澈惊恐不已，怎么也不相信她的灵魂契约阵会失效。

几根冰冷的藤条悄然缠住了罗千澈的四肢和脖颈，罗千澈只觉得自己的身体马上就要被撕裂了。

"不！你不能杀我，我可是有水神的血脉啊！"罗千澈仿佛看到了死亡的阴影吞没了自己，恐惧和悔意一波接一波袭来。

"放开她！"就在这时，海上掀起一阵龙卷风，数道巨浪冲着水鬼劈去，斩断了藤条，罗千澈被鲛人王救了下来。

"鲛人王，快召出你的水军。那怪物竟能打破我的灵魂契约，为什么？难道水神传说是骗人的？"罗千澈见到鲛人王，就如见了救命的稻草，死死地抓住鲛人王不肯松手。

可她的话才说完，脑袋就如要炸开般疼痛，丹田里迸射出一道蓝光，体内的轮回水之力迅速消散。

因为受到反噬，她的修为正在崩解，身体迅速衰老，原本娇嫩的皮肤上生出皱纹，青丝化作白发，不过是几个呼吸的时间，就从一名妙龄少女成为一个暮年老妇。

"千澈，你为何不听我的劝告，我早就与你说过……唉，如今一切都晚了。"鲛人王眼中满是忧郁。

"不！鲛人王，你曾在我娘的墓前承诺过照顾我，我不要死，我不想死……"罗千澈这时才知道害怕，没想到自己的任性带来了这么严重的后果。

"绮雪……绮雪……对，我答应过你娘，会照顾你一世周全。当年我曾失信于她，这一次，我不能再言而无信。"鲛人王长叹一声，抬起手来，长指落在额间。只见他额头上的那个半神烙印一阵神光闪动，从眉心浮出一颗浑圆的珠子。

这珠子呈水蓝色，周身散发着水之力的光晕，正是鲛人王以毕生修为凝聚而成的鲛丹。

鲛丹被强行取出，鲛人王失去半神之体，面色刹那间变得惨白，那头冰蓝色长发化为灰白色。

海面上，一阵阵悲伤的歌声飘来。一群群鲛人在外海的边缘，冲着鲛人王发出

悲歌。这些居住在墨离海的生灵已经感应到了，它们的王即将离开。

鲛人王将鲛丹放到罗千澈身前，罗千澈盯着鲛丹，意识到自己不会死了。

就在鲛丹即将融入罗千澈的眉心之时，一艘渔船乘风破浪而来，叶凌月和帝莘等人站在船头。

"住手！鲛人王，你真要那么做吗？"叶凌月万万没有想到，鲛人王会为了一个承诺，做出这么大的牺牲。

"你们还是赶来了……"看到叶凌月和帝莘等人，鲛人王并不感到意外，平静地说，"谢谢你们的好意，但这是墨离海的事，本该由我处置。无论我做出什么决定，最后还请你们带着千澈返回水之城。她是水神的血脉，水之城需要她。"

随着鲛丹融入罗千澈的眉心，罗千澈发觉体内的轮回水之力不再溃散，慢慢稳定下来，而她的容貌却没有恢复如初。

"我的脸……鲛人王，为什么我的容貌没有恢复？"罗千澈疯了似的抓着鲛人王质问。

"罗千澈，你适可而止吧。鲛人王已经将一身修为都给了你，你还不知足。你残害无辜，根本不配拥有水神血脉。"叶凌月见罗千澈如此贪得无厌，顿时气不打一处来。

"叶凌月，你少在那里说教，别以为我不知道，你嫉妒我的容貌，现在我变得和你一样丑了，你就幸灾乐祸了。"罗千澈没有半分愧疚，鲛人王献出了鲛丹又如何，这是他应该做的，他答应护她周全，可她还是成了这副模样。

"我家媳妇儿，什么时候需要嫉妒你了？"帝莘眉头一挑，他可以容许罗千澈骄纵狂傲，却容不得她对叶凌月有半点不敬。

"说得对，你哪来的勇气，认为叶城主需要嫉妒你。叶城主，事到如今，你就别遮遮掩掩了。"光子难得地附和帝莘道。

不待叶凌月开口，光子便变戏法似的摸出一瓶药水，在叶凌月的脸上抹了几下。叶凌月脸上的妆容立刻褪去，露出真容，真是风华绝代。

罗千澈看到叶凌月的真容，身子重重一震——这般容貌，难怪帝莘会为之倾倒。

"哈哈哈哈……可笑，太可笑了，你们早就知道了，却在看我的笑话，笑我盲目自大，活该落到今日的下场。这世上，根本就没有水神，什么水神之力，全是假的！"罗千澈觉得自己是个最大的笑话。

"水神并没有抛弃你，水神之力也是真的，你不能契约她，那是因为，水神血脉的拥有者是不能契约水神血脉的拥有者的。"鲛人王颤声说道。

"难道这怪物也有水神血脉？"罗千澈惊讶地睁大眼睛，父亲明明说过，这世上只有他们父女才是水神血脉。

"我说的句句属实，而且她的血统比你的还纯正。我也是刚刚才发现的，只是我也不知道她为何会变成这副模样。"鲛人王失魂落魄地走向浮在海面上的水鬼。

水鬼见了鲛人王，有一瞬间的迟疑，旋即发出一声怒吼，挥起藤条抽向鲛人王。

"鲛人王，小心！它会杀了你的。"叶凌月好心地提醒鲛人王，鲛人王却置若罔闻，迎着巨浪艰难地接近水鬼，颤声问道："绮雪，是你，对吗？"

听到"绮雪"二字，濒临绝望的罗千澈不敢置信地看向水鬼。

"鲛人王，你胡说什么，这妖怪怎么可能是我娘亲！"罗千澈坚决不信，这丑陋的水鬼怎么可能是她的娘亲，她的娘亲是个聪慧美丽的女子。

"绮雪，原来是你，难怪我会觉得如此熟悉。绮雪，你变成这样，是因为我吗？很抱歉，当年我辜负了你。你若因此心生怨恨，就把所有仇恨都发泄在我身上吧。这一切，都和渔寮镇的镇民们无关，更和千澈没关系。她是你的女儿，和你一样拥有水神血脉的女儿。"

鲛人王离那水鬼越来越近，水鬼像是石化了一般，又像是在倾听鲛人王的话，它那双和人眼很是相似的血红色眸子里闪着怪异的光。

周围的海浪渐渐平息下来，那双眼中也渐渐出现了柔和之色，可就在这时，只听得嗤的一声，那水鬼的身子忽然僵住了。

"不，你绝不可能是我娘，我没有水鬼娘亲，该死的怪物，你给我去死吧！"罗千澈目露凶光，用轮回水之力凝成一把利刃，用力刺入水鬼的心窝。

水鬼发出一阵刺耳的叫声，触角似的藤条疯狂地袭向罗千澈。鲛人王挡在罗千澈身前，被数十根藤条刺得伤痕累累。罗千澈震惊地看着鲛人王的身子从眼前跌落，海面上溅起一片红色的浪花。

鲛人王用尽最后一丝力气向水鬼游去："绮雪，停手吧，不要一错再错了，那些都是你的子民，你最在意的子民。我早该猜到了，这里是我们初次相遇的地方……只是，为什么你会变成这样？"

鲛人王的声音越来越弱，而墨离海上的冤煞之气却淡了许多。

"绮雪，你是不是在怪我没有回来找你？对不起，我回来迟了。若你还恨的话，就把一切怨恨都发泄在我身上吧，镇民们是无辜的。"鲛人王说着，从身上摸出一盏被压扁的花灯。

那是水神节的花灯，这些年来，他每年都会放一盏。

他听说，水神节上放出去的花灯，能够一直流到忘川河内，亡魂都能收到花灯。

他一直在找罗绮雪的亡魂，他要和她说一声对不起。

看到那盏花灯，水鬼发出呜咽的哭声，一团魂魄从海草里飞出，现出女子的身形。

那魂魄跟跄地飞到鲛人王身前，轻声呼喊着他的名字："墨泽，墨泽……"

墨泽正是鲛人王的名字，在这片领土里，只有一个人知道鲛人王的名字。

那正是罗绮雪的魂魄，她伸手想扶住鲛人王，可她只是魂魄，根本没办法碰到鲛人王的身体。

"不！你怎么会是我娘，你不可能是我娘！你们俩都在骗我，一对狗男女，你怎么对得起我爹和水之城。"看到了娘亲的魂魄，罗千澈尖叫起来，怎么也接受不了这个事实。

这算什么？她早已死去的娘亲，竟然冤魂不散，一直在这片该死的海域里等着鲛人王。

罗千澈的质问，让罗绮雪和鲛人王都痛苦不已，尤其是罗绮雪，她也知自己所做的一切是多么的不可原谅，她该怎么解释？

"他们没有对不起任何人，对不起他们的，分明就是你那猪狗不如的父亲。"光子走了出来。

"你胡说，你这下贱的舞女，居然敢诬蔑我爹，究竟是何居心？"罗千澈勃然大怒，抬手就要打光子。

啪的一记耳光，光子下手又快又狠："这一巴掌，是打你狗嘴里吐不出象牙，敢骂我的人，还没出世呢。你不信是吧，我就让你看看事情的真相。"

光子早就想教训罗千澈了，这女人不仅一直排挤阿姐，还老想勾搭帝莘。虽说他也看帝莘不爽，但帝莘好歹也是阿姐的人，岂容他人觊觎。

光子说罢，目光一变，瞳孔慢慢变成金色，一股柔和的神力从他的身上弥漫开来。

罗千澈被光子扇了一耳光，又气又怒，和光子拼命的心都有了。可她一触到光子的眼神，就浑身一震，从灵魂深处生出一股敬畏感——那双金瞳，仿佛能看穿她的灵魂。

只见海面上起了一层雾，雾气朦胧中，周遭的一切开始变了……

耳边响起银铃般的笑声，那是少女特有的笑声，落在众人的耳中，是那么无忧无虑。

黑色的海水消失了，冤煞之气也没了踪影，海风拂面，在开阔的墨离海域，广阔的天空和海水一般蓝，一眼望去，海天一色。

笑声是从众人的身后传来的，众人回头一看，眼前出现了一艘寻常的渔船，船上的渔夫正在起网，鲜美的鱼虾跳出渔网，好一派丰收的场景。

两名少女正站在船头眺望，其中一名少女身着杏色武袍，胸前挂着一块玉佩，大约十一二岁，容貌和罗千澈有七八分相似。

"绮雪小姐，我们这样偷偷跑出来，要是被城主发现，会被重罚的。"杏袍少女身后那名丫鬟模样的少女焦急地说。

"那是娘亲年轻的时候？"罗千澈呆住了，这是怎么回事？自己到底在什么地方？

"小环，你多虑了。父亲这次到渔寮镇视察忙得很，哪有工夫管我。人人都说水之城好，我却觉得墨离海比水之城好上千百倍呢。"少女罗绮雪情不自禁地张开手臂，迎着海风深深地吸了一口气。

她是水之城的少城主，自小就听城主府的人说，她是水神血脉，可她却觉得很无趣，身为水神的血脉，只看过水神瀑布，连大海都没见过。所以她才借这次视察的机会，缠着父亲雇了一艘渔船出海。

夹杂着咸味的海风，还有无边无际的海面，于她而言，是一种全新的体验。

就在这时，船体猛地一震，像是撞上了礁石。

"下面在嚷嚷什么？小环，我们过去看看。"罗绮雪顺着船舷往下走，原来是渔夫们捕到了鱼。

"呵呵，这可是条大鱼，至少也有七八十斤啊，今晚可是有全鱼宴吃了。"渔夫们正往上拉网，百炼钢编制而成的渔网里有一条大鱼。那大鱼呈蓝绿色，鳞片被渔网钩住，浑身都是鲜血。

"等等，这条鱼我要了。"罗绮雪注意到，那条大鱼有双蓝色的眼睛，这和她之前看过的鱼完全不同。只是看了一眼，罗绮雪就觉得，那双眼里含着一种说不出的悲伤，那种感觉，根本不像是一条鱼。

就这样，罗绮雪鬼使神差地买下了那条大鱼。见大鱼伤势严重，罗绮雪当即返航，她和小环一起，偷偷将那条有人那么大的鱼搬回自己的住处。

"小环，你去把最好的伤药都拿来，还有，我藏着这条鱼的事，决不能告诉其他人。"罗绮雪仔细叮嘱着自己的贴身丫鬟。

因为身具水神血脉，罗绮雪自小就和各种水中生灵很是亲近，但是从未有一种水兽让她这么在意过。她当晚就躲在自己房中，替那条大鱼疗伤。直到天明前后，那条大鱼的伤口才止住了血。

"鱼啊鱼，你的伤已经好了八九成，我今儿个就把你送回墨离海去，你记住，下次可不能再那么笨了。"罗绮雪对着大鱼絮絮叨叨，大鱼的眼中闪过一丝怪异之色，突然口吐人言："谢……谢。"

听到大鱼开口说话，罗绮雪吓了一跳，指着它问道："你，你是鱼妖？"

大鱼连忙解释："我不是鱼妖，我叫墨泽，是生活在墨离海的鲛人，因为异族入侵，我被打伤，才不小心被渔民捉到。"

"鲛人？就是那种半人半鱼，传说中能成为半神兽的鲛人？可是你怎么长得这么丑，不是说鲛人一族都是俊男美女，拥有动人心魄的容貌吗？"罗绮雪听说过关于鲛人的传说，但是见到真正的鲛人，这还是第一次。

"我可不丑，只是尚未成年。鲛人一族，只有到了十六岁，成年后继承了鲛人的神力才能化为人形。我才十二岁，再过四年，等我成年后返回墨离海夺回鲛人部落，就能化形了。"大鱼有些委屈地说。

"原来如此，那你现在岂不是无家可归了？好可怜啊。"罗绮雪对墨离既好奇又同情，于是放弃了放生的打算。她也知道，如今的墨离，就算回到墨离海，也没有活命的可能。

就这样，罗绮雪将墨泽暗中带回水之城，把它藏在水神瀑布下，每天都借修炼之名偷偷去探望它。

罗绮雪将水之城和人族的一些风俗民情告诉墨泽，墨泽则告诉她一些墨离海的事情。

两个年轻人不知不觉共处了三年多，情愫在他们之间暗暗滋生，但是两人谁都没有明说，因为无论是墨泽还是罗绮雪都知道，总有一日，墨泽会离开水之城，返回墨离海。

三年半之后，墨泽将满十六岁，决定返回墨离海。

在水神瀑布下，墨泽艰难地告诉了罗绮雪这个决定。

"墨泽，你一定要回来。等我十六岁时，在水神节那日，你回来……可好？"在墨泽跃入运河的那一刻，罗绮雪脱口问道，她的眼眶已经湿润了。

墨泽跃出水面，那身漂亮的鳞片在月光下闪闪发亮："绮雪，我答应你，一定会回来。"

看着墨泽的背影消失在运河里，罗绮雪的眼泪终于落了下来："墨泽，我等你回来，等你回来了，我就嫁给你。"

时光荏苒，一晃一年多过去了。

这一日，适逢水神节，又是城主爱女罗绮雪的十六岁生日，整个水之城张灯结彩，到处都沉浸在喜庆之中。

夜间，罗绮雪偷偷从生日宴中溜了出来，独自来到运河边。

河面上漂着一盏盏花灯，一对对有情人在放着花灯。

罗绮雪痴痴地望着河中的花灯，在河边寻觅着期盼了一年多的那个身影。可是直到深夜，河边的人都散了，她也没有等到墨泽，心中百感交集：墨泽离开一年多了，如今已经十七岁了，应该已经夺回鲛人部落的大权，成功化为人形了吧？还是说，他遭遇了什么不测，不然他怎么一直没有出现？

"墨泽，墨泽……"罗绮雪望着运河上渐渐漂远的花灯，痴念着那个名字。

"这是不是你的花灯？"身后传来一个低沉而富有磁性的声音，罗绮雪一惊，转过身去，却见一个年轻俊朗的男子站在灯火阑珊处，笑看着她，那双深邃的眼眸，在灯光下泛着墨蓝色的光。

看到那双眼眸，罗绮雪不由得抓住他的手脱口问道："墨泽，是你吗？你回来了？"

那男子微微一怔，眼神从罗绮雪俏丽的脸上移到她那身价值不菲的衣服上，点了点头，展颜一笑："对，是我，我回来了。"

看到这一幕，罗千澈不由得捂住了嘴：怎么会这样？

那个男子，正是青年时期的罗谦。

罗谦冒名顶替了墨泽，接下来的事，一切都是那么顺理成章，罗谦没多久就迎娶了罗绮雪，成了城主府的乘龙快婿，很快罗绮雪就有了身孕。

怀孕之后，罗绮雪慢慢地将一些城务交给了罗谦，但罗谦没有水神血脉，不便调用水族，罗绮雪禁不住罗谦的反复劝说，终于将自己的一部分水神血脉传承给了罗谦。

罗谦获得水神传承后不久，汉水一带的水兽作乱。恰好那时候老城主身体抱恙，而身为少城主的罗绮雪挺着七个多月的肚子不便外出平乱，罗谦便主动请缨前去平乱。

罗谦离开之后，罗绮雪担心他无法对付水兽，瞒着他赶到了汉水。她本想给夫君一个惊喜，却看到罗谦和几名镇长正在画舫上寻欢作乐，罗谦搂着几名妖娆的女子，不时说着一些荤段子。

几名女子说道："都说大人和少城主伉俪情深，没想到也是个欢场高手。"

却见罗谦调笑道："什么伉俪情深，我早就厌烦了那女人，所以才让镇长们捏造了水兽作乱的事。你们不知道，你们尊敬的少城主，不仅在床上很无趣，还蠢得很，到现在都以为，我就是她那个青梅竹马的墨泽。我只不过刚好在那时遇到了她，就被她误认成墨泽了。"

他不是墨泽，自己认错了人？罗绮雪只觉得脑中轰的一响，猛地推开舱门，里面的人看到罗绮雪，全都慌了神，罗谦也慌忙起身，虚情假意地上前解释。

慌乱之间，罗绮雪只觉得腹中剧疼，一股股热流不断地从身下涌出，当时她心中只有一个念头，绝不能放过罗谦。

当孩子呱呱坠地，罗谦抱着孩子，握着罗绮雪的手讨好道："绮雪，你看，这是我们的孩子。之前都是我错了，我不该瞒着你。你放心，以后我一定好好对你。"

看着懵懂无知的孩子，再看看罗谦那丑恶的嘴脸，罗绮雪惨笑道："你这个畜生，你给我滚！"

罗谦的脸色瞬间变了。这一年多时间，他对罗绮雪压根没有爱过，非但不爱，还恨之入骨——这女人，即便在新婚之夜，即便被自己压在身下，叫的也是墨泽的名字。于罗谦而言，这一年多，他都戴着绿帽子。

"贱人，那个野男人早就不要你了。你不给我留活路，我又何必和你讲什么夫妻情面，你给我去死吧！"罗谦掐住罗绮雪的咽喉，罗绮雪挣扎着，身下血流不止，终因失血过多断了气。

罗谦对外称罗绮雪因难产而死，暗中将她的尸体绑上石头沉入墨离海中。

在罗绮雪死后那年的水神节当天，已经成功夺回权力的鲛人王回到了水之城。他化作人形，满心欢喜地来找心爱之人，可他等到的，却是罗绮雪的死讯和继承了水之城城主之位的罗谦，以及罗谦怀里抱着的罗千澈。

狡猾的罗谦，编造了罗绮雪临死时将水之城和罗千澈托付给鲛人王的谎言，鲛人王感念故人之情，接受了罗谦的契约，成了水之城的守护兽。

　　那时候，所有人都以为罗绮雪已死，哪知她的魂魄并没消散，反而渐渐恢复了意识。罗绮雪一直记恨着罗谦，她的仇恨化为冤煞之气，从海域一直扩散到内陆，这才有了此次渔寮镇的水鬼之乱。

第二十七章　妖族入侵

海浪声不绝于耳，当罗千澈看到罗绮雪被杀、尸体沉入海底时，幻境突然消失，罗千澈再也压抑不住，声嘶力竭地尖叫道："不，假的，这都是假的，我爹不可能是那种人，这一切都是幻觉！光子，你究竟做了什么？"

"罗千澈，这一切都是真的，是我将他们三人的往事编成了梦，让你们看到了真相。"光子一脸惋惜地看着鲛人王，他为心爱之人苦苦守护多年，可是结局实在是太凄惨了。

"墨泽，你为什么这么傻，为什么要把鲛丹交出来，你为我们母女做得已经太多了……"罗绮雪泪如雨下，魂魄渐渐消散。

罗千澈凝聚了鲛丹之力的那一击，让罗绮雪的魂魄遭受了重创。

"绮雪，都是我的错，若是当年我没有离开，若非我执意夺回权力，若是我能够早一年回来，一切都不会发生。"鲛人王含笑望着罗绮雪，他思慕了那么久的人，如今终于见到了。

"你没有错，错的是我，是我有眼无珠，错信了罗谦，没想到他还无耻地利用了你……"罗绮雪的魂魄试着去拥抱鲛人王，却根本没办法碰到鲛人王的身体，只能眼睁睁看着鲛人王彻底化为鱼形。

那是一条蓝绿色的美丽大鱼，它扑腾着鱼尾，跳入海水之中。

"墨泽，你放心，我很快就会来陪你了。"罗绮雪的魂魄越来越虚弱，仿佛随时都会溃散开。

周围一片死寂，目睹了这一幕，所有人都沉默了，罗千澈泪流满面地哀求众人："救救她，求你们救救我娘。"

她先是抓住了光子的手："你一定有法子对吧，你能够进入他们的梦境，那你一定能让我娘亲的魂魄不消散，对不对？"

光子摇了摇头，即便他是神，也没法子修复严重受损的魂魄。

罗千澈颓然松开了手，转身看向叶凌月："叶凌月，你那么聪明，一定有法子吧，求你救救我娘，只要你能救她，我可以求我爹让你当黄泉城主。"

叶凌月没有说话。

"还不够？那……我可以把鲛丹还给鲛人王，你救救我娘，我只有一个娘，我对不起她。"罗千澈声泪俱下，身子无力地滑下。

"我可以试着救她，但不能保证一定可以成功，毕竟你娘处于游魂状态太久了，而且她刚才还遭到重创。至于鲛丹，那是鲛人王给你的，既已送出，没有任何人可以强行剥夺。你要做的，就是代替他，守护好墨离海和水之城的子民。"

叶凌月说罢，让众人将附近海域的水兽全部驱散，独独留下她和罗绮雪的魂魄。

"罗绮雪，在修复你的魂魄之前，我必须告诉你一声，这次修复很危险，稍有不慎，你会立刻魂飞魄散。"叶凌月郑重其事地叮嘱着罗绮雪。

"叶姑娘，我已经是死过一次的人了。此生能再遇墨泽，化解我俩多年前的误会，我罗绮雪即便是死，也该瞑目了，我还要代表渔寮镇的镇民们谢谢你。"罗绮雪朝着叶凌月盈盈一拜。

"罗绮雪，你当真能瞑目吗？我以为，我们本该是一类人。"叶凌月目光灼灼地看着罗绮雪。

"叶姑娘还真是了解我。"罗绮雪忽地笑了，"我的确难以瞑目，罗谦那畜生害死了我，又以我之名奴役了墨泽那么多年，更可恨的是他的纵容，让我唯一的女儿成了今日这副模样，我罗绮雪又怎能瞑目！"她已经看出来了，叶凌月和她是一类人，明人面前不说暗话。

"对，我和你的想法一样。既然如此，我们就开始吧，我姑且一试，看看能否替你修复魂魄。"叶凌月说罢，摊开右手，一个黑色的小鼎从她的掌心盘旋而出，将罗绮雪的魂魄吸入鼎中。

叶凌月控制着白色的鼎息，一寸寸地修复着罗绮雪的魂魄，修复到一半时，叶凌月觉得体内的精神力已经见底了。

眼看精神力越来越弱，叶凌月的脑中只有一个念头——不能功亏一篑，若此时放弃了，那鲛人王和罗绮雪之间，就真的要永成遗憾了。

就在叶凌月体内的最后一丝精神力即将枯竭时，一直关注着叶凌月的罗绮雪忽地眼神一闪，有一物落到了鼎内，发出一道清脆的响声。

那是一块玉佩，成色上乘，看上去有些眼熟，正是少女罗绮雪挂在脖子上的那一块。

只是，为何罗绮雪会突然将这块玉佩给她？

就在叶凌月错愕之时，罗绮雪开了口："这块胎玉，是水之城城主的传家宝。正因为有了这块玉，我的魂魄才能够保存下来并不断壮大。我看这玉和你有缘，且送予你。"

这块胎玉来历不明，只有水神的血脉才能持有，被罗绮雪自小戴在身上。在她死时，罗谦心慌意乱，没留意到胎玉，将它和罗绮雪一起沉入了海中。

罗绮雪的肉身虽被水兽啃食，魂魄却被吸入了玉中。胎玉不断滋养着她的魂魄，并靠着灵性找到了那株生在海底的水草，让她借体新生。

罗绮雪看到乾鼎时，才意识到这块胎玉也许和叶凌月有关联。因为胎玉上雕有一个鼎印，那鼎印的模样和乾鼎一模一样，罗绮雪因此判定，胎玉必定和乾鼎有关系。

果不其然，胎玉落到鼎里之后，鼎身忽然一颤，原本因为精神力枯竭而变微弱的鼎息，像是一下子注入了生命力，倏地钻入鼎印里面。

就在鼎息和胎玉混为一体时，叶凌月只觉得丹田里叮的一响，天地之力如决堤的洪水般奔涌而出，冲击着她的五脏六腑和四肢百骸。

自从上次冲破了天地之力的第四重之后，叶凌月就再也没有过这种感觉了。

突破！她竟然在帮罗绮雪修复魂魄时，突破了天地之力的第五重！

丹田内的天地之力，陡然增长了五六成，但这仅仅是个开始，叶凌月发现，她不仅突破了天地之力的第五重，更惊人的是，她体内的天地之力和精神力竟能灵活自如地转化了。

这于叶凌月而言，简直是一个天大的惊喜。

多少年来，方士和武者之间究竟孰强孰弱，这个问题没有一个人能说清楚，可若是有人能将方士之力转化为武者之力，或者将武者之力转化为方士之力，那无论是在生死交战之际，还是在炼丹炼器之时，都会有双倍的胜算。

而此刻，叶凌月就得到了如此天大的福缘！

狂喜之后，叶凌月立刻收敛心神，专心修复魂魄，此刻不能有半点差错。

吸收了胎玉之后，鼎息变得更加浑厚绵长，在鼎息的净化和修复下，罗绮雪的魂魄渐渐变得充盈，到了夕阳西下之时，罗绮雪的魂魄终于修复完了。

"罗绮雪，方才真是多谢你了。"叶凌月朝着罗绮雪行了一礼。

"不，该感谢的是我才对，你才是那块胎玉最合适的主人。况且，我送出胎玉，只是为了让你能够帮我实现我未了的心愿。"尽管只是魂魄，可方才罗绮雪也感受到了叶凌月体内那股蓬勃的力量。

罗绮雪很是欣慰，她总算没有看错人，眼前这一位年轻的城主绝非池中之物。

"你的心愿……难道你打算……"叶凌月怎么觉得自己好像被罗绮雪下了套。

"不错，我已经决定不再理会俗世的恩怨，用余生来陪伴墨泽，至于罗谦那狼心狗肺的东西，我希望叶姑娘能帮我收拾了他。"

"好，就算是我收下胎玉的报酬吧。只是，罗绮雪，你真的不想和罗千澈见上一面吗？毕竟你们母女已经分离了二十余年。"叶凌月感慨地问道。

不远处的海面上，一条蓝绿色的大鱼跃了出来。罗绮雪温柔地凝视着那条大鱼，缓缓地摇了摇头："不了，千澈性格骄纵，可经历了这件事后，想来她也明白了许多事。我的离开，只是为了让她更好地成长。更何况，我也并非真正的离开，我和墨泽，会一直留在墨离海，守护着这一带的子民和水兽。我也将用我的余生，弥补过去我所做的一切错事。"

说罢，罗绮雪的魂魄化作一道金光，融入海水中。

随着罗绮雪的离开，那条蓝绿色的大鱼也消失在海平面上。

远方，有鲛人的歌声传来，伴着亘古不变的海浪，越传越远。

自那日之后，在墨离海一带航行的船只，再也没有遇到过风暴天气，偶尔在黑夜中迷航的船只，都会看到一条美丽的蓝绿色大鱼，鱼背上坐着一名美丽的女子，那女子总是会指引人们找到正确的航道，渔民们因此称这一鱼一人为墨离海神。

罗绮雪和墨泽离开之后，困扰了渔寮镇许久的水鬼风波终于平息了。得知娘亲走了，罗千澈痛哭了一场，然后她也离开了，没有人知道她去了哪里。

叶凌月等人回到渔寮镇时，镇民们都已经恢复如初了。

码头上，秦小川、黄俊带着恢复正常的挽云师姐以及一干镇民欢呼着迎接叶凌月等人归来。

"凌月、帝莘，你们能平安回来实在是太好了。昨晚我们正准备攻打祠堂，哪知道镇上的鬼子忽然全都恢复正常了。"秦小川兴高采烈地说。

"光子姑娘，你看上去脸色不大好，是不是舟车劳顿累着了？"秦小川见了光子，立马迎上前去。

为免被叶凌月盘问，光子逃命似的溜走了，秦小川误以为光子看上他了，笑得嘴角都要抽筋了。

见此情形，挽云师姐和黄俊都笑了起来。

"看来小川师兄的春天要来了。"黄俊又是羡慕又是感慨，帝莘却耸了耸肩，希望秦小川自求多福。

而叶凌月并没有留意到光子的反常，此时她的全部心思都在那块刚到手的胎玉上。

九洲鼎，鸿蒙方仙巅峰时期持有的宝鼎。

叶凌月的乾鼎，无论是在青洲大陆还是在古九洲，都已经是逆天的存在了。

但如此厉害的乾鼎，却仅仅是九洲鼎的一部分而已。

叶凌月得到鼎铭时，只知道九洲鼎一分为九，分别为魂、足、胎、基、耳、

膛、铭、廓、气，但鼎的具体形态并没被提及，具体的遗失地点也没有记载，所以叶凌月一直以为，找到九洲鼎碎片无异于海底捞针，但她怎么也没料到自己会得到胎玉，也就是鼎胎。

而且鼎胎被吸收之后，叶凌月的丹田也发生了变化，如今她的精神力和天地之力可以随意转换。

这样的转换，乍听之下没有什么，实则不然，叶凌月已达天地之力第五重，算起来乃是轮回之力的第六重，濒临突破小神通境。若是将天地之力和精神力合二为一，那她的修为就可以一下子达到小神通境。

这样一来，叶凌月在同级作战时就可以克敌制胜，即使对阵修为高于自己的小神通境强者，也能立于不败之地。

叶凌月思忖着，她得了胎玉，就必须替罗绮雪完成心愿。至于怎样杀罗谦，得等返回水之城再从长计议。

经过短暂的休整，渔寮镇已经恢复了正常的秩序。镇民们重返家园，脸上洋溢着劫后余生的喜悦。

小镇的酒楼里只有一桌酒客，桌上的菜已经凉了，旁边有几个空酒坛子。

光子神情严肃，他的对面，秦小川已经醉得不省人事了。

"所以说，那丝奇特的神气已经消失了？"

"不错，神主，属下已经追查过了，消失得一干二净。"隐匿在暗处的神侍恭敬地回道。

"那就奇怪了，我和阿姐一起出海，明明什么都没发现，难道那神气和罗绮雪有关？"

光子这次随叶凌月出海，除了要化解罗绮雪和鲛人王的遗憾，另一个目的就是为了神侍提及的那抹神气。

一般而言，神气是不会随便出现在古九洲这种地方的，要么是有神族出没，要么就是有神器出土。

光子曾担心是奚九夜的人到了墨离海，好在是他多虑了。

既非神界之人，又无神器出土，光子就纳闷了。

光子又想起了阿姐掌中那个怪异的小鼎，说起来，那鼎是怎么回事？能够修复魂魄，必定非同寻常。

"神主大人，渔寮镇的事已经化解，浮屠天不可一日无主，您看……"神侍见光子一会儿傻笑，一会儿抓狂，很是担心，生怕他在人界待得太久，染上什么不干净的东西。

"奚九夜都没回去，我怎么能回去，没看到我在保护阿姐吗？"光子不满地瞪了一眼不知身在何处的神侍。

"明明是大小姐在保护神主，怎么看大小姐都比神主强。"神侍暗暗腹诽，嘴上却毕恭毕敬地说，"神主大人，北境神尊已经进了宣武城，那一带这阵子很是热闹，似乎要举办一场盛事。"

"宣武城？那地方距离这里有多远？"光子警觉地问道。

"相差十万八千里。"神侍如实回答。

"那就好，继续盯着奚九夜，他见过什么人、吃过什么东西、住在什么地方，全都记录下来。没你们什么事了，你们退下吧，没有我的传召，记得离我远点。"

神侍闻言，旋即没了声息。

光子瞥了眼秦小川，那家伙已经醉倒了。

"没用的家伙，打架不行，喝酒不行，眼力也不行。"光子撇撇嘴，这种货色，就算再过一百年，他也不会看上眼。

不对……看上？他怎么会突然产生这种念头，他怎么可能看上一个男人！

光子浑身直起鸡皮疙瘩，他没好气地瞪了秦小川一眼，让店小二上了一堆最贵的酒菜，然后就拍拍屁股走人了。

叶凌月和帝莘等人在渔寮镇又逗留了几日，直到渔寮镇彻底恢复了秩序，一行人才返回水之城。

"四哥，你怎么鼻青脸肿的？"叶凌月留意到秦小川的怪样，诧异地问道。

秦小川偷偷看了眼光子，苦着脸答道："不小心摔着了。"

这厮那天在酒楼里被光子黑了，因吃霸王餐被酒楼的伙计们胖揍了一顿。

秦小川不明白了，光子那日明明对他那么亲热，怎么一回头就跟换了个人

似的？

唉，女人心，海底针，这话还真没错啊。

"凌月，你留意到没有，蒋策那小子不见了。"帝莘策马跟上叶凌月，将光子挤到一边。

光子很恼火，一赌气，策马跑开了，秦小川见状，忙追了上去。

在罗千澈离开后，蒋策的奴仆契约就解除了，可他却一声不吭地走了，那会儿叶凌月等人正忙着处理镇上的事，谁都没有留意他的行踪。

水之城内，罗谦正在城主府设宴款待几位城主。

"诸位，今日请大家来，是要宣布一件事，黄泉城城主的人选已经定下来了，获胜者正是蒋巡逻使。"罗谦端着一杯美酒突然说道。

众城主俱是一惊，就见蒋策从门外走了进来，一身城主的行头，看上去威风凛凛。

原来蒋策一恢复神识，就抢在叶凌月之前赶回水之城，和罗谦商量对策。

蒋策将渔寮镇的事和罗谦一说，罗谦震惊之余，心中又嫉又恨。一想到自己杀害罗绮雪之事如果败露，必将地位不保，当即决定扶持蒋策做黄泉城的城主，同时他还派人去暗杀叶凌月等人，绝不能让他们返回水之城。

"罗城主，既然结果已经出来了，那叶城主等人又去了哪里？"杨城主骤然起身。

"叶城主？哪来的什么叶城主，蒋巡逻使才是真正的新城主，至于叶凌月那帮人，他们根本就是卑鄙小人，蒋策已经查明了，渔寮镇的事就是叶凌月等人故弄玄虚。那光子和他们是一伙的，他们祸害镇民，奸计被识破后就逃走了。本城主已经上报九洲盟，不日将在整个古九洲通缉他们。"罗谦目光冰冷地说。

杨城主和五灵城城主闻言互视一眼，都觉得这事有些不对劲。

"罗城主，此事有些蹊跷，依老夫看，还须仔细调查。"五灵城城主提议道。

"还调查什么，蒋策就是最好的人证。考核结果已出，我和九洲盟一致同意，革去叶凌月的城主之职，改由蒋策继任。"罗谦说得蛮横无比。

"罗谦，你这分明是独断专横，我不同意！"杨城主拍案而起。

"罗城主，老夫也以为，此事不宜立刻下定论。"五灵城城主也不赞同。

"两位城主，赞同不赞同，可不全由你们说了算。别忘了，九大新手城的城主意见不合时，少数服从多数，罗某赞成废叶凌月，立蒋策。"罗谦早就有所准备，他一提议，除了金之城和五灵城的城主，其余五大新手城的城主全都站到了罗谦那一方。

"看到没有，加上罗某，一共是六比二，这回你们还有什么话说？"罗谦狂妄地笑道。

"我反对！"就在罗谦得意之时，一声娇叱打破了宴席上一面倒的局势。

罗谦大怒，却见一名老妇走了进来。

"放肆！来人，你们都是干什么用的，居然放这老太婆进来。"罗谦怒斥道。

侍卫连忙上前禀道："城主饶命，此人说她是少城主，她有少城主的令牌。"

罗谦难以置信地看着眼前这个当自己的娘都嫌老的老太婆："千澈，真的是你？你怎么成了这副模样？"

"我今日来，只是想告诉所有人，蒋策没有资格成为黄泉城城主。这次城主考核，获胜的是叶凌月，化解了渔寮镇危机的也是叶凌月，而渔寮镇的危机，就是你们眼前这位水之城的城主造成的。"

罗千澈的话音一落，蒋策吓得都要站不住了，罗谦更是大惊失色："千澈，你胡说什么！我看你是被叶凌月那帮人迷了心智，居然诬陷起为父和蒋策来了，你别忘了，你是水之城的少城主。"

罗谦说罢，就要去擒罗千澈。

"站住！你不配做我的父亲，你是不是怕了，怕我说出当年的真相，说出娘亲其实是被你杀死的，你是不是怕我揭穿你当年冒充鲛人王，骗了我娘这件事。罗谦，你简直不是人，你就是个畜生！"罗千澈厉声骂道，心里却如刀割般难受。

"不孝女，我真后悔当年没掐死你！"罗谦怒不可遏，那狰狞的模样，让众位城主都不由得侧目。

"罗谦，少城主说的可是真的？你居然谋害发妻、诬陷他人，如此行径，根本

不配当水之城的城主。"罗千澈的指证让在场的城主们无比愤慨,刚才支持他的人都在暗暗后悔。

"是又怎样?我罗谦做事,从不后悔。诸位既然知道了这些事,罗某也就不必隐瞒了。只不过,知道得越多,死得越快,诸位城主既然来了水之城,就别想再离开了。"面对群雄的质问,罗谦缓缓说道。

"罗谦,你实在是太狂妄了!"

七位城主俱怒,可就在他们起身时,忽然觉得丹田一痛,这痛意从丹田迅速扩散至四肢百骸,体内的元力怎么也凝聚不起来了。

中毒?众城主惊恐地看向自己的酒杯。

"这会儿才发现,是不是太迟了。"罗谦诡异地笑着,忽然驱动元力,一道黑影从他体内飞掠而出,须臾之间,就笼罩在整个议事厅的上空。

"缚!"罗谦一声令下,那黑影忽地化作无数道幽光,扑向诸位城主。

幽光融入七位城主的影子中,众城主只觉得浑身一紧,回头再看,却见自己的影子已经化为鬼兽,朝着自己扑来。

议事厅内,七大城主没了踪影,而半空中的那团黑影里却传来一阵阵叫声:"罗谦,放我们出去!"

罗谦张口将黑影吞入腹中,在场之人都被这一幕吓得面无血色。

罗千澈觉得眼前的罗谦十分诡异,身上带着一股阴寒的妖气,不禁颤声问道:"你……你不是我父亲,你是什么人?"

"咯咯,少城主真是太有趣了,你是在问贱妾吗?如今贱妾就是罗城主,罗城主就是贱妾。你若是问贱妾的本名,贱妾名叫影姬,乃是南幽都的天妖。"罗谦发出娇滴滴的女声,正是影姬的声音。

在洪明月的帮助下,影姬混进了城主府。

罗谦派鲛人王去保护罗千澈,自己反倒失了庇护,意识渐渐被影姬侵蚀,最终成了一具供她驱使的躯壳。

影姬以罗谦之名宴请诸位城主,事先在酒中下了毒,如此一来,不费吹灰之力,几大城主就成了她的阶下囚。

天妖？妖界的天妖，怎么会出现在古九洲？罗千澈意识到，水之城陷入了天大的危机之中，身为水之城的少城主，她决不能坐视不理。

罗千澈迅速运起轮回水之力，凝聚出一条水蟒。她刚一出手，就见一人从身后掠出，挡在她的面前："少城主，我若是你的话，绝不会在这么不利的情况下和影姬大人作对。"

"洪明月，原来你和这妖怪是一伙的！"看到洪明月和影姬站在一起，罗千澈恍然大悟，自己居然引狼入室，将妖人放了进来。

"我的少城主，你还真是天真。你真以为你斗得过影姬大人吗？看在我们主仆二人相处甚欢的分上，就由我来送你一程吧。"洪明月说罢，那张妩媚的脸上浮现出几道妖纹。

原来，洪明月自从和鬼谷蛾同体之后，妖力大涨，如今已趋向半妖化。她原本就有轮回五道的修为，半妖化之后，实力更是暴涨。

洪明月出手如电，十指闪动着幽幽绿光，只见十道凛冽的绿光闪过，水蟒断成数截。

罗千澈大惊失色，洪明月已经到了眼前，张口就向罗千澈的脖颈咬去，哪知影姬却制止了她："留着罗千澈还有用，她身具水神血脉，若能带回妖界，妖帝和妖后必定会有重赏。"

"启禀影姬大人，派去暗杀叶凌月等人的那帮兄弟失败了，一个都没有回来。"一名妖兵在影姬耳边说道。

"又失败了，这已经是派出去的第三拨人马了吧？"影姬面露不悦。

她做事历来周全，本以为一切都会顺利，想不到几大城主都成了瓮中之鳖，区区一个黄泉城城主反倒怎么都拿不下。

"影姬大人，你可不要小看了叶凌月。此女虽然看上去没有半点轮回之力，但是狡猾得很，我怀疑她身上藏着什么法宝。"洪明月一听叶凌月居然还没死，目光转冷。

"再厉害也不过是人族，我就不信，以我的手段，还奈何不了几个人族。传令下去，一切按照计划进行。"影姬不以为然地说。

"影姬大人，我有一计，也许可以帮你顺利解决叶凌月那帮人。"洪明月巴不得早点除掉叶凌月。

"哦，说来听听。"影姬已经派了三拨手下，其中不乏大妖级别的妖族，却依旧奈何不了叶凌月，这让影姬有些不耐烦。

"叶凌月和帝莘实力高深莫测，但是他们的同伴并非人人都是高手。我以为，不如劫持几人，到时候再利用那些人要挟叶凌月和帝莘。大人若是放心，明月愿效犬马之劳。"洪明月对黄俊、秦小川乃至挽云师姐的实力了如指掌。

"那事情就交给你来办，若需要人手可以自行调配。"影姬答应了洪明月的请缨。

当晚，洪明月就带着十几名妖兵离开了水之城。

第二十八章　将计就计

在一条幽静的林间小道上，洪明月带着几名妖兵拦住了秦小川和光子的去路。

"你不是雪峰的洪明月吗，怎么会和这些妖人混在一起？"秦小川不解地问。

"想知道答案，那就随我们回一趟水之城吧，上！"洪明月说罢，身形瞬间化为鬼谷蛾的模样，扇动着那双足有两三人大小的翅膀，大量的毒粉在空气中弥漫。

秦小川吸入毒粉失去战斗力，被洪明月活捉，连同光子一起被带回了水之城。

"启禀城主，属下不负所托，已经把叶凌月的同伙捉来了。"

"把人押下去，和罗千澈关在一起。待叶凌月他们自投罗网之后，九大新手城就全在我们的掌握之中了。"附在罗谦体内的影姬大笑起来。

见罗谦发出女人的声音，光子和秦小川都很吃惊。

洪明月附和道："属下预祝影姬大人和南幽帝后一统古九洲。"

牢房里，罗千澈看到光子，有些愕然："你怎么进来了？难道叶凌月也被抓了？完了，这下子全完了。"

罗千澈心里一沉，跌坐在湿冷的地上。光子将她扶起来，冷静地问："城里发生了什么事？那个霸占了罗谦身体的女人，究竟是何来历？"

"她叫影姬，是妖族的天妖，至于她是怎么霸占了我父亲的身子，我也不

知道。你……你的声音？"罗千澈疑惑地看着光子，敏锐地发现眼前之人和光子不同。

"倒是没能瞒住你。"那人扯下脸上的纱巾，露出一张丽颜，正是叶凌月。

看到叶凌月时，罗千澈整个人都惊呆了。

"不用那么吃惊，这事说来话长。时间紧迫，你快把事情的来龙去脉告诉我。还有，其他几位城主哪儿去了？"

直到以"光子"的身份混入水之城，叶凌月才知道形势严峻，整座城主府都笼罩在妖气中，四周都是妖兵，而几位城主却踪迹皆无。

罗千澈凝视着眼前的女子，心中百感交集。她与叶凌月是情敌，也是竞争对手，她一直对叶凌月又恨又妒，怎么也想不到有一天会和叶凌月合作。

"你还迟疑什么，别忘了，你可是水神血脉。"

叶凌月的话，让罗千澈彻底放下了个人恩怨，她决定和叶凌月一起化解这次危机。

叶凌月假扮光子，和秦小川一起混入了城主府，而真正的光子，此时正和帝莘等人一起，通过与后花园相连的那条河，悄然摸进城主府，进入一条通往牢房的地道中。

洪明月显然中计了，而此事正是叶凌月等人精心设计的。

那日，叶凌月修复了罗绮雪的魂魄之后，罗绮雪告诉叶凌月，渔寮镇的危机，很可能有妖族插手。

原来，自从尸沉墨离海后，罗绮雪虽然身怀胎玉，但因为失去了肉身，处于游魂状态，修炼一直不得其法，她费尽心机也没恢复生前的修为。

就在四五年前，一名神秘的女妖出现在墨离海，告诉罗绮雪，若想报仇，可以吸收冤煞之气。只要吸收冤煞之气，修为就能突飞猛进。

罗绮雪犹豫了一阵子，还是按捺不住报仇的欲望，开始利用胎玉吸收冤煞之气，修为果然提升得很快。为了获得更多的冤煞之气，她不断袭击过往的船只。

在水神节前夕，那名神秘的女妖再度出现，告诉罗绮雪，罗谦不仅杀了水之城的大量水兽，还要迎娶一名舞女做城主夫人。

得知这个消息，罗绮雪忍无可忍，为了报复罗谦，开始在渔寮散布冤煞之气，这才引来了叶凌月等人。

如今回想起来，罗绮雪觉得太过凑巧，她怀疑那女妖不只是想算计渔寮镇，其目的很可能是水之城。

罗绮雪提醒过叶凌月小心妖族，在返回水之城的途中，叶凌月他们又接连遭遇伏击。尽管那些妖兵刻意掩饰身上的妖气，可帝莘和小噩兔还是察觉到了。

这样一来，叶凌月确信水之城已经落入妖族之手，如今只怕没那么好进入了，因此她和帝莘想出了一条妙计，这才有了之前的那出好戏。

子时前后，万籁俱寂，几名妖兵正在大牢里喝酒，忽然从牢房里传来呼声。

"里面是怎么回事，谁去看看？"

"声音是从那个舞女的牢房里传出来的，乖乖，那女人长得可真美，比族里的狐狸精还要美上几分。"一名醉醺醺的妖兵吹了声口哨，自告奋勇地朝牢房走去。

到了牢房门前，就见"光子"伏在地上呼痛，看上去楚楚可怜："大人，贱妾腹痛难忍，麻烦大人帮忙看看。"

那妖兵往牢房里看了一眼，见罗千澈蜷在角落里一动不动，不疑有他，便走了进去。

哪知它前脚刚跨进牢房，突然眼前一黑，脑袋就跟皮球似的滚落在地……

房内，正在修炼的影姬耳朵微微一动，似有鼓声传来，由远及近。

城主府怎么会有鼓声？影姬侧耳一听，那鼓声很是单调，可细听之下，却有些不同寻常，不由得面色一变："来人！"

"影姬大人，有何吩咐？"洪明月就住在影姬的隔壁，闻声走了进来。

"门口的那些妖兵呢？"影姬莫名地感到心烦意乱，而那鼓声好像消失了。

"还在原地。"洪明月看看屋外，见妖兵如标枪似的立在那里，一动不动。

一动不动？洪明月意识到不对劲，走到一名妖兵身前，一拍它的肩膀，妖兵轰然倒地。

"出来，藏头露尾的孬种。"影姬环顾四周，怒喝一声。

"藏头露尾的是你吧。"叶凌月从暗处走了出来，与她一同出现的，是一群凶悍的嗜血蛇蜂。

"叶凌月，是你！"洪明月看到叶凌月，一愣神间，就被嗜血蛇蜂蛰了一下。

"你就是黄泉城城主叶凌月？"早就听说叶凌月是个相貌平庸的黑脸女子，影姬怎么也无法将眼前这个大美人和她联系在一起。

"行不更名，坐不改姓，我就是叶凌月。倒是你，一直藏匿在罗谦的身子里，连真面目都不敢露，原来妖界的天妖也不过如此。"叶凌月讥讽道。

看看叶凌月，再看看已被叶凌月的嗜血蛇蜂血洗的城主府，影姬和洪明月俱已明白，她们被叶凌月给骗了。

"以吾之名，召唤水神的信徒。"影姬不敢掉以轻心，开始召唤水军。

见影姬要召唤水军，叶凌月也多了几分戒备。

可是法阵形成之后，预料中的水军却没有出现。

"怎么回事？"影姬没有想到，水军们居然一个都没出现。

"你要找的可是它们？"就在这时，一个戏谑中带着几分冷漠的声音响起，帝莘带着水军闯了进来。

看到水军，影姬震怒："大胆，你们竟敢忤逆水神的命令。"

"你根本就不是水神血脉，众水族听命，城主已被女妖附身。我罗千澈以水神唯一血脉的身份命令你们，击杀妖人，捍卫水之城。"罗千澈走了过来，释放出鲛丹之力。

感受到鲛丹之力，水族们不再犹豫，纷纷站到罗千澈那边。

"啧啧，看来我影姬这次真是阴沟里翻了船。"影姬非但没有惊慌，反倒露出诡异的笑容，笑罢，忽然张口吐出一团黑影。

黑影落地，从里面显出七位城主的身影。

"是城主他们！"

方才，在会合之前，叶凌月和帝莘就兵分两路，把城主府搜了一遍，却没有发现诸位城主的踪迹，没想到他们是被影姬吞入了腹中。

"几位城主有些不对劲。"叶凌月心中警觉，七位城主全都面无人色、双眼呆滞。

"就让你们尝尝我影姬的厉害，影缝术！"影姬咯咯笑了起来，原本神情萎靡的七位城主，体内的元力暴涌而出。

率先出手的是火之城城主，只见他一掌劈出，掌上氤氲起一团浓烈的火之力，正是一流武学火焰山掌。掌风炽热无比，连空气都发出了炙烤的气息，一掌落下，嗜血蛇蜂被击落一地。

但实力更强的却是五灵城城主，他身上的数种轮回之力如彩虹般炫目。

"禁制天牢！"

周遭的灵力如同一下子被吸空了般，形成灵力的黑洞。包括帝莘、黄俊、挽云师姐、秦小川在内的众人，只觉得身上的灵力瞬间全无，那些水族战士也不例外。

好强！

六大新手城的城主，最低也是小神通境的强者，他们展露的神通技，瞬间扭转了原本一边倒的局面。

"该死，城主们都迷失了心智。"叶凌月见自己的兽兽们损兵折将，心在滴血。

于影姬而言，那些妖兵压根不算什么，她手上的王牌，正是这些心智被控的城主，每个城主都足以媲美千军万马。

"叶凌月，你也有今天！你不是一向都很有能耐吗？我倒要看看，这次你怎么扭转乾坤！"见形势陡然逆转，洪明月迫不及待地想看到叶凌月身陷绝境的场面。

几大城主逼近众人。

"凌月，我想法子拖住他们，影姬交给你对付。"

叶凌月听到帝莘的声音，担心地看向帝莘。

只见帝莘大吼一声，一股妖力透体而出。禁制天牢只对灵力有用，而帝莘的身上除了灵力，还有强悍的妖力。那妖力一出，帝莘脚下连踏数步，手中的九龙吟化作漫天黑光。

"帝御九天！"帝莘一剑挥出，刹那间天地为之动容，连绵的妖力化作一把破天大剑，一剑落下，狂暴的剑芒化作无数道剑影，几大城主的身子被猛地掀飞。

如此可怕的剑威，让叶凌月不由得瞳孔一缩。

当看到帝莘毫无预料地突然爆发，那股可怕的妖力甚至挡住了几大城主的围攻，影姬在感受到那股可怕的妖力时，心脏难以遏制地狂跳了起来。

妖力！如此强大的妖力，连身为天妖的她，都不由得胆战心惊。这种妖帝才有的妖力波动，怎么会在这小子身上出现？影姬的脑海中，倏然闪过一道疾光——妖祖重生！

妖界近日有一个传闻，传得沸沸扬扬，有人在人界看到了夕颜王花开。传说夕颜王花开，妖祖临世。

妖界的妖祖，曾经的帝王妖星已经陨落了多年，难道眼前这位就是重生的妖祖？想到这里，影姬的心再度重重一跳，若对方真是妖祖，她岂非得罪了妖祖？

不……如今的妖界早已不是五百多年前的妖界了，南幽都和北狱司的两大妖帝才是妖界至尊，这个带着人族血统、与人族女子为伍的男子，又怎么可能重振妖界。

不过，妖祖的血肉可是妖界人人都想要的至宝……影姬忍不住舔了舔猩红的唇。

"妖祖又如何，不过是个妖力不全的黄毛小子，就让你看看我影姬的真正实力。"

被帝御九天逼退的七大城主又围了过来，他们的身上多了数道剑伤，可是在影姬妖力的催动下，那些伤口迅速愈合了。

"啧，竟如此顽固，像是毫无弱点般。"帝莘的目光在几名城主间逡巡：几大城主的弱点究竟在何处？

"想找到他们的弱点，简直是痴心妄想。"影姬发出刺耳的笑声。

"在操心别人之前，是不是要先担心一下你自己。"就在影姬操控着七大城主围攻帝莘时，影姬的耳边袭来一道劲风。

她猛地一侧身，一支戮神箭从她耳边擦过。

"是你！你怎么还能动？"见叶凌月手持羿神破虚弓，影姬颇为不解，叶凌月看上去并没有受到禁制天牢的影响。

"想知道答案，先吃我几箭，顺便告诉你，我这把神弓可是射伤过一名天妖的。"叶凌月一箭射出，箭里蕴含的天地之力让影姬大惊失色。

这都是些什么变态！影姬在心里骂了一声，身形疾退，可那支戮神箭忽地分为三十六支，从三十六个方向封死了她的退路。

影姬目光一闪，一把抓过惊呆的洪明月，挡在了自己身前。

"不！"洪明月发出绝望的惨叫，转眼间，数支戮神箭射入她的腹中，黑色的血喷了出来。

影姬将洪明月狠狠地甩在一旁。

"咎由自取。"叶凌月射杀洪明月后，目光锁定了影姬。

"咯咯，小丫头，你体内的那股力量颇为玄妙，以前我还真是小看你了。"

影姬对洪明月没有半分同情可言，妖族本就无情，更何况影姬早就发现这女人也不是个省油的灯，与其将她带回妖界，还不如借叶凌月之手杀了她。

"哪来的废话，躲得过一箭，躲不过第二箭，影姬，这一箭就是你的死期。"叶凌月目光凛然，再度拉开羿神破虚弓。

可是这一箭还未射出，叶凌月却忽然发现自己不能动弹了，自己身子被自己的影子捆住了。

"咯咯，是不是发现自己不能动弹了？你以为我的影缝术只对那几个老鬼有用吗？"影姬笑得猖狂。

五灵城城主的禁制天牢，那是对灵力的禁制。而影姬的影缝术却是影子对宿主的禁锢，这两者结合在一起，让影姬以为，自己可以在任何时候都立于不败之地。

又是影缝术，这该死的妖法，难道就没有破解之法？

叶凌月凝神一看，忽地留意到影姬的身后——

影子……影姬的身后怎么没有影子？

叶凌月的脑中灵光一闪，像是明白了什么。影姬附身在罗谦的身上，看上去毫无破绽，可哪怕是妖，她依旧会有影子。她隐匿了影子，是不是意味着，于她而言，影子是最致命的？必须找到影姬的影子！

可就在叶凌月思索之际，"罗谦"已经逼近。他一把擒住叶凌月的下巴，凝视

着叶凌月那张姣好的脸，眼中闪动着贪婪之光。

"如此年轻的身体，还有闻所未闻的力量，你这具身体可比罗谦这个伪君子的身体好多了，那就交给我吧。""罗谦"说着，眉心涌出一团黑气。

影姬在天妖中可算是非常特殊的存在了，因为修炼了上古妖术影缝术，影姬天生没有肉身，她的修为是靠附身于不同的强者来提升的。

夺得罗谦这具拥有水神血脉的肉身，影姬本来已经很满意了，可是叶凌月的出现却让影姬起了贪念。

那黑气正欲从罗谦的体内钻进叶凌月的身体里，只听得嘭的一声闷响，罗谦的身子被狠狠地撞飞了。

"恶心巴拉的妖孽，居然敢打老大的主意，也不撒泡尿照照自己是什么德行！老大金贵的肉身，是你这种阿猫阿狗可以觊觎的吗？想要老大的肉身，先问问本吱哟肯不肯！"一道兽影落在地上，小吱哟目露凶光，身上散发出强大的鬼气。

"怎么又来了一个不受禁制天牢影响的？"影姬艰难地从地上爬了起来，难以置信地瞪着小吱哟。

原来，方才在大家受禁制天牢束缚都无法运用灵力时，小吱哟的体内却有一股力量蠢蠢欲动，它试着运起这股力量，然后它的身体就能动弹了。

这是小吱哟首次觉得被迫获得鬼餮大帝的传承还是挺不错的，至少它不用像以前那样，在老大身陷困境时，只能在一旁干瞪眼。

"老大，这家伙的妖术其实很简单，就是用影子将我们禁锢住了。因为我身法快，所以它奈何不了我。还有，修炼影缝术者本体就是影子，只要找到它的本体击杀了，它就死定了。咦，本吱哟怎么会知道这些？"小吱哟一脸的纳闷，它哪里知道，在获得鬼餮大帝的传承时，它也继承了鬼餮大帝的记忆，而妖、鬼、魔本是一家，鬼餮大帝恰好知道一些上古妖术，小吱哟不知不觉就嚷嚷出来了。

"小畜生，我杀了你！"见小吱哟信口说出影缝术的破绽，影姬勃然大怒，挥掌向小吱哟袭去。

"想杀本吱哟，你还没那个能耐。"小吱哟上蹿下跳地躲避着影姬的追杀。

在得知这个破绽后，叶凌月和帝莘同时想道：影姬的真身究竟在何处？若他们是影姬，会将自己的本体藏在什么地方？

最危险的地方，往往也就是最安全的地方，影姬的真身一定就在那里——

他们的目光，几乎同时落到地面的影子上，忽然看出七大城主的影子有些不对劲。按理说，七大城主的影子也该是七个才对，可是他们脚下的影子却有八个，那第八个影子会不会就是……叶凌月和帝莘脑中同时灵光一闪，已有所悟。

就在这时，洪明月踉跄地站了起来，抽出一把匕首，对准叶凌月的后背狠狠刺去。没想到洪明月竟然没死，而她手中的匕首闪着绿光，一看就是淬了毒的。

就在这时，一个身影扑了过来，洪明月只觉得一阵金光闪过，有什么东西刺入了她的眼和脸中。洪明月尖叫一声，捂住了脸，匕首落在地上。

下一刻，叶凌月身影一晃，身子一分为二，现出元神分身。叶凌月的元神分身拉开弓，瞄准第八个影子射出一支戮神箭。

与此同时，帝莘虚晃一招，避开五灵城城主和金之城城主的夹击，手中的九龙吟也刺向了那个影子。影子被二人重创，喷出一股黏稠发臭的黑血，"罗谦"的身形也随之一滞。小吱哟乘机咬住他的脑袋，几口就吞了下去。

一股黑气仓皇地从"罗谦"的身子里钻了出来，还没逃出多远，一个小鼎飞了出来，将黑气吸入鼎中。

待黑气彻底消失，七位城主同时住了手，眼神渐渐恢复清明。看到罗谦的尸体，想起几天前他们都被罗谦给吞噬了，七大城主全都露出惶然之色。

"几位城主，久违了。"就在这时，叶凌月和帝莘开口了。

"你们……这里究竟发生了什么事？"七大城主面面相觑。

叶凌月和帝莘还未解释，就听到洪明月连连惨叫："我的脸，我的脸……"洪明月捂着脸在地上翻滚，脓血从她的指缝里不断流出来。

原来方才光子见洪明月偷袭阿姐，情急之下不仅用了神力，还顺手把阿姐送给他防身的冰凝草毒用上了。

此刻，洪明月只觉得自己正被无数只小虫啃噬，五脏六腑都要被啃烂了，而最可怕的是，她竟然什么都看不见了。

冰凝草的毒还在不断腐蚀她的骨头，洪明月挣扎着爬了起来："凌月，救救

我，看在我是你妹妹的分上，求你救救我吧！"

叶凌月皱了皱眉，孤月海的其他人见了，全都别过头去。洪明月祸害同门、勾结妖族，早已泯灭人性，此等罪行，若在孤月海内，早就被依门规处置了。

"呸，倒了八辈子霉才会有你这种妹妹！"光子一听洪明月居然还以叶凌月的妹妹自居，顿时就炸毛了。

"洪明月，我救不了你，你所遭受的一切，全都是你咎由自取。"叶凌月摇了摇头。

洪明月的伤势很重，也不知光子用什么暗器伤了她，但叶凌月没法子也不愿意去救她。

咎由自取……好一个咎由自取！洪明月僵在那里，忽然放声大笑，眼眶里流出了血泪。

"叶凌月，你好狠，我洪明月是卑鄙无耻，可这一切都是拜你所赐！若非你们母女，我如今依旧是大夏的公主，洪府也依旧健在。是你抢走了我的一切，连我最爱的人也被你抢走了。我告诉你，我就算死了，也不会放过你。我诅咒你和你的男人，永世不能在一起，日后比我痛苦百倍！"洪明月说罢，猛地举起掌来，一掌落下，拍碎了自己的天灵盖。

为了生存，她连尊严都可以不顾，但是她不能这么丑陋痛苦地活着。她的身体直挺挺地跌落在地，在冰凝草的作用下，慢慢化为一摊脓血。

"真是狗嘴里吐不出象牙，活该死得这么惨。"光子见了，啐了一口。

叶凌月望着洪明月的尸首，神情复杂。她和洪明月可谓是死对头，想不到洪明月最终会落到这么凄惨的下场。洪明月本该是天之骄女，只可惜洪府扭曲的教育和她骄傲得过头的性格，成了她最大的负累。

"父亲……"罗千澈跪在地上，望着罗谦的尸体垂泪。

"少城主，罗谦的死……"叶凌月走上前去。

"你不用说了，我知道，这不是你的错，而是我父亲罪有应得。但是，杀父之仇不共戴天，你的兽宠杀了我父亲，我罗千澈总有一日，会正大光明地找你讨回公道。"罗千澈抹去泪水，郑重其事地向叶凌月发出挑战。

她虽然知道父亲是个卑鄙小人，可从小到大是他陪伴在她的身旁。

"我等着你。"叶凌月颔首。

五灵城城主走上前来，安慰了罗千澈几句，然后说道："水之城城主已死，城不可一日无主，关于水之城和黄泉城的城主人选，我们七人已有定论。"

几位城主一致同意，分别由罗千澈和叶凌月担任水之城和黄泉城的新城主。

经过这场劫难，以前对叶凌月不满的几位城主，如今都已对她刮目相看。这次如果不是叶凌月和帝莘仗义相救，只怕他们早已凶多吉少。

那夜之后，水之城的新城主继位，叶凌月也顺利通过了此次城主会晤，正式成为黄泉城的城主。

在叶凌月和帝莘打算返回黄泉城之时，五灵城城主却拦下了帝莘。

原来五灵城城主希望帝莘暂时不要返回黄泉城，而是与他结伴去参加即将举办的九洲荒狩。

第二十九章　九洲荒狩

　　"荒狩就是猎妖的意思，别忘了，新九洲的人之所以来古九洲，就是为了猎妖。最近妖族活动频繁，蒋策已将水之城的事上报九洲盟，盟里极为重视，决定提前召开本该在半年后召开的九洲荒狩，就是为了给妖族一个教训。"五灵城城主解释道。

　　九洲荒狩，乃是古九洲所有城池都会参加的一项盛事，今年的九洲荒狩不日即将召开。

　　五灵城这次由五灵城城主领队，帝莘和舞悦都被选中，要代表五灵城参赛。

　　"没兴趣，我还要和我媳妇儿回黄泉城。"

　　本以为帝莘会很荣幸地接受邀请，哪知他想都不想就拒绝了，这可把五灵城城主急坏了，帝莘可是他手上的一张王牌啊。

　　"帝莘，你可答应过我，我让你离开五灵城，但是作为交换条件，以后五灵城要求你做的事，你必须配合。"五灵城城主不得已，只好搬出他和帝莘的协议。

　　"帝莘，既然你答应了老城主，就按他说的做吧。有四哥和挽云师姐相伴，我在黄泉城也不会出什么事，你办完事尽快回来即可。"

　　这次城主会晤，五灵城城主曾多次仗义相救，叶凌月也不想让他为难。只是不知这次又会分开多久，一想到这里，叶凌月和帝莘心里都有些不是滋味。

看出两人眼里的不舍，五灵城城主哈哈一笑，随即说道："帝莘，你放心，你和你家媳妇儿很快就会再见面了。"

听五灵城城主这么一说，叶凌月和帝莘都一怔，不知这话是什么意思。

"九洲荒狩是每座城都要参加的，前几年司韵城主都弃权没有参加。我想叶城主上任之后，应该是要参加九洲荒狩的，这对黄泉城在九洲天地榜上的排名也会大有好处。"五灵城城主含笑说道。

他知道，唯有叶凌月也参加了九洲荒狩，帝莘才会更卖力。

"五灵城城主，方才你说的中原地区，可是妖族横行的那片区域？"叶凌月心中一动，那不就是小九念失踪的区域吗？也正是叶凌月要和帝莘一起寻找妖界入口的区域。叶凌月本打算，等黄泉城的局势稳定之后，就想法子进入中原地区。

在水之城的这段时间里，叶凌月也向杨城主打听过，他告诉叶凌月，只有九洲盟许可的老牌猎妖者，或者九洲盟堂主以上级别的存在，才能随意进出中原地区，其他人是不许私自进入中原地区的。

一旦被发现，相当于偷渡，会被整个九洲盟和所有古九洲的城池抵制。

虽然古九洲各个城池的城主，都是九洲盟的成员，但只有大城池的城主才能跻身于堂主之列，像叶凌月这种新手城中最差的城池——黄泉城的城主，充其量也就和蒋策那样的巡逻使地位相当，想晋升到堂主级别，还需要一定的战功。

叶凌月为此还曾苦恼了一阵子，恰在这时得知了九洲荒狩之事。

经过一番权衡，叶凌月心中已经有了决定。

"多谢老城主提醒，我会率领黄泉城参加这次九洲荒狩，届时还请老城主多加指点。"叶凌月拱了拱手。

"媳妇儿，马上就要分开了，这一别，我们不知多久之后才能见面。"帝莘凝视着叶凌月，眼神让叶凌月感到熟悉而又陌生。

叶凌月有些为难，可看帝莘的架势，她若不安抚一下，只怕这厮要赖着不走了。叶凌月慢腾腾地靠近他，踮起脚尖，以极快的速度吻上他的唇。

叶凌月松了口气，暗想总算应付过去了，哪知身子骤然被抱了起来，一股浑厚的男人气息淹没她的呼吸，帝莘的唇压在了她的唇上。和叶凌月那蜻蜓点水般的浅浅一吻不同，帝莘的吻很深也很缠绵，就如凤莘和巫重的综合体那样，温柔而又狂烈。他的舌霸道地撬开她的牙关，撩拨着她口中的每一寸肌肤……

叶凌月轻哼了一声，想要呵斥帝莘。可帝莘哪肯给她说话的机会，他的眼底带着满满的阴谋得逞的意味，那眼神仿佛在说："媳妇儿，这可是你自找的，玩火的下场就是得把我的这场火压下去。"

众人都尴尬地转过头去，看脚尖的看脚尖，看天空的看天空，聊天的聊天，唯有一个不识相的家伙嚷嚷起来："喂，你个色狼，快放开！"

光子见了，气不打一处来，撸起衣袖就要给帝莘几拳，却被秦小川拉住了。

"光子，你就别瞎掺和了，一日不见如隔三秋嘛。"秦小川羡慕帝莘的敢作敢为，哪像自己，到这会儿连光子姑娘的手都不敢碰。

"三秋你个头，我……"夜凌光暗暗发誓，一定要把阿姐和这个讨厌的帝莘分开！

"光子，有件事我一直想问，你究竟是什么人？"送走帝莘之后，叶凌月见光子的心情似乎不错，便随口问道。

光子一怔，咳了几声，这才开口："我就是月光戏班子的台柱子光子。"

"那你的医术还有那日的梦境是怎么回事？"叶凌月睨了光子一眼。

装，还装！光子那日用来对付洪明月的"暗器"，连拥有玉手毒尊传承的她都化解不了。

"凌月，我的身份实在不能告诉你，日后也许有一天你会知道，可眼下你还是不知道的好。但是你放心，我对你没有半点恶意。"实在瞒不住了，光子只好含糊其词。

重创之后的水之城，还需要很长一段时间才能恢复元气。

这一晚，城主府的侍卫们正在清理尸骨，恰好看到洪明月的残骸。

"啧啧，这妖怪死得真惨，连尸体都没了，只剩下几根骨头和一摊脓血。"

"说起来我还认识这女妖怪，她假冒城主的侍女，还爬上了老城主的床呢，活该死得这么惨。"那侍卫对着那摊血水呸了口浓痰。

就在那口浓痰落到血水里时，血水里露出一块令牌，黑漆漆的，很是古旧。

侍卫好奇地凑过去，正要捡起那块令牌，可就在这时，从令牌里忽地腾出一团黑气。

黑气卷过几名侍卫，顿时地上只剩下几件衣服。

令牌被黑气卷着，黑气中忽然多了一只女人的手。那只手抓住令牌，然后拊掌卷起洪明月的残骸，倏然消失在夜色中。

妖界的南幽都，幽宫之内，南幽后夕颜的手上多了一块妖令。

"出来吧，我知道你没死。"夕颜把玩着妖令，眼底闪过一丝晦涩的光芒。

从那块妖令中，飘出一缕魂魄。

说起来，南幽后在送给影姬的这块妖令里留有妖识，本意是监视也是保护影姬，哪知对此毫不知情的影姬却将它当作通往妖路的令牌给了洪明月。

洪明月一掌击碎了自己的天灵盖，本以为自己死定了，哪知魂魄却被吸入妖令之中，这才逃过一劫。

南幽后能坐上今日的位置，也是见惯了各种狠角色的。她和洪明月本是同一类人，都擅长动用女人的本钱，驱使男人为她们做事。

在看到洪明月时，她就已经决定了，要留下洪明月。

"多谢妖后娘娘。"洪明月也知道，如今的她，唯一能依附的就是南幽后了。

"起来吧，告诉我你的名字和修为，还有水之城究竟发生了什么事。"夕颜摆了摆手，示意洪明月将水之城的事情一一道来。

洪明月自然不敢隐瞒，便将影姬如何中计、水之城如何被攻破之事说了一遍，这才咬牙切齿地说："妖后娘娘，说来说去，这次影姬大人失利，全怪那个叫叶凌月的贱人。"

"你真以为你们这次失败是栽在了叶凌月手上？其实不然，你们之所以会输，是因为有神界之人插手。"南幽后摇了摇头。

影姬失败的消息传来时，南幽后也曾诧异，为何如此周密的计划会被识破，直到带回洪明月，她才发现真相并非她想的那么简单。

神界中人？洪明月不解了，这和神界的人有什么关系？

"这应该是你的尸骨吧，我将它带了回来。"南幽后指了指地上那几根骸骨。

洪明月自然认得自己的尸骨，她一看到自己已经完全损毁的肉身，心中就一阵愤恨。

"你仔细看看尸骨里的东西。"

被南幽后一提醒，洪明月才留意到，骨头里有大量发光的碎片。那是些很奇特的碎片，若不细看，根本看不出来，但是细细一看，那些碎片就如沙砾般，闪闪发光，透着寒气。

"神界？你是说……光子是神界之人？可她看上去只是个舞女。"洪明月没想到叶凌月会那么好运，连她身旁一个普通的舞女都是神界的人。

"何人击杀了影姬？"夕颜又问道。

能够打败影姬的妖族，还是沦落在人界的，这不由得让夕颜生了招揽之心，要知道培养影姬，她可是花了不少心血的。

"贱妾记得影姬大人临死前说过，那人也是妖族中人，他身上有很强大的妖力，他的名字叫帝莘。"

洪明月刚说完，就见夕颜神情骤变，激动地问道："他叫什么？"

身为妖后，夕颜鲜有这般失态的时候。

"妖后娘娘，他叫帝莘，和叶凌月是双修伴侣，难道您认识他？"洪明月纳闷地问。

"不可能，应该只是同名同姓。"夕颜有些失魂落魄，连洪明月在说什么都没听到。

尽管南幽帝战痕百般隐瞒，可夕颜也听到了一些风声，她听说失踪了多年的阎九曾经出现在妖界。

自从那人死后，阎九就再也没有出现过。

阎九和"他"是关系过硬的生死之交，当年"他"被神族围剿，阎九是第一个怀疑真相的人，阎九负气出走，还曾扬言一定要找到真相。

阎九回来了，而恰好这时候，人界出现了夕颜王花，古九洲出现了一个同样叫作"帝莘"的人，难道这一切都是巧合？

夕颜的心情极其复杂，她不知该喜还是该怕。难道说，她得亲自去问阁九？可是，若是被战痕知道了，只怕战痕会不计一切代价杀了"他"。

夕颜的失态，只是稍纵即逝。

"妖后娘娘，贱妾有个不情之请，贱妾这副样子……"洪明月如今不过是一缕游魂，她的肉身被光子给毁了。

"你很有天赋，我打算将你培养成天妖，但你本非妖族，想拥有天妖的尊贵身份，必须有显赫的战功。我这里恰好有一个立功的机会，不知你是否有胆子争取？"夕颜打量着洪明月，都说人族狡猾，洪明月对付鬼谷蛾的手段，夕颜可算是印象深刻。

"妖后娘娘若肯栽培，贱妾愿效犬马之劳。"洪明月深知，只有南幽后才能帮助她。

天妖的身份尊贵无比，她做梦都想成为天妖。

再说了，她什么肮脏的事没做过，再脏的手段，只要能翻身，她都愿意试。

"很好，你的确是个聪明人。本后会让暗黑方尊替你炼制一具肉身。你放心，那具肉身看上去和常人没有任何差别，只是那具肉身的模样，必须按照我的要求来。"

夕颜早就猜出了洪明月会答应，她是个贪婪有野心的女人，会抓住一切对自己有利的机会。

"贱妾不敢忤逆妖后大人，只是斗胆一问，妖后娘娘选中的肉身什么样？"洪明月小心翼翼地问，她可不希望自己顶着一副丑陋不堪的皮囊。即便到了今日的地步，她依旧希望有一天能够再见紫堂宿，赢回他的心。

"放心，那具肉身绝不比你原先的差。"夕颜取出一幅画，在洪明月面前摊开。洪明月一看画上的女子，神情微微一变：这女人怎么那么像叶凌月，尤其是那双眼睛……

洪明月不敢多问，这时夕颜说道："你一定很好奇这女人是谁，她曾是北境的女军神。不过，我也只是听说过她，却没见过。关于她的姓名，外界鲜有人知道。

因为她在五百多年前就已经死了。除了是北境的女军神，她还有另外一个身份，就是北境唯一一个对外宣布过的神后。我替你炼制的肉身，和这位女军神有七八分相似。"

"娘娘，您的意思是？"洪明月越发不懂夕颜的用意。

"很简单，北境神尊奚九夜一直是我的心头大患。这次更是让水之城的计划落空，本后要你以这具和北境神后有七八成相似的肉身接近奚九夜，找机会杀了他。"夕颜美丽的脸上，泛起了浓浓的杀机。

她是个锱铢必较的人，北境神尊奚九夜多番让妖族损失惨重，她岂能不报仇。

奚九夜冷酷无情，在战场上更是铁血战神，可以说他是个没有缺点的神。他成为神尊多年，神宫里听说只有一位神妃。说起来，奚九夜这一点和战痕倒是有些相似。

但是夕颜知道，奚九夜和战痕还是不同的。因为那位神妃几百年来只是神妃，可是夕颜却是南幽都唯一的妖后。一个男人，只娶妃不立后，对方还是个受宠的神帝之女。让奚九夜这么做的原因，只有一个，那就是奚九夜对当年那位名义上的神后——北境的女军神至今没有忘情。

北境的女军神恐怕就是奚九夜这个神界战神唯一的弱点了。

"这……贱妾并无绝对的把握。"洪明月没想到，妖后会让她去刺杀神界的神尊。

那可是神界的神尊啊，实力和地位都高不可攀。

更何况，对方也不知是个什么样的人，会不会比鬼谷蛾还要恶心。

"你修炼的应该是合欢功一类的功法吧，你想想，若是能吸取神尊级强者的神力，你的功力必定会一日千里。加之你拥有了酷似北境女军神的容貌，接近奚九夜并不难。"夕颜的话，犹如蜜糖般诱人，引得洪明月的心蠢蠢欲动起来。

洪明月沉吟了片刻，最终还是禁不住夕颜的诱惑："一切全听娘娘的吩咐，贱妾一定竭尽所能。"

"很好，那我这就下令为你炼制肉身。"

夕颜妖后当即下令，十二个时辰之后，暗黑方尊果然送来一具新炼化出来的肉身。那是个看上去十七八岁的妙龄少女，和画像上的北境女军神有六七分相似，最重要的是这具肉身完美无瑕，还是个处子，这对于身子早已污秽不堪的洪明月而言，简直是个天大的好事。

洪明月迫不及待地将魂魄融入肉身之中，这才睁开眼睛。

"可惜了，只有六七分相似，眼睛不是很像。"夕颜妖后见了，略有遗憾地说。

关于这位北境的女军神，见过的人很少，这幅画像只是妖界的探子远远观察后，临摹下来的。

"你这就去宣武城，本后的密探刚送来消息，人族将在宣武城举办史上最大的一次九洲荒狩。相信北境神尊也会前往宣武城，我要你在那里与他相遇。至于后面的事，你经历的男人比我还多，就不用我教你怎么做了。"提起九洲荒狩，夕颜妖后心里一沉，于妖族而言，荒狩就是一场大屠杀。

"妖后娘娘，贱妾听说中原地区有个地方叫太虚墓境，那里面可能藏有神族的至宝。若是可以，奴婢想要几名帮手，到时候想法子进入墓境。若能得到神族至宝，对妖族也是一大助力。"洪明月说道。

"中原地区还有叫太虚墓境的地方？也好，你带着我的妖令，进入中原地区后，自然会有人来联系你。"夕颜随手丢给洪明月一块妖令，洪明月大喜，叩拜行礼之后，这才离开妖宫，返回古九洲。

就在洪明月返回古九洲时，叶凌月和光子也回到了黄泉城。

回到黄泉城后，叶凌月第一时间就接到了九洲荒狩的请帖，参加九洲荒狩，必须派十人代表城池参赛。

算了算手头可用的人手，叶凌月有些头疼，寻思着是不是在黄泉城里招募选手。

"城主，薄社长求见。"袁星进来禀报道。

一听说薄情来了，叶凌月面露喜色。

"我今日来，是为了两件事。一件事是关于小九念的。"薄情拿着小九念的画

像打听了一个月，终于有了他的消息。

原来小九念摆脱了九洲盟的追杀后，的的确确进入了中原地区。

"但奇怪的是，进入中原地区的特定区域后，小九念就失去了行踪。看样子，他很可能是通过哪条特殊的密道进入了妖界。"

"这么说来，小九念的处境很危险。不行，我得尽快找到他，不然怎么对得起彩儿姐和阎九。"叶凌月越发担心小九念的安危，"你说的第二件事是什么？"

"第二件事，说起来也和第一件事有关，你应该收到了九洲荒狩的请帖吧？"薄情问道。

"不错，我正准备参加九洲荒狩。难道你也要参加？"

"我正想和你说这件事。我打算加入黄泉城代表队，此外我还有两位伙伴，实力与我不相上下，他们已经到了宣武城，若是可以，我们可以一起参加。"对九洲荒狩，薄情有过一次经验，但是上次却抱憾而归。

他心知叶凌月定会参加九洲荒狩，就想和她结伴而行。

"你选中的人一定没问题，我这边正好有七人，加上你们仨，人数就够了。"

薄情的加入，解了叶凌月的燃眉之急，如此一来，她既可以留下足够的人手坐镇黄泉城，又可以放心地去参加九洲荒狩。

叶凌月将参加九洲荒狩的其他六人介绍给薄情："其他人你都认识了，这位是新来的光子姑娘。"

"光子，这是薄情，是我在青洲大陆的旧识。"

"旧识？"

"姑娘？"

光子和薄情互看了几眼，同时暗忖："这男人（女人）未免漂亮得过头了吧？"

薄情以前扮过女人，他第一眼看到光子，就觉得光子有些不对劲。难道对方也是男人扮的？薄情正欲细看，就见秦小川警惕地说："薄情，你可别打光子姑娘的主意。"

薄情哑然，难道秦小川这傻大个看上光子了？

薄情觉得秦小川要悲剧了。

"放心，除了凌月，我对其他人一点兴趣都没有。"薄情收回视线，果然不再看光子一眼，倒是叶凌月因为他的话而有些尴尬。

又是个对阿姐有兴趣的？光子一听，心中警铃狂响，就跟老母鸡护小鸡崽似的挡在了叶凌月的身前。

"光子，别听薄情胡说，他就像我的好姐妹一样。"叶凌月大大咧咧地说。她对薄情的印象，还根深蒂固地停留在两人第一次见面时，完全没往男女之情方面想过。

薄情听了，眼神黯了几分：在凌月心中，恐怕只有帝莘才是特别的。

出发前，光子用了半天时间，涂涂抹抹，将叶凌月变成一个肤色发黑、头发枯黄、看上去毫不起眼的女子。

"再怎么努力，也改变不了眼睛啊。"光子端详着眼前的叶凌月，有些不大满意。阿姐长得比较像父亲夜北溟，唯独那双眼睛和母亲云笙相似——眸清如水，微微一笑，宛若新月，让人不觉怦然心动。

"已经很厉害了，光子你懂得可真不少，比我强多了。"叶凌月望着镜子里的自己，光子这手易容术，简直就是出神入化。

出发前，叶凌月写了几封信，分别送到了青洲大陆的不同地方。

夜空中群星闪耀，几乎整个青洲大陆，都顶着同一片天。但是相同的天，在不同人的眼中却是不同的。

随着一声鹰唳，三界鹰如划破暗夜的流星般落在自家主人的身旁，紫堂宿的手中拿着一封信。三界鹰沉声叫了几下，那双金棕色的眼中浮着担忧之色。却见紫堂宿的衣袖下，那双修长精瘦的手掐了个法诀。在法诀的作用下，紫堂宿眼中那片静谧的星空发生了变化，浅灰色的云如浪潮般翻涌起来，原本固定不动的星辰自发地移动着，就好像这片星空化作一盘棋，而那些星辰就是棋子，有一只看不见的手在推着它们移动。

星象不断地变化，一幅景象出现在虚空中。那是一张黑漆漆的脸，虽然平平无奇，脸上却有一双比明珠还亮的眼睛。脸的主人正在拔足狂奔，有什么东西在身

后追她。她在寻找出路，可她的眼前只有一条又一条狭长黑暗的冗道，纵横交错，仿佛没有尽头。忽然她停下脚步，前方出现了一个背影，那是个男人的身影，高大而又饱含威势。看到那个男人，女子的眼中露出惊诧之色。一道光刃斩入女子的腰腹，她的身子被斩成两半，血溅了一地……

星空恢复如初，足以让星辰发生异变的天地之力倏然消失，紫堂宿的身子一下子僵直了。

"死……会死……"紫堂宿喃喃自语。那封撕裂的信让他产生不祥之感，所以他不惜动用天地星盘之力，只为推算出叶凌月的吉凶。

"不能再有……第二次……"紫堂宿灰色的发垂落下来，那双漂亮的紫瞳里带着异常的坚定。

三界鹰不安地叼住自家主子的衣袖，紫堂宿抚了抚它的脑袋："我心意已决。"

第二日清晨，无涯掌教和往日一样在房中打坐，忽然眼皮子直跳，他掐指一算，老脸顿时成了苦瓜脸。

"师父，大事不好了，巡山的弟子发现独孤天附近的树木全都枯萎了。不知是不是独孤天出了什么事，师父要不要去问一下紫堂尊上？"无涯掌教座下的大弟子急匆匆禀道。

独孤天位于孤月海最偏僻的角落，却是整个孤月海灵气最充裕的地方，那里的树木多年没人照料，却一直郁郁葱葱。

一夜之间枯败，这可是从未有过的事啊。

"不用了，传话下去，独孤天十里之内不准任何人出入，紫堂尊上他老人家闭关了。"无涯掌教镇定地说。

人早已不在独孤天了，问有什么用。

紫堂宿乃是独孤天的灵力之源，他不在了，独孤天自然就成了荒芜之地。

"闭关？那……尊上他要闭关多久？"大弟子犹不死心，又关切地问了一句。

"兴许是一年半载，也许是永远。"无涯掌教的内心是抓狂的：紫堂尊上不会永远都不回孤月海了吧？

就这样，紫堂宿"离家出走"了，而孤月海的无涯掌教则成了史上最悲催的一任掌教。

天亮时分，紫堂宿已经站在了古关口，眼前是九座被风沙磨砺得没了棱角的城门关卡。

任何人进入古九洲，都要通过新手城才能到达其他城池，而紫堂宿要去的，正是叶凌月在信上提到的九洲荒狩的所在地。

"通关令。"古关口的守卫们用灵器拦住了紫堂宿。

每个来到古九洲的人，都要有通关令才能进入新手城。眼前这位男子虽然满头银灰色的发，但面容却年轻得离谱，守卫们理所当然地把他当成了从某个门派出来历练的新人。

紫堂宿的唇抿成一条线，除去自家徒弟，他的行事准则是"能动手就不动口"，他继续往前走，好像那几名城卫是空气，只见眼前流光一纵，城卫们的灵器瞬间化为齑粉。

三界鹰真替这些无知的城卫悲哀，这群没脑子的蠢猪，区区地阶灵器，也敢在主子的黑火面前显摆，真是不自量力。一般的灵器遇到黑火，早就禁不住黑火的威吓而自毁了。不过主子的记性真是越来越差了，好像完全不记得他有过通关令，就是随手赏给它当项链的那一块。

三界鹰摇头晃脑地跟着主子走向传送阵，看到挂在它脖子上的那块令牌，城卫们吓得脸色都变了："那是九洲令？"

九洲令共有九块，持有九洲令，意味着能在古九洲的任何地区畅通无阻。

"嗨，那真是九洲令，可我怎么看到令牌上有四个字？"

一般而言，九洲令上刻的字会是"九洲　青"之类，代表了不同的洲，可刚才那兽宠脖子上挂着的令牌，刻的分明是"九洲　中原"，它到底是不是九洲令呢？

这些古关口的侍卫还真是孤陋寡闻，其实九洲令并非九块，而是十块。而传说中那块最神秘、最有分量的九洲中原令，可是由妖族和九洲盟联合颁发的，整个古九洲只有一块。

叶凌月的信送到蓝彩儿手中时，已经是三日之后了。

"九念去了妖界？"蓝彩儿放下信，面带愁容。她唯一能做的，就是对着遥远的彼方默默祈祷，"阎九，我只希望你在妖界能早日和我们的儿子相遇，他的名字叫九念……对不起，我甚至来不及告诉他，他的父亲叫阎九，是个很了不起的天妖。"

风带着一个母亲最诚挚的祈祷，吹向不知名的远方……

在荒芜的妖路上，有个小男孩默默地注视着地平线的那一端。

"九念，你又在想你娘了？"小老虎赤赤叼着一块血淋淋的肉跑到小九念面前。

"我离开家很久了，我娘一定很生气。"

小九念和赤赤进入中原地区，前往妖界已经有一个月了。经过一个月的艰难跋涉，小九念的脸蛋上少了几分圆润，但他的眼神却更明亮了。

见小九念将生肉吞了下去，赤赤眨了眨眼。这个人族，比它想的还要坚强。他明明很讨厌吃生肉，可是为免火种引来妖兽的注意，他一路都在陪着它吃生肉。最初的时候，他连胆汁都吐出来，然后就是拉肚子，可到了现在，他可以眉头都不皱一下，将一块生肉吃下去。

人族好像也不像兄长说的那么脆弱，那么卑鄙嘛。

"我们还有多久才能进入妖界，抵达北狱司？"小九念填饱肚子后，望了一眼那条仿佛永远没有尽头的妖路。

"大概再过一天就可以抵达妖界了，你其实只要把我送到妖界入口就行，你为什么想去北狱司，你难道不怕吗？"

赤赤也吃饱了，腆着小肚子舒服地趴在小九念的身上，让他用手帮自己顺毛。

小九念沉默了，他要前往北狱司的原因很简单，一是让赤赤安全抵达，二是想到北狱司打听一下父亲的消息。小九念知道的关于父亲的消息很少，甚至连他叫什么名字、长什么样都不清楚。可是小九念知道，他的父亲是一个妖，而且是一个很厉害的妖。

"去北狱司后，我还想变强。我听我娘说了，我干娘就是个很强的人，我要变得像她那么强，这样以后我就能带着我娘找到那个负心的爹爹了。"小九念壮志满怀地说。

"你干娘很厉害吗？她叫什么名字？"赤赤的脑回路显然和小九念不在一个频道上，它一听就不服气了。

"我干娘叫叶凌月，她可厉害了。"小九念一听也不乐意了。

"没听过，一听就是个无名小卒。再说了，难道她能比我哥哥还厉害吗？"赤赤不以为然，在它心中，自家哥哥可是世上独一无二的强者，整个妖界，勉勉强强只有一个南幽帝可以和他媲美，难道那个叶凌月比南幽帝还厉害？

"你哥哥有什么厉害的，我干娘会炼丹，还会炼器。"事关自家干娘的荣耀，小九念憋红了脸不肯认输。

"那有本事就让她和我哥哥打一架。"赤赤也暴露出母老虎的本质。

也怪不得赤赤不认识叶凌月，毕竟此时的叶凌月只是一个初出茅庐的新城主，而赤赤的大哥却是成名已久。

就这样，一人一兽一边赶路一边斗嘴，不知走了多久还争论不休。

"好男不和女斗。"小九念吵得口干舌燥，本着良好的家风，决定放弃斗嘴，但他内心始终坚信，无论在妖界还是人界，自家干娘都是最强的。

前方隐隐约约出现了一片青灰色的山脊，远远看去，就像一幅泼墨山水画。

第三十章　父子重逢

"咦？风声怎么有点特别？"赤赤机敏地瞅了瞅四周，方才它只顾和小九念斗嘴，都忘了留意四周的情形。

身后，灰蒙蒙的天空中，出现了一点点萤火般的光。

光点越来越多，赤赤的脸色也越来越严肃："不好，是妖界入口处的妖兽——照夜玉面豸。"

"九念，你往前跑，不要回头。"赤赤知道，这些玉面豸的目标是它。

小九念看清了前方的情形，小小的身子震了一震。

那么多妖兽，这是小九念和赤赤遭遇过的数量最多的一次。

"快跑！你往那座山脉的方向跑，那里就是妖界的入口。"赤赤的声音隐约有些战抖。

大量玉面豸的出现，让赤赤意识到，它们已经离妖界入口很近了。

赤赤的速度很快，但身后的脚步声密如雨点，让它惴惴不安。

跑了几里路后，赤赤动了动耳朵：怎么越来越少，这是怎么回事？难道是哥哥派人来接自己了？

赤赤一个急刹车停下，狐疑地看向身后，身后哪还有玉面豸的影踪，可也没有北狱司妖兵的影子。

"真蠢，哥哥怎么可能会来接你，分明是你自己不听话，偷偷溜出来的。"赤赤哭丧着脸嘀咕道。

忽然，赤赤的鼻子皱了皱，风中似乎多了丝不寻常的气味。那是血腥味，在中原地区，每天都有不计其数的妖兽和猎妖者被杀，有些血腥味再寻常不过了。可是闻到这丝气味，赤赤绷紧了小脸，因为这是人血的气味！难怪那群玉面豺不再追它。玉面豺最喜欢新鲜的血肉，活人的血肉于它们而言犹如鸦片。

此处距离妖界入口已经很近了，再大胆的猎妖者也不敢接近这里，否则会被妖界入口的妖风撕成碎片，除非他能找到特殊的妖路避开妖风。可那是绝对不可能的，除非……那人是小九念。

这个念头如电石火光般闪过脑海，赤赤急忙往回跑。小九念，你可千万别做傻事！

看到血迹一直朝着前方延伸，赤赤的眼睛一下子红了，它疯了似的往妖界入口跑去。

小九念的左臂上多了一道寸许深的伤口，鲜血染红了衣袖。伤口很疼，可小九念已经顾不得疼痛了，他的心中默念着，一定要逃出去。这会儿，赤赤应该已经安全脱身了吧？

在赤赤引走玉面豺的那一刻，小九念就毫不犹豫地朝着自己的左臂狠狠扎下。他很清楚，自己拥有一半妖的血，人血和妖血的混合物，于玉面豺而言，有极强的诱惑力。

果然，玉面豺舍弃了赤赤，改追小九念。身后，玉面豺的脚步声越来越近，仿佛随时都可能扑上来。

妖界入口……赤赤说的妖界入口究竟在哪里？

小九念摸出一颗丹药塞进嘴里，丹药一入口，因为失血而眩晕的头脑顿时清醒了一些。小九念从储物袋里摸出几颗圆滚滚的东西，头也不回地丢到身后，顿时响起一片震耳欲聋的爆炸声。那几颗强化版青雷一沾地就炸了，刹那间地动山摇，连小九念都被那强大的爆炸力狠狠地甩了出去，砸在地上。

"喀喀……"小九念满脸的不可思议，前面多了好几个巨坑，几十只玉面豺被

炸成碎片，看上去惨不忍睹。

小九念顾不得擦拭脸上的尘土，骨碌一下爬了起来，心里暗道：干娘送的东西好厉害。

嗷呜——

身后响起一阵令人毛骨悚然的吼声，更多的玉面豺从四面八方冒出来，旋风般扑向小九念。

小九念夺路而逃，才跑了几步，一股猛烈的风卷来，把他绊倒在地。身后，一道劲风袭来，他头一偏，耳根子火辣辣地疼。

一只玉面豺扑了过来，近到小九念能闻到它嘴里的腐尸味。嗤的一声，一股热血洒在小九念的脸上，那只玉面豺的眼球一下子凸了出来，小九念的手上多了一把匕首。

小九念抽出匕首，一脚踢开那只比自己还重的妖兽，拔腿就跑。前方有个地方闪着光，看似很近，又似乎很远。

小九念不知自己到底跑了多久，就在他快跑到那里时，一阵足以摧毁一切的妖风卷过，把他推入那个闪闪发光的洞里……

不知过了多久，小九念摔在了地上。他艰难地撑起身子，还未看清自己身在何处，突然觉得胸口剧疼，一只玉面豺抓伤了他的胸膛，发出胜利的叫声。原来被卷入妖界的，并非小九念一人，还有十几只玉面豺。

"放开我……"小九念奋力挣扎，那张粉嫩脸上骤然现出一条条诡异的纹路。

"去死吧！"不知哪来的力量，小九念大吼一声，用蛮力扭断了那只玉面豺的脑袋。

稚嫩的童音里透着可怕的杀意，玉面豺们瑟缩了，面对一个实力微不足道的小孩，它们居然瑟缩了。

嗷呜——意识到自己竟然有了这种念头，玉面豺们愤怒了，一起朝小九念扑去，想吃掉这不可一世的小鬼。

明知自己寡不敌众，小九念不仅毫不畏惧，脸上还扬起骄傲的笑容："爹，不管怎样，你儿子我没给你丢脸，一个人干掉了几十只玉面豺呢……"

"呵……"一个声音突然响起，像是一声轻叹，又像玩世不恭的轻笑。

听到这个声音，正欲扑杀小九念的玉面豺们感觉身后有什么东西正凝视着它们，那目光很浅很淡，却有着无穷的震慑力，让它们一动也不敢动。

"无知小辈，竟敢叨扰本座的清净，滚！"那声音清清冷冷，却掷地有声，吓得那些玉面豺全都瘫在了地上。这就是上位者的威压，不容抗拒，铺天盖地，无所不在。

"喂——有人吗？谢谢你救了我！"小九念环顾四周，没看到一个人影，那个神秘的声音也不再出现。

咦，这就是妖界？

阳光下，绿草如茵，山花烂漫，除了植物少了些，人迹罕至了些，这里看上去和青洲大陆也没什么区别。

小九念明知道该去找赤赤了，可脚下就如生了根似的，怎么也不愿意离开，心里有个声音一直在催促他去找那个神秘人。

"我知道你还在这里，为什么不出声啊？"小九念的声音在空旷的山野中回荡。

"小鬼，别烦我，你和那群妖兽一样，给我滚远点儿，不然我就吃了你！"真是见了鬼了，早知道这小鬼这么啰唆，就不该一时心软救了他。

本以为小九念会被吓走，哪知他却眼睛一亮，很机灵地朝着声音传来的方向挪了几步，继续问道："你多大了？"

那声音沉默了许久，才犹豫地答道："我……应该是六百来岁。"

"那你更不能杀我，要不就是以大欺小。我娘说了，这世上最可耻的，就是男人欺负女人，大人欺负小孩。"小九念说话间，已经锁定了声音的来源，快步走了过去。

出乎意料的是，小九念依旧没看到人，眼前是一片连绵的山脉，山脚下有块石碑。

石碑是长方形的，和山脉连为一体，上面刻着古怪的碑文，碑文上闪着晦暗的光泽。

这块石碑看上去和墓碑没什么区别，青石质地，因为常年的风吹日晒而满是灰尘，石碑旁长满了野草，许多虫子在石碑上爬来爬去。

"人呢？"小九念狐疑地四处张望着。

"小鬼，你还挺机灵的。"石碑突然出声，吓了小九念一大跳。他壮着胆子凑近石碑，盯着它端详了许久。

"哎，难怪你一直不肯露面，原来是个石碑怪啊。"小九念说罢，用手指戳了戳石碑。

"别碰我，你个没礼貌的小鬼，谁告诉你本座是石碑怪了？"

石碑怪？这是什么鬼！

声音的主人一肚子火气，想当年他好歹也是玉树临风，不知迷倒了多少妖女，怎么到这小鬼嘴里就成石碑怪了！

"不是石碑怪，难道你是土地公公？原来妖界也有土地公公啊。"小九念又戳戳石碑，见对方没有反应，就抱着膝盖蹲在石碑旁。莫名地，小九念还挺喜欢这个脾气火暴的土地公公，也许是因为刚才他救了自己。

土地公公……声音的主人真想敲开这小鬼的脑瓜看看里面到底装着什么，居然说他是土地公公。

"土地公公，方才谢谢您救了我，我娘说了，做人要知恩图报，我欠你一个人情，你说说有什么可以帮你的，我好还了这个人情。"小九念侧头打量着石碑，怎么也想不明白，为何土地公公不在土地庙里，而是在一块石碑里。

"就你，能帮什么忙，再说一次，滚！"石碑发出嗤笑。连区区十几只玉面豿都对付不了，又怎么可能帮得了被妖帝禁制所困的他。

"话不能这么说，我人虽小，可是本领不小。我真能帮你，不信你就等着瞧。"小九念想了想，蹲下身子，麻利地把石碑周围的野草拔光了，还把石碑附近的蛇虫鼠蚁穴也捣了。

看到小家伙的举动，石碑沉默了。没想到这小鬼还挺细心，他的妖体已经化为石碑，虽然妖力还在，却没法使用。那些蛇虫鼠蚁穴里的低等生物不怕妖威，不分昼夜地啃噬着碑体，让他很不舒服。

"小鬼，谁让你多管闲事了。"石碑没好气地说。

"咦，难道这样你不觉得舒服点吗？每年清明的时候，我娘和外公、外婆在我们家先祖的墓碑前都是这么做的，说这样先祖会高兴，会庇护全家。"小九念摸了摸头，一脸的纳闷。

清明扫墓……

石碑索性不出声了，声音的主人唯恐自己被气得一把掐死这个口无遮拦的小鬼，反正小孩子的耐心都很有限，等他折腾够了就该滚了。

果然，把"清明扫墓"进行了一遍之后，小九念就起身走开了。

"终于走了，真是个闹腾的家伙。"石碑喃喃自语，竟没发觉自己的声音里多了一丝惆怅。

自从被妖帝禁制困住，他就再也没有说过话。方才若不是发现小家伙身上有人的气息，他也不会想起尚在人界的妻子和那没见过面的孩子，更不会动了恻隐之心救下那小家伙。

那小家伙身上，有妖气也有人的气息，应该是个妖和人的混血。

他的孩子应该三岁多了，也不知是男是女。

那小鬼看上去有五六岁了，长了双很漂亮的眼睛，如果自己的孩子能像他那样就好了。

这时，一阵窸窸窣窣的响声传来，一个小身影站在了石碑前。

"小鬼，你怎么还没走？"看到小九念去而复返，石碑微微颤了颤。

"我来还人情啊，我最讨厌欠人情了。"小九念抱来几根手臂粗细的木头，又找了一些结实的树枝和藤条，再从自己的储物袋里找出一些工具，就叮叮当当地在石碑旁动工了。

这小家伙，是在搭棚子。看着小九念忙来忙去，石碑沉默了。

两个时辰后，小九念呼哧呼哧地爬上小棚子，将干草铺在上面。

一个虽不精美、却很舒适的小棚子罩在石碑上方，替它遮住强烈的阳光。

"怎么样，我很能干吧。"小九念从棚子上爬了下来，脸上带着得意的笑容。

"差强人意，这些东西是谁教你的？"男人的语气还很冷淡，却比刚才进步了

许多，至少不会动不动就让小九念滚了。

"我外公。你放心，这棚子可牢固了，以前我给赤赤搭窝的时候，就是这么造的。"小九念拍着胸脯保证。

"浑蛋，你把本座当成狗了！"这小子忙活了半天，敢情是在搭狗窝，亏了自己现在是石碑，不然肯定被小家伙气得鼻子都歪了。

"你很没礼貌哎，赤赤是老虎，不是狗。"提起赤赤，小九念的脸垮下来。也不知赤赤怎么样了，它要是知道自己不听它的话擅自引开玉面豺，肯定会生气。它可是母老虎啊，发起火来很可怕。

"土地公公，你说得对，我得走了。你放心，找到赤赤之后，我还会来看你的。"小九念有些不舍，这个臭脾气的土地公公让他觉得很亲切，可是他必须去找赤赤了。

"谁稀罕你来看我了，少来烦我。你朝着太阳的方向走，若是到了夜晚，就别再赶路了。一直走，可以抵达妖界的村子。记住，不要轻易告诉别人……你是妖族混血。"石碑没好气地说。

"哦。"小九念拉了长长的一个尾音，心说土地公公好厉害，居然连他是妖族混血都看出来了。虽然他说话恶声恶气的，但都是善意的忠告。想到这里，心中越发不舍，小九念恋恋不舍地往前走了几步。

"回来！"石碑突然发话，听到身后的召唤，小九念一喜。

"赶紧躲在我身后，记住，屏住呼吸，无论听到什么都别出声。"石碑的声音沉重起来，小九念还想多问两句，忽然脚下一紧，身子被一股莫名的力量强行扯到了石碑后头。

这时，周遭风云变色，风中似有笑声，浓郁的花香随风而至。

漫天的威压迅速蔓延，成群的妖兽闻风遁逃。

四周忽然多了无数根花藤，花藤上没有绿叶，只有一朵朵妖花。那是种血红色的花，就像那开遍了山坡的映山红，却又比映山红旖旎妖艳。

伴随着花香和珠钗环佩之声，一名红裙女子出现在石碑前。

看到棚子里那块古里古怪的石碑，女子微微扬了扬眉，立在石碑前轻唤一声：

"阿九，故人夕颜来访。"

听出来者是个女人，小九念很是好奇，想看看她是谁。可是想到土地公公的警告，他还是听话地屏住了呼吸，身子蜷成一团，用石碑挡住自己。

背脊贴着石碑，小九念没感觉到石头的冰寒，反而觉出一股暖意，便把那柔软的小身子贴紧了几分。

"妖后大驾光临，阁九有失远迎，真是罪该万死。"声音冷漠至极，就连小九念都听得出来，声音里满是仇恨。

原来土地公公叫阁九，和自己的名字一样，都有"九"字。

"阿九，你我之间，什么时候变得这么生分了？"夕颜妖后抬起柔若无骨的手，掸落了石碑上的一缕尘埃。

"夕颜，看在老族长的面子上，我才喊你一声妖后。你还有脸提你我之间的情谊？"阁九嫌恶地斥道。

"阿九，我今日不是来和你吵架的。"夕颜叹息一声，声音里多了几分激动，"我只是想问问你，当年……他真的魂飞魄散了吗？"

"他？夕颜，他死了这么多年，你不会连他的名字都忘了吧？还是你连名字都不敢提？他死没死，你不是再清楚不过吗，别忘了是谁背叛了他。"

"阿九！"夕颜的手重重地落在石碑上，身子难以遏制地战抖着，泪水潸然而落，似乎承受了无尽的哀伤，"你明知道……你明知道我也是被逼的。"

"逼？夕颜，你贵为公主，谁能逼你？是战痕逼过你，还是老族长逼过你？说来说去，你不过是因爱生恨。你爱了帝莘多年，他却不爱你，爱而不得，你就想毁了他。夕颜，你和战痕，还真是天生一对……狗男女！"阁九犀利而又冷酷的话，如一把钢刀，刺入了夕颜的心窝。

她能忍受阁九的讽刺，也能忍受那句"狗男女"，唯独无法接受帝莘不爱她这个事实。

轰！一股可怕的妖力击在石碑上，石碑猛地一震，碑体出现了蛛网般的裂纹。

阁九闷哼了一声，躲在石碑后的小九念心头一紧，焦急地看向石碑，他能感觉到，土地公公受了伤。

这个狠毒的女人，居然打伤了土地公公！小九念的眼中弥漫起冲天的怒火，恨不得立刻扑过去和她拼命。

"不可！"一抹神识传进小九念的脑中，那威严中带着几分慈爱的声音让小九念心头一热："土地公公……"

"原来你早就知道了。这也难怪，这么多人里，他只把你当成好友。不错，我是恨他，恨他冷酷无情，宁可解散妖神卫也不肯继任老族长之位，甚至拒绝娶我为妻。我有什么不好？我对他死心塌地那么多年，与他出生入死，除了我，他还能爱谁？战痕说得不错，帝莘他根本就没有心，他根本不懂得爱，他不爱我，也不爱任何人。"夕颜抹去脸上的泪水，偏执地大笑起来。

见昔日的同伴成了如今这副模样，阁九沉默了。良久之后，他才长叹一声："我们都错了。帝莘他有心，他也会爱，只是那个人不是你罢了。"

曾几何时，阁九也以为，帝莘不会爱人，不然他为何要拒绝夕颜？

那件事发生在妖神卫解散之前，老族长提出让帝莘与夕颜成亲，却被帝莘拒绝了，这让一直以"帝莘的未婚妻"自居的夕颜伤心欲绝。

不久之后，帝莘就遇到了伏击，在前往上古战场的途中被神将狙杀，一代妖祖自此陨落。

帝莘死后，妖神卫解散，妖界也分裂为两大帝国，而唯一对帝莘之死产生怀疑的阁九则离开了妖界，于人界中苦苦找寻帝莘多年。

在寻找帝莘的那些年里，阁九也一直以为帝莘不会爱人，可直到他遇上重生的妖祖，才知道帝莘并非不会爱人。

若是不会爱人，他怎么会对叶凌月百般宠溺？

若是不会爱人，他又怎么会冒着被封印的危险，在妖体还未彻底苏醒的情况下，冲冠一怒为红颜，屠戮了混元宗满门？

妖祖有爱，他只是将全部的爱，完完整整地留给了他心尖上的那个人。

"你在说什么？他爱的是谁？他真的……真的重生了？阁九，你见过他对吗？他在什么地方？"夕颜不顾眼前的阁九只是一块冰冷的石碑，激动地抓着碑体连声追问。

"夕颜，我不会告诉你任何事，他和你们之间的仇，总有一天他会亲自来报。"阁九不愿多说。他本以为，这么多年过去了，夕颜嫁给了战痕，成了妖界的妖后，她对帝莘的那份痴恋也该淡了，可如今看来，他还是低估了嫉妒的力量，夕颜若是知道帝莘已经有了无法取代的心上人，一定会不择手段地杀了叶凌月。

"我就知道，他不会那么容易死去。阁九，你若能告诉我帝莘的下落，我就为你向战痕求情。你也知道，他一向最听我的话。我听说，你离开妖界后也有了羁绊，不然在和战痕对战时不会有所保留，我认识的阁九，可是妖神卫的第一勇士啊。"夕颜垂眸望着石碑，方才的愤怒和疯狂好像一下子都消失了。

夕颜不愧是阁九儿时的好友，她了解阁九，就像了解战痕一样。

那么多年来，她唯一不了解的，也就只有他而已。

战痕在妖界遇到阁九时，和他大战了一场。

关于那场战斗，战痕回来后没和任何人提起，也包括她，可夕颜却知道，战痕受了重伤。

五百多年了，实力得到提升的，并非只有战痕一人。

夕颜的话让阁九沉默了。不错，那时他确实有过和战痕一决生死的念头，可是生死之际，他的脑海中闪过了彩儿的脸，还有他素未谋面的孩子，冷硬的心有了一丝软化。况且妖祖的血肉还在自己手上，他岂能一死了之。

"阿九，你只要告诉我他的下落，我就让你恢复自由，当镇山石碑的滋味不好受吧？"夕颜的指尖划过石碑，在上面刻下一道痕迹。

小九念躲在石碑后，已经吓出了一身冷汗。夕颜和阁九的对话，他虽然听得不太明白，但聪慧如他，大致也能猜出夕颜不是什么好人，她和别人一起背叛了土地公公和他的朋友，而土地公公也不是天生就是块石碑，他是被人变成这个样子的。

小九念紧张不已，他很同情土地公公的遭遇，心里又暗暗担心。情急之下，他用手指在石碑上悄悄写道："土地公公，你可千万不要背叛你的朋友。我娘说了，做人要诚实守信，对朋友要讲义气，你要是背叛了朋友，我会看不起你的。"

"夕颜，收起你这套让人恶心的说辞，我可不是战痕，你这一套，对我半点用处都没有。我送你一个字——滚！"

夕颜脸上的笑容僵住了，可旋即，她又笑了起来："不愧是阿九啊，当年战痕许你三分之一的妖界领土都留不住你，今日我许你自由身你亦不同意。唉，这可是你自找的，既然如此，我也就不用和你客气了。"

夕颜说罢，眼眸中闪过一道诡异的光芒。

地面上，那些花藤犹如被风吹乱的长发，肆意舞动起来，其中几根绕到了石碑的后头，缠住了小九念的脚腕。小九念挥舞着匕首去砍花藤，可花藤丝毫不受影响，将他拎起来拖到夕颜的面前。

"夕颜，你要做什么！"因为愤怒，石碑抖动起来。

阎九没有想到，夕颜早就发现了小九念。

"做什么？阿九，你真不知道吗，我这么做无非想让你说出他的下落。你若是不说，我不介意让花藤吸干这混血小杂种的每一滴血。"

夕颜睨了小九念一眼："倒是个长得很好看的小家伙。"

小九念身上的气息，一闻就知道是妖和人的混血。在妖界，这种混血只配做奴隶，而奴隶的下场往往很凄惨。

小九念愤怒地瞪了眼夕颜，夕颜竟有一瞬间的失神。

时光逆流，仿佛回到了多年之前的某个黄昏。

那一年，身为小公主的她偷偷溜出来玩，因为迷路了，她在族里四处游荡。

第一次见到他时，也是如此。

那时，他正与一帮妖族的奴隶抢吃的，尽管一身的污泥，可是听到有人呼了一声"帝莘"，他抬起头来。

只是一个四五岁的孩童，却有着足以让时光都为之停顿的惊人美貌。从那一刻开始，夕颜就认定了，这个小男孩会是她的人。

"呸，老妖婆，快放开我！"什么东西飞到了夕颜的脸上，打断了她的回忆。她用手一摸，手指上黏糊糊的。

"小杂种，你竟敢吐口水。"夕颜勃然大怒，她身份尊贵无比，从未有人对她不敬，更不用说用口水呸她了。

她眼神一厉，那些花藤骤然勒紧，花藤上长出一根根利刺，刺入小九念的肌肤，顿时血水横流。

"夕颜！放开那孩子。"阎九的心中莫名地心疼。

"阎九，要我放了他，你就说出妖祖的下落。"夕颜有些诧异，阎九居然会对一个陌生的孩童动了恻隐之心。

"土地公公，不要答应这个老妖婆。我……我没事。老妖婆，有什么本事全都使出来吧，我蓝九念是绝不会服软的。"小九念疼得眼泪都要掉出来了，可是他愣是咬紧了牙关，怎么也不肯示弱。

"蓝九念……小家伙，你今年几岁了？"阎九脑中轰地一响，吃惊地看向小九念。

尽管尘埃满面，尽管面容不清，可是那双眼睛却和彩儿如出一辙，难道这小鬼是他和彩儿的孩子？

"都这个时候了，你还有心思问年龄，就让我告诉你答案吧。"夕颜抿了抿红唇，眼神一闪，一根花藤倏然刺入小九念的脊梁骨，小九念疼得闷哼了一声。

"夕颜，你敢！"因为愤怒，石碑剧烈震动，就如地震般，连地面上的石块都滚动起来。

"我为何不敢？顺便告诉你，从这小家伙的骨龄来看，他今年应该是三岁。啧啧，想不到妖人混血也可以拥有这么强横的体魄。"夕颜摸了摸花藤上的鲜血，忽然皱起眉头。

这血的气味……

这是天妖的血，而且浓度极高，一个普通的小杂种身上，怎么会有天妖的血？

"难道他是……"夕颜在小九念身上扫了几眼，显然明白了什么。

"原来如此。阎九，你还是不肯说吗？你若是再不说，我就拧下这小家伙的头。"

因为这个惊喜的发现，夕颜身上的戾气重了几分，花藤缠上了小九念的脖颈。

"夕颜，你若敢伤他分毫，这辈子都别想知道妖祖的下落。"阎九看向小九念，声音里第一次有了恐惧之意。

那是他的孩子，难怪他一看到小九念就觉得喜欢，不过这孩子为何会独自出现在妖界？

夕颜被阎九的话镇住了，两人僵持着，勒住小九念的那根花藤没有再勒紧。

"阎九，你真以为没了你，我就没法子找到他了？我虽不知道他到底在何处，可我知道他必定在人界。妖族的人早已进入了人界，找到他只是迟早的事。可是这小家伙就不同了，他还很脆弱，我举手之间就能杀了他。"夕颜说罢，神识一动，那根花藤又勒紧了几分，锋利的肉刺扎进了小九念的脖子。

看着小九念的脸色从红变紫，阎九的心绪越来越乱。

"土地公公……没事的……我不怕死……我只是有点不甘心……我还没找到……"小九念气若游丝，小小的身子一点点软了下去，眼神也涣散了。

小九念的意识越来越模糊了，他有些遗憾，他还没找到爹爹呢，好可惜，若是能遇到他，自己还想告诉他，自己和娘亲都很爱……

"放开他！"两个截然不同的声音同时传来，身后突然涌来一股妖力。

这妖力是何时来的，夕颜和阎九都没有留意。

妖力化为风云，风起云动，夕颜的那些花藤轰的一声炸开了。

与此同时，一道敏捷的身影一闪而过，将小九念抢了过去。

第三十一章　妖界风云

"谁？"夕颜勃然大怒，手一抬，却硬生生停在了半空。她的身前，不知何时多了个身影——火红色短发，狭长的双眸，额头上有抹鲜红的妖纹，而那股妖力正是来自此人。

这是个清冷之中带了几分华丽的男子，只是随意站着，浑身就透着一股矜贵的气势。

"赤烨妖帝？"夕颜不由得惊呼一声。

妖界有两大妖帝——南幽帝战痕，北狱帝赤烨。

妖祖陨落之后，两大妖帝将妖界一分为二，南北各自为政。

南幽都和北狱司泾渭分明，向来互不干涉，就连通往人界的妖路也一分为二，但唯有一处是共有的，那就是妖界的入口，数百年来一直如此。

认清了来人就是死对头赤烨，夕颜的神情有些狼狈。她再一瞥，小九念已经被一只小老虎救了过去。那小老虎和赤烨一样，有一身漂亮的红毛。

"夕颜妖后，许久不见，不知道你擅闯我北狱司的地界，到底有何用意？"赤烨的语气波澜不惊，眼底却透着厌恶。

赤烨和一般男子不同，对夕颜的美貌视若无睹。熟悉他的人都知道，他很讨厌女人，普天之下，能近他身的女子只有两个——生他的北狱司太后和他的胞妹赤赤

小公主。

夕颜被赤烨这么一质问，才骤然想起，踩在自己脚下的这片土地，是北狱司的地方。

阎九也是个绝顶狡猾的，他被战痕追杀，危急之时，选择了在这片领地上决斗，最后虽然战败被镇压，可因为北狱帝的火暴脾气，战痕只敢封印阎九，却不敢击杀他。

若是在赤烨的领地上肆意妄为，没准他这疯子就会率兵攻打南幽都。

"赤烨妖帝，实在是抱歉，我宫中的一个小奴隶逃跑了，我一时情急才闯入北狱司的领地。那个小鬼就是我的奴隶，他打烂了我的宝贝，我要将他带回去处置。"夕颜妖后美眸一转，又恢复了那副长袖善舞的面孔。

"你撒谎，九念不是奴隶，他是我带回来的。"赤赤一听，虎毛都竖了起来。

它和小九念失散后，心急如焚，在妖界一直找不到九念的下落，只好拿出赤狱箭，召来了寻妹心切的北狱帝赤烨。

赤烨本想找到了赤赤就走，哪知这小家伙又哭又闹，还在地上撒泼打滚，说是不找到小九念就绝食上吊，那架势和赤宫里的某个老女人如出一辙，真是有其母必有其女。

赤烨一个头两个大，无奈之下，只得拎着妹妹来找小九念。哪知赤烨刚赶到这里，就看到了夕颜准备虐杀小九念的场面。

看到那一幕，赤赤毫不犹豫地冲了上去，为了保护妹妹，赤烨不得不出手干涉。

妖人混血……赤烨妖帝的脑海中闪过一个让他极其不喜欢的人，他这辈子，最讨厌的是女人，第二讨厌的就是妖人混血。

"赤烨妖帝，怕是小公主认错了吧，这小家伙的的确确是我幽宫的奴隶，不信你可以看看他的肩膀。"夕颜妖后轻描淡写地说道。

赤烨妖帝低头一看，小九念的肩膀上有一个"奴"字的烙印。

夕颜妖后何等狡猾，在她发现小九念很可能有阎九的血统时，就毫不犹豫地在他身上留下了奴隶烙印。她本打算逼阎九说出妖祖的下落之后，就带走小九念，让阁九一辈子受她的钳制。

"卑鄙的老妖婆,一定是你动了手脚,你怎么可以在九念身上留下奴隶的烙印。"赤赤看小九念已经昏迷不醒,再看看那个血肉模糊的烙印,眼泪滴滴答答落了下来。

见赤赤这么伤心,赤烨妖帝皱紧了眉头,他没有忽略赤赤眼底的悲伤和关切。

赤赤这么担心这小家伙?赤烨妖帝觉得有什么不好的苗头正在自家小妹的心底滋生。

"不行!谁也不能带走小九念,他……他是我的未婚夫!"小赤赤忽地憋红了脸,一股火红色的妖力从它的体内蹿了出来。

随着"未婚夫"三个字吼出来,赤赤体内的妖力就如火山爆发般,一下子炸开了。

那妖力就如火焰般,奇热无比。

夕颜被火一灼,往后退了几步,光洁白皙的手上已经多了几个水疱。

熊熊烈焰吞没了赤赤和小九念,而小九念非但没被灼伤,身上那被妖藤所刺的伤口正在迅速结痂。

在给小九念疗伤的同时,赤赤的身形迅速蜕变,在赤烨和夕颜的注视下,化为一个四五岁年纪、穿着火红色小斗篷的漂亮小姑娘。

"赤赤,你化形成功了!"看到胞妹化为人形,赤烨狂喜不已。

赤赤出生时,赤烨已经四百多岁了,可算是老来得妹,对赤赤向来有求必应。小赤赤打小就特别黏赤烨,甚至连上朝都要跟着他。

一般的妖族贵族,十六岁就能化成人形,可是赤赤活了一百岁还不能化形,始终是刚出生时的小老虎模样。这可急坏了赤宫上下,因为不能化形,就意味着不能学习妖术。

直到有一天,宫中的祭司和赤烨说,赤赤的命中贵人在北方,只有找到命定之人才能化形。赤烨自然不舍得让自家妹妹去冒险,哪知赤赤却把这话放在了心上,在赤烨被老太后逼婚外出避难之时偷偷溜了出去,结果一不留神,它居然被拐到了人界。

不过这些已经都不重要了，最重要的是，赤赤终于化形成功了。

赤烨伸手就想抱起赤赤，却被赤赤一把推开："哥哥最讨厌了！"

赤赤一脸担忧地蹲在小九念的身旁。

"赤赤……"赤烨一脸讨好地劝道，"你别胡闹，你是北狱司的公主，怎么能让一个妖人混血当未婚夫。"

"除了九念，我谁都不要。你要是不救九念，我就和你脱离兄妹关系！"赤赤抓紧了小九念，那副架势，谁要分开他们，除非把她的手剁下来。

脱离兄妹关系？赤烨顿时风中凌乱，这是谁给赤赤灌输的乱七八糟的思想！

"赤烨妖帝，依我看……"夕颜还想说什么。

"闭嘴！若不是你，赤赤怎么会不理我。我不管这小子是什么来历，既然他跑到了北狱司的领地，就要按北狱司的政策来办——凡是进入北狱司的，无论是天上飞的、地上爬的还是河里游的，都归北狱司所有。"赤烨立马改了口风，变脸比小孩子还快。

夕颜一听，一口银牙差点咬碎："赤烨妖帝，我好像从未听说过北狱司有这么一条政策。"

"你已经听说了，就是本帝刚刚颁布的。"赤烨横了夕颜一眼，不耐烦地嘀咕道，"让女人干涉朝政，战痕那窝囊废，脑子是被骡子给踢了。"

"你……"夕颜气急败坏，却拿赤烨没辙，只得拂袖而去，身影瞬间消失在天际。

"小九念，你别吓我，你可别有事啊。"赤赤一听夕颜这个老妖婆走了，小脸立马乐开了花，她捏了捏小九念的脸蛋，见他依旧昏迷不醒，不由得急了。

"死不了，这小子有天妖的血统。哼，真没想到，叱咤一时的阎九，居然会有一个妖人混血的儿子。"赤烨说罢，睨了眼那块寂静无声的石碑。

"彼此彼此，我也没想到，一代妖帝赤烨是个'妹管严'。"石碑发出幸灾乐祸的声音，"不过，不管怎样，都要谢谢你。"

"谁说我是在帮你，我只是在帮赤赤。她能化形，多少也有这小子的功劳，我救他一命，算是两清了。"赤烨死鸭子嘴硬。

别说救一个妖人混血了，就算是天上的月亮，赤赤若是喜欢，他都得给摘下来。

阁九所中的禁制乃是战痕所留，赤烨也没法子破除。

见赤烨和阁九还是旧识，赤赤灵机一动，扯着自家哥哥的衣袖乞求："哥哥，我们带小九念回北狱司好不好，他昏迷不醒，一个人留在这里很危险。"

赤烨最受不了她这一手了，没僵持多久就弃械投降了："带回去可以，但你得答应我一个条件——到了北狱司后，无论我怎么训练那小子，你都不许插手，不然我立马把他逐出妖界。"

赤烨虽不喜小九念是妖人混血，但小九念身上流着阁九的血，这也是不争的事实，而方才小九念面对夕颜时那不屈的态度，也让他印象很深。若是能把这小子培养成天妖，对北狱司来说未尝不是一件好事。

阁九注视着小九念被赤烨抱了起来，心中满是不舍，可是他也明白，于小九念而言，前往北狱司是最好的选择。

"阁九，你儿子我带走了，至于你能不能活着看见他，那就看你们父子的造化了。"赤烨临走之前留下了一句话。

"赤烨，看在你照顾我儿子的分上，我也告诉你一句——'他'回来了。"阁九沉思了片刻，这才缓缓说道。

阁九保有一部分妖帝血肉，在帝莘重生的那一刻，他能感觉到血肉中的妖力在沸腾，在叫嚣，在呼唤着它的主人。而最近这种感觉越来越强，阁九心知，"他"觉醒的日子已经越来越近了。

赤烨脚步一滞，也不知有没有听清楚阁九的话。

九洲荒狩即将开始，各代表队纷纷向宣武城赶去。

黄泉城和五灵城的代表队在路上相遇，舞悦看到大伙的进步都不小，高兴之余，也有几分黯然。

经过叶凌月的治疗，她被改造成三灵涅槃体，吸收起天地灵气来比一般人快了三倍，可是丹田里的煞气却无法祛除，必须找到当年重创她的那头妖兽，用它的魂

魄炼成妖魄丹才能治愈。

舞悦来古九洲，就是为了寻找那头妖兽，如今已经过去好几个月了，却一直没有线索。

"五姐放心，我们一定想法子帮你找到杀害你爹娘的那头妖兽。"帝莘看出舞悦的心事道。

舞悦点了点头，很感激帝莘的安慰，可她也明白，中原地区那么大，而那妖兽很可能去了妖界，找到它谈何容易。

"诸位，宣武城就在前方。"五灵城城主提醒各位同伴。

一座巍峨的城池矗立在前方，城门口的侍卫并非寻常武者，而是肌肉发达、身高两尺的半兽人。

"是半兽人，看来传言是真的，宣武城居然真有半兽人军队。"

"可不是嘛，宣武城的马城主是九洲盟的堂主，实力高强，修为早就到大神通境了。传闻他早年征战中原地区时，活捉了一万名兽人，他将那些兽人带到宣武城，让他们和人族通婚，生下了这些力大无穷的半兽人。"

就在排在前头的武者们议论纷纷之时，一辆气派的兽车行了过来，兽车里坐着一名唇红齿白的男子，此人身着艳绿色的衣衫，面上涂脂抹粉，看上去不大正派。

"是玉公子的兽车。"

"原来是玉公子啊，难怪这么大气派，排场都和城主大人差不多了。"

"谁让玉公子是城主大人最宠爱的'幕僚'呢。"

帝莘瞥了一眼那男子，皱了皱眉，一旁的舞悦也轻轻咦了一声："六弟，你不觉得这玉公子和洪明月长得很像吗？"

"确有几分神似。"帝莘沉吟道。

其实这玉公子不是别人，正是洪玉郎。洪玉郎被诸葛长老救走，在逃亡途中，诸葛长老被门派中人所杀，洪玉郎则被卖给了奴隶贩子，经过一番精心调教，几经辗转，最终流落到好男风的马城主手里，成了他的心肝宝贝。

马城主还特意赐了他"玉公子"之名，让他挂了个"九洲盟巡逻使"的名头。洪玉郎恃宠而骄，在宣武城横行霸道，好不威风。

马城主亲自来接洪玉郎。

"马城主。"五灵城城主带着人走了过来。

"原来是五灵城城主，久违了。"马城主见了五灵城城主，很随意地拱了拱手。新手城的城主，他向来不看在眼里。

"凤荜！你怎么会在这里？"洪玉郎看到五灵城城主身后的帝荜，大吃一惊。被洪玉郎这么一吼，马城主也看向帝荜，不由得愣住了——好一个芝兰玉树般的美男子！

马城主活了这么多年，还真没见过如帝荜这般出众的男子。与这个灿若星辰的男子一比，洪玉郎就如尘芥一般。若能得此美男为伴，定然此生无憾！

洪玉郎见了，脸上浮起愠怒，愤恨地瞪了眼凤荜，手往马城主的腰上重重一拧。马城主这才如梦初醒，重重地咳了一声，对五灵城城主的态度也立刻热情起来："五灵城城主，这位是谁？"

五灵城城主岂能看不出马城主的心思，当即答应道："这是我五灵城的队员帝荜，他已经有了双修伴侣，正是黄泉城的叶城主。"

洪玉郎一听，无比震惊。他记得北青的这位凤王明明是个不能练武的体质，难道他也和自己一样有了奇遇，能练武了？还有那叶城主，莫非就是叶凌月？

一想到这个害得自己家破人亡的贱种比自己爬得还快，竟然成了城主，洪玉郎的心中就恨意滔天。若是真的如此也好，他刚好趁着这次机会，收拾了这对狗男女。

洪玉郎冷笑着，若是他们以为他还是当初的洪玉郎那就大错特错了。靠着马城主的宠信，他可是用了好几颗九洲盟的方尊炼制的灵元丹，修为已至轮回五道，加上宣武城的其他队员，他洪玉郎在九洲荒狩上一定能拔得头筹。

"且慢，难道他就是五灵城的那位新人王，还未成为猎妖者，就已经名列九洲地榜第一百九十九名的帝荜？"马城主忽地想起了什么。

马城主这么一说，围观的众人不约而同地看向贴在城门两侧的九洲天地榜。那是两张长榜，天榜代表团队，地榜代表个人，每日更新名次，各自显示前两百名。榜单上的名字，天榜用金色符文书写而成，地榜用的是黑色符文。

在古九洲的各座大型城池的城门两侧，都有这样的榜单，新手城却没有。

凤莘这废物居然上了九洲地榜？洪玉郎的脸色又臭了几分，他早就盯上了九洲地榜，做梦都想上一次，奈何实力不济，一直没能如愿。

"那地榜是怎么回事？"帝莘问道。

"和天榜不同，地榜的红色数字代表猎杀的妖兽的数量，黄色代表个人声望，绿色代表潜力值。啧啧，帝莘，你小子的潜力值可真惊人。"

"奇怪，为什么九洲地榜上没有城主们的名字？"舞悦心细，发现城主们的名字都不在榜单上。

"我等城主，在满一百岁后，都自发退出了地榜的角逐。不过像叶城主那样的年轻城主，还是有机会角逐地榜的。"五灵城城主解释道。

"这么说来，六弟妹也有机会上地榜了？"舞悦当即说道。

五灵城城主笑着点了点头，不过五灵城的其他队员却不以为然。因为黄泉城是典型的双无城池，无论在天榜上还是在地榜上都没有名次，根本就微不足道。

"有什么了不起的，不就是第一百多名吗，比中原侯差远了。"见众人对帝莘赞不绝口，洪玉郎嫉妒地嘀咕起来。

"玉郎，休要胡说八道。"听到中原侯的名号，连傲慢的马城主都微微变了脸色。

"不错，中原侯名动九洲，帝莘不过是个初出茅庐的小辈，岂能与前辈高人相提并论。"五灵城城主连忙恭声说道。

不过和其他九洲榜上的人不同，这位中原侯没有属地，而且他的红、黄、绿指标也没有具体的数值，全都是"？"，看上去是个谜一样的人物。

九洲地榜自成榜以来，几乎每天都在变动名次，但是有一个名次已经数百年没有变更了，那就是排在第一名的中原侯。

"中原侯是何许人也？"帝莘好奇地问。

"听说几百年前中原地区的妖族和九洲盟经历了一场恶战，古九洲的四五个大洲都沦陷了，连九洲盟的盟主都被妖族给暗杀了。危急关头，一位强者横空出世……"

数百年前，古九洲的猎妖者们为了获得更多的妖丹，疯狂地猎妖，终于引来妖族的滔天怒火。几大妖王联手，发动了规模空前的超级妖兽潮。

妖兽如潮水般涌入古九洲，疯狂屠戮人族，一夜屠镇，一日屠城，九洲盟的多位堂主都在兽潮中牺牲。

就在人族陷入绝望之时，忽有一神秘人出现在中原地区。

彼时的中原地区，天空就如熔炉，黑色的天火在空中翻腾，拳头大的黑色火球突然从天而降，熔金销骨，烧尽一切奸邪妖煞之气。

中原地区陷入火海之中。几大妖王赶回时，只听得苍穹上传来雷霆之音："大道无情，三日不退，寂灭焚原。"

所谓寂灭之火，乃是那黑色的天火。

几大妖王眼看妖族在中原地区就要灭绝，无奈之下，只得向九洲盟递交了停战协定。

按照停战协定，妖族和古九洲分庭而治，妖族妖王级别、九洲盟大神通境以上的强者，都不允许参与猎妖，若有一方违规，即被视为中止停战协定。

停战协定签订后，妖族悉数退出了中原地区，九洲盟才得以存活。

群龙无首的九洲盟众人，一致想推选中原侯为新盟主，却被中原侯一口回绝了。

为了表达对中原侯的感激之情，九洲盟做了两件事：其一是铸了一块中原令，作为中原侯独一无二的标志，见中原令如中原侯亲临；其二就是尊中原侯为九洲地榜第一人。

而九洲盟上下乃至古九洲当年亲历过那场浩劫的无数百姓的后裔们，都是中原侯的追随者。

"所以中原侯的声望才会如此之高。至于他的实力，其实没有几个人见识过，但毋庸置疑是很强的。"

谈起这位前辈大能，城主们一脸的心驰神往。

成神之前，五百年的寿元已经是天寿了，哪怕是大神通境的强者也是如此，就算中原侯再强，只要他不是神，想必也已经陨落了。

"马城主实力不错，可惜作风方面欠妥。"见洪玉郎和马城主关系暧昧，五灵城城主有些不满，可他在九洲盟的品级比马城主低，自然不好多说。

一行人依次进了宣武城。

经过城门时，帝莘恰好和一名年轻男子对看了一眼。

帝莘为人冷漠，除了媳妇儿和几名伙伴的事，轻易不管闲事，却下意识地对身旁这名男子多看了几眼。

对方器宇轩昂，身穿宝蓝色武袍，头配脂玉发冠，眉目深邃，容貌虽算不上绝世无双，却自有一股说不出的尊贵气息。

帝莘在打量男子的同时，那人也注意到了帝莘。

"此人相貌无双，气息收放自如。想不到人界也有这般实力不俗的武者。难道他也是神界中人？"

帝莘与男子擦肩而过之后，年轻男子凝视着他的背影若有所思……

彼时，两人只是陌路人，却都对对方心生警惕，却不知早在很久以前，两人的命运就已经联系在一起了。

"爷，人界还真是乌烟瘴气。"几名相貌英挺的侍卫跟在那年轻男子的身旁，他们也目睹了方才马城主的荒诞行为。

在神界，男宠这种事虽然也偶尔有之，但都是引以为耻、藏着掩着的，哪像马城主这般堂而皇之。

"人界腐朽，人有七情六欲，自是不如神界清净。进城之后，谨言慎行，免得暴露了身份。"青年男子目光深沉，在九洲天地榜上扫了一眼，再看了眼宣武城，显然对于人界这种超级大城池以及天地榜的设置有些兴趣。

在他看来，人界无论是天地灵气还是子民的素质，比起神界都相差甚远，但是人界疆域辽阔，而且没有严格的领地，也没有神帝那样的至尊强者存在，在这里，实力就是一切。

像是中原侯，地榜数百年的绝对第一人，在他看来，此人怕也是哪个神界的神尊偶发兴致，隐匿了部分神力，下界游历的吧？只是那人到底是神界哪一方的霸主就不得而知了。

不过这地榜倒是有些意思。想到这次私下人界，隐匿了大部分神力，将修为压制在小神通境巅峰，他突然想知道，自己能够在九洲地榜上取得怎样的名次？

男子抿了抿薄唇，目光从地榜上收了回来，注视着前方那座人口达数十万的宣武城。

已近黄昏，宣武城的城门口依旧人头攒动，川流不息。

这是个寻常的人族城池，可它却比有着五百余年历史的北境要热闹得多。

这里的子民，被一个荒诞庸俗的城主统治着，可他们每个人的脸上都洋溢着自豪和欢喜之情。

而北境，拥有最强悍的兵马，他的统治之力也比那马城主不知道强了多少倍，可子民们却依旧在夜凌光的蛊惑下抛弃了家园。

归根结底，是因为北境太过贫瘠，那种苦寒之地，哪怕再坚强的民族也无法长期生存。

看来，找到神鼎，炼制新的神界乐土已是迫在眉睫了。

见识了人界繁华之后，他越发觉得此行很是正确。只是他进入人界已经一月有余，天南地北，古九洲已经行了三分之一以上，但始终没有半点九洲鼎的消息。

想起了北境雪灾、子民叛离的景象，还有宫中怀有身孕的爱妃，男子的眉头紧紧地拧在了一起。

原来，这和帝莘擦肩而过、气质不俗的年轻男子正是奚九夜。

奚九夜被夜凌光掠走了几万子民，心中气愤难平，加之恰好和兰楚楚起了口舌之争，得了神帝的指点后，就毅然来到了人界。

奚九夜并不知道九洲鼎早已损毁。他进入人界后，都是往一些繁华的城池，乃至一些方士聚集的大城池走，怎么也没想过去黄泉城那样的小地方，反倒和叶凌月错开了。

他一心找到能炼制世外天的九洲鼎，好炼出神界乐土，可连月追踪只打听到一个消息，那就是鸿蒙方仙早已陨落多年。

传闻鸿蒙方仙陨落之前，九洲鼎落到了他的双修伴侣——玉手毒尊的手中。

奚九夜之所以到宣武城来，是因为他打听到玉手毒尊在失踪前曾到过宣武城，

恰好宣武城又举办九洲荒狩，而九洲荒狩代表着古九洲最高的竞技水准，一些最优秀的武者乃至方士，甚至连一些隐世家族的子弟都会前来参加，这些人中也许会有人知道玉手毒尊的消息。

抱着如此想法，奚九夜想进入宣武城，不料却被城卫以他们没有通关令为由拦了下来。

奚九夜淡淡一笑，不紧不慢。

片刻之后，就见城中出来了几名青年男子，其中一人正是月沐白，他身旁还有一名打扮得颇为贵气的阔少。

那人正是金家的金三少。

金三少笑容满面地迎上前去，不久前金三少遇到兽袭，多亏路过的奚九夜帮忙，两人这才有了交情。

"三少，他们就是你找来的帮手？"

"你是说太虚墓境的事？月沐白，你尽管放心，我金三少找的人一定是信得过的。奚老弟，我忘了告诉你，这次我们金家除了务必要在九洲荒狩上夺得一个好名次，还有一个重要的任务，就是去太虚墓境，传说那里藏着秘宝，也许可以帮助我家老爷子成神。对了，这是个大秘密，暂时还不能公开。要是事情真成了，好处绝对少不了你的。"

"成神的秘宝？"奚九夜一听，表面神情不动，可心中却是微微一动。

"怎么，奚兄弟对成神也有兴趣？"月沐白留意着奚九夜的神情，心中已经把金三少骂了个底朝天：这该死的纨绔，怎么能把成神这种事挂在嘴边。万一奚九夜起了贪念，到时候不就多了一个竞争对手。

可是让月沐白意外的是，奚九夜神情如常，淡淡地说道："成了神又如何？人人都以为神族好，却有几人知道，人族有的苦恼，神族一样也不会少？"

"奚老弟，那是因为你没当过神。普通的神族也就罢了，若是成了神尊，就可以长生不老，坐拥无数神女。"金三少一说起这个就浑身来劲，连自己刚被揍了一顿的事都忘了。

"那你们又怎会知道，长生不老也可能意味着无穷无尽的寂寞？"奚九夜说罢，冷峻的脸上第一次流露出怅然之色。

他身上散发出来的孤寂，让金三少和月沐白都是一愣：眼前这位看上去不过二十出头的男子，仿佛一瞬间成了看破红尘俗世的老者，苍老了无数岁。

"哈哈，奚老弟，你说得就好像你曾经当过神似的。来来来，别说那些神啊人啊的事了，今晚我们大伙儿第一次碰面，就由我做东，请大伙儿进城喝花酒去。红袖馆里的姑娘可是比神女还要美貌几分。"缺根筋的金三少完全没有意识到奚九夜沉浸在了过往的记忆中，大笑着，搭着月沐白的肩，带着一行人就要进城。

"爷，我们真要和他们合作？"北境十三骑对神尊大费周章地和这群人走在一起表示不解。

"他们暂时是我们的同伴，我对那个太虚墓境很有兴趣。"

"爷，难道你真相信那个墓境里有神印？"

奚九夜对于与谁合作并不在意，金家可以让他进入宣武城，还打听到了太虚墓境的事，于他而言，金家就有利用价值。

"空穴不来风，我眼下也需要一枚神印。"奚九夜沉声说道。

于他而言，除了九洲鼎，神印也是很重要的，尽管他自己并不需要神印，可身怀六甲的兰楚楚需要一枚能让她正式拥有神体的神印。

成神的途径不外乎两种：一种是生来就是神，也就是神的后裔，奚九夜和夜家双胞胎都是如此；还有一种就是后天成神，如医佛云笙和八荒神尊夜北溟。

两者相比较，后者显然更难。

普通的武者，除了修为高深，或者是像医佛夫妻那样，做了挽救天下苍生的壮举，才能被册封成神。而奚九夜的神妃兰楚楚，恰好两者都不是，所以这些年来，她其实只是个半神之体。

兰楚楚只是半神之体，这件事神界知道的人并不多，包括北境的子民们都不知情，因为兰楚楚一直以此为耻。

所以，要想成神，最简单的法子反倒是继承神印了。

第三十二章　取缔危机

金三少带着奚九夜等人进城，在奚九夜迈入城门之时，正赶上叶凌月递交了拜帖，走回黄泉城代表队。

"六弟妹，你快过来看看，我们黄泉城在九洲天榜上排第几？"秦小川在天榜的榜单上逐个找着排名，结果什么都没看到。

"你蠢啊，黄泉城怎么可能上天榜？别说是前两百名了，就算是前五百名，也没黄泉城的份。一个新手城，还想一步登天？参加完九洲荒狩，黄泉城能不能进入天榜前两百名都是个问题。"光子一脸的嫌弃，和秦小川这种脑子长在屁股上的人走在一起，真是拉低了他的智商。

秦小川揉了揉脑袋，非但不生气，还呵呵地傻笑起来。

"谁说新手就不能上天地榜了，你看帝莘就上地榜了，还是第一百九十七名呢。都是孤月海出来的，你们其他人可都得上点心了。"挽云师姐说着，指了指地榜。

众人果然都看到了帝莘的名次，议论起来。

此时，宣武城城主去接待几位城主去了。

洪玉郎正欲下车，忽然兽车一停，洪玉郎戒心不小，当即扬起手掌。

"哥哥，是我。"这有些耳熟的声音让洪玉郎怔了怔，回头一看，见是一名戴着斗笠的女子。

女子摘下斗笠，一看到她的容貌，洪玉郎眼中几欲喷出火来："叶凌月，你这贱人！"

洪玉郎做梦都不会忘记，是叶凌月害得他家破人亡，沦落到今天这番地步。

"玉郎哥哥，我是明月，你的亲妹妹洪明月，不是叶凌月。"女子连忙说道，生怕洪玉郎不相信，还说了一些洪玉郎小时候的事，以及洪玉郎身上有一块胎记。

兄妹俩久别重逢，百感交集，忍不住抱头痛哭。

洪明月将自己的经历和洪玉郎说了一遍，却隐瞒了她投奔南幽后的事，只说她被叶凌月和帝莘加害，不得已换体重生了。

"该死的叶凌月和帝莘，居然这般害你。明月，以后你就跟着哥哥吧，我如今在宣武城也算说得上话，将你安置在城主府并不难。"洪玉郎一想到兄妹俩都成了男人的玩物，对叶凌月的恨意就更深一重。

"哥哥，我如今只剩你一个亲人了。这次九洲荒狩，我也会参加，我们兄妹俩一定要找机会除掉叶凌月和帝莘那对狗男女。"洪明月擦干了眼角的"鳄鱼泪"，见洪玉郎对她十分信任，不由得心中冷笑：洪玉郎你这个蠢货，当真以为我会依附于你，靠男人上位吗？

原来，方才帝莘等人通过宣武城的城门时，洪明月也混在了人群之中。洪玉郎和马城主的亲密关系，洪明月也看到了。

她自小就对洪玉郎不甚亲厚，见洪玉郎堕落成男妾，她也是鄙夷得很。

比起九洲盟的巡逻使，洪明月更感兴趣的是成为妖族的天妖。

"你不愿意加入城主府？唉，也罢，人各有志，你自小就是个有主意的，我也不勉强你。反正我们都会参加九洲荒狩，你若有什么事尽管开口。"洪玉郎感慨地说。

"玉郎哥哥，我眼下的确有件事需要你帮忙，你可否帮我打听一下，宣武城里有没有一个叫奚九夜的男人？"

洪明月并不打算立刻刺杀奚九夜，在得知黄泉城也来参加九洲荒狩之后，她打算借刀杀人，利用奚九夜除掉叶凌月。

说来也是凑巧，洪玉郎吩咐下去没多久，半兽人侍卫就来禀报，金三少带着奚九夜进了城。

在洪玉郎的帮助下，洪明月躲在暗处窥探，一看到奚九夜，不由得一怔。

她得了南幽后的命令之后，心中也曾忐忑过，生怕奚九夜是个丑陋无比的老男人，如今一看，这位神尊的相貌虽然比不上帝莘和紫堂宿，却比洪玉郎出众了许多。

常年征战沙场，让他身上有种孤傲的绝冷气息，那若即若离的淡漠感让她怦然心动。

洪明月正想着，奚九夜忽然目光一凛，已然察觉到窥探的视线。他冷哼一声，一股霸道的元力化为指风，忽然点向一旁的窗户。窗户一下子炸开了，洪明月只来得及惊呼一声，咽喉已被一只铁掌扼住。

"你们干什么？快放开我！你们可知我是什么人！"洪玉郎也被十三骑中的一人制住，嘴里叫骂着。

"这位大人，你弄疼我了。"洪明月装出一副楚楚可怜的模样，看向奚九夜。

"你……"看清洪明月的脸，奚九夜目光骤变，一时间竟然愣住了。

这女子……和她怎么那么像？奚九夜不禁有几分失神，可是一接触到洪明月的眼神，他的惊讶之色很快就消失了。

眼前的女子不是夜凌月，夜凌月绝不会露出这样的神态，可是……奚九夜沉默了。

另一方面，叶凌月进了宣武城后，就打听起帝莘的下落来。

"凌月，既然一时半会儿找不到帝莘，不如让其他人先找家客栈住下，我带你去和另两名同伴见个面。不过那地方有些特别，你不要放在心上。"薄情干咳了几声，带着叶凌月往宣武城中的热闹处走去，途中还告诉叶凌月，其实群英社所在的代表队以前也是上过天榜的，最好成绩是第一百八十三名，不过现在已经是不见名次了。"

"薄情，谢谢你愿意和我合作。"叶凌月也知道，如果自己没当黄泉城的城主，薄情和群英社可以发展得更好。

自从她成了黄泉城的城主后，群英社的一些不法勾当都停止了，为了追查小九念的下落，群英社损失很大，可薄情一句怨言都没有。

薄情带着叶凌月到了城中最有名的一家妓院——红袖馆。

一进门，就听到一阵豪爽的笑声，却见厢房里摆着几张桌案，两名男子身旁坐着四名女子，另有四名女子手持宝剑，正在闻歌起舞，一室的旖旎女色，歌舞作乐。

两人比薄情大个三四岁，都是小神通境修为。左侧的男子长得细皮嫩肉，如同一名秀才。右边那名男子，身形竟和半兽人不相上下，看上去应该也有半兽人的血统。

屋内灯火通明，薄情一进门，众人的视线都落到了薄情的脸上。

"噗——"右侧男子口中的酒喷了出来，左侧的男子手中的酒杯也哐当一声掉在了地上。两人显然都被薄情的真容给"吓"到了。

"哈哈，澜风，灵石拿来。我就说薄情绝不是丑八怪，他这张脸比起城主府的那位都只高不低，这下子让我说中了吧。"那口中喷酒的男人大大咧咧地冲着左侧的男子要灵石，后者郁闷地摸出一袋沉甸甸的灵石，丢给了薄情。

两人和薄情一起猎妖一年多了，彼此很是熟悉，他们知道薄情戴了人皮面具就打了个赌，赌薄情的真容是丑是美，可惜薄情一直不肯摘下人皮面具，两人的赌约也就一直没有兑现。没想到薄情这次不知为何转了性，竟然摘了面具。

"你们俩找死是吧，把我同一名男宠相提并论。"薄情走到桌案前，命人将酒水撤下，又上了几样叶凌月爱吃的小菜，这才让叶凌月坐下，自己则坐在她的身旁。

司徒和澜风都知道昙素退出了这次的代表队，薄情会带新合作伙伴过来，本以为以薄情的眼光，必定会带个美女过来，哪知道却是个丑女，也不知薄情是哪根筋不对，还对这丑女百般照顾。以前昙素一起来时，薄情可是自顾自的，从未这般体贴过。

"薄情，你身旁的这位，不会就是你找来代替昙素的吧？"澜风抿了口酒，淡淡地扫了叶凌月一眼，察觉她身上没有半点轮回之力，不由得皱起眉头。他和司徒

互看了一眼，对司徒摇了摇头，司徒的脸色一下子难看起来。

司徒和澜风都有些大男子主义，一直都不喜欢和女人搭伙，以前对昙素的加入也不大满意，但看在薄情的分上，加上昙素是个大美人，就勉强接纳了昙素，可是眼前这位……

"司徒、澜风，你们都错了，她不是我请来的帮手，而是黄泉城代表队的队长——叶城主。我希望你们俩也能加入黄泉城代表队。"

薄情刚说完，脾气火暴的司徒已经腾地站了起来："薄情，你不是在开玩笑吧，你一意孤行解散群英代表队，就是为了给一个小城的城主当走狗？要真是如此，我真是看错你了。"

"薄情，看来外头的传闻都是真的。只是你真的认为，你身旁的这位，值得你放弃过往所做的一切努力？这是古九洲城池最新的综合排名榜，你先看看再做决定。"

澜风的性子比司徒要冷静很多，他拿出一本册子，递给了薄情。

这本册子，和九洲天榜有异曲同工之处，只是九洲天榜只显示前两百名的排名，这本册子上城池数量更多，几乎涵盖了九成以上的城池，此外还有每个城主的个人实力排名。

排名前十的城池，如宣武城之流，那是超级城池。

前三十的乃是一流城池，前三十一到一百乃是二流，前一百零一到两百的是三流，再往下分别是四、五、六流，如五灵城和水之城这样的新手城则排在四五流。

而倒数一百名的乃是九流城池，这些城池一穷二白，没有任何人气，是猎妖者和新手们眼中比旮旯地还旮旯地的存在。

而一度连新城主选举都要难产的黄泉城，很不幸连九流都算不上，在司徒和澜风这样的小神通境猎妖者眼中，黄泉城就是个不入流的存在，所以黄泉城代表队从成立伊始就被认定为不入流了。

册子里还有叶凌月的资料，一幅画像外带寥寥数语，大意就是黄泉城城主实力不强，只会溜须拍马，不仅残暴成性，还好男色，是个连轮回之力都没有的饭桶。

至于象征一座城池综合实力的三大指标，象征综合实力的红色指标，黄泉城倒数第二；象征人口总数的黄色指标，黄泉城倒数第三；象征所在城池地榜上榜人数的绿色指标，黄泉城是零蛋，无人上榜。

叶凌月看了看那惨淡的数据，也觉得自己这个城主当得挺窝囊的。不过此一时、彼一时，叶凌月以为，黄泉城的过往，那都是过去式了。从她接任城主的那一天开始，黄泉城就发生了改变——新的移民政策、城防建设都在紧锣密鼓地进行中，加上鸿蒙天里的矿产，相信黄泉城的综合实力很快就会增强。如果黄泉城代表队能在这次九洲荒狩上大放异彩，黄泉城绝对可以摆脱以前的不良名声。

"岂有此理，这资料分明是在刻意抹黑。我以人格担保，上面的一切纯属子虚乌有。"薄情见不得有人说叶凌月的不是。

这份《城池综合实力评价手册》是从九洲盟里传出来的，显然是对换城主一事不满的某些九洲盟的人刻意为之的。

叶凌月虽知薄情是为了维护她，不过事实就是事实，黄泉城势弱已是众人皆知，她也的确如手册上所说的那样，个人实力不入流。

古九洲的城主们，最差也是小神通境的存在，如马城主之流甚至是大神通境强者，而叶凌月呢，天地劫第五重，换算成轮回境大抵就是第六重，是比常人逊色了不少。

但溜须拍马又是怎么回事，还好男色、残暴成性，这说的真的是她吗？这些狗屁不通的谣言又是谁传出来的？

叶凌月哪里知道，她在古九洲大陆上是还没有出名，可在九洲盟内部却已经是个风云人物了——先是招惹了陈堂主手下的巡逻使穆大人，又一手端掉了和九洲盟的中高层关系都不错的金万年商会，在水之城又把城主人选蒋策给教训了一通。几次三番得罪九洲盟的后果，就是有人在她背后造谣。

"喀喀，诸位，少安毋躁，这份资料上说的好像是鄙人，但是除了轮回之力不强这点符合，其他的几点和我没有半点关系。"叶凌月见气氛有些尴尬，讪讪地站了起来。

"你算什么东西，我们和薄情说话，什么时候轮到你这个饭桶城主插言了。"司徒瞪了叶凌月一眼。

"司徒，你再敢侮辱凌月，信不信我和你动手。"薄情脸一黑，一双桃花眼中涌起浓厚的杀戮气息，这样的薄情是司徒和澜风都未曾见过的。

"打就打，真以为我怕了你不成！大不了一拍两散，你走你的独木桥，我和澜风照样走我们的阳关道。"司徒梗着脖子叫嚣道。

就在薄情和司徒剑拔弩张之时，叶凌月扯了下薄情的衣袖："薄情，这事因我而起，我自会处理。"

这看似轻描淡写的一句话，却有着无尽的魔力，刚刚还怒气冲冲的薄情，就如被顺了毛的狮子般，顿时安静下来。

叶凌月和薄情都很明白，要在九洲荒狩上崛起，仅靠黄泉城的人手是不够的，澜风和司徒虽然不服叶凌月，但是毋庸置疑，他们会是很好的帮手。

"薄情，这女人说什么你就听什么，你还是不是男人？不会真给这女人当走狗了吧？没想到堂堂群英社的社长，居然成了一个废物的走狗！"司徒见薄情闷不吭声，气愤之余，更是不屑。

"'走狗'骂谁呢？"叶凌月沉声喝道。薄情是她的朋友，她容不得别人如此羞辱薄情。

"骂的自然是薄情……我呸，居然拐弯抹角骂我，别以为你是女人，我就奈何不了你。"司徒的反应慢了一拍，话已出口才反应过来叶凌月在骂他，当即就要发作。

就在这时，外头忽然传来扑通一声，随即有人喊道："不好了，出人命了！"

原来是一个名叫花夏的女子坠楼了，已经摔得口鼻流血、昏迷不醒。

红袖馆里顿时乱成一团，就在众人不知如何是好之时，叶凌月快步上前，只是用手指在花夏的身上戳了几下，就迅速止住了血，然后扶起花夏，手掌贴在她的身上。

叶凌月的掌心，乾鼎滴溜溜地转动着，白色鼎息涌入花夏的身体。

鼎息一入体，花夏体内的情况叶凌月看得一清二楚。

脏腑重创，筋脉也多处碎裂，体内还有一股猛烈的虎狼之药，下身也是一片狼藉，一看就是被人侮辱过。叶凌月越是诊断，越是对楼上的豪客不满——如此对待一个弱女子，那帮人简直就是畜生。幸亏她有鼎息，否则花夏死定了。

大约一刻钟后，叶凌月才撤回鼎息。她抹了抹额头的汗水，起身看向楼上，眼底的戾气一闪而过。

刚才还轻视叶凌月的司徒和澜风面面相觑：没想到这废材城主居然是个神医！

再高明的武学，再厉害的攻击力，在一名能够救死扶伤的神医面前，那都是浮云。光是凭着一手神秘的医术，叶凌月足以招徕到全古九洲最好的猎妖者。

"叶队长，还请原谅我俩有眼无珠。"澜风尴尬地笑了笑。

"也罢，大人不计小人过。不过方才我已经露了一手，接下来轮到你们了。出云阁里的几位姑娘，还要靠你们搭救了。"叶凌月瞥了眼红袖馆最高处的出云阁。

方才那女子并非自己跳楼，而是被人从楼上推下来的，上面的人就好像没事人一样，这会儿依旧歌舞不断。

"我们倒是想帮忙，不过楼上是金三少那帮人，如果开罪了金家的人，九洲荒狩上，我们怕是有苦头吃了。"澜风也恨不得将金三少那种渣滓早点人道毁灭，但是人在江湖走，哪能无顾忌？

叶凌月看了看楼上，笑道："明的不行，那就来暗的，我们兵分两路……"

天快亮时，两帮人马在城主府外会合，司徒和澜风的背上都扛着个大麻袋："人都抓来了，叶城主，你打算怎么做？"

天很快就亮了，城主府的雅心小筑里，洪玉郎幽幽醒来，觉得喉咙干涩，体内像是有什么东西要冲出来一样，浑身发烫。

洪玉郎迷迷糊糊地睁开眼，一张脸近在眼前——

薄情！是那个令他朝思暮想的人！

洪玉郎狂热地抱住眼前的男子，迷乱地撕扯着他的衣服，那人也回应着他的举动，两人的身子痴缠在一起……

身后一阵剧疼，洪玉郎不禁叫了出来。

与心爱之人在一起的感觉，让他整个人都轻飘飘的。他忘乎所以地呼喊着，床在两人的身下猛烈摇晃，整个房中响彻他的叫声。

砰！门突然被踢开，洪玉郎和男人同时停住动作，下意识地看向门口，却见马城主站在那里，他的身后还跟着奚九夜、月沐白等人。

原来昨夜金三少彻夜未归，奚九夜等人遍寻不到，就来到城主府，想请马城主派人寻找。就在这时，有侍卫禀报说，有人曾看到金三少进了雅心小筑。马城主赶紧带人来寻，哪知却看到了眼前这一幕。

"金三少、洪玉郎，你们好大的胆子，竟敢勾搭成奸！"马城主气急败坏地指着那两个正行苟且之事的男子吼道。

洪玉郎一听，打了个激灵，这才看清那个和自己彻夜缠绵的男人不是薄情，而是金三少。

洪玉郎只觉得肝胆欲裂，一想到自己和金三少的所作所为，忍不住呕吐起来。

金三少也好不了多少，当他看清了身下之人是谁时，也惨叫了一声，一把推开了洪玉郎。

他昨晚浑浑噩噩，只记得身下是个女人，那人还很热情，两人一番激烈的"运动"，哪知道自己上的却是洪玉郎。

"贱人，你这个贱人，你给我滚！"马城主气得额头青筋直跳，一怒之下，一脚踹翻了洪玉郎，扬长而去。

"城主，你听我解释，我是被人陷害的。"洪玉郎随意扯了件衣服就去追马城主，而金三少则被撵出了城主府。

"岂有此理！小爷我这辈子都没这么屈辱过，到底是谁在暗算我？"金三少被几名手下搀扶着，每走一步，身下就是一阵撕裂般的疼。他玩弄过无数女子，此事却是人生第一次，他发誓一定要找到幕后黑手。

城主府外，叶凌月等人躲在暗处，看到金三少的狼狈模样，忍住爆笑的冲动悄然离开，到了无人之处才捧腹大笑："哈哈哈……真是太好笑了……"

这次九洲荒狩，前来参赛的人众多，宣武城用了足足一个月的时间进行登记。这样一来，叶凌月的时间就富余多了。

这一天，叶凌月收到一个有些意外的消息。

"你是说，袁星来信让我想法子招募一些新居民入住黄泉城？"

叶凌月离开黄泉城时，把大部分事务都交给了袁星。袁星等人奉叶凌月之命，这些日子都在城中修缮房屋、加固城墙、整理官道，黄泉城一时间日貌换新颜。

城池是修缮好了，可城里的人口却没增加多少，如此一来，城中的不少建筑就空置下来。

黄泉城在九洲天榜上的名次已经够低了，如果人口再减少，真是要彻底成为垫底的垫底了。

叶凌月得知了这个坏消息后，真是一个头两个大。

"城主，九洲盟的人刚传了话来，让你去一趟九洲盟。"叶凌月正在头疼，司小春又送来一个消息。

九洲盟乃是古九洲设立在宣武城的特殊办事处，只在古九洲的十大超级城池中才有，它同时也是九洲天地榜的发布机构。不过一般而言，九洲盟是不会传召像叶凌月这样的小城主的，所以得知九洲盟传召后，叶凌月的心底就隐隐有了种不祥的预感。

果不出所料，叶凌月来到九洲盟后，竟然遇到了马城主和洪玉郎。这倒是让叶凌月有些意外，想不到发生了"男男事件"后，洪玉郎居然还能留在城主府，而且看马城主的样子，似乎已经原谅洪玉郎了。

洪玉郎和洪明月这对兄妹，还真是极品小强啊。

叶凌月生怕污了自己的眼，别开头就往九洲盟里走。

"站住！你就是黄泉城的城主？"马城主却不想放过叶凌月，很是傲慢地叫住了她。

无论是级别还是年龄，马城主都在叶凌月之上，叶凌月不得不停下来，却不行礼，对马城主这种人，她实在是懒得客套。

马城主见叶凌月见了自己既不行礼也不奉承，再一看她那张平平无奇的脸，他一想到此女居然是那个天人般的帝莘的双修伴侣，顿时就心肝脾肺全都不舒畅了。

他长长地哼了一声："真是没有礼数，难怪九洲盟里有那么多人弹劾你。我劝你一句，有些位置，要是坐不住就乖乖地让出来，否则会死得很难看。"

马城主这么明显的敌意，叶凌月要是再感受不到，那她就是傻子了。

"马城主，多谢提醒。晚辈刚好懂得一些医术，看你面无光泽、印堂发黑、人中浅显，乃是阳亏之兆，还是谨慎些好，宝刀易老，头顶绿云都不知道。"叶凌月笑盈盈地说，说罢还意有所指地瞟了洪玉郎一眼。

"叶凌月，你竟敢侮辱马城主！"洪玉郎气得七窍生烟，他好不容易才哄好了马城主。

叶凌月也不理会，径自走进九洲盟。

九洲盟，乃是宣武城中唯一一个和城主府平起平坐的特殊存在。

"此人就是黄泉城城主，看来传闻是真的。"

"听说她得罪了陈堂主和马城主，上次还打伤了几名巡逻使。"

"我们还是和她保持距离的好，免得惹祸上身。"

众城主都自发地和叶凌月拉开距离，就好像她身上有什么传染病似的。

"黄泉城城主，陈堂主有请。"一名巡逻使走上前来，请叶凌月入内。

叶凌月定睛一看，心里咯噔一下，真是冤家路窄，这巡逻使不是别人，正是以前得罪过的穆大人。

"叶城主，真是好久不见了。"穆大人讥讽地看了叶凌月一眼，引她进入议事厅，只见里面坐着一名中年男子。男子身形魁梧，颇有几分威仪，一身的元力很是张狂，至少也是大神通级别的高手。看穆大人的态度，此人正是宣武城九洲盟的主事人之一，陈堂主。

"叶城主是吧，在下陈苍，乃是九洲盟议事堂的主事人。以前我的手下承蒙你的照顾，陈某感激不尽。"陈堂主一见叶凌月，就阴阳怪气地说。

"陈堂主客气了，同是九洲盟的人，彼此相互照顾，那也是应该的。不知陈堂主今日召见晚辈，有何要事？"叶凌月听得头皮发麻，这老狐狸，分明就是要替手下教训自己，不过这是在九洲盟，陈堂主也不过是主事人之一，谅他也没这个胆量在这里暗算她。

"叶城主当上黄泉城的城主已经好一阵子了。关于黄泉城，九洲盟一直颇有争议。黄泉城一直是古九洲最穷、最乱的城池也就罢了，"陈堂主慢条斯理地说，

"这阵子又听说黄泉城的人口骤减，我们一致认为，一座城池，若是连居民都没几个，那就没有存在的意义了。叶城主，你再想不到什么新法子招揽到新的居民，九洲盟会取缔黄泉城，包括你这个城主乃至黄泉城代表队都没有存在的必要了。"

叶凌月一听，猛地抬起头来，正好迎视上陈堂主那双似笑非笑的眼："陈堂主，黄泉城正在不断改善，相信不久后就会有新的移民进入，还请九洲盟多给一些时间。"

"宽限嘛，也不是不可以，那就得看叶城主的诚意了。"陈堂主说罢，笑着看了叶凌月一眼。

一旁的穆巡逻使早就对这样的情况习以为常了，忙接口说道："叶城主，你也知道，九洲盟每年都需要不少的经费，陈堂主一直在为这些经费发愁。一些知情识趣的城主，都会送上一些孝敬钱，以解陈堂主的燃眉之急。看在黄泉城只是个小城池的分上，这孝敬钱也不多，五十万中级灵石就够了。"

五十万中级灵石，这可是相当于黄泉城五年的税收总和。

陈堂主开口就索要五十万灵石，这简直就是打劫。

见叶凌月久久不肯答应，陈堂主的面色立刻晴转多云："叶城主，你若是无能为力，那陈某只能依照九洲盟的命令行事了。下月的九洲天榜发布时，若是黄泉城依旧不能扭转城民流失、综合排名下降的局面，九洲盟就会将黄泉城除名。"

"陈堂主，你的意思，只要黄泉城的综合排名上升了，黄泉城就能保住？"叶凌月是绝不肯向陈堂主这种人屈服的。

"只要黄泉城能摆脱倒数后三的排名，就能保留下来，只不过，我可不认为叶城主有这份能耐，送客。"陈堂主像是听到了最好笑的笑话。

九洲荒狩还没开始，黄泉城又穷得叮当响，在九洲天榜上的绿色指标（地榜上榜人数）和红色指标（城池综合实力）都暂时无法提高的情况下，提高黄色指标（人口总量）就成了叶凌月唯一的法子。

而黄泉城如今的综合排名在所有城池中倒数第二，按照人口流失的速度，下个月铁定会跌到倒数第一。

在这种情况下，叶凌月居然拒绝了陈堂主的索贿，妄想用一个月不到的时间摆

脱倒数后三的名次，换成任何一个城主都会觉得这事很好笑。

其实，别说是陈堂主，连叶凌月自己都觉得这是不可能完成的任务。

叶凌月走出了议事堂，那些已经得到风声的城主都在窃窃私语，对叶凌月的遭遇显然没有半点同情。

陈堂主利用九洲盟敛财也不是一天两天的事了，除了十大超级城池的城主他不敢勒索，在场的其他城主，或多或少都被勒索过。

"叶城主怎么愁眉不展，可是遇上了烦心的事？"这时，身后传来熟悉的声音，叶凌月回头一看，见五灵城城主站在不远处，赶紧快步上前，向他询问如何吸引移民之事。

"吸引新移民，以黄泉城的情况，怕是不容易啊。"五灵城城主听罢，一脸的沉思，"五灵城能吸引大量新手入住，是因为五灵城有充裕的五灵之气，这一点是天然的条件，黄泉城在这方面可真没什么优势。况且，你只有不到一个月的时间。"

叶凌月一想，黄泉城在灵气方面，只能用匮乏来形容，于武者而言，这还真不是什么吸引点。

"没有优势，那就创造优势。数百年前，水之城也没比黄泉城强多少，可是自从有了水神的传说，新移民就大大增加了。"就在叶凌月和五灵城城主讨论时，罗千澈带着水之城代表队走了过来。

"罗城主说得对，于大部分城池而言，优势并非先天的，而是后天的。"五灵城城主哈哈笑了两声。

叶凌月听了罗千澈的建议，还有些意外，毕竟数天之前两人还是敌对关系，想不到对方会帮她出主意。

"难不成，水神传说只是个噱头？"叶凌月恍然大悟，看来当城主光靠实力是不够的，有时候还得有些小聪明，只是……黄泉城的优势又是什么？

"噱头不噱头我不知道，但是水神瀑布和运河古道，都是城主府的数代人苦心修建的。水之城风景优美，加之古法有云，水能蓄财，不少富商和渔民都喜欢到水之城安家落户。有时候，人对于神的盲目崇拜，可以引起很大的效用。如果没有任何天然的优势，那个人崇拜就是一种最好的吸引移民的方法。"罗千澈说罢，瞥了眼叶凌月，"我可不是帮你出主意，我只是不希望我的对手丧失参加九洲荒狩的资格。"

这女人，就是喜欢口是心非。

叶凌月岂会听不出来，罗千澈就是在帮她出主意。

无论是罗千澈还是五灵城城主，在得知了陈堂主的苛刻条件后，都是一脸的惊愕。

"叶凌月，看你平日也挺机灵的，怎么这种时候就成了死脑筋。一个月时间，你到哪里招募新的移民？我要是你，还不如答应了陈堂主的要求。他背后可是有陈长老撑腰，你和他作对，只会死得很惨。"罗千澈摇了摇头。

"有第一次，就有第二次，再说了，就算缴纳了灵石，黄泉城如果无法摆脱倒数的位置，以后还会有无数个五十万块灵石，对于这种人，我从不妥协。"叶凌月光是想到十万灵石就能换一次进入神通池的机会，就死也不肯答应五十万灵石的条件。

"陈堂主的行径是越发猖狂了。不过叶城主说得也没错，这种人不能姑息。叶城主，新移民的事老夫是帮不上忙了，不过你可以仔细研究下那张天榜，老夫若是没记错的话，黄泉城要摆脱倒数后三的位置，在这一个月里，至少要招募到一千名新居民，这可不是个容易完成的任务，你需要慎重考虑一下。"五灵城城主语重心长地说。

直到叶凌月离开了九洲盟，五灵城城主的话还在她的耳边回荡。

宣武城内阳光明媚，可叶凌月的心情只能用阴云密布来形容。

没走几步，忽觉身后有人跟踪，叶凌月正在气头上，如老鹰抓小鸡似的将那人拎在手里，一脸凶相地逼问道："说，是谁让你跟着我的？"

"神医，神医饶命，没有人让小的跟着你。小的叫贾富贵，那日也在红袖馆里，神医你还认得我不？"被叶凌月抓着的是个中年胖子，长得脑满肠肥，身形比叶凌月还矮半头，嘴里镶满金牙，一看就是个暴发户。

"红袖馆的客人，那你跟着我干什么？"叶凌月没好气地问，红袖馆当晚围观的人那么多，她哪里记得住那么多路人。

"神医，在下最近一直胃口不振，还老是失眠盗汗，找了不少方士都没治好，神医医术高明，能否给小的看看？"贾富贵没被叶凌月吓到，围着叶凌月喋喋不休。

"你那是肾亏体虚，三个月不碰女人，自然就会好转。"叶凌月没好气道，贾富贵就和马城主一样，都被女人掏空了身子，只不过马城主比他的修为高，所以暂时看不出来。

"神医啊，那可不成，贾某一辈子就两大爱好——数灵石、玩女人，三个月不碰女人，那比死还难受。神医，你医术那么高明，能不能给贾某来几针，或者给些药，贾某吃了，女人照玩，身子倍儿棒，吃饭倍儿香。你要真有这种药，就算花再多的灵石，贾某也愿意买啊。"

自从那日在红袖馆见识过叶凌月起死回生的高超医术之后，贾富贵已经找了叶凌月好几天了，可惜一直没找到人。后来他打听到叶凌月是黄泉城的城主，就自作聪明地到九洲会馆外等着，没想到还真让他碰上了。

灵石？叶凌月脑中灵光一闪，忽地想起了什么。

"我这还真有一种药水，不过要一万块灵石一瓶。"说着，叶凌月从储物袋里摸出了一瓶东西。

一万块灵石一瓶？贾富贵愣了愣，这价格还真是不便宜，可一想到叶神医能起死回生，贾富贵咬了咬牙，摸出一个储物袋，递给了叶凌月。

叶凌月接过储物袋，把那瓶药水给了贾富贵。

贾富贵立刻打开瓶盖闻了闻，这药水什么气味也没有，就是颜色有些奇怪，五颜六色的，煞是好看。

贾富贵琢磨着，只是水的话，也喝不死人，一仰脖子，咕咚咕咚就喝光了。

这水一入口，贾富贵只觉得满口生津，水中带着一股天然的香气，一入腹，贾富贵就觉得浑身的毛孔都张开了。

忽然腹中一阵绞疼，他哎哟叫了几声，捂着肚子匆匆找了个地方就地解决起来。

一阵恶臭冲天，从贾富贵的皮肤上钻出一层黏糊糊的黑臭东西来。

贾富贵起身仔细一看，发现自己居然瘦了一圈，笨拙的身子也灵活了许多，纵欲过度的身子也一下子强壮起来。

"哎呀，真是神医啊！"贾富贵这才意识到自己喝了好东西，急忙跑出去找叶凌月，可是哪里还有她的踪影。

一瓶彩虹河的水就换了一万灵石，早知道灵石这么好赚，就该答应了陈堂主的条件。

且说彩虹河最初还是条小溪的时候，叶凌月就发现了溪水有神奇的功效。

"对，也许可以从彩虹河的水上动脑子，若是说黄泉城出产一种特殊的黄泉药水，服用了这种药水后，可以让轮回境的武者甚至是轮回境以下的武者受益无穷，也许可以吸引一批人移居到黄泉城去。"叶凌月脑中灵光一闪，已经计上心头。

水之城的水神信仰可以是噱头，五灵城有灵气，那黄泉城为何不能产黄泉水？反正她的鸿蒙天里有的是河水！

说干就干，叶凌月先给几位交情不错的城主都送了一瓶黄泉水，然后就开始在宣武城里出售黄泉水。

"叶老大，这破药水真值一万块灵石？"司徒和澜风也被叶凌月叫来分装药水，看着闪烁着彩虹般光泽的黄泉水，两人都觉得这药水虽然看起来玄乎，但怎么也不值一万块灵石。

一万块灵石，就是在物价很高的宣武城，都不是个小数目。

面对众人的质疑，叶凌月但笑不语。

摊子刚摆下，还有几个人前来询问，可一听说要一万块灵石一瓶，那些人掉头就走。

一直到了正午时分还未开张，众人等得有些不耐烦了。

"老大，你就别瞎掺和了，这玩意没人买。"司徒正说着，却听到一个惊喜的声音："神医啊！真是太巧了，我总算找到你了！"

第三十三章　黄泉圣水

一名精神抖擞的中年男子步履生风地走了过来，身后还跟着一家老小。

这个看上去瘦了一圈、整个人都精力充沛的男子，正是昨天刚喝过黄泉水的贾富贵。贾富贵昨晚回到家后一夜睡到了天亮，醒来就觉得自己精力旺盛，好像一下年轻了十几岁。他寻思着，一定是神医的药水起了作用，所以一听说街上有人卖一万块灵石一瓶的水，他就急匆匆找了过来，还连自己的家人都带来了。

"这黄泉水，我买三十瓶。"贾富贵大手一挥，就买下了三十瓶黄泉水，要不是他带的灵石不够，只怕他会把叶凌月灌装好的那一百瓶黄泉水都买走。

三十瓶，足足三十万块灵石眨眼之间就入账了。

"这还真有人买，不会是瞎猫碰到了死耗子吧？"司徒和澜风惊讶地看着贾富贵，路人们也停了下来，对那些黄泉水议论纷纷。

这时，不知是谁眼尖，指着高兴得跟捡了宝似的贾富贵喊道："哎，那不是'甲天下'商会的贾富贵吗，他可是出了名的奸商，童叟都欺的主。他居然买了，那一定是好东西啊。"

这一声，可真是一石击起千层浪。

原来这贾富贵是宣武城某个大商会的会长，此人虽然修为一般，却是个经商的鬼才，不然也不可能在宣武城这样的超级城池里立足。

若是连贾富贵都认可，那这东西就等于顶了个金灿灿的招牌，上面写着"好东西，快抢"这几个大字。

一时之间，原本还骂叶凌月"奸商、坑人"的那些人，全都跟打了鸡血似的，有灵石的当场就买，没灵石的赶紧回家拿去，原本半天都没有动静的店铺，不过一个时辰，黄泉水就被卖了个精光。

叶凌月那双眼啊，顿时笑得跟月牙似的，这可真是一本万利的大买卖。

旁边的那些黄泉城代表队的人，光是收灵石就收到手软。

"叶老大，我跟你打个商量，要不我以后给你打下手，那什么药水，你也给我一瓶？"司徒这家伙立马成了墙头草，和叶凌月打起了商量来。

"不好意思，没有了，这黄泉水我也不是每天都提供的，想喝的明天赶早。"叶凌月已经打定主意，黄泉水不能卖得太多，最多卖三天，毕竟她的目的并非赚灵石。

"神医啊，那些黄泉水你还有吗？你要有，小的愿意用双倍的价钱买，有多少买多少。"贾富贵从一旁冒了出来。

这厮买了三十瓶后，还没回去，一直等到叶凌月卖光了，又巴巴地跟了上来。

叶凌月觑了眼贾富贵。

"不是，神医你不要误会。这种好东西，小的也知道喝多了无用。我坦白和你说吧，这些黄泉水不是用来喝的。神医若是能把黄泉水放在我的商会里出售，小的可以卖出比原价高出三倍的价钱。利润嘛，小的可以和神医五五分，也省得神医在外抛头露面。"

叶凌月可没忘记自己的初衷，她卖黄泉水的目的，是为了宣传黄泉城。

自打金家的金万年商会被叶凌月剿灭后，金家就威胁附近的商会都退出了黄泉城，没了商业，黄泉城就如一潭死水，更不用说人气了。

如今叶凌月正需要一名商业奇才替她重振黄泉城的声威。

"黄泉城分会，这……"贾富贵苦着一张脸，看看叶凌月，心里犹豫得很。

"叶城主，终于找到你了，老夫想向你购买一瓶黄泉水。"贾富贵正犹豫着，却见五灵城城主带着帝莘和舞悦一起走了过来。

帝莘见了自己媳妇儿汗津津的脸，走上前去，很是自然地替她拭去了额头上的汗水。

"老城主，你来得不巧，今日的都卖光了。"叶凌月笑眯眯地望了眼五灵城城主。

这一看，叶凌月不由得愣了："老城主，你这是？"

五灵城城主虽然老当益壮，可也是个百余岁的老者，头发斑白，可今日看着，老城主须发都恢复了乌黑，连脸上的褶子都少了许多，整个人看上去神清气爽。

"哈哈，还不是托了你那黄泉水的福，这可真是好东西，让我一下子神清气爽了。我敢说，服用一瓶黄泉水，比在五灵城待一辈子都强啊。"五灵城城主满脸欢欣地说。

比在五灵城待一辈子都强？

就冲五灵城城主这一句话，本来还在旁边犹豫的贾富贵一个激灵，嚷嚷道："神医，我这就命人筹备去黄泉城开分会的事。不如这几天你在宣武城卖的黄泉水，都交给小的来打理吧。"说着，他也不管叶凌月答应不答应，连忙命人取出笔墨纸砚，就跟赶着投胎似的和叶凌月签了合作协议。

五灵城城主含笑站在一侧，等到贾富贵走了，又和叶凌月说起购买黄泉水的事来："我有个好友正需要黄泉水，明日你给老夫预留两瓶，届时我给她送过去。"五灵城城主说罢，留下帝莘和舞悦，先行离开了。

得知了黄泉城的窘境，帝莘差点就脱离五灵城，加入黄泉城了。叶凌月极力劝阻，他才打消了念头。

"媳妇儿放心，若真招不到，我去给你劫一批来。"帝莘想了想，忽地丢出一句话。

一旁的光子听了，心里嘀咕着"这渣男居然和自己的想法一模一样"，对帝莘的印象稍稍好了一点点。

"对了，凌月，你要小心金家，听老城主说，这几天金家一直在打听红袖馆遇袭的事。金家这次也是有备而来，他们似乎请来了几个好手，尤其是其中一个叫奚九夜的，他的实力连老城主都看不透，九洲荒狩时，我们得尽量和他避开。"舞悦忽然提醒道。

一听到"奚九夜"这个名字，叶凌月怔了怔。

又是这个人，从第一次见面，到这次突如其来的相遇，每次听到这个名字，叶凌月都觉得心底有一抹异样闪过。

"迟了，我们已经交过手了，而且我还被打败了。"尽管不想承认，可叶凌月不得不承认，奚九夜的实力就像一座高不可攀的山，她是没法子逾越的。

心底的不甘，就如一头蛰伏已久的困兽，时时刻刻想要破笼而出，叶凌月也不知道自己为何独独对不如奚九夜这件事如此愤恨。

"什么，你遇到奚九夜了？他，他没把你怎么样吧？"光子的反应比叶凌月还大，他打了个跟跄，差点没摔倒。

帝莘担忧地望了眼叶凌月，见她的脸色有些发白，赶紧把光子拽到一旁："我问你，你是不是认识奚九夜？我是说，凌月以前是不是认识他？"帝莘抿紧了唇，目光冷得几欲结冰。

"岂止是认识，他还差点成了我姐夫……哎，你别用一副想掐死我的眼神看着我，事实就是事实，你以为我想承认那家伙是我姐夫吗。"光子没好气地说，被帝莘这么一瞪，他觉得自己起码要短命一年。

不过光子也没打算隐瞒帝莘，毕竟奚九夜虎视眈眈，随时都可能发现阿姐的真实身份。

光子将事情的来龙去脉都说了一遍，叮嘱道："我跟你说，九洲荒狩上，你们一定要谨慎，绝对不能让奚九夜知道阿姐的名字。我们要保护好阿姐，绝不能让阿姐有机会记起奚九夜。"

"没机会了。"帝莘从牙缝里挤出了四个字，心中百感交集，凭什么他帝莘连凶一句都舍不得的女人，到了他奚九夜手里就成了任其千刀万剐的砧上肉了。

奚九夜，当你被仇恨蒙蔽双眼，葬送了她对你的那份爱恋之后，就再也没有机会挽回了。

叶凌月也好，夜凌月也好，在遇到他帝莘的那一刻起，就只会是他一人的妻。

神也好，妖也好，这世上，没有人能从他手中抢走她。

回到客栈后，叶凌月进了鸿蒙天，打算取些河水出来。站在五光十色的彩虹河前，看着奔流不息的河水自言自语："叶凌月，你这是怎么了？不过是个讨厌的对手罢了。"

第二日上午，贾富贵来取黄泉水，得意地告诉叶凌月，昨天那几十瓶黄泉水的效果很好，他已经放话出去，以后将由"甲天下"商会代售黄泉水，正午准时开售，价格将翻三倍，也就是三万块灵石，先到先得，这不，中午还没到，商会外头就排起了长队。

尽管贾富贵说得天花乱坠，可叶凌月还是有些不放心，便和贾富贵一起赶到销售现场，在对面的茶寮坐了下来。

"销售还真是空前火爆。叶神医，你这黄泉水是不是泉水啊？那泉眼莫非就在黄泉城里？"贾富贵试探着问道。叶凌月只是笑了笑，心里却道："这贾富贵还真是狡猾，想从我口中套话，没门！"

贾富贵见叶凌月口风颇紧，只得作罢。

两杯茶下肚，商会来人请走了贾富贵，叶凌月依旧不紧不慢地喝着茶，忽然察觉有几道视线落到她的身上。

叶凌月抬起头，就见奚九夜与洪明月一起走进了茶寮，他们身后还跟着几名侍卫。

一天里遇到两个看着碍眼的人，真是倒胃口，清香四溢的茶水一下子变得难喝起来。

叶凌月在心里暗骂了一声，本想装没看见，哪知奚九夜却走到她的桌前，那双清冷的眸子直勾勾地盯着叶凌月的眼睛：这眼眸……为何会让自己有种似曾相识之感？

"这里可有人坐？"奚九夜突然开口问道。

"桌子窄，坐不下。"叶凌月瞟了眼奚九夜身后，四个侍卫，这架势，比她这个城主还气派。

"你们四人坐那桌去。"奚九夜说罢，直接坐在了叶凌月的对面。洪明月见状，坐在了叶凌月的身侧，嘴边漾起一抹假笑："姐姐，许久不见。"

洪明月话音才落，叶凌月噗的一声，一口茶水全喷在了洪明月的脸上。

洪明月，还真是她！见她顶着一张和自己相似的脸冲着自己喊"姐姐"，叶凌月有种见了鬼的感觉，偏偏又不能说破，当即起身欲走。

一只手突兀地伸了过来，抓住了她的手腕，五指一根根收拢，仿佛禁锢的不是她的手，而是她的灵魂。

"你讨厌我？"高大的身影堵住了叶凌月的去路，奚九夜执拗地抓着叶凌月的手，他的手指很凉，却很有力。

一个英俊冷漠的男人，对上一个平平无奇的女人，这独特的场面，立时吸引了其他人的注意力。

"真好笑，你以为你是灵石，人人都喜欢不成。"叶凌月一把甩开奚九夜的手，手腕上已经多了一道红痕。

真是个野蛮人，叶凌月丢给他一记眼刀子，丢了块灵石在桌上，就走了出去。

看到叶凌月手腕上的那道红痕，奚九夜终归没有再拦着她。

洪明月坐在一旁，没有吭声。奚九夜坐了下来，却坐在了叶凌月坐过的位子上，随手拿起一杯茶，一口喝下。

"奚大哥，那茶水……"洪明月轻呼一声，奚九夜低头一看，发现自己拿的正是叶凌月刚才喝过的那杯茶，不禁一愣，唇齿之间如有一股淡淡的清香弥漫开来。

奚九夜的心底，一股说不清、道不明的酥麻感蹿了上来，他凝视着茶杯，猛然想起自己喝了她喝过的茶，那不就意味着……指间似乎还有女子柔软肌肤的触感，奚九夜的耳根子可疑地红了红。

"爷，买回来了。"就在奚九夜握着那个茶杯，放也不是，喝也不是时，一名侍卫走了进来，呈上一瓶黄泉水。

原来，奚九夜经过宣武大街时，感觉到一股异样的能量波动，而这波动就来自黄泉水。

奚九夜凝视着黄泉水，神识一扫，很快就发现了它的不同寻常之处。

"你认识方才那人？"他没听错的话，洪明月方才喊了声"姐姐"。

洪明月一愣，迟疑了一下，答道："认识，她是我同父异母的姐姐。"

"她懂得医术？"奚九夜又问了一句。

"她是一名方士，医术好像不错。"洪明月小心翼翼地答道，刻意不提叶凌月的名字。

"若这水是她炼制出来的，那她的医术恐怕不仅仅是不错那么简单了。"奚九夜若有所思地打量着那瓶黄泉水。

叶凌月的医术不简单？洪明月似懂非懂，对奚九夜手中的那瓶黄泉水越发好奇。

几日后，九洲会馆内，陈堂主等人正等着九洲天地榜更新，相信黄泉城很快就会被除名。可是一直等到天黑，该来的好消息依旧没有传来。

"堂主，堂主——"穆巡逻使快步走了进来，一脸的欲言又止。

"可是有了消息？"陈堂主再一看，天榜前十的超级大城池依旧没变化，耳边飘来了书记官们的议论声。

"一定是搞错了，都这个时辰了，数据怎么还会有这么大的变化？"

"你看你看，又翻了，这座城池的人口每刻钟都会翻一番。"

"没道理啊，资料显示，黄泉城是个穷乡僻壤，已经很多年没有居民和新手进入了。"

黄泉城！陈堂主一听，走上前去，一把将几名书记官推开了。

只见九洲天榜的最末端，有一个不起眼的城名，此时，黄泉城后面代表了城池人口的黄色指标正在增加。

舆论的影响力是巨大的，这几日，黄泉水卖得很是不错，贾会长趁机放出话来，黄泉城才是黄泉水的产地，黄泉城的居民，每年都可以领到定量的黄泉水。

消息放出去后，黄泉城名声大噪，移民的申请与日俱增，无奈之下，叶凌月只得增设了审核条件——只有轮回境以上或具备一定财产之人，才能移居到黄泉城。

短短几日，黄泉城已经有了近十万居民，这也让黄泉城在什么都没做的情况下，在天榜上的名次提高了几十位，彻底摆脱了被除名的命运。

面对这样的局面，九洲盟的陈堂主和城主府的人气得咬牙切齿。

在抵达宣武城数日之后，叶凌月终于正式得到了九洲盟的承认，同时她也迎来了久违的九洲荒狩。

今年的九洲荒狩，号称古九洲大陆上规模最大的一次，来自各座城池、各个地区和社团的代表队竟有五千多支。

因为黄泉城过去一直没有参加过九洲荒狩，所以黄泉城代表队非常重视此次活动，人人摩拳擦掌，准备在九洲荒狩上大干一番。

只是，众人如火如荼的热情，在九洲大会的当天，就被无情地扑灭了。

这次会晤由马城主和陈堂主联袂举办，在会上将五千多支代表队按照综合实力、人数和功勋值划分为九个品级。

队伍划分之后，代表队分别被派往中原地区的不同区域，剿杀妖兽。

黄泉城被划分为九流代表队。而所谓的"九流代表队"，就是指那种成员数只达到了基本人数——十人，代表队中没有九洲地榜上榜人员，且过往没有任何荒狩功勋点的代表队。

叶凌月被告知，九流代表队将被派到中原地区的边缘，负责后勤补给。

当叶凌月将这个消息带回客栈时，已经在那里翘首等待了一天的队员们怨声载道。

"有没有搞错，连中原地区都进不了，我们怎么积累功勋，怎么在九洲荒狩上取得好名次？"

"凌月，这分明是在排挤我们。我们此行必须进入中原地区，不然根本就没机会去找太虚墓境。"挽云师姐忧心忡忡地说。

"每个代表队都必须遵从大会的决议，不然就会被取消资格，永久逐出中原地区。这样一来，对我们大家更为不利。前往边缘地区做后勤只是权宜之计，只要攒够功勋点，还可以申请调到核心猎妖区。"叶凌月解释道。

往年的九洲荒狩，不是没有代表队当后勤，但大多是一些实力较弱的代表队主动申请的，像今年这样安排还是第一次，显然是马城主和陈堂主捣的鬼。

"我们去当后勤，那五灵城和水之城，还有那个讨厌的金家代表队，都被分到了什么地方？"光子拐弯抹角地问道，其实他最关心的就是奚九夜那祸害去了

哪里。

恐怕整个代表队里，只有光子这家伙最高兴被派去当后勤了，这样一来，那些讨厌的男人就可以通通远离阿姐了。

"五灵城被分配到情报区，水之城负责运输和联络，金家被派到核心区域，直接参与前线猎妖。"叶凌月提起这件事时，还有几分不满。

五灵城和水之城的分配还算公平，可是金三少那帮人，就显然有失公允了。

金三少的代表队虽然因为奚九夜的加入，战斗力大涨，可其他人的实力和薄情等人差不多。他们被分配到妖兽最密集的区域，那可是绝对的前线，油水最足。

那也是叶凌月最想去的区域，因为小九念很可能就是经过那一带到了妖界的。

还有妖界的入口，应该也位于核心区域。

翌日，城门口，各代表队纷纷启程。

"媳妇儿，别愁眉苦脸的，我只是去探路，你放心，准保一根汗毛都不会少。"

帝莘和叶凌月依依惜别，然后叮嘱光子："我不在的日子，你一定要照顾好凌月，尤其要防备那些不相干的人。"帝莘说罢，还意有所指地瞟了薄情一眼。

"放心，我一定会保护好凌月。"光子拍着胸脯保证，引来了薄情的一记白眼。

"五妹，你也小心点儿。你第一次进入中原地区，万事不要勉强。"秦小川担心的是舞悦。

"四哥放心，我不会擅自行动的。你们也加把劲，我希望能在中原地区早点看到你们的身影。"舞悦重重地点了点头。她听说过各种关于中原地区的传闻，也知道那里妖兽众多，但那里于她而言，却是一种希望——找到重伤自己的妖兽，夺取它的妖丹，彻底治愈丹田的伤，替爹娘报仇，这是舞悦的夙愿。

再多的话也有说完的时候，在催促声中，五灵城代表队即将启程。

帝莘凝视着叶凌月，唇忽然抵在她的额上，轻轻地吻下。

这一分别，只怕许久都见不到了，就由着他吧。心一软，叶凌月没有推开帝莘，由着他肆意妄为。

帝莘的吻缠绵无比，可他望向叶凌月身后的眼神，却如誓死捍卫领地的狼王。

城门口，金三少带着金家的代表队浩浩荡荡走了出来。奚九夜看到叶凌月被帝莘紧紧抱在怀里，背脊一下子绷紧，拳头不由自主地攥紧。

感受到身后的视线，叶凌月微微一挣，从帝莘的臂弯里探出头来，额头上还留着帝莘的气息，头发也被帝莘弄得乱糟糟的。

她埋怨地嘟囔了一句，帝莘却轻笑了一声，在他眼中，这样的媳妇儿就像一只刚睡醒的猫，头发毛茸茸的，可爱得紧。

他抬手揉了揉她的额发，反倒把她的头发弄得更乱了，叶凌月气得鼻子都歪了，他还很是得意地笑了起来。

这一幕落在奚九夜眼里，竟如针扎般难受，拳头不知不觉地又收紧了几分。

叶凌月抬头时，恰好迎上奚九夜的视线。

只是一眼，奚九夜顿觉胸闷气短。

就在这时，一双女人的手挽了上来，洪明月柔声叫道："奚大哥。"

奚九夜本欲甩开洪明月的手，可一看到帝莘"宣示主权"式的动作，心中一动，由着洪明月挽着自己，两人看上去亲密无间。

洪明月欢喜不已，挑衅十足地看向叶凌月。叶凌月的视线落到他们俩身上，很是淡然地移开了，仿佛看到的是什么无关紧要的东西。

奚九夜的心一沉，走过帝莘和叶凌月的身侧时，下意识地慢了几分。

空气里，弥漫着一股淡淡的药草香。

视线落到叶凌月的侧脸上，在奚九夜的印象中，这地煞大君主容貌平平，唯独双眼出众。可是如今看来，她虽然貌不惊人，脸庞黑漆漆的，但皮肤细嫩，耳垂长得也好看，圆润晶莹。

"这时候还有心亲热，不过也对，再不亲热，没准就没机会了。"金三少幸灾乐祸道。

叶凌月和帝莘害得他没得到神通技，金家老爷子修书一封，将他骂了个狗血喷头。金三少为了安抚家中，不得不发下重誓，在这次九洲荒狩上，一定会拔得

头筹。

他也知以帝莘那可怖的实力，要是和他一起进入核心地区，一定会坏了他的事，于是暗中贿赂陈堂主，直接把五灵城代表队派遣到前线搜集情报。

至于叶凌月，一个新手女城主还想猎妖？这种货色，只配在后勤区打打杂。

"姓金的，你再说一句试试。离了你的姓氏，你连个屁都不如。"秦小川怒斥道。

"小子，你说什么？你算什么东西，一个没爹没娘的杂种，就凭你那本事，给爷提鞋都不配。"金三少满脸的傲慢。

"那也不是你的本事，全都是沾了你先祖的光。"光子见金三少出口伤人，也恼了，傻大个只能被他欺负，轮不到金三少这杂碎来羞辱。

"你个贱……"金三少还想再骂，一看光子的容貌，立刻转怒为喜，"美人，你叫什么名字，怎么跟这群废物在一起？黄泉城这种破队伍配不上你，不如来我们金家代表队吧！"

金三少说着，伸手就去摸光子的手。光子一阵恶寒，差点没吐出来。

"别碰光子！"叶凌月拦住金三少，她就是见不得有人欺负光子。

"又是你这臭女人，滚……哎哟，奚老弟，你干什么？"金三少挥拳就要打叶凌月，却被奚九夜一把握住了拳头。

奚九夜拧紧眉头，狐疑地看了眼光子，光子心虚地躲到了叶凌月身后。

"三少，男不与女斗，罢了。"奚九夜看了眼叶凌月，不再理会光子。

"都别吵了，大家都是九洲盟的人，各司其职就好。时辰也不早了，也该各自上路了。"五灵城城主生怕这些年轻气盛的小辈打起来，让章全将几人拦住了。

"媳妇儿，我在前线等你。"帝莘对自家媳妇儿有信心，她迟早会带着黄泉城代表队进入核心区域的。

在此之前，他必须查清楚进入妖界的路，找到小九念的行踪，让媳妇儿没有后顾之忧。

五灵城代表队先行离开，待帝莘走远了，叶凌月才收回视线，下令道："准备启程。"

秦小川黑着脸，一脸郁闷地问光子："光子，你方才为什么拦着我？难道你喜欢金三少？"

"你才喜欢金三少呢！"光子丢给他一个大白眼，屁颠屁颠地跑去帮叶凌月的忙。

金家家大业大，奚九夜一行人出行，全程都乘车马。

奚九夜若有所思，他总觉得那个光子看着有点眼熟。

金三少正准备上马，脑子里还回味着刚才光子姑娘那滑溜溜的小手。

"哎哟，我的脚……"忽然膝盖一阵剧疼，金三少从马背上摔了下来。随军的方士一检查，发现他的手脚都是粉碎性骨折，接骨都接不上，一路上得静养，还不能颠簸。

如此一来，金家的代表队不得不放慢速度，渐渐落在了其他代表队后面。

所有人都以为这只是个巧合，根本没有人把这件事和长得一脸人畜无害的光子联系起来。

"真是个废物。"月沐白见了，暗地里骂了一声。

此次去九洲荒狩，月沐白真正的目的是太虚墓境，他生怕去迟了被别人捷足先登，那他的如意算盘就全都落空了。可他偏又不能摆脱金三少这个累赘，自己的根基尚浅，没有金家的势力，很难找到太虚墓境的具体所在。还有那个叫奚九夜的，也让月沐白提心吊胆，他总觉得奚九夜会是个潜在的威胁。

金家的人各怀心事，队伍龟速前行，洪明月混在队伍的最后面，心中忐忑不安。

按照她和夕颜妖后的约定，她本该在宣武城时就对奚九夜下手，可出于种种原因，她一直没有找到合适的机会。

而且如此大规模的猎妖活动，一定要想法子通知妖界，否则中原地区一旦被侵占，就好比妖界的门户沦陷了。

洪明月乘人不备，从口中吐出一粒小小的虫卵。

那虫卵裂开，一只蛾子从里面飞了出来，朝着妖界而去……

第三十四章　九洲荒狩

而在妖界的另一个方向，坐落着北狱司。

北狱司乃是和南幽都齐名的妖界两大帝国之一。

在北狱司的都城千狱城里，一条四通八达的官道呈现在小九念的眼前。

作为一座拥有数千年历史的古城，千狱城的建筑高大气派，集市里车水马龙，商品琳琅满目，叫卖声不绝于耳。

"这就是妖都？怎么和我知道的妖界完全不一样？"小九念难以置信地揉了揉眼睛。

小九念被夕颜所伤，本以为自己死定了，醒来之后见到一对兄妹。那个长得很可爱的红头发小萝莉说她就是赤赤，而那个板着一副棺材脸的红毛男子，自称是赤赤的哥哥。

听赤赤说，他受了很严重的伤，为了替他养伤，赤赤和赤烨没有马上回妖都，而是在荒原上待了大半个月。直到小九念醒来，赤赤才提出带他回妖都之事。

小九念担心土地公公的安危，一定要回去救土地公公，赤烨一句话就把他给镇住了："凭你？做梦！"

赤烨话不多，还毒舌，可他说的却是事实。

九念是个聪明的孩子，他知道自己差点拖累土地公公。沉思了一天一夜，小九念最终决定随赤烨和赤赤到妖都去。

小九念到了妖都，发现妖都竟然和人界的城池差不多，就连妖界的语言也和人界相差无几。

赤烨一把将赤赤抱了起来，虎视眈眈地瞪着小九念，心里盘算着，待会儿回到千狱殿后，就把这小子有多远丢多远，反正小赤赤已经答应过，这小子到了妖都后，就全权交给他操练。

哼，他一定要想尽法子折磨这小家伙，制订一个地狱式训练计划，把这小子发配到离都城十万八千里远的地方去。

小赤赤年龄还小，她与小九念之间自然不可能是真正的男女感情，时间一久，小赤赤自然就会忘了这小家伙。

呵呵，阎九，你以为本帝真会那么好心，给你养儿子？你真是太傻太天真了。

赤烨越想越得意，看着小九念的眼神，就跟狼外婆看小红帽似的。

小九念人小鬼大，看到赤烨那大灰狼式的笑容，就知道他在打坏主意了。不过小九念也明白，自己说实力没实力，又不知道负心爹在什么地方，如今唯一能依靠的就是这兄妹俩了。

嗒嗒嗒……一阵疾驰的兽蹄声，几名魁梧的妖族战士飞驰而来。

他们一看到城门口那一头标志性的红发，飞身下了兽骑，单膝跪下："陛下，您终于回来了，请您速速返回妖殿。"

赤烨一听，剑眉紧蹙："怎么，难道人族又有异动了？"

千狱殿内，一群侍女、侍卫都满脸惊恐地躲在门口，门内一片狼藉。

赤烨风风火火地带着小赤赤和小九念往里走，忽然前方有几个黑影飞来，恰好砸在小九念的身前。

赤烨定睛一看，那些侍卫一个个缺胳膊少腿的，哀号一片。

"岂有此理，老不死的，你又在那儿发神经了！"赤烨这一声，犹如惊雷落地，整个妖殿都轰鸣作响。

"你个不孝子，你还敢回来，看老娘不打死你。"赤烨话音才落，一道黑影呼啸而出，和赤烨斗在一起。两人的身法都快得很，须臾之间竟对了百余招。赤烨的

实力如此了得，可那黑影和他过招居然毫不逊色。

小赤赤拉着小九念躲到安全处，足足等了一个时辰，小赤赤不耐烦了，冲着打得难分难舍的两人吼了一声："你们俩再打，我就一辈子都不理你们了。"

时间就如瞬间定格了似的，赤烨和那黑影同时身形一滞。

"赤赤，你别生气，哥哥不打了。"妹控的赤烨第一时间反应过来，回头就说。

哪知他对面的那个高手不管三七二十一，挥手就是一拳，不偏不倚，击中了赤烨高挺的鼻梁，顿时鼻血直流。

"老不死的，你居然敢偷袭我！"赤烨狼狈地捂住了鼻子。

"你哪只眼看到我偷袭你了？老娘可是正大光明地揍你，已经看你不顺眼很久了。"那黑影恶声恶气地骂道。

下一刻，黑影转过身来，冲着小赤赤飞奔而来："我的小心肝小棉袄，可爱的小赤赤，你终于回来了！"

小九念这才看清那人的模样，本以为和赤烨交手的是妖族的大能，仔细一看却是个美妇人，年龄三旬开外，云鬟珠钗，一袭凤袍，体态妩媚动人，带着一股成熟女人特有的风韵。

赤烨居然骂这样一个美妇为"老不死的"，他得有多毒舌啊。

小九念在人界还没看到过这么美的人呢，连自家娘亲都比不上，唯一能和她媲美的，恐怕只有那个坏女人夕颜了。

那美妇一看到小萝莉模样的赤赤，当即一怔，表情从欢喜变为狂喜，抓着赤烨惊呼："天哪，本宫有没有看错，那是我家小赤赤？我的亲闺女？她化成人形了？"

赤烨捂着流血的鼻子，手臂被美妇抓得青一块紫一块，额头的青筋抖啊抖。

"她不久前刚化形成功。"

"不孝子，这么大的事你怎么不早点告诉我！孩子她爹，你看到了吗，我们家赤赤终于化形成功了，看她的样子，和我小时候一模一样。"美妇一把抱住了赤赤，在她的脸上吧唧吧唧啃了满满的一脸口水印子。

不孝子……难道这美妇就是赤赤和赤烨的娘亲？小九念惊呆了，在他短短三年多的人生里，还从没见过相处模式如此诡异的母子呢。

"母后你够了，还有外人在呢，你这样会吓坏小九念的。"小赤赤对自家娘亲的喜怒无常已经见怪不怪了，她从母后的怀抱里挣脱出来，摸出一块小手帕，把脸上的口水擦干净。

"小九念是什么东西？"美妇一脸的茫然，左顾右盼，终于留意到自家儿女身边还跟着一个小男孩。

看到小九念时，美妇那双妖娆的眼睛登时一亮：好可爱的小男孩！

"美人姐姐你好。"小九念迟疑了一下，很是乖巧地喊了一声。他记得娘亲说过，女人都喜欢扮年轻，见了女人，无论多少岁，往小里喊就对了，这一招对上夏都里的贵妇千金们，百试百灵。

这一声"美人姐姐"把美妇的心都喊酥了，她搂住小九念吧唧吧唧送上两记香吻："好可爱的娃娃，这是哪家的，本宫看上了。"

看到了美妇的举动，小赤赤气呼呼抱住了美妇的脚，双眼里顿时水雾弥漫："母后，你怎么能乱亲小九念，小九念是我的未婚夫，不准你打他的主意。"

美妇一听，先是一愣，再看看小九念和小赤赤，两人站在一起，活脱脱一对金童玉女。

"赤赤，说过多少次了，未婚夫这种事不能信口开河，必须听从父母之命、媒妁之言。"赤烨板起脸来。

千狱殿内那么多人，赤赤这么一嚷嚷，多少人都听见了，到时候传出去，对赤赤的名声不好，她将来可怎么嫁人。

"你个不孝子，给我闭嘴，你还好意思说父母之命？一口一个'老不死的'，要是本宫哪天真的死了，那也是被你气死的。"美妇瞪了赤烨一眼。

一转脸，美妇又笑容满面："还是本宫的女儿乖，出门一趟，化作了人形不说，还找了个如意郎君回来。看看这小子，长得多好，哟，还有天妖的血统，不错，很不错，就是妖力弱了点儿，身上还沾了太多人气。"

美妇上下打量着小九念，一脸的狼外婆笑："本宫决定了，为了我们家赤赤的幸福，从明日开始，你就跟着本宫学妖术。"

赤烨一听，赶紧阻止："等等，这小子是我带回来的，我会负责他的日常修炼。"

他本打算借修炼之名，把小九念有多远送多远。

"你一个光长个儿不长脑子的土鳖，懂什么修炼，我准女婿要是被你操练坏了，我去哪里再找一个。"美妇一挥手，就这么愉快地做好了决定。

她可是火眼金睛，一眼就看出来了，准女婿的天赋不俗。

小九念有一半天妖的血统，更难得的是，他自小就食用叶凌月提供的各种灵丹以及鸿蒙天的各种灵果，虽然不是纯种的天妖，体质却超过了一般的天妖，光是这一点，就已经让美妇万分满意了。

再想到等她把小九念训练好了，以后既有人替自己疼女儿，又有人替自己教训儿子，美妇就觉得眼前一片光明，不由得对自己的这个决定万分满意。

"小九念，还不谢谢我母后，不不不，叫师父。"小赤赤一听，连忙催着小九念拜师。

小九念也很机灵，见美妇能和赤烨打个平手，论起脾气，赤烨在她面前都要吃瘪，他连忙跪下，冲着美妇恭恭敬敬地磕了三个头。

"你们没听到本帝的话吗，这小子归我……"赤烨在旁边怒吼，可美妇和小赤赤压根没把他当一回事。

"乖徒儿，你和赤赤赶了那么多路，也累了，先去梳洗用膳，过会儿本宫再去看你。"

美妇命人将小赤赤和小九念带下去，眉开眼笑地看着他们手拉手结伴离开。

"母后，您不会真要收那小子为徒吧？"赤烨待到妹妹走远了，才气急败坏地质问美妇。

"原来你眼中还有我这个母后啊，刚才是谁口口声声骂我'老不死的'来着？"美妇慢悠悠地说道。

"母后，若非你逼着孩儿成婚，孩儿也不至于……"赤烨苦着脸。

"不至于怎样？是不至于把我送给你的'北狱十八美人'丢进兽窟，还是不至于把将军家的长女脱光了挂在城门口？"美妇一提起这些事就胸闷气短，一副要昏厥的模样。

赤烨也知这次母后是真生气了，只得由着她大发牢骚。

"你好歹也六百多岁了，看看和你一起长大的那些人，连曾孙子都能上阵杀敌了，可是你呢，别说什么妖后妖妃了，连个侍寝的女人都没有过，你对得起赤家的列祖列宗，对得起你的子民们吗？"

美妇最头疼的，就是北狱帝的婚事。身为妖帝，子嗣是头等大事，可她的不孝子，几百年来竟然一个女妖都没看上。

最初，美妇择媳的标准是美貌端庄的贵族千金，后来降级为混血妖族也成，再后来又降为人族妖族都可，再再后来，她已经将标准降至底线——只要是母的就行。可越是这样，赤烨越是抵触，母子关系也越来越紧张，有时甚至会大打出手。

"母后，别每回孩儿和你商量正事，你都扯到婚事上去。你可以收任何人为徒弟，唯独那小子不行。你可知他是谁的儿子？他是阎九的儿子。阎九可是孩儿的死对头帝莘的好兄弟，你传授他儿子妖术，这不是胳膊肘往外拐嘛。"

赤烨最怕的就是提婚事，别以为他不知道，整个北狱司的人都在议论他的婚事和性取向问题。

他不是喜欢男人，只是他和一般的妖族不同，不愿意为了肉欲随随便便和一个女人成婚。

更何况，赤烨有这么一个喜怒无常的母后，自小在她的高压训练下长大，对女人天生就有一种排斥感。

"阎九，帝莘？你说的可是妖祖那帮人？乖乖，这妖祖不是已经陨落了五百多年了，难道传闻是真的，夕颜王重现人界，妖祖重生了？"美妇听到妖祖帝莘之名，收起怒容，脸色多了几分凝重。

这位看似喜怒无常的美妇，正是妖界赫赫有名的北狱司赤太后。她本名胡悦，嫁给赤烨的父王后，改随夫姓。在整个妖界，她是唯一一个能和南幽后夕颜相提并论的女子。北狱司当年能于乱世中崛起，很大一部分原因，正是这位传奇的太后。

妖祖重生的消息，让这对剑拔弩张的母子暂时抛开了"逼婚"这个话题。

"消息是阎九告诉我的，必不会有假。"赤烨将自己遇到夕颜，阎九被镇压在妖界入口附近的事说了一遍。

赤太后听完赤烨的描述，沉吟道："这么说来，妖祖当年陨落，十有八九和南幽都的那一对有关系。"

说起来，南幽都的那一对，赤太后一直看不上眼。先不说南幽后夕颜天生是个狐媚子，打小就惹得一群年轻男子为她争得头破血流，那南幽帝战痕也不是什么善类。当初在划分南幽、北狱两大帝国疆域时，那对男女就没少在背后动手脚，若非赤太后和赤烨母子俩齐心协力，只怕就没有如今的北狱司了。

相较之下，赤太后反倒更欣赏妖祖和阎九那帮人。

妖祖以前和赤烨是死对头，那些陈芝麻烂谷子的事，赤太后也一清二楚。

妖祖在世时，连她都要对妖祖忌惮几分，赤烨更是将他当成了唯一的对手。赤太后犹记得，当妖祖陨落的消息传来时，赤烨呆愣当场，一脸的怅然若失。

这些年赤烨和战痕分管妖界，他这个妖帝虽然当得顺畅，可一直懒洋洋的，没什么斗志，反倒是这次回来，神采奕奕的，看上去仿佛一下子回到了当年还是毛头小子那会儿。

赤太后这个当娘的看在眼里，心中也不知是该喜还是该忧。喜的是儿子总算找到了对手，重新振作起来；忧的是妖祖重现，妖界维持了数百年的两分天下的局面势必会被打破。

"此事，你打算如何处理？"赤太后随口问道。

"隔山观虎斗。南幽帝后最好和妖祖斗个你死我活，我北狱司姑且两不相帮。"赤烨负手而立，一脸的不急不躁。

阎九那狐狸，怎么会那么好心地提醒他，不就是想挑起南北两帝国之间的矛盾吗？他赤烨已经不是当年那个毛头小子了，他和妖祖是有些过节儿，但比起南幽帝后来，那都是毛毛雨。

两虎相争，必有一伤，赤烨乐得坐山观虎斗。

"总算没辜负我这些年的教诲。只怕这两虎还没相争，妖界就要大乱了，你看看这封信。"赤太后取出一封信，信封上有南幽都的印章。

"九洲荒狩，数万猎妖者进军中原地区？"赤烨原本还一脸看热闹的神态，看完这封密信，骤然变了脸色，"哼！人族真是好了伤疤忘了疼，胆敢挑衅我妖族的权威。"

"这事恐怕没你想的那么简单。人族历来懦弱，对中原地区一直有贼心没贼胆，这些年仰仗着中原侯的余威，也只敢在边缘小打小闹，这次竟然组织数万人参加九洲荒狩，其中必有猫腻。"

姜还是老的辣，赤太后对这次九洲荒狩的目的起了疑心。

"娘，你是不是太谨慎了？照我说，中原地区乃至古九洲本就该是我妖族的领地。偏你和那些长老，每次都反对我进军古九洲，才让那些人族越来越放肆。"一提起猎妖，赤烨就怒不可遏，在他看来，妖族早就该以血还血、以牙还牙了。

"你小子懂什么，你是没有亲眼目睹过当年天火燎原的事。那中原侯神威浩荡，连天神见了都要敬畏几分。他虽然已经销声匿迹多年，但谁也没有见到他的尸骸。他一日不死，我妖族就一日不犯古九洲，这乃是当年多名妖王和九洲盟签订的协议。"赤太后提起当年之事，仍心有余悸。

见赤太后的脸上浮现出惊恐之色，赤烨不屑地嗤了一声。

"依娘亲之见，这次九洲荒狩，难道北狱司就袖手旁观吗？"赤烨有些不服气。

"我原本是这么打算的，不过，再过几个月，你大伯父——六大妖王之一的通天妖王要举办生辰大会。我打算让你去祝寿，届时你刚好看清楚中原地区的形势，再做定论也不迟。"

当年妖祖陨落之后，他手下的四大妖王和十大天妖死的死、失踪的失踪，幸存的六位自称六大妖王。

其中两大妖王——通天妖王和金角妖王就镇守着中原地区，分别效忠于北狱帝和南幽帝。

通天妖王的部族自古就居住在中原地区的核心区域，部落里暗藏了一条妖路，位置很是关键，他又是赤太后年少时的臣子，所以对于他的寿辰，赤太后很是重视。

"母后，你担心人族的荒狩会影响大伯父的寿辰？"赤烨蹙眉，他对通天部落的印象可不大好。

再说了，通天妖王的实力已经相当于人族大神通境巅峰的存在，按照人族和妖族多年前的协议，九洲荒狩只许大神通境以下的人族参加，所以，就算这次九洲荒狩的猎妖者再多，也成不了气候。除非恰好有小神通境人族在中原地区突破，可那几率小之又小，就算突破了，也未必是通天妖王的对手。

"若只有区区人族强者，倒是伤不了你大伯父，但这次金角妖王也会赴宴。你也知道，两大妖王是死对头，素来水火不容，况且金角对通天部落虎视眈眈，难保他不会借此机会闹事。当年，你父皇刚死，你我孤儿寡母，亏了有你大伯父扶持，你才能登上帝位。"赤太后说着，暗中用指头沾着口水在眼角抹了抹，眼眶立马就湿润了，摆出一副泫然欲泣的模样。

考虑到若是通天部落出了事，势必会影响妖界势力的划分，赤烨当即应了下来。

"我去看看赤赤，母后，还有一事，以后不要再给我胡乱安排亲事了。"赤烨临走前犹不放心，又叮嘱了几句，这才径直离开。

赤烨一走，赤太后就吐了吐舌头："死小子，这次总算把你给蒙骗过去了。嘿嘿，通天那老家伙一直想让你当他的乘龙快婿，这次你到了通天部落，再来个生米煮成熟饭，过不了多久，本宫就可以当奶奶了。"

一想到在可以预见的将来，会有一堆孙子孙女围着自己打转，赤太后就发出一阵让人毛骨悚然的巫婆笑。

这时，小九念走了进来。

赤烨去看自家的宝贝妹妹，一脚就把小九念给赶了出来。

小九念已经沐浴了，恢复了往昔白嫩嫩的模样，看得赤太后喜笑颜开："乖徒儿，你怎来了？在这里吃住可还习惯？"

小九念很得赤太后的眼缘，两人絮絮叨叨说了些家常，小九念将自己的身世来历以及负心爹的事，都告诉了赤太后，赤太后听得红了眼眶："都是娘生的，人家的孩子咋这么懂事，而那不孝子就知道气我。小九念真是个好孩子，可惜阁九的事暂时不能告诉他。"

任凭哪个孩子，知道自己的亲生父亲被封印成一座石碑，镇压在山体之下，都会忍受不住。

赤太后一家在这一点上达成共识，除非小九念达到天妖的修为，否则绝不把真相告诉他。

"师父，徒儿有一事相求，徒儿离开家已经很久了，能不能写一封信回家报平安？"小九念鼓起勇气问道。

"妖界的信最多只能送到古九洲。你若是在古九洲有什么亲人，本宫倒是可以派人替你送去。"见小九念一脸的期盼，再想想这孩子这么小就背井离乡，赤太后不忍心拒绝。

"我干娘在古九洲，我就写信给她。"小九念想起了叶凌月，赤太后答应想法子替他送信给叶凌月。

却说赤烨决定前往通天部落，而另一方面，南幽都帝后在将密信送到了北狱司后，也是按兵不动，等待北狱司的反应。

哪知道等了两三日，一点消息都没有，北狱司的赤狱军没有半分要出兵的意思。

"赤太后那老狐狸，竟然没上当。"夕颜妖后恼火道。

"那对母子素来谨慎，在确定中原侯陨落之前是不会贸然和人族撕破脸的。"战痕并不感到意外。

"那我们该怎么办？难道坐视中原地区被人族践踏？要知道，这次进入中原地区的，不仅有人族的小神通境高手，还有那神尊奚九夜。"安插了洪明月这个暗桩后，夕颜妖后对人族的动向了如指掌。

"夕颜，你当真确定那就是北境神尊？他到人界来干什么？"战痕还有几分不信。

"这就不得而知了，奚九夜戒心很重，我的人至今没能完全取得他的信任。但是他们此行的目的，应该不仅仅是荒狩，而是太虚墓境。我让你打听的太虚墓境可

有消息了？"夕颜从洪明月那里得知太虚墓境里可能有神印，为免人族得到神印后会对妖族不利，她和战痕想抢在人族之前找到太虚墓境，毁了神印。

"由金角妖王看守的那片区域没有太虚墓境的消息，我怀疑它在通天妖王管辖的那边。据金角妖王禀报，再过几个月就是通天妖王的寿辰，届时妖界诸强都会出席，我怀疑这次寿宴并不寻常。"比起九洲荒狩来，通天妖王会不会和北狱司暗中有什么小动作，这点才是战痕最担心的。

"这么说来，必须破坏这次寿宴。"听到这个消息，夕颜也不由得动容。

"我已经让金角赴宴，届时随机应变，若是有所发现会立刻禀告。"战痕阴恻恻地说。

"人族那边怎么办，难道坐视他们在中原地区屠戮妖族？战痕，难道你也像那些老家伙一样，顾忌什么中原侯吗？"夕颜妖后愤愤不平道。

若非有盟约在先，妖王级别以上的妖族不能动手，她早就将那些人族斩杀一空了。

私下里，夕颜对中原侯的盟约根本就不屑一顾，毕竟她和赤太后不同，没有亲身经历过当年的天火燎原，她只知道中原侯已经杳无音信数百年了。

"当然不会，不过赤家母子按兵不动，我们若是先出手，万一中原侯真的出面，遭殃的还是我南幽都。我已经想出一个万全之策。"战痕取出一张地图。

"这是中原地区外缘的地图，距离中原地区甚远，你拿它做什么？"夕颜纳闷道。

"你可记得在派影姬等人进入水之城前，我说过要在古九洲秘密修建一些妖路。由于影姬身亡，这条妖路的修建被迫中断。我打算命人重修妖路，这条妖路一旦打通，就可以绕过中原核心区域直达边缘，一举进入古九洲的十大超级城池。"战痕是个野心家，攻打新手城不过是他计划中的第一步。

夕颜定睛细看，越看眼睛越亮。战痕所选的路线绝佳，那一带虽不是战略要地，却是重要的物资补给和药品供应仓库，而且没有城池和驻军。如果妖族抢占了这些区域，于中原核心地区的猎妖者而言，无异于扼住了他们的咽喉。若能在饮食和药品上动手脚，人族必定伤亡惨重。

而且因为只是后勤补给区域，妖族不必兴师动众，只须派一些大妖或天妖混入即可，如此一来，既没有违背盟约，又能达成目的。

"此计甚好，事不宜迟，立刻派人前往才是。"夕颜心花怒放。

"这事唯有一个难点，你看图上，"战痕的指头落在了一座山上，山的下方标着"九涅"二字。

"九涅峦？难道……"夕颜狐疑地看向战痕，见战痕点了点头，她的脸上不禁多了几分凝重之色。

"这一带恰好在那一族的管辖之下。不过好在它们生性高傲，对人族和妖族的事从不过问，我们只要绕过那片山峦即可。"

夕颜听罢，神情稍缓："既然如此，就依计行事，我们要让那些猎妖者有去无回。"

第三十五章　边塞危机

妖族爪牙悄无声息地深入人族腹地，可此时位于九洲荒狩核心区的猎妖者们还浑然不觉。

再说叶凌月等人所在的黄泉城代表队，他们离开宣武城后，一路往西，几日后才到达任务所在地房阿县境内。

西北一带是高粱米的产区，所以成了九洲盟的后勤补给地。房阿县有近千年的历史，离中原地区很远，和危机四伏的中原地区一比，这里看上去平静得很。

见众人沮丧得很，个个叹着英雄无用武之地，叶凌月给队员们鼓劲道："大伙不用失望，虽说被派到边缘之地，立功的机会小，但是只要立功了，就有机会调到中原地区。多则半年，少则数月，我们一定会等到机会的。"

听叶凌月这么一说，众人又多了些信心，进城后直奔县衙而去。

哪知见了县令说明来意，县令很不耐烦地挥了挥手："本县治安良好，并无妖兽作乱，唯独北面的粮仓无人看守，你们就去看管北仓吧。"

一听说要去看管粮仓，黄泉城众人的脸都绿了，看粮仓能有什么功勋？

"让我们看守粮仓，瞎了你的狗眼……"司徒一听这话，撸起衣袖就要质问县令。

"司徒，罢了。"叶凌月等人拦住了司徒，好不容易才将他拉出了县衙。

叶凌月等人前脚才走，县令就急急来到后院。后院有一群武者，为首之人身形中等，四方脸，留着短须，眼神锐利无比，一看就是个小神通境高手。

"安队长，已经按您的吩咐，将黄泉城代表队安排到北仓了。"县令谄媚地说。

"做得好，让他们去看粮仓，看他们还有什么机会和我们抢功勋。"那中年男子一脸的坏笑。

原来并非只有黄泉城代表队这一支队伍被派到了房阿县，还有后院这支名为"天隼"的九流代表队。

房阿县民风淳朴，附近既没有盗匪也没有妖兽，已经太平了一两百年了，连管辖这一带的城主都懒得派兵驻扎，只是象征性地安排了一个县令和五十名县兵。

这样一个地方，却要容纳两支猎妖的队伍，本就是很矛盾的事。

"天隼"代表队到这里后，第一件事就是解散了县兵队，取代了县兵队的职权，他们还控制了县令，打算在功勋上做些手脚，这时候却听说还有一支九流代表队也到了房阿县，那"天隼"代表队的队长就动了歪念头，直接将竞争对手丢到北仓看仓库，免得他们来抢功劳。

叶凌月等人离开县衙后，司徒愤愤不平地问："老大，难道我们真要去看粮仓？我司徒这辈子还没这么窝囊过。"

"先去看看，你也看到房阿县的情况了，除了看粮仓，也没什么事让我们管了。"叶凌月带着众人找到了北仓所在。

房阿县一共有两座仓库，北仓是粮仓，储存着从房阿县十八村收过来的粮食；南仓是军资仓，储备着武器和药材。

叶凌月等人看守的就是北仓，这里说是仓库，其实不过是十几间简陋的平房。仓库门口是一片平坦的校场，边上长着几棵歪歪斜斜的马尾松，这就是整个北仓的全部了。

看管粮仓的，是一名耳聋驼背的七旬老者，见平日连个人影都不见的北仓一下子进来了十余人，吓得老者还以为出了什么大事。

叶凌月说明了来意，老者安排他们住下，当地条件简陋，众人只能睡通铺，男

女各住一个房间。

安置妥当后，众人的脸色都不大好，他们仿佛已经预见了，在未来的几个月，甚至一年的九洲荒狩的时间里，他们都会窝在这鸟不拉屎、连贼匪都没兴趣光顾的北仓里。

一想到其他猎妖者在中原地区浴血奋战、斩杀妖兽，大伙都默不作声。

"大伙不要失望，这里的日子虽然乏味，但未尝不是好事，我们可以抓紧时间修炼。"叶凌月宽慰众人。

众人强打精神去修炼了，叶凌月则和光子找到看守仓库的老者，询问北仓的事。

"凌月，你还真打算好好看守这座破仓库？"光子见叶凌月抱了一沓厚厚的账本回来，不解地问。

"光子，你可别小看这座粮仓，它可是离中原地区最近的大型粮仓，里面的粮食足以供中原地区的猎妖者食用两年。若没有房阿县的水和粮，中原地区的猎妖者将寸步难行。"叶凌月笑着说道。

她在前往房阿县前，就已经仔细调查了房阿县的资料。

中原地区的土壤和水质不好，不仅不产粮食，水也无法饮用，只有妖兽才能在那里长期生存。那些进入中原地区的猎妖者就算有储物袋，也不像鸿蒙天那样可以抵御越来越严重的煞气污染，如此一来，补给就显得尤为重要了。

因此房阿县其实很重要，是九洲盟的人没有远见，才认为它是个无关紧要的小地方。

听叶凌月这么一分析，光子恍然大悟："凌月，你好厉害。这些事你是怎么想到的？难道你在青洲学过兵法？"

叶凌月一愣，笑着解释道："我也不清楚，一看到地图就想到了。"

光子暗暗皱了皱眉：阿姐的反应有些不对，难道她记起了以前的一些事？

叶凌月并不知道，她的前世，因为得了其父八荒神尊夜北溟的教诲，是夜家最早学习兵法和战略的人。也是靠着这些兵法和战略，才有了后来的北境女军神。就连夜凌日也是后来才学的兵法战略，真正比起来，未必就比得过夜凌月。

就连父亲夜北溟都曾经说过，可惜当时的夜凌月不能修炼，否则她兵武双修，势必会成为让整个神界都为之震撼的女军神。

光子在古九洲遇到阿姐，曾试探了几次，阿姐这一世，因为出生在武学世家，并没有系统地学习过兵法。

光子私心里还是希望阿姐不要学习兵法，以免触动前世那些不好的记忆，尤其是和奚九夜有关的事情。可今日看来，阿姐似乎已经回忆起和前世有关的那些军事方面的技巧了。

难道阿姐体内的封印出了问题？光子心中一惊，手心不由得出了一层冷汗。

"光子，你在发什么呆，这里的账本实在太多了，你帮我看一部分。"叶凌月没注意到光子的反常，丢了几本账本给光子，两人一起查起账来。

叶凌月足足用了一天的时间才看完账本，打算明日清点粮仓里的粮食。

夜间，县衙内，几名"天隼"代表队的队员将黄泉城代表队这一天在北仓的情况禀告给安队长。

"居然还真看起粮仓来了，九流代表队就是九流代表队，以前我还以为他们有多大的能耐呢。"安队长一听，讥讽道。

"可是队长，这黄泉城代表队里，有几人是以前群英代表队的成员。群英代表队可是上过九洲天榜的，他们的实力……""天隼"的几名老队员还有些不放心。

"那都是过去的事了，如果群英代表队的人真有骨气，怎么会投奔一支全是新手的代表队。不用理会他们，我们再在房阿县待一个月，听说下个月很可能有机会得到新的调令，届时我们就可以离开这个连一头妖兽都遇不到的鬼地方了。"安队长不以为然道。

夜幕深沉，北仓那片低矮的平房沐浴在柔和的月光下。

整个房阿县都特别平静，偶尔有一两声犬吠，在暗夜里显得尤其突兀。

忙碌了一天，叶凌月早已睡下，一道黑影突然起身，几根暗针没入同室众人的睡穴，众人的呼吸变得更加绵长。

"这样一来，她们就能安睡到天亮了。"黑影正是光子，他走到叶凌月的枕边，对着昏睡的叶凌月做了个道歉的手势，"阿姐莫怪。"

旋即，他掌间一道光芒闪烁，家传的医魄神针的暗针之力，蹿入叶凌月的体内。

暗针之力，神秘无比，随着它在叶凌月的体内游走，光子的脑中呈现出叶凌月体内的情况。

阿姐这一世的体质，比前世真是强了很多。光子检查着叶凌月的身子，暗暗吃惊。

前一世，阿姐自小体弱，连身为医佛的娘亲都没法子治好她的身子。

夜凌光也曾问过娘亲，阿姐到底得了什么病，可是娘亲一直不肯说。

就连夜凌光加入浮屠天，有一部分原因也是想在神界的医学圣地里找到可以改善阿姐体质的良方，只可惜，法子还没找到，阿姐就香消玉殒了，这件事，也是夜凌光最大的遗憾。

只是没想到，夜凌月重生之后，却彻底改善了体质，这么说起来，也算是因祸得福了。

光子边检查着，边寻找着阿姐的封印的具体位置。

事实上，除了娘亲和父亲，没人知道叶凌月身上的封印在什么地方。

一番检查之后，光子的神力损耗不少，可封印的所在却毫无头绪。

"只剩下丹田和脑部了，难道封印会在那里面？"

光子催动神力朝着丹田涌去。

叶凌月的腹内，丹田犹如一颗皎洁的明珠，散发着柔和的光泽。

可就在暗针之力即将进入之时，两股气息忽然从叶凌月的丹田里喷薄而出。那两道气息一白一黑，看上去犹如两条灵蛇，它们察觉到医魄神针之力，以为有外敌入侵，便气势汹汹地扑了上来。

"这是什么鬼东西？既不是轮回之力，也不是神力，还挺凶！"光子吓了一跳，赶紧撤回暗针之力，可黑白鼎息哪肯罢休，发了疯似的一路狂追，尤其是那黑色鼎息追得最凶，一口就将暗针之力给吞了下去……

天亮了，叶凌月醒来，见光子面色惨白，不由得问道："光子，你怎么看上去这么憔悴？"

"我认床，没睡好。"光子虚弱地望向叶凌月，眼神中带着几分畏惧。

嘤嘤嘤，太可怕了，阿姐体内的到底是什么力量，居然能吞噬神力，自己至少被阿姐吞噬了五十年的修为。光子发誓，下次打死他也不敢随便查看阿姐体内的秘密了。

不过话又说回来，阿姐体内到底是什么东西，还有娘亲将封印藏在了什么地方？

这一日，叶凌月和其他人将整个粮仓的粮食都盘点了一遍，发现整整少了五十担粮食。

五十担可不是个小数目，换算起来，相当于五千斤粮食。

而且很奇怪的是，这五十担是不久前刚少的。

叶凌月当即叫来看管北仓的老者，问了好几遍他都装聋作哑，一副听不清的模样。

"老丈，你不用装了，我早就观察过了，你行动自如，听力也完全没有问题。我们的队伍里有医者，你再装也没用。你说，这些粮食哪去了？你若是答不出来，我立刻禀告县令。"叶凌月怒喝一声，老丈吓得膝盖一软，扑通一声跪了下来。

"大人饶命，小的也是有苦衷的，那些粮食……全都拿去救命了啊。"说罢，老丈磕头求饶，直到额头都磕破了，仍旧不肯停下来。

众人面面相觑，挽云师姐实在看不下去了，强行拉起老者，好生安抚后他才平静下来。

"大人，小的多说也没用，还请大人跟着小的一起去个地方，你亲眼看过就明白了。"老者说罢，就带着叶凌月等人离开了北仓。

老人将叶凌月带到离房阿县四五里远的一个乡村。

那乡村紧挨着山，山中大概数千村民，是房阿县下属的多个村子中的一个。

一进入村子，叶凌月就觉得不对头。

她留意到，整个村子里的植物，包括附近的山地梯田里的庄稼都干枯了。

牲口棚里的牲口也东倒西歪，看上都是饥渴难耐。

村子里的百姓面黄肌瘦，几个孩童手中提着个破碗，乌溜溜的眼盯着叶凌月

等人。

"姐姐，给点吃的吧，我已经好几天没吃饱饭了。"一个小姑娘走到叶凌月身旁，拉了拉她的衣角。

"老头，这是怎么回事？你们偷了那么多粮食，为什么这些孩子还会挨饿，你不会是中饱私囊了吧？"秦小川抓起看仓库的老者厉声质问。

"小玉，你在这儿干什么？快走！"一名妇人听到动静，匆匆从一间破房子里跑了出来，看到了叶凌月等人，吓得抱起孩童逃开。

"这是干什么，我们又不是会吃人的妖兽。"光子不满地道。

他可是人见人爱、花见花开的月光戏班子的台柱子，到哪里不是前呼后拥、一堆的追随者，怎么村子里的人见了他们都很害怕？

"大人别动怒，你先放下小的，小的快透不过气了。"老头愁眉苦脸地央求秦小川。

叶凌月一个眼神，秦小川才把人松开了。

"这些村民把你们当成来收税的官了，我们没有中饱私囊，粮食就放在村长家。"老人摇了摇头，带着叶凌月找到了村长家。

村长家的后院果然整整齐齐地堆着大量的粮食，一查看，数量一点不少。

"村长，这是怎么回事。为什么不把粮食分给村民？"叶凌月脸上浮起薄怒。

"大人有所不知，这些粮食都是用来交税的，若是少了一担，全村都要遭殃。"村长愁眉苦脸地告诉叶凌月。

原来，这个村叫盘村，村子世世代代都靠种植高粱米为生。由于这一带水土很适合高粱米的生长，一年可种植两季。

房阿县每年都向村里征收一定的粮米税赋。原本村子里一直有余粮，缴纳完税赋，村民们还能糊口，可就在三四个月前，村里的水井和河道不知何故都干涸了，加之这几个月干旱少雨，村里连人畜用的水都不够了，更不用说浇灌粮田了。

眼看再过几个月，村里又要缴纳粮税了，村长看村里实在拿不出粮食，又怕县令等人追究，村民的日子雪上加霜，只好联系了在房阿县看守粮食的老刘头，让他从北仓偷运了一些米粮出来。

"我也没打算私吞这些米粮，这些都是县粮，少一颗都是要掉脑袋的。我只是打算蒙混过这一次，待到村里的旱情过去后，再私下补缴一些粮食进去。"村长叹气不止。

守着粮食，却只能让村民们挨饿，身为村长的他看到这一幕，也是心酸不已。

为了谋生，村里的青壮年都离开了盘村，村里只剩下一些老弱妇孺，这样一来，农田更加无人照看。

村民们只得一天吃一顿，用水方面更是拮据。

"爷爷，我渴。"村长的小孙子可怜巴巴地依偎在村长身旁，他的唇因为干渴，裂开了一道道小口子。

村长眼睛一酸，眼里滚出几滴浑浊的老泪来。

"干旱这么严重的事，怎么不早点告诉县里减免税赋？"叶凌月听罢，边询问着，边从储物袋里取出几个水袋。

一见到水，小家伙眼睛亮了起来，却也不敢接过。

直到老村长点头，小家伙才急巴巴地接过水囊跑了出去，想来是把水分给家人去了。

"大人有所不知，县令就是个浑蛋，他以前仗着有点权势，逼迫每个村子都要按时缴纳税赋，稍不如意就拳打脚踢。前阵子县里来了一队猎妖者，他们倒是镇住了县令，可县令自那以后就成了他们的爪牙。他们来了之后，就加征了税赋，说是要累积什么功勋。如此一来，附近村子的日子更难过了，哪个村子要是缴不出，轻则被关起来，重则可是要掉脑袋的。"村长一说起猎妖者，就心悸不已。

以前邻近的一座山村里，同样因为旱情，缴不出粮税，那猎妖者代表队就带人进了村子，又打又砸，村里的几名七八十岁的老人都被活活打死了。

这事一传出去，附近村子惶恐不安，逼得盘村村长不得不去北仓偷粮。

另一支代表队？叶凌月这才知道，原来到房阿县来的还有一支代表队。

这次参加九洲荒狩的代表队数量众多，黄泉城代表队只是其中之一，不知道对方的存在也不奇怪。

再回想以前县令的反应，叶凌月等人才明白，他们之所以被派到北仓看管粮

仓，一定是那支代表队动的手脚。

对方的用意昭然若揭，就是为了抢占功勋，早点离开房阿县。

"岂有此理，那北仓里的粮食好说也有数万担，就算是闹了天灾，放开粮仓，足够附近三乡十八村的灾民使用。当官不为民办事，还当什么狗屁官，我去把那县令抓过来。"司徒和澜风一听，浑身热血沸腾，摩拳擦掌就要去教训那县令。

"站住，你们俩都冷静点。这里可不是黄泉城，有自己的城主，也有县令，我们如今只是一支普通的代表队，真要和县衙对着干，就是破坏秩序，很可能会被当成贼匪。你们到底还想不想继续参加九洲荒狩了？"叶凌月一通呵斥，把司徒和澜风都给骂蔫巴了。

"凌月说得没错，你们俩就是成事不足、败事有余。我觉得这事得从长计议，不如我们分头在村里转转，看看村里的情况是否如村长所说的那样。"薄情提议道。

众人分头在盘村里巡查起来。

叶凌月和光子一组，带着小吱哟和小乌丫，一起查看了村子里的井和村口的溪道。

"水都已经见底了，水流很窄，已经断流了。村里的几口水井也干涸了，旱得厉害。"光子看了一圈，转了回来。

"地里的庄稼正在结穗，再没有水，会颗粒无收。"叶凌月拧紧眉头，越看越觉得古怪。

她记得资料上记载，房阿县风调雨顺，粮食作物一直长得很好。在有县史记载的几百年间，别说是这么厉害的大旱了，就连小旱情都未遭遇过。

一般而言，一个地区的气候是不会无端异常的。

"老大，"跟在叶凌月身旁的小乌丫忽然开了口，"我觉得这个地方有点不对头，这里缺乏水之灵。"

小乌丫一语惊醒梦中人，叶凌月立时醒悟，难怪她觉得不对头，正如小乌丫所说，盘村里缺乏水之灵。

古九洲除了少数几座城池，譬如雁门、黄泉等城灵力不足，大部分地区，五灵都还算齐全。

五灵越是充沛，万物才能更好地生长。

当然，这充沛仅仅是针对普通老百姓而言的，于武者和方士而言，想要修炼轮回之力，还是得到那些超级大城池或是五灵城那样的宝地去。

小乌丫是冰火凤凰的后裔，对水、火这两种属性的五行之灵，比任何人都敏感。

她随着叶凌月到了盘村，就觉得这地方五灵很不平衡。

她仔细一琢磨，就发现这个村里几乎没有水灵。

水乃万物生命之源，没了水之灵，整个村子就如被风干了似的，其他属性的五行之灵也在迅速流失。

树木开始枯萎，土壤也随之贫瘠，金石溃散成沙土，河水断流，成了旱情严重之地。

“缺少水之灵啊……”叶凌月沉思着。

不一会儿，其他队员也收集了情报，过来会合。通过和村民们攀谈，队员们发现村长讲的都是实情。

“这样下去也不是办法，我们得把事情告诉县令，想法子解决盘村的旱灾。村民们一直留在这里，不饿死也会渴死。”

众人一致这么认为，于是叶凌月带着村长返回县衙，将盘村面临的困境，一五一十地告诉了县令。

“盘村发生了旱灾？这简直荒谬。本官被派到房阿县已经五个年头了，这五年来风调雨顺，从未发生过任何天灾人祸。再说了，盘村附近的几个村子，都没禀报有旱情发生，难道差了区区几里路就不同天了？”县令一听，非但没有流露出半点同情的意思，反倒大声训斥叶凌月和盘村村长。

“县令，你若是不信，可以到盘村一看。”叶凌月见县令蛮不讲理，走上前去，拖起县令就往外走。

“放肆！居然敢挟持县令，把他们全都拿下。”县令一声令下，县衙内一下子涌入十几个彪形大汉，为首之人正是“天隼”代表队的安队长。

"你就是进驻房阿县的另一支代表队的队长？我是黄泉城代表队的叶凌月，盘村发生旱情，事态很是紧急。"叶凌月直直地望着安队长。

哪知对方见她不过是个黑脸丫头，身形单薄，连轮回之力都没有，冷嗤了一声："你算什么东西，敢和本队长相提并论？什么旱灾不旱灾，我只知道，不缴纳粮税，就是违法。你身为队长，伙同村民抗税，罪加一等。"

叶凌月一听，黑眸一黯，忽然运起了"十重天"神通，肩膀狠狠撞向安队长。

安队长眼带不屑，也不躲闪，暗中运起轮回土之力，就等着看叶凌月自取其辱。

在他看来，叶凌月这种身板子，只要一碰到他的护体元力，必定会受重伤。

嘭的一声闷响，叶凌月这一撞，就若石破天惊。

安队长浑身一颤，惊恐地发现自己的防御居然一下子崩溃了。

她身上携着的天地之力在"十重天"的作用下，犹如一记重拳，正中安队长的胸口。

安队长只觉得一股可怕的力量席卷全身，骨头咔咔两声，肋骨竟然直接断了两根。

在"天隼"代表队的人震惊的目光下，安队长那足有两百斤重的身子直接飞了出去，又落回地上。

"队长！""天隼"代表队的队员们失声喊道。

"来人，把他们给我拿下。"安队长满脸通红，怎么也不相信自己会被一个小丫头给撞飞了，而且还是个连轮回之力都没有的。

"谁敢动我们队长！"随着一声雷霆般的怒吼，从外面呼啦啦冲进了一群人。

那些人个个身手不凡，三两下就把"天隼"代表队的人掀翻在地。

"天隼"代表队的队长傻眼了。

怎么可能，对方只是一支九流代表队，可是眼前这帮人是怎么回事？

一眼看过去，有三个小神通境的高手，其他人的修为也都不弱。

反观同为九流代表队的"天隼"，只有队长是小神通境的，而且还是个不会神通技的。

实力高低，一目了然。

"反了，反了。你们这些贼匪，居然在县衙闹事，我要启禀荆长老，治你们的罪。"县令一看形势不对，连滚带爬地往县衙外逃去。

"不错，你们勾结刁民犯上作乱，要是被九洲盟知道了，必定会被剥夺你们的参赛资格。"安队长也在旁威胁。

正说着，忽听县衙外一阵闹闹嚷嚷，一名在外看守的"天隼"队员跑了进来："县令、队长，北仓出事了，附近几个村子的村民暴动了，他们带着人洗劫了北仓。"

原来，房阿县的旱情持续蔓延，陆陆续续有村子交不出粮税。"天隼"代表队不听村民解释，强行进村掠去了村民赖以生存的粮食。村民们终于忍无可忍，好几个村子的村民一起闯入房阿县抢粮，还口口声声说要杀了县令。

县令吓得脚下一软，扑通一声坐在地上。

北仓外挤满了各村的村民，村民们很是激动，合力推翻了北仓外的土墙。

粮仓门口，负责留守的司小春和澜风满面焦虑。他们也没想到村民会暴动，两人怕伤了村民，只得堵在门口，正和村民们僵持不下，见叶凌月带着县令赶来，顿时一脸的惊喜。

"狗官，草菅人命，不管村民死活，狗官！"村民们一见到县令，更加激动，捡起石头冲着他一阵猛砸。

"这些刁民，岂有此理，快，你们还站在那里干什么，快保护本官！"县令这才想起叶凌月等人，气急败坏地让他们快去制止村民们。

哪知黄泉城代表队的众人，压根就不理睬他。

"天隼"代表队想要动手，却被黑着脸的秦小川和澜风等人给拦了下来。

县令吓得四处乱窜，却被村民团团围住，不一会儿就被义愤填膺的村民给活活砸死了。

"大伙儿听着，我们是九洲盟派来的猎妖者。村子遭了旱灾的事情，我们已经听说了。县令已死，我以北仓看管者的身份宣布，北仓开仓赈灾，每个村子按照人口数领取粮米。"叶凌月凌空而起，悬在半空中宣布，"自今日起，房阿县的县务

暂由黄泉城代表队接管。"

村民们先是愣了愣，直到看到司、澜两人打开仓门，才相信叶凌月说的都是真的。他们丢下手中的石头，纷纷回去通知自己的村子来领粮食。

"你疯了不成，开仓赈灾，你跟九洲盟和管辖房阿县的城主通报了没有？这些都是军备粮，等着送到中原地区补给的，开仓发放光了，到时候拿什么东西去补给？"安队长被叶凌月的举动给吓呆了。

这黄泉城代表队的队长不会是脑子不好使吧，居然管这档子烂事。

村子闹灾情的事，他们不是不知道，可他们不过是一支九流代表队，哪来那么大能力去赈灾，他们只想尽快离开房阿县。

哪知叶凌月会如此大胆，北仓的粮食被分完，再过几个月，那数千支猎妖队需要补给了，他们去哪里找那么多粮食回来？这可是重罪，两支代表队都难辞其咎。

"你也说那是几月之后，我只看到，再不开仓，这里的百姓就会饿死。"叶凌月无视安队长的抗议。

"姓叶的，你少在那里得意，几月之后，我看你怎么死！这破地方，我们不管了。"安队长见事已至此，挥了挥手，带着"天隼"代表队的队员撤出了房阿县。

"凌月，粮食都按照你的命令发光了。其实安队长说的话并非全无道理。村里的灾情很严重，若是没有足够的水源，几个月后，北仓就没有足够的储备粮了。"薄情忧心忡忡地看着手中的粮食分发记录。

没有足够的储备粮，黄泉城代表队一定会被问罪。

"我也查看过了，事情还没到那么糟糕的地步，我有法子重新找到水源，帮助这一带的村庄恢复耕作。"叶凌月笃定地说道。

第三十六章　意外发现

在开仓赈灾的第二天，一个惊人的消息传遍了整个盘村——村里最大的那口水井，在干涸了数月之后，忽然一夜之间冒出水来，井水清澈甘甜，还带着一股灵气。

村民们听到这个消息后，都到井旁围观。

有人从井里提出水来，喝了一口，顿时神清气爽，再用这些水来喂养牲畜、浇灌田地，奄奄一息的牲口全都精神抖擞，争相上前抢水喝。

干涸了许久的田地，浇过井水后立刻恢复了湿润，已经枯萎的作物舒展开茎叶，枝头上都挂满了沉甸甸的穗果。

而且那井里的水完全不受干旱气候的影响，取之不竭，任凭村民们怎么用都用不尽。

这些水，不用说也就是叶凌月从鸿蒙天里用精神力取出来的。

鸿蒙天里五灵充裕，有取之不尽的水源，虽然水流最充沛的就是彩虹河，但是彩虹河的河水有神奇的效用，不方便拿出来给村民们使用。

叶凌月悄然注入井里的水，是从鸿蒙天里挖出来的地下水。这些水虽然比不上彩虹河的水有灵气，但是因为取自鸿蒙天，所以也蕴含了丰富的水之灵，用它们浇灌的植物，很快都恢复了生命力，而且叶凌月预计，作物的生长期会比原先增快至

少一倍。

也是因为有鸿蒙天的灵泉做依托，叶凌月才敢开仓赈灾。但是，这只是治标不治本的法子。因为一旦叶凌月不往井里引水，古井还是会干枯，她也不可能在房阿县待上一辈子。所以这些日子，叶凌月一直在寻找干旱的真正原因。

太阳高高地挂在天上，空中连一朵云都没有。

"我们都来了半个月了，老天爷就没下过一滴雨，这也太反常了吧。"光子坐在村外的田埂上，惬意地捧着刚从叶凌月那里求来的白玉瓜，啃得正欢。在他身后，秦小川举着一把油纸伞，给他遮着炽热的阳光。

"物极必有妖，这个季节本是多雨的季节。"

叶凌月来到房阿县半个月了，跑遍了附近的村子，发现村子里都缺乏水之灵，单单因为干旱，可不会导致村子的水之灵集体消失。

这半个多月来，旱情一直没有缓解，全靠叶凌月在各村奔波送水，村民们才得以生存。

"老大，井里突然没水了。"就在叶凌月和光子议论之时，司徒大步走了过来。

没水了？叶凌月一脸诧异，这怎么可能，她明明每日都往各个村的井里注水。

叶凌月带着众人到了井边，探头往井里看了看，以她的眼力，竟看不到底。

"你们弄根绳子，放我下去看看。"叶凌月当即决定下到井底看看究竟是怎么回事。

"老大，还是我们去吧，这下面黑乎乎的，也不知有什么危险。"司徒等人劝道，却被叶凌月阻止了。众人只得找了根结实的绳子，将叶凌月绑牢了，这才慢慢放她下去。

井口很窄，越往下越宽敞，大概能同时容纳两三人进入。

叶凌月一路下落，坠了百余尺后，发现下方浮动着一片片鬼火似的荧光。起初她还以为那是水光，直到踩在干涸的井底，才发现那根本不是什么水光。

"这是……阵法？"叶凌月看着那片由鸟兽图案和古老篆文组成的怪异图形，一脸的震惊。若是帝莘在这里，也许会知道这是什么，可惜帝莘不在。叶凌月揉了揉眉心，记下阵法的模样，回到地面询问司徒，因为司徒对阵法有一定的认识。

司徒很快就认出来了，这是一个水灵阵。

水灵阵是一种低级阵法，最大作用就是吸取水之灵。

叶凌月对阵法一窍不通，众人讨论了一番，决定去其他村子看看有没有这种情况。

正如叶凌月所料，在其他十七个村子的水井或河道中，果然都发现了水灵阵。

这就意味着，这场旱灾并非自然灾害，而是人为所致。

夜半，房阿县的县衙里，叶凌月一脸凝重地说："没想到居然是有人捣鬼，可这阵师到底要干什么？"

黄泉城代表队的人一听说有阵师涉及其中，个个面色凝重。在古九洲，阵师可是一个非常受人尊敬的职业。更何况，能一口气在多个村里布置那么多水灵阵，而且还是在神不知鬼不觉的情况下，可见那阵师的修为绝对不凡，可能达到了中级阵师的水平。

"这件事必须告诉九洲盟。一名中级阵师的实力甚至超过了大神通境强者。我们这么多人就算一起上，也未必能讨到便宜。"沉默半天，还是澜风先开了口。

"对方是敌是友暂且不知，与其立刻上报，不如先查清楚对方的用意再说。"叶凌月思忖片刻说道。

众人决定先查清楚那阵师的来头，可是房阿县共有十八个村子，而黄泉城代表队只有十一个人，人手远远不够。就在叶凌月为难时，"天隼"队的人找上门来。

"叶队长，以前是我误会你了，你大人不计小人过。我听说叶队长人手不足，不如算上我们'天隼'队，只要叶队长肯用我们，这些兄弟随你调配。"安队长听说村子的旱灾是人为的，黄泉城代表队要彻查这件事，主动提出合作。

眼下人手不足，还要有人在县衙里留守，见安队长满脸真诚，叶凌月便答应了他的请求。

"安队长，那你就负责看管余下八个村子的水灵阵吧，如果有动静立刻通知我。"

叶凌月下令之后，安队长连忙称是，也不多说，立刻调配人手去了。

安队长一出县衙，他的几名手下就凑上前来，满脸的不悦："队长，你真打算听那黄毛丫头的命令？可别忘了上次她让你出了那么大的丑。"

"你懂什么，小不忍则乱大谋。这女人有些门道，那水灵阵可不是普通玩意，我有预感，这次我们没准能立大功，只不过这功劳嘛，必定是归我们'天隼'队的。"安队长狡诈地说。

以前叶凌月私开粮仓，安队长没有立刻上报，倒不是他不想告，而是他打听到叶凌月就是黄泉城的城主。虽然黄泉城只是座小城，但因为黄泉水的事，一跃成为古九洲的热门城池，叶凌月的身价也跟着水涨船高。房阿县的事就算告上去了，若邻城的城主不敢追究也是白搭。

安队长本想等几个月后，房阿县交不出粮食再告到九洲盟去，哪知那些闹旱灾的村子又有了水，那些枯死的作物都活了，而且长势喜人。

这样下去，不出几个月，北仓的粮草就足够了，安队长的如意算盘也将落空。

安队长自然不死心，这时候他听说了水灵阵的事，就动了游说那阵师加入"天隼"队的心思。

拥有一个低级阵师，"天隼"队的实力可就水涨船高了。

安队长暗暗得意，并没有发现他才离开县衙，就有一道影子跟在了身后。

叶凌月将其中的八个村子交给安队长后，决定留在盘村调查，光子非要跟在她身边，其他九人则分别派往邻近的村子。

"大伙听着，此次行动只为查清对方的来头，绝不可轻易出手。我这里有隐形丹，大伙服用之后，就潜伏在暗处，一旦发现那名阵师的行踪，立刻告诉我，不得擅自行动。"叶凌月说罢，给了每人两颗隐形丹和一颗飞行丹，众人才各自散去。

夜间，万籁俱寂，盘村的村民们都睡下了。

经过一番艰难的内心挣扎，光子还是决定和叶凌月一同埋伏在古井里。

一下到井底，幽冷的环境就让光子通体不适。可即便是这样，他还是装出一副什么都不怕的样子颤声说道："凌月，我会保护你的。"

"光子，这话该我对你说才对。你干吗非要跟我在一起？四哥去的那个村子，水灵阵就在溪边，可比这里舒服多了。"叶凌月很是无奈地任由光子抓着自己的手。

"怕你一不留神又没了。"光子似是自言自语地嘀咕了一句。

光子可是有心理阴影的人。当初娘亲要送他去浮屠天学医，他一听说要和阿姐分开，死活也不肯去，后来还是阿姐连说带哄，说陪他一起去浮屠天学医。

光子那会儿年纪小啊，还真信了，屁颠屁颠地和娘亲、阿姐一起到了浮屠天。阿姐还真在浮屠天陪了他一天，可第二天早上一醒来，阿姐和娘亲就没了！

再后来，听说阿姐陨落了，光子一直都很自责，心想若是那天他没让阿姐走，会不会阿姐就不会遇上奚九夜，也就不会落得个魂飞魄散的下场？

这次的水灵阵事件，光子潜意识里觉得有些古怪，所以他更不放心让阿姐独自去面对。

光子抓紧了叶凌月的手，无论如何也不肯松开。两人就在古井里枯坐着，身旁的那个水灵阵闪着点点荧光。

一个时辰过去了，两个时辰过去了，外头已经是三更天了，古井里依旧一片安静。

到了后半夜，光子困了，很不争气地睡着了。

光子已经很久没有睡得这么熟了。他是个浅眠的人，幼时在浮屠天被丢下的那段经历，让他严重缺乏安全感，待他当上浮屠天的掌控人后情况就更糟了，可到了古九洲后，他反倒能够入睡了。

他靠在叶凌月的身上，听着耳边浅浅的呼吸声，仿佛一下子回到了童年，那时他最喜欢的事就是趴在阿姐的背上睡觉。

阿姐回来了，真好……光子的嘴角泛起一丝甜笑。

"光子这家伙……"由于服用了隐形丹，叶凌月无法看到光子的表情，但是从呼吸声可以听出来，光子睡着了。

对于光子，叶凌月有种说不出的怪异感情，不是姐妹，又好像比姐妹更深。

"阿姐，不要离开……"光子在梦中嘀咕了一句。

"光子，你说什么？"听到光子的话，叶凌月心头微微一震，正欲细问，古井的上空忽然传来轻微的声响。

叶凌月警觉起来，声音越来越近，像是有什么在振翅，徘徊在古井的上方。刚才还只是泛着微光的水灵阵，刹那间光华大盛，将井底照得彻亮，那些死寂的阵符都活了——花朵绽放，鸟儿腾飞，鱼儿遨游，树木生长……

积蓄在水灵阵里的水灵，先是凝成一颗颗小水滴，然后在一股神秘力量的作用下，逐渐凝聚成一颗混元的晶石。

那晶石足有拳头大小，如夜明珠般通透皎洁，散发着柔和的水之力。

好家伙，原来对方就是用这种法子，将盘村的水之灵窃取一空的。叶凌月在旁看着，怒火中烧。

一颗水曜石，引发了盘村的旱灾，险些毁了整个村子。

在凝聚水曜石的过程中，那神秘的阵师始终没有露面。无论这阵师的本事有多高，叶凌月都对其不屑一顾。

水灵阵的光芒迅速黯淡下去，直至熄灭，井底的泥土已然干裂。

"糟糕，要跑了。"叶凌月来不及叫醒光子，抓起他，脚踏九龙吟御空而起。

等她升至井口时，四周一片寂寥，别说是人，连鬼影都没见着。

光子揉了揉惺忪的睡眼，纳闷地看看四周，发现已经到了井外，顿时一激灵："那阵师来过了？"

"来过了，可惜又跑了。"叶凌月咬了咬牙，仔细查看古井附近，希望能发现什么蛛丝马迹。

叶凌月预先在井旁撒了一层石灰粉，可让她失望的是，那阵师没留下任何痕迹。

莫非那阵师是……御空而来？

"看来只能寄希望于其他村子了，不知道那阵师是单独行动还是另有同伙？"叶凌月凝视着漆黑的夜空，此时离黎明尚早，那阵师也许还会去其他村子。

寿村是个位于盘村以北十余里的小村子，村里有条河，河边有几块巨石，几名"天隼"队的队员躲在巨石后面，他们已经守了大半夜。

前几日，叶凌月在这条河的河床上发现了水灵阵，由于人手不够，就把监视任务交给了"天隼"队。

"队长，离天亮不到一个时辰了，连个鬼影都没遇到，我们该不会是被耍了吧？"一名队员抱怨道。

"再等等，黄泉城代表队都能等，我们自然也能等。如果运气好，真让我们等到了，功劳可就是我们的了。你们不是一直嚷嚷着要去中原地区猎妖嘛。"安队长嘴上虽然这么说，心里却没底。他既不懂阵法，也不知道水灵阵是怎么回事，叶凌月要是忽悠他，他也没辙。

"哼，就凭你们这三脚猫的实力，到了中原地区也是死路一条。"河对岸的大树上，一只猫头鹰滴溜溜转了转眼珠，眼神里满满的都是讥讽。

这只猫头鹰正是小乌丫幻化而成的。叶凌月虽然把任务交给了安队长，却压根就没信任过安队长和"天隼"队，所以派小乌丫去监视他们。

夜已经过了大半，除了听到"天隼"队不断地抱怨，小乌丫没有任何发现。

正当小乌丫和安队长都以为这一夜即将过去时，天边忽然多了一团红光。

红光迅速朝水灵阵掠来，停留在水灵阵上空。

"来了！"众人意识到，那神秘的阵师终于出现了！

阵师的周身覆着红光，很难判断红光下到底是人是兽。

阵师没有立刻启动水灵阵，看上去似乎有些诧异：自己在房阿县的十八个村子里都布了水灵阵，以这些村里蕴含的水之灵来看，每座水灵阵顶多能凝聚出一块水曜石才对，可是今夜它偶然经过这里，发现水灵阵又有了反应，而且新凝成的水曜石比以前的水曜石成色更好。

它隐隐觉得不对劲，可是转念一想，这些地方都是它精挑细选出来的，村里住的都是普通人，连猎妖者都很少出现，九洲盟也不关注这一带，根本不会出现什么厉害的人物。

想到这些，阵师心思稍定，开始专心凝聚水曜石。

河道开阔，红光如同小太阳一般悬在水灵阵上空。随着一阵怪异的咒语响起，一颗水曜石在水灵阵里形成。

"真是阵师，弟兄们，快抓住他！"安队长率先从巨石后跃出，扑向那团红光。

安队长身法极快，纵身一跃，已经抢到水灵阵中，一把就抓住了那颗水曜石。

这群蠢蛋！小乌丫见了，气得差点从树上栽下来。

在抓住水曜石的那一霎，安队长面露喜色，下一秒才觉出掌心冰寒刺骨。忽然蓝光一闪，一股水之灵从水曜石里迸射出来，瞬间便将他那只抓着水曜石的手冻成冰坨。

安队长哪里知道，这可不是普通的水曜石，而是由鸿蒙天里的灵泉水凝聚而成的，能量大得惊人，连叶凌月这种方尊级的方士，都必须在精神力的保护下才能碰触，所以安队长此举无疑就是找死。

"蠢货，竟敢玷污我的水曜石！"看到纯净无瑕的水曜石在安队长掌中变得污浊不堪，成了一块无用的废物，那名阵师勃然大怒，发出一声怒吼，红光里骤然涌现出许多符文。

那些符文盘旋在半空中，形成一个火灵阵，一道道火焰喷射而出，有的落在了"天隼"队成员的身上，有的落到了河道的卵石上，还有些火焰飞入了村里。

火焰一沾身，那几名队员连声惨叫，瞬间便成了大火球。安队长吓得魂不附体，丢下水曜石和同伴往山下逃去。

那红光一连杀了两名队员，犹不解恨，又操控着火灵阵朝寿村袭去，竟想烧毁整个寿村来泄恨。

"住手，不要伤害无辜村民！"小乌丫看出阵师的念头，再也忍不住了，飞了出来。

见一只猫头鹰口吐人言，而且还企图阻止自己，红光里爆发出一阵狂笑。

"我当是什么东西，居然是一只人族的兽宠，你没看到那些人的下场吗，居然还敢阻拦我？！"那阵师以为小乌丫是"天隼"队豢养的兽宠，言语里透着鄙视。

"人族？难道你不是人？"小乌丫敏锐地捕捉到对方话里的信息。

对方不是人，难怪如此没人性，不仅窃取水之灵，还要毁了整个村子。

"我当然不是人，这些低贱的蝼蚁，怎能和我相提并论！我改变主意了，先不杀那些人，我要宰了你这人族的走狗！"

嘭的一声，火灵阵中爆出一股可怕的火之灵。炽热的火之灵朝着小乌丫扑去，小乌丫奋力迎击，体内迸出一股不逊于神秘阵师的灵力，竟生生击碎了火灵阵。

火灵溃散，红光一震，这时不远处传来了小吱哟的叫声。

"走着瞧，这笔账我一定会找回来。"红光一闪而逝，迅速消失在天边。

小乌丫精疲力竭，再也无法维持猫头鹰的形态，身子一坠化出原形，眼看就要跌入河中。

"小乌丫！"小吱哟及时赶到，几个纵身，准确地接住了小乌丫。

分配任务时小吱哟就长了个心眼，求叶凌月给它安排了一个离寿村最近的村子。黎明时，小吱哟突然眼皮子狂跳，它下意识地觉得小乌丫会有危险，立刻风驰电掣地赶了过来。

看看小乌丫憔悴的模样，小吱哟一阵焦急，舔着它的羽毛安慰道："小乌丫，别急，我已经通知了老大，她很快就会赶来。"

没多久叶凌月就到了，她也没想到安队长那帮人会蠢到跟阵师正面冲突。

叶凌月赶紧检查小乌丫有没有受伤，小吱哟急得团团转："老大，小乌丫怎么样了？"

"只是有些脱力，放心。"叶凌月给小乌丫喂了一颗朱果，又用鼎息替它调理，不一会儿小乌丫就行动自如了。

在叶凌月替小乌丫治疗之时，黄泉城代表队的人全都闻讯赶来。

昨夜除了小乌丫和叶凌月遇到过阵师，其他村子都平安无事。很显然，那神秘的阵师是先光顾了盘村，再到寿村行凶的。

"可恶，居然连无辜的百姓都不放过，那阵师真是没人性。"

"据小乌丫所说，那阵师恐怕不是人族，而且对人族颇有恨意。不管怎样，好歹已经发现了对方的行踪，我们还是先找到安队长再说吧。"

叶凌月等人找了一路，才在山脚下找到了昏死的安队长。

经过简单治疗，安队长性命无虞，可是那只碰过水曜石的右手已经坏死，只能锯掉。

安队长醒来，发现自己的右手没了，一阵咆哮，被薄情和秦小川狠狠揍了一顿。

"姓安的，我可不像凌月那么和气，我告诉你，你最好把昨晚看到的、听到的全都仔细讲一遍，说漏了一个字，我保证你接下来面对的，会比断手痛苦百倍。"薄情邪气地笑了。

他本是魔族，在叶凌月身边可以乖乖的，可在外人面前，他就会露出嗜血残暴的一面。

安队长被吓住了，老老实实将昨晚的情形描述了一遍，只是他也没看到那阵师的模样。末了，安队长想起了什么，又补了一句："那阵师是朝着九涅峦的方向逃的，而且看飞行的路线，它对这一带应该很熟悉。"

安队长在昏迷之前，依稀记得有什么东西从自己的头顶飞过。

第三十七章　凤凰传说

"天隼"队比黄泉城代表队进驻房阿县的时间更早，因为收缴过各村的粮食，所以对周围的地形非常熟悉。

"九涅峦？"薄情和秦小川记住了这个地名，然后将安队长的发现告诉了叶凌月。

叶凌月打开地图，在地图的西边果然有一片绵延的山峦，山名正是九涅峦。

"小鸟丫也看到那阵师往西边逃了，难道它就住在九涅峦中？"叶凌月说出自己的猜测，然后找来几个村长，问起这片山峦的来历。

"叶队长，实不相瞒，这九涅峦的来历我们也不清楚，不过有个古老的传说，说那里住着凤凰，凡人不能入内，否则会被天火惩罚。村民们经过那里时，在山脚下就会迷路，所以根本就没人知道里面究竟什么样。"寿村村长据实相告，其他村长纷纷点头附和。

在房阿县一带，九涅峦就是神山，至于山里到底有没有凤凰，那就不得而知了。

"什么？九涅峦里住着凤凰？"小鸟丫一听到这个消息，顿时激动起来。

叶凌月也是一脸的吃惊，难道住在九涅峦里的真是凤凰一族？

小鸟丫是火凤和冰凰的女儿。当年这对凤凰夫妻途经云梦沼，在那里产了几个

蛋。小乌丫是最后一个出壳的，由于被毒蟒所害，火凤和冰凰都以为这个孩子活不成了，万般无奈之下，将蛋留了下来，交由叶凌月照顾。

这些年，叶凌月待小乌丫情同姐妹，在小乌丫化为人形后就将身世告诉了她，还说要帮她找到父母，让一家人团聚。可是这些年过去了，关于凤凰一族的消息依旧杳无音信。

叶凌月和小乌丫都没想到，在古九洲大陆的房阿县，居然得到了凤凰一族的消息。小乌丫更没有想到的是，昨晚和自己交手、辱骂自己、险些杀了自己的，很可能就是自己的族人。

一想到这些，小乌丫就忍不住激动起来。尽管她很少说起，可每次看到主人和家人团聚，看到人族的孩童有父母双亲陪伴，她就忍不住难过。

她也想见见自己的爹娘，想见见和自己一母同胞的哥哥姐姐们。她还想问问双亲，当年为何要抛下她。可是这些话她一直没有说出口，因为她知道，主人已经尽力帮她寻找了。

原本她已经不抱任何希望了，可是这时却有了好消息，凤凰一族很可能就在九涅峦！

"老大，我……我想去九涅峦一探究竟。"小乌丫忍不住求道。

"小乌丫，你别急，就算你不说，我们也会去九涅峦的，不过这事还要从长计议。"叶凌月很理解小乌丫的心情，不过此事只是道听途说，即便是真的，她也没把握闯入九涅峦中。

当初在云梦沼时，叶凌月就跟火凤和冰凰交过手，夫妇俩实力惊人。这还只是一对年轻的凤凰，若是深入凤凰的老巢，真不知那高傲的凤凰一族会不会接纳他们这些人族。

这些顾虑，叶凌月没有说出口，她的视线不自觉地落到了一旁的小吱哟身上。

从听说了凤凰一族很可能栖息在九涅峦时，小吱哟就在发呆。

平日活泼无比的小吱哟，那双蓝色的大眼睛里居然罕见地流露出忧愁之色。

它一声不吭，挣脱了小乌丫的怀抱，满腹心事地走了出去。

小乌丫就快找到族人了，小吱哟满脑子都是这个念头。

她如果找到了族人，是不是会回到她爹娘的身边，和族人一起生活？

这样一来，不就意味着自己要和小乌丫分开了？一想到这里，小吱哟就泪眼婆娑。

它的小媳妇，要跑了……

小吱哟无比忧伤地坐在盘村的古井边。

"小家伙，你在这里干什么？"光子不声不响地坐到小吱哟身旁。

"本吱哟在思考人生，我想静静。"小吱哟不耐烦地挥了挥爪子。

"思考人生？就你那智商，得了吧，不就是怕自家的女人跑了吗？出息点儿，天涯何处无母兽，大不了让凌月帮你再找一只。"光子逗着小吱哟。

"闭嘴，本吱哟是很专一的，我就喜欢小乌丫，除了她谁都不行。"小吱哟继续忧愁。

"你这么舍不得小乌丫，可以入赘凤凰部落啊，到时候小乌丫还是你的小媳妇。"光子撇撇嘴，虽然不懂什么是男女感情，但他大概也能理解小吱哟。

"入赘就可以和小乌丫永远在一起了？"小吱哟一听，登时来了精神，那双蓝宝石似的大眼睛闪闪发亮。

"本吱哟决定了，到了九涅峦后，一定要努力入赘！"说着小吱哟就屁颠屁颠地找小乌丫去了。

"哎，我说小吱哟，你到底弄清楚什么叫'入赘'了吗？"光子还没说完，小吱哟就跑没影了。

"不过，凤凰一族向来高傲，会接纳一个外族小兽当上门女婿吗？对了，小吱哟到底是什么兽种，阿姐好像从来没说过啊？"光子摸了摸脑袋，想来想去也想不明白小吱哟到底是什么来历，只得暂时将此事抛之脑后。

叶凌月等人又守了几天，再没见到那神秘阵师出现，便打算引蛇出洞。

"那阵师大费周章地布置了这么多水灵阵，就是为了得到水曜石，想必水曜石对它来说很重要，它一定会再下山找寻水曜石，不过这回我们只要不动声色地跟踪它即可。"叶凌月说着，拿出一块水曜石来。

"咦，这不是寿村那块水曜石吗？不对，它上面的浑浊之气消失了，而且水之

灵比以前更浓了。"

小乌丫一眼就认出了这块水曜石，让她吃惊的是，安队长被水曜石伤了右手，可叶凌月却拿着水曜石谈笑自如。

"我已经将这块水曜石提纯过了，还重新凝聚了一部分水灵之力。我有十成把握，这块水曜石一定会引来那名阵师。"

经过鼎息提纯的水曜石，比原先又大了几分，整块晶体如水晶一样，在日光下闪闪发光。

这种水曜石，已经不是普通的水曜石了，而是成色更高一等的水曜晶了。

在自然界，一万块水曜石里才能出一块水曜晶，也只有叶凌月有这个本事，将水曜石提纯成水曜晶。

"我打算拿这块水曜晶当诱饵，相信不出几日，那神秘阵师一定会来。"

叶凌月和众人商定之后，开始等待神秘阵师的光临。

三天后的某个深夜，一道红光忽然从天际划过。

"那是水曜晶！"察觉到水曜晶的存在，红光并没有马上落下来，显然对上次的事还心有余悸。

它用神识仔细扫了一圈，确定周围没有任何危险，这才骤然加速，以惊人的速度将那块水曜晶卷走，迅速朝九涅峦而去。

就在神秘阵师将水曜晶收入囊中时，在一间民房里盘腿坐着的叶凌月一跃而起："上钩了。"

潜伏在附近民舍里的黄泉城代表队队员们闻讯赶来。

"那神秘阵师已经盗走了水曜晶，晶石里有我的元神分身，事不宜迟，我们迅速跟着元神分身的指引进入九涅峦。"叶凌月说罢，带领众人，没入苍茫的夜色之中。

"哈哈，居然这么容易就到手了。这些人实在太不识货了，居然把珍贵的水曜晶随便放在一个破山村里。"那红光窃走水曜晶后，一路疾飞，见身后没人跟踪，这才放慢速度。

一想到自己将这块水曜晶带回族里，就能得到那个梦寐已久的位置，红光里的神秘阵师放声大笑起来，浑然不知这块水曜晶里藏着叶凌月的元神分身。

为免被发现，叶凌月的元神分身将灵识压至最低。如此一来，叶凌月对元神分身的感知能力大跌，只能依稀看到元神分身已经远离了房阿县。

忽然，叶凌月觉得水曜晶用力下坠，显然是那生灵正在从高空降落。

红光散去，隐在红光里的生灵终于露出了真面目，竟是一只凤鸟！

转瞬之间，那凤鸟已经抓着水曜晶落在了山林中。这是一片连绵不绝的古林，风景优美，九座山峦围绕在一起，山峦里四处可见参天巨树。

这片山林名为古木林，是九涅峦的天然屏障，村民们一到这里就会迷路。

那只凤鸟落地后，摇身一变，化作一名少年。

只见少年头戴碧玉冠，身披五彩锦袍，长得风流倜傥，只可惜一双绿眸里涌动着阴冷之色，看上去就是个薄情寡幸之人。

少年走到古木林前，手指轻叩东侧第十棵树的树干，那深扎在泥土里的大树一下子移开了十余步。

少年径直往前走去，每走几步就换一个方位，选定相应的树木后如法炮制，就这样走了半个时辰，终于到了古木林的尽头。

叶凌月这才明白，为何那些村民会在九涅峦迷路了。敢情这片山林被布了阵法，别说对阵法一窍不通的村民，就是实力高强的武者或方士，到了这里也会栽跟头。

古木林尽头，晨曦初现，一片片树屋出现在眼前。一群群羽毛丰美、形态各异的鸟儿停在枝头，发出婉转的歌声，其中一只紫色的云雀唱得尤为动听。

原来这九涅峦里除了凤凰一族，还栖息着其他鸟族。这些鸟看上去比三足鸟人强了许多。

"睿大人，您回来了。"见到锦衣少年，那些鸟纷纷现出人形，落到他的跟前，恭敬地行礼。

"紫仙，你可是越长越标致了，今晚到我的树屋来。"少年眼中透着淫邪之气，见到那名跪在面前的美丽少女，轻佻地在她脸上摸了一把。

紫仙吓得连连求饶："睿大人，小女子已有婚配，正是吧大人的亲兵队长。"

"不过是只下等鹰鸟，怎能比得上本大人？你若敢不从，我便杀了那小子。"少年眼底，阴厉之色骤起。

紫仙吓得一声也不敢吭，在九涅峦，凤凰一族的血统最为高贵，而眼前这名少年，乃是凤皇的爱孙，也是如今凤凰一族新任少族长的最有力角逐者。

说起来，这名唤作睿的少年，和小乌丫还有点血缘关系。他是族中难得一见的阵师，很受老族长宠爱，是出了名的小霸王。族中有不少女子都被他羞辱过，碍于他的身份和实力却不敢吭声。

叶凌月听了，不由得暗暗鄙夷：此人如此肆意妄为，难怪会做出在人族村子里窃取水灵这样大逆不道的事来。

睿昂首往古木林深处走去，那里有一座异常豪华的树屋，正是他家的府邸。

"大人，您回来了。"见睿回来了，几名身形强健的妇人忙迎上前来，伺候他沐浴更衣。

正梳洗着，一名美妇走了进来："我的心肝宝贝儿，你昨晚跑到哪里去了？为娘找了你一个晚上都不见人影。"

"娘，我去房阿县一带逛了逛。"睿得意地说。

"你这孩子，不会是又去找水曜石了吧？和你说过多少次了，你到人族村子凝聚水曜石的事，要是被族人知道了，可是会受责罚的。"那美妇一听，面露紧张之色。

凤凰一族栖息在九涅峦多年，鲜少参与古九洲的事，所以即便是九洲荒狩进行得如火如荼，九涅峦内也是一片祥和，说是世外桃源也不为过。

作为九涅峦绝对的统治者，凤凰一族对族人的管控是很严格的，不允许擅自扰乱周遭村民的生活，更不用说到村子里凝聚水曜石这样的恶行了。

"娘，你胆子太小了。若不是我去人族村子里找了十几颗水曜石，爹爹哪来的本钱和大伯争族长之位，你哪来的机会成为族长夫人？难道你一辈子都打算看大伯母的脸色行事吗？"睿不以为然。

"这倒也是，你爹明明什么都比你大伯强，偏因长幼有序，一直屈居于你大伯之下。这事我多年来都不服气。幸亏你爷爷要飞升，才有了这个机会。"那美妇嫉恨地说。

母子俩又聊了一会儿，除了说些嫉妒大伯一家的话，还说这次无论如何也要夺得族长之位。

叶凌月听出来了，这对母子都不是好东西，至于睿为何急需水曜石，似乎和老族长的飞升有关。

"你和你爹这么努力，只找到了十几颗水曜石。你大伯母也不知用了什么手段，帮你大伯父找到了二十颗水曜石，再这样下去，我怕你爹会输给你大伯父。"美妇一脸的不甘心。

"娘，我给你看样好东西。"睿得意地取出了那颗水曜晶。

"水曜晶？我的儿啊，为娘没眼花吧，这真是水曜晶！这么大的水曜晶，你是从哪里得来的？"美妇看到水曜晶，惊得连眼珠子都要掉出来了。

"在村子里发现的。对了，娘，孩儿有一事问你，除了我凤凰一族，你知道还有什么鸟能口吐人言，而且能破坏火灵阵吗？"睿想起了那夜遇到的猫头鹰，他从不知道猫头鹰一族还有那么厉害的角色。

"我儿，你没事问这些做什么？论起抗火能力，我们凤凰无疑是最强的，要知道我们可是有上古神鸟朱雀的血统。至于其他鸟族，就算再厉害也承受不住你用本命真元凝聚成的火灵阵。"

美妇对那块水曜晶爱不释手，母子俩又聊了一会儿，恰好老族长派人来请他们，睿将水曜晶藏在房中，这才和美妇离开。

两人一离开，叶凌月的元神分身就从水曜晶里出来了。

"看来凤凰一族也不太平啊。九涅峦的外围设置了特殊的木灵阵，一般人只怕不容易进来。不过我已经在古木上留下了印记，希望小乌丫他们能够找到路。"

既然已经到了九涅峦，自然不能浪费了这么好的机会，趁着还没被人发现，叶凌月打算去找找小乌丫的父母。

对于小乌丫，叶凌月心里还是有些亏欠的。当初也是她一时贪心，才把凤凰蛋抢了下来，她仍旧记得小乌丫的娘亲伤心欲绝的模样，如今想来，让他们一家骨肉

分离的确残忍得很。不知道过了这么些年，凤凰夫妇还记不记得他们遗落在青洲大陆的女儿。

九涅峦很大，可叶凌月要寻找凤凰夫妇却并不难。从刚才那对母子的对话中，叶凌月大概猜测到，即便是九涅峦里，真正的凤凰后裔也不多。而且这些凤凰也不是真正的神兽，它们似乎是上古神兽朱雀的后裔，确切地说，只算是半神兽。

整个凤凰部落，实力最强的应该是睿的爷爷——凤凰老族长，次强的就是老族长的子孙们了，所以叶凌月唯一要做的就是找到九涅峦里气息相对强大的存在，那十之八九就是小乌丫的爹娘或亲人。

事不宜迟，叶凌月的元神分身在九涅峦里游荡起来。

一座别致的树屋内，一对夫妇还有几名相貌英挺的少年围坐在桌前。

男子一身火红色的长袍，面容丰神俊朗，很有阳刚之气。

女子一袭蓝色烟罗裙，瓜子脸，两抹黛眉，看上去有些瘦弱。

从这对夫妇的容貌之间，依稀可以看到小乌丫的影子。

夫妇俩不是别人，正是曾和叶凌月在云梦沼有过一面之缘的火凤和冰凰。

那几名少年则是和小乌丫一起被孵化出来的小凤鸟。

由于九涅峦灵气充沛，他们又都经过了洗礼，所以虽然只有几岁，看上去已经和十四五岁的人族少年差不多高了，只是面庞尚带几分稚嫩。

长得最壮的那名少年一脸的怨气，他犹豫了一下，还是忍不住说道："爹，这次你绝对不能再姑息堂弟了。他已经不止一次侮辱族里的少女了，这次是孩儿的护卫队长的未婚妻，以后还不知道有多少女子会被他祸害。"

这名壮实少年正是吆。他刚修炼回来，就听说自己的护卫队长要去找睿拼命。要不是自己和紫仙拦着，只怕这次真要闹出人命来了。

"睿的确放纵了些，但他是你三叔唯一的孩子，又是族中百年不遇的阵师，这件事就算报上去，最多也就是关他几日禁闭。况且如今又是非常时期，你爷爷未必会管这些事，反倒会惹得你三叔不快。"火凤听罢，也有几分不快，可思忖了一下，还是劝阻长子道。

"说来说去，又是族长之争。爹，睿不过是个阵师，有什么了不起的。三叔再厉害又怎么样，还不是要输给爹。有娘在，这族长之争爹肯定会赢，到时候我一定要好好教训睿那家伙，最好把他逐出凤凰部落，免得他再祸害族人。"吆嘟囔道。

"吆儿，娘和你说过多少次了，不可胡言乱语。族长人选，老族长一日没有宣布，就一日不成定论。我听说睿凭一己之力，找到了十几颗水曜石。"冰凰听了，忙喝止长子。

夫妻俩都是一脸的谨慎，小心地查看着四周。

虽然是在自己的家中，可三弟很会笼络人心，没准就在他们的府邸里安插了奸细。

族长之争，这些日子一直困扰着这家人。

火凤乃是族长的长子，本是最有资格继承族长之位的，但这次老族长忽然提出竞选之说，能者居上。

按照老族长的意思，族长之位，由找到水曜石最多的人获得。

火凤的妻子冰凰，乃是凤凰一族所剩不多的水系凰鸟，她天生对水属性敏感，正是靠着她，火凤才找到了二十颗天然水曜石。

为了找寻水曜石，冰凰跋山涉水，本来身体就不大好，最近身子越发虚弱了。所以尽管知道族长要求的期限将至，火凤也不愿意让爱妻再外出寻找水曜石了。况且他们也收集了二十颗水曜石，对族长之争也算是有了些把握，毕竟天然水曜石在整个古九洲都不多。

"在竞选之前，你们谁都不许与睿一家发生冲突。你们的修炼进度比睿落后了许多，不怪族里老是说，睿比你们更像少族长。"火凤严苛地扫了几个儿子一眼。

小凤凰们一听，顿时蔫巴了，垂头丧气地修炼去了。

"哎，火凤，其实对于族长之位，我并不是很在意。若非因为族中的那个规定，我真的不愿意和三叔一家起争执。"冰凰略带忧愁地看向窗外，眼底是无限的惆怅。

凤凰一族的树屋，窗都是圆拱形的，透过窗能看到广阔的天空。

凤凰虽然有翅膀，却无法自由地在天地间翱翔。

当年，他们夫妇外出历练，偶经青洲大陆，不料冰凰动了胎气，无奈之下，

只得在云梦沼筑巢产卵。于冰凰而言，她永远无法忘记那颗被自己遗留在青洲的凤凰蛋。

"凰儿，你又想我们的孩子了？"火凤一看爱妻愁眉不展，就知道她又在想青洲的那只小凤凰了。

虽然夫妻俩都知道，那颗凤凰蛋中了毒，没有了凤凰瑞息，在青洲那种灵气匮乏的地方，十有八九是活不下来的，可是他们都宁愿相信会有奇迹发生，那只小凤凰能够活下来。

凤凰一族，除了族长，一生只有一次离开九涅峦的机会。凤凰夫妻已经去过一次青洲了，如果再想离开族里，就要动用族长的令牌。可是老族长一直认为，为了一颗中毒的凤凰蛋长途跋涉去青洲是件蠢事，火凤夫妇只得将这个心愿埋在心底。

可这次族长之争，让他们的念头又破土重生了。只要火凤能够当上族长，他们就有机会去找遗落在青洲的小凤凰了。

"我一直在想它，想它到底是男是女，长得像你还是像我。我可怜的孩子，它若是还活着，一定会恨我的。"冰凰一提起小凤凰，就泫然欲泣。

见爱妻如此难过，火凤也有些伤感："这事怎么能怪你我，要怪就怪那两个恶人，若非他们，我们的孩子也不会中毒。"

火凤口中说的那两个坏人，正是叶凌月和巫重。那时叶凌月去偷凤凰蛋，本已被凤凰夫妻抓住，哪知又杀出个巫重，逼得他们不得不丢下自己的孩子。

凤凰生性高傲，火凤一想起这些陈年旧事，就恨得咬牙切齿。

就在这时，一个声音从窗外飘了进来："两位，背后说人坏话，可不是什么光明磊落的行径。"

听到这声音，凤凰夫妇都是一惊。尽管隔了数年，可这个声音，他们至死都不会忘。可是他们往窗外一看，除了遍地的古木，什么都没有。

"火凤，我是不是太想念我们的孩子了，所以出现了幻听？"冰凰紧张兮兮地问。

"我也听到了，唉，肯定是我们太想那孩子了，都出现了幻听。你放心，我们已经收集了二十颗水曜石，足以胜过三弟，待父亲飞升成功，我就带着你去青洲找寻那孩子，了却我们这几年的心愿。"火凤只当自己听错了，抱紧爱妻柔声哄道。

"两位，只怕你们的希望要落空了，你们不可能赢得族长之位。"那个声音再度传来，火凤和冰凰都听得一清二楚。

"谁？是谁在那里装神弄鬼？"火凤下意识地护住爱妻，一脸的戒备。

只见一个轻飘飘的灵体从窗外飘了进来。为了让夫妇俩看到自己，叶凌月运起天地之力，夫妇俩眼前出现了一个模糊的人影。

尽管叶凌月的容貌和几年前有了很大改变，可是她那双灵气逼人的眼睛，凤凰夫妇都记得很清楚。

"是你……你还我孩子！"一看到叶凌月，冰凰就激动地扑了上去，哪知却扑了个空。

"你居然敢闯入九涅峦，真是自寻死路。"火凤见到抢走孩子的"仇人"，双眸冒出怒火，上前就欲和叶凌月交手。

"两位冷静些，我今日前来，就是想告诉你们小乌丫的事。"叶凌月直奔主题。

"什么乌鸦白鸭的，休要在那里强词夺理，上次是你运气好有了帮手，这回我倒要看看，还有谁能救你！"火凤脾气火暴，盛怒之下，凝起一股惊人的轮回火之力。

"且慢，你们看，这是什么？"情急之下，叶凌月从鸿蒙天取出几块碎蛋壳，看那纹路，正是凤凰蛋的蛋壳。

这些蛋壳，都是小吱哟孵化了小乌丫后留下来的纪念品。

每一颗凤凰蛋的壳都是不同的，小乌丫中了毒，蛋壳的颜色更是独一无二。

"孵化了？我的孩子它……它还活着？"冰凰捧着蛋壳热泪盈眶。这几年来，她日夜思念自己的孩子，不知道为它流了多少眼泪。

"我们的孩子真的没死？它中了那么厉害的毒，就算神医再世也救不活它啊。既然我们的孩子还活着，那它现在身在何处，为何只有你自己来了？"欣喜之余，火凤又有些怀疑。他已经领教过叶凌月的狡猾，对她很不信任。

"爱信不信，反正她就在九涅峦外，很快就会找到这里。我只是先行一步，

来确认你们的下落。既然你们不信，我让她回去好了。"叶凌月对火凤的态度很是不满。

明明是她救了小乌丫，这夫妻俩却把她当成仇人。

"不，我们想见见它。姑娘，火凤就是这火暴脾气。我们很想那个孩子，做梦都在想它。它……它是男是女？这几年一切可好？"冰凰激动地问道。

"小乌丫是只凰鸟，已经能化为人形，长得很漂亮，个头大概有这么高了。"叶凌月对冰凰的印象还是很不错的，可能是因为小乌丫长得和她更像吧。

"火凤，你听到了吗，是个女宝宝，我们终于有女儿了！"冰凰迫不及待地想见小乌丫。

"小乌丫？你就给我女儿取这种破名字？"火凤一听到宝贝女儿居然叫"乌鸦"，忍不住额头青筋乱跳，有种想把叶凌月一脚踹出九涅峦的冲动。

"这名字哪里破了，你难道不懂'贱名好养活'这个道理吗？再说了，小乌丫刚出生时的确长得跟乌鸦似的。"叶凌月也不服气了。"小乌丫"这名字是小吱哟起的，以小吱哟当时的说话水平，能起这么个名字已经很不错了，比什么"狗蛋""二狗子"的好听多了。

"不管怎样，你救了我们的女儿，就是我们的恩人。恩人，请受我们夫妇一拜。"冰凰拉了拉火凤，就要向叶凌月行礼。

火凤虽然不喜欢人族，可是叶凌月救了自己的女儿，光凭这一点，他和叶凌月的恩怨也能一笔勾销了。

"且慢，小乌丫是我的好姐妹，你们也算是我的长辈。我救她，是因为真心疼爱她，和你们凤凰一族没有半点关系。你们别婆婆妈妈的，我还有件更重要的事告诉你们，是关于水曜石的。"叶凌月可不愿占这对夫妻的便宜。

火凤和冰凰一愣，水曜石事关族长之争，身为外人的叶凌月怎么会知道？

叶凌月把事情的来龙去脉说了一遍，火凤听到睿为了得到水曜石，居然用水灵阵掠夺村里的水之灵，不由得动怒："此事当真？睿那小子，竟做出如此大逆不道之事！"

"句句属实，如果不是我坏了他的好事，房阿县的十八个村子早已沦为一片死地了，你们若是不信，可以去那些村子打听一下。"叶凌月笃定地说。

"睿那孩子，真是太无法无天了。幸好这事发现得早，若是再迟一步，只怕会惊动九洲盟的高层，凤凰一族将有灭顶之灾。"听说小乌丫和睿交过手，冰凰顿觉胆战心惊。她很清楚睿的实力，睿是低级阵师，实力比她的几个儿子都略胜一筹。

"照你方才所说，睿手中最多有十七颗水曜石，为何这次族长之选会有变数？"火凤对睿的做法也很气愤，但他知道，在族长竞选的节骨眼上，就算揭发了睿的恶行，因为事情并没有出现更严重的后果，加上水曜石又是父亲急需之物，以父亲对睿的宠爱来看，这件事恐怕会不了了之。

如今最妥当的做法，就是等父亲闭关飞升之后，他继承了族长之位再处置睿。

"他只有十七颗水曜石，你们却有二十颗，但是如果他手中还有一颗水曜晶呢？"叶凌月问道。

"睿怎么会找到水曜晶？这不可能，在古九洲，天然的水曜石兴许还有，但水曜晶已经绝迹了，除非是在神界，才能找到水曜晶。"冰凰难以置信地说。

"真的假不了，那块成色上乘的水曜晶，这会儿就好好地藏在你三弟的树屋里。你若不信，等到了族长评选那日，就连后悔都来不及了。"

叶凌月才不会告诉火凤冰凰，那颗水曜晶其实是她用鼎息改造出来的。

"火凤，这该如何是好？那可是水曜晶啊，一颗水曜晶，至少能顶十块水曜石。在这么短的时间里，我们哪能找到那么多水曜石？"冰凰一脸的愁容。

"凰儿莫急，我们争这族长之位，就是为了能去找我们的孩子。既然女儿就要回来了，那当不当这族长又有什么关系呢？"火凤见爱妻为了寻找水曜石憔悴了不少，哪舍得让她再为这种事烦心。

"你说得也对，咱们一家人就快团聚了，没必要和三弟他们争得头破血流。"冰凰和火凤都是那种闲云野鹤的性子，否则当初就不会去灵气稀薄的青洲大陆历练了，说什么历练，其实就是去游山玩水了。

叶凌月一听，差点吐出一口老血。这对夫妇也太那啥了，一点野心都没有，难怪他们那几个孩子，虽然出生在灵气充沛的古九洲，天赋和修为却都比不上小乌丫。

"两位，正所谓'害人之心不可有，防人之心不可无'，就算你们不想争这族长之位，人家就会放过你们吗？尤其是你们那个好侄子，小小年纪就为害乡里、欺男霸女，小乌丫要是回了凤凰部落，以她的容貌，将来必定是个倾国倾城的大美女，到时候睿要是欺辱她，你们难道就眼睁睁看着你们的宝贝女儿落入那种人手里吗？"叶凌月真想敲开这对夫妇的脑袋看看里面是什么构造。

"当真是一语惊醒梦中人。火凤，我也觉得，以睿的心性，不适合当少族长。可是明天就是评定水曜石之日，我们该怎么办？"冰凰已经来不及去找其他的水曜石了。

"这事我倒是可以帮忙，这样一来，不仅可以助火凤夺得族长之位，还可以一劳永逸……"叶凌月附在夫妇俩耳边一阵耳语，夫妻俩听罢，神情各异。

火凤虽然有些犹豫，可是一想到睿的所作所为，还是狠下心同意了叶凌月的提议。

第三十八章　两小无猜

叶凌月的元神分身进入九涅峦后，小乌丫等人也连夜赶往九涅峦。

九涅峦位于深山之中，看着虽近，走起来却极远，而且凤凰一族在周边设了不少禁制，如此一来，行进的速度就慢了下来。

小乌丫急于见到爹娘，索性化为原形，驮着小吱哟往九涅峦飞去，只用了半天时间，就飞到了古木林前。

小乌丫化为人形，心中有些忐忑，小吱哟则在附近寻找着叶凌月留下的信息。

"小乌丫，这里有主人留下的记号，我们循着印记就能进入九涅峦了。"

小吱哟说罢，不见回应，回头一看，就见小乌丫凝视着林海深处，一张小脸上神情复杂。这是小乌丫第一次来九涅峦，她望着古木林深处那片若隐若现的群山，似乎听到有个声音在不断召唤她，那声音就来自九涅峦深处。此前她还在怀疑，这会儿已万分确信，九涅峦就是凤凰的栖息地。她知道那里有她的族人，还有她的家人——从破壳那一刻开始就日夜思念的人。可是，站在这里，小乌丫又胆怯了，不敢迈步往前走。心中有个声音在不停地问她："你真要回凤凰部落吗？回去之后，你可以和家人团聚，可你就必须跟老大和小吱哟分开了……"

当她是颗蛋时，是小吱哟孵化了她。

她破壳而出后，是老大精心喂养着她。

她这身本事，也是老大一点点传授给她的。

有老大和小吱哟相伴，她渐渐忘了自己是被遗弃的，只是偶尔才会想念自己面目不详的父母和家人。

真的要离开他们吗？一想到这点，小乌丫又不那么想回凤凰部落了。她这才发现，这几年下来，老大和小吱哟早已填补了她心目中家人和朋友的空白。

"小乌丫，你怎么停下来了？本吱哟找到所有的记号了，我们可以进去了。"

"小吱哟，如果我回到了凤凰部落，以后还能和你们在一起吗？"小乌丫犹豫着。

"当然可以，无论将来发生了什么事，我和老大都会和你在一起的。你是本吱哟的小媳妇儿，我们以后日夜都要在一起。"小吱哟还在后头默默添了一句"本吱哟可是要入赘的哟"。

羞死了，小吱哟居然每天都要和自己在一起。小乌丫的俏脸上闪过一抹娇羞。她虽和小吱哟差不多大，但女孩子早慧，她已经明白"媳妇儿"是什么意思了。

"好，那我们拉钩，无论发生什么事，以后都得在一起。"小乌丫的手和小吱哟的爪子拉在了一起，用力地摇了摇。

小吱哟在古木林外留了一封信，告诉黄泉城代表队的众人不要担心，它和小乌丫进九涅峦找她的家人去了。

小乌丫这才抱着小吱哟进入古木林，循着叶凌月留下的记号，顺利地穿过大半林子。

小乌丫走到林子的三分之二处，越过高大的枝丫，已经能够看到住在九涅峦外围的那些鸟族的树屋了。

小乌丫正在遥想自己的爹娘到底是什么模样，却被一阵惊叫打断了思绪。

"有人！"小乌丫和小吱哟迅速躲到一棵古木之后，只见百米外跑来一名紫衣少女，少女衣不蔽体，慌不择路，在她的身后追着一名翠衣少年。

紫衣女子忽地身影一闪，化为一只漂亮的紫云雀，振翅逃向高空。

锦衣少年见了，嘴角露出一丝讥笑，运起元力，迅速生成一个阵法。

那阵法一出现，周围的古木迅速发生变化，数不尽的枝条在半空中结成一张巨网。那只可怜的紫云雀一头撞在了网上，悲鸣一声，栽倒在地，又变回人形。

"睿大人，求求你放过我吧，我与海东是真心相爱的。"紫衣女子苦苦哀求，满脸的泪水，看上去楚楚动人，可那翠衣少年却无动于衷。

"紫仙，我能看上你，是你修来的福气，你可知族里有多少女人巴不得被我宠爱。你放心，虽然你血统下贱，不能当我的夫人，不过只要你把我伺候舒服了，我可以赐你一个侍妾的名分。"少年说罢，就欲对女子行不轨之事。

那紫衣女子性情刚烈，眼看要失了清白，一咬牙就往旁边的古木上撞去。

翠衣少年一把将她扯住，威胁她道："贱人，别敬酒不吃吃罚酒，你宁可死也不肯伺候我，我偏不如你的意。你那么爱海东那臭小子，你若不从，我就让他生不如死。"

这声威胁，让紫衣女子瘫软在地。翠衣少年邪邪一笑，硬将紫衣女子扯入怀里，迫不及待地撕开她的衣服。

紫衣少女痛苦地闭上眼睛，心中默念着："海东，我对不起你，我们只能来世再做夫妻了……"

翠衣少年正要将紫仙压在身下，却听得一声娇叱："住手！"

"哪个浑蛋，竟敢打扰我的好事！"翠衣少年正是睿，他抬头一看，只见前方站着一个小萝莉，小萝莉的手中还抱着一只雪白的狐狸犬。

他先是一愣，再看看小萝莉的容貌，好个标致可人的小丫头，虽年龄不大，可一双秋水明眸，鼻梁又挺又直，一张丰润的小嘴，加上一头微卷的及踝长发。

小小年龄就如此动人，只需再养上几年，必定会成为倾国名花。和这小丫头一比，自己身下的紫仙只能算是庸脂俗粉了。

"你是哪家的丫头，以前为何从未见过你？"睿见色起意，心中暗想，不知这是哪个鸟族的姑娘，不如先将她抢回去好好调教，用不了几年就可以供自己享用了。

"呸，小鸟丫是哪家的关你什么事？你个下流无耻的家伙，男人的脸都被你丢光了。"小吱哟一看睿的神情，就知道他对小鸟丫不怀好意。

居然敢把主意打到自己小媳妇身上，小吱哟气得白毛倒竖，冲着睿恶狠狠地

吼道。

睿不认识小乌丫，可小乌丫却认得他。他身上的气息，还有那声音，都表明了他就是那个神秘的阵师。

"你是什么人？"睿仔细打量着小乌丫，看到她那双漂亮的眼睛，突然想到了什么。

他嗤笑了一声，不紧不慢地穿上衣衫，一挥手，紫仙就被树枝捆了个结实。

"我说怎么这么耳熟，居然是你。上次你侥幸逃脱，这次还敢找上门来？"睿认出来了，眼前这小丫头，就是上次和自己交过手的那只猫头鹰。

"等等，你和我一样，也是凤凰？"睿忽然意识到了什么。

听到这个"也"字，小乌丫本能地皱了皱眉。她一直都以自己是凤凰为傲，可见识了睿的所作所为，小乌丫很讨厌有这样的族人。

"呸，谁要和你一样，赶紧把她放了。"小乌丫呸了一声，纤掌一挥，嗤嗤两声斩断了枝丫，然后足尖一点地，在半空中一个漂亮的燕子回巢，已经将紫仙救了下来。

"姐姐，你不用怕。"小乌丫脱下自己的外袍披在紫仙身上，满脸的关切。

"小妹妹快走！睿大人是未来的少族长，谁要是得罪了他，全家都不会有好下场。"紫仙惶恐不安地说。

"强出头可不是什么好事。小丫头，你几次三番坏了我的好事，我可不管你是什么来历，今天你们俩都得跟我走。"睿不以为然地挑了挑眉，完全不把小乌丫放在眼里。

下一秒，他倏然身形一快，掌中迸出一团烈焰，陡然一掌拍向小乌丫。

小乌丫柳眉一扬，脸上闪过憎恶之色。她也不躲闪，双臂轰出，在一团光影之中，元力化为两只利爪。

砰！身子比睿还矮一截的小乌丫，从容挡下了这一掌。

睿往后一退，身形骤变，化为一只翠色的凤鸟。

小乌丫毫不示弱，只见一团火光闪过，小乌丫已经变成一只凰鸟。

两只气势不俗的凤凰双双出现在古木林上空，那高亢的叫声打破了古木林的宁

470

静，甚至惊动了整座九涅峦，数道身影从不同的树屋里掠出，朝着古木林而来。

"这是……"看到两只凤凰在半空中对峙，火凤和冰凰心魂一震，惊呼出来，"小乌丫！"

"睿儿！"睿的爹娘也赶了过来，看到了儿子恼怒的模样，再看看那只眼生的凰鸟，不由得愣住了。

"还不给我住手！"凤凰老族长驾到，两只利爪落下，将小乌丫和睿抓了个正着。

凤凰一振翅，身形扶摇而上，转眼间就离开了古木林。

"是老族长……快去王廷树。"火凤夫妇回过神来，赶紧朝着九涅峦里最醒目的那棵树跑去。

睿的爹娘也醒悟过来，狠狠地瞪了紫仙一眼，抓起了这惹事的女人，也往王廷树掠去。

"等等本吱哟啊，你们这些凤凰，怎么一点待客之道都不懂……"小吱哟急了，那只大鸟把小乌丫给抓走了，得赶紧去救她。

小乌丫被凤凰抓在爪中，还想挣扎，却发现自己无法动弹。

"死心吧，就你那小伎俩，还想摆脱我爷爷的钳制？"被凤凰另一只凤爪抓住的睿仍不忘讥讽小乌丫。

对方居然也是凤凰，而且实力还和自己不相上下，这让睿有些意外。不过那又如何，外族的凤凰擅闯九涅峦，还惊动了爷爷，这小丫头肯定要遭殃。不过看在她长得好的分上，他可以求爷爷把她赏给自己，睿美滋滋地想着。

小乌丫很讨厌睿看自己的眼神，一听说这只老鸟就是睿的爷爷，心底暗道，这老鸟肯定也不是什么好货色，我绝不能落到它的手里。

小乌丫身形一晃，变成一只灵敏的军舰鸟，嗖的一声钻出凤凰的爪缝。

"咦？"老族长爪下一空，低头一看，哪里还有小凰鸟的影子，却见一只军舰鸟振翅冲向高空。

"小家伙，在本皇面前还敢使诈，留下来吧。"老族长摇了摇头，凤翅一振，元力迅速结成气旋，呼啸着追在军舰鸟身后。

"不知死活！爷爷，好好教训教训她！"睿幸灾乐祸地嚷道。

哪知气旋刚一逼近小乌丫，军舰鸟又摇身一变，竟变出一群嗜血蛇蜂。

只听得嗡嗡作响，百余只嗜血蛇蜂四散飞去，一时间连老族长都分不清哪个才是小乌丫了。老族长不由得放声大笑："小家伙，没想到你居然是只小幻凰，了不得啊，可惜还是嫩了些。"

那气旋只是稍一迟疑，便呼的一声朝其中一只嗜血蛇蜂冲去。小乌丫只觉得有只大手将自己从半空中扯了下来。

"啊——"小乌丫惨叫一声，摔在了那棵树冠如云、足有百米高的王廷树上。

王廷树，是整个九涅峦的中心所在，也是历代凤凰族长的树屋所在。

小乌丫抬头看去，正对上老族长的视线。它有一双褐色的眸子，眸中满是睿智和冷静。

老族长落地时松开了睿，睿一恢复自由，就迫不及待地指着小乌丫说道："爷爷，这小凰鸟也不知是从哪冒出来的，居然敢对孙儿下手。不如把它交给我吧，我一定好好修理它。"

睿也被小乌丫会变身的本事惊到了。不过纯种的凤凰都生活在九涅峦，这只小凰鸟一定是某只凤凰在外面生的小杂种，不然它身上怎么连点凤凰瑞息都没有。

"你是哪家的孩子，爹娘姓甚名谁？"老族长一脸深意地打量着小乌丫。

这小凰鸟年龄还小，也没有凤凰瑞息，性子倔得很，倒是很对老族长的脾气。不过这里终究是九涅峦，对方是外来者，而且一来就和睿动了手，若不严惩，只怕族人们会不服。

"我家老大说过，在问别人的名字之前，先该自报家门。你活到这么大年纪，难道连这个规矩都不懂？"小乌丫被老族长教训得灰头土脸，心里不爽，口气很是不善。

"死丫头，竟敢这么对我爷爷说话，我看你才没教养，一看就是个野种！"睿一听这话，顿时恼了，冲上去就要打小乌丫。

"父亲手下留情，这是我和火凤的孩子！"只见一道蓝影掠来，一把护住了小乌丫。

冰凰搂着小乌丫，泪眼婆娑。

"你是我娘？"小乌丫心头一涩，有些难以置信地看着这位美丽的妇人。

冰凰看上去美丽端庄，双眸里满是泪水。

这是小乌丫第一次和冰凰见面，一看到冰凰，小乌丫就很喜欢，她的怀抱很温暖，那是属于娘亲的气味。

见女儿一脸的狼狈，额头上还有瘀青，再看看她瘦弱的小身板，冰凰满心愧疚，忍不住抱着女儿哭了起来。

火凤也追了过来，急急地站到妻女的身前。

"什么？这丫头是你们的孩子？"老族长一脸的惊讶。

睿的爹娘也赶了过来，看到紧紧抱在一起的冰凰母女和一脸阴沉的火凤，全都愣住了。

"这究竟是怎么回事？我什么时候多了一个孙女儿，而且还是一只幻影凤凰？"老族长一脸的恼怒。

真是岂有此理，凤凰一族的血脉本来就很单薄，有一只小凤凰流落在外数年，这么大的事，火凤和冰凰居然一直瞒着他。

幻影凤凰？睿的爹娘一听，脸都绿了。大哥忽然多出个女儿也就罢了，居然还是一只幻影凤凰。这种凤凰弥足珍贵，千年都未必会出一只，想不到居然是大哥的女儿。这样一来，此次族长之争，岂不是又增变数？

火凤和冰凰不敢隐瞒，将当年之事如实说出。他们也没想到，大难不死的小乌丫不仅孵化成功了，还是一只厉害的幻影凤凰。

"小乌丫，是我们对不起你，我可怜的孩子。"冰凰抚着小乌丫的脸，眼底满满的都是母爱。

尽管早就从老大口中得知了事情的经过，可同样的话从火凤和冰凰口里说出来，却是不同的感觉。

数年来，积压在小乌丫心底的怨气，随着火凤和冰凰的出现，烟消云散了。

"娘，孩儿不怪你。你看孩儿不是好好的嘛，老大和小吱哟对我很好，还有老大的家人，他们都很疼爱我。"小乌丫扑在冰凰的怀里，感受着失落了多年的母爱，眼底泪雾氤氲。

小乌丫忽地想了起来，自家老大不见了，还有小吱哟也被她丢下了，急忙问道："娘，你们可曾遇到我家老大？"

"小乌丫，方才究竟是怎么回事？你怎么和睿动起手来？"冰凰赶紧打断小乌丫的话，冲着她眨了眨眼睛。

小乌丫进入九涅峦还算情有可原，可若是让老族长和三弟他们知道有人闯了进来，只怕会惹来更大的麻烦。

"不错，你既然是老大的女儿，和睿就是堂兄妹，怎么能和自己的哥哥动手呢！"老族长仔细打量着小乌丫，看着她灵气十足的模样，不由得露出了笑容。

"爷爷，这都是误会。原来小乌丫是我的堂妹啊。"睿眼珠子一转，再看看小乌丫俏丽可爱的模样，心中微微一动，忙变了嘴脸。

"堂妹，真是抱歉，我以前不认识你，多有冒犯，还请你看在你我都是凤凰的分上，原谅为兄。"

睿的眼界高，平日玩弄的族内女子无数。可他心里清楚，那些女子只是玩物，与她们结合，只会玷污了他高贵的血统。

他一直想找血统纯正的母凰，可惜九涅峦里没有合适的女子，如今小乌丫回来了，她又是纯正的幻影凤凰，在睿看来，小乌丫是最适合当他伴侣的人。

睿这一开口，小乌丫更窝火了。

"我才没有他这种亲戚，我与他动手的原因，他最清楚不过。这色狼差点侮辱了紫仙。"小乌丫话音一落，睿和他的父母都拉下脸来。

"话可不能乱说，你说我们睿侮辱紫仙，这事可有证据？别以为你是大哥的女儿，就可以胡乱诬蔑人。"睿的娘亲啐了小乌丫一口，护犊之意不言而喻。

"不错，小堂妹，我有没有侮辱紫仙，问一问紫仙本人就知道了。来人，把紫仙找过来，问个清楚。"

睿不慌不忙地和他爹交换了一个眼神。

紫仙已经换好了衣裳，她满脸的惊吓，看到小乌丫时，明显地瑟缩了一下。

"紫仙，你说，方才发生了什么事，睿可有欺负你？"老族长询问紫仙。

睿是他的亲孙，他不相信睿会做出这么胆大妄为的事来。

"启禀老族长，什么事都没发生，是……是我爱慕睿大人，主动约了他，哪知道那位小姑娘突然出现，误以为睿大人要欺辱我。"紫仙垂着头轻声说道，不敢用眼去看小鸟丫。

"紫仙姐姐，方才他分明在欺辱你，怎么才一会儿工夫，你就变了口风？"小鸟丫急了，这分明就是颠倒是非，看紫仙的模样，显然是被威胁了。

"小堂妹，你就别再问她了。真相已经一清二楚，是你误会我了。紫仙爱慕我，所以想勾引我，刚好被你看到，才有所误会。"睿恬不知耻地说。

"不错，族里有不少女子都仰慕睿，他哪会看上紫仙这种货色。"睿的娘亲满脸骄傲。

"岂有此理，我还有证人，方才小吱哟和我在一起，它也看到了。"小鸟丫绝不容许睿再祸害其他族人，今日是紫仙，以后可能就是其他女子。

"小吱哟是谁？"老族长也有几分不悦，睿终究是他最看好的少族长的继承人。

"小堂妹说的是她抱回来的狐狸犬，不过是只萌宠，它能知道什么。"睿不以为然地说。

"都够了，紫仙，你先退下。你们几人，去把其他人找来，我有要事和你们几人商量。"老族长不愿再追究此事，在他看来，睿未必就是清白的，但少年风流，睿又是未来的少族长，多几个女伴也没什么。

小鸟丫的忽然出现，让老族长犹豫起来。原本在他看来，老三和老大都是合适的族长继承人，只是老三家的睿比老大家的那几个孩子更适合当未来的族长。他小小年纪就是阵师，前途必定不可限量。可现在，老大家多了一只幻影小凰，幻影啊，那可是凤凰一族绝对的强者。一时之间，老族长犹豫起来。

老族长的召令，让所有具有凤凰血统的子嗣们都赶了过来。

"父亲、娘亲，我们抓到了一只很漂亮的小狐狸崽子。"火凤和冰凰的几个儿子大步走了进来，为首的正是火凤的长子吧，吧的手上抓着一只皮毛雪白、蓝眼睛、鼻子黑亮黑亮的小兽。

哪知一进门，原本看上去很乖的小家伙忽然一爪子打在了吆的手背上，然后连蹦带跳地钻进了小乌丫的怀里。

小媳妇，本吆哟可找到你了！

小吆哟落单后，在九涅峦里迷了路，恰好遇到了吆和他的兄弟。听到他们说老族长要召见他们，小吆哟故意一头撞在了吆的脚下。

"小吆哟！"小乌丫见了小吆哟，高兴极了，忍不住在小吆哟的额头上亲了一下。

火凤和冰凰一看，面面相觑：这就是小吆哟？

他们已经从叶凌月口中得知，小乌丫有个小伙伴叫小吆哟，小乌丫很喜欢它，只是没想到女儿喜欢的居然是这样一只小兽。

睿看到小乌丫一脸欢喜，再看看她和小吆哟亲热的模样，嫉恨地瞪了眼小吆哟。这小兽能口吐人言，绝不是一般的公兽。他看上小乌丫了，理所当然地把她当成了自己的女人，怎么能允许她和其他公兽走得太近。

"吆，你们几个快过来，这是你们的妹妹小乌丫，她回来了。"

冰凰一说完，小乌丫的几个哥哥都愣了一下，呼啦啦围了上来，妹妹长妹妹短的，彼此间虽然分离了数年，却没有半点陌生的感觉。这让小乌丫感动之余，对家人又亲近了几分。

过了一会儿，凤凰一族的凤凰们都到齐了。小乌丫留意到，凤凰一族虽然族群庞大，可是血统纯正的凤凰并不多，只有老族长的三个儿子以及他们的孩子才是。

得知小乌丫是火凤的幼女，不少族人都好奇地围了过来，一时间，王廷树上叽叽喳喳，好不热闹。

"都安静一下，小乌丫已经回来了，以后也不会离开，有什么话可以慢慢说。今日我找你们过来，是要商讨族长继承一事。"老族长见状，示意众人噤声。

留在凤凰族落？小乌丫心中咯噔一声，抱着小吆哟的手不由得收紧了几分。回到凤凰族落，她很高兴，可是这并不意味着她要留在这里。虽然大部分族人都很友善，而且这里的生活也很惬意，没有什么纷争，与世隔绝。

除了睿一家，小乌丫方才也认识了二叔全家，他们同样也是纯种的凤凰，一家子都是俊男美女。其他族人都很喜欢她，邀请她去他们的树屋做客。这些都让小乌丫很感动，可是小乌丫还想陪着老大，想陪着小吱哟。

"爷爷，我……"小乌丫正要开口，看到大伙的神情一下子严肃起来，知道老族长要宣布重要的事，就打算迟些时候再说。

"我已经老了，这次飞升吉凶难测，无论结果如何，族长之位都应该交给更合适的人。你们都是我的子嗣，都是凤凰一族的后人，都有资格参与族长之位的竞争。为了避免你们兄弟几人伤了和气，几月之前，我就已经宣布，截止到今日，获得水曜石最多的人，就可以成为下一任族长。现在是时候拿出你们的成绩来了，让我看看，谁是最合适的人选。"老族长的目光，逐一落在了几名子嗣的身上。

凤凰一族，被贬到这块古老的大陆已经上千年了，历代族长都希望能够重回神界，它们选择了九涅峦，想借着灵山九涅峦来打破凤凰一族身上的最后一道枷锁，只可惜都失败了。这一次，他也要试着去冲破这道枷锁，水曜石成了他突破的重中之重。他也想借此机会看看，在这些子嗣的心目中，谁将他看得最重。

睿一家人一听，眼眸倏地亮了。

"父亲，我们一共找到了十九颗水曜石。"火凤夫妇取出了他们的水曜石。

天然的水曜石，一拿出来，就散发出一股沁人的凉气。

"父亲，孩儿无用，只找到了三块。"火凤的二弟有些不好意思地取出了三块水曜石。他们没有冰凰那样寻找水曜石的本领，也不会睿那样的水灵阵，这三块水曜石，还是他们费了很大气力得来的。

"父亲，我们一共找到了十八块水曜石，不过，睿在最后几天里，找到了一块水曜晶。"睿的父亲也迫不及待地交出了水曜石，当他取出那块水曜晶时，满脸的骄傲。

"睿竟能找到水曜晶，真是个乖孩子。"看到那块水曜晶，老族长不由得一阵激动。

一块水曜晶堪比十块水曜石，这么一来，胜负已经很明显了，睿父子俩一脸的激动。

"这么说来，这次族长之争，获胜的应该是找到水曜石数量最多的——"老

族长正欲宣布结果，哪知就在这时，睿的父亲手中拿着的那块水曜晶嘭的一声炸开了。

水曜晶突然爆炸，睿的父亲毫无防备，碎片刺入他的脸上、身上甚至眼中。

第三十九章　族长之争

"父亲！"

这血淋淋的场面顿时把睿和他的娘亲惊呆了。

刚才还沉浸在欢喜中的老族长，也被这突如其来的变化震惊了。

众人慌忙上前救人，火凤捡起那块水曜晶，发现里面残留着一丝暴戾的气息，目光沉了沉，不由得想起了叶凌月的话。

这块水曜晶是叶凌月为了引诱睿现身，特意用白色鼎息提纯而成的，提纯后还额外灌入了一缕黑色鼎息。她本打算找到真凶后就引爆水曜晶来为房阿县的村民们报仇。

见到火凤夫妇后，叶凌月也曾想过，再提纯两块水曜晶，帮火凤夫妇赢得族长之位，但是一下子出现多块珍贵的水曜晶，必定会引来怀疑，为安全起见，她放弃了这个念头，而是让火凤在见到水曜晶后暗中注入一股元力。

蛰伏在那块水曜晶里的黑色鼎息，遇到他人的元力就会爆炸。所以这块在众人眼里无比珍贵的水曜晶，其实就是一颗定时炸弹。

起初火凤顾念兄弟之情还有些犹豫，可是方才亲眼目睹了睿的恶行，对这个侄子彻底失望了，这才乘众人不备悄然做了手脚。

"父亲，这水曜晶里面有煞气。"火凤悄然抹去自己的那丝元力，把水曜晶呈

给老族长。

黑色鼎息在水曜晶内留下了黑色的纹路，看起来就像被煞气污染所致。

竟是煞气？老族长原本还在担心老三的伤势，一看到煞气的痕迹，顿时老脸一沉。

这些水曜石，老族长打算在自己飞升时用。在飞升的紧要关头，如果用了含有煞气的水曜晶，后果不堪设想。

"三弟，你把含有煞气的水曜晶送给父亲，到底安的什么心？"火凤见父亲沉默不语，面色一沉，呵斥道。

"我……我也不知道，睿，你快解释。"睿的父亲捂着脸，鲜血染红了他的脸庞，他忍着疼痛，急忙给儿子使眼色。

"大伯父，这块水曜晶是我偶然得到的，我也不知道里面怎么会有煞气。"睿终归年纪小，还是第一次遇到这种事，一时间不知如何是好。

"他当然不知道了，爷爷，这水曜晶根本就不是他找到的，而是他偷来的。他不仅偷了水曜晶，还用水灵阵强占了房阿县十八村的水之灵。那十八个村子差点颗粒无收，数万村民险些死于非命。"小乌丫乘机揭穿了睿的恶行。

"爷爷，睿不仅意欲染指紫仙，还暗中加害海东。海东、紫仙，你们进来。"咬恨恨地瞪了睿一眼，把哭肿了眼睛的紫仙和手臂受伤的海东唤了进来。

"老族长，睿大人的父母挟持了我的家人，海东为了保护他们受了伤。他们逼我承认是我勾引睿大人的，我迫于无奈才昧着良心说了谎话。乌丫大人，对不起。"在海东鼓励的目光下，紫仙把白天发生的事，以及睿欺辱族里女子的事，和盘托出。

又过了一会儿，叶凌月带着黄泉城代表队的人走了过来。

原来，叶凌月与火凤商量好对策后，元神分身就悄然出了九涅峦，到了外头，回归肉身，然后带着众队员一起进入九涅峦。

铁证如山，得知真相后，老族长气得脸色铁青，他万万没有想到，自己宠爱的睿居然是这种货色。

"你这孽障，居然做出这种伤天害理的事。"老族长一掌击出，睿顿时喷出一口热血。

"父亲，您放过睿吧，这孩子还小，还不懂事。"睿的父母跪在地上，求老族长手下留情。

睿抹了抹嘴角的血迹，英俊的脸上涌动着不甘。他才明白过来，自己被小乌丫狠狠摆了一道。那块水曜晶肯定早就被他们动了手脚，这回算他栽了，不过别以为这样就可以打败他，让他在族里难以翻身！

"爷爷，求你再给我一次机会，我知道错了。"睿抱紧老族长的腿求情。

"睿，你实在是太让我失望了，你不能再留在凤凰部落了。"老族长气得浑身发抖，这么多年来，他一直不愿意让族人掺和外界的事，想不到自己的孙子险些害死那么多村民。

"不，爷爷，你不能赶我走。"睿忽然站了起来，一口咬破指尖，一股元力自他手中凝聚。

在他的身下，一个庞大的水灵阵迅速形成，与以前在房阿县使用的那个水灵阵不同，这个水灵阵中，不再是鱼、鸟等灵纹，而是一条翻腾的水蟒，那水蟒发出一声嘶鸣，从灵阵中破阵而出，环绕在睿的身旁。

所有人都被这一幕震住了，因为睿所用的阵法，显然已经超出了低级水灵阵的范畴。

"中级阵法……睿，你突破了，成为中级阵师了？"睿的父母喜出望外。

中级阵师，放眼整个古九洲，都是不容小觑的存在。

一名中级阵师，可以大大地增强凤凰一族的实力。

不仅如此，有了睿这个中级阵师，可以提高老族长飞升的成功率。

火凤夫妇心中明白，在睿显露出中级阵师的实力之后，就注定不会被赶走了。

"爷爷，为了能够帮助你飞升，孙儿这些日子一直在努力修炼，终于练成了中级水灵阵。孙儿已经知错了，还请爷爷看在孙儿一片孝心的分上，原谅孙儿一次。房阿县的损失，孙儿会想法子弥补，孙儿再也不欺辱族中的女子了。"睿言辞恳切，老族长脸色渐缓。

见时机大好，睿的父母连忙跪下，睿的父亲哀求道："父亲，你可怜可怜孩儿吧，孩儿只有睿这么一个孩子啊。他是贪玩了些，但都是因为年轻不定性，只要有人好好管教他就好了。小乌丫和睿年龄相仿，又是堂兄妹，不如让他俩亲上加亲。有小乌丫管着他，睿一定会变好，他们俩将来的孩子肯定能具有最纯正的凤凰血统。"

没想到睿的父母居然把她给惦记上了，小乌丫立时反对道："我不嫁他，我讨厌他。"

"父亲，小乌丫还小，况且刚回来，她的婚事不能这么仓促地定下来。"火凤和冰凰也连声劝阻。

就算睿成了中级阵师，可是江山易改，本性难移，他这种人，根本不可能是良配。

"呸！小乌丫是我的小媳妇，你个色狼加下流坏子，少打她的主意！"小吱哟一听，实在忍不住了，冲着睿呸了一口。

一时之间，所有的目光都集中在小吱哟身上，叶凌月想阻止已经来不及了。

小乌丫见事已至此，抱着小吱哟跪了下来："爷爷，孙女儿已经有意中人了，就是小吱哟，这辈子非它不嫁。"

"胡闹！我凤凰一族，怎么能和下三烂的兽族成婚。你的婚事，自有安排。"这混乱的局面让老族长越发不快，他不愿多说，挥手喝令众人全都退下，众人只得退出了王廷树。

"嗤，一条贱狗，真以为癞蛤蟆能吃到天鹅肉。"睿一家走了过来，看到小吱哟，讥讽了一句。

"不许你这么说小吱哟。"小乌丫抱紧了小吱哟，一副母鸡护小鸡的样子。

"小堂妹，别天真了。你是高贵的凤凰，就算你不愿意，也得嫁给我。你倒是看看，古九洲还有多少纯种凤凰？整个凤凰部落，除了我，谁还够资格娶你？不信你可以问问你爹娘和几个哥哥。你还是快快长大，早点与我成亲生子吧。"睿肆意打量着小乌丫，说罢，大笑着扬长而去。

小乌丫被睿气得浑身发抖，可她一看父亲和娘亲的反应，心顿时凉了半截。

"父亲、娘亲、哥哥，你们告诉我，睿说的是不是真的？"小乌丫已经从父母的神情里猜出了什么。

"小乌丫，你自小不在九涅峦，凤凰一族的有些事，你不知道也不奇怪。你带着几位贵客先随我们回去，我再跟你解释。"冰凰望着女儿，叹了一声。

女儿回来了，她本该很高兴才对，可她的心里却沉甸甸的，因为她知道，睿刚才说的话全是真的。小乌丫是不可能嫁给异族的，尤其对方还是一只看上去毫不起眼的小奶兽，恐怕这次她真要做个棒打鸳鸯的狠心娘亲了。

火凤和冰凰带着众人回到了树屋。

火凤夫妇的人缘一向很好，听说他们失踪了数年的小女儿回来认祖归宗，而且还救了紫仙，邻居们纷纷前来拜访。

直到傍晚，那些邻居才陆续散去，冰凰设了好几桌宴席，款待黄泉城代表队的众人。

"叶姑娘，这杯酒是我代表我全家敬你的，以前在下多有得罪，还请原谅。"火凤以一家之主的身份，举杯相敬。说起来，他和叶凌月也是不打不相识。

如今想来，若非叶凌月，恐怕世上早就没有小乌丫了。

一番觥筹交错之后，叶凌月和火凤夫妇之前的不快也一笔勾销了。火凤之后，冰凰以及小乌丫的几位兄长也逐一敬酒，感谢这几年叶凌月和其他人对小乌丫的诸多照顾。

席间美酒美食不断，一干人也一扫以前在房阿县的不快，畅饮了一番。

"敢问两位，睿说的那番话到底是怎么回事？在下还有一事不明，凤凰一族不是神兽吗，为何会栖息在九涅峦？还有，老族长飞升为何会需要水曜石？"

叶凌月有满腹的疑惑，毕竟无论在青洲还是在古九洲，她听说过的关于凤凰的传说，都说凤凰乃是神兽，而神兽应该生活在神界才对。

"这件事，还是由我来说吧。"

冰凰和火凤相视一眼，关于凤凰一族的事，就连九涅峦里的鸟族们也知道得不多，那本是凤凰一族最重要的秘密，但在座的都是小乌丫的伙伴，夫妇俩觉得也没什么隐瞒的必要了。

凤凰一族的确是神兽，只不过九涅峦的凤凰一族，乃是被贬到了人界的次

神兽。

原来，多年之前，九涅峦的凤凰的祖先名为丹火明凰，它原本是神界一名方仙座下的看鼎神兽，专门负责看守丹火。

有一日，方仙外出，留下了丹火明凰看守药鼎。丹火明凰一不小心打了个盹，误了一鼎神丹的火候，神丹报废不说，还烧毁了丹房。方仙回来后勃然大怒，除掉丹火明凰的头翎，将它贬入人间，还说除非丹火明凰及其后裔有朝一日能够重新长出头翎，否则一辈子都无法恢复神兽之身。

丹火明凰被贬后到了古九洲，见九涅峦一带火灵充裕，就选中这里做栖身之所。因有凤凰瑞息笼罩，所以周遭的一些灵鸟纷纷来到九涅峦。

一年又一年，那只被除了头翎的凤凰早已陨落，它在陨落前留下遗志，叮嘱子孙后代一定要重新生出头翎，返回神界。

千年来，它的后裔一直没有忘记老祖宗的遗愿，历任族长在实力达到巅峰之时，都会尝试历劫飞升。

飞升时劫难重重，稍有不慎就会陨落，而水曜石有助于飞升，所以老族长才命子孙们搜集水曜石，一方面是为了增加突破天劫的几率，另一方面，是为了考查子孙的能力。只是没想到，睿为了获胜竟然不择手段，差点铸成大错。

"小乌丫，你也不要怪你爷爷，他身上一直肩负着先祖的使命。"火凤唏嘘着。

"父亲，我怎么会怪爷爷，他也是身不由己。只是，为什么爷爷不反对睿娶我？难道经历了这么多事，他还不清楚睿的为人吗？"小乌丫一提起睿就觉得恶心，姑且不提她已经有了小吱哟，就算没有心上人，她也绝不会看上睿那样的坏人。

"唉，这件事，还得从凤凰一族的血统说起。因为拥有神兽的血统，凤凰一族的繁殖力一直很低。"

火凤心里也很反感睿，可事实却是，如果没有什么好办法，小乌丫真的可能要嫁给睿那个家伙。

凤凰一族，因为繁殖力低，子嗣素来很少，而且纯种凤凰一般每次只下一个蛋，还很容易夭折。像是火凤的二弟，他虽有三个子女，可这些孩子都不是他和正牌夫人生的，而是和他的两名鸟族妾室生下的。为了鼓励繁衍，一般的纯种凤凰都可以多夫多妻。像火凤和冰凰这种一夫一妻的情况，在整个九涅峦都不多见。当初也是因为冰凰的肚子争气，一口气生了好几只小凤凰，老族长才同意了火凤不纳妾的请求。

"不仅如此，凤凰一族还有个规矩，族里同辈人中实力最强的男女必须成婚，这样生出实力强悍的后代的几率也就最大。睿敢提出娶你为妻，正是仗着这一点。"

火凤和冰凰当初也是年青一辈中最强的，所以两人才会结合。只是两人的运气比较好，自小就青梅竹马，在一起也是伉俪情深。

论实力，幻影凤凰小乌丫和突破成中级阵师的睿无疑是族中最强的年轻凤凰，两人又是堂兄妹，如果不是小乌丫自小沦落在外，这亲事恐怕早就定下来了。

如果睿没做出那么多伤天害理的事，又或者小乌丫一直生活在九涅峦，再或者她从未遇到过小吱哟，那么一切都是水到渠成，可如今……

说到这里，火凤和冰凰很是遗憾地望着小乌丫怀里的小吱哟："小乌丫，我们并不是一定要你嫁给睿，可眼下的确别无选择。更何况，你的那位……连人形都不能幻化。"

于所有有灵性的兽和禽而言，化为人形是考验它们实力的最初一步。若是小吱哟一直保持兽形，那小乌丫跟着它还有什么幸福可言？

火凤和冰凰的话让小吱哟心中一痛。对于自己一直保持兽形这件事，小吱哟并非完全不在意。尤其是看到连自己孵化的小乌丫都能化为人形后，小吱哟的心里更憋屈。只是它不想让老大和小乌丫担心，所以一直装作若无其事的样子。可是这一次，它真的受打击了。

小吱哟默不作声地从小乌丫的怀里钻了出来，走出了树屋。

"父亲、娘亲，我不管什么凤凰一族的规矩，我只知道，就算是世上所有的男人都死光了，我也不嫁给睿。我只喜欢小吱哟，无论它是什么，我都喜欢。从今往后，你们谁都不许在我面前说小吱哟的不是，否则我宁可离开九涅峦。"见了小吱

哟那副委屈的模样，小乌丫的心里也很难受。也许小吱哟是不如睿厉害，可在她的心目中，小吱哟一直是最好的。

小乌丫说罢，咬了咬牙，红着眼跑出去找小吱哟。

看着女儿的背影，火凤和冰凰一时哑然，酒宴一下子冷清下来，众人都是一脸的尴尬。

"两位，小吱哟和小乌丫的事，我想还是交给他们自己来处理吧。不过有一点，我可以向你们保证，小吱哟绝不是什么下三烂的兽，它迟早会化为人形。"

最清楚小乌丫和小吱哟的心情的，无疑是叶凌月。从在鸿蒙天里发现了小吱哟，再到孵化小乌丫，这两个小家伙对她来说，已经远远超出了兽宠的概念，更胜似亲人。

叶凌月的承诺，火凤和冰凰没有否定，只是两人心中对小吱哟和小乌丫这对小情侣，始终是不看好的。毕竟在整个古九洲，已经没有什么灵兽的血统比凤凰一族还要高贵了，除非小吱哟的存在超脱了古九洲大陆。

小吱哟郁闷地跑出树屋，几个起落，就从树上落到了地面。脚下是软软的湿土，天色虽暗，却不漆黑，一棵棵夜光树将九涅峦照得犹如沐浴在灯火之下。

一座座树屋，在夜光树下，就像是一个个小蘑菇。四周是动听的不知名的鸟儿和虫儿和鸣的声响。踏步在九涅峦里，小吱哟有一种置身仙境之感。尽管不愿意承认，可小吱哟也知道，小乌丫的家乡是一片乐土，小乌丫应该留在这里。它果然不该来这里。就如小乌丫的双亲所说，它连人形都没法幻化，小乌丫跟着它，没有任何幸福可言。

为什么我就不能化形呢？小吱哟郁闷地站在一个水潭边，夜光树下，它还是一副小奶兽的样子。它其实是可以变得高大威猛的，但那又如何，依旧不能化为人形，永远都是一头牲畜。小吱哟恼火地用爪子搅碎了水潭里的倒影。它很是泄气，觉得没脸再见小乌丫了。它还是离开九涅峦吧，不要打扰小乌丫和她的家人团聚了。它也没脸见老大，老大的实力一直在增强，它这个小跟班只会拖后腿，就连狂化和鬼畜的本领，也都是莫名其妙得来的。

小吱哟越想越郁闷，它决定离开九涅峦。也许小乌丫看不到它，就会慢慢把它给忘了。

小吱哟夹着尾巴，一步步走向古木林。一直到它走到了古木林的边缘，一阵脚步声追了过来。

"你站住！"小乌丫气喘吁吁，她难以置信，小吱哟居然不告而别。

小吱哟闷不吭声，低着头依旧往前走。

看小吱哟不理她，小乌丫急了："你就走吧，你走了以后，我就去嫁给睿，让你后悔死！"

小吱哟心底一疼，小乌丫让它走，果然是嫌弃它了。

小吱哟走得更快了。

"你还真走啊！"小乌丫看小吱哟真的走远了，急了。

小吱哟脚步一顿，犹豫地回过头来，见小乌丫的眼里泪光闪闪，心一软又舍不得走了。它张了张嘴，刚要说话。

"不准说话，我不想听你的声音。"小乌丫憋了一肚子的火，她为了小吱哟不惜和双亲吵架，而这家伙居然要一走了之！

小吱哟耷拉着耳朵瞅瞅小乌丫，心底碎碎念，明明是你让我走的，说走的是你，说不走的还是你，那到底是走还是不走啊？

小吱哟犹豫了一下，还是走到了小乌丫身旁，屁股挪了挪，蹲在了小乌丫的脚边，一声不吭。

"你怎么不说话，平日就数你话多，现在哑巴了不成！"小乌丫委屈了半天，本指望小吱哟安慰自己几句，哪知道这家伙就跟锯嘴葫芦似的，还真一个字都不说了。

小吱哟更郁闷了，这不是你不让我说话的嘛。它刚准备开口，哪知小乌丫又瞪了它一眼："你还是别说话了，一说话我就生气。"说着就黑着小脸，继续生闷气。

"啧啧啧，小吱哟太弱了。"

古木林后头，黑压压几个人影鬼鬼祟祟地趴在一起，为首的不是别人，正是光子，他后头还跟了一串人，包括司徒、澜风，还有被强行拉来的秦小川。

"生气的女人最可怕，我早就领教过了。"司徒满脸的同情，女人啊，就是最反复无常的生物。

"女人哪里可怕了，我觉得光子就挺好的。"秦小川忙讨好道。

"闭嘴，你不说话，没人当你是木头。女人啊，就喜欢口是心非。其实小乌丫刚才那几句话，都是言不由衷的。"光子一脸老到地分析起女人心来。

说什么"你走开"，那你就必须留下来，而且得死皮赖脸，怎么打怎么骂都不能走。

说什么"你闭嘴"，那就是没话也得找话说，最好全都是甜言蜜语。

女人啊，就是用耳朵谈恋爱的生物，她们闹脾气时说的话，一句都不能当真。这一点，光子在很小的时候，就在他双亲面前领教过了。每回娘亲一发火，父亲就又哄又劝，什么肉麻的话都说得出口。

"原来如此，那光子，你刚才的意思是让我多说话吗？可我这人不大会说甜言蜜语。"秦小川苦恼着。

"你闭嘴，真给我闭嘴！"光子翻了个白眼。

小吱哟蹲在小乌丫身旁，半晌也没吭声。忽然，它觉得头顶上一热，有什么东西滴落，湿湿的。一双手忽然伸了过来，将它紧紧抱住："小吱哟，我不在意，无论你强不强，能不能变成人形，我都不在意。我喜欢你，哪怕你一直是这个样子，我也喜欢你，你不许离开我。"小乌丫红着眼，精致的小脸蛋上爬满了泪水。

小吱哟的身子一僵，这是小乌丫第一次和它表白，它心里酥酥的麻麻的，有一种说不出的感觉，觉得自己都要飞起来了。以前的憋屈、不快和醋意，全丢到爪哇国去了。小吱哟迟疑地伸出舌头，温柔地舔去小乌丫脸颊上的泪水，动作是那么的小心，近乎讨好。它很是自责，自己怎么这么浑蛋，居然让自家的小媳妇哭了。小吱哟不知道怎么哄人，它只知道，自己见不得小乌丫哭，她一哭，它脑子就空了。

"小乌丫，为了你，我会努力早日化为人形，我要证明给所有人看，你没看走眼！"小吱哟郑重其事地说道。

小乌丫听得心中一甜，她忽然搂住了小吱哟的脖子，轻轻地在它的额头上烙下一吻。身后那群偷窥者都是一个踉跄，个个脸红耳热。

"啧啧，我收回前言，什么甜言蜜语、口是心非都不管用，行动就是一切。"光子不由得对小吱哟比了个大拇指。看不出啊，小家伙还是个撩妹高手，这一"舔泪"神技，简直就是无人能敌啊。

"你们几个都够了。"光子被一把拎了起来，叶凌月头疼地揉了揉眉心，就没一个让她省心的。

目光落到小吱哟和小乌丫身上，看到两个小家伙甜蜜蜜的模样，叶凌月也由衷地为他们高兴，眼底却闪过一抹不易察觉的愁色。

火凤和冰凰的话犹在耳边，尽管小吱哟和小乌丫对彼此都很坚定，可有时候，仅仅靠坚定是不够的。

叶凌月甚至一度有些后悔，或许她不该带着小乌丫来九涅峦。可这想法稍纵即逝，小乌丫能找到家人，也是弥足珍贵的，她不想让小乌丫留下任何遗憾。

况且事已至此，再后悔也无用，凤凰老族长绝不会轻易妥协，她得想个什么法子，才能让小乌丫和小吱哟顺利地在一起呢？

可是，接下来发生的事，远远超出了她的预期，小吱哟和小乌丫重归于好的第二天，就传出了一个不好的消息。

"你说小吱哟前去恳求老族长，说是要入赘凤凰部落？"一大早叶凌月就被这个惊人的消息吓得睡意全无。她真没想到，平时做啥事都慢一拍的小吱哟，做起傻事来反应如此之快！

"我们也是刚得知这个消息，老族长勃然大怒，要把小吱哟逐出九涅峦，小乌丫得知消息后，已经赶过去了。"火凤和冰凰也拿这对小情侣毫无法子。

他们本以为小乌丫只是一时兴起，等她和小吱哟分开一阵子后，彼此就会慢慢淡忘，所以昨晚才会说出那么难听的话，哪知却弄巧成拙，反倒让这对小情侣在一起的决心变得更坚定了。

叶凌月深吸了一口气，稍作思考，只得再去王廷树，想法子救出小吱哟和小乌丫。

才到了王廷树前，叶凌月就看到睿和他的父亲从王廷树上迎面走了下来。

看到叶凌月时，睿不屑道："人族，你养的那只小兽还真蠢，居然想和我争小

乌丫，也不知它哪来的自信，敢和我这个中级阵师比拼。"

睿的话让叶凌月微微动容，一种不好的预感油然而生，难道小吱哟为了小乌丫，居然要挑战睿？！

得知小吱哟要和睿比试，黄泉城代表队分成了截然不同的两派。

一派是反方，是以小乌丫一家人、薄情、澜风、挽云师姐等人为首的理智派。

"小吱哟，你这次实在是太鲁莽了，你怎么能擅作主张和睿比试，他可是中级阵师。"

中级阵师的战斗力，不下于小神通境，若是搭配了中级阵法，甚至能达到小神境巅峰。

另一派则是正方，乃是由光子、秦小川、司徒三人组成的冲动派。

"小吱哟干得好，这才有男人气概。中级阵师怎么了，敢和你抢女人，揍得他分不清东西南北。"

两方人马各不相让，吵得不可开交，只有一人保持沉默。

小吱哟脑子里乱哄哄的，它去向老族长求亲，被断然拒绝。恰好这时睿来了，它也知道自己的实力比不过睿，可是对方言语一挑衅，它头脑一热，忍不住就接受了对方的挑战。

可它也不后悔，它绝不容许小乌丫和那种人在一起。

"都别说了，小吱哟，我尊重你的决定。但自己做的决定，无论结果如何，你都必须承受。你若是败了，就必须放弃小乌丫。"叶凌月做了个噤声的动作，示意所有人安静下来。

从知道小吱哟要挑战睿的那一刻起，叶凌月就没发表过意见，这是她第一次表态。

小吱哟迎视着自家老大的眼睛，从老大的眼神里看到了鼓励和信任。

小吱哟重重地点了点头，自己一定会赢！

小吱哟和睿的比试，定在了十五那一晚，地点就在九涅峦入口处的那片古木林。

是夜，夜色正好，玉盘似的圆月悬挂在天空。

叶凌月和小吱哟赶到时，古木林外人头攒动，九涅峦里大半的鸟族都赶来了。

"人是我叫来的，打败你之后，我要当着所有人的面宣布我和小鸟丫的婚事。"睿在一群年轻鸟族的簇拥下，大摇大摆地走了过来。

"做梦，小吱哟是不会输给你的。"小鸟丫咬了咬牙，如果不是老大说，要尊重小吱哟的决定，她宁愿自己和睿打一场。

"小堂妹，别嘴硬了。很快你就会知道，什么才叫真正的男人。"睿轻佻地吹了声口哨，飞身跃至近五十尺高的一棵古木上。

小吱哟见了，额头那抹麒麟血亮起，身形骤然变大，雪白的毛变得如钢刺般坚硬，眼底闪着嗜血的红光。小吱哟踏风而起，在一阵惊呼声中，几个纵身也稳稳地落到了睿对面的那棵古树上。它挥动前掌，体内的麒麟之力化为劲猛的掌风，掌风呼啸，无数掌影朝着睿的头顶砸去。

睿身形一快，噗噗噗数声，从衣袖间射出一根根凤凰羽翎。那羽翎破空而出，变成一支支羽形的飞镖。砰砰砰——飞镖刺穿了掌风，睿面有得色，可身后忽然袭来一道疾风，睿疾退了数步，后背衣衫被撕了个大洞。

身后，小吱哟步步逼近。

这下等小兽的身法居然这么快，比起凤凰一族来也毫不逊色！睿大吃一惊，不再轻敌，双臂一张，如大鸟一般滑开了百余尺。

短短几个呼吸之间，小吱哟和睿已经过了近百招，可睿并没有讨到便宜，这让异常骄傲的睿很是恼火。他眼角余光一扫，见地面上的小鸟丫满脸的紧张，双眼紧盯着小吱哟，一颗心全放在了它的身上，不由得怀恨在心，眼底的凶光已经转为杀意。

"倒是有几分能耐，可惜遇上了我，你只有死路一条。"眼底的凶光一闪而过，睿掐起阵诀，指尖浮出一串血珠，脚下浮现出一个蓝色的灵阵，灵阵之中盘着一条足有水桶粗细的冰蟒显露出身影来。

"不好，是中级阵法——蟒噬冰灵阵。"

蟒噬冰灵阵乃是水灵阵的进阶阵法，能形成威力惊人的冰噬蟒，这种巨蟒实力堪比大妖巅峰的妖兽，凶残暴戾。

在下方观战的火凤和冰凰不由得替小吱哟捏了把冷汗。他们虽然不乐意小吱哟和女儿在一起，但看到小两口已是情根深种，也不舍得拆散他们。如果小吱哟真出了什么事，女儿一定会伤心难过。

那冰蟒周身翻涌着浓郁的水之灵气，它吐着芯子，从口中喷出一团冰雾。冰雾异常寒冷，树木枝叶一遇到冰雾就迅速结霜，再无生机。

小吱哟见状不敢轻敌，几个疾闪，灵敏地躲避着冰蟒的攻击。天空之上，只见一团白影在庞大的冰蟒四周逃窜。

"无用的鼠辈，除了躲闪，你还有什么能耐！"见冰蟒久攻不下，睿眼神一厉，催促着冰蟒尽快杀了这碍眼的小子。

冰蟒身上蓝光闪烁，冰雾迅速积聚，形成了无数细密的冰针。

轰的一声，尖锐无比的冰针疾射而去，罩住了小吱哟通身的要害。眼看小吱哟就要被刺中，它的皮毛感受到冰寒之气，迅速结出一层白霜。

小吱哟的眼中闪动着异样的红光，鬼畜之力蠢蠢欲动，身形化为一道残影，从无数根冰针之间穿梭而过，转瞬就扑到了冰蟒面前，一口咬在了它的七寸之处。一股黏稠的蛇血从冰蟒的七寸中喷了出来，睿如遭重击，顿时脸色大变，身下的阵法光芒一黯。

怎么可能，他的蟒噬冰灵阵被破了！睿的手指紧紧握在了一起，几欲捏断。不可能，他是高贵的凤凰，怎么会败给一只杂种狗？他还没输，他要让这只低等小兽付出惨重的代价。

睿胸口内一阵气血翻涌，作势就要拼死一搏。可就在这时，地面猛地一震，整个九涅峦都摇晃起来，从天的那一边传来了巨大的声响。

这震动声来得突然，细细感受，正是从地底传过来的，如有重锤在地底捶打。

这巨大的动静让比试暂时中断了，火凤夫妇以及在场的凤凰部落的人都变了脸色。

第四十章　凤凰涅槃

"父亲要飞升了！"意识到这是怎么回事，众凤凰全都朝着王廷树的方向飞去，连小乌丫也不例外。见此情形，其他鸟族的人全都散了。

"小畜生，算你运气好，以后再收拾你。"睿也化作一道流光朝王廷树而去。

今日是十五，正值老族长冲击神兽之日，谁都没想到老族长的进阶会有这么大的动静。

"我们也跟过去看看。"叶凌月听火凤夫妻说过，凤凰一族的多代族长都冲击过神兽境界。一只凤凰，要经过九次涅槃，才能长出头翎成为神兽丹火明凰。

当年，凤凰一族的祖先之所以选中九涅峦，是因为九涅峦的环境特殊，在九座山峰环绕之处，沉寂着九座火山，名为九曲火山。

这九座火山，每隔十年就会小规模喷发一次，每次火山喷发时，族长就在九曲火山内闭关，名为小涅槃。

每隔九十年，九曲火山会大规模喷发一次，只有熬过这最后一次，九涅成功，称为大涅槃。大涅槃重生，即成为神鸟丹火明凰。

现任族长凤皇已经经历过八次小涅槃了，这次是最后一次涅槃，正是大涅槃。为了防止九曲火山爆发引来灾难，每一次老族长都会用水曜石布下特殊的阵法。而这一次，因为大涅槃的威力太大，老族长才收集了大量的水曜石，用来布置大禁制。只是没想到，用了数十颗水曜石布下的阵法，居然没能封印住九曲火山的大规模喷发。

轰隆隆——

叶凌月和黄泉城代表队的人奔过了王廷树，前方浓烟滚滚，平日静谧优美的九座火山不约而同地爆发了，九根火柱直冲天际，形成了一根可怕的熔岩火柱。

在那熔岩火柱的中间，依稀可见一个人影，正是老族长凤皇。

熔岩的温度极高，连金石都可以瞬间熔化，落在老族长的身上，那种痛楚简直难以描述。老族长的身侧悬浮着数十块水曜石，每当他疼痛难忍、几欲崩溃时，就把一块水曜石吸入火柱之中，以此来缓解通身的巨痛。

"那就是大涅槃？"叶凌月等人立在王廷树上，望着熔岩火柱中的老族长，看得不寒而栗。和眼前的大涅槃相比，轮回劫的痛苦简直微不足道。

水曜石一块块被消耗掉，而熔岩火柱内的老族长承受的痛楚却丝毫没有减弱。当最后一块水曜石也被耗光时，老族长忍不住长啸了一声，人形倏地消失，一只凤鸟出现在熔岩火柱之中。熊熊大火灼烧着它的皮毛，身体瞬间焦黑。

凤鸟突然发出一声悲鸣，身子化为一个大火球，滚滚落向九曲火山，就如坠落的陨石。

"不好，失败了！"火凤、冰凰惊呼一声。

尽管有几十块水曜石助阵，可是老族长最终还是没能熬过大涅槃。为了应付大涅槃，老族长已经精疲力竭，如果任其坠入九曲火山里，必定会尸骨无存。

老族长的子孙们悲鸣着，数道身影朝着熔岩火柱飞去。可是不容它们靠近，火柱里就喷出了通红的岩浆。那岩浆灼热无比，一碰上活物立刻燃烧，凤凰们几次想靠近都被逼退了。

"睿，你快布下灵阵削弱熔岩火柱的威力，只需要撑一刻钟，我们就能救出族长。"

看着直入天际的熔岩火柱，睿的心里是一万个不情愿。那可是大涅槃形成的熔岩火柱，连身为大神通境高手的爷爷都扛不住，自己又岂是它的对手。可转念一想，若是这次救了爷爷，他就立了大功，到时少族长的位置和小鸟丫不就都唾手可得了。心中贪念一起，睿再度施展中级水灵阵，冰蟒挟着水灵之力朝熔岩火柱飞去，水桶粗的蟒身盘绕在熔岩火柱上。

熔岩火柱一碰到水灵之力，威力顿时一弱，正是营救老族长的最佳时机。老族长的三个儿子，老二和老三都面有惧色，火凤虽身上有伤却奋不顾身。他咬了咬牙，身影化作一道流光，就要往那熔岩火柱冲去。

就在这时，一道比他更快的身影抢在了他的前面："父亲，我来！"小乌丫出现在火凤的身前，俏丽的小脸上满是凝重。

火凤听得一怔，他看了小乌丫一眼，嘴角浮起欣慰之色。

"不行，大涅槃的熔岩火非同小可，你赶紧回到你娘亲身旁……若是我回不来了，你和你哥哥们替我照顾她。"火凤沉重无比地说出这番话，心中满是不舍。

熔岩火柱声势惊人，连经历了八次小涅槃的老族长也承受不住，何况是火凤。为了救老父，他已经动了拼死一搏的念头。其实他又何尝舍得，女儿方才归来，娇妻爱子满堂，可他若是不救老族长，此生都会受到良心的谴责。

看着父亲眼底的决绝，小乌丫手腕一震，一股元力将火凤牢牢束缚住。

"小乌丫，你要做什么？！"

见女儿以飞蛾扑火之势朝着熔岩火柱掠去，火凤忽然明白了，女儿这是要替他去救凤皇。

"父亲，我身上有古凰之血，比起你来，我更适合去救爷爷。娘亲需要你，九涅峦的族人们也需要你。"

小乌丫毅然化为凰形，运起九转凰息。它原本就火红色的羽毛，颜色变得通红，如烈焰般熊熊燃起。一阵悦耳的鸣叫声，小乌丫化为一个火球，朝着熔岩火柱飞去。

可就在这时，熔岩火柱猛地一震，从九曲火山里又喷出一道更加猛烈的金红色熔岩。在众人惊诧的目光中，一只由火灵凝聚而成的丹火明凰从火山口中飞舞而出。那丹火明凰看到了火柱上的巨蟒，发出一声傲慢的尖唳，金色的喙对准巨蟒的眼睛狠狠啄下。巨蟒哀鸣了一声，盘起蛇身，重重地撞向丹火明凰。丹火明凰锋利的爪子抓在它的七寸之上，狠狠一甩，巨蟒重重地砸在熔岩火柱上，通身的灵力迅

速溃散。

巨蟒被击碎的瞬间，睿的脸色惨白无比。当丹火明凰的目光落到睿的身上时，他身上元力像是一下子被抽空了。

"不是我……"睿见丹火明凰一爪就杀了灵蟒，连反抗的念头都没了，再也顾不上老族长的死活，转身就逃。

丹火明凰眼底闪过一丝鄙夷，尖唳一声，狂暴的火之力从它身上迸射而出，化为数不尽的熔岩，铺天盖地地朝着睿砸去。睿被熔岩砸中，身子瞬间被火光吞没，就如一颗陨星般从天空砸落，摔到地上时早已成了一具焦炭。

睿的爹娘看到儿子的惨况，悲呼了一声，晕倒在地。

丹火明凰出现后，九曲火山的活动越发剧烈。

九曲火山又是一阵剧烈的震动，滚烫的熔岩从火山口倾泻而下，淹没了树木，熔化了岩石，滔滔不绝地朝着九涅峦以及山脚奔去，若不及时制止，必然会殃及房阿县的百姓。

此刻小乌丫已然明白，自己肩负着双重重担——救回爷爷，击杀丹火明凰。她也知道，自己的实力比睿强不了多少，可是她没法子退却。

由九曲火山大部分火灵凝聚而成的丹火明凰，以睥睨之姿盘旋在半空中，犹如庞然大物，它的眼里满是暴戾和杀意。而小乌丫不过是一只还未成年的幼凰，在它面前，显得如此微不足道，不过小乌丫并没有退却。

"我不管你是什么东西，我只知道，今日非救我爷爷不可。"小乌丫的目光，落到了熔岩火柱里，老族长的身体被岩浆吞没，已经奄奄一息。

丹火明凰像是听懂了小乌丫的话，发出讥讽的鸣叫，翅膀重重一振，顿时火光冲天，熔岩火柱动了，就如一条巨鞭，狠狠地抽向小乌丫。

"无间火狱！"小乌丫运起九转凰息，不计其数的大火球倾泻而下。

火球撞在熔岩火柱上，那上承天下承地的可怕火柱，竟被撞出一条条裂纹，寸寸崩裂。

小乌丫见状，疾速下落，抓起老族长的身子飞到空中。

丹火明凰勃然大怒，用那足有千斤重的翅膀狠狠地拍向小乌丫的后背。砰砰两声，小乌丫疼得浑身打战，险些松开爪中的老族长。

"不准动小媳妇！"就在这时，小吱哟不知从何处蹿了出来，怒视着身形数倍于自己的丹火明凰，发出愤怒的咆哮。

鬼畜之力在体内迅速膨胀，那双蓝眼睛瞬间变得通红，就如鬼餮大帝附体一般，小吱哟毫不畏惧地扑向丹火明凰。

看到小吱哟和丹火明凰斗在一起，小乌丫又急又惊，强忍着已经涌到喉咙的血腥味，提起最后一口气，就要和丹火明凰拼命。

"小乌丫，你先退下。"就在这时，叶凌月扶住小乌丫，不容分说，将它和老族长送回地面，交给了火凤和冰凰。

天空的激战还在继续。

见小乌丫被伤，小吱哟体内的鬼畜之力完全爆发出来。它和丹火明凰周旋着，身法快如闪电，一掌接着一掌，将丹火明凰身上的火灵一一击碎。

丹火明凰眼看就要灵力溃散，小吱哟厉吼一声，以惊人的速度跃到丹火明凰的背上，一掌轰下。丹火明凰的身子如流星般坠下，它已知自己必死无疑，绝望之际，双爪深深地刺入小吱哟的背脊，带着它一起往九曲火山坠去。

火灵熊熊燃烧，小吱哟的身子已经烧成一个大火球。

这时，空中传来一道灵力波动，丹火明凰回头一看，一口黑鼎狠狠地撞在它的身上。丹火明凰惨叫一声，火灵之力终于彻底溃散。

那口神秘的黑鼎从空中一闪而过，鼎口一张，将被重度烧伤的小吱哟收入鼎内，然后滴溜溜变小，落入叶凌月手中，原来在危急之时，叶凌月祭出了乾鼎。

丹火明凰消散之后，九曲火山慢慢恢复了平静。

老族长的这次大涅槃最终以失败而告终，但不幸中的万幸，老族长保住了性命。这也意味着，凤凰一族冲击神鸟再次失败。

在小吱哟和丹火明凰一起跌落九曲火山时，由于场面太过混乱，几乎没人发现叶凌月在最后时刻的出手。

天空的火光一点点敛去，小乌丫放下气息奄奄的老族长，不顾父母的阻拦，就要冲入青烟不断的九曲火山。

却见叶凌月从空中落下，手中抱着早已分不清颜色的小吱哟。

"小吱哟，你怎么这么傻……"小乌丫的眼中滚落大滴大滴的泪水。

看到小吱哟的模样，凤凰族人一阵沉默。

睿在关键时刻落荒而逃，最终被丹火明凤所杀，反倒是和凤凰族非亲非故的小吱哟挺身而出，替小乌丫和老族长拦下了致命一击。

大涅槃引发的火山爆发，给九涅峦带来了灾难性的破坏，大量的树木被熔岩覆盖，由于老族长昏迷不醒，火凤在族人的拥护下暂代族长之职，带领着族民整顿着九涅峦的秩序。

几日之后，老族长从昏迷中醒来。得知了事情的整个经过，老族长将自己关在了房中。

小乌丫则日夜守着气息奄奄的小吱哟，小吱哟身上缠满了绷带，跟个小木乃伊似的。

"老大，小吱哟还没醒，它会不会……"小乌丫精致的小脸上布满了愁云。

这些日子，她衣不解带地照顾小吱哟。可小吱哟身上，大面积的烧伤依然存在。它不是凤凰，也没有涅槃之力，这么严重的伤，若不是叶凌月用鼎息替它不断地治疗，换成任何其他灵兽，都已是性命不保了。

"不用担心，小吱哟比我们想象的要坚强很多。它的皮肤已经重新长了出来，这几日应该会大面积脱皮。只是可惜了它那身漂亮的皮毛。小家伙那么爱美，看到自己被烧得光秃秃的，只怕要郁闷很久了。"叶凌月看了看小吱哟的伤口。

小吱哟生长在鸿蒙天里，本就不是一般的灵兽，加上它年龄小，愈合能力比老族长还要好一些。只是因为那天动用了太多的鬼畜之力，导致它的身体无法承受负荷，一直处于昏迷状态。

小乌丫听了叶凌月的话，稍微宽了些心，依旧每天精心地照顾小吱哟。

这一天早上，小乌丫像往常一样，端着汤药准备喂小吱哟。

一声尖叫打破了清晨的宁静，震得整座树屋嗡嗡作响。还在睡梦中的黄泉城代表队的众人被惊醒了，急忙赶到现场。

小乌丫红着脸从房间里跑了出来，好像受了极大的惊吓："小吱哟……小吱哟他……"

叶凌月一惊，以为小吱哟的伤势恶化了，抬脚就要进去，却被小乌丫拦住了："还是让他们进去吧……不方便！"小乌丫说完，捂住了脸，脸上一片通红。

薄情等人满脸纳闷地走进了房间，只见床榻上坐着一个八九岁的小男孩。小男孩光着身子，正试图扯下身上的绷带。他有一双晶莹剔透的蓝色大眼睛，眉如笔描，唇若桃瓣，皮肤呈粉红色，是个可爱的小正太。

一干人等呼啦啦围了上去，难以置信地看着这个犹如年画童子般的小家伙。

"你你你……就是六弟妹的那只小狗？"秦小川捏了捏小吱哟的脸颊，不敢置信地问道。

"我也不知道这是怎么回事，一醒来就是这副模样了。"小吱哟也吃惊地看着自己的手脚，他居然化形成功了！

谁都没想到小吱哟会在这种情况下化为人形。

叶凌月替小吱哟仔细查看之后，感慨道："小吱哟的伤全好了，这次真是因祸得福。大涅槃引发火灵之力，聚集在了丹火明凰身上，小吱哟应该是在和丹火明凰最后决斗时，吸收了一部分大涅槃的力量，才能浴火重生。"

对于为何小吱哟能够借助大涅槃之力浴火重生，叶凌月也解释不清楚，只能说小吱哟傻人有傻福，把本该属于老族长的福利给抢去了。

小吱哟傻呵呵地笑着，他瞅瞅躲在火凤和冰凰身后的小乌丫，忽然郑重其事地跪了下来："岳父岳母在上，恳请两位将小乌丫交给我。只要我还有一口气在，就会保护好她，不让她受一点委屈。"

小吱哟这一公然求亲，引来了一阵起哄声。黄泉城代表队的成员们不约而同喊道："答应他，答应他……"

火凤和冰凰互看了一眼，再看看身后又是期盼又是羞涩的女儿，叹了一声，刚欲答应下来。

"想娶老夫的孙女儿，可没那么容易。"就在这时，一个严厉的声音传来，凤皇在几名族人的簇拥下走了进来。

凤皇严苛的目光，落到了小吱哟身上。小乌丫一看，不顾父母担忧的目光，急

忙走到小吱哟的身旁，学着他的模样一起跪下了："爷爷，求你不要为难小吱哟，孙女儿此生非他不嫁。"

"哼，你们以为我是顽固不化的老古板不成，你们的婚事，我可以答应，不过还有一个条件，那就是你必须带着小乌丫离开九涅峦，帮助她生出凤凰头翎。只有做到了这一点，你们俩才能成婚。"老族长意味深长地说道。

大涅槃的失败，于老族长而言，是一次沉重无比的打击。同时他也明白，以他的资质，有生之年是无法承受第二次大涅槃了，而九涅峦也不是适合凤凰一族修炼的最佳地点。若是九曲火山再爆发一次，恐怕整个九涅峦都会灰飞烟灭，甚至还会波及周边的村子，伤及无辜，这些都不是老族长愿意看到的。

可老族长的希望并没有完全破灭，他在小乌丫身上看到了希望——天生的幻影凤凰，又拥有古凰之血，最重要的是，小乌丫有着一群可以陪伴她走下去的伙伴。若是说有人能冲击大涅槃，那就只能是小乌丫了。

"父亲，小乌丫才刚回到我们身边，我求求你……"冰凰一听女儿刚回来就要离开，不由得伤心欲绝。

"妇人之见，真正的凤凰，能翱翔于九天之外，小小的九涅峦岂能困住最强大的凤凰神鸟。"

老族长的呵斥让冰凰不由得眼神一黯，火凤拍了拍她的肩膀，安慰着娇妻。其实他们心里都很明白，小乌丫的天赋超过了他们夫妇中的任何一人，她有更广阔的天空。

小乌丫也红了眼睛，直到这一刻，她才知道，爷爷早就看破了她的心事。从她回到九涅峦的那一天开始，她的心情就是忐忑的。一方面，她沉浸在和父母兄长团聚的喜悦中，另一方面，她又担心会和老大、小吱哟分别。她甚至不知道如何抉择。可爷爷的决定，却给她指出了一条明路。这个看似严苛、毫无人情可言的老者，已经用他睿智的双眼，看透了一切。

他恐怕也早已看出来了，小吱哟并非普通的兽族。能够在丹火明凰的重击下，顽强地存活下来的兽族，一定是凌驾于凤凰血脉之上的顶级兽族。可这一点，骄傲的老族长是无论如何也不愿意亲口说出来的，但是他的态度已经表明了一切。

"爷爷，孙女谨遵您的教诲，无论将来孙女儿身在何方，一定会记得自己肩负的使命。"小乌丫哽咽着，宣誓般做出了承诺。

"老族长，岳父岳母大人，我答应你们，一定会陪着小乌丫，不成神鸟，誓不成婚。"小吱哟握住了小乌丫的手，两个人的眼中都带着对将来的无限憧憬。

看到女儿脸上又洋溢出幸福的微笑，火凤冰凰夫妇心中就算有再多不舍也得压下去。

"诸位，这次的大涅槃，亏了你们鼎力相助，九涅峦才得以保存。只是你们终归是异族，不宜在这里久留，还请你们尽快下山。"老族长得了小乌丫和小吱哟的承诺后，无情地下了逐客令。

分别的时刻还是来了，小乌丫满脸不舍地和亲人们依依惜别，黄泉城代表队的众人也开始收拾行李，准备启程。

这时候，叶凌月却被老族长单独叫住了："叶队长，还请留步。"

见老族长遣退族人，叶凌月不解地询问："老族长，你让我留下有何赐教？"

叶凌月和这位面容严肃的老族长几乎没有私下说过话，看得出对方并不喜欢人族。同样，她也不喜欢这位老族长。对方虽说是只凤凰，可叶凌月总觉得他那双茶褐色的眼睛犹如鹰隼一般，看着让人很不舒服。

"江山代有才人出，想不到叶队长才是藏得最深的那一个。"老族长意味深长地说道。

叶凌月微微一怔，面色不改半分："凌月愚昧，不知老族长这话是何用意？"

"叶队长手中握有至宝，却不露半分，若非这一次大涅槃，只怕老夫都要看走眼了。想不到尘世之间，还有人握有神界才有的宝鼎。"

老族长话音一落，叶凌月浑身的神经骤然绷紧，身子蓄势待发，就如一头扑食的猛兽。叶凌月万万没想到，对方居然一眼看破了她身有乾鼎的秘密。脑海中，万千念头一闪而过，叶凌月权衡着，是否要和老族长撕破脸。只是这老家伙的实力堪比大神通境强者，她若是击杀，必须一击得手。叶凌月只是权衡了一下，心中就有了决断。

在叶凌月思忖之际，凤凰也在打量着叶凌月，有一瞬间，他能感觉到，叶凌月

的身上有一股凛然的杀机，可那杀机很快就消失了。

老族长的嘴角弯了弯，不苟言笑的脸上浮现一片欣赏之色。这是个很会审时度势的人，年纪轻轻，就能有如此的应变能力，看来乖孙女儿的眼光可比他这个老古板强多了。

"叶队长不用担心，老夫不是你的敌人，你一定很好奇，我为何能发现你的秘密吧？"老族长一脸的平和。

他告诉叶凌月，他之所以发现了叶凌月身上的秘密，正是因为叶凌月在最后关头，为保护小吱哟用乾鼎攻击了丹火明凰。

凤凰一族最初乃是看守方仙丹鼎的护鼎神兽，即便被逐出了仙界，但是作为丹火明凰的后裔，它们对于神界丹鼎的辨认度也高于常人。

老族长当时身受重伤，可他却感觉到一股媲美神界丹鼎的宝气。

"你也许不知道，被你们击溃的丹火明凰，乃是第一任凤凰族长陨落前，将自己的神力封印在九曲火山中之后形成的，若非有宝鼎将其击溃，恐怕无人能敌。这一次，却是老夫和整个凤凰部落欠了你一个人情。"

老族长虽没亲眼看到乾鼎，但已经猜出叶凌月身上藏有重宝，因此才会有此一问。

"老族长客气了，您是小乌丫的爷爷，也就等同于我的爷爷，帮助凤凰部落，不过是举手之劳。"

叶凌月听罢，稍宽了些心，嘴上也客套起来。

"小丫头，你就别和我假惺惺了，方才是谁想出手杀老夫灭口的？"老族长一针见血地指出了叶凌月的意图，后者尴尬得很，用力地咳嗽了两声。

"老夫是个恩怨分明的人，原本你救了小乌丫，我就欠了你一个人情，如今又欠下了更大的人情。老夫也没什么可以报答的，姑且就告诉你一个消息吧，兴许对你有用。"

叶凌月还以为老族长所谓的"还人情"会是什么好处，哪知老族长却告诉了她一个惊人的秘密。

"您说有大量妖兽准备入侵房阿县一带？"叶凌月还以为自己听错了。

如果这里是中原地区，有妖兽入侵还好解释，可这里是妖兽最少的后勤区域，每年在这一带猎杀的妖兽，数目不超过一百只，而且全都是阿猫阿狗级的普通妖兽。

"不错，这件事，老夫原本并没打算通知人族。"老族长用一种吃饭喝茶的语气，告诉了叶凌月这个惊人的消息。

九涅峦与世隔绝，多少年来，哪怕是九洲盟和中原地区的那些妖王斗得你死我活，凤皇也全都置之不理，他对人族和妖兽的态度是完全一致的。

"可是，没有半点征兆，您又是怎么发现的？"叶凌月不解地问道。

"征兆就是九曲火山的这次爆发。老夫准备了多颗水曜石应对大涅槃，却意外地失败了。老夫经历过八次小涅槃，每一次都毫无差错，这一次老夫原本也以为是意外，谁知……"

原来，老族长在恢复之后，闭关了几日。那几日里，他除了思索小乌丫和小吱哟的事，还做了另一件事，就是进入九曲火山的根源之处，想弄清楚这次大涅槃失败的原因。这一查找，还真有所发现，他在九曲火山的最外围发现了一些挖掘的痕迹。正是这些挖掘破坏了第一任族长留下的禁制，导致了丹火明凰的出世。

"那些痕迹上留有妖力，而且还是最近才留下来的。我按照路线走了一遍，发现那是一条妖路，从中原地区的腹地一直延伸到房阿县附近的几大县城。若是老夫没猜错的话，不久之后将有一场突袭，以房阿县的兵力来看，不出一日，房阿县必然失守。这件事，暂时只有你我知道，该怎么做，我想你应该很明白了。"

老族长言简意赅，短短一席话，却让叶凌月冷汗淋漓。若非老族长的意外发现，新妖路一旦贯通，不论是黄泉城代表队还是附近的几个县，都会遭遇灭顶之灾。

"老夫言尽于此，这么做已经违背了凤凰一族不可入世的祖训，你和你的人也该离开了。"老族长挥挥手。

担忧和顾虑只持续了片刻，叶凌月紧锁的眉头就解开了。

"且慢，老族长，方才你也说了，你一共欠了我两个人情——帮你渡劫，找回了小乌丫。新妖路只是偿还了其一，现在晚辈就斗胆向老族长讨回第二个人情。"

本以为叶凌月知道了妖路的事后就会急着离开，哪知她非但不急，反倒厚颜无耻地讨起人情来，老族长一时语塞，对自己方才说话不严密后悔不已。他哪里知道，叶凌月小小年纪，心思居然如此缜密，在这种情况下还会算计他。

与老族长密聊之后，叶凌月就带着黄泉城代表队离开了九涅峦。

火凤和冰凰将小乌丫送到了山脚下。

"父亲，娘亲，我一定会回来看望你们的。"小乌丫忍着眼泪，和双亲及兄长们一一告别。直到看不见他们的身影后，她才强忍着难以平复的心情随着众人返回房阿县。

睿已死，冰凰也答应过叶凌月，她这些日子会暗中前往房阿县附近的十八个村子布雨，尽快恢复那里流失的水灵，相信不出半个月，附近十几个村子的水灵就会慢慢恢复，村民们的日常耕作也能恢复。

这场无妄之灾终于告一段落，众人眉宇间都多了几分欢愉之色。

"老大，说起来我们这次可算是立了大功，如此一来，距离我们去中原核心地区参加荒狩的日子可就不远了。"司徒和澜风一路上都很开心，他们俩打算一回到房阿县就拟一份文书，上报九洲盟。

叶凌月无奈地摇了摇头，暗笑两人真是一根肠子通到底。

房阿县的旱灾，黄泉城代表队是立了大功，只是文书要是到了陈堂主和马城主那里，再大的功劳也能一笔抹除。除非他们能闹出更大的动静，惊动了上层，让陈堂主和马城主都奈何不了他们。

叶凌月正想着，代表队的众人已经到了房阿县外。只见城门紧闭，城墙上方伸出了大量的弩弓。

"大胆叶凌月，胆敢勾结妖族，本堂主奉九洲盟之命前来缉拿你们！"陈堂主从城墙上探出身来，他的身后跟着大批半兽人战士，他的身旁还站着安队长。

"呸，姓陈的，你不要含血喷人。我们什么时候勾结妖族了，要不是我们黄泉城代表队，房阿县今年就要颗粒无收了。"司徒一听这话，顿时怒火中烧。他们辛辛苦苦在九涅峦铲除祸害，差点被熔岩淹没，陈堂主和安队长倒好，反倒诬陷他们勾结妖族，这口黑锅从天而降，黄泉城代表队的众人是无论如何也不肯背的。

"说本堂主诬陷你们？你们不声不响地离开房阿县，擅离职守不说，还擅自开仓放粮，这些事安队长都已经告诉我了。还有，你们勾结妖族也是证据确凿，休要狡辩。"

陈堂主一直等着抓叶凌月的把柄，这次好不容易逮到了机会，哪肯作罢，只见他手上挥舞着一封信，一股元力灌注在纸上，那封信就如一片刀刃，嗖地从高高的城墙上落下。

叶凌月挑了挑眉，手腕一震，将那股元力悄无声息地化解了。信落到手中，她定睛一看，上面写着"干娘叶凌月亲启"。

叶凌月被诬陷，原本满腔的怒火，可看到信时心中狂喜，信上的笔迹叶凌月认得。

在孤月海时，叶凌月曾经收到过蓝彩儿的信，信上还有小九念刚认字后写的一些话。

终于有了小九念的消息……